KB146453

증편 한국구비문학대계

6-15

전라남도 나주시

이 저서는 2014년 대한민국 교육부와 한국학중앙연구원(한국학진흥사업단)의 구술자료 아카이브 구축사업의 지원을 받아 수행된 연구임(AKS-2014-OHA-1240001)

증편 한국구비문학대계
6-15
전라남도 나주시

이경엽 · 한미옥 · 송기태 · 임세경

한국학중앙연구원

역락

발간사

  민간의 이야기와 백성들의 노래는 민족의 문화적 자산이다. 삶의 현장에서 이러한 이야기와 노래를 창작하고 음미해 온 것은, 어떠한 권력이나 제도도, 넉넉한 금전적 자원도, 확실한 유통 체계도 가지지 못한 평범한 사람들이었다. 이야기와 노래들은 각각의 삶의 현장에서 공동체의 경험에 부합하였으며, 사람들의 정신과 기억 속에 각인되었다. 문자라는 기록 매체를 사용하지 못하였지만, 그 이야기와 노래가 이처럼 면면히 전승될 수 있었던 것은 그것이 바로 우리 민족의 유전형질의 일부분이 되었기 때문이며, 결국 이러한 이야기와 노래가 우리 민족을 하나의 공동체로 묶어주고 있는 것이다.

  사회와 매체 환경의 급격한 변화 가운데서 이러한 민족 공동체의 DNA는 날로 희석되어 가고 있다. 사랑방의 이야기들은 대중매체의 내러티브로 대체되어 버렸고, 생활의 현장에서 구가되던 민요들은 기계화에 밀려 버리고 말았다. 기억에만 의존하여 구전되던 이야기와 노래는 점차 잊히고 있다. 한국학중앙연구원이 1970년대 말에 개원함과 동시에, 시급하고도 중요한 연구사업으로 한국구비문학대계의 편찬 사업을 채택한 것은 바로 이러한 시대적 상황에 대한 우려와 잊혀 가는 민족적 자산에 대한 안타까움 때문이었다.

  당시 전국의 거의 모든 구비문학 연구자들이 참여하였는데, 어려운 조사 환경에서도 80여 권의 자료집과 3권의 분류집을 출판한 것은 그들의 헌신적 활동에 기인한다. 당초 10년을 계획하고 추진하였으나 여러 사정으로 5년간만 추진되었으며, 결과적으로 한반도 남쪽의 삼분의 일에 해당하는 부분만 조사하게 되었다. 그럼에도 불구하고 한국구비문학대계는 주관기관인 한국학중앙연구원의 대표 사업으로 각광 받았을 뿐 아니라, 해방 이후 한국의 국가적 문화 사업의 하나로 꼽히게 되었다.

21세기에 들어서면서 한국학중앙연구원에서는 미완성인 채로 남아 있는 구비문학대계의 마무리를 더 이상 미룰 수 없다는 생각으로 이를 증보하고 개정할 계획을 세웠다. 20년 전의 첫 조사 때보다 환경이 더 나빠졌고, 이야기와 노래를 기억하고 있는 제보자들이 점점 줄어들고 있었던 것이다. 때마침 한국학 진흥에 대한 한국 정부의 의지와 맞물려 구비문학대계의 개정·증보사업이 출범하게 되었다.

이번 조사사업에서도 전국의 구비문학 연구자들이 거의 다 참여하여 충분하지 않은 재정적 여건에서도 충실히 조사연구에 임해 주었다. 전국 각지의 제보자들은 우리의 취지에 동의하여 최선으로 조사에 응해 주었다. 그 결과로 조사사업의 결과물은 '구비누리'라는 이름의 데이터베이스에 탑재가 되었고, 또 조사자료의 텍스트와 음성 및 동영상까지 탑재 즉시 온라인으로 접근할 수 있는 시스템을 갖추었다. 특히 조사 단계부터 모든 과정을 디지털화함으로써 외국의 관련 학자와 기관의 선망의 대상이 되고 있다.

이제 조사사업의 결과물을 이처럼 책으로도 출판하게 된다. 당연히 1980년대의 일차 조사사업을 이어받음으로써 한편으로는 선배 연구자들의 업적을 계승하고, 한편으로는 민족문화사적으로 지고 있던 빚을 갚게 된 것이다. 이 사업의 연구책임자로서 현장조사단의 수고와 제보자의 고귀한 뜻에 감사를 표하지 않을 수 없다. 아울러 출판 기획과 편집을 담당한 한국학중앙연구원의 디지털편찬팀과 출판을 기꺼이 맡아준 역락출판사에 감사를 드린다.

2013년 10월 4일
한국구비문학대계 개정·증보사업 연구책임자 김병선

책머리에

구비문학조사는 늦었다고 생각하는 지금이 가장 빠른 때이다. 왜냐하면 자료의 전승 환경이 나날이 달라지고 있기 때문이다. 전승 환경이 훨씬 좋은 시기에 구비문학 자료를 진작 조사하지 못한 것이 안타깝게 여겨질수록, 지금 바로 현지조사에 착수하는 것이 최상의 대안이자 최선의 실천이다. 실제로 30여 년 전 제1차 한국구비문학대계 사업을 하면서 더 이른 시기에 조사를 했더라면 하는 아쉬움이 컸는데, 이번에 개정·증보를 위한 2차 현장조사를 다시 시작하면서 아직도 늦지 않았다는 사실을 실감했다.

구비문학 자료는 구비문학 연구와 함께 간다. 자료의 양과 질이 연구의 수준을 결정하고 연구수준에 따라 자료조사의 과학성이 결정되기 때문이다. 실제로 1차 조사사업 결과로 구비문학 연구가 눈에 띄게 성장했고, 그에 따라 조사방법도 크게 발전되었다. 그러나 연구의 수명과 유용성은 서로 반비례 관계를 이룬다. 구비문학 연구의 수명은 짧고 갈수록 빛이 바래지만, 자료의 수명은 매우 길 뿐 아니라 갈수록 그 가치는 더 빛난다. 그러므로 연구활동 못지않게 자료를 수집하고 보고하는 일이 긴요하다.

교육부에서 구비문학조사 2차 사업을 새로 시작한 것은 구비문학이 문학작품이자 전승지식으로서 귀중한 문화유산일 뿐 아니라, 미래의 문화산업 자원이라는 사실을 실감한 까닭이다. 따라서 학계뿐만 아니라 문화계의 폭넓은 구비문학 자료 활용을 위하여 조사와 보고 방법도 인터넷 체제와 디지털 방식에 맞게 전환하였다. 조사환경은 많이 나빠졌지만 조사보고는 더 바람직하게 체계화함으로써 누구든지 쉽게 접속하여 이용할 수 있는 데이터베이스를 구축했다. 그러느라 조사결과를 보고서로 간행하는 일은 상대적으로 늦어지게 되었다.

2차 조사는 1차 사업에서 조사되지 않은 시군지역과 교포들이 거주하는 외국지역까지 포함하는 중장기 계획(2008~2018년)으로 진행되고 있다. 한국학중앙연구원 어문생활연구소와 안동대학교 민속학연구소가 공동으로 조사사업을 추진하되, 현장조사 및 보고 작업은 민속학연구소에서 담당하고 데이터베이스 구축 작업은 한국학중앙연구원에서 담당한다. 가장 중요한 일은 현장에서 발품 팔며 땀내 나는 조사활동을 벌인 조사자들의 몫이다. 마을에서 주민들과 날밤을 새우면서 자료를 조사하고 채록하여 보고서를 작성한 조사위원들과 조사원 여러분들의 수고를 기리지 않을 수 없다. 조사의 중요성을 알아차리고 적극 협력해 준 이야기꾼과 소리꾼 여러분께도 고마운 말씀을 올린다.

구비문학 조사를 전국적으로 실시하여 체계적으로 갈무리하고 방대한 분량으로 보고서를 간행한 업적은 아시아에서 유일하며 세계적으로도 그 보기를 찾기 힘든 일이다. 특히 2차 사업결과는 '구비누리'로 채록한 자료와 함께 원음도 청취할 수 있는 데이터베이스를 구축해서 세계에서 처음으로 인터넷과 스마트폰으로 이용할 수 있는 디지털 체계를 마련했다. '구슬이 서 말이라도 꿰어야 보배'인 것처럼, 아무리 귀한 자료를 모아두어도 이용하지 않으면 소용이 없다. 그러므로 이 보고서가 새로운 상상력과 문화적 창조력을 발휘하는 문화자산으로 널리 활용되기를 바란다. 한류의 신바람을 부추기는 노래방이자, 문화창조의 발상을 제공하는 이야기주머니가 바로 한국구비문학대계이다.

2013년 10월 4일
한국구비문학대계 개정·증보사업 현장조사단장 임재해

한국구비문학대계 개정·증보사업 참여자 <small>(참여자 명단은 가나다 순)</small>

연구책임자
김병선

공동연구원
강등학　강진옥　김익두　김헌선　나경수　박경수　박경신　송진한　신동흔
이건식　이경엽　이인경　이창식　임재해　임철호　임치균　조현설　천혜숙
허남춘　황인덕　황루시

전임연구원
이균옥　최원오

박사급연구원
강정식　권은영　김구한　김기옥　김월덕　김형근　노영근　서해숙　유명희
이영식　이윤선　장노현　정규식　조정현　최명환　최자운　한미옥

연구보조원
강소전　구미진　김보라　김성식　김영선　김옥숙　김유경　김은희　김자현
김혜정　마소연　박동철　박양리　박은영　박지희　박현숙　박혜영　백계현
백은철　변남섭　서은경　서정매　송기태　송정희　시지은　신정아　오세란
오소현　오정아　유태웅　육은섭　이선호　이옥희　이원영　이홍우　이화영
임세경　임　주　장호순　정다혜　정유원　정혜란　진　주　최수정　편성철
편해문　한유진　허정주　황영태　황진현

주관 연구기관 : 한국학중앙연구원 어문생활사연구소
공동 연구기관 : 안동대학교 민속학연구소

일러두기

■ 『증편 한국구비문학대계』는 한국학중앙연구원과 안동대학교에서 3단계 10개년 계획으로 진행하는 "한국구비문학대계 개정·증보사업"의 조사 보고서이다.

■ 『증편 한국구비문학대계』는 시군별 조사자료를 각각 별권으로 간행하는 것을 원칙으로 한다. 서울 및 경기는 1-, 강원은 2-, 충북은 3-, 충남은 4-, 전북은 5-, 전남은 6-, 경북은 7-, 경남은 8-, 제주는 9-으로 고유번호를 정하고, -선 다음에는 1980년대 출판된 『한국구비문학대계』의 지역 번호를 이어서 일련번호를 붙인다. 이에 따라 『증편 한국구비문학대계』는 서울 및 경기는 1-10, 강원은 2-10, 충북은 3-5, 충남은 4-6, 전북은 5-8, 전남은 6-13, 경북은 7-19, 경남은 8-15, 제주는 9-4권부터 시작한다.

■ 각 권 서두에는 시군 개관을 수록해서, 해당 시·군의 역사적 유래, 사회·문화적 상황, 민속 및 구비 문학상의 특징 등을 제시한다.

■ 조사마을에 대한 설명은 읍면동 별로 모아서 가나다 순으로 수록한다. 행정상의 위치, 조사일시, 조사자 등을 밝힌 후, 마을의 역사적 유래, 사회·문화적 상황, 민속 및 구비문학상의 특징 등을 중심으로 설명하고, 마을 전경 사진을 첨부한다.

■ 제보자에 관한 설명은 읍면동 단위로 모아서 가나다 순으로 수록한다. 각 제보자의 성별, 태어난 해, 주소지, 제보일시, 조사자 등을 밝힌 후, 생애와 직업, 성격, 태도 등을 중심으로 서술하고, 제공 자료 목록과 사진을 함께 제시한다.

- 조사자료는 읍면동 단위로 모은 후 설화(FOT), 현대 구전설화(MPN), 민요(FOS), 근현대 구전민요(MFS), 무가(SRS), 기타(ETC) 순으로 수록한다. 각 조사자료는 제목, 자료코드, 조사장소, 조사일시, 조사자, 제보자, 구연상황, 줄거리(설화일 경우) 등을 먼저 밝히고, 본문을 제시한다. 자료코드는 대지역 번호, 소지역 번호, 자료 종류, 조사 연월일, 조사자 영문 이니셜, 제보자 영문 이니셜, 일련번호 등을 '_'로 구분하여 순서대로 나열한다.
- 자료 본문은 방언을 그대로 표기하되, 어려운 어휘나 구절은 ( ) 안에 풀이말을 넣고 복잡한 설명이 필요할 경우는 각주로 처리한다. 한자 병기나 조사자와 청중의 말 등도 ( ) 안에 기록한다.
- 구연이 시작된 다음에 일어난 상황 변화, 제보자의 동작과 태도, 억양 변화, 웃음 등은 [ ] 안에 기록한다.
- 잘 알아들을 수 없는 내용이 있을 경우, 청취 불능 음절수만큼 '○○○'와 같이 표시한다. 제보자의 이름 일부를 밝힐 수 없는 경우도 '홍길○'과 같이 표시한다.
- 『증편 한국구비문학대계』에 수록된 모든 자료는 웹(gubi.aks.ac.kr/web)과 모바일(mgubi.aks.ac.kr)에서 텍스트와 동기화된 실제 구연 음성파일을 들을 수 있다.

차례

나주시 개관 ● 23

● 근현대 구전민요

3. 다시면

▌조사마을

4. 동강면

▌조사마을

5. 반남면

▌조사마을

▌제보자

● 설화

나주시 개관

　행정구역상 현재의 나주시는 1995년의 지방 정주생활 중심도시와 인근 농촌지역의 행정구역 통합과정에서 과거의 나주시 행정구역과 나주군 행정구역이 통합되어 성립된 도농 복합시다. 나주(羅州)라는 지명은 통일신라 효공왕 7년(903)부터 사용되기 시작한 것으로 알려지고 있으며, 통일신라 때의 지명은 금성(錦城) 또는 금산(錦山)이었다. 비록 행정체계상의 지위는 몇 차례에 걸쳐 바뀌기는 했으나, 이후 나주라는 지명이 지금까지 계속 사용되어 오고 있다. 다만 1981년 7월의 행정구역 개편에 따라 나주읍과 영산포읍이 통합하여 시로 승격될 당시 일시적으로 금성시로 명명되었던 적이 있으나, 시부 지역을 제외한 군부지역은 계속해서 나주군으로 호칭되었고, 1986년 1월 1일부터는 금성시의 명칭이 다시 나주시로 개칭되었다. 1995년 1월 1일에는 나주시와 나주군이 단일 행정구역으로 묶여 도농복합형 통합 나주시가 출범하였고, 동년 3월 1일에는 통합 전의 나주군에 속했던 남평면이 남평읍으로 승격되었다. 그리고 1998년 10월에는 기존 나주시 지역에 속했던 11개 행정동을 6개의 행정동으로 통폐합함으로써, 현재의 나주시는 통합 이전 나주시에 속했던 6개동과 나주군에 속했던 1개 읍, 12개 면으로 구성된다. 2008년 말을 기준으로 한 나주시의 행정구역 현황을 보면 아래 표와 같다.

년도	면적(km²)	읍	면	동		리		통	반	자연마을
				행정	법정	행정	법정			
2009	608.15	1	12	6	33	440	154	119	1,289	676

총 면적 608.15km²의 나주시는, 전남의 5개 시급 행정구역 중 과거의 승주군과 순천시를 통합한 도농복합 순천시에 이어 두 번째로 넓은 면적을 차지하고 있다. 전라남도 다도해 도서지역을 제외한다면 나주시는 공간적으로 보아 전라남도 육지부의 중심부에 자리하고 있다. 나주지역의 지리적 형상은 동서방향을 장축으로 하는 거의 직사각형에 가까우며, 다만 서쪽 시 경계를 이루고 있는 영산강 본류와 하구둑 건설로 감조하천의 간석지가 육화된 남서단의 동강면 부근에서 시계의 평면적 굴곡이 심하게 나타난다. 인접 시·군과의 지리적 인접관계에 있어서는 광주광역시를 비롯하여 함평군, 무안군, 영암군, 화순군 등 1개 광역시 및 4개 군 시계를 공유한다. 관계적 위치로 본 나주시의 특징은 목포를 비롯하여 강진, 해남 등 전라남도 남서부 및 다도해 지역과 지방 대도시인 광주를 잇는 교통의 요충지라는 점이다. 이들 지역으로부터 시작되는 거의 모든 도로가 나주시를 거쳐 광주시와 연결된다. 가장 근대화된 형태의 육상교통로인 고속도로가 건설되기 전까지만 하더라도 전라남도에서 나주시만큼 교통서비스 중심지로서 중요한 위치를 차지했던 도시를 찾아보기란 그다지 쉽지 않았다.

위도상으로 보아 거의 한반도 남단에 해당하는 나주시는 기후가 온화한 편이며, 서해와 남해로부터 비교적 근거리에 위치하고 있어 남서계절풍이 수렴되는 계절에는 상당히 많은 강수량을 보인다. 동쪽의 화순군과 북서쪽의 함평군의 경계를 따라 높은 산지가 분포하고 있긴 하나, 시역의 대부분이 거의 구릉지나 평야지형에 해당한다. 전라남도의 중심하천인 영산강 수계의 중하류에 위치하는 까닭에 비교적 넓은 평야가 분포하고 있어 농경사회 주민들의 정착이 상당히 빨리 이루어졌으며, 근대화 이전의 농업 중심 사회에서는 주변지역에 대한 서비스 중심성이 매우 강했었다. 특히 대외교통이 불편했던 시절의 영산강 수운과 주변의 넓은 농경지 및 양호한 기후조건이 결합됨으로써 일찍부터 전라도의 양대 행정서비스 중심지 가운데 하나로 기능했었다. 그러나 인접한 광주의 급격한 성장과 영산강 수운의 쇠퇴, 산업사회로의 변화, 철도교통의 상대적 침체, 하구를 중심으로 한 수차례의 농업개발사업이 진행됨으로써 각종 사회·경제적 활동에 대한 흡입력이 저하되어 현재는 상대적으로 낙후되어 있다. 다만, 최근 들어 인근 광주시가 점차 광역화되고 그에 따른 각종 활동의 교외 분산에 힘입어 간선 교통로 주변의 농업적 토지 이용이 도시적 토지이용으로 바뀌는 경향을 보이기도 한다.

나주시는 시가지의 남쪽에 해당하는 '영산포(榮山浦)'라는 구 지명에서 짐작할 수 있듯이, 영산강 유역분지의 중심부에 위치하고 있다. 영산강은 담양의 용추봉(560m)에서 발원하며 유역면적이 3,371km²에 불과한 소규모 강이지만, 지금까지 남도지방의 농업 및 생활용수를 공급하는데 매우 중요한 역할을 해왔다. 영산강의 본류에 해당하는 극락강(極樂江) 이외의 주요 지류로는 황룡강(黃龍江)과 지석천(砥石川), 고막원천(古幕院川), 문평천(文平川), 함평천(咸平川) 등이 있으며, 지질구조상 화강암지대를 관류하면서 하천 연안에 드넓은 충적지를 형성해놓고 있다.

영산강의 중·하류에 위치하는 나주시의 답지 기준 평야면적은 약 162km²에 달하여 전남의 22개 시군 가운데 해남군 다음으로 넓은 면적을 차지하고 있다. 그러나 행정구역 면적을 감안한 답지 비율에 있어서는 1999년 말 현재 26.8%로서, 전남의 평균치인 17.1%보다 훨씬 높고, 해남군의 19.7%보다 더 높은 수준이다. 특히 전·답·과수원을 모두 망라한 경지비율은 39.6%에 달하여 전남의 평균치인 27.4%보다 훨씬 더 높아, 이 지역이 평야지대로서 호남의 곡창지대임을 보여준다. 특히 과수원 면

적은 약 11.03km²에 달하여 전남지역 전체 과수원 면적 23.594km²의 절반가량을 차지하는데, 이들 과수원은 주로 구릉성 야산이나 저기복의 산지 사면에 분포하고 있다. 전체 행정구역 면적에서 차지하는 논의 면적 구성비율 및 경지비율은 전남의 5개 시군 가운데 가장 높으며, 밭의 면적 구성비율은 약 11%로써 전남 평균치보다 약간 더 높은 수준을 보이고 있다.

2003년 말 현재, 나주시의 인구는 40,102세대 103,452명(남자 51,585명, 여자 51,867명)으로 전남의 5개시 가운데 가장 적다. 이는 전남 전체 인구의 5.1%에 불과한 것으로 그나마 매년 그 비중이 감소하고 있다. 노동력의 노령화는 우리나라 농촌지역에서 일반적으로 나타나는 특징에 해당하는데, 나주시의 65세 이상의 노령인구 비율은 14.4%에 달하여 대도시 근교임에도 불구하고 도시적 특성을 찾아보기 어려울 정도로 높다. 전남지역에 소재하는 나머지 4개시의 노령 인구비율은 대략 6~8%임을 감안할 때, 나주시는 행정체제상 도시일 뿐, 제조업이나 3차 산업을 경제적 기반으로 하는 실질적 의미에서 생산적 기능의 도시로 보기 어려운 상태이다.

나주시에는 총 680여 개에 달하는 자연마을이 분포하고 있는데, 이들 중 상당수의 취락들이 고대부터 다양한 혈연집단을 중심으로 촌락을 형성해왔다. 14세기 이전 나주에 형성된 촌락들은 대개 산록지대에 입지했던 것으로 보인다. 북서부의 다시면·노안면, 동부 남평읍·봉황면·다도면의 산록을 중심으로 촌락이 형성되었으며, 이 시기에 촌락을 형성했던 주요 혈연집단은 나주에 본관을 둔 토착집단이었다. 당시의 대표 성씨를 보면 나주임씨, 나주나씨, 금성나씨, 나주정씨, 반남박씨 등을 들 수 있다. 이후, 14~16세기에 이르러 나주의 촌락 발생구역은 크게 확대되었다. 즉 해발 30m 내외의 구릉지까지 촌락입지가 확대되는 한편, 16세기에 이르러서는 열악한 자연환경 조건하의 저습지대와 산간지대로까지 촌락이 입지하게 되었다. 결과적으로 나주지방 전역에 걸쳐 취락들이 분포하게 되었으며, 주로 구릉지의 촌락발달이 두드러졌다. 한편 14~15세기의 유입 집단으로는 풍산홍씨, 서흥김씨, 하동정씨 등이 있으며, 16세기에는 김해 김씨, 장수황씨, 제주양씨 등의 집단이 들어와 촌락을 형성하였다. 16세기 이후 나주에서는 촌락이 저습지대는 물론 산간지대까지 확대되었다. 주로 구릉지와 영산강 지류 연안의 저습지대를 중심으로 17~18세기에 촌락이 발달했으며, 19세기에 접어들면서부터 저습지대의 촌락형성 빈도가 그 어떤 자연환경 지역보다도 더 높았다. 이 시기에 있어 나주의 대표적인 촌락형성 집단은 김해김씨와 장수황씨였으며, 김해김씨는 구릉지와 저습지대에, 장수황씨는 주로 남부의 구릉지와 저습지대에서 촌락을 확대시켜 나갔다.

나주에는 멀리 선사시대부터 사람들이 살기 시작하여, 역사시대에 들어와서는 독특한 옹관고분사회를 형성하였다. 이후 백제의 지배영역 하에 들어간 이후에도 나름대로의 독특한 문화를 유지하였다. 통일신라시대에는 장보고의 해상세력과 연결되어 있었고, 후삼국시대에는 해상세력 왕건과 연결되어 왕건의 고려왕조 창건에 큰 공헌을 하였다. 이로 인해 고려 초기 나주는 고려왕실과 밀접한 관련을 가진 땅으로 인식되었고, 이는 삼별초의 난 때까지도 고려 왕실에 충성을 다하는 곳으로 연결되었다. 고려시대 나주는 나주목으로서 오늘날 전남지역의 중심지로서의 위상을 지니고 있다. 이와 같은 위상은 조선시대에도 그대로 이어졌다.

조선시대 나주지역은 넉넉한 평야지대를 기반으로 사족세력의 성장을 가능케 하였고, 이로 인해 사족세력의 활동이 비교적 활발한 지역이 되었다. 다수의 서원 건립, 향약과 동약의 실시, 많은 문인 배출이 가능하였던 것은 그러한 지역적 배경 위에서 가능하였다. 그리고 임진왜란 때에는 전국에서 최초로 의병을 조직하여 각지로 출동하기도 하였다. 하지만 나주의 사족세력은 그 정치적 비중 때문에 중앙의 정치세력과 연결되어 여러 사건에 휘말리기도 하였다. 정여립 사건과 관련하여 동인세력이 큰 피해를 입은 '기축옥사', 경현서원을 둘러싼 당색간의 갈등인 '을미옥사'가 있었고, 영조 때 이인좌의 난과 '나주괘서사건'으로 인하여 많은 유생들이 희생되기도 하였다. 이와 같은 사건들은 모두 나주지역 유생들의 세력이 그만큼 컸고, 또 정치적 비중이 있었음을 반증하는 것이기도 했다.

근대에 들어오면서 나주는 근대화와 외세 침략의 물결 앞에서 파란을 겪지 않을 수 없었다. 우선 1894년 동학농민군이 봉기하였을 때, 나주시는 호남 보수세력의 근거지가 되어 농민군에게 끝내 성을 내주지 않았고, 그 결과 초토영이 설치된 곳이기도 하였다. 나주의 보수성은 이듬해 단발령이 내려졌을 때 유생과 향리들이 이에 대항하여 '을미의병'을 일으킨 데에서 잘 나타났다. 하지만 이 사건은 나주가 전라도 남부지역의 수부로서의 역할을 잃게 하는 결과를 가져왔다. 1896년 전라남도가 설치되었을 때 관찰부는 나주가 아닌 광주가 되었다. 이후 나주는 광주에 전라남도 수부의 자리를 내주게 된 것이다. 그러면서 나주는 이제 외세의 침략에 대한 저항의 중심지로서 새롭게 부상하게 된다. 나주지역민들을 특히 자극한 것은 1897년 목포 개항 이후 영산포를 중심으로 일본인들이 적극 진출하여 토지를 사들이고 농장을 건설하기 시작한 일이었다. 이는 나주 백성의 경각심을 불러일으켜, 을사조약 이후 각지에서 의병이 일어났을 때, 나주의 유생들과 평민들은 의병진에 적극 참여하고, 이후 학생독립운동과 만세사건, 농민들의 농민조합사건 등 일제강점기 나주는 민족운동의 땅이 되었다. 광복 이후, 특히 1960년대 이후 산업화에 따라 전국의 주요 도시들이 대도시로 성장해가는 과정 속에서 나주는 인근 광주에 눌리면서 대도시로 성장할 수 있는 기회를 놓치고 소도시로서 정체되는 모습을 보였다. 하지만 1980년 5월 민중항쟁이 일어났을 때, 나주 시민들도 이에 적극 동참하여 민주화 운동에 앞장섰다. 또 나주농민들은 이른바 수세거부투쟁에 앞장섬으로써 전국적인 농민운동의 선두에 서기도 하였다. 이처럼 나주시민은 오늘날에도 여전히 한국사의 선두에 서서 한국사를 이끌어가는 역할을 수행하고 있다.

역사의 땅 나주는 또한 비옥한 영산강 유역에 위치하여 땅이 기름지고 기후가 온화하여 국내 최대의 곡창지대로 일컬어지고 있다. 나주평야에서 생산되는 쌀을 비롯하여, 배와 토하젓은 이미 오래전부터 전국적인 명성을 얻고 있으며, 이외에 참게장, 영산포홍어, 나주곰탕 등도 나주의 대표적인 먹거리로 자리매김하고 있다.

1. 금천면

증편 한국구비문학대계 · 전라남도 나주시

▌조사마을

전라남도 나주시 금천면 신가리 2구 당가마을

조사일시 : 2010.4.11
조 사 자 : 이경엽, 한미옥, 송기태, 임세경

전라남도 나주시 금천면 신가리 2구 당가마을 전경

　당가마을은 금천면소재지에서 북쪽으로 약 4km 지점에 위치하고 있으
며, 산포면과 경계를 이루고 있는 마을이다. 마을 뒤쪽으로 지석강이 흐
르고 있다. 과거에는 상촌과 중촌마을이 당가마을의 뒤쪽에 있었다고 하
며, 당가를 하촌으로 칭하였다고 한다. 그러나 상촌과 중촌 두 마을은 모
두 폐촌이 되고 현재는 하촌인 당가마을만이 남아 있다.

　당가마을은 풍수적으로 가마솥 형국이라고 한다. 때문에 과거에는 솥에
구멍을 낸다고 하여 마을에서 개인 우물을 파지 못하게 하였다. '당가(唐

加'라는 마을지명은 옛날 당나라시대부터 마을이 있었다고 하는 구전에 의해 붙여진 것이다. 문헌상 마을의 이름이 처음 나온 곳은 1789년 ≪호구총수≫로, 금마산면(金馬山面)의 4개 마을 중 한 마을로 '당가산리(唐加山里)'라는 지명이 보인다. 그 후 1912년 『지방행정구역명칭일람』에는 금마산면 12개 마을 중 당가리(唐加里)라는 지명이 보인다. 1914년 일제강점기 때 행해진 행정구역개편으로 금마산면의 당가리(唐加里)·송촌(松村)·신촌리(新村里) 일부와 광주군(光州郡) 대지면(大枝面) 이천리(伊川里)가 병합하여 신가리(新加里)가 되고, 금천면(金川面) 소속으로 바뀐다. 광복 이후 본 마을은 2구로 편제되어 현재에 이르고 있다. 마을에는 강화최씨 17, 전주이씨 8, 김해김씨 6, 황씨 1, 유씨 1, 배씨 1, 임씨 1호 등 총 35가구 100여 명이 거주하고 있다.

대부분 논농사와 배농사를 통해 수입을 올리고 있다. 하지만 30여 년 전까지만 해도 마을 주민 몇 명이 양철과 판자로 만든 작은 배를 가지고 지석강에서 붕어와 잉어를 잡아 판매하기도 하였지만 지금은 하지 않는다.

매년 5월 8일 어버이날에는 2구민 전체가 모여 경로잔치를 열며, 마을 총회도 역시 2구 전체회의로 매년 12월 말일에 개최한다. 그리고 이 무렵 각 반별로 마을회의를 따로 실시하고 있다. 위친계는 1946년 조직되었으며, 35가구가 가입되어 있다. 계는 애경사 때 상부상조를 목적으로 하고 있다. 부녀회와 청년회는 2구 전체적으로 조직되어 활동하고 있다. 전기는 1969년에 가설되었고, 전화는 1980년대에 들어왔다.

당가마을에는 <전감역이공성운시혜불망비(前監役李公聖雲施惠不忘碑)>가 있다. 이성운은 천석꾼 부자라고 하며, 이 비는 산포면, 금천면, 남평면 소작인 일동이 병자년에 세운 것이다. 그 외에도 당가마을 주변에 전주이씨 집단묘역을 조성하면서 지표면에서 토기편이 다량으로 드러나기도 했는데, 유물로는 발형토기의 구연부편, 개배 및 저부 등 다량의 회청색경질, 회색연질토기편이 수습되었다.

이항수, 남, 1933년생

주 소 지 : 전라남도 나주시 금천면 신가리 2구 당가마을
제보일시 : 2010.4.11
조 사 자 : 이경엽, 한미옥, 송기태, 임세경

이항수는 금천면 신가리 당가마을 토박이
다. 어렸을 때는 '항발'이라는 이름으로 불
렸으며, 중학교를 졸업한 후 지금까지 당가
마을에서 논농사와 배 농사를 지으면서 살
고 있다. 27세에 결혼해서 2남 3녀의 자녀
를 두었으며, 자녀들 모두 출가한 상태다.
현재 부인은 광주에 사는 딸네 집에서 외손
자들을 돌봐주고 있기 때문에 주말에나 집
에 들러 이것저것 살펴보고 간다고 한다. 때문에 평일에는 이항수 혼자
살고 있지만, 주말마다 아내와 아이들이 오기 때문에 별로 불편함은 느끼
지 않는다고 한다.

외지인들이 당가마을의 역사나 유래와 같은 내용을 물으면, 마을 사람
들 대부분이 이항수의 집으로 보낼 만큼 마을 내에서 신망이 두터운 편이
다. 이항수는 과거에도 마을과 관련한 이야기를 한 적이 있는데, 그것이
1997년 나주문화원에서 펴낸 '나주의 설화'에 실리기도 하였다. 이항수가
'이항숙'으로 잘못 표기된 그 책의 내용과 이번에 구연한 내용이 크게 다
르지는 않았지만, 당시보다 이야기 편수는 조금 줄었고 내용은 좀 더 구
체적으로 조사되었다. 그가 들려준 이야기는 대개는 어린 시절 직접 보았
거나 마을 어른들한테서 들은 이야기라고 한다.

제공 자료 목록

06_05_FOT_20100411_LKY_LHS_0001 당가마을 유래
06_05_FOT_20100411_LKY_LHS_0002 당가마을 지형
06_05_FOT_20100411_LKY_LHS_0003 복바우와 선창
06_05_FOT_20100411_LKY_LHS_0004 봉과 명지구리
06_05_FOT_20100411_LKY_LHS_0005 말을 잡아먹은 조개가 사는 못
06_05_FOT_20100411_LKY_LHS_0006 아기장수
06_05_FOT_20100411_LKY_LHS_0007 여덟 번째 명당자리
06_05_FOT_20100411_LKY_LHS_0008 이십팔 대 군왕지지
06_05_FOT_20100411_LKY_LHS_0009 한양 터를 잡아준 무학대사
06_05_FOT_20100411_LKY_LHS_0010 암물과 숫물

당가마을 유래

자료코드 : 06_05_FOT_20100411_LKY_LHS_0001
조사장소 : 전라남도 나주시 금천면 신가리2구 당가마을 250번지
조사일시 : 2010.4.11
조 사 자 : 이경엽, 한미옥, 송기태, 임세경
제 보 자 : 이항수, 남, 78세
구연상황 : 나주문화원에서 펴낸 '나주의 설화'란 책을 보고 금천면의 제보자 이항수 씨
를 찾아갔다. 조사자들이 당가마을 이항수 씨 집을 찾은 날, 마침 마을주민이
모두 과수원에 일을 나간 터라 마을이 텅 비어있었지만, 다행히도 제보자는
댁에 있었다. 조사자들이 조사 목적을 말하고 이야기 듣기를 청하자 흔쾌히
방으로 들어오라고 하시면서 많이 알지는 못하지만 자신이 아는 이야기 몇
마디 해주겠노라고 하신다. 먼저 조사자가 당가마을 유래에 대해 묻자 그에
대해 이야기를 해주셨다.
줄 거 리 : 당가마을은 당나라 때부터 있었다고 하며, '당나라 당(唐), 더할 가(加)'자를
써서 '당가산'이라고 불렸다. 또한 과거에는 마을이 상촌, 중촌, 하촌으로 구
분될 정도로 컸지만, 상촌과 중촌은 아주 오래전에 폐촌이 되어 없어지고 현
재 하촌만이 남아 있으며, 하촌이 지금의 '당가마을'이다.

마을 이름이 당가에요. 그것이, 당나라 때부터 있다 해갖고, 당나라 당
자, 더할 가자, 당가산이에요, 묏 산자. 그렇게 인자, 저기 헌 사람, 또, 그,
음을 따서, 당가뫼로, 그렇게 인자, 묏 산자라. 당가산.

(조사자 : 여기 어디 산이 있는 건 아닌데요?)

[앞쪽을 가리키며]

산, 거, 저 안에 있어. 그렇게 인자, 그, 산이기 전에, 마을 이름이요.
당, 오래된 마을이라, 당나라 때부터 있다 해갖고. 당나라 당자 더할 가자.
묏 산자, 그렇게. (조사자 : 뒤에 산은 그러면 뭐라고 부르신가요?) 여그,

여그는, 팽야, 여, 여, 뒷산이라고 그러지. 이 뒤니까. 저 앞에 있는 산은 앞산이라 그러고.

(조사자 : 그만큼 마을이 굉장히 역사가 오래 되었네요?)

오래 되얐지. 그런게 인자, 어르신들 말씀, 우리는 모리지마는, 여가 하촌,

[오른쪽을 가리키며]

중촌, 하촌, 있는디. 다~ 욱에(위에) 마을이 더 잘 살고, 순 옛날, 거 좋~은 집으로 있어도. 터가 아니라 다 없어지고 여가(여기가) 제일 하촌.

[각각의 마을 위치를 가리키며]

하, 중, 상. 저, 욱으로 가서.

(조사자 : 그러면 상촌, 중촌까지 다 없어져 버렸나요?) 없어져 부렀죠. 어르신들 말씀이 그러거든. 근게(그러니까), 거리(거기로) 가믄(가면) 지금도, 뭐 들을라고 밭 같은 거 파믄(파면) 그때 기왓장도 나오고 주춧돌도 나오고 그래요.

(조사자 : 어르신, 여기가 탯자리신가요?) 예, 예. (조사자 : 그때 태어날 당시부터도 이 마을만 있었던 거죠?) 그러죠.

[오른쪽을 가리키며]

거그다 저리, 인자, 저, 저~런 마을은 그 후로 생겨났죠. 얼마 안 됐죠. 이 마을은 상당히 오래 되얐죠.

당가마을 지형

자료코드 : 06_05_FOT_20100411_LKY_LHS_0002
조사장소 : 전라남도 나주시 금천면 신가리2구 당가마을 250번지
조사일시 : 2010.4.11
조 사 자 : 이경엽, 한미옥, 송기태, 임세경

제 보 자 : 이항수, 남, 78세

구연상황 : 당가마을이라는 이름에 얽힌 이야기에 이어서, 풍수상 마을의 형국에 관한 이
야기를 더 해주셨다. 제보자가 당가마을의 유래와 역사를 구연하는 동안 제보
자의 말과 얼굴에서 마을에 관한 강한 자부심을 엿볼 수 있었다.

줄 거 리 : 당가마을은 풍수지리상으로 '가마솥 터' 형국이어서 마을사람들이 모두 잘 산
다. 하지만 가마솥에 구멍을 뚫으면 안 되기에 개인 샘을 판 마을사람들은
모두 망해서 마을을 떠났다.

근게, 여그가 가마솥 터라 그래요. 그래서 우리 어려서 어른들, 저기 허
면은. 근게, 그때 당시는 잘 산 마을인디. 가마솥이라 해서 개인 집이다가
샘 판 사람, 다, 아시라졌어(망해버렸어). 인자, 가마솥인디 구멍을 뚫어버
린게. 그러제. 그런게 인자 개인 집에다 새암(샘) 판 사람들 다.

(조사자 : 그러면 옛날에 우리 마을에는 개인 집에다 새암 판 사람은 거
의 없었겠네요?) 인자 더러 있었제라. 그래도 다 아시라지고 없지라.

[오른쪽을 가리키며]

바로 요 욱에 가서 천석 헌 집안 할아버지도 해서 당대뿐이고.

[왼쪽을 가리키며]

또 저쪽에 가서 지금 화순해서 됐습니다마는, 거그도 한 삼백 석 잡고
잘 살어 왔는데. 그때 인자 잘 산게 다 구먹(구멍) 뚫은 거여. 그래서 그
런다고 글거든 인자. 그러믄 인자 들은게 글제. 우리가 겪으지 않어서 그
랬는가 저랬는가는 모르제라.

(조사자 : 천석 했던 양반집이 요렇게 올라가면 저 위 집 아니에요?)

[앞쪽을 가리키며]

바로 여그. 여기 옆에. 근게 원 몸체는 행랑을 뜯어서 옮겼어. 딴 사람
이 살어. 망해블고. 저기. (조사자 : 여기가 진짜 터가 좋은 터네요.) 그러
죠. 그런게 여그서 인자 그렇게 상, 하촌, 상, 중, 하촌이 있어도.

[하촌 쪽을 가리키며]

젤 쬐마리로(작게) 그때는 저기 했는디. 근데 터가 나은게 지금 날 오늘

날까지 있지요. 근디 인자, 천석이라는 부자만 부자집은 없었죠. 상, 중촌에 가서는.

복바우와 선창

자료코드 : 06_05_FOT_20100411_LKY_LHS_0003
조사장소 : 전라남도 나주시 금천면 신가리2구 당가마을 250번지
조사일시 : 2010.4.11
조 사 자 : 이경엽, 한미옥, 송기태, 임세경
제 보 자 : 이항수, 남, 78세
구연상황 : 당가마을 지명유래와 형국에 관한 이야기를 한 뒤에, 이어서 과거에 당가마을
뒤쪽까지 배가 드나들었다는 이야기를 해주었다. 조사자가 내친김에 책에서
본 '배바우'에 관해서 물었다. 이에 제보자가 복바우에 이어서 배바우에 관한
이야기도 함께 들려주었다.
줄 거 리 : 과거 영산강 하구둑이 생기기 전까지는 마을 뒤쪽에까지 배가 들어왔으며, 배
가 들어오면 그곳에 있는 '복바우'에 배를 묶었다. 또한 마을 왼편에 있는 산
에 물이 깊었는데 과거에는 그 물이 어찌나 깊던지 명주실 한 타래가 다 들
어가도 그 깊이를 가늠할 수가 없을 정도였으며, 고기도 많이 살았다. 하지만
지금은 역시 하구둑이 생긴 이후로 메워져버렸다.

　영산강. 여가 중류라고 봐야 돼요. 요, 바로 우에 가서 남평가(남평에)
지석강 있고 그래요. 여그 인자 적은게 여가 중류라고 봐야죠. 그런게 여
그도 우리는 모른디. 여, 복바우라고 여까지 배가 들어왔다여. 여그 가서.
선창이라고 허거든.
　[왼쪽을 가리키며]
　마을 쩌그 뒤에. 들어온 데가 다리 놔줘 있잖아요. 거그 가서 선창이라
그래. 거까지 배가 들어왔어요.
　(조사자 : 그러면 거가 배바우가 있어요?)
　인자 없어졌재라. 오래 돼야 브린게.

[왼쪽을 가리키며]

그러고 인자 지금도 저 쩌기에 가서 좀 산이 있거든요. 거그 가서 어뜨게 물이 깊든지 명지구리가(명주실 꾸러미가) 뭐, 한나 들어가네 뭣 됐네 그러고. 우리 어려서도 고기가 많았어요. 이, 모두 하천이 요렇게 변경돼야 브린게. 다 미워져(메워져) 버리고. 인자 그런 저기가 없지라우.

(조사자 : 옛날에 배바우가 있었는데, 그 배바우에다가 이렇게 배를 묶어서 배바운가요?)

인자 거까지 들어온다 해서 인자. 선창이요, 선창.

봉과 명지구리

자료코드 : 06_05_FOT_20100411_LKY_LHS_0004
조사장소 : 전라남도 나주시 금천면 신가리2구 당가마을 250번지
조사일시 : 2010.4.11
조 사 자 : 이경엽, 한미옥, 송기태, 임세경
제 보 자 : 이항수, 남, 78세
구연상황 : 조사자가 '배바우'에 관한 이야기 내용을 제대로 이해하지 못한 채 '명지굴'에 대해서 묻자, 제보자가 이어서 그에 관한 이야기를 들려주었다.
줄 거 리 : 마을에서 약간 떨어진 곳에 '봉'이라고 부르는 작은 산이 있는데, 과거에는 그 산 주위로 물이 들어왔다. 들어온 물이 얼마나 깊던지 명주실 꾸러미를 다 풀어 넣어도 그 깊이를 알 수 없었고 가물치와 잉어 같은 물고기들이 많이 살았는데, 지금은 메워져 버렸다.

(조사자 : 그럼 명지굴은 또 어디가 있어요?)

[왼쪽을 가리키며]

저그, 저, 있어. 쪼금 가면 있어요. 거가서 봉이라고 쫌 있어요. 지금도 있어요. (조사자 : 굴이 있다는 얘기에요?) 굴은 없는데. 거그 가서 인자 봉이라고 있는데. 일본 사람들도 그 지적도가 있어갖고 고기 잡으러 여까

지 왔어요. 고놈 찾아서. 우리도 거그 알아요. (조사자 : 봉이라는 얘기가 무슨 말씀이신지?)

[허공에 봉우리를 그려 보이며]

인자, 그 보트, 쬐깐한 산이 있어요. 봉, 그거 보고 봉이라 그래. 지금도 있어요.

(조사자 : 예, 그러니까 명지굴이 그 봉 안에 있었어요?) 인자, 명지구리가 한나 들어갔다. 그만큼 깊다는 것이여. 꾸리. 거, 실이. 고놈이 다 들어갔단게 얼마나 짚었겠어요. 그렇게 물이 깊었다 그 말이여, 수심이 깊었다. 들어가도록 짚었다 그 말이여. 그런게 얼마나 고기가 많았겠소. 우리 어려서도 맨 고기여. 잉어 같은 거, 가물치 같은 거. (조사자 : 지금도 그렇게 거기에 고기가?) 인자, 다 미워져 버렸제. 봉만 남았고, 물만 쫌 남아가지고.

말을 잡아먹은 조개가 사는 못

자료코드 : 06_05_FOT_20100411_LKY_LHS_0005
조사장소 : 전라남도 나주시 금천면 신가리2구 당가마을 250번지
조사일시 : 2010.4.11
조 사 자 : 이경엽, 한미옥, 송기태, 임세경
제 보 자 : 이항수, 남, 78세
구연상황 : 앞서의 '봉과 명지구리'에 관한 이야기를 하고 난 뒤, 인근에 있는 둠벙에 관한 이야기도 이어서 해주었다. 조사자가 주변지리를 잘 몰라 헷갈려 하자, 제보자가 마을 주변 지리를 자세히 일러주면서 이야기를 진행하였다.
줄 거 리 : 마을 주변에 있는 '봉'이라는 작은 산에 미쳐 못가서 웅덩이가 있었는데, 그 웅덩이에 가물치며 잉어 등이 많이 살았다. 그런데 과거에는 그 웅덩이 주변에다 사람들이 타고 다니던 말을 묶어두고 물을 마시게 했는데, 그 웅덩이에 있는 조개가 어찌나 크던지 그 말을 먹어버렸다. 그리고 옛날부터 웅덩이 주변에는 구렁이가 많아서 사람들이 가기를 무서워했다.

근게.

[왼쪽을 가리키며]

여그에도 요, 못이 크게 있어요. 둠벙(웅덩이), 못이. 여, 산 뒤에가. 다 미어져불고 없어. 그때는 인자, 어뜨게 가물치 많고 구랭이가 많어서 잘 못 댕겼는디. 또 인자, 그, 조개가 어떠, 큰 놈이 와갖고 말, 잡어 먹었다는 그런 전설도 있어요.

(조사자 : 아까 그 봉에서요?) 아니여. 봉 미차 못 가서. (조사자 : 미쳐 못 가서, 둠벙이 하나 있는데?) 둠벙, 둠벙. 못이여 못이라 글재. 근게. 큰 못 있고 작은 못 있고 그런데. 인자 그랬다고 얘기는 헙디다. 말 내 논 놈. 그리(그곳으로) 물 묵으러 온 놈을 조개가 잡어먹었다네. 근디 거, 허나마나 헌 소리여. 우리는 그런게. 그것은 건성으로 들재라.

(조사자 : 그러니까, 사람들이 말에게 물 먹으라고, 말을 묶어놨는데?) 인자 떨어져서 인자, 여꺼장(여기까지) 물 먹고자 와서 인자, 저, 저, 저, 들에다 매 논게. 와갖고 인자. 조개가 인자, 큰 놈이 말을 잡어먹었다. 근디 그런 것이 인자, 가능허믄 저기 헌디. 근게. 그런게 그냥 묵과 해버리고 전허도(전해지지도) 안 허고 그래.

아이 그냥, 어뜨게 구랭이 많었던지 무서와서 못 가요. 그란게 거가 가서,

[양손을 펼쳐 보이며]

조개 요런 놈도 있고 그냥 많이 잡죠.

아기장수

자료코드 : 06_05_FOT_20100411_LKY_LHS_0006
조사장소 : 전라남도 나주시 금천면 신가리2구 당가마을 250번지
조사일시 : 2010.4.11

조 사 자 : 이경엽, 한미옥, 송기태, 임세경
제 보 자 : 이항수, 남, 78세
구연상황 : 조사자가 아기장수에 관한 이야기를 아냐고 묻자, 제보자가 자신의 집안에도
그런 아이가 태어난 적이 있었다고 하면서 이야기를 들려주었다. 조사자가 의
심쩍어서 진짜로 아기장수가 태어났냐고 물어보자, 제보자가 자신의 집안에
실재했던 이야기임을 재차 강조하면서 이야기를 진행하였다.
줄 거 리 : 제보자의 당숙이 일제 말기에 광원면에 살았는데, 당숙모가 아이를 낳았다.
그런데 태어난 지 일주일도 안 된 아기가 방안의 시렁 위를 이리 저리 날아
다녔다. 그것을 본 당숙이 집안 어른에게 사실을 말하자, 집안에서 그런 사람
이 태어나면 삼족을 멸하기 때문에 얼른 관에 고발을 하라고 했다. 그런데
마침 그 소리를 들은 아기가 스스로 그 자리에서 목숨을 끊어 죽고 말았다.

(조사자 : 옛날에 아기가 태어났는데 힘이 장사였고 겨드랑이에 날개가
있었다는 그런 이야기 들어보셨나요?)

[제보자가 박수를 치며]

우리 집안에서 있었더라. 그런게 여가(여기가) 당숙 된다. 저~그, 광원
면에 살아요. 그런게 한~참 고놈이 나갖고 일주일도 못 되아서 요, 시렁
에를 요리 날았다 저리 날았다 헌디. 그래, 요놈 저놈 날아댕긴다. 그런디
인자, 그때는 삼족을 멸해불거든요 알믄. 그래 부르니께는 요그 천석 헌,
그 할아버지가, 응, '얼른 가서 고발해라. 안 된다', 고놈 듣고 죽어부렀어
요. 우리 집안에서 그런 일이.

(조사자 : 스스로 죽어부렀단 얘기에요?) 인자 죽어. 그 소리 듣고는. 근
게 그놈이 큰 놈 났재라. 근디, 인자 이 시렁에서 저 시렁으로 날어. 그때
는 인자 시골에 가서

[방 위쪽을 가리키면서]

요리도, 요 대로 해갖고 거그다 뭐 연그거든이라(얹거든요). 근게 요놈
이서 요리가고 저놈이서 날, 막 인자 일주일 되야갖고 저기를 헌디. 인자
하다, 저기 헌게 인자 오지재라(기분이 좋다는 뜻), 부모들은.

그런게 인자 그런 얘기를 했어. 인자, 천석 헌 그 할아버지한테다가. 그

런게는 요, 삼족을 멸해븐 것이다. 그 인자, 고놈이 크믄 인자 임금을 저
기 허네 어찌네, 그리 안 허요? 인자. 그러기 때문에 얼른 가서 고발해 부
러라. 고놈 듣고 죽어부렀어요. 그래갖고 안타까워 했지라우. (조사자 : 만
약에 살아 있었으면 큰 인물이 될 수도 있었겠네요?) 그러지 그러제라우.
(조사자 : 당숙이 아들, 애기를 낳는데 그 애기가 그랬다고?) 예. 그랬대요
사실.

　(조사자 : 아주 오래된 얘긴가요?) 어, 얼마 안되죠. 그니께 여그는 인자,
일제 말기쯤 되겠죠. 한 팔구십년 되겠소.

여덟 번째 명당자리

자료코드 : 06_05_FOT_20100411_LKY_LHS_0007
조사장소 : 전라남도 나주시 금천면 신가리2구 당가마을 250번지
조사일시 : 2010.4.11
조 사 자 : 이경엽, 한미옥, 송기태, 임세경
제 보 자 : 이항수, 남, 78세
구연상황 : 제보자가 자신의 집안에서 태어났다는 아기장수 이야기에 이어서, 당가마을
　　　　　과 송촌마을 사이에 있다는 명당에 관한 이야기를 들려주었다. 전국의 8대 명
　　　　　당 중 하나라는 명당 이야기를 들려주면서, 과거에 그렇게 명당을 찾아 많은
　　　　　사람들이 오곤 했는데, 지금은 그만큼 사람들이 오지 않는다고 말하는 제보자
　　　　　의 얼굴에 약간의 서운함도 엿볼 수 있었다.
줄 거 리 : 당가마을과 인근 송촌마을 사이에 소나무가 그득한 곳이 있는데 그곳 어딘가
　　　　　에 명당자리가 있다고 한다. 그 자리는 전국에서 여덟 번째 명당자리로 알려
　　　　　져 있다. 그곳은 거지가 가다가 배고파서 죽은 자리라고 하는데, 과거부터 지
　　　　　금까지 많은 사람들이 명당을 찾기 위해 오지만 아직도 그 자리가 확실히 어
　　　　　디인지는 모른다.

　근게, 인자 우리 어려서도 그러고 어른들도 그러고.
　[왼쪽을 가리키며]

여그 지금 저, 천둥 오고 저 동네 지금 저 솔나무 있는디. 저, 저그 솔나무 있는디. 거그 온다 그믄. 서울서부터서 지관들이 유명헌 지관들이 '야, 야달 번째 가는 명당이라'고 근다(그런다고 해요). 그래도 와서 사고.

[손을 가로 저으며]

다 허무헌 짓거리고.

그그다 인자, 전설에 듣기로는. 이, 썩 곤란허게 산다. 배고파 죽는 사람의 자리고. 죽는 자리가 그 자리다, 그렇게 인증을 허고 그랬어요. (조사자 : 여덟 번째로 전국에서 좋은 자리인데요?) 여가, 야달 번째 명당지라 그러거든요. 그런게 요, 우리 어려서부터서 아조 봄이면은 거, 모두 도포 입고 뭐 보러 댕긴다고. 별 짓거리 허무헌 짓이어요.

(조사자 : 거기가 그러면 본래 여덟 번째로 좋은 자리라고 옛날에는 그랬는데. 실제로는 그 자리가 배고파서 가다가 죽은 자리란 말씀이세요?) 인자 근게, 거지가 죽는 자리라 그렇게 인증을 해요. 근게, 거지가 인자 배고파 얻어먹고 가다가 인자 죽는 자리가. 그기 딱 죽는 자리다. 근게, 지금도 못 잡고 있어요. 지금은 세상이 요런게 인자 댕기도 안 해요. [왼쪽을 가리키며] 아주 여그, 요 욱에. 여그, 요 뒷산에도 아조 여그 와서 그쪽에도 보고. 저, 천둥, 여그서 보믄 저 있거든요 거. 지금 거, 보 막는다 헌디. 여그, 여, 영산강 저기 헌디. 그쪽에서 또, 요쪽 보고. 이리 저리 해도 허무해.

(조사자 : 거기가 송촌하고 어디 사이였죠?) 응. 인자, 거그. 거가 기라 글거든요. 천둥. 거, 어디가 있다고 그러거든요. 천둥마을. (조사자 : 배고파서 죽은 거지 자리다.) 그 사람 들어간 자리가 그 자리다 그래요. (조사자 : 그 자리가 명당이다?) 예. 야달 번째. (조사자 : 그러면 배고파서 죽은 거지 집안은 발복했겠네요?) 시~푸렇게 당아, 없은게. 근게, 허무헌 놈의 짓거리라 그 말이제라. 아직까지 그런 저기가 없은게. 글 안 해요?

우리, 우리 저, 국민학교 중학교 댕길 때만 해도, 요 뒤에 산에 가서 두

루매기 입고 몇 사람들 와서 왔다갔다 했제. 그것이 있다그믄 지금까지 있겠소? 그런게 허무헌 짓인게. 그런 낭설이.

이십팔 대 군왕지지

자료코드 : 06_05_FOT_20100411_LKY_LHS_0008
조사장소 : 전라남도 나주시 금천면 신가리2구 당가마을 250번지
조사일시 : 2010.4.11
조 사 자 : 이경엽, 한미옥, 송기태, 임세경
제 보 자 : 이항수, 남, 78세
구연상황 : 명당자리에 관한 이야기를 하다가, 제보자가 자신의 41대 조상인 이자춘의 묘에 관한 이야기를 들려주었다. 실제 그 묘가 전주 건지산 어느 자리인지는 제보자도 확실하게 알지 못하지만, 조선의 28대 왕이 태어날 자리에 묻힌 자신의 조상 묘를 제보자가 은근히 자랑스러워하는 모습이었다.
줄 거 리 : 제보자의 41대조 이자춘 할아버지의 묘가 전주 건지산에 있다. 그런데 그 묘자리가 '28대 군왕지'라고 해서 최고의 명당자리라고 한다. 그래서 아주 옛날부터 그곳에 부임하는 원님들이나 관료들이 그 자리에 자신들의 묘를 쓰려고, 이자춘 할아버지의 묘를 파묘하려고 하면 갑자기 뇌성벽력과 함께 비가 쏟아져서 묘를 쓰지 못하고 돌아갔다.

아, 그런게 우리 저 그 신라 사공 할아버지가. 나로써 사십 내가 일세 손이요. 신라 사공 할아버지. 그 저기에 가서, 이자춘이라고 안 있어요? 태조. 지금 성자, 계자, 그 할아버지의 저기가. 그러믄. 그 전주, 지금 건지산에가 있는디. 우리 그 할아버지. 거그다 (묘를) 썼는디. 고놈을 헐라고 그때 원님이나 뭣이나 오기만 허믄 고놈 파블고 즈그가 쓸라고. 저기 했어도. 가믄 비오고 뇌성벽력 해블고. 근게, 지금 거, 솔나무 전부 해서 요렇게 오그라졌는디. 근게, 어디가 긴지 몰라. 거가 긴지만 알제.

(조사자 : 전주 건지산에 묘가 있다는?) 건지산에가 우리 시조 사공 할 아버지 못이. 그 인자, 저. (조사자 : 사십 일대 조 할아버지에요?) 긇지.

예. 그런게. 근게, 인자 본래 해서 인자, 이십 팔대 군왕지라 허제마는 거가. 그래서 그런가 어찐가는 몰라도. 어, 이십 칠대까지 왕을 했은게. 좋은 자리제라.

인제, 거그도 인자 거그 보믄 딴 성받이가 올 것 아니요? 인자. 도지사나 지금으로 말허믄 인자 경찰국장이나. 그러믄 거그를 차지헐라고 별시럽게 허고 인자 뒤집고 가서. 거그 헐라그믄 거그 있다 뇌성벽력 피운게, 가질 못 허고. 그런 자리라 그래.

(조사자 : 그 묏자리를 몰래 가서 또 거기에 써볼라고 하면?) 그러제라, 인자. 모르게 쓰자네, 인자 걸려브린게 즈그 헐라해도. 근게, 못 쓰게 헐라고 고렇게 인자 뇌성벽력을 해블고 비가 쏟아져브린게 못 가고 그랬제라. 아, 그런게 그 자리를 즈그들이 뺏어갈라고 해도 되겄소?

(조사자 : 사십 일대조, 이자춘 할아버지 묘손데?) 인자, 거그는 신라 사공이고. 이자춘 즈그 할아버지 묘소라. 거그는 인자, 우리가 성자, 계자 할아버지가 등극 했으믄 그 후로 사대조를 추존 했거든. 목조, 인조, 도조, 안조. 그 양반들이 지금도 거가 있어. (조사자 : 이자춘 할아버지 묘 자리가 그러면 이십 팔대 군왕지지구만요?) 그러제. 아, 그래, 이십 칠대 안했소! 그런게 고렇게 있다고 헌디. 그런갑다 허제. 실질적으로 그런 저기가, 요런대 있다고 해봐야 뭐, 모도 못 쓰고 허믄 쪼간 살림 났으믄 났다, 석물을 시우고(세우고) 뭣허고 허제만. 그것이 다.

근게, 인자 고렇게 허고. 한 번 저기 해브리믄 못 허고 허믄. 그 머리에다가 못된 인간들 이리 저리 해도 잘 됩디여? 안 되제. 좋은 일을 해야제. 고런 못된 일을 헌디 되겄소!

한양 터를 잡아준 무학대사

자료코드 : 06_05_FOT_20100411_LKY_LHS_0009
조사장소 : 전라남도 나주시 금천면 신가리2구 당가마을 250번지
조사일시 : 2010.4.11
조 사 자 : 이경엽, 한미옥, 송기태, 임세경
제 보 자 : 이항수, 남, 78세

구연상황 : 제보자의 계속되는 풍수 이야기에 조사자가 무학대사 이야기를 물었더니, 앞의 28대 군왕지지 묘자리 이야기에 이어서 바로 무학대사 관련 이야기를 구연해주셨다.

줄 거 리 : 무학대사가 한양의 터에 궁을 짓는데 자꾸만 무너져버렸다. 한 번은 무학대사가 어느 시골 길을 가는데 밭에서 쟁기질을 하던 농부가 소를 때리면서 "이, 무학이 같이 미련헌 놈의 소야"라고 하는 소리를 듣고, 무학대사가 농부에게 사정을 해서 소에게 그런 말을 한 연유를 물으니, 한양이 학 터이기 때문에 새의 날개에 해당하는 곳에 사대문을 먼저 세우고 궁을 지어야 하는데, 그렇게 하지 않고 궁을 먼저 세우니 학이 날개를 칠 때마다 궁이 무너져버리는 것이라고 일러주었다. 이에 무학대사가 무릎을 탁 치면서 옳은 소리라고 하고 사대문을 먼저 세우니 궁이 더 이상 무너지지 않았다.

그러니께 우리, 터 잡을 적에 무학대사가 잡았잖아요. 서울 터를 잡을 때. 무학대사. 그렇게 인자 그때 당시도 서울 터를 잡어갖고. 사대문을 놔두고 궁을 지은게 짜그라져불고. 저, 그 학터거든요. (조사자 : 사대문을 먼저...) 먼저 지서야 된디. 인자 요, 학터라놔서 네 발. 사대문을 짓고 응, 궁을 지서야 된디. 응, 글 안 허고 인자 궁만 지스믄. 학이 날개만 치믄 허물어져불제라. 근게, 무학대사가 인자 거, 태조 그 양반허고 활 상환 댕겼단 안 그럽디요? 활 인자, 활로 유명헌 양반인게. 그때는 인제 말도 없고 인자 활을 잘 쏴야 장군. (조사자 : 이성계는 그러겠지만, 무학대사도 활을 잘 쐈다구요?) 그랬다 그래요. 거그도 인자, 그런 저기로 저기 했제. 동부라인 모두 거기 같이 다니면서.

그렇게, 한 번은 무학대사가 어느 시골 어디서 산골 저기를 나른디. 이, 비는 많이 와 싼다. 인자, 그 쟁기질을 허고 있거든요 근디 소를 탁 험시로,

"이, 무학이 같이 미련헌 놈의 소야. 왜 요리 가란게, 저리 가냐."

허거든.

근게, 인자 대사가 들은 참에 좀 이상허제라. 그런게, 그때 무학대사가 인자 쟁기질 헌 양반을 인자, 사정을 했드라우. 근게, 그가 신이여. 그런 게, 이리 저리 허니. 거,

"학체다."

서울 지금 저기가. 사대문을 먼저 짓고 어, 궁을 지서야 이것이 안 허제. 사대문을 짓도 안 허고. 학이 날개 치른 그것이 짜그라져브리제.

[무릎을 치며]

그때사 탁 치면서 그렇게 했다는. 그 무학대사님이 인자 잡어줘서, 서울.

암물과 숫물

자료코드 : 06_05_FOT_20100411_LKY_LHS_0010

조사장소 : 전라남도 나주시 금천면 신가리2구 당가마을 250번지

조사일시 : 2010.4.11

조 사 자 : 이경엽, 한미옥, 송기태, 임세경

제 보 자 : 이항수, 남, 78세

구연상황 : 조사자가 영산강에 관련된 이야기를 하나 해달라고 하자, 암물과 숫물 이야기를 해주셨다.

줄 거 리 : 영산강은 전남 담양에서 발원해 장성, 광주를 거쳐 나주 영산강에 이른다. 또한 남평에서 한 줄기가 흘러서 나주 노안에서 광주에서 흘러온 물과 만나 합수되어 당가마을 주변을 지나간다. 담양, 장성, 광주로 흐르는 물을 암물이라고 하고, 노안에서 합수되어 흐르는 물을 숫물이라고 부르는데, 이상하게도 '암물이 세면(물이 많아 물살이 세면) 숫물이 진다(물살이 천천히 흐른다)'고 한다. 게다가 '숫물이 지면 암물을 이기려'고 반드시 비가 내리며, 비가 내리면 장성 쪽에서 뗄감이 많이 흘러내려와 마을 사람들이 그 뗄감을 많이 주었다고 한다.

[왼쪽을 가리키며]

아, 여그 저, 아, 노태우 대통령 때도 여기 이래 갖고 저짝 터져갖고, 전부 제방이 터져갖고 거, 물태우라 안 했소. 전~부 저쪽 사람들이 저, 산 욱으로 다 피신 가고 그랬어라. 그라고 밭 저짝, 요 밑에 거, 이내라 근디. 이천이라 헌디. 거그도 거, 쫌 터져갖고 이리저리 근게, 그때 5개 부락이 나놔서 모두 저기. 그, 요기 승촌이라 헌디도. 칠십 번 종점이. 비만 오믄 거그 물 지거든요. 그렁게 비만 많이 오믄 전부 거, 나무에 올라가서 징, 저녁에 잠 자지 마라고. 징 치고 모두 난리 쳤소. 에, 거그는 거 비만 많이 오믄 집이랑 물이 닿어요. (조사자 : 근게, 나무 위에 올라가서?) 그러지. 잠 못 자게 허제. 그러고 모도 그랬어라.

그렁게 인자 여그 남평,

[왼쪽을 가리키며]

저 광주서 모두 인자, 여그는 숫물,

[왼쪽을 가리키며]

저그는 암놈이라 그러거든요. 여기 지믄 저기 이길라고 기언치(기어이) 비가 와요. 그거이 그거 이상허거든요. 물이 인자 뭐이냐믄. 저그 광주, 저쪽이 암물. 여그 남평서 요리 흐른 물이, 저그 저, 지금 노안 거그 가서 요거, 요, 합치거든요 합수거든요. 인제 숫물이 지믄 기언코 이길라고 또 비가 와서 저놈을 이기고. 그믄, 저쪽에서 오믄 또 여까지 밀어요. 그믄, 장성 그런 디서 비가 많이 와갖고 인자 장작, 거, 그게 또 여까지 떠내려 오믄 우리는 건지제라, 나무를. 어, 유명헌디라 여가. 나무. 거 장작, 그 해논 놈 떠내려오믄 인자 나무 헐라고, 여그서는 고놈 막 물에 들어가서 나무도 건지고, 장작. 여가 그렇게 해서 여가 유명헌디여라.

(조사자 : 그게 이무기, 용이 암용 숫용 이렇게 살지는 않구요?) 그래, 그런 건 안 허고. 물로 고렇게 정해갖고 그랬어요. 그믄, 인자 저쪽 물이 차이가 많이 나믄, 장성 같은디 가서 거기는 산중이라 나무 많이 해갖고

장작 패서. 여까지 떠내려 와요. 밀려서 여까지. 그믄, 고런 놈 우리는 건져서 나무도 허고.

근게, 저짝 담양서 저쪽에서 나려온 물은 암물. 여그 여, 화순 여그 남평서 나려온 물은 숫놈이라 그랬어라. 그렇게 인제 해서 헌갑다, 그러지. 여그서 또 저그한테 지믄, '아이고, 또 며칠 후에 비 오것다.' 허믄, 또 와서 또 이기고. (조사자 : 이기고 진다라는 말이 무슨 뜻이에요?)

그니까 뭐이냐믄. 여그서 이겨브리믄 요 물이 싸게 나려가고. 져브리믄 인자 저놈에 밀린게, 물이 느리게 내려가고 글지라. 그거 그냥 알제라. (조사자 : 이긴다는 말은 저쪽에서 오는 물이 더 많다는?) 많다고 그믄. 여가 더 더디게 나려가고. 또 여가 이기믄 빨리 나려가고. 거, 제만 트믄 여까지 또 밀리기도 하고. 제만 트믄 여그서 또, 우리는 (떠내려 온 장작을) 건져서 나오기도 허고 그랬제라. '아, 한 번 더 오니라.' 그러제라.

2. 다도면

▌조사마을

전라남도 나주시 다도면 풍산리 도래마을

조사일시 : 2010.7.16
조 사 자 : 이경엽, 한미옥, 송기태, 임세경

전라남도 나주시 다도면 풍산리 도래마을의 모습

    도래마을은 뒤로 노령산맥의 줄기인 식산(食山)이 멀리 영암 월출산을 바라보며 노적봉을 이루고 있고, 옆으로 뻗어 나온 감투봉은 호랑이가 엎드려 있는 형국을 갖추고 있다. 마을 서쪽의 박실재는 용이 감싸주는 형태를 이루며 길게 뻗어 동다리 저수지 호수에 꼬리를 담그고 물을 풍기는 기세를 하고 있다.

    풍산리는 고려대에 형성된 마을로 1759년 《여지도서》에는 남평현 도천면, 1789년 ≪호구총수≫에는 남평현 도개면, 1895년에는 남평군 도천면, 1912년 『지방행정구역일람』에는 남평군 도천면 은사리, 후곡리, 동녘리, 내촌리, 내축리, 효막리 등으로 기록되어 있다. 1914년 행정구역 폐합에 따라 남평군 다소면과 도천면은 다도면으로 통합되었으며, 도천면 효막리, 내축리, 은사리, 후곡리, 동녘리, 내촌리와 등포면 당촌 일부를 병합하여 '풍산리'라 명명하여 마침내 나주군 다도면 풍산리로 개편되었다.

1995년 나주시와 나주군이 통합되어 나주시 다도면 풍산리가 되었고, 1998년 10월 1일 『나주시 이통반설치조례규칙』에 의해 내촌은 풍산리 1구 1반, 동녘은 풍산리 1구 2반, 후곡은 풍산리 1구 3반, 행정은 풍산리 1구 4반, 은사는 풍산리 2구 1반, 방축은 풍산리 2구 2반, 효막은 풍산리 2구 3반이 되었다. 현재 풍산리 1구에는 내촌 동녘 후곡 행정 등 4개 자연마을이 속해있으며, 가구 수는 총 100여 호 정도 된다.

풍산리 1구 도래마을은 고려시대에 남평문씨, 진주형씨, 금성나씨가 살았으며, 조선 초기에 강화최씨와 풍산홍씨가 입향한 이래 오늘에 이르기까지 두 성씨가 마을을 주도적으로 운영하고 있다. 풍산리 1구 도래마을의 주 산업형태는 논농사이다. 그리고 10여 년 전부터 하우스에서 취나물을 가꿔 수입을 올리고 있는데, 취나물은 마을민의 70%가 하고 있다.

도래마을에는 역사가 깊은 건축물과 한옥이 많이 남아있어 반촌으로서의 풍산홍씨의 위용을 잘 보여준다. 중종 36년(1541)에 휴암 백인걸(休庵白仁傑)이 운영하던 학당인 영호정(永護亭)과 계은정(磎隱亭), 풍산홍씨 홍징(洪澄)의 업적을 숭배하고 추모하기 위하여 건립된 양벽정(兩碧亭) 등이 있으며, 국가지정과 전라남도 지정문화재로 지정된 한옥인 홍기응 가옥, 홍기창 가옥, 홍기헌 가옥이 있다. 또한 충절과 효행, 강학을 자랑하는 비석도 마을 주변에 많이 세워져 있다. 충신이 많이 배출된 강화최씨 가문과 관련된 4기의 충절과 절의비가 있고, 효자와 효열부를 많이 배출한 풍산홍씨 가문과 관련된 7효행비도 있다. 또 강학에 탁월한 지역임을 드러

내는 <대한일민시홍선생강학비(大韓逸民時洪先生講學碑)>와 <성남선생
홍공경모보비(城南先生洪公景慕碑)>도 있다.

마을조직으로는 동계(洞契)와 대동계(大洞契)가 있다. 동계는 1902년 풍
산 1구와 2구의 통합된 계이며, 대동계는 상부계(相扶契)로 80년 전에 조
직된 계이다. 현재 65명의 계원이 초상을 당했을 때에 상부상조하는 위친
을 목적으로 설립되었다.

매년 마을 전체행사로 정월 초이틀이면 각 반에서 세배상을 차려와 어
른들을 모시고 전체 주민이 합동으로 세배를 하고 마을총회를 열고 있다.
또한 매년 3월이면 '도래의 날' 행사를 열고 있는데, 2010년 올해로 33회
를 맞이하였다. 이날은 온 마을 주민들이 모여 음식을 먹으면서 즐거운
하루를 보낸다.

안영례, 여, 1942년생

주 소 지 : 전라남도 나주시 다도면 풍산리 도래마을
제보일시 : 2010.7.16
조 사 자 : 이경엽, 한미옥, 송기태, 임세경

안영례는 1942년에 나주시 봉황면 봉동
에서 출생했다. 순흥안씨 집안에서 곱게 자
란 안영례는 18세 때 도래마을 강화최씨 최
병기와 혼인하였다. 당시 신랑은 26세였다.

노래보다는 이야기를 많이 들려준 안영례
는, 특히 다른 할머니들이 부끄러워서 노래
나 이야기하기를 꺼려하면 적극적으로 나서
서 분위기를 유도해 나갔다. 또한 다른 할머
니들이 이야기나 노래를 할 때면 안영례는 으레 추임새를 넣어가면서 흥
을 돋아주었다. 안영례는 어린 시절 증조할머니에게서 이야기를 많이 들
었지만, 지금은 모두 잊어버려서 안타깝다고 하였다.

제공 자료 목록

06_05_FOT_20100716_LKY_AYR_0001 호랑이를 살린 어머니의 공
06_05_FOT_20100716_LKY_AYR_0002 시어머니의 눈을 뜨게 한 며느리
06_05_MPN_20100716_LKY_AYR_0001 멧돼지 만난 이야기
06_05_MPN_20100716_LKY_AYR_0002 효도하고 파양당한 양아들
06_05_MPN_20100716_LKY_AYR_0003 도깨비에게 홀려 혼이 나간 사람
06_05_MPN_20100716_LKY_AYR_0004 도깨비를 잡은 당숙
06_05_FOS_20100716_LKY_AYR_0001 종지기 돌리기
06_05_MFS_20100716_LKY_AYR_0001 사위 사가소

윤정남, 여, 1937년생

주 소 지 : 전라남도 나주시 다도면 풍산리 도래마을
제보일시 : 2010.7.16
조 사 자 : 이경엽, 한미옥, 송기태, 임세경

윤정남은 1937년 12월 28일 나주군 남평면 남성리 한암마을에서 6남매 중 막내로 태어났다. 24세에, 도래마을 풍산홍씨 집안의 27살 청년 홍대석과 혼인하였다. 3남 3녀의 자녀를 낳았으며, 자녀들은 모두 장성해서 도시에 나가 살고 있다.

윤정남은 2004년에 향교에서 효부상을 받았으며, 그 이듬해에는 시장 표창장을 받기도 하는 등 효부로서의 삶을 살아왔다. 또한 자신의 해남윤씨 가문에 대한 강한 자부심과 함께 평생 한학을 하셨다는 친정아버지의 사진을 보여주며 자랑스러워하였다.

윤정남에 대해 동네사람들은, 본래 조용한 성품이지만 마을에서 결혼식과 같은 잔치가 있을 때면 윤정남이 항상 장구를 치면서 분위기도 맞추고 노래도 한다고 하였다. 그래서인지 내내 수줍어하면서도 조사자가 노래를 부탁하면 잠시 머뭇거리다가도 이내 노래를 불러주었다. 대부분의 노래는 어렸을 때 친정마을에서 듣고 배운 노래라고 한다.

제공 자료 목록

06_05_FOT_20100716_LKY_YJN_0001 문가바위와 갈매바위
06_05_FOT_20100716_LKY_YJN_0002 시아버지 앞에서 방귀 뀐 며느리
06_05_MPN_20100716_LKY_YJN_0001 심부름 다녀오다 호랑이 만난 이야기
06_05_FOS_20100716_LKY_YJN_0001 베 짜는 소리
06_05_FOS_20100716_LKY_YJN_0002 춘향각시 노래
06_05_FOS_20100716_LKY_YJN_0003 종지기 돌리기(1)

06_05_FOS_20100716_LKY_YJN_0004 종지기 돌리기(2)

06_05_FOS_20100716_LKY_YJN_0005 성주 타령(1)

06_05_FOS_20100716_LKY_YJN_0006 성주 타령(2)

06_05_FOS_20100716_LKY_YJN_0007 강강술래(1)

06_05_FOS_20100716_LKY_YJN_0008 강강술래 / 대문 열기

06_05_FOS_20100716_LKY_YJN_0009 발 자랑(1)

06_05_FOS_20100716_LKY_YJN_0010 발 자랑(2)

06_05_FOS_20100716_LKY_YJN_0011 발 자랑(3)

06_05_FOS_20100716_LKY_YJN_0012 강강술래(2)

06_05_FOS_20100716_LKY_YJN_0013 강강술래 / 남생아 놀아라(1)

06_05_FOS_20100716_LKY_YJN_0014 강강술래 / 남생아 놀아라(2)

06_05_FOS_20100716_LKY_YJN_0015 강강술래 / 고사리 껑자(1)

06_05_FOS_20100716_LKY_YJN_0016 강강술래 / 고사리 껑자(2)

06_05_FOS_20100716_LKY_YJN_0017 강강술래 / 청어 엮기

06_05_FOS_20100716_LKY_YJN_0018 다리 세기

06_05_MFS_20100716_LKY_YJN_0001 시집살이 노래

06_05_MFS_20100716_LKY_YJN_0002 병풍에 피는 꽃은(1)

06_05_MFS_20100716_LKY_YJN_0003 장모님 장모님 우리 장모님(1)

06_05_MFS_20100716_LKY_YJN_0004 장모님 장모님 우리 장모님(2)

06_05_MFS_20100716_LKY_YJN_0005 사랑 사랑 내 사랑아

06_05_MFS_20100716_LKY_YJN_0006 병풍에 피는 꽃은(2)

06_05_MFS_20100716_LKY_YJN_0007 주먹 세기

최금순, 여, 1931년생

주 소 지 : 전라남도 나주시 다도면 풍산리 도래마을

제보일시 : 2010.7.16

조 사 자 : 이경엽, 한미옥, 송기태, 임세경

최금순은 1931년에 나주군 금천면 강암리에서 출생했다. 19세 때 도래 마을에 사는 26세의 홍주희와 결혼하였다. 5남 2녀의 자녀를 두었으며, 모두 출가해서 도시에서 살고 있다. 최금순 부부는 마을에서 잉꼬부부로

통할 정도로 부부금슬이 각별했다고 한다.
하지만 7년 전 남편이 먼저 세상을 떠나버
린 뒤, 최금순 혼자서 시골집을 지키면서 생
활하고 있다. 그런 까닭에 최금순의 집은 마
을 할머니들이 자주 모여 이야기도 하며 노
는 사랑방 역할을 하고 있다.

최금순은 목소리가 매우 작았고, 부끄러
움도 많이 탔다. 하지만 흥이 나면 주위에서
부탁하지 않아도 혼자서 노래를 부르는 등 적극적인 면도 함께 갖춘 제보
자다. 연세에 비해 기억력도 좋은 편이라, 긴 사설의 노래도 막힘없이 불
러주었다.

제공 자료 목록

06_05_MPN_20100716_LKY_CGS_0001 도깨비 이야기

06_05_FOS_20100716_LKY_CGS_0001 종지기 돌리기

06_05_MFS_20100716_LKY_CGS_0001 유월에 피는 꽃은

06_05_MFS_20100716_LKY_CGS_0002 장모님 장모님 우리 장모님

06_05_MFS_20100716_LKY_CGS_0003 부모님 은공

홍대석, 남, 1935년생

주 소 지 : 전라남도 나주시 다도면 풍산리 도래마을

제보일시 : 2010.7.16

조 사 자 : 이경엽, 한미옥, 송기태, 임세경

홍대석은 도래마을 토박이다. 젊은 시절 잠시 도시에서 직장생활을 했
지만, 결혼하면서부터는 도래마을을 한 번도 벗어난 적이 없다. 홍대석은
나주 다도초등학교를 졸업하고 광주 동중학교로 진학했다. 하지만 좌익
활동을 했던 아버지 때문에 가정에 곤란이 생기면서 결국 중학교를 중퇴

하고 말았다. 학교를 그만두고 광주에 피신
해있었던 아버지를 제외하고는 가족들 모두
도래마을에서 살았지만, 얼마 뒤 아버지가
붙잡히게 되면서 가족들이 모두 흩어져서
살게 되었다. 이후 홍대석은 돈을 벌기 위해
서울에서 중국집 배달원 일 등 여러 일들을
하다가, 입영문제로 고향으로 내려오게 되
었다. 서울에서 번 약간의 돈을 기반으로 논
을 산 홍대석은, 27세가 되어서야 남평면 남성리의 24살 처녀 윤정남과
혼인하였다. 3남 3녀의 자녀를 두었으며, 모두 장성하여 도시에 나가 살
고 있고, 도래마을에는 부인과 함께 농사일을 하면서 살고 있다.

　홍대석은 현재 도래마을 노인회장이다. 노인회장을 맡은 지 만 일 년이
채 되지 않아, 조사자들이 마을의 역사나 유래를 듣고자 한다고 하였을
때 매우 난처해하였다. 그러면서 자신은 젊어서부터 다른 사람들과 어울
리기 보다는, 가난을 떨치기 위해서 일만 해왔기 때문에 마을 어른들에게
마을에 관한 이야기를 들을 겨를이 없었다고 하였다. 실제로 홍대석이 조
사자들에게 들려준 마을의 역사에 관한 내용은 매년 3월에 마을에서 열
리는 '도래의 날' 행사 때 들었던 이야기라고 하였다.

제공 자료 목록
06_05_FOT_20100716_LKY_HDS_0001 도래마을 명칭 유래
06_05_FOT_20100716_LKY_HDS_0002 풍산홍씨 삼형제
06_05_FOT_20100716_LKY_HDS_0003 도래마을 효자 이야기
06_05_FOT_20100716_LKY_HDS_0004 문가바우
06_05_FOT_20100716_LKY_HDS_0005 우연히 얻은 명당자리로 발복한 사람

홍정숙, 여, 1928년생

주 소 지 : 전라남도 나주시 다도면 풍산리 도래마을
제보일시 : 2010.7.16
조 사 자 : 이경엽, 한미옥, 송기태, 임세경

본래 도래마을은 내촌과 동력, 후곡, 행정의 네 개 자연마을로 이루어져있다. 제보자 홍정숙은 행정마을에서 태어나 내촌으로 시집을 왔으니, 도래마을 토박이라고 할 수 있다. 도래마을 풍산홍씨 집안의 무남독녀 외동딸로 귀하게 자란 홍정숙은, 내촌의 강화 최씨 집안의 신랑을 데릴사위로 들여 혼인을 했다. 때문에 결혼 후에도 한동안 친정에서 살다가, 혼인한 지 4년 만에 시어머니가 돌아가시고 나서야 시댁으로 들어갔다고 한다.

홍정숙은 도래마을 할머니들 중에서 가장 연장자다. 이야기나 노래를 하기에는 너무 쑥스러워 하셨으며, 때문에 노래 한 곡을 겨우 부른 뒤에는 줄곧 청중의 입장에만 계셨다.

제공 자료 목록
06_05_FOS_20100716_LKY_HJS_0001 보보 보따리

호랑이를 살린 어머니의 공

자료코드 : 06_05_FOT_20100716_LKY_AYR_0001
조사장소 : 전라남도 나주시 다도면 풍산리 도래마을 228번지
조사일시 : 2010.7.16
조 사 자 : 이경엽, 한미옥, 송기태, 임세경
제 보 자 : 안영례, 여, 69세
구연상황 : 조사자가 호랑이가 사람 잡아먹은 이야기는 없냐고 하자, 윤정남 할머니가 호
랑이가 사람을 싣고 다닌 이야기를 간단히 하였다. 이에 윤정남 할머니의 말
이 끝나자마자 안영례 할머니가 '노안양반' 어머니가 겪었다는 호랑이 이야기
를 들려주었다.
줄 거 리 : 마을의 노안양반 어머니가 아들인 노안양반을 군대에 보내놓고, 동네 뒤에 있
는 옹동샘에 새벽이면 가서 물을 떠다가 조왕에서 공을 들였다고 한다. 하루
는 노안양반 어머니가 옹동샘에 가니 호랑이가 입을 떡 벌리고 있더란다. 그
어머니가 가서 호랑이 입안을 잘 보니 큰 비녀가 목구멍에 꽉 껴있더란다.
그래서 노안양반 어머니가 호랑이 목구멍에 걸린 비녀를 빼주자, 호랑이가
어머니를 등에 싣고 집에 데려다 주었다고 한다. 그런데 노안양반이 군대에
있을 동안에 전투가 있었는데, 아들이 있던 부대원들이 모두 죽었는데 그 아
들 하나만이 살아남았다고 한다. 그것이 모두 어머니의 공이라고 한다.

거, 노안양반이 그러셨다 안 그럽디요? 노안양반 어머니가, 노안양반
어머니가 노안양반 군대 보내놓고 생~전을 그, 쥐녁굴이 뒤에, 동네 뒤에
어디가 옹동새암이 있는 갑등만. 그 옹동새암에를 가서 물을 새북이믄 떠
다가 조왕에 바친디. 한 번은 간게로 호랭이, 그, 산신이 나와갖고, 탁~
쪼그리고 앉거서 입을 떡 벌리고 있드라 안 헙디요. 그렁게 그놈이 무서
와서 어떤 사람 같으믄 절급을 허고 내삐제.

근디 그 저, 노안양반 어머니는 하~도 신기해서, 입을 떡~ 벌리고 쪼
그리고 있은게. 어깨를 탁~ 걷고 입에다가 손을 넣었다 안 해. 호랭이 입

에다. 그런게 어서 잡아먹은 요런 뼛다구가 들었어. (청중 : 어깨를?) 근게 뭐, 어깬가 뭐인가 여하튼 뼛다구가 들었어, 목에가. (청중 : 그놈이 걸렸어.) 어. 근게, 그놈 걸렸어. 그놈을 빼줬어. (청중 : 빼주라고 입을 벌렸구만.) 응. 그놈을 빼준게. 한숨을 푹~ 쉬드니 저, 노안양반 어머니를 업어다가 집에다 딱 갖다 주드라고. 그런 이야기 노안양반이 언제 허시드란게.

그런디. 그 한 부대가 다~ 죽어부렀어. 한 부대가 다 죽어부렀는디. (청중 : 군대 갔는디?) 노안양반 하나 살았다해, 하나. 그 부대로 앉어서 밥 묵은디다 쐈부러갖고 다 죽어부렀는디. 노안양반만 뻘떡 드러누워갖고. 일어나서 본게 자기 한나드라고. (청중 : 어머니가 좋은 일을 했다고.) 그런게. 그 어머니 공이여. 그 어머니 공.

그래서 오미~ 진짜. (청중 : 우리 같으믄, 호랭이가 있으믄 아이구, 절급을 허고.) 그러제. 우리는 절급을 해서 내빼불제. 근디, 딱~ 소매 걷고 넣어서 뺏다 해서. 아따, 보통 양반 아니라 했제.

시어머니의 눈을 뜨게 한 며느리

자료코드 : 06_05_FOT_20100716_LKY_AYR_0002
조사장소 : 전라남도 나주시 다도면 풍산리 도래마을 228번지
조사일시 : 2010.7.16
조 사 자 : 이경엽, 한미옥, 송기태, 임세경
제 보 자 : 안영례, 여, 69세
구연상황 : 조사자가 효자 효부에 관한 이야기를 들려달라고 하자, 한참을 말없이 있던 중에 안영례 할머니가 입을 열어 지렁이를 먹어 시어머니 눈을 뜨게 한 이야기를 들려주었다.
줄 거 리 : 옛날에 홀어머니와 살던 아들이 군대를 간 사이에, 며느리가 시어머니를 봉양하였다. 그런데 며느리가 매일 무언가를 시어머니에게 먹였는데 맛이 참 좋아서 시어머니가 그것을 몰래 자리 밑에다 감춰두었다고 한다. 시간이 흘러 아들이 군대에서 왔는데, 어머니 얼굴이 그렇게 좋을 수가 없다고 한다. 그때

어머니가 자리 밑에 숨겨둔 것을 꺼내서 아들에게 보여주면서 이것을 먹었더니 이렇게 좋아졌다고 말하였다. 그런데 그것을 본 아들이 "아이고, 어머니 거시랑치요." 하였더니, 깜짝 놀란 어머니가 눈을 번쩍 떠버렸다고 한다. 이것이 진짜 효도라고 한다.

그런게, 전에 거, 어떤 사람이 그랬다 안 헙디요. 거, 홀어머니허고 살다가 아들이 군대 가고 없어. 아, 근디, 며느리가 시어머니 밥을 해다 줘. 앞을 못 본 시어머니를. 뭣을 그리 해다 준디. 징그랍게 맛나. 그 반찬이. 그런게 뭣이 이리 맛난고, 허고 하나를 감차 놨어. 자리 밑에다. 그래갖고 아들이 온게. 어머니가 그냥, 봉덕각시 같어. 어째 잘 믹여서 공경을 잘 해놔서. 그런게는,

"아이, 어머니가 얼굴이 이러게 참 좋으시다."

그런게.

"아야, 애미가 나를 뭣을 해서 준디, 어째 맛나서 잘 묵어서 그런갑다."

그러고 자기가 이불, 그, 자리 밑에 넣어났던 놈을 내서 아들을 줬어.

"이것을 그러고 해 줘서 먹었다."

그런게. 아, 본게 거시랑치여. 그런게,

"아이고 어머니, 거시랑치요."

그런게, 깜짝 놀래서 눈을 떠부렀드랴, 할머니.

[제보자와 조사자 웃는다.]

그런 이야기 있어, 전에. (조사자 : 그것도 효도 아니에요?) 그러지. 큰 효도지. 동지섣달에 거시리를 어서 잡것소? (조사자 : 그리고 또 눈도 뜨고...) 그리고 또 그러지. 또, 그, 못묵을 것이지마는 그것이 거시랑치가 약이다고, 어머니 좋아허신디, 인자 한 번 해드려 본게 잘 잡순게 늘 해드린 거지. 그것이 효도제. (청중 : 보기가 징허제, 깨끗해.) 그런게, 얼마나 좋소. 눈 떠부리고.

"아이고, 어머니, 거시랑치요"

그런게. 깜짝 놀래서 눈이 떠져붓다 안 해.

문가바위와 갈매바위

자료코드 : 06_05_FOT_20100716_LKY_YJN_0001
조사장소 : 전라남도 나주시 다도면 풍산리 도래마을 228번지
조사일시 : 2010.7.16
조 사 자 : 이경엽, 한미옥, 송기태, 임세경
제 보 자 : 윤정남, 여, 74세
구연상황 : 조사자가 노인회장님 댁에서 제대로 듣지 못했던 남평의 문가바우에 관해 이
         야기 해 줄 것을 부탁하였다. 이에 노인회장님의 부인인 윤정남 할머니가 다
         시 그 이야기에 대해 짧게 이야기를 해주었다.
줄 거 리 : 남평의 지석산에 문가바우가 있는데, 크기는 문짝만하다고 한다. 또한 문가바
         우에서 조금 떨어진 곳에 갈매바우가 있는데, 바위 모양이 갈매기 모양처럼
         생겼다고 해서 갈매바우이며, 그곳에는 명주실꾸리가 세 개나 들어갈 정도로
         깊은 소가 있다고 한다.

문가 전설을 잠, 말 허라고? 남성양반도 자기도 모른다 해? 대체, 저 지
석산에가 문가바우가 이렇게, 꼭 문짝만 해. 요러고 딱 있어. 거가 비석이
딱 있어. 그게 문가바우여. 그런 줄은 알어.

그러고 또 거그 드들강에는 명지 실꾸리 몇 들어간디는 또 갈매바우고.
응. 거그는 갈매바우고. 요러고 바우가 딱 물에가 저, 거시기 댓둥허니 거
시기 바우가 있어. 그것이 거그서 명지 실꾸리를 허믄 몇 개가 세 개가
풀린다고 그 말이 근디. (청중 : 시방도, 지금도 있어?) 예. 거 바우는 있어.
갈매바우는 있어. 문가바우, 갈매바우는. 문가바우는 요만쯤 있고, 갈매바
우가. 갈매, 문가바우가 쩌만치 있고 갈매바우가 요만치 있고.

(조사자 : 그러면 명주실꾸리가 세 개나 들어가는 곳은 소라고 해야하나
요?) 드들강. 그라고 갈매바우는 인자, 갈매봉처럼 생겼다 해서 갈매바우여.

시아버지 앞에서 방귀 뀐 며느리

자료코드 : 06_05_FOT_20100716_LKY_YJN_0002
조사장소 : 전라남도 나주시 다도면 풍산리 도래마을 228번지
조사일시 : 2010.7.16
조 사 자 : 이경엽, 한미옥, 송기태, 임세경
제 보 자 : 윤정남, 여, 74세
구연상황 : 조사자가 시집살이 노래나 밭 맬 때 부르는 노래 좀 들려달라고 하자, 할머니
들이 서로 미루기만 하였다. 그러던 중, 윤정남 할머니가 그런 노래는 모르지
만 이런 이야기는 있다고 하면서 방구쟁이 며느리 이야기를 해주었다.
줄 거 리 : 며느리가 시집을 가서 시아버지 앞에서 방귀를 뿡 끼었다고 한다. 그것을 들
은 시아버지가 며느리가 무안해 할 까봐 "아가, 며늘아가, 시집 온 사흘 만에
방귀를 끼면 첫 아들 난단다" 하였다. 이에 며느리가 눈치도 없이 "아버님,
엊그저께도 뀌었어요" 하고 말하였단다.

저, 저 거시기, 며느리가 시집가갖고 시아바니 진지상을 갖고 나옴서
방구를 뿡 뀌었어. 뀐게 시아바니가 며느리 미안 무안헐게미,

"아가, 며늘아가, 시집 온 사흘 만에 요러고 방구 뀌믄 첫 아들 난단
다."

그런게.

"아버님, 엊그저께도 뀌었어요."

글대. 엊그적에 뀌었다고. 고놈도 무안헌디. 더군다나 참말로 더 좋을께
미 그러고. 엊그저께도 뀌었다고 허드라고. 그러고 생긴 사람이 있어. 얼
척 없네 참말로.

도래마을 명칭 유래

자료코드 : 06_05_FOT_20100716_LKY_HDS_0001
조사장소 : 전라남도 나주시 다도면 풍산리 도래마을 228번지
조사일시 : 2010.7.16

조 사 자 : 이경엽, 한미옥, 송기태, 임세경
제 보 자 : 홍대석, 남, 76세
구연상황 : 제보자의 도래마을 풍산홍씨 집안 이야기에 이어서, 조사자가 도래마을의 풍
수지리에 대해 묻자, 제보자가 그에 관한 이야기를 들려주었다. 풍수지리에
관한 이야기를 할 때는 제보자가 양 손을 움직여서 마을의 산을 가리키면서
이야기를 진행했다.
줄 거 리 : 도래마을의 뒷산의 이름이 '식산(食山)'이며, 아주 유명한 산이라고 한다. 처
음 이곳에 마을 터를 잡을 때 옛날 어른들이 산세를 보실 줄 알았던 분이기
에 이곳에 터를 잡은 것이다. 또한, 도래마을은 길이 세 개, 냇이 세 개여서
'도천(道川)'이었다.

풍수지리적으로는 별라(별로) 유명헌 곳은 아니어도 이 뒤에, 그 식산
이요 식산. 밥 식 자, 묏 산 자, 식산. 이 뒷산이. 저, 나주나 어디 나주평
야, 어서 보든지 동쪽으로 거그 무등산 있는 쪽으로 보믄, 이 산이 아주,
유명헌 산이야. 그런게 애초에 그 산 밑이. 우리 마을이 에, 잡으실 때 옛
날, 모도, 거, 산세 보실 줄 안 양반들이 이다가 터를 잡은 것이여. 그래서
도래요.

어째서 도래냐. 이름은, 원래는 에, 남평군 도천면이여. 길 도자, 내 천
자. 인자, 새금으로 허자믄 도내 아니요? 인자, 도래 도래 허지마는. 그러
믄, 길이 세 개. 저, 냇이 세 개. 그래서 도천이라고 이름이, 저, 된 것이에
요. 왜 그냐므는, 저그서 요롷고 요롷고 들어오는 길이 있고. 또, 동녘 거,
저그 가서 요로고 있고. 저짝에도 가면은 요롷고 쭉~ 길이 세 개가 좋게
나져갖고 있어. 그러고 또, 여, 냇이 여그서 요롷고, 또 지금, 모두 개발
되야갖고. 다 모도, 그렇게 되야부러서. 길이 세 개 냇이 세 개 해갖고 도
천이라. 옛날에 인자, 그 전설이, 이르자면은 그렇게 나와 갖고 있어. 그
래서 도래에요, 도래. 도래. 도천. 길 도자, 내 천자.

풍산홍씨 삼형제

자료코드 : 06_05_FOT_20100716_LKY_HDS_0002
조사장소 : 전라남도 나주시 다도면 풍산리 도래마을 228번지
조사일시 : 2010.7.16
조 사 자 : 이경엽, 한미옥, 송기태, 임세경
제 보 자 : 홍대석, 남, 76세
구연상황 : 도래마을의 지명유래에 대해서 이야기를 마친 후, 제보자가 곧바로 자신으로
부터 5대조에 관해서 이야기를 이어갔다.
줄 거 리 : 홍대석의 5대조 할아버지가 모두 3형제였다. 제일 큰 할아버지는 큰 학자였
고, 둘째 할아버지는 당대에 천석을 이루신 홍부자 홍기웅이며, 막둥이 할아
버지는 몸집이 크고 기운이 장사였다고 한다. 일제강점기 때는 부자들에게도
권리를 췄으므로 대단한 위세였다고 한다.

그러고, 어 우리, 그 중에서도 우리 도래가, 에, 우리 작은집이 옛날
에 인자, 지금 ○○○○○○ 헌디. 우리 일가들이 여그 많이 살지마는 특
히나 나로 해서 오대조 되신 분이 삼형제 분이셨어. 삼형제. 삼형제 분이
신디. 젤로 큰 아드님이, 큰 아드님이 나로 해서, 고조, 이, 여, 큰집이고
종갓집. 그믄, 우리 큰집이는 그때 당시 학자로 해서 글로 해서, 이 도내,
이 근방에서는 안 빠져요. 어디 가든지 아조, 저, 다 알아줄 만한 학자의
집이고. 둘째 할아버지는 부자여 부자. 천석을, 당대에 그 양반 자수성가
해갖고 천석을 저, 돈을 만들았어. 근게, 도래 홍부자 홍부자, 그 내셔날
고스트 그 욱에, 뒤에 집을 구경 허셨소? 거. 홍부자 집이.

(조사자 : 어디가 홍부자 집이신가요? 기자, 웅자?) 예, 예. 기웅씨 집이.
그 집이가 홍부자 집이여. 그러고 그 양반이, 그 우리 여가 당숙 그 양반
이, 천석, 그때 당시 천석 천석 허는데. 삼천석까지 외작을 했어 외작을.
그 인자, 둘째도, 거, 저 밑에 동생은 부자고. 젤로 큰 아들은 학자고. 막
둥이가 홍기현씨라고 여기, 요, 그기도 뭐이냐 요, 문화재 아니요. 그 하
나부지가 막둥이 셋째여 셋째. 몸이 요마나 해갖고 기운이 장사에요. 기

운이 장사. 그런게, 이 삼형제가 젤로 큰 아들은 학자에다가, 말 타고 서울 댕기면서 모도, 거, 서울, 모도, 양반. 종묘라든가 요런데 제사허고 어디로 인자 큰 아들은 이런 활동을 허시고. 둘째는 거, 둘째는 돈을 많이 모타갖고 큰 부자여. 그때 당시에는 부자라 허면은 왜정 때, 일본놈들도 부자는 한 봉을 줬어요. 권리를 줬다니까 부자는. 그런게, 둘째는 돈이 많애 갖고. 셋째는 기운이 장사여. 저, 이, 다도면 우리가 다도면입니다마는. 이짝, 우리 저 다도면 젤로 욱에가 남평 쪽, 저 젤로 가(가장자리) 마을인디. 여그 사람들이 요 앞으로 고개 숙이고 가다가는 우리 호적, 호적 사람들한테 앵기면은 녹사병 걸려부러. (조사자 : 무슨 병에 걸려요?) 아이, 그냥 잡어다 놓고,

"야, 임마. 여가 어딘디 임마. 고개 숙이고, 고개 임마, 숙이고 가, 가임마."

그래갖고 이 앞으로 함부로 못 가. 부잣집 모도, 호적. 우리집이가 권세가. 아이, 글 잘 읽제 돈 많이 있제 기운 시제. 누가 감히 벗을 못 해부러요.

도래마을 효자 이야기

자료코드 : 06_05_FOT_20100716_LKY_HDS_0003
조사장소 : 전라남도 나주시 다도면 풍산리 도래마을 228번지
조사일시 : 2010.7.16
조 사 자 : 이경엽, 한미옥, 송기태, 임세경
제 보 자 : 홍대석, 남, 76세
구연상황 : 도래마을 홍씨집안 이야기에 이어, 조사자가 마을에서 배출한 효부 열녀 효자에 관한 전설이 없냐고 묻자, 제보자가 있다고 하면서 그에 관한 이야기를 들려주었다.
줄 거 리 : 옛날에 효자가 묘소에서 삼년을 시묘살이를 하는데, 그 효자는 호랑이를 타고

다녔다고 한다. 또한 도래마을 바로 앞 마을인 은사마을에 살았던 홍씨가 부모상을 당해서 삼년 동안 시묘를 살았는데, 그 사람이 잠깐 집에 왔다가 갔는데 그만 부인이 아기를 낳았다고 한다. 그래서 효자가 조금 깨졌다고 하지만, 혹자는 그 사람이 진짜 효자라고 한단다.

옛날 효자는 이거, 돌아가시믄 시모살이(시묘살이). 인자, 거, 묘소에 가서 한 삼년. 저그 헌게. 우리 저, 은사도 저그 호랭이 타고 댕겼다고 그런 전설은 있는디. 인자 확실치도 않고. 인자 들은 말을 옮기자면은. 에, 진짜 ○○○○ 효자가 거 시묘생활을 허거든. 땅 쓰고는 그날부터 삼년 동안을 그 묘 옆에서 있어야 허는디. 묘허게 인자 그대로 얘기 헌디. 에, 삼년 동안 집이를 안 와야 허는디. 집에 왔든가, 애기를 낳아부렀네. 그래갖고 조금 효자가 깼다. 둘째편 효자는, 에, 지신, 오히려 거가 더 큰 효자다. 인자 그런 전설이 잠 있어요.

(조사자 : 동네 이름이 뭐에요?) 은사. 은혜 은자, 모래 사자. (조사자 : 예. 은사에 살던, 시묘살이 한 그분이 누구였습니까?) 옛날 양반이라서 이름을 잘 모르것는디. 우리 일가여, 홍가여. 자기 부모. 거, 이짝에 자기 손자는 살고 있는디. 지금 전주 가서 지금 살고 있단 말이여. 거, 학교 선생 퇴적 허고. 그 자기 손자가 전주 가서 살고 있고. 또 한 분은 즈그 형제가 광주서 현재 살고 있는디. 광주서 살고 있어요.

(조사자 : 그분이 어떻게 해서 효자라고 이름을 날리게 됐는지 자세히 얘기 좀 해주세요.) 그런게 인자, 자상시럽게는 모른디. 일단 그 시모생활을 삼년간. 거, 묘소에서 했다는 것이 효자여. 근게 인자 살아 있었을서도 인자 그 정도 되얐은게. ○○○ 부모한테 그 공경했을 것이라, 뭐 뻔헌. 그런게 죽은 후에 삼년 동안 묘소에서 그러고 계셨제. 그런디 첫 번째 더 나이 많이 자신 효자 양반은, 진짜 내가 보기에도, 거, 생생히 느낄 것이 효자여 야튼. 뭐, 모든 풍경이라든가 요런 것을 봤을 때. 근디 묘에, 그 동안에 집이 와갖고 인자 어뜨게 저그 어뜨게 잤든가 어쨌든가. 애기가 세,

낳아브렀어. 효자 양반이 인자 거그서 인자, 그래서 조금 잔, 그런 전설이 있었고.

또, 그 다음 효자 양반은, 인자 거, 시모생활을 삼년간 계속 하셨고. 또 여기서도 젊은 사람이 또 한 번 인자 한 삼년 동안을, 에, 젊어. 근디 했어. 왜 그러냐므는, 저그 직장 생활을 헌디.

아무리 캄캄해도 집이 오면은 묘소에를 가요. 굴관제복허고 삼년 동안을 했다니까. 요러고 딱 허고 입고. 이 산 넘어서 캄캄헌디 비가 오나 눈이 오나. 즈그 아버지 묘소에를 다녀와. 직장 생활 허면서. 그래갖고 거기도 향교에서 효자상을 줬어. 지금 살고 있어요. 지금. 우리, 우리 마을 살아.

(조사자 : 아까 호랑이가 어쨌다는 얘기는 뭔 이야깁니까?) 근게, 거 은사 진짜 그 효자 양반은. 인자, 듣는 말을 옮기자면은, 인자, 너무 캄캄해갖고 못 가게 되면은 호랑이가 와서 요렇고 딱,

[호랑이 등과 같이 자신의 등을 만지면서]

여, 연고는(업어서) 그까지 모셔다 줬다, 뭐 그런 전설이 조금 있었어요. 근데 나, 자상시럽게 몰라.

문가바우

자료코드 : 06_05_FOT_20100716_LKY_HDS_0004
조사장소 : 전라남도 나주시 다도면 풍산리 도래마을 228번지
조사일시 : 2010.7.16
조 사 자 : 이경엽, 한미옥, 송기태, 임세경
제 보 자 : 홍대석, 남, 76세
구연상황 : 조사자가 남평에 있는 남평문씨 시조에 대해서 묻자, 제보자가 잘 모른다고 하였다. 이에 다시 남평에 있는 문가바위에 대해서 묻자, 제보자가 그것에 관해 간단히 이야기를 들려주었다.

줄 거 리 : 남평의 드들강에 있는 문가바위 주변은 명주실이 몇 꾸리가 들어갈 정도로 깊단다. 또, 문가바위 비석은 하늘에서 나왔는데, 남평문씨 시조는 그 바위 속에서 나왔다고 한다.

(조사자 : 드들강에 있는 문가바우가 그렇게 깊어요?) 명지 실, 실구리가 몇 개가 들어간다고. 깊으다고 근디. 인자 그곳이 비교적 거가 깊으다는 뜻이제. 거, 뭐, 저, 한 몇 질도 안 되야. (조사자 : 그런데 그 바위하고 남평문씨 시조하고 무슨 상관이랍니까?) 그 바우(바위) 속에서 나왔다고 그러든디. (청중 : 비석이 있어. 문씨들 있는 거기는.) 문씨들 시조가. (청중 : 하늘에서 비석이 나왔다.) 거그 거, 바우 속에서 나왔다고 그런 전설이 있어요.

우연히 얻은 명당자리로 발복한 사람

자료코드 : 06_05_FOT_20100716_LKY_HDS_0005
조사장소 : 전라남도 나주시 다도면 풍산리 도래마을 228번지
조사일시 : 2010.7.16
조 사 자 : 이경엽, 한미옥, 송기태, 임세경
제 보 자 : 홍대석, 남, 76세
구연상황 : 조사자가 명당으로 발복한 이야기에 대해 들려달라고 하자, 제보자가 들은 것은 많이 있지만 갑자기 하려니 잘 나오지 않는다고 하였다. 재차 조사자가 그에 관해 이야기 해 줄 것을 요구하자, 봉황면 철천리에서 배출한 서상록이라는 큰 부자에 대해 이야기를 들려주었다.
줄 거 리 : 봉황면 철천리에서 큰 부자는 서상록이라는 사람이다. 서상록의 아버지가 가난해서 소금장수를 했는데, 소금가마니를 지게에 지고 팔러 다니다가 힘이 들어서 지게를 받쳐놓고 쉬다가 갑자기 죽고 말았다고 한다. 하지만 가난한 서상록은 아버지의 묘자리를 구할 돈이 없었기에 그냥 그 자리에 묘를 썼다고 한다. 그 후 서상록이 16세 때 일본으로 가서 큰돈을 벌어서 인천에 '이천 전기주식회사'라는 큰 회사를 차리게 되었다고 한다. 그런데 서상록이 그렇게 큰 부자가 될 수 있었던 것은 우연히 쓴 아버지의 묘자리가 명당이었기

때문이라고 한다.

그런게, 거, 서상록씨라고. 서상록씨 말 들어봤소? (조사자 : 뭐 하시는 분이신가요?) 내가 말씀을 드리께. 에, 여기가 봉황면이요, 봉황면 철천리 거그 양반인디. 거, 상록씨가 가난해. 서씬디, 이천서씨. 여그서 그렇게 멀들 안 해요. 가난헌디. 상록씨 아버지가 워낙 가난헌게 소금장시를 했어, 소금장시. 그래갖고, 지게에다 짊어지고, 가마니 소금 가마니를 짊어지고. 마을로 인자 해갖고 팔러 다녀.

"소금 사시오, 소금 사시오."

그런디 즈그 마을에 조금 떨어져갖고 오다가. 무슨 인자, 즈그 마을로 가다가 그랬든가 오다가 그랬든가. 인자 된게(힘드니까) 받치고 인자, 쉬어. 소금 가마니를 지게에다. 인자, 굶주리믄, 굶은데다가 못 자시고 소금 팔러 댕기다가 그 자리서 그 양반이 돌아가셔부렀어. 지게, 그, 받쳐 놓고. 아, 그래서 에, 인자 가난허고 어찌고 헌게. 그냥 그 자리에다가 파묻어부렀어. 즈그 아버지를, 뫗을 써부렀어. 그, 돌아가신 그 자리에다가. 그래 놓고는 그 서상록씨가. 배우도 못 허고 무식허니. 인자, 양반은 되제. 성은 서씨니까. 나주 허면은, 거그도 팔가에 속허거든, 이천서씨가.

그런게, 가난허고 어찌고 헌게는. 열여섯 살 묵어서 열일곱 살 묵어서. 일본을 어떻게 갔어. 서상록씨가. 일본을 어떻게 가갖고는 일본놈 어디 밑이서 인자, 소지나 해주고 인자 거, 큰 부잣집의 큰 공장이라든가. 뭐, 어디 가서 인자 일을 잠 봐줘. 아니, 이 사람이 얼마나 재주꾼이고 총명 허던가. 어떻게 해가지고 우리나라 교포 중에서 제일 부자여 제일 부자. 서상록씨가. 이승만이가 일본을 가도. 이, 이 대통령이 그때 당시 옛날 자유당 때. 일본을 가면은 무서운게 다른 데 가서 안 자. 서상록이 집에서 자요.

그분이 일본서 어마어마한 부자가 되야가지고. 그것이 이천 전기 주식

회사. 인천가 있어, 있어. 이, 모다, 모다 뿐만 아니라, 우리나라에 아조 이, 모다고 뭐이고 최고 권위. 아조, 큰 재벌가라니까. 그런게 즈그 아버지 그 죽은 자리가, 거시기 저 명당이다 해갖고. 어마어마허니, 인자 돈도 벌고 좋은게. 사갖고 인자, 꾸민거여. 그 즈그 마을에다가 집을 그냥, 한옥으로 해서 크게 짓고. 나주 금성산 뒤에다가 터, 수만평 사서 그냥 헌디다가. 나주군 저 이천장학회 장학재단을 설립해갖고 각 면에다가 논을 수마지기썩 사갖고 ○○○○ 장학생들헌테 수 십, 수, 뭐, 야튼, 천만원썩을 거, 학생들한테 나눠줘요. 그 자단이. 그것이 이천장학회. 그래갖고 우리 나주 사회에서 뿐만 아니라, 일본 교포회에서 젤로 부자라니까. 서상록씨가 서두화라 그래요. 옛날 이름 부르는 이름은. 서두화.

근게, 요 분이 한 번 이따금씩 여그 고향을 오거든. 온디. 일부러 인자, 자기 어렸을 때 도래 홍부자란 말을 많이 들었단 말이여. 도래 홍부자. 자기 가난허고 ○○○○○○ 헐 때. 도래 홍부자란 소리를 들었는가. 일본서 그렇게 큰 우리나라 교포 일인자가 되야갖고. 큰, 대, 인제 재벌을 갖고 있는 사람이 즈그 가족으로 싹 마치고 일본으로 돌아갈 때. 도래 앞으로 시방, 가자. 도래 홍부자집 구경을 잠 허고 가야겄다. 아이, 뭣 헌고, 차가 한, 그, 택시가 그때만 해도 거, 한 대만 지내가도 참, ○○일 정돈디. 그 호위병조차 뭣조차 한 이십대가 왔어. 우리 마을로. 서도화씨가 인자, 고향에 들렸다가 일 마치고 일본으로 인자 비행기로 올라가면서 도래 홍부자 집이를, 어렸을 때 들은 풍월이 있거든. 도래 홍부자가 잘 살다 허드라. 근게, 거그는 도래 홍부자는 아시라진디다가 뭐 해도 그렇지마는. 이 사람은 우리나라, 저 대표, 뭐, 외국 교포로 해서, 일인잔디 말이여. 그래갖고 즈그 부인이랑 모도(모두) 아들들이랑 데리고 인자, 그 기응씨 집이를 가 봤제. 가서 저, 획 한 바꾸 돌아보고 시간도 없으니까. 별 얘기도 못 허고. 인자, '알았다'고. 알았다는 정도제 뭐. 그런 어마어마한 부자가.

(조사자 : 서상록씨 부친 묘자리가 풍수상으로 무슨 자리다 그런 이야기

도 있나요?) 인자, 그런 것까지는 자상시럽게 모르고. 그 자리가 명당이었다. 인자, 그 자빠져븐 자리가 소금가마니 옆에다 요러고 지게에다 요러고 놔두고. 피곤 헌다다가 어찌헌게 요러고 쓰러져갖고 죽어붓다니까. 근게, 저 뭔 재산도 잠 있고 거시기 허면은 산으로 모셔갖고 못을 적당히 써야 허는디. 그런 형편이 못 된게 그 자리에다 그냥 써부러 묻어브렀어. 그러고는 살다가 일본으로 가분 것이여. 나이 쪼금만 열일곱 살이나 묵어서. 그래갖고 일본 가서 우리나라, 저 일본 재, 재일 교포 일인자여 일인자. 이 대통령이, 이승만이가 가도 서두화 집이서 자. 딴디는 무서우니까 안 자. 그리고 서울, 인천, 이천 주식회사라고. 이 공장이 어마어마허니 우리나라 모다(모터) 종류 모다. 같은 모다라도 이천 것은. 딴 것은 이거 만 원 허믄 이천 것은 한 삼만 원 가요. 그래도 그놈만 팔려. 그렇게 잠 유명헌. 그런게 거, 인자 그런, 잘 되고 본게 거가 명당이다.

멧돼지 만난 이야기

자료코드 : 06_05_MPN_20100716_LKY_AYR_0001
조사장소 : 전라남도 나주시 다도면 풍산리 도래마을 228번지
조사일시 : 2010.7.16
조 사 자 : 이경엽, 한미옥, 송기태, 임세경
제 보 자 : 안영례, 여, 69세
구연상황 : 윤정남 제보자가 어렸을 때 만난 호랑이 이야기를 하자, 안영례 할머니가 자신이 어렸을 때 만난 멧돼지 이야기를 들려주었다.
줄 거 리 : 안영례 제보자가 어렸을 때 마을에 멧돼지가 나온 적이 있었다고 한다. 그때 자신도 모르게 마당에 놓인 대나무 간짓대를 추켜세웠더니 멧돼지가 놀라서 도망가 버렸다고 한다.

　우리 사는, 나 큰디는, 마을도 들녘이제. 아, 근디 하루는 간짓대를 걸쳐 놓고, 마루에다. 어른들은 저 나락 널어놓고는 들에 가셨어. 나 혼자 있는디. 근게 뭐, 근게 및 살이나 묵었든가 몰라. 그것이 멧돼아지, 멧돼아지. 아, 그때 멧돼아지 색깔 봤네. 멧돼아지가 붉드마. (청중 : 뿕그데테). 뿕그데테 해. 아이, 땔싹 큰 놈의 멧돼아지가 대밭에서 그냥 느닷없이 뛰어 마당으로 넘어온단 말이요. 그래, 나, 멧돼아지가 뛴지 아네. 아, 대 끄터리를 넘어서 마당에가 뚝 떨어져라. 그래갖고는 멧돼아지가 뛴지 알으네. 위메 그러드니 그냥, 무서운게 나도 뭣도 모르고 그냥 간짓대를 추켜들었제. 놀려갖고 나도. 아, 그랬드니 저도 놀래갖고 대문 앞으로 그냥 부리나케 뛰어 내빼부러라.

효도하고 파양당한 양아들

자료코드 : 06_05_MPN_20100716_LKY_AYR_0002
조사장소 : 전라남도 나주시 다도면 풍산리 도래마을 228번지
조사일시 : 2010.7.16
조 사 자 : 이경엽, 한미옥, 송기태, 임세경
제 보 자 : 안영례, 여, 69세
구연상황 : 재차 조사자가 효자 효부에 관한 이야기를 들려달라고 하자, "근디 저 그것은
사실이여." 하면서 안영례 할머니가 이야기를 시작하였다.
줄 거 리 : 소록도에서 살다가 나온 어떤 여자가 아들 하나를 데리고 은사마을로 들어와
서는 마을의 홀애비와 재혼을 했다고 한다. 이후 철야마을로 이사를 갔는데,
철야마을 사람들이 남자에게 본 아들이 있어야 한다고 하여, 양자를 들이도
록 권하였다. 그래서 양자를 뒀는데, 이 남자가 그만 나병을 앓게 되었다고
한다. 그 남자의 병은 세 명의 송장을 먹어야만 낳는다는 소리를 들은 양자
가 초상을 치른 곳에 몰래 가서 송장을 파서 아버지에게 먹이는 방식으로 해
서 겨우 그 남자의 병을 낫게 만들었다고 한다. 그런데 시간이 흘러서 그 여
자가 양자를 아무 이유 없이 파양을 시켜버렸고, 그 여자가 데리고 온 아들
은 다섯 번이나 장가를 갔다고 한다.

저기 저 그것은 사실이여. 근디, 여그 은사서 살다 갔어. 할머니가. 은
사서 살았다해, 재혼해갖고. 근디 그 할머니가 어떤 할머니냐믄. 초록도
(소록도) 초록도서 나왔등마. 영감이 그 병이 있은게. 나왔더. (청중 : 나환
자, 나환자.) 응. 나환자. 초록도서 나와 갖고 영감을 얻은 것이 은사로 얻
어 왔어. 정간디(정씨인데). 저그 저, 철애 정씬디. 은사서 살았등마. 그래
갖고 은사로 와서 살다가 도로 철애로 갔어.

근디 철애로 가갖고 또 봉황 저짝으로 또 이사를 왔어. 근디 그이가 저,
영감을 얻었는디. 영감이 환자가 되야부렀어. 여자는 암시랑 안 헌디. (청
중 : 그건 여자는 암시랑 안 혀.) 응.

여자는 암시랑 안 헌디. 영감이 되야부러갖고. 근게, 그 저기 초록도서
아들을 한나 데꼬 왔등마. 근게 고놈을 데고 인자 산디. 그 영감을 인자
얻어갖고 산게, 영감이 되야부러 논게. 놈이 볼 때에. 저것은 놈의(남의)

자식 아니여? 할멈이 데고 온 것은. 전에는 글 안 허요. 지금은 그런 것이 없제마는. 전에는 아주 객별허제. 근게 저것은 키워봤자, 놈의 자식인게 양자를 해야 헌다. 철애 정씨들인디, 기문허요. (조사자 : 철야마을?)

그런게 인자 양자를 넣었어. 양자를 넣었는디. 양자가 볼 때, 진짜 아버지를 꼭 낫어야 쓰겄어. 너무너무 안타까와. 지가 볼 때. 그런디 그것이 나가서 들을 때, 사람을 이 송장 셋만 먹으믄은 그 환자 병을 낫는다 그랬어. 그런게 그 양자 아들이, 사람이 죽어서 초상 가서 못만 써 노믄 가서 쪼금씩 해다가 해서 믹이고 믹이고, 싯을 했어. 싯을 헌게, 고것이 근게 그 영감이 손은 오그라진데로 안 펴지등마. 손은 오그라진데로 안 펴지고 있어. 오그라져갖고. 근디 또, 이마빡에 가서 꼭 다마치기 허믄 다마 들어갈 구멍만니로 구먹이 딱 생겨부러. 그것이 나가분게. 그 병이. (청중 : 나가부러, 나가부렀는간마.) 고놈 세 번을 해서 준게 그 병이 나갔단 말이여. 그런게 거가서 딱 태가 나. 이마에 가서. 요로고 똑, 다마 탁 궁글치믄 딱 들어갈 만하게 구녁이 이마에가 딱 있어. 그 영감이. 근게 우리는 몰랐제. 그냥 거가 그러고 구녁이 있는 갑다만 했제. 그랬더니 난중에 어른들이 이야기 허신디를 들은게. 그래갖고 그 아들이 양 아들이 아버지 병을 나서 줬어. 그래갖고 요, 영감이 고놈 양 아들도 여우고(혼인시키고) 또 요놈도 여우고 했거든.

그랬는디. 그런게 이녁이 감고 돌아야디야. 여, 할멈 자식을 데꼬 있고 고놈을 쫓아. 양자를.

내보내, 파혼을 해부러. 그래서 이 말을 내가 듣는 것이여. 그 파혼이 되기 땜에. 양자를 파혼을 해분게. 그 공을 디리고 양 부모라도 내 자식도 못 헐 효도를 안 했소? 그런디 그런 양자를 파혼을 해버린게. 그 말을 그래서 우리가 알아. 어른들이 인자 이야기를 허신게. 천하, 저놈 잘못이다. (조사자 : 파혼이 아니라, 양자를 들였는데, 그 양자를 다시 파양을 했구만요?) 그래, 파양을 해부렀어. 근게 인자, 그 어른들이 그래서는 안된디. 저

놈 너무 잘 못 헌다. 그랬어. (청중 : 그 효심을.) 응. 그 효심을 무시해부
렀어. 그러드니 그 할멈 아들도 장개를 꼭 니번 다섯 번을 가갖고 다섯
번 차에 애기를 낳드란게. 그 못할 짓이제. 시상에 그런 사람도 있어. 시
방은 그런 사람 없을 거여요. 없어.

도깨비에게 홀려 혼이 나간 사람

자료코드 : 06_05_MPN_20100716_LKY_AYR_0003
조사장소 : 전라남도 나주시 다도면 풍산리 도래마을 228번지
조사일시 : 2010.7.16
조 사 자 : 이경엽, 한미옥, 송기태, 임세경
제 보 자 : 안영례, 여, 69세
구연상황 : 윤정남 할머니가 도깨비는 비찌락(빗자루) 몽댕이(몽당이)라고 하자, 듣고 있
던 안영례 할머니가 곧바로 도깨비에 홀린 이야기를 해주었다.
줄 거 리 : 도깨비는 사람을 홀리는데, 나중에 보면 꼭 몽당 빗자루라고 한다. 저 멀리
에 서만바우라고 있는데, 한태진 씨가 그 마을에 갔다가 밤중에 자신의 집을
가기 위해 나왔다고 한다. 그런데 밤새도록 걸어도 그 자리였다고 한다. 아
침이 되어 그 집에서 사람이 나와서 보니, 한태진 씨가 어제 밤에 나간 그대
로 그 자리를 돌고 있더란다. 그것이 도깨비에 홀려서 그런 것이라고 한다.
그리고 얼마 못살고 한태진 씨는 죽었는데, 도깨비에 홀리면 오래 살지 못한
다고 한다.

전에 진짜, 도깨비헌테 홀리믄 근다 헙디다. 도깨비도 근다 해(그런다고
해). 전에 저, (청중 : 옛날에는 대체나 옛날 고목된 감나무에가 불이 뻘허
니 써져. 써지믄 인자, 막 무서와서 있는디. 아침에 가서 보믄 암것도 없
어. 빗지락 몽댕이밖에 없어.) (청중 : 그거이 도깨비여.) (청중 : 예. 그것이
도깨비. 빗지락 몽댕이. 그거, 수수 빗지락 몽댕이냐. 그런 것만 있어.) 그
전에 저그 한서방덕. 저 밑에 시댁이, 거그 뭐시기제. 한태진 씨. 거그가
인자 거그 너메가 서만바우라고 있어. 그 마을에가 즈그 한 가가 산다. 거

그를 인자 한태진 씨 집이가 즈그 뭐 큰집인가 작은집인가 된다데. (청중 : ○○○ 딸 집이?) 예. 거가 삼형제 막둥이여. 긴디. 그제라? (청중 : 몰라, 나도.) 근디 거그 하나부지가 키~도 크고 장성해. 꼭 여그 발산 양반마냥. 아, 그런디 아이, 저그 저 석양에 거그를 가실란다 그래라. 근게.

"아이, 낼 가시제 뭣허러 지금 해 안에 다 된디 가실라 허요?"

그런게.

"아니야. 거그서 늦으믄 자고 올란다."

아, 그러고 가셨는디. 거그 용시촌 동네가 요로고 뒷이 요로고 딱, 거, 야산이라. 더, 뒷이 있어. 아이, 근디. 저~녁 내 돌아도 그 집을 못 가. (청중 : 도깨비한테 홀렸등가벼.) 근게, 도깨비한테 홀렸던가비제. 저~녁, 아~무리 돌아도 그 집이 안 나와. 그런게 저~무나 새나 걸었는디. 저~무나 새나 걸었는디 어쩨 정신을 차려갖고 본게는 그, 저그 저, 그 태진씨 양반 뒷, 개구먹이라 안 허요. 그런게 그 집이서 사람이 나왔어. 나와갖고 본게 그 양반이 거그서 돌고 섰어. 그래서,

"오메, 아이, 아자씨! 어쩨 거가 그러고 서 있소?"

아이, 얼마나 반가웠겠소! 그런게.

"아이고메, 아이, 지금 어찌 이러고 이 시간까지 여가 이러고 계셨소?"

그런게. 아이고, 그때사 정신 차려갖고 본게 캄캄한 오밤중이라든가, 뭔 날이 샜다든가. 고러고 생겼다드라 해라. 근디 오래 못 살고 돌아가셔부렀어. (청중 : 혼을 빼부렀어.) 얼마 못 살고 돌아가셔부렀어. (조사자 : 도깨비한테 홀리면 오래 못 살아요?) 그런갑드란게. 오래 못 살고 돌아가셔부렀어. (청중 : 그때 혼이 빠졌어. 넋은 나가부렀어.) (조사자 : 혹간 도깨비는 어떻게 생겼대요?) (청중 : 어뜨게 생겼든간에, 꽉 묶어서 가서 보믄 대 빗지락도 되고, 또, 빗, 정재 빗지락. 그런 것도 되고. 막가지도 되고) (청중 : 그것이 피가 묻으믄 그래, 피가 묻으믄.) 피가. 피가 묻으면.

도깨비를 잡은 당숙

자료코드 : 06_05_MPN_20100716_LKY_AYR_0004
조사장소 : 전라남도 나주시 다도면 풍산리 도래마을 228번지
조사일시 : 2010.7.16
조 사 자 : 이경엽, 한미옥, 송기태, 임세경
제 보 자 : 안영례, 여, 69세
구연상황 : 할머니들이 서로 몽당 빗자루가 도깨비라고 이야기를 하는 사이에, 안영례 제
　　　　　보자가 친정 당숙이 도깨비 만난 이야기를 시작하였다.
줄 거 리 : 안영례 제보자의 친정 당숙이 덩치가 좋았다고 한다. 하루는 논에를 갔는데
　　　　　도깨비와 엉키게 되었는데, 당숙이 속으로 "에나, 요놈의 것이 니가 도깨비가
　　　　　아니냐." 하고는 땅가시가 있는 자신의 논으로 도깨비를 끌고 가서 그 땅가
　　　　　시로 도깨비를 묶어놓았더란다. 그리고는 아침이 돼서 도깨비를 묶어 놓은
　　　　　곳에 가봤더니 몽당 빗자루였다고 한다.

우리 친정 당숙이 꼭 산적양반 같어. 동녘에 산적양반. 그렇게 몸도 좋
으시고 근디. 독~살시러와, 우리 당숙이. 감기가 오믄, 소주에다가 막, 거
뭐요. 고춧가루를 저서, 막 저서서 잡사븐 양반이여. 아, 근디 그러고 아
주 독해요. 무수와(무서워), 당숙이. 근디, 아따 이것 하레 논에를 갔는디.
이놈의 것 도깨비헌테 앵겨갖고 영 죽었어.

'에나, 요놈의 것이, 니가 도깨비 아니냐.'

자기 정, 정신이 있어.

'니가 요것이 도깨비 아니냐.'

그 양반이 말을 허믄, 이빨을 앙다물고 독혀. 아이, 근디.

'오냐, 내가 너를 어디까지만 끄고 가믄, 거그 가믄 땅가시가 있니라.'

자기 논이라, 인자 어디 가믄 땅가시 있는 줄을 알았제.

'응. 내가 너를 어디로 끄고만 가믄, 거그 가믄 내가 너를 묶을 디가 있
다마는.'

그러고 시~래기를 허고 간 것이, 그 자리를 갔어. 그래갖고는 되~게
오그레 잡고 막 묶었어 그냥. 고놈을. 막 묶어 놓고 인자 이겼제. 묶어 놨

은게. (청중 : 땅가시로?) 응. 땅가시로. 막~ 묶어 났어. 그런게 인자, 자기가 이겼제. 그래갖고 집에 와서 자고 인자, 아침에 일찍허니 가서 본게. 빗지락 몽댕이라고 빗지락 몽댕이.

'이, 그런다고, 빗지락 몽댕이한테 내가 썰려서 질 것이냐.'

하고, 빗지락 몽댕이라고 그래. (청중 : 장심, 장심이 신게(세니까) 살았제.) 아이고, 보통 양반이 아니란게. 장사여, 힘도 장사여. 근게, 도깨비를 이기고 기언이 거까지 몰고 가서 묶어놔붓제. 보통 양반이 아니여. 당숙이.

(조사자 : 그러면 그 빗지락 몽댕이에도 피가 묻어있었을까요?) 그러겄지. 피가 묻어야 그것이 도깨비로 변상이 된다등마. 피 안 묻은 놈은 안 되고.

심부름 다녀오다 호랑이 만난 이야기

자료코드 : 06_05_MPN_20100716_LKY_YJN_0001
조사장소 : 전라남도 나주시 다도면 풍산리 도래마을 228번지
조사일시 : 2010.7.16
조 사 자 : 이경엽, 한미옥, 송기태, 임세경
제 보 자 : 윤정남, 여, 74세
구연상황 : 노안양반 어머니가 겪었다는 호랑이 이야기가 끝나자마자, 윤정남 할머니가 자신이 어린 시절에 겪었다는 호랑이 이야기를 이어서 들려주었다.
줄 거 리 : 지산동이라는 동네가 있는데 옛날부터 그곳에는 호랑이가 살았다고 한다. 윤정남이 어렸을 때, 윤정남의 증조할아버지부터 아버지까지 향교를 다니셨는데, 하루는 증조할아버지가 아버지의 두루마기를 입고 집에 가버렸다고 한다. 이에 아버지가 윤정남에게 증조할아버지 댁에 가서 두루마기를 바꿔가지고 오라고 해서, 윤정남이 가서 두루마기를 가지고 오는 길에 해가 저물어 가는데 지산동을 지나게 되었다고 한다. 이때 멀리서 호랑이가 눈을 끔뻑끔뻑하고 쳐다보고 있는 것이 보여서 너무 놀랐지만, 설마 호랑이가 아버지 심부름 가는 자신을 해하지는 않을 것이라고 믿고 얼른 그곳을 지나왔다고 한다. 그

리고 옛날에는 호랑이나 멧돼지 때문에 마당 툇마루에 소지를 달아 맨 대나무 간짓대를 세워놓기도 했다는데, 그것을 세워놓으면 호랑이나 멧돼지가 집안에 들어오지 못했다고 한다.

여그, 들어보시오. 지산동이라고 여그, 도래. 거가 방죽이 있어. 방죽이 있고, 거가 지금 저, 제각이 있어 제각이. 근디, 아까 사진 안 봤소? 우리 친정 받을신(친정아버지를 '받을신'으로 표현함) 인자, 행교에 같은 버그네, 우리 종조할아버지가 계셔. 우리 도래도 계시고 버그네도 계시고, 우리.

[옆에 앉은 청중을 바라보며]

영암 할아버지요. 영암 할아버지. 우리 큰아버님으로 덕재 아저씨, 모두 거 행교 유림들끼리 어서 인자, 행교에서 같이 거시기 헌디. 거, 할아버지는 키가 적은게 영암 할아버지. (청중 : 그러제, 짜그막 허제.) 근디, 우리 친정 바들신은 인자 키가 크시오, 근게. 두루막을 뭐 입도 못 해. 근디 그 영암 할아버지가 어쩌고 입으겠는고. 두루막을. 그 베기 두루막, 모시 두루막을 딱 입고 가게부렀어. 그래갖고 이거를 바꽈야 된디. 얼른 못 바꾸제. 자기는 늘~ 출입허신게. 그래서 저를 주십디다. 그 두루막을.

"홍실이 니가 느그 증조부님헌테 갖고 와서 한 번, 요것을 바꿔 와라."

그러시등만.

그래서 인자, 갖고 왔어. 갖고와갖고 버그네, 여그 제를 넘어갈란게 영캉 거식허제. 그래서 인자 오후에 갔어. 그때 다, 네시나 되얐든가 해갖고 인자 간게. 평호 아짐도 밭 매러 가시고. 저, 장성 동서도 밭 매러 가고 없등마. 그래서 그 언덕이가 밭인게 인자 가보라 해서. 가서 인자, 동서를 데려다가 우리 아버지, 그 두루마기를 친정 바들신 두룩막을 인자, 바꽈서 가져 왔어. 와갖고 온디. 지산동가 뭐 있단 소리는 들었제. 저, 호랭이가 있어. 진짜 살아. 그래서 온디. 그거 연못가에서 아, 땅거미 된디, 여그는 더 저문게 무심무심 허단 말이요. 부지런히 와서 땀 푹~ 송학이라고 솔찮히 멀어 여그서. 그래서 온디 땀이 그냥 후~줄흐니 현장에 내가 했은게. 호랭이 얘기가 나온게 허요.

그래서 인자 두루막을 갖고 막 온디.

'설만들 내가 우리, 요 아버지 심부름에 가만들 나를 어쩔라드냐.'

해갖고 온디 그냥 땀이 그냥 주루룩~. 불이 껌벅껌벅 언덕 거시기서. 거, 연못가에서 근단 말이요. 그래서는 그짝 요짝에 깔끄막으로 해서 그냥 부지런히 내려와 갖고는 요그 동네 요그 요, 화천댁이 문 앞에 와서사 내가 숨을 쉬고 왔어. 근게 마음에.

'설마한들 우리 부모 심부름인디 나를 어쩔라드냐'

허고 왔단게. (청중 : 근게 거가 앉었던등갑만.) 응. (청중 : 불이 깜박깜박 헌 것이.) 근게 그, 물 있고 헌게. 눈이 꼭 시푸런 푸리텅텅헌 불이 껌벅껌벅 헌단 말이여. 그래서 설마한들 어쩔라드냐. 요런 깔그막을 막, 내려서 집이를 왔어. 내가 그 얘기를 집에 와서 했제. 근디 땀이 그냥 쭉~ 흐르드라고. 그런 일도 있어.

(조사자 : 옛날에는 그렇게 호랑이들이 많이 있었어요?) 간대를(간짓대를) 소지에다 간대 걸어놓고 그랬어. 산짐승 내려온다고. (조사자 : 어디다가 간대 걸어놔요?) 툇마루에다가. 요 마당에다가 간대 걸쳤단게. 참말로 고것이 간대다 글믄. (청중 : 간대를 무서와 해갖고. 전에는 멧돼아지도 흔했어라.) 응. 대간대를 무서와 해, 대나무 간대를. (조사자 : 호랑이가 간대를 무서워 하니까 대간대를 마당에다가 이렇게 걸쳐놔요?) 마당에 톳, 툇마루에다 걸쳐 놔. 이러고 질게 딱 걸쳐 놔둬. (조사자 : 왜 그걸 무서워하죠?) 몰르제. 걸쳐 놨어.

도깨비 이야기

자료코드 : 06_05_MPN_20100716_LKY_CGS_0001
조사장소 : 전라남도 나주시 다도면 풍산리 도래마을 228번지
조사일시 : 2010.7.16
조 사 자 : 이경엽, 한미옥, 송기태, 임세경
제 보 자 : 최금순, 여, 80세
구연상황 : 안영례 할머니의 도깨비 이야기에 이어서, 가만히 듣고만 있던 최금례 할머니
　　　　　가 자신의 집 뒤에서 살던 할아버지가 만난 도깨비 이야기를 들려주었다.
줄 거 리 : 판관댁 뒷집 할아버지가 영산포 장에를 갔다 오는 길에 술을 많이 마셨다고
　　　　　한다. 그러다가 어느 길목에선가 넘어졌는데, 도깨비 네 명이 저녁 내내 자신
　　　　　을 끌고 다니더란다. 이 도깨비들이 자신을 냇가로 끌고 갔는데, 이 할아버지
　　　　　가 "에~끼놈들" 하고 소리를 치니 도깨비들이 모두 도망을 가버렸다고 한다.
　　　　　아침에 냇가에 가서 보니 모두 몽당 빗자루였다고 한다.

　우리 판관댁 뒷집 할아버지가 영산포 장에를 갔다 왔어. 그때 차가 없
제. 인자, 걸어서 댕긴디라. 술이 많~이 잡샀던가비여. 인자, 딱 어디 오
다가 엎졌제. 엎졌는디, 아이, 도깨비들이 저녁~ 내 끄고 댕기드라해, 막.
두루, 너이 그냥, 영차! 영차! 영차! 영차! 영차! 허드라해. 아이, 그래서
그냥 냇가로 가드라해.

　"에~끼 놈들."

　그러니까 탁 놔두고 가블드라해. 아침에 가본게 빗지락이드라해. 빗지
락. (조사자 : 그러면 빗지락이 네 개에요?) 아니, 도깨비가 너이 띠미고
댕기드라해. 너이, 너이.

종지기 돌리기

자료코드 : 06_05_FOS_20100716_LKY_AYR_0001
조사장소 : 전라남도 나주시 다도면 풍산리 도래마을 228번지
조사일시 : 2010.7.16
조 사 자 : 이경엽, 한미옥, 송기태, 임세경
제 보 자 : 안영례, 여, 69세
구연상황 : 윤정남 할머니가 들려준 종지기 돌리기 노래에 이어서, 옆에서 듣고 있던 안영례 할머니가 자신이 알고 있는 종지기 돌릴 때 부르는 노래에 대해서 들려주었다. 노래가 끝난 후 할머니들끼리 모여서 종지기 돌리기 놀이를 시연해주었다.

돌아간다 돌아가
종지기종지기 돌아가

베 짜는 소리

자료코드 : 06_05_FOS_20100716_LKY_YJN_0001
조사장소 : 전라남도 나주시 다도면 풍산리 도래마을 228번지
조사일시 : 2010.7.16
조 사 자 : 이경엽, 한미옥, 송기태, 임세경
제 보 자 : 윤정남, 여, 74세
구연상황 : 홍대석 제보자의 이야기가 끝난 후, 옆에 있던 부인인 윤정남 할머니에게 노래 한자리 불러달라고 하자 몹시 부끄러워하였다. 조사자의 계속된 권유에 윤정남 할머니가 부끄러워하면서도 베 짜면서 부르는 노래를 들려주었다.

물레야 가락아 어리빙빙 돌아라
이웃집 김도령 밤이슬 맞는다

낮에 짜면은 일(日)광단이요

밤에 짜면은 월(月)광단이라

일광단 야광단을 다짜내여

우리님 관대복음을 언제나할꼬

춘향각시 노래

자료코드 : 06_05_FOS_20100716_LKY_YJN_0002
조사장소 : 전라남도 나주시 다도면 풍산리 도래마을 228번지
조사일시 : 2010.7.16
조 사 자 : 이경엽, 한미옥, 송기태, 임세경
제 보 자 : 윤정남, 여, 74세
구연상황 : 조사자가 할머니들에게 '춘향각시' 놀이와 관련된 노래와 놀이방법에 대해서
묻자, 할머니들이 서로 놀이법과 노래를 들려주려고 하였다. 그러던 중에 윤
정남 할머니가 춘향각시 놀이를 하면서 부르는 노래에 대해 완벽하게 들려주
었다.

남원골은골 성춘향

이도령을 만날라믄

정그정그 내리세요

[제보자와 청중들이 놀이에 대해 잠시 이야기를 나눈다.]

춘향아씨 춘향아씨

정그정그 내리시오

종지기 돌리기(1)

자료코드 : 06_05_FOS_20100716_LKY_YJN_0003
조사장소 : 전라남도 나주시 다도면 풍산리 도래마을 228번지
조사일시 : 2010.7.16
조 사 자 : 이경엽, 한미옥, 송기태, 임세경
제 보 자 : 윤정남, 여, 74세
구연상황 : 윤정남 할머니가 '춘향각시' 놀이의 노래를 들려준 다음, 어렸을 때 놀았던
'종지기 돌리기' 놀이법에 대해 설명하면서 그와 관련된 노래를 들려주었다.

돌려라 돌려라
오 종지를 돌려라

종지기 돌리기(2)

자료코드 : 06_05_FOS_20100716_LKY_YJN_0004
조사장소 : 전라남도 나주시 다도면 풍산리 도래마을 228번지
조사일시 : 2010.7.16
조 사 자 : 이경엽, 한미옥, 송기태, 임세경
제 보 자 : 윤정남, 여, 74세
구연상황 : 앞의 최금순 할머니의 노래에 이어서, 모인 할머니들이 종지기 돌리기 놀이를
처음부터 끝까지 노래와 함께 다시 한 번 시연해 주었다. 종지기를 갖고 있다
가 걸린 사람은 벌로 노래를 한 자리씩 불렀다고 한다.

돌아간다 돌아가
종지기종지기 돌아가

돌아간다 돌아가
종지기종지기 돌아가

돌려라 돌려라

오 종지를 돌려라

돌려라 돌려라
오 종지를 돌려라

찾았네 찾았네
종지장지가 찾았네

성주 타령(1)

자료코드 : 06_05_FOS_20100716_LKY_YJN_0005
조사장소 : 전라남도 나주시 다도면 풍산리 도래마을 228번지
조사일시 : 2010.7.16
조 사 자 : 이경엽, 한미옥, 송기태, 임세경
제 보 자 : 윤정남, 여, 74세
구연상황 : 조사자가 '아리랑'은 모르냐고 하니, 안영례 할머니가 '성주 타령'이나 한 번
　　　　　 하라고 권하였다. 이에 윤정남 할머니가 조용히 웃고 있다가 '성주 타령'을
　　　　　 불러주었다. 다 부르고 나서 "나 못해." 하면서 노래를 끝맺었다. '성주 타령'
　　　　　 은 정월에 걸궁을 하면서 소리꾼이 부르는 노래라고 하였다.

이집 성주를 둘러보니
팔영봉이 붙었구나
아들을 날라믄 효자를 낳고
딸을 날라믄 열녀를 낳고
소를 날라믄 우황을 낳고
말을 날라믄 원앙을 낳고
개를 날라믄 삼족구 낳고

성주 타령(2)

자료코드 : 06_05_FOS_20100716_LKY_YJN_0006
조사장소 : 전라남도 나주시 다도면 풍산리 도래마을 228번지
조사일시 : 2010.7.16
조 사 자 : 이경엽, 한미옥, 송기태, 임세경
제 보 자 : 윤정남, 여, 74세
구연상황 : '사랑타령'을 끝낸 윤정남 할머니에게, 조사자가 잠시 전에 말로 했던 '성주
타령'을 끝까지 다시 한 번 불러달라고 하였다. 이에 "오메 어쩌끄나." 하시
면서 잠시 망설이다가 이내 노래를 불러주었다.

이집 성주를 둘러보니
팔영봉이 비쳤구나
아들을 날라믄 효자를 낳고
딸을 날라믄 열녀를 낳고
소를 날라믄 우황을 낳고
개를 날라믄 삼족구 낳고
닭을 날라믄 봉을 낳고

강강술래(1)

자료코드 : 06_05_FOS_20100716_LKY_YJN_0007
조사장소 : 전라남도 나주시 다도면 풍산리 도래마을 228번지
조사일시 : 2010.7.16
조 사 자 : 이경엽, 한미옥, 송기태, 임세경
제 보 자 : 윤정남, 여, 74세
구연상황 : 조사자가 강강술래를 조금만 해보자고 하니, 할머니들이 옛날에는 알았는데
지금은 모른다고 주저하였다. 조사자가 재차 부탁을 하니, 앞소리를 누가 메
길 것인지에 대해서 할머니들끼리 의견을 나누다가, 이내 윤정남 할머니의 앞
소리로 강강술래를 시작하였다.

강강수월래

강강수월래

대밭에는 대잎도 총총

강강수월래

솔밭에는 솔잎도 총총

강강수월래

우리동무 총총 놀자

강강수월래

이 술래가 니 술랜가

강강수월래

마당 임재 술래로시

강강수월래

받어주소 받어주소

강강수월래

이 술래를 받어주소

강강수월래

강강술래 / 대문 열기

자료코드 : 06_05_FOS_20100716_LKY_YJN_0008
조사장소 : 전라남도 나주시 다도면 풍산리 도래마을 228번지
조사일시 : 2010.7.16
조 사 자 : 이경엽, 한미옥, 송기태, 임세경
제 보 자 : 윤정남, 여, 74세
구연상황 : 조사자가 강강술래를 하다가 '청어엮기'도 하지 않냐고 묻자, 윤정남 할머니
　　　　　가 "청어엮기를 하잖애~" 하면서 '청어엮기' 대신에 '문열어주소' 노래를 불
　　　　　러주었다.

문 석사야 문열어도라

무슨 문을 열으란가

[제보자가 잠시 가사를 생각한다.]

통쇠로 잠근 문을

열쇠 없이 끄를손가

발 자랑(1)

자료코드 : 06_05_FOS_20100716_LKY_YJN_0009
조사장소 : 전라남도 나주시 다도면 풍산리 도래마을 228번지
조사일시 : 2010.7.16
조 사 자 : 이경엽, 한미옥, 송기태, 임세경
제 보 자 : 윤정남, 여, 74세
구연상황 : 강강술래를 마치고 조사자가 '발자랑'은 어떻게 하냐고 묻자, 윤정남 할머니
가 "별 걸 다 하네." 하시면서 발자랑 할 때 부르는 노래를 불러주었다. 마지
막의 "굴러라~ 굴러라~" 부분을 부를 때는 양 손을 잡고 흔드는 모양을 하
기도 하였다. 이런 노래는 모두 일제강점기 때 불렀던 노래라고 하였다.

재봉틀 재봉틀

보선 보선 아이나사카 보선

빼 빼 빼다지

여 여 여다지

빼다지 밑에 봉토지

봉토지 한장을 뜯어보니

정든님 소식이 적혔네

굴러라 굴러라

실실 굴러라

발 자랑(2)

자료코드 : 06_05_FOS_20100716_LKY_YJN_0010
조사장소 : 전라남도 나주시 다도면 풍산리 도래마을 228번지
조사일시 : 2010.7.16
조 사 자 : 이경엽, 한미옥, 송기태, 임세경
제 보 자 : 윤정남, 여, 74세
구연상황 : 조사자가 조금 전의 노래를 다시 불러달라고 하니, 제보자가 다 잊어버렸다고
하면서 기억나는 부분만 다시 불러주었다.

　　보선 보선
　　아이나사까 보선
　　발자랑 발자랑
　　새보신 신고 발자랑

발 자랑(3)

자료코드 : 06_05_FOS_20100716_LKY_YJN_0011
조사장소 : 전라남도 나주시 다도면 풍산리 도래마을 228번지
조사일시 : 2010.7.16
조 사 자 : 이경엽, 한미옥, 송기태, 임세경
제 보 자 : 윤정남, 여, 74세
구연상황 : 조사자가 윤정남 제보자에게 '재봉틀' 노래를 다시 불러달라고 하자, 웃으면
서 다시 들려주었다. 이 노래는 서방님이 군대에 가서 없을 때 부르는 노래라
고 하였다.

　　재봉틀 재봉틀
　　오리고 내리고 재봉틀
　　빼 빼 빼다지
　　여 여 여다지

빼다지 속에 봉토지
봉토지 한장을 뜯어보니
정든님 소식이 적혔네

강강술래(2)

자료코드 : 06_05_FOS_20100716_LKY_YJN_0012
조사장소 : 전라남도 나주시 다도면 풍산리 도래마을 228번지
조사일시 : 2010.7.16
조 사 자 : 이경엽, 한미옥, 송기태, 임세경
제 보 자 : 윤정남, 여, 74세
구연상황 : 조사자가 강강술래를 다시 하자고 하면서, 윤정남 할머니가 앞소리를 받아달
라고 하면 다른 할머니가 좀 받아달라고 부탁하였다. 이에 윤정남 할머니의
앞소리로 강강술래를 다시 불렀다. 하지만 마지막 부분에 가서 윤정남 할머니
가 앞소리를 받으라고 하였지만 다른 할머니들이 아무도 받지 않아 노래가
길게 이어지지 못했다.

강강수월래
강강수월래
이 술래가 니 술랜가
강강수월래
솔밭에는 솔잎도 총총
강강수월래
대밭에는 대잎도 총총
강강수월래
우리동무 총총 놀자
강강수월래
이 술래가 니 술랜가

강강수월래

마당 임재 술래로시

강강수월래

받어 가소 받어 가소

강강수월래

마당 임재 받어 가소

강강수월래

강강술래 / 남생아 놀아라(1)

자료코드 : 06_05_FOS_20100716_LKY_YJN_0013
조사장소 : 전라남도 나주시 다도면 풍산리 도래마을 228번지
조사일시 : 2010.7.16
조 사 자 : 이경엽, 한미옥, 송기태, 임세경
제 보 자 : 윤정남, 여, 74세
구연상황 : 조사자가 강강술래를 하다가 '남생아 놀아라'도 하냐고 묻자, 윤정남 할머니
가 그것도 한다면서 노래를 불러주었다.

남생아 놀아라

이남생이가 잘논다

올래절래가 잘논다

바꾸(마당)가 좁아서 못놀것네

강강술래 / 남생아 놀아라(2)

자료코드 : 06_05_FOS_20100716_LKY_YJN_0014
조사장소 : 전라남도 나주시 다도면 풍산리 도래마을 228번지

조사일시 : 2010.7.16

조 사 자 : 이경엽, 한미옥, 송기태, 임세경

제 보 자 : 윤정남, 여, 74세

구연상황 : 윤정남 할머니가 혼자서 '남생아 놀아라'를 부른 뒤, 조사자가 다른 할머니들
에게 뒷소리를 불러달라고 부탁하였다. 이에 윤정남 할머니가 '남생아 놀아
라'의 앞소리를 매기고, 뒷소리를 다른 할머니들이 맡아서 '남생아 놀아라'를
다시 불렀다.

남생아 놀아라

올래졸래가 잘논다

이남생이가 잘논다

남생아 놀아라

마당이 좁아서 못놀것네

올래졸래가 잘논다

바꾸가 좁아서 못놀것네

올래졸래 잘논다

남생아 놀아라

올래졸래 잘논다

이남생이가 잘도 논다

남생아 놀아라

강강술래 / 고사리 껑자(1)

자료코드 : 06_05_FOS_20100716_LKY_YJN_0015

조사장소 : 전라남도 나주시 다도면 풍산리 도래마을 228번지

조사일시 : 2010.7.16

조 사 자 : 이경엽, 한미옥, 송기태, 임세경

제 보 자 : 윤정남, 여, 74세

구연상황 : 조사자가 '남생아 놀아라' 외에 '고사리 껑자'는 없냐고 하자, 윤정남 할머니

가 앞소리를 매기고, 할머니들이 뒷소리를 받아서 '고사리 껑자'를 불렀다.

고사리 대사리 껑자

백두산 고사리 껑자

껑자 껑자

고사리 대사리 껑자

백두산 고사리 껑자

식산에 고사리 껑자

백두산 고사리 껑자

강강술래 / 고사리 껑자(2)

자료코드 : 06_05_FOS_20100716_LKY_YJN_0016

조사장소 : 전라남도 나주시 다도면 풍산리 도래마을 228번지

조사일시 : 2010.7.16

조 사 자 : 이경엽, 한미옥, 송기태, 임세경

제 보 자 : 윤정남, 여, 74세

구연상황 : 조사자가 다시 한 번 '고사리 껑자'를 불러달라고 하자, 할머니 한 분이 "좋도 안하구만 다시 하라고 하네." 하면서 웃었다. 윤정남 할머니가 '고사리 껑자'의 앞소리를 매기고, 옆에 있던 할머니들이 뒷소리를 받아주었다.

껑자 껑자

고사리 대사리 껑자

백두산 고사리 껑자

껑자 껑자

고사리 대사리 껑자

백두산 고사리 껑자

칙산에 고사리 껑자

백두산 고사리 껑자

강강술래 / 청어 엮기

자료코드 : 06_05_FOS_20100716_LKY_YJN_0017
조사장소 : 전라남도 나주시 다도면 풍산리 도래마을 228번지
조사일시 : 2010.7.16
조 사 자 : 이경엽, 한미옥, 송기태, 임세경
제 보 자 : 윤정남, 여, 74세
구연상황 : 조사자가 '청어 엮자'는 어떻게 하냐고 하니, 윤정남 할머니가 '청어 엮기'의
　　　　　 처음 동작을 말과 행동으로 보여주면서, 기억을 더듬어 가면서 노래를 불러주
　　　　　 었다.

　　　 문석사야 문열어도라

　　　 무슨문을 열으란가

　　　 길이나동생 보고나가세

　　[제보자가 놀이에 대한 설명을 한다.]

　　　 통쇠로 잠근문을 열쇠없이 끄를손가

다리 세기

자료코드 : 06_05_FOS_20100716_LKY_YJN_0018
조사장소 : 전라남도 나주시 다도면 풍산리 도래마을 228번지
조사일시 : 2010.7.16
조 사 자 : 이경엽, 한미옥, 송기태, 임세경
제 보 자 : 윤정남, 여, 74세
구연상황 : 조사자가 할머니들에게 다리를 서로 쭉 뻗어놓고 어렸을 때 했던 '다리 세기'
　　　　　 를 해보자고 부탁하였다. 이에 할머니들이 서로 다리를 교차해서 뻗고, 윤정

남 할머니가 다리를 세면서 노래를 불렀다.

한다리 두다리 열두다리
느그 삼촌 어디갔냐
저건네 밭에 총허러갔다
맺(몇)마 땄냐 닷말땄다
오금 조금 보름 탱

[제보자와 청중이 놀이에 대해 잠시 이야기를 나눈다.]

한다리 두다리 열 다리
느그 삼촌 어디갔냐
저건네 밭에 총허러갔다
맺(몇)마 땄냐 닷말땄다
오금 조금 보름 탱

[제보자와 청중이 놀이에 대해 잠시 이야기를 나눈다.]

한다리 두다리 열두다리
느그 삼촌 어디갔냐
저건네 밭에 총허러갔다
맺(몇)마 땄냐 닷말땄다
오금 조금 보름 탱

종지기 돌리기

자료코드 : 06_05_FOS_20100716_LKY_CGS_0001
조사장소 : 전라남도 나주시 다도면 풍산리 도래마을 228번지

조사일시 : 2010.7.16
조 사 자 : 이경엽, 한미옥, 송기태, 임세경
제 보 자 : 최금순, 여, 80세
구연상황 : 도래마을 할머니들이 종지기 돌리기 놀이를 시연하면서, 종지기를 찾은 다음
의 소리를 최금순 할머니가 들려주었다.

찾았네 찾았네
종지 장지가 찾았네

보보 보따리

자료코드 : 06_05_FOS_20100716_LKY_HJS_0001
조사장소 : 전라남도 나주시 다도면 풍산리 도래마을 228번지
조사일시 : 2010.7.16
조 사 자 : 이경엽, 한미옥, 송기태, 임세경
제 보 자 : 홍정숙, 여, 83세
구연상황 : 조사자가 방금 전에 불렀던 노래를 다시 불러달라고 하니, 옆에 있던 홍정숙
제보자가 아주 짧게 다시 들려주었다.

보보 시까당
보보 보따리

사위 사가소

자료코드 : 06_05_MFS_20100716_LKY_AYR_0001
조사장소 : 전라남도 나주시 다도면 풍산리 도래마을 228번지
조사일시 : 2010.7.16
조 사 자 : 이경엽, 한미옥, 송기태, 임세경
제 보 자 : 안영례, 여, 69세
구연상황 : 윤정남 할머니와 함께 마을의 홍정숙 할머니 댁에 모여계신 할머니들을 찾아
 뵈었다. 방안에 홍정숙 할머니를 비롯해서 총 3분의 할머니들이 모여서 쉬고
 계셨는데, 윤정남 할머니가 다른 할머니들에게 조사자의 의도를 들려주고 이
 런 저런 이야기를 해줄 것을 요청하였다. 조사자가 할머니들에게 이런 저런
 노래가 있으면 들려달라고 하였지만, 한참 동안은 잘 모른다면서 서로 미루기
 만 하다가, 할머니 중 한 분이 밭 맬 때 바람을 부르는 소리나 해 보라고 하
 였다. 이에 안영례 할머니가 가락은 싣지 않은 채 말로 바람을 불러오는 노래
 를 들려주었다.

 반달같은 딸 있으믄
 온달같은 사위 사가소

 [이렇게 말을 하면 바람이 온다고 설명한다.]

 외대 구녁으로 살짝와서 사가소

시집살이 노래

자료코드 : 06_05_MFS_20100716_LKY_YJN_0001
조사장소 : 전라남도 나주시 다도면 풍산리 도래마을 228번지
조사일시 : 2010.7.16

조 사 자 : 이경엽, 한미옥, 송기태, 임세경
제 보 자 : 윤정남, 여, 74세
구연상황 : 베 짜는 노래가 끝난 뒤 제보자에게 밭 맬 때는 무슨 노래를 불렀냐고 묻자, 잘 모른다고 하면서 부끄러워하였다. 조사자가 그러면 시집살이 노래는 없냐고 하니, 그것에 대한 노래는 잘 알고 있었는지 곧바로 소리를 들려주었다. 이 노래는 제보자가 10여 살 먹었을 때 나온 노래로, 친정에서 어른들이 불렀던 노래라고 하였다.

시집살이 삼년만에 속이나 상해서
올봄에도 들에나가 울었습니다
횃대끝에 맺어있는 명지나수건이
날이날마다 눈물닦이 다젖었어요
그리마오 그리마오 그리를마오
인생에 백년이라 한가지라요

병풍에 피는 꽃은(1)

자료코드 : 06_05_MFS_20100716_LKY_YJN_0002
조사장소 : 전라남도 나주시 다도면 풍산리 도래마을 228번지
조사일시 : 2010.7.16
조 사 자 : 이경엽, 한미옥, 송기태, 임세경
제 보 자 : 윤정남, 여, 74세
구연상황 : 최금순 할머니가 부른 노래에 이어서 윤정남 할머니가 "내가 고놈을 다시 해보까?" 하시면서 바로 노래를 들려주었다.

병풍에 피는꽃은 매화꽃이요
오날날로 피는꽃은 신랑의신부꽃
우유충충 버들속에 신랑이놀면
놀아방석 꽃속에는 신부가논다

장모님 장모님 우리 장모님(1)

자료코드 : 06_05_MFS_20100716_LKY_YJN_0003
조사장소 : 전라남도 나주시 다도면 풍산리 도래마을 228번지
조사일시 : 2010.7.16
조 사 자 : 이경엽, 한미옥, 송기태, 임세경
제 보 자 : 윤정남, 여, 74세
구연상황 : 조사자가 최금순 할머니에게 '장모님 장모님 우리 장모님' 노래의 앞 사설을
　　　　　다시 묻자, 윤정남 할머니가 그 노래를 다시 불러주었다. 제보자는 노래를 부
　　　　　를 때 손뼉을 치면서 박자를 맞추었다.

　　　장가가믄 마누라가 제일좋다 하더니
　　　처갓집에 장모님이 더욱 좋더라
　　　장모님 장모님 우리 장모님
　　　이다음에 오거들랑 암탉한마리 잡어줘
　　　안잡아주믄 당신딸은 나는몰라요

장모님 장모님 우리 장모님(2)

자료코드 : 06_05_MFS_20100716_LKY_YJN_0004
조사장소 : 전라남도 나주시 다도면 풍산리 도래마을 228번지
조사일시 : 2010.7.16
조 사 자 : 이경엽, 한미옥, 송기태, 임세경
제 보 자 : 윤정남, 여, 74세
구연상황 : 조사자가 조금 전에 불렀던 '장모님 장모님' 노래를 윤정남 할머니에게 다시
　　　　　들려달라고 하자, 제보자가 다시 불러주었다.

　　　장가가믄 마누라가 제일좋다 하데
　　　처갓집에 장모님이 더욱 좋더라
　　　장모님 장모님 우리 장모님

이다음에 올터이니 씨암탉한마리 잡어줘

안잡아주믄 당신딸은 나는몰라요

사랑 사랑 내 사랑아

자료코드 : 06_05_MFS_20100716_LKY_YJN_0005
조사장소 : 전라남도 나주시 다도면 풍산리 도래마을 228번지
조사일시 : 2010.7.16
조 사 자 : 이경엽, 한미옥, 송기태, 임세경
제 보 자 : 윤정남, 여, 74세
구연상황 : '성주 타령'을 부른 윤정남 할머니가, 혼례를 치르고 난 뒤 동상례 때 성질이
불같았던 신랑을 말리기 위해 자신이 '사랑 사랑 나의 사랑아'라는 노래를 불
렀다고 하면서 웃었다. 이에 조사자가 그 노래를 좀 들려달라고 하자, 웃으면
서 당시에 불렀던 노래를 불러주었다. 이 '성주 타령'은 제보자가 시집오기
전에 친정마을인 남평 남성리에서 불렀던 노래라고 한다.

사랑사랑 나의사랑 나의사랑아

밤낮으로 잊지못할 나의사랑아

너와나와 정이들어 못살바에는

한강수 깊은물에 빠져나죽자

너는죽어 강건너에 연꽃이되고

나는죽어 훨훨나는 봄나비되마

병풍에 피는 꽃은(2)

자료코드 : 06_05_MFS_20100716_LKY_YJN_0006
조사장소 : 전라남도 나주시 다도면 풍산리 도래마을 228번지
조사일시 : 2010.7.16

조 사 자 : 이경엽, 한미옥, 송기태, 임세경
제 보 자 : 윤정남, 여, 74세
구연상황 : 조사자가 윤정남 할머니에게, 동네에 결혼식 등이 있어서 축하할 때 무슨 노
래를 불러주냐고 하자, 제보자가 잠시 쉬었다가 노래를 들려주었다.

병풍에 피는꽃은 매화꽃이요
오날날로 피는꽃은 신랑의신부꽃
유유축축 버들속에 신랑이놀고
놀아방석 꽃속에는 신부가논다
천지에 만물은 별할지라도
신랑신부 마음은 변치맙시다

주먹 세기

자료코드 : 06_05_MFS_20100716_LKY_YJN_0007
조사장소 : 전라남도 나주시 다도면 풍산리 도래마을 228번지
조사일시 : 2010.7.16
조 사 자 : 이경엽, 한미옥, 송기태, 임세경
제 보 자 : 윤정남, 여, 74세
구연상황 : 윤정남 할머니가 다리 세기에 관한 노래를 부른 후, 최금순과 안영례 할머니
에게 주먹을 내보라고 하였다. 윤정남과 최금순, 안영례 할머니 세 명의 주먹
을 서로 마주대고는 윤정남 할머니가 주먹을 세면서 노래를 불렀다.

이찌고 다찌고 다나주
다이고 요이고 욘주구
니까가 요리대
데까가 대이대
담배장시 곰방 콩

유월에 피는 꽃은

자료코드 : 06_05_MFS_20100716_LKY_CGS_0001
조사장소 : 전라남도 나주시 다도면 풍산리 도래마을 228번지
조사일시 : 2010.7.16
조 사 자 : 이경엽, 한미옥, 송기태, 임세경
제 보 자 : 최금순, 여, 80세
구연상황 : 종지기 돌리기 놀이가 끝난 후, 조사자가 종지기를 갖고 있다가 들킨 사람은
　　　　　무슨 노래를 많이 불렀냐고 하니, 청중들이 최금순 할머니에게 당시에 불렀던
　　　　　노래나 하나 불러주라고 권하였다. 최금순 할머니는 다 잊어버렸다고 하면서
　　　　　도, 청중들이 박수를 쳐주면서 분위기를 맞춰주자 옛 노래 하나를 불러주었
　　　　　다. 노래를 부르는 동안 안영례 할머니가 총이 좋다면서 칭찬하는 추임새를
　　　　　넣어주었다.

　　　유월에 피는꽃은 매화꽃이요
　　　오날날 피는꽃은 신랑신부요
　　　○○○ 오날날 결혼식인데
　　　백년기약 맺을날은 오날일세요
　　　만화방창 연꽃에 신랑이놀고
　　　만화방창 연꽃욱에 신부가논다

장모님 장모님 우리 장모님

자료코드 : 06_05_MFS_20100716_LKY_CGS_0003
조사장소 : 전라남도 나주시 다도면 풍산리 도래마을 228번지
조사일시 : 2010.7.16
조 사 자 : 이경엽, 한미옥, 송기태, 임세경
제 보 자 : 최금순, 여, 80세
구연상황 : 조사자가 할머니들에게 '진주남강 빨래가서~'라는 노래는 모르냐고 하자, 최
　　　　　금순 할머니가 그런 노래는 모른다고 하면서 자신이 알고 있는 다른 노래를
　　　　　하나 불러주었다.

장개 갈때는 마누라가 질로 좋다고 하드니

처갓집이 가니까는 장모님이 더욱 좋아요

장모님 장모님 우리 장모님

요다음 오거들랑 암탉한마리 잡어줘

처갓집이 가는것도 좋은일은 아닌데

사우대접 잘헌다고 아주 물렸소

장모님 장모님 우리 장모님

요다음 오거들랑 송아지한마리 잡어줘

부모님 은공

자료코드 : 06_05_MFS_20100716_LKY_CGS_0003

조사장소 : 전라남도 나주시 다도면 풍산리 도래마을 228번지

조사일시 : 2010.7.16

조 사 자 : 이경엽, 한미옥, 송기태, 임세경

제 보 자 : 최금순, 여, 80세

구연상황 : '장모님 장모님 우리 장모님' 노래가 끝난 후, 조사자가 "이런 노래는 배워두
어야겠다."고 하자 할머니들이 모두 웃었다. 그러는 사이에 갑자기 최금순 할
머니가 부모님 은공에 관한 이야기를 시작하였다.

조선 천하 인생들아

부모 없이 생길소냐

배 안에서 열달이요

부모 밑에 삼년이요

우리 부모 날기릴때

고당 답게 했고만은

요내 나는 언제커서

부모 은공을 갚을소냐

3. 다시면

▌조사마을

전라남도 나주시 다시면 동당리 2구 당촌마을

조사일시 : 2010.2.11
조 사 자 : 이경엽, 한미옥, 송기태, 임세경

나주시 다시면 동당리 2구 당촌마을 전경

당촌마을은 문헌기록상 1789년 『호구총수』에 처음으로 보이는데, 죽포
면 소속 16개 동리 가운데 '당저촌(堂低村)'으로 나와 있다. 1912년 『지방
행정구역명칭일람』에는 '당촌(堂村)'으로 되어 있었으며, 이후 1914년에
이르러 '당촌(堂村)'이라 하여 나주군 다시면 동당리(東堂里)에 편입되어
오늘에 이르고 있다.

마을 뒷산은 그곳에 세금을 바치던 당(堂)이 있었다 해서 '당앞산'이라

고 부르며, 이 당앞산 밑에 마을이 자리 잡고 있어서 '당밑에', 또는 서당이 있었던 곳이라 하여 '당촌' 등으로 마을이 불렸다.

최초의 마을 입향조는 함평이씨로 알려져 있으며, 그 뒤로 무안박씨와 나주나씨가 차례로 들어와 살게 되었다. 그러나 정확한 입향 시기는 알수 없다. 함평이씨 집성촌이라고도 할 수 있는 당촌마을은 현재 42호로 형성되어 있으며, 함평이씨를 비롯해서 나주나씨와 무안박씨, 이천서씨, 달성서씨 등이 각각 1호씩 들어와 살고 있다.

동당리 2구 당촌마을 앞에는 당촌 저수지가 있다. 서쪽은 서풍맥이 소나무가 약 300m가량 조성돼 있는데, 이는 노루뫼 능선으로 이어지는 멧발의 높이가 중간에 허해 서쪽의 약한 기운을 막기 위해 조성한 액막이다. 전해오는 말에 의하면, 함평 학교면에 우뚝 솟아있는 속금산(束錦山)을 아낙네들이 쳐다보면 바람이 난다고 해서 40여 년 전에 비보숲으로 만든 것이라고도 한다. 주로 농업에 종사하고, 특수작목으로 딸기와 취나물을 재배하고 있다.

마을 조직으로는 호상계가 있으며, 1955년에 상조를 목적으로 설립하여 현재에 이어지고 있다.

전라남도 나주시 다시면 문동리 3구 증문마을

조사일시 : 2010.2.18
조 사 자 : 이경엽, 한미옥, 송기태, 임세경

증문마을은 청림산의 줄기인 높이 168m의 무제봉 동남쪽 기슭에 자리 잡고 있다. 남쪽은 마을의 안쪽이 여자의 음부와 비슷하다 하여 이를 가리기 위해 '정문등'에 심어놓은 수령 약 400년가량의 소나무 14그루가 비보숲을 이루고 있다. 옛날에는 30여 그루가 있었다고 한다. 서쪽 샛골인 '뱃골'에는 초동사가 있고, 북동쪽 고개 너머에 '작은 증문(소증문)'마을이

있다. 남쪽 주래기 들 건너편에는 제잣봉과 탐진최씨 선산인 자람산(37m)
이 마파람을 막아준다.

나주시 다시면 문동리 3구 증문마을 전경

마을 이름은 옛날 유명한 학자가 이 마을에서 살다가 떠났다고 하여
'증문(曾文)'이라 했다고 전한다. 마을을 세분하면 '큰 증문'과 '작은 증문'
으로 구분된다. 1789년의 『호구총서』에는 나주목 죽포면 '증문촌(增文村)'
으로 기록되어 있고, 1912년 『지방행정구역명칭일람』에는 '증문리(曾文
里)'로 기록되어 있다. 1914년의 행정구역폐합으로 다시면 문동리(文洞里)
로 편입되었다.

마을의 형성은 1450년경 함평이씨 10세손 함성군 이극해(李克諧, 1431
~1511)가 함평에서 회진을 거쳐 이곳에 정착하게 되면서 비롯되었다.
1760년경에는 진주강씨 강계현(姜桂賢, 1738~1739)이 영암 곤이면에서 옮겨와 살게 되었고, 이후로 서흥김씨가 들어왔다. 현재 거주 성씨로는 함평이씨 19호, 김씨 7호, 진주강씨 3호, 나주나씨, 해주최씨, 박씨, 유씨 각 2호, 청주한씨, 남평문씨, 여흥민씨, 행주기씨, 천안전씨, 신씨, 안씨 각 1호 등이다. 증문마을은 현재 34가구에 80여 명이 살고 있으며, 평균 연령은 60세 이상이며, 여성이 남성보다 많다.

1950년에 6523번지인 꽃밭등에 다시남초등학교가 개교했다가, 학생 수 감소로 폐교가 되고 2000년 7월부터 나주 관찰체험학습장으로 꾸며 운영되고 있다. 1973년부터 버스가 운행되었고, 1974년에 마을에 전기가 가설되고 상수도가 시설되었다.

주산업 형태는 농업이며, 최근에는 작은 증문마을에 들어와 소를 키우는 농가가 3가구 정도 된다고 한다. 마을 안에는 유명한 샘이 있는데, 물이 워낙 좋아서 외지 사람들도 물을 뜨러 오며, 1967~1968년에 심한 가뭄이 들었을 때도 물이 마르지 않았다고 한다. 마을조직으로는 촌계가 있으며, 1900년경 48명의 구성원으로 조직되어 상부상조를 목적으로 하고 있다.

증문마을에서는 과거부터 당산제는 모시지 않았지만, 매년 정월 보름에 줄다리기는 빼놓지 않고 했었다고 한다. 또한 추석 때는 노래자랑과 연극 공연도 했었지만 지금은 젊은 사람들이 없어서 그런 행사를 못하고 있다. 그리고 옛날 농사철이면 들노래도 많이 했었지만, 당시에 노래 잘하던 노인들이 모두 돌아가시고 난 뒤부터 그 맥이 끊겨버렸다고 한다.

김복례, 여, 1934년생

주 소 지 : 전라남도 나주시 다시면 동당리 2구 당촌마을
제보일시 : 2010.2.11
조 사 자 : 이경엽, 한미옥, 송기태, 임세경

김복례는 나주시 동강면 후동마을에서 8남매 중 막내로 태어났다. 12세 때 이곳 동당리 당촌마을로 시집을 왔으며, 남편은 3대 독자 외아들이었다. 손 귀한 집에 시집온 김복례는 3남 3녀의 자녀를 낳아 시부모의 귀염을 받았다고 한다.

김복례가 들려준 노래는 대부분 15세 무렵에 친정마을 부녀자들이 한방에 모여 베를 짜면서 부르던 노래를 귀동냥으로 듣고 자라면서 배운 노래라고 한다.

제공 자료 목록
06_05_FOS_20100211_LKY_KBR_0001 베틀가
06_05_FOS_20100211_LKY_KBR_0002 청춘가

김후덕, 여, 1926년생

주 소 지 : 전라남도 나주시 다시면 동당리 2구 당촌마을
제보일시 : 2010.2.11
조 사 자 : 이경엽, 한미옥, 송기태, 임세경

김후덕은 지금의 광주광역시 하남동에서 출생했다. 16세가 되던 해에 이곳 나주의 당촌마을로 시집왔으며, 남편은 6남매 중 장남이었다. 처음에는 도시로 나가 살 줄 알았는데, 남편이 아예 시골을 벗어날 생각을 하지 않아 힘들었다고 하였다. 결혼 후 3남 1녀의 자녀를 낳았으며, 현재는

큰아들 내외와 함께 마을에서 살고 있다.

김후덕은 고령에다 몸이 불편해서 자식들이 마을회관도 자주 못나가게 말린다고 한다. 이날 조사에서 불러준 노래는 대부분 김후덕이 시집오기 전 친정마을에서 어른들이 부르던 노래였다고 하며, 시집와서는 시댁 어른들이 무서워서 노래는커녕 라디오도 제대로 들어본 적이 없다고 한다.

제공 자료 목록

06_05_FOS_20100211_LKY_KHD_0001 함평읍 진애기 딸
06_05_FOS_20100211_LKY_KHD_0002 강돌강돌 강도령
06_05_FOS_20100211_LKY_KHD_0003 진주낭군
06_05_FOS_20100211_LKY_KHD_0004 굴려라 굴려라(1)
06_05_FOS_20100211_LKY_KHD_0005 발 자랑
06_05_FOS_20100211_LKY_KHD_0006 굴려라 굴려라(2)

나귀님, 여, 1938년생

주 소 지 : 전라남도 나주시 다시면 문동리 3구 증문마을
제보일시 : 2010.2.18
조 사 자 : 이경엽, 한미옥, 송기태, 임세경

나귀님은 1938년에 무안군 삼향면에서 출생하였다. 21세 때 이곳 증문마을로 시집왔다. 신랑감을 고르느라고 늦게 시집을 왔다는 나귀님은, 똑똑하고 부인을 하늘같이 받들어줄 남자를 원했는데, 그런 신랑감을 만나 결혼했다고 한다. 5남매의 자녀를 낳았으며, 모두 서울에서 살고 있고, 나귀님은 남편과 함께 마을에서 살고 있다.

나귀님은 인근에 있는 복암사라는 절에 다니면서 자식들을 위해 기도 하는 것을 큰 낙으로 알고 살고 있으며, 이야기 도중 '노래는 참말, 이야기는 거짓말'이라는 말을 자주 하였다.

제공 자료 목록
06_05_FOT_20100218_LKY_NGN_0001 명당자리에서 발복 받기
06_05_FOT_20100218_LKY_NGN_0002 어린 신랑의 기지
06_05_FOT_20100218_LKY_NGN_0003 현대판 시어머니 버릇 고친 며느리

박오례, 여, 1925년생

주 소 지 : 전라남도 나주시 다시면 문동리 3구 증문마을
제보일시 : 2010.2.18
조 사 자 : 이경엽, 한미옥, 송기태, 임세경

박오례는 1925년에 영암군 도포면에서 태어났다. 학교는 다니지 않았으며, 결혼 후 2남 2녀의 자녀를 두었다. 택호는 신안댁이다. 결혼할 당시에 시어머니는 이미 돌아가신 뒤였지만, 남편이 둘째아들이어서 시아버지는 모시지 않았다고 한다. 결혼 후 논농사를 주업으로 하고 살았으며, 남편이 죽은 후 혼자서는 농사가 힘에 부쳐서 모두 팔아버렸다.

박오례는 마을 사람들로부터 웃기는 이야기를 잘한다는 평가를 받지만, 실제로 많은 이야기를 들려준 것은 아니었다. 주로 이청혼 제보자의 이야기에 자신의 생각을 덧붙이는 것으로 참여하였다. 하지만 마을의 옛 풍습에 대해서는 누구보다 많이 알고 계셨다.

제공 자료 목록

06_05_FOT_20100218_LKY_POR_0001 갈무산과 자람산

06_05_FOT_20100218_LKY_POR_0002 도깨비 만난 이야기

06_05_FOT_20100218_LKY_POR_0003 상사병으로 죽어 구렁이 된 총각

06_05_FOT_20100218_LKY_POR_0004 기지로 예쁜 처녀 얻은 일꾼

06_05_MPN_20100218_LKY_POR_0001 꿈 이야기

06_05_MPN_20100218_LKY_POR_0002 첫날밤 신방 엿보기

송혜경, 여, 1958년생

주 소 지 : 전라남도 나주시 다시면 문동리 3구 증문마을

제보일시 : 2010.2.18

조 사 자 : 이경엽, 한미옥, 송기태, 임세경

송혜경은 이곳 증문마을 부녀회장이다.
본래는 나주시에서 살다가 이 마을로 들어
온 지 3년 정도밖에 되지 않는다. 증문에는
남편과 함께 소를 키우는 축산업을 하기 위
해 들어왔으며, 현재도 4명의 아이들은 모
두 나주시내의 아파트에서 생활하고 있다.
마을에 60대 이상의 노인들만이 살고 있어
서 자신이 마을 일을 맡을 수밖에 없었다고
하며, 실제로 증문마을에서 가장 젊은 댁이기도 하다.

제공 자료 목록

06_05_MPN_20100218_LKY_SHG_0001 구렁이 죽이고 낳은 아이

양소순, 여, 1923년생

주 소 지 : 전라남도 나주시 다시면 동당리 2구 당촌마을

제보일시 : 2010.2.11
조 사 자 : 이경엽, 한미옥, 송기태, 임세경

양소순은 당촌마을에서 가장 연장자로,
친정은 나주시 왕곡면 덕실리다. 19세 때
이곳 당촌마을로 시집왔으며, 남편은 5남매
중 장남이라고 한다. 도시로 시집간다고 좋
다고 왔더니 결국 시골이었다면서, 가마니
도 '징허게' 짜고 길쌈도 '징허게' 했다면서
고생스러웠던 젊은 시절을 회고하였다.

양소순은 결혼생활 중간에 아들 하나를
잃어버린 탓에 한동안 노래를 입에 담지 않았다고 한다. 이날 양소순이
불러준 노래는 대부분 시집오기 전 친정마을에서 들었던 것이며, 당시에
는 부녀자들이 한 방에 모여서 길쌈과 가마니를 짜면서 노래 부르는 것이
흔한 풍경이었다고 한다.

제공 자료 목록

06_05_FOS_20100211_LKY_YSS_0001 시누이 때문에 억울하게 죽은 신랑을 생각하
며 아내가 부른 노래
06_05_FOS_20100211_LKY_YSS_0002 총명한 사람이 억울하게 죽자 부른 노래
06_05_FOS_20100211_LKY_YSS_0003 댕기타령
06_05_FOS_20100211_LKY_YSS_0004 발 세는 소리

월비댁, 여, 1933년생

주 소 지 : 전라남도 나주시 다시면 동당리 2구 당촌마을
제보일시 : 2010.2.11
조 사 자 : 이경엽, 한미옥, 송기태, 임세경

월비댁 할머니는 본명 밝히기를 꺼려해서 조사하지 못했다. 주로 다른

할머니들이 노래 부를 때 박자를 맞추기 위해서 손뼉을 치는 정도로만 참여하였다. 하지만 조사자가 노래 한 번 불러주기를 청하자, 아는 노래가 없다고 하면서 텔레비전에서 들었다는 강강술래 한 자리를 불러주었다.

제공 자료 목록

06_05_FOS_20100211_LKY_WBD_0001 강강술래

이맹범, 남, 1933년생

주 소 지 : 전라남도 나주시 다시면 동당리 2구 당촌마을
제보일시 : 2010.2.11
조 사 자 : 이경엽, 한미옥, 송기태, 임세경

이맹범은 당촌마을 토박이다. 21세 때 장가를 들어 모두 3남 2녀의 자녀를 두었다. 자녀들은 혼인 후 모두 외지로 나갔고, 현재는 마을에서 부인과 함께 살고 있다.

이맹범은 당촌 들노래의 앞소리꾼이다. 어린 시절부터 소리를 무척 좋아한 그는 아마도 선친의 영향이 컸을 것이라고 하였다. 선친은 마을에서 꽹과리를 잘 쳤다고 하며,

머리도 좋고 목청도 좋아서 나주에서 상여소리 잘하기로는 둘째라면 서러울 정도였다고 한다. 게다가 당시 마을에 '이계도'란 분이 소리를 아주 잘했는데 이맹범은 그 분의 소리를 혼자서 따라 부르기를 즐겼다고 하니, 지금의 이맹범을 만든 것은 선친과 이계도의 영향이 아닌가 싶다.

이맹범은 장가를 간 뒤에는 어머니의 눈치를 보느라 소리를 거의 부르지 못했지만, 그래도 몰래 꽹과리도 치고 상여소리도 익히곤 했다고 한다. 한번은 녹음한 상여소리를 이불 속에서 몰래 듣다가 어머니에게 들킨 적

도 있었으며, 산속에 꽹과리를 숨겨두고 치는 것을 어머니가 알고는 꽹과리를 깨버리기도 하였다고 한다. 하지만 이제는 나이가 먹어서 그 옛날처럼 잘 하지도 못하고 가사도 기억이 나지 않는다고 안타까워하였다.

이맹범은 2005년도에 강진에서 열린 남도문화재에서 '보리타작' 소리로 인기상을 타는 등 남도문화재에서 발군의 노래 실력을 뽐내고 있는 다시면 최고의 상쇠로 통한다.

제공 자료 목록
06_05_FOS_20100211_LKY_LMB_0001 모찌기 소리 / 진 소리(1)
06_05_FOS_20100211_LKY_LMB_0002 모찌기 소리 / 자진 소리(1)
06_05_FOS_20100211_LKY_LMB_0003 모심기 소리 / 진 소리(2)
06_05_FOS_20100211_LKY_LMB_0004 모심기 소리 / 자진 소리(2)
06_05_FOS_20100211_LKY_LMB_0005 논매기 / 초벌매기 : 진 소리
06_05_FOS_20100211_LKY_LMB_0006 논매기 / 한벌 김매기 소리 : 절사 소리
06_05_FOS_20100211_LKY_LMB_0007 김매기 / 군벌 김매기 소리 : 들래기 소리
06_05_FOS_20100211_LKY_LMB_0008 만드리 / 자진 들래기 소리
06_05_FOS_20100211_LKY_LMB_0009 돈타령
06_05_FOS_20100211_LKY_LMB_0010 뜰모리 소리
06_05_FOS_20100211_LKY_LMB_0011 뜰모 소리 / 원래 부르던 소리
06_05_FOS_20100211_LKY_LMB_0012 풍장 소리
06_05_FOS_20100211_LKY_LMB_0013 풍장 소리 / 원래 부르던 소리
06_05_FOS_20100211_LKY_LMB_0014 물 품기 소리(1)
06_05_FOS_20100211_LKY_LMB_0015 물 품기 소리(2)
06_05_FOS_20100211_LKY_LMB_0016 등짐소리
06_05_FOS_20100211_LKY_LMB_0017 베기는 소리
06_05_FOS_20100211_LKY_LMB_0018 도리깨질 소리
06_05_FOS_20100211_LKY_LMB_0019 부뚜질 소리
06_05_FOS_20100211_LKY_LMB_0020 맷돌질 소리
06_05_FOS_20100211_LKY_LMB_0021 목도질 소리 / 큰 나무를 심을 때 하는 소리
06_05_FOS_20100211_LKY_LMB_0022 달구질 소리
06_05_FOS_20100211_LKY_LMB_0023 상여 소리 / 관을 옮길 때 부르는 소리
06_05_FOS_20100211_LKY_LMB_0024 상여 소리 / 마당에서 나갈 때 하는 소리

06_05_FOS_20100211_LKY_LMB_0025 상여 소리 / 문 밖으로 나가서 길로 나갈 때
하는 소리
06_05_FOS_20100211_LKY_LMB_0026 상여 소리 / 외나무다리에서 하는 소리
06_05_FOS_20100211_LKY_LMB_0027 상여 소리 / 어둥 소리
06_05_FOS_20100211_LKY_LMB_0028 상여 소리 / 내려서 쉬는 소리
06_05_FOS_20100211_LKY_LMB_0029 성주풀이
06_05_FOS_20100211_LKY_LMB_0030 흥타령

이승범, 남, 1933년생

주 소 지 : 전라남도 나주시 다시면 동당리 2구 당촌마을
제보일시 : 2010.2.11
조 사 자 : 이경엽, 한미옥, 송기태, 임세경

이승범은 당촌마을 토박이다. 젊어서부터
소리하는 것을 매우 좋아했으며, 현재는 당촌
마을 들노래의 뒷소리를 맡아서 하고 있다.

제공 자료 목록
06_05_FOS_20100211_LKY_LSB_0001 흥타령

이재남, 남, 1940년생

주 소 지 : 전라남도 나주시 다시면 동당리 2구 당촌
마을
제보일시 : 2010.2.11
조 사 자 : 이경엽, 한미옥, 송기태, 임세경

이재남은 당촌마을 토박이로, 초등학교를
졸업한 후 농사를 지으면서 살고 있다. 3남
1녀의 자녀를 두었으며, 초등학교 교사로
재직 중인 막내딸이 아직 결혼을 하지 않아

서 고민이라고 한다. 자녀들은 모두 도시에서 살고 있으며, 마을에서 부인과 함께 생활하고 있다. 이재남도 이날 조사에서 당촌 들노래의 뒷소리를 맡아주었다.

제공 자료 목록
06_05_FOS_20100211_LKY_LJN_0001 물 품기 소리
06_05_FOS_20100211_LKY_LJN_0002 쑥대머리

이지헌, 남, 1938년생

주 소 지 : 전라남도 나주시 다시면 동당리 2구 당촌마을
제보일시 : 2010.2.11
조 사 자 : 이경엽, 한미옥, 송기태, 임세경

이지헌은 당촌마을에서 태어나고 자란 토박이다. 나주 다시남초등학교를 졸업하였으며, 한 번도 외지로 나가 살아본 적이 없다고 한다. 3남 1녀의 자녀를 두었으며, 주로 농사를 지으면서 살아가고 있다. 이날 조사에서 이지헌은 당촌 들노래의 뒷소리를 맡아 불러주었다.

이처범, 남, 1938년생

주 소 지 : 전라남도 나주시 다시면 동당리 2구 당촌
　　　　　마을
제보일시 : 2010.2.11
조 사 자 : 이경엽, 한미옥, 송기태, 임세경

이처범은 당촌마을 토박이다. 태어나서

줄곧 마을을 떠나지 않고 대를 이어서 농사를 지으면서 생활하고 있다. 이처범은 당촌 들노래의 뒷소리를 맡아서 불러주었다.

제공 자료 목록
06_05_FOS_20100211_LKY_LCB_0001 한산섬 / 시조창

이청흔, 남, 1941년생

주 소 지 : 전라남도 나주시 다시면 문동리 3구 증문마을
제보일시 : 2010.2.18
조 사 자 : 이경엽, 한미옥, 송기태, 임세경

이청흔은 1941년에 이곳 증문마을에서 태어났다. 초등학교까지는 증문에서 다녔지만, 중학교와 고등학교는 인근 도시인 광주에서 다녔다. 이후 산림과 공무원으로 재직하면서 전남 구례 등지에서 생활하다가, 퇴임과 함께 고향마을로 들어왔다. 퇴임하고서도 일을 놓지 않기 위해 택시기사 일을 잠시 하기도 하였다.

결혼 후 4남매를 두었으며, 모두 결혼하여 외지에서 살고 현재 부인과 함께 살면서, 마을 이장일도 맡고 있다. 어린 시절 서당훈장님으로부터 문장이 좋고 붓글씨를 아주 잘 쓴다고 칭찬을 받았었다고 하며, 이야기는 대부분 공직생활을 하면서 돌아다닐 때 귀동냥으로 들은 것이라고 한다.

제공 자료 목록
06_05_FOT_20100218_LKY_LCH_0001 증문마을 샘
06_05_FOT_20100218_LKY_LCH_0002 증문마을 이름 유래
06_05_FOT_20100218_LKY_LCH_0003 꽃밭등 유래
06_05_FOT_20100218_LKY_LCH_0004 세 개의 마을로 이루어진 증문마을

06_05_FOT_20100218_LKY_LCH_0005 갈모산 기우제(1)

06_05_FOT_20100218_LKY_LCH_0006 갈모산 기우제(2)

06_05_FOT_20100218_LKY_LCH_0007 절골 명당 자리

06_05_FOT_20100218_LKY_LCH_0008 파주 염씨 열녀문

06_05_FOT_20100218_LKY_LCH_0009 증문마을 함평 이씨 입향 유래

06_05_FOT_20100218_LKY_LCH_0010 도깨비와의 싸움

06_05_FOT_20100218_LKY_LCH_0011 축지법

06_05_FOT_20100218_LKY_LCH_0012 도깨비 만난 이야기

06_05_FOT_20100218_LKY_LCH_0013 귀신 만난 택시기사

06_05_FOT_20100218_LKY_LCH_0014 감나무 지킨 시아버지와 며느리

06_05_FOT_20100218_LKY_LCH_0015 부잣집 아들로 변한 백쥐

06_05_FOT_20100218_LKY_LCH_0016 색동저고리 입히는 까닭

06_05_FOT_20100218_LKY_LCH_0017 기지로 명당 지킨 아들

06_05_FOT_20100218_LKY_LCH_0018 할머니를 산 매장에서 지킨 손자

06_05_FOT_20100218_LKY_LCH_0019 왕건과 오씨부인

06_05_FOT_20100218_LKY_LCH_0020 오장군

06_05_FOT_20100218_LKY_LCH_0021 새끼 찾은 호랑이

06_05_MPN_20100218_LKY_LCH_0001 구렁이 잡아먹고 해 입은 사람

06_05_MPN_20100218_LKY_LCH_0002 6·25 이야기

명당자리에서 발복 받기

자료코드 : 06_05_FOT_20100218_LKY_NGN_0001
조사장소 : 전라남도 나주시 다시면 문동리 3구 증문마을 마을회관
조사일시 : 2010.2.18
조 사 자 : 이경엽, 한미옥, 송기태, 임세경
제 보 자 : 나귀님, 여, 73세
구연상황 : 조사자가 묘 자리 잘못 쓴 이야기가 없냐고 하자, 박오례 할머니가 그런 이야
기는 많이 들어봤지만 남의 집안 이야기라 하지 못한다고 하면서 옛날에는
묘자리가 좋으려면 연기가 펄펄 나온다고 하였다. 그러자, 옆에 있던 나귀님
할머니가 그 말을 받아서 명당자리는 이러 이러한 자리가 좋은 자리라고 하
면서 들려주신 이야기다.
줄 거 리 : 옛날에는 명당을 파면 반드시 연기가 팍 올라왔다. 명당자리의 연기를 보고
딱 덮어놓으면 그 효험이 팔십 년은 간다. 그래서 명당 기운을 받으려면 오
대에서 육대 정도는 가야 한다.

옛날에 명당을 파면은.

[연기가 올라오는 시늉을 하며]

연기가 팍 올라오면은.

[덮는 시늉을 하며]

그거를 탁 덮어. 덮어. 덮으면은 그것이 몇 십 년을 가냐 허므는. 한 팔
십 년 가브러. 그런게 몇 대가 가것어. 그것이 대, 그 명당, 명당 거시기를
받을라므는 그런게 한 오대, 육대나, 후로나 그 명당 기를 받을라므는 그
렇고 되제. 으 자기 당년에 손자, 증손자, 으 고손까지도 못 받지. 그런다
는 말이 있어, 있어. 그런게 그것도, 그것도 이야기, 그짓말이라고 허데끼.
그것도 모르지.

어린 신랑의 기지

자료코드 : 06_05_FOT_20100218_LKY_NGN_0002
조사장소 : 전라남도 나주시 다시면 문동리 3구 증문마을 마을회관
조사일시 : 2010.2.18
조 사 자 : 이경엽, 한미옥, 송기태, 임세경
제 보 자 : 나귀님, 여, 73세

구연상황 : 첫날밤 이야기가 시작되자 할머니들이 옛날 일들이 생각나는 듯 즐겁게 이야
기판에 끼어들어 한마디씩 거들었다. 이에 조사자가 "하룻밤에 만리장성을
어떻게 쌓느냐."고 묻자, 나귀님 제보자가 웃으면서 이야기를 들려주었다.
줄 거 리 : 옛날에 열일곱, 열여덟 먹은 처녀가 시집을 갔는데, 신랑이 열다섯 살이었다.
시집을 갔는데 나이 어린 신랑이 미운 짓만 골라서 하니까 신부가 신랑을 보
듬어서 지붕 위로 휙 던져버렸다. 그때 마침 시어머니가 밖으로 나왔는데, 그
것을 본 신랑이 "어이, 호박을 이놈을 딸까, 저놈을 딸까?" 하고 신부에게 물
어보아 시어머니 앞에서 아내의 행동을 덮어주었다.

말허자믄 그러잖아. 어린 신랑을 만약에. 나는 한 열여덟이나, 열일곱이
나 이렇게 먹었는디. 열다섯이나 먹은 신랑을. 보믄은 옛날에 그 말이 있
어. 그냥 신랑 인자 하~도 미운 짓거리만 허니까. 그냥 신랑을 보듬아서.

[신랑을 던지는 시늉을 하며]

그냥 지붕, 이렇게 지붕에다 휘~딱 던져브러니까. 그러자 즈그 엄마가
딱 들어와. 그러니까.

"어이~ 호박을 이놈 따까 저놈 따까?"

(청중 : 그랬다 헙디요, 즈그 어매한테.) 어 그래도 마누라를 덮어준다고.
(청중 : 덮어주니라고.) (청중 : 호박을 이놈 따까, 저놈 따까, 허고.) 그랬다
는 말, 이야기가 있어.

현대판 시어머니 버릇 고친 며느리

자료코드 : 06_05_FOT_20100218_LKY_NGN_0003
조사장소 : 전라남도 나주시 다시면 문동리 3구 증문마을 마을회관
조사일시 : 2010.2.18
조 사 자 : 이경엽, 한미옥, 송기태, 임세경
제 보 자 : 나귀님, 여, 73세
구연상황 : 조사자가 시어머니와 며느리에 관한 이야기를 들려주면서 그런 류의 이야기
　　　　　가 없냐고 물어보자, "그런 이야기가 있지." 하면서 나귀님 할머니가 이야기
　　　　　를 이어나갔다.
줄 거 리 : 옛날에 마을에서 사이가 좋지 않은 시어머니와 며느리가 살았다. 어느 날 아
　　　　　들이 외국으로 돈을 벌러 간 사이에 또다시 시어머니와 며느리가 싸우게 되
　　　　　었다. 싸울 때 며느리가 몰래 시어머니의 말을 녹음을 했는데, 자신이 한 말
　　　　　은 녹음하지 않고 시어머니가 욕을 퍼부을 때만 녹음을 해두었다. 나중에 아
　　　　　들인 남편이 외국에서 돌아오자 며느리가 남편에게 시어머니가 자신에게 욕
　　　　　을 퍼부은 녹음 내용을 들려주었으며, 이후에 잘 살았다고 한다.

　우리 마을에 옛날에 거 이런 양반이 계셨어. 시어머니허고 며느리허고
순이 강 저 저 이러고 등이 졌었어. 그랬는디. 이렇게 살다가 보다가. 인
자 아들이 외국에 돈 벌러 간 거여. 그랬는디 시어머니허고 인자 이렇게
막 싸우는거여. 막 이렇게 싸우면은. 며느리가 어떻게 했냐그므는. 시어머
니가 헌 소리만 탁 녹음을 해 놨어. 거 시어머니는 거가 알지도 모르는
일이지. 알도 모르고. 그러고는 인자 저는 막 인자 퍼부어 대는거야. 막
퍼부어 대고. 또 시어머니가 헐 때게는 또 딱. 녹음을 하고. 그렇게 해가
지고 인자 난중에는 다 인자 아들도 오고. 그래가지고 잘 살아. 지금도 잘
살고 굉~장히 부자로 살았어. (조사자 : 옛날이야기랑 똑같은데요.) 그렇
지. (조사자 : 녹음하는 방법만 지금과 틀리지.) 그렇지 응 그거는 현실이
여. 근디 그 아들 며느리가 지금 잘~ 살고 있다고. 겁나 부자로, 서울서.
(조사자 : 이 동네 사람이에요?) 이 옛날에는 우리 마을 사람이고. 지금은
서울서 살고.

갈무산과 자람산

자료코드 : 06_05_FOT_20100218_LKY_POR_0001
조사장소 : 전라남도 나주시 다시면 문동리 3구 증문마을 마을회관
조사일시 : 2010.2.18
조 사 자 : 이경엽, 한미옥, 송기태, 임세경
제 보 자 : 박오례, 여, 86세

구연상황 : 증문마을 회관 바로 옆에 자리한 가게 주인인 금천댁 아주머니로부터 회관에
이야기 잘하는 할머니들이 매일 나오신다는 말씀을 듣고 조사자들이 증문마
을 회관에 들렀다. 처음에 금천댁 아주머니를 비롯해서 세 분의 할머니들이
앉아계셨는데, 조사자가 이야기를 유도하기 위해 마을 주변의 경관을 들며 그
와 관련한 이야기를 해달라고 하였다. 다들 반응이 없자, 금천댁 아주머니가
옆에 앉아계신 박오례 할머니에게 "알면 좀 해보쇼."라고 하자, 할머니가 먼
저 마을의 앞산과 뒷산의 지명을 알려주었다. 너무 단순한 이야기여서 좀 더
자세하게 들려달라고 하니, 잘 모르고 그런 이야기는 이장님이 잘 아신다고
하면서 자신의 이야기를 끝내고는 바로 이장님을 모시러 나가셨다.

줄 거 리 : 증문마을을 뒤에서 감싸고 있는 산이 갈무산이고, 마을 앞 쪽에 조금 떨어져
서 바라다 보이는 산이 자람산이다. 자람산은 산이 자라고 있다고 해서 자람
산이다.

우리 여 갈무산 있고 자람산 있고. (조사자 : 갈문산?) 갈무산. 여그 우
리 증문이 갈무산, 쩌그. (조사자 : 여기 앞에는?) 자람산.

(조사자 : 자람산. 갈무산은 어째서 그런 이름이 붙여졌나요?) 그거 모르
제. 옛날 어른들이 갈무산이라고 헌게 갈무산인지 알고. 여그는 자람산이
라고 헌게 자람산인지 알고 그러고 있제.

(조사자 : 산이 계속 자랄까요?) 자라고 있은게 지금은 멀쩡허니 잘 자
라고 있어. 그런 것인지 몰라. 그러고 다른 것은 몰라.

도깨비 만난 이야기

자료코드 : 06_05_FOT_20100218_LKY_POR_0002
조사장소 : 전라남도 나주시 다시면 문동리 3구 증문마을 마을회관
조사일시 : 2010.2.18
조 사 자 : 이경엽, 한미옥, 송기태, 임세경
제 보 자 : 박오례, 여, 86세
구연상황 : 이청흔 제보자가 도깨비 이야기를 다 마치기도 전에, 옆에서 듣고 있던 박오
례 할머니가 자신이 들었던 도깨비 이야기를 바로 이어서 해주었다.
줄 거 리 : 일산 아재라는 사람이 제사를 지내고서 밤에 오는데, 마침 싸가지고 온 고기
냄새를 맡은 도깨비가 나타났다고 한다. 그래서 도깨비와 밤새 싸우다가 힘
에 부친 일산 아재가 안 되겠다 싶어서 허리끈을 풀어서 도깨비를 나무에
묶어놓았다. 다음 날 나무에 가서 보니, 도깨비는 없고 몽당 빗자루였다고
한다.

그 전에 일산 아재가 그러고 갔다든가. 도깨비를 만나갖고. 도깨비를
만나갖고 인자 지사(제사) 지내고 온다. 고기, 옛날에는 고기랑 싸갖고 갔
소 안 온다. 쩌그 저 쩌그 그랬어 나도. 저 ○○○서. 싸갖고 온다.
인제 고기 냄새가 난게. 도깨비가 엉것어. 저~녁 내 끄겨 댕기다가 하
다하다 죽것은게.
[행동을 흉내내며]
허리끈을 끌러갖고 솔나무다 딱 잡어서 그걸 묶었다등만 창창 동여서.
묶어 놓고 가서 본게, 아침 일찍. 비찌락 몽둥이라그라. 비찌락 몽둥이드
라 그랴 가서 본게. (청중 : 거 묶어 논게, 거, 묶어 논게 비찌락이여?) 어.
허리끈을 끌러갖고. 저녁 내 끄겨 댕기다가.

상사병으로 죽어 구렁이 된 총각

자료코드 : 06_05_FOT_20100218_LKY_POR_0003

조사장소 : 전라남도 나주시 다시면 문동리 3구 증문마을 마을회관
조사일시 : 2010.2.18
조 사 자 : 이경엽, 한미옥, 송기태, 임세경
제 보 자 : 박오례, 여, 86세
구연상황 : 조사자가 청중에게 상사병으로 죽어 구렁이가 된 총각 이야기를 아시냐고 물
          어보자, 박오례 제보자가 적극적으로 나서서 그에 관한 이야기를 들려주었다.
          제보자는 앞서 이청훈 제보자가 고려장 이야기를 구연할 때도 흥미로워하면
          서 적극적으로 이야기에 동참하였다.
줄 거 리 : 옛날에 나주 구진포에 상사병에 걸려 죽은 총각이 구렁이가 되었다. 구렁이가
          된 총각은 매일 한 처녀를 칭칭 감았지만, 그 처녀 눈에는 그 총각이 구렁이
          가 아닌 사람으로 보였다. 그렇게 매일 구렁이에게 칭칭 감긴 처녀는 결국
          먹지 못해 굶어 죽었다.

저그 뭔 저 저 구진포 저 저짝에 산에서 상사병 걸려갖고 죽은 구랭이
가. 사람이, 남자가 죽어갖고 구랭이가 돼야갖고.

[감는 시늉을 하며]

처녀는 창~창 감고 그러면서 처녀 눈에는 구랭이로 안 보이고 사람으
로 보여. 그 총각.

그러고 옛날에 또 인자 클 띠게 들어보믄. 총각이 죽었는디 날~마당
와서.

[몸을 감는 시늉을 하며]

딱~ 여자를 감고 처녀를 감고.

[양손을 턱 아래에 대고]

턱아지에다 딱 받치고 우에 앉것다 그래라.

우리 어머님이 얘기 허신디. 그믄 처녀는 막 다른 사람은 무서와서 못
온디 구랭이라. 처녀 눈에는 총각으로 보여. 그래갖고 보타져서 결판에
죽었다드라.

기지로 예쁜 처녀 얻은 일꾼

자료코드 : 06_05_FOT_20100218_LKY_POR_0004
조사장소 : 전라남도 나주시 다시면 문동리 3구 증문마을 마을회관
조사일시 : 2010.2.18
조 사 자 : 이경엽, 한미옥, 송기태, 임세경
제 보 자 : 박오례, 여, 86세
구연상황 : 조사자가 재주부리는 여우에 관한 이야기를 물어보자, 박오례 할머니가 자신
　　　　　이 들었다고 하면서 이야기를 들려주었다. 박오례 제보자는 이청혼 제보자가
　　　　　이야기를 하는 중간 중간 개입하면서 이야기판의 흥을 돋우는 역할을 하여주
　　　　　었다.
줄 거 리 : 옛날에 가난하게 살던 총각이 나락 몇 섬을 받고 부잣집의 머슴으로 들어갔
　　　　　다. 그 집에는 이쁜 처녀가 살았는데, 총각이 마음속으로 흠모하였다. 어느
　　　　　날 그 처녀가 집 뒤에 가서 오줌을 쌌는데 그것을 몰래 본 총각이 처녀가 가
　　　　　고 난 뒤에 오줌 싼 자리에 말뚝을 박아버렸다. 그러자 처녀가 걸을 때마다
　　　　　자궁에서 '삐그닥 삐그닥' 소리가 나서 부모들과 처녀는 걱정이 이만저만이
　　　　　아니었다. 그러자 총각이 처녀의 부모 앞에 나가서 자신이 처녀의 병이 나을
　　　　　좋은 방법을 알고 있는데, 자신이 그 방법을 알려주면 자신을 처녀와 혼인하
　　　　　게 해달라고 하였다. 처녀의 부모가 할 수 없이 허락을 하자, 총각이 집 뒤에
　　　　　꽂아둔 말뚝을 뽑았다. 그러자 처녀의 병이 감쪽같이 나았고, 할 수 없이 처
　　　　　녀의 부모는 머슴총각과 딸을 혼인시켰다.

　옛날에 그런 소리 들었어 내가 한번. 일꾼이 그 넘의 집을. 가난하게
살제 넘의 집에 가서 인자 나락 몇 섬 받고 산디 이쁜 처녀가 거가 있드
라여. 그 산 집가. 그것도 이야기 들은 소리제. 그것도 이야기 팽야.

　그 처녀가 맨~ 그 뒤안에 돌아가서 맨~ 거그다 오, 오줌만 싸드라에.
그 자리에다. 가만히 이쁜 눈에 뵈여든갑제. 처녀가, 이쁜 처녀가. 지성으
로 처녀 마음이 있었든갑제 근게. 이쁜 처녀가 거기다 싼디.

　하리는 처녀, 저거 내가 낚어야쓰것는디 어찌게 못 낚을 것 같애서. 거
그다 오줌 싼데다 말뚝을 갖다 찡겨붓다게. 우리 저그 목나무처럼. 즈그
들 말뚝 막 찌울라믄 말뚝, 거 나무토막. 칵 거그다 박어븐게. 자궁에서,

자궁에서 맨 삐~그닥 삐그닥 소리만 나 인자. (조사자 : 처녀 자궁에서.) 어 백여갖고.

맨~ 소리가 난게. 즈그 부모들은 애간장 다 녹제. 근게 인자 날마다 부모들은 애간장 녹거든. 딸 자궁에서 소리만 난게. 삐~그닥 삐그닥 소리만 난게. 뭔 소리가 나 근게. 딸도 성가셔 죽제 인자. 생전 글 안하다가 그런게. 일꾼이 인자 일꾼이 듣는지 밥 묵는지 걱정을 했든갑어. 근게 일꾼 말이.

"그러믄 내가 좋은 방법 한나 갈챠주께 들을라냐고."

근게. 들은다고 했어. 꼭 들을라냐고 근게. 그믄 딸을 나 줄라냐고 물어봤어. 근게 준다했다게 인자. 그 말뚝을 빼븐게 진짜 소리가 안 나드라네. 그래갖고 딸 줘브렀다 그래 그래갖고.

(조사자 : 옛날에는 참말로 그랬을까 싶어요.) 참말로 그랬든가 싶은가. 옛날이야기는 옛날이야기여 그것이. 그래서 옛날이야기는 거짓말 노래는 현실. 현실. 근께 노래는 현실 (조사자 : 노래는 현실, 이야기는 거짓말?) 응. 이야기는 거짓말. 보태, 보태. 보태갖고 만들어진 것이여. 말을 만들어서 허는 것은 이야기고. 노래는 현실 되어가는 것을 말하는 것이고.

증문마을 샘

자료코드 : 06_05_FOT_20100218_LKY_LCH_0001
조사장소 : 전라남도 나주시 다시면 문동리 3구 증문마을 마을회관
조사일시 : 2010.2.18
조 사 자 : 이경엽, 한미옥, 송기태, 임세경
제 보 자 : 이청흔, 남, 70세
구연상황 : 잠시 이장님을 모시러 나가셨던 박오례 할머니가 이장님과 함께 회관에 들어
　　　　　오셨다. 이장님께서 조사자들이 조사 취지를 말씀드리자마자, "우리 마을은"
　　　　　이라며 바로 마을의 역사 등에 대해 이야기 해주셨다. 맨 먼저 해주신 이야기

가 바로 증문마을에 있는 샘인 '우데미 시암'에 대한 자랑이다. 중간 중간에 박오례 할머니가 이장님인 이청흔의 말씀에 보충해서 이야기에 장단을 맞추셨다.

줄 거 리 : 증문마을이 성촌된 역사는 대략 450년 정도다. 마을에 유명한 샘물이 있는데, 작년에 시에서 삼천만원을 보조 받아 개보수를 했다. 마을 안에 죽전, 즉 대밭이 있는데 그 속에서 샘물이 2m 정도로 솟구치면서 나온다. 샘물이 유명해지자 방송국에서 나와 촬영을 해가기도 했으며, 옛날부터 마을에 장애인이 없고 병자가 별로 없는 것은 모두 이 샘물 덕분이다.

우리 마을이 거, 우리 막사가 생, 우리 마을이 생긴 뒤로 역사적으로 한 사백 오십년 되았는디. 물론 인자 물이 있은게, 요리 인제 선조들이 이사 왔으거 아니요. 그래갖고 인자 해갖고. 내가 인자 작년도에 시에서 보조를 한 삼천만원 받아갖고. 물을 인자 좋게 개보수를 해 났어요.

(조사자 : 여기 진짜 좋은 물이 나온다고.) 글쎄 나가갖고 보시믄 알아요. 진짜 좋아요. 거 가갖고 사진 찍어 가시오. 방, 방송에도 나왔어. 케이비에스(KBS) 방송. (조사자 : 물이 산에서 나오나요?)

[물이 솟아오르는 시늉을 하며]

아니 솟가요. (청중 : 저그 갈무산은 나오제.) 아니 그 쩌 안에 가믄 대밭이 있는데, 죽전. 그 안에서 인자 물이 솟가.

[물이 솟아오르는 시늉을 하며]

한 이 메타, 이 메타. 지하에서 솟군디. 가 있으믄 솟가 올라요. (조사자 : 대밭 있는데, 바위가 있어요?) 아니 인자 그 밑에가 인자,

[샘 형태를 그려 보이며]

샘, 우물이 있제. 우물터가 있제. 근디 옛날에는 인자 우리 선조들이 그 물을 인자 그 샘물을 인자 그 이용했는데. 인자 이렇게 농촌이 피폐하게 돼갖고, 그러니까 물을 그 좋게 못했어. 내가 인자 시에서 그 보조 받아갖고, 삼천만원 받아갖고 인자 좋게 만들어 났어. 그래갖고 인자 그, (조사자 : 작년에?) 예. KBS 방송국에서도 인자 나와서 방영도 해 주고.

(조사자 : 그 샘을 따로 부르는 이름이 있나요?) 아 옛날에는 인자 우리 마을에가 있는게. 뭐 뭐 뭐이냐 우리. (청중 : 우데기 새암이라고, 욱에가 있다고 우데기 새암이라고.) 아 옛날에는 그랬어요.

(조사자 : 우데기 새암이 어디가 특별히 좋은가요?) 물이, 물이 지금 그 어디 전설 쪽으로 내려오는데. 우리 마을 물이 좋아갖고. 옛날 어르신들이 우리 어렸을 때도 그랬어. 전설적으로 내려와갖고. 우리 마을은 물이 좋아갖고 옛날에 한 육십 년대, 오십 년대는 그 시골같은데 가서 인자 뭐 장애인도 많이 나타나고 그 그랬어요. 여그만 해도 곱추도 나타나고 인자 그 ○○ 사람. (조사자 : 좀 몸이 안 좋은.) 그런 애들도 많이 나타나고 인제 그랬는데. 우리 마을은 아직까지 그런 장애인이 한나가 없어. 근디 인자 어르신들이 그랬어요. 우리 마을은 물이 좋으니까 그 장애인이 한나도 없다. 인자 그렇게 해갖고 인자 물을 전부 참 좋게 생각했죠. (조사자 : 그 물을 먹고 병이 들었던 사람이 나았다.) 근게 인자 그거 인자 낫다고 봐야제. 거 한 장애인도 없고 아픈 사람도 별로 없었은게, 먹고 살았을 때.

(조사자 : 그 샘이 영험해서 기원하기도 했나요?) 아 옛날에는 인자 그렇게 했지라. 우리는 뭐 모르지마는. 옛날에는 그렇게 했제. 그 물 떠다가 인자 아침에.

[허공에 원을 그려 보이며]

항아리 있는데다 딱 놔두고. 인자 아들도 그 낳주라고 허고. 또 자손들도 잘 되라고. 그렇게 막 빌고 그랬제.

증문마을 이름 유래

자료코드 : 06_05_FOT_20100218_LKY_LCH_0002
조사장소 : 전라남도 나주시 다시면 문동리 3구 증문마을 마을회관
조사일시 : 2010.2.18

조 사 자 : 이경엽, 한미옥, 송기태, 임세경
제 보 자 : 이청흔, 남, 70세
구연상황 : 조사자가 '증문'이라는 마을의 이름이 특이하다며, 이름에 얽힌 내력을 알려
달라고 하자 증문이라는 마을 이름에 관한 풀이를 해주셨다. 비교적 짧은 이
야기였지만, 학문과 관련해서 다른 마을에 뒤지지 않는다는 자부심을 이야기
내내 강조하셨다.
줄 거 리 : 증문이라는 마을 이름은 줄 증자, 글 문자로, 즉 글을 준다는 뜻이다. 그래서
인지 과거부터 마을에서 문장선생이 항상 나왔다.

(조사자 : 마을 이름을 증문이라고 부르게 된 내력이 있나요?) 옛날에는
여가.

[바닥에 손가락으로 한자를 써 보이며]

그 한문으로 허믄 줄 증 자여. 증, 증. 줄 증. 증문. 글을 준다 그래갖고.
옛날에는 여가 인자 그 거시기가 에 저 거시기 뭐라 그냐? 그것보다. 그
문장 선생이라고. 그분 인자 어르신이 인자 계셨어요. 그래갖고 애들 구
학도 갈키고. 그런 것이 인자 항상 우리 마을에 안 떨어졌어요. 딴 마을에
비해서. 그래갖고 인자 이렇게 있는 뭣이 그래갖고 인자 그래서 증문이라
는 거시기 마을 이름을 지었는가비요.

(조사자 : 옛날부터 증문이라고 불렸나요?) 옛날부터, 옛날부터 그랬어
요. 증문.

꽃밭등 유래

자료코드 : 06_05_FOT_20100218_LKY_LCH_0003
조사장소 : 전라남도 나주시 다시면 문동리 3구 증문마을 마을회관
조사일시 : 2010.2.18
조 사 자 : 이경엽, 한미옥, 송기태, 임세경
제 보 자 : 이청흔, 남, 70세
구연상황 : 과거부터 마을에 문장가가 많이 나왔다는 이야기에 이어서, 증문마을의 조상

들이 얼마만큼 문장력이 있었는지를 알려주는 이야기로 '꽃밭등'이라는 지명
과 관련된 이야기를 해주셨다. 꽃밭등이라는 지명이야말로 과거 마을의 문장
가들이 훗날을 예견하여 지어놓은 이름이라는 말씀으로, 제보자가 이야기를
하자 회관의 다른 할머니들도 경청하며 마을의 지명과 관련한 이야기에 관심
을 보였다.

줄 거 리 : 증문마을 왼편에는 자연학습장이 있다. 본래는 초등학교였는데, 1950년대에
개교하여 지금은 폐교가 되고 자연학습장으로 이용되고 있다. 본래 학교가
생기기 전에는 공동묘지였는데 당시부터 그곳을 '꽃밭등'이라고 불렀다. 그
런데 그 자리에 초등학교가 생기고 아이들이 색색깔의 옷을 입고 꽃도 심고
그러면서 그 '꽃밭등'이라는 이름이 예언처럼 들어맞게 되었다.

그리고 인자 한 가지 특이한 것은. 여가 인자 학교가. 한 오십 년대나,
학교가 저 개교를 했을 것이요. 요 앞에 폐교 된데. 폐교 되얐는데. 근디
인자 우리 어려서 보므는 거가 꽃밭등이라고 그랬거든. 꽃밭등. 그러고
꽃밭등이라고 허믄 뭔 말이냐 허므는. 거가 공동묘지 자리여, 거그 학교
터가. 공동묘진데. 에 그 갑자기 학교가 인자 초등학교가 섰, 들어섰제.
그래 인자 꽃밭등이 돼얐제. 애들이 오니까 그 웃고 허니, 이렇게 입고 대
니잖아요. 그런게 인자 옛날 어른들이 인자 그 알으신 분이 있었는가비제.
그래갖고 꽃밭등이라고 헌디가 실제로 꽃밭이 되얐어.

되다가. 인제 농촌이 피폐허고 그러니까 인제 그 아동이 없는게 인자.
폐교 시켰고. 나주시 교육청에서 지금 그 자연학습장으로 이용허고 있어
요. 나주시, 시 전체적인 그 초등학생들 뭐 때때로 와갖고. 인자 자연학습
장으로 만들어갖고. 견학허고.

세 개의 마을로 이루어진 증문마을

자료코드 : 06_05_FOT_20100218_LKY_LCH_0004
조사장소 : 전라남도 나주시 다시면 문동리 3구 증문마을 마을회관
조사일시 : 2010.2.18

조 사 자 : 이경엽, 한미옥, 송기태, 임세경
제 보 자 : 이청흔, 남, 70세
구연상황 : 제보자가 마을의 인구와 가구 수 등 마을의 일반적인 현황에 대해 이야기 하
　　　　　신 후에, 증문마을이 현재와 같이 세 개의 자연마을로 꾸며진 내력에 대해서
　　　　　이야기해 주셨다.
줄 거 리 : 증문마을은 본래 '큰 증문'이라 불렸고, 마을 왼편에 과거부터 몇 가구가 살
　　　　　았는데 그곳을 '작은 증문' 즉 '소 증문'이라고 불렀다. 그리고 마을 오른편
　　　　　에는 곰 형상의 골짜기가 있는데, '옹굴(옹골)'이라고 부른다. 옹굴에는 이청
　　　　　흔 씨의 할아버지의 묘가 모셔져 있는데, 과거부터 그곳이 명당이라고 한다.
　　　　　이 옹굴에 이십여 년 전에 두 가구가 들어와 살면서 축산업을 하고 있다.

　지금 우리 마을이. 옛, 옛날에는 인자 여 증문이라고 헌디가 큰 증문이
고. 또 쩌짝에 가므는 작은 증문이라고 인자 지금 가만 보믄 소 증문이라
고 그래. 적을 소 자. 옛날에는 작은 증문이라 그랬는디. 그 마을이 있었
고. 그 후로 인자 한 여기 생긴지가 한 이십년 될꺼요. 여가 옹굴이라고
있어, 옹굴. 옹굴이 뭐이냐 그러믄. 곰이, 곰 형이여. 곰, 곰. 곰 옹 자, 골
짝 골 자. 옹골이라 그래. 옹골, 골. 골짝 골 자 옹골. 근게 곰의 형상이라
고 그래갖고 그런데. 거가 인자 우리 할아버지가 인자 거 모셔갖고 있는
데. 거가 명당이라고 거 옛날에 해갖고. 옹골이라고 있는디가. 한 이십년
전에 인자 그 축산업자들이 들어 왔어요. 그래갖고 거그서 한 지금 육세
대나 지금 살거요. 근게 인자 마을이 인자 세 개가 되얐지. 두 개에다가
여그 축산업자들이 하나 들어와 갖고 우리 인자 그 같이 뭐 세 개. (조사
자 : 본래 옹골에 사람은 안 살았어요?) 아니, 옛날에도 그냥 집은 있었죠.
두 가군가 있었는디. 인자 지금은 그 그 옛날에 산 가구 수는 인자 없어
지고. 에 새로 인자 한 이십년 전에 축산업자들이 들어와가지고 다시 인
자 그 건축허고 축사 짓고 그래갖고 살아요.

갈모산 기우제(1)

자료코드 : 06_05_FOT_20100218_LKY_LCH_0005
조사장소 : 전라남도 나주시 다시면 문동리 3구 증문마을 마을회관
조사일시 : 2010.2.18
조 사 자 : 이경엽, 한미옥, 송기태, 임세경
제 보 자 : 이청훈, 남, 70세
구연상황 : 조사자가 일제강점기 때 일본인들이 명산에 쇠말뚝 박은 일이 있었는지 묻자,
　　　　　제보자가 갈무산에서 기우제를 모신 이야기를 해주셨다. 기우제 이야기가 나
　　　　　오자 옆에 있던 박오례 할머니가 옛 풍습이 생각나는 듯 웃으면서 적극적으
　　　　　로 이야기판에 참여하였다.
줄 거 리 : 옛날에는 음력으로 유월, 칠월이 되어 가물게 되면 갈무산에 올라가 기우제를
　　　　　모셨다고 한다. 기우제를 모실 때는 갈무산 꼭대기에 불을 피우기도 하고, 명
　　　　　산에 묘를 써서 비가 안 오는 것이라고 해서 여자들이 호미를 들고 산에 올
　　　　　라가서 묘를 파기도 하였다고 한다.

인자 헌다 그믄 저그가 여가 인자 갈모산이라고. 갈모산. (청중 : 갈무산
에다가 옛날에 비가 하도 안 오믄 가서 막 비 오라고 불 피고 그런 일은
있는디.) 에 여가 여 거시기가 갈모산이여. 갈모산. (청중 : 갈무산, 자람
산.) 인자 여그서 말 하기는 갈무산, 갈무산 그러는데 실제로 명칭은 갈모
산.

(조사자 : 비 안 오면은 올라가서 뭐 했어요?) (청중 : 거가 불 피웠단게,
우리들이 가서.) 옛날에는 거 가서 인자 비 안 오믄 거 기우제라고, 이 비
오도록 제사 지낸다고 해갖고. 그런 적이 많이 있어요. 글고 인자 그 산에
다 인자 그 명산에다 묘 썼다 해갖고, 인자 호미 들고 막, 아줌마들이 가
서 뭐 파블고. 그런 적도 있고.

옛날에. 지금은 인자 관수 시설이 많이 되야 노니까 그런 것이 글 안
헌디. 옛날에는 인제 저수지도 적고 근게. 물이 귀헐 때는 농사지을라믄
그런 것이 많이 있었어요. 인자 거 욱에 뽕우리 가서 인자 제사도 모시고.
인자 불도 피우고.

(조사자 : 음력으로 칠월, 유월, 칠월 때?) (청중 : 예. 그랬것지, 여름에. 곡석이 비가 안 맞으면 죽으니까, 가서 인자 나락도 그렇고.)

갈모산 기우제(2)

자료코드 : 06_05_FOT_20100218_LKY_LCH_0006
조사장소 : 전라남도 나주시 다시면 문동리 3구 증문마을 마을회관
조사일시 : 2010.2.18
조 사 자 : 이경엽, 한미옥, 송기태, 임세경
제 보 자 : 이청흔, 남, 70세
구연상황 : 제보자의 갈무산 기우제 이야기가 끝나자, 조사자가 다시 제보자의 이야기 중에서 가물었을 때 명산의 명당을 파서 제를 모신 이야기를 자세히 해달라고 하자, 그와 관련한 이야기를 해주셨다. 기우제와 관련한 이야기를 하는 동안에 옆에서 듣고 있던 할머니 두 분이 적극적으로 참여하여 기우제의 내용을 보완해주셨다.
줄 거 리 : 옛날부터 명산에 묘를 쓰면 비가 오지 않는다고 한다. 증문마을 인근에서는 갈무산과 백룡산이 명산인데, 날이 가물면 여자들이 호미를 들고 산에 올라가는데 가면 반드시 몰래 쓴 묘가 있었다고 한다. 그러면 여자들이 그 묘 위에 올라가서 오줌도 싸고, 호미로 묘를 파서 비가 오도록 기원했다고 한다. 그러고 나면 반드시 이삼일 뒤에 비가 왔다고 한다.

옛날에 우리 어렸을 때 인제 그런 걸 봤다니까. 그런게 옛날에는 인자 비가 안 오고 가물믄 농사를 못 짓잖아요. 물이 없으니까. 지금은 관수시설이 잘 되야갖고 저수지에도 인자 물을 품어 올리고 막 해서 다 다~ 잘 짓는데. 옛날에는 물이 인자 없을 때는,

[일하는 모양을 흉내내며]

인자 그 막 논, 논에다가 샘을 파갖고, 그것을 막 두레로 물 품어 올려갖고. 그게 파갖고 하루에 물 품으믄,

[허공에 원을 그려 보이며]

물 한 삼 메타나 오 메타 밖에 못 가. 이 그러믄 인자 그 간데 만치 모를 또 심는단 말이여. 그러고 또 물을 품어. 품으믄 또 그만치 가고. 고렇게 해갖고 인자 농사를 짓고 막 그랬지.

(조사자 : 명산에 묘 써가지고 호미로 파고했다는, 그 이야기 좀 해주세요.) 근게 그것이 연, 연관 된다니까. 옛날에 물이 귀했을 때는. 인제 그 농사짓기가 좀 어렵고 그러믄. 인자 물이 없으믄. 인자 옛날에는 그 있잖에요. 명산에다가, 명산이라는 것은 인자 자기 고향에서 제일 높고 헌 산을 명산이라고 그렇게 해서 인자 거시로 허고. 근게 요 근방에서도 이 갈모산이 명산이여. 요리는 명산. 다시 저짝으로 가믄 백룡산이라 있는디가 거가 인자 명산이고. 요리는 갈모산이 여가 명산인데.

그 인자 명산에다가 그 명산 높은 데. 높은 데다 묘를 인자 쓴 사람들이 있어요. 자기 인자 (청중 : 몰래 쓴 사람들.) 자기 인자 그 (청중 : 자기 명당 찾아 쓴다고.) 자기 인자 선조를 인자 거식하기 위해서 명당 쓴다고 해갖고 그렇게 해갖고 쓰고 그런 디가 있어. 그러믄 갑자기 묘가 인자 써져 갖고 있거든. 그러믄 인자 인자 그라고 인자 막 사람들이 인자 물이 없어갖고 인자 가뭄이 오고 그러믄 막 인자 막 인자 그, 사람들이 환장헐고 아니요. 물 때문에. 그러믄 인자 명산에다 그런 것을 써 논게 비가 안 온다. 이 그래갖고 인자 막 그 여, 여자 분들이 인자 나사갖고 거 가서 그냥 그, 못등에다 오줌도 싸블고, 그냥 그 호미로 막 파, 파 자쳐 블고, 그런 그런 옛날에는 그런 것이 있었어요.

(조사자 : 그럼 비가 왔어요?) (청중 : 그러믄 비가 와.) 응. 비가 왔어, 한 삼일 만에 인자 오고. (청중 : 비도 맞고, 우리도.) 그런게 인자.

(조사자 : 언제까지 그렇게 하셨습니까?) 그 인자 농사 질 때만 그랬지. 인자 맨, 인자 계속 헌 것이 아니라. (청중 : 가물믄 했지.) 가물믄 인자 농사 질 때 물이 없으믄 인자 최후의 수단이지. 에 인자 근다 해서 뭐 묘 판다 해서 비가 오는 그런 거는 인자 모리지마는. 인자 그렇게 해서 옛날

에는 (청중 : 우리 큰 애기 때 그랬어.) 인자 전통적으로 내려오니까. 그런 명산에다 그러고 쓴 거 파 블믄 비 온다 해서 한 거이지. 대체나 파고 인자 어찌고 허믄 인자 한 삼일 지나믄 비 올 때가 있었어. 있었은게, 그것이 인자 계속 거시기가 돼지.

(조사자 : 어르신 어렸을 때 그렇게 하는 것을 보셨어요?) 예. 우리가 봤어요. (청중 : 우리 어렸을 때. 내가 그 전에 그 그랬다고 말만 들었제.) 아니, 우리 어려서 보믄, 우리 어려서 보므는 인자 지금으로는 인자 고인 모두 돼았것소. 팔십 대, 구십 대, 되신 분들은 인자 그 그런데 가서 막 호미 들고 가서 막 한다고 그런.

(조사자 : 그러면 그 묘 주인들은.) (청중 : 말 못 해.) 그거는 말 못허제. 자기가 숨어서 써 논건게. (청중 : 그래갖고 다시 써가고, 자기가. 그랬다고 말만 들었지, 말만.) (청중 : 그, 불은 많이 지르고, 호미 갖고 올라가서. 그랬어.)

절골 명당 자리

자료코드 : 06_05_FOT_20100218_LKY_LCH_0007
조사장소 : 전라남도 나주시 다시면 문동리 3구 중문마을 마을회관
조사일시 : 2010.2.18
조 사 자 : 이경엽, 한미옥, 송기태, 임세경
제 보 자 : 이청혼, 남, 70세
구연상황 : 조사자가 명당에 묘를 써서 발복한 이야기가 있으면 해달라고 하자, 옆에 계시던 할머니들이 그런 일도 없이 평범하게 살고 있다고 하였다. 그때 잠시 생각에 잠겨있던 제보자가 명당과 관련된 자신의 조상 묘에 대해서 이야기를 이어주셨다.
줄 거 리 : 제보자의 15대 조 할아버지 묘가 절골이라는 곳에 있다고 한다. 절골은 옛날에 절이 있던 곳이어서 그렇게 부르는데, 그 묘 자리가 명당이어서 집안에서 병조판서도 나오고 했다고 한다.

그런게 지금 내가 인자 내가 인자 거시기로는. 우리 인자 그, ○○로는 헌자라고 그래, 헌자. 그믄 나 헌자로 해서 십오 대 인자 그 할아버지가 저기 인자 거시기가 있어. 여기 여기 여 저기 절골이라는 디가 있어, 절골. 절골. 그 옛날에는 거가 절터였는가 비제. 근게 절골, 절골 그랬지.

거가 있었는디, 모셨는데 우리 인자 기자 할아버지댄. 나가 인제 십오 대조 거시기거든. 십오 대믄 사백 오십 년 아니요. 딱 사백 오십 년. 그러니까 그 양반이 여그다 묘 썼을 때는 사백 오십 년 정도 우리 마을이 되았다 이 말이요. 되갖고, 그래갖고 인자 거 거그서 인자 우리 후손들이 옛날에 그 병조판서도 나오고. 벼슬 헌 분도 나왔어. 병조판서 그런거. 이? 지금 같은믄 옛날. 지금 겉으믄 국방부 장관 아니요, 병조판서. 그런 분도 나왔고. 그 비에 새겨진거 보믄 그렇게 새겨져 있어. 인자 그 짝에가 인자 그 인자 집단적으로 할아버지들이 쭉 모셔져갖고 있어. 있어요, 있어.

파주 염씨 열녀문

자료코드 : 06_05_FOT_20100218_LKY_LCH_0008
조사장소 : 전라남도 나주시 다시면 문동리 3구 증문마을 마을회관
조사일시 : 2010.2.18
조 사 자 : 이경엽, 한미옥, 송기태, 임세경
제 보 자 : 이청흔, 남, 70세
구연상황 : 명당 발복담에 관한 이야기가 끝나자, 옆에 있던 박오례 할머니가 마을에 열
         녀문이 있다고 자랑하였다. 그러자 옆에 있던 제보자가 받아서 마을의 열녀문
         에 관한 이야기를 이어서 구연해 주었다.
줄 거 리 : 증문마을에는 열녀문이 하나 서 있다. 옛날에 이 마을로 파주염씨 여자가 시
         집을 왔는데, 시집 와서 자식도 낳기 전에 남편이 죽고 말았다고 한다. 그래
         도 재가하지 않고 수절을 지키며 살다가 죽자, 나라에서 열녀문을 세워주었
         다고 한다.

우리 파주염씨라고. 그 분이 인자 우리 마을로 인제 결혼을, 시집을 왔는가비제. 그래갖고 인제 옛날에 인자 수절 되야가지고. 그 인제 그 열부로 해갖고 인자 인자 그 그 효부로 해갖고. 여그다 여 열녀문을 썼어, 여가. 근디 그 분 그 분은 한 내로 해서 한 기자 할아버지 한 솔 거시기나 손부나 되게 한 십팔 대 손이나 돼요.

(조사자 : 어떻게 해서 열녀를 했다 그래요?) 인자 옛날에는 열녀라는 것은 인자 그 시집 와가지고. 일찍 인자 남편이 인자 죽고. 인자 그 자손도 없고. 없고, 그런데. 인자 지금 같으믄 인자 재혼도 허고 그러지마는. 그때는 당시에는 재혼도 않고. 인자 그 그 늙어서 인자 돌아가셨기 때문에 인자 아 이 분이 열녀다 해갖고. 문을 인자. 그게 인자 인자 이 양반이. 인자 우리 마을로 시집 와갖고. 여그서 인자 거시기를 허면서. 인자 그 남편 되시는 분을 인자 돌아가셔블고 없고. 인자 자손도 없고. 이? 없고 그런데. 계속 인자 우리, 거시기를 이씨들을 즉 말허자믄 거식허고 해서 여기서 살았. 인자 수절, 옛날에는 수절이라고 그래. 지금 같으믄. 지금은 막 이혼허고도 어디로 가블고 막 또 얻어가고 글잖아요. 근디 옛날에는 그런 것이 아니고. 젊어서부터 와갖고 빨리 남편을 잃고 자식도 없이. 여기서 평생을 여기서 살았, 살았다.

그러믄 열녀~문이라는 것은 인자 옛날에는 그 향교가 있잖아요. 나주 같으믄 향교. 향교에서 아 인제 요 분이 이래 이렇게 해서 참 그 열부가 돼았다 글믄 향교에서 그 인정을 해 줘야, 즉 말허자믄 된 거여. 그 나주 향교에서. 향교라는 것은 완전히 인자 그 구식 옛날식으로 해서 인자 그 예법을 갖춘 디가 향교 아니요. 그런게 인자 그, 승인을 해줘야 인자 거시기도 허고.

증문마을 함평이씨 입향 유래

자료코드 : 06_05_FOT_20100218_LKY_LCH_0009
조사장소 : 전라남도 나주시 다시면 문동리 3구 증문마을 마을회관
조사일시 : 2010.2.18
조 사 자 : 이경엽, 한미옥, 송기태, 임세경
제 보 자 : 이청흔, 남, 70세
구연상황 : 조사자가 증문마을의 입향조에 대해서 여쭤보자, 이장님이 그와 관련한 이야
기를 해주셨다. 이야기가 진행되는 동안 조사자들이 준비해간 음료수 등을 내
놓으면서 잠시 분위기가 어수선해졌지만, 제보자는 주위의 분위기에 상관하
지 않고 자신의 이야기를 이끌어갔다.
줄 거 리 : 증문마을의 역사가 약 450여 년이 되는데, 처음 마을에 들어온 입향조는 함
평이씨 집안의 '클 언'자를 쓰시는 할아버지라고 한다. 그리고 이 마을은 물
이 좋아서 전국적으로 소문이 난 곳이라고 한다.

  (조사자 : 사백오십 년 전에 조상님이 들어오시잖아요. 어디서 이렇게
오셨답니까?) 우리가 원래 우리 그 함평이간데, 우리가. 저 함평에 가서
모태갖고 있어. 우리 그 젤 그 웃대 선조가. 우리 함평이가 원 시조는 클,
클 언자, 언자, 언자였어, 언자. 한자, 한자, 언자. 근디 인제 그 양반은 저
함평 가서 인자 모시고 있어, 함평. 함평 저 함평. 거가서 인제. 그 그 할
아버지가 클 언자여, 클 언자.

  (조사자 : 이 마을이 뭐가 좋았다던가. 아니면 어떤 계기가 있어서, 이
마을에 들어오셨을 것 같은데요.) 근게 인자 지금은 인자 그런 거시기는
잘 문헌에 안 나타난게 모르는데. 에 우리가 알기로는 인자 어려서부터
듣고 전해 온 이야기는 물이 좋아서 여가 살았다, 여그는 마을을 이뤘다.
이? 물, 물. 물이 이뤘다. 그러니까 에 그래서 진짜 우리 마을이 물이 좀
좋아요. 나중에 한 번 가보시오. 여 가 보므는 저 딱 좋게 되야 있어.

  그리고 그 지금 그 요 내가 작년에 일을 허면서, 일을 허면서 이 식수
를 해갖고, 지금은 식수가 많이 없어져브렀잖아요. 다 오염되야갖고. 없
어. 근디 인자 그 시에서 우리가 보조를 받았기 때문에. 인자, 보조를 받

어갖고 허기 때문에. 그 그 사람들이 와서 인자 공사를 자기들이 다 했어. 시에서 인자 문화재로 해갖고 했는데. 그 공사허로 댕긴 사람들이 이야기 헌디를 들어 보니까. 그 사람들 인제 전국적으로 이런 인자 그 문화재 그런 디만 인자 그 공사를 허고 댕긴 사람들이등만. 그라고 물어보니까. 진짜 전국적으로 이렇게 돌아댕겨도 여 여그같이 물이 좋은 디가 없더라 그래, 지금 현재까지로 해서.

도깨비와의 싸움

자료코드 : 06_05_FOT_20100218_LKY_LCH_0010
조사장소 : 전라남도 나주시 다시면 문동리 3구 증문마을 마을회관
조사일시 : 2010.2.18
조 사 자 : 이경엽, 한미옥, 송기태, 임세경
제 보 자 : 이청흔, 남, 70세
구연상황 : 조사자가 마을에서 내려오는 이야기 중에 후대의 자손들에게 들려줄만한 이야기가 없냐고 하자, 제보자가 어렸을 때 구학문을 하면서 훈장님께 들었던 이야기 하나가 생각난다고 하면서 구연해 주었다.
줄 거 리 : 옛날에 증문마을에 구학문을 하는 문장 선생님이 계셨는데, 주역을 통달하고 축지법을 썼다고 한다. 어느 날 밤에 문장 선생님이 도깨비를 만나 싸우다가 그만 도깨비에게 지고 말았다. 그러자 도깨비가 문장 선생님의 한복 허리끈을 풀고는 그 속에 돌을 잔뜩 집어넣어 그 자리에서 움직이지 못하게 해버렸다고 한다.

근데 내가 내가 인자 한 가지 인자 생각나구만. 그 내가 인자 여가 인자 아까 증문이라고 해서 인자 그 그 문장 선생이 계셨다 그러잖아요, 문장. 문장이라 그믄 인자 옛날 구학을 오래 허셔갖고 뭐 노인이 계셨어. 그래갖고 인자 나 원래 인자 나 태생은 여가 아니고 인자 옹골이라고 헌디 거 거기서 나 낳어. 그런디 인자 그 그 때 당시는 요때 되므는 눈이 어찌게 오든지 다~ 길이 막혀브러. 이 막혀블고. 요같이 뭐 큰 도로가 난 것

도 아니고. 인자 오솔길로 다니는데. 막히고 그런데 내가 인자 한 다섯 살 먹어선가. 인자 우리 아버지 말씀이 그래. 나 인제 딱 업고 이 인자 문장 선생한테 인자 딱 와서,

인자 구학문을 인자 갈칠라 헌게. 내가 인자 그거 인자 어려. 어린 사람이 어리고 오, 온게 문장 선생이 인자 좋아라 허고. 이리 온나 허고. 머리 쓰다듬어 주고 헌게는. 가서 그 앞에 무릎에 앉어갖고는 그 그 문장 선생 수염, 수염을 요렇게 잡아댕겨브렀다게. 그래갖고 인자 그래갖고 거시기 헌디.

그 문장 선생님이 인자 좀 오래 돼야갖고 인자 몇 년 다니면서 그 헌, 들은 이야긴데. 뭔 이야기를 헌고 허니. 그 그 선생님이 인자 그 주역이라고 주역. 구학문에서는 최고 인자 통탈헌 것이 주역을 해블믄 인자 막 축지법도 해갖, 서울도 그냥 한 세 시간 만에 갔다 와블고. 그 축지법을 써갖고 길을 이렇게 그 땅거브러. 한 발 띠믄 한 삼십 리나 사십 리 가블고. 그렇고 해갖고 그 사람이 날라댕긴다 그랬제. 근게 축지법을 써갖고.

그 어르신이 인자 선생님이 그래. 인자 도깨비허고 쌈이 붙었는디. 도깨비허고 붙었는디. 그때는 한복 입었잖아요.

[발목을 잡으며]

이렇게 댓님 매고. 헌디 인자, 도깨비헌테 졌어. 그렇게 도깨비가 어찌게 해브렀는고 허니.

[허리를 가리키며]

여그 여그 인자 그 쨈미는 뭐 이렇게 혁디를 끌러블고 여그다 돌을 갖다 전부 그냥 담, 담어갖고 쟁여놔 브렀다게. 그렇게 사람이 움직이도 못허잖아요 인자. 그 스, 서기만 했제 인자 발을 띨 수가 없제. 돌을 인자 바지 속에다 전부 담어서 놔둬븐게. 그렇게 했다고 인자 그 선생님 그런 이야기도 내가 들어보고. 옛날에는 그런 것이 더러 있었는가. 있었는가 어쨌는가는 모르것는디, 여하튼 선생님이 그렇게 이야기를 하고 그래.

(조사자 : 그 선생님이 축지법도 하셨습니까?) 축지법은 자기는 모르고. 어~ 그 때 그 인자 노령에 있었어. 그 때 우리 인자 다닐 때도 한 팔십 세 나무 되셨을 거여. 그 어르신이 근디. 인자 쫌 기억력도 좀 거식허고 허는데. 아 그 양반이 인자 그런 거시기를 많이 알드라고.

축지법

자료코드 : 06_05_FOT_20100218_LKY_LCH_0011
조사장소 : 전라남도 나주시 다시면 문동리 3구 증문마을 마을회관
조사일시 : 2010.2.18
조 사 자 : 이경엽, 한미옥, 송기태, 임세경
제 보 자 : 이청흔, 남, 70세
구연상황 : 조사자가 제보자의 훈장 이야기와 관련하여 도사와 관련한 이야기가 없냐고
물어보자, 제보자의 훈장이 축지법을 쓴 이야기를 들려주었다. 제보자의 훈장
님과 관련한 이야기지만 자신도 믿기 어려운지 시종 웃으면서 이야기를 구연
하였다.
줄 거 리 : 제보자의 어린 시절 훈장님이 축지법을 잘 썼다고 한다. 그 훈장님은 나주에
서 장기를 두다가 저녁을 먹고 바로 서울로 올라가서 일을 보고, 다시 그날
저녁에 나주로 내려올 정도로 축지법을 잘 썼다고 한다. 훈장님이 한 발을
띨 때마다 삼십 리, 사십 리도 갔다고 한다.

그 양반이 글드라고. 그 축지법을 써 갖고. 에~ 여그서 즉 말허자믄 나주에서나 저녁을 먹고 인자 장기, 바둑을 디다가 저녁을 먹고 인자 서울을 올라가갖고 거그서 일 보고. 또 인자 축지법으로 여그 내려오고. 그렇고 했다고 그 양반이 그렇게 이야기 허드라고. 근게 그것이 축지법이란 것은 그 이 그 지역을 갖다가 그 짧게 만들어 블잖아요. 한 발 띠믄 한 삼십 리도 가블고 사십 리도 가블고 그런게 인자 그렇고 있었는가는 몰라도 야튼 그 선생님이 그런 이야기를 해.

도깨비 만난 이야기

자료코드 : 06_05_FOT_20100218_LKY_LCH_0012
조사장소 : 전라남도 나주시 다시면 문동리 3구 증문마을 마을회관
조사일시 : 2010.2.18
조 사 자 : 이경엽, 한미옥, 송기태, 임세경
제 보 자 : 이청흔, 남, 70세
구연상황 : 제보자가 훈장님의 축지법 이야기를 마친 후 웃으면서 물 한 잔을 마시는 동
　　　　　안, 조사자가 도깨비와 관련한 이야기가 없냐고 물어보자, 이어서 이야기를
　　　　　해주셨다.
줄 거 리 : 제보자가 어렸을 때는 도깨비를 많이 보았다. 도깨비는 사람과 같이 불을 깜
　　　　　빡깜빡 켜고 걸어 다니는데, 사람이 도깨비와 싸워 사람이 지면 도깨비가 사
　　　　　람을 마구 끄집고 다닌다고 한다. 그렇게 한참을 다니다가 사람이 도깨비를
　　　　　어딘가에 던져버리고 오는데, 다음 날 가서 보면 도깨비가 아니란다.

　근디 옛날에 우리 어려서 보믄 도깨비란 것이 보이기는 보였어요. 보였
는데. (조사자 : 어떻게 생겼어요?) 도깨비가 도깨비가 인자 그 이렇게 사
람같이 깜빡깜빡 불 키고 막 걸어 다녀. 걸어 다니는데. 인자 그, 사람이
도깨비헌테 지므는. 이 막 끄껴 다니는 거여. 막~ 끄고 다녀 도깨비가.
끄고 다녀갖고 한~참 끄고 댕기다 어다 던져블고 어찌고 허믄 인자 아침
이 오므느 인자 거가서 인자 드러눠서 인자 깨 보믄 그것인 인자 그.

귀신 만난 택시기사

자료코드 : 06_05_FOT_20100218_LKY_LCH_0013
조사장소 : 전라남도 나주시 다시면 문동리 3구 증문마을 마을회관
조사일시 : 2010.2.18
조 사 자 : 이경엽, 한미옥, 송기태, 임세경
제 보 자 : 이청흔, 남, 70세
구연상황 : 도깨비 이야기로 들어가자 이청흔 제보자, 박오례 제보자 모두 흥이 나서 이
　　　　　야기에 몰입하였다. 박오례 할머니의 도깨비와 씨름한 이야기가 끝나자마자,

다시 이청흔 제보자가 자신이 젊어서 택시운전을 하면서 들었던 이야기를 해주었다. 귀신과 관련된 이야기에 옆에 있던 할머니들이 이청흔 제보자의 이야기가 끝나자마자 자신들도 그런 귀신 소리는 들어보았다고 한마디씩 거들었다.

줄 거 리 : 옛날 한 삼십 년 전에 영산포에서 택시를 운전하는 사람이 있었다고 한다. 그 사람이 밤 열두 시까지 영업을 하고는 다음날 고향 마을에 계신 어머니 생신이어서 쇠고기 몇 근을 사가지고 자지고개를 넘어가고 있었다고 한다. 그때 마침 한 여자가 소복을 입고 택시를 잡기 위해서 손을 들길래 태웠는데, 한참을 가다가 운전사가 뒤를 돌아보니 뒷자리에 있어야할 그 여자가 보이지 않더란다. 깜짝 놀라고 무서워서 가던 길을 돌려서 다시 영산포로 돌아와버렸다고 한다. 다음 날 알아보니, 자지고개 근처 마을에서 그날 젊은 여자가 죽었다고 한다.

근디, 옛날에는 구신도 있었는가비여. 왜 왜 그러냐그믄 내가 인자 한 삼십 년 전에 영산포에서 인자 택시 회사에서 근무를 했단 말이요. 근무를 했는데. 그 인자 기사가. 인자 자기 집이를. 낼 아침에 자기 아버지 그 생신이고 그런게 갔다 올란다고 그러등만. 근디 인자 그때 택시가 영업이 아침, 새벽부터 해갖고 밤 열두시 되아야 땡이여. 그 안에는 돈 벌러 댕겨야 된게. 그런게 인자 늦게 인자 해갖고 인자 즈그 집이를 갈란다고 그래. 근디 그때는 뭣을 갖고 갔는고 허니. 인자 소고기를 한 댓근 사고 술을 받고 해갖고 인자 그 지 차로 가니까. 그 차를 타고 갔어. 갔는디.

여그 다시 저그 오다 보믄 자지 고개란디가 있어 자지 고개. 영산포서 여그 넘어온데 그 거가 자지 고개여. 근디 그 고개 있는디를 거의 오니까 어떤 소복 헌 사람이 근게 열두 시 경인게 인자 그 영산포서 즈그 집 고향을 갈라고 인자 여, 고마곡인가 어딘가를 갈라고 그라고 간디. 소복 입은 여자가 딱 보이드라여.

[손을 들며]

손을 들드라여 도로 가에서. 들어서 인자 거 타라 했다게 밤중에 인자 근게. 딱 타라 했어. 그러고 딱 타라 허고 타 갖고 한~참 오다가.

[뒤를 돌아보며]

요 돌아본게 여자가 없어져붓어. 없어 없더라여. 어 차 속에서 없더라여.

그래갖고 못 가고 돌아와브렀다게 무서와서. 근게 그놈이 인자 실질로 그러게 보여서 그랬는지 인자 어쨌는지 나는 모르것는디. 지그 부모 내일, 내일 생신 모실라고 갈 놈이. 엥간허믄 갔제 돌아왔것소. 근디 나중에 알아보니까. 그 마을에서 거식했다고 긍마. 그 여자가 한나, 젊은 여자가 죽었는데. 그 죽은 사람이 있었다여. 거그, 거그 마을 도로가에서 죽은 사람이 있었다여. 그래갖고 인자 그 사람이 나타났는가 어쨌는가 모르는디. 그래갖고 돌아와브렀어.

감나무 지킨 시아버지와 며느리

자료코드 : 06_05_FOT_20100218_LKY_LCH_0014
조사장소 : 전라남도 나주시 다시면 문동리 3구 증문마을 마을회관
조사일시 : 2010.2.18
조 사 자 : 이경엽, 한미옥, 송기태, 임세경
제 보 자 : 이청혼, 남, 70세
구연상황 : 제보자에게 이야기를 이끌어내기 위해 조사자가 먼저 바보 이야기 하나를 해주자, 가만히 듣고 있던 이청혼 제보자가 생각난 듯이 재미난 이야기를 해주었다. 중간에 마을의 샘을 보러온 외지인이 들어와 이야기가 잠시 중단되었지만, 제보자의 이야기가 계속되면서 옆에 있던 할머니들도 재미있는지 웃으면서 참여하였다.
줄 거 리 : 옛날에 삼대독자 외아들을 일찍 장가보낸 시아버지가 있었다. 한 집에서 시아버지와 아들 며느리 세 명이서 살고 있었는데, 그 집 마당에는 감나무가 한 그루 있었다. 시월이 되어 감이 주렁주렁 열렸는데 그 감나무의 감을 못 잊은 아들이 군대를 가지 않고 버티었다. 할 수 없이 아내가 남편에게, 군대에 가 있는 동안 자신이 감나무의 감을 따 먹지 못하도록 잘 감시하겠다고 다짐을 하였다. 하지만 그것도 믿지 못해 아들은 아버지에게도 감을 잘 감시하라고

부탁을 하고는 군대를 갔다. 그런 사실을 모르는 시아버지와 며느리는 서로가 상대방이 몰래 감을 따 먹지는 않는지 감시를 하면서 하루를 보냈는데, 어느 날 밤 시아버지가 며느리의 방에 불이 꺼진 것을 보고는 옷을 입으면 표시가 날까봐 나체로 감나무 위로 올라가 감시를 했다. 그 시각에 며느리도 시아버지의 방에 불이 꺼진 것을 보고는 옷을 모두 벗고는 감나무를 지키기 위해 나무 위로 올라갔다. 달은 이미 넘어간 뒤라 사방이 어두워서 분간이 안 되는데, 며느리가 나무를 쳐다보니 감이 두 개가 달랑달랑하게 있더란다. 사실은 두 개의 감은 시아버지의 양물이었는데, 어둠 때문에 알아차리지 못한 며느리가 힘껏 돌려서 시아버지의 그것을 따버렸다. 그 순간 '구리구리하고 물컹한 그것'이 며느리의 입으로 쏙 들어가 버렸고, 아무것도 모르는 며느리가 시아버지의 그것을 먹어버리고 말았다. 하지만 시아버지는 자신이 나체로 감나무에 올라갔다는 사실을 알까봐 소리도 지르지 못하고 넘어가야 했단다.

그럼 내가 내가 인자 그런 식으로 헌다믄 내가 이야기 하나 하께. 인자 그 옛날에 그 참 그 삼자 그, 삼대독자라 그믄 인자 세대에 인자 아들 한 나 있는 것이 삼대독잔디. 독자가 있었는디. 인자 이놈이 옛날에는 인자 그, 독자고 근게 조혼을 시켰는가비여 조혼을. 그렇게 해갖고 인자 마누래를 얻어 줬는데. 인자 즈그 집에는 즈그 아빠, 아버지허고 즈그 부인허고 자기허고 선이 인자 산디. 그 감이 인자 열고 그럴 때는 한 시월 경 되잖아요. 근데 이 이 이 애가 인자 군에를, 군대를 가야 할 시긴데. 군대를 안 갈라 그래.

"그러믄 어째서 군대를 안 갈라 그냐. 그믄 느그 마누래를 못 믿어서 안 갈라그냐."

즈그 아버지가 인자 물어보니까.

"그것이 아니고, 나는 저 놈 감나무를 못 잊어 못 가것다고."

인자 감이 옛날에 조롱조롱 열었던 가비여. 인제 그런게. 즈그 인제 아버지가.

"그러믄 감을 내가 잘~ 지켜서 갔다 올 때까지 내가 지키고 있을 거인게 갔다 오너라."

그러고 어찌게 얼러갖고 인자 군대를 보냈어. 보냈는데 인자 그 한 번 즈그 아들하고 약속을 허고 인자 또 즈그 마누래허고도 약속이 되갖고 근게. 인자 서로 인자 이렇게 감나무를 지캐. 즈그 인자 시아버지는 즈그 자부가 감을 따 묵으믄 안 그러니께 인자 엿고. 즈 즈그 자부는 즈그 시아버지가 또 따 묵으라비까 엿고.

그라고 인자 시월 보름날, 이렇게 달이 화창~하니 이렇게 밝다, 인자 그믐이 되았단 말이요. 달이 인자 없어졌어. 근게 인자 즈그 시아버지가 즈그 자부가 인자 또 감 따 먹을라고 올라갔다냐 허고 인자 방에를 가보믄 인자 불이 딱 꺼져갖고 조용허고 그런게 인자 시아버지가 먼저 인자 옷 입고 가블므는 인자 나타나고 그럴 것 같은게 옷을 할딱 벗고 인자 알몸으로 인자 그래갖고 인자 이야기를 계속 해야 쓰것구만. 그래갖고 그 시아버지가 인자 즈그 인자 자부 자는 방을 가 보니까. 불이 꺼져갖고 조용허니까.

'아, 잠 잔갑다.'

하고는. 인자 옷을 할딱 벗고 인자 올라갔어. 감나무에 올라가서 인자 감나무에 딱 올라갔어. 올라가니까. 또 즈그 자부는 인자 또 시아버지 방에를 이렇게 가만히 보니까. 시아버지에 불이 딱 꺼지고 조용허거든.

'아 인자 인자 이 양반이 자신갑다.'

허고는 인자 자기도 옷을 할딱 벗고 인자 이렇게 올라갔어. 아 올라가서 본게.

[제보자와 청중, 웃음]

달랑달랑 허니 이 이렇게 두, 두 개가 열었어. 연게 이놈을 즈그 자부가 생각할 때 요놈을 뚝 따블믄 소리 나블믄 여차하믄 즈그 자부 자부가 깰 것 같고. 인자 아 인자 즈그 시아버지가 깰 것 같고. 그런게는 인자 고놈을 인자 탱자가 두 개가 이렇게, 딱 달랑달랑, 몰랑몰랑 허니,

[제보자와 청중, 웃음]

이놈이 홍시가, 홍시가 되았는갑다 허고는 요놈을 따블자 허니께 요놈을 빵빵 돌려서 인자 요놈을 따니까. 이놈이 인자 여가 아퍼서 죽것는디 말을 못 해 인자 그래갖고 거그서 인자 쳐다봄서 요로코 있은게. 입을 짝 벌리고 있은게. 이게 영감이 인자 인자 말을 못 허고 보데꼈던가비제. 근게 인자 그것을 그냥 거시기. 쭉 빠쳤어 인자 빠진게 즈그 시 즈그 자부 입으로 인자 들어가는디 뭣이 구리구리 헌디 감이 이것이 감이 인자 뭐 오래돼갖고 근갑다 그래갖고 그래갖고 인자 그래서 인자, (청중 : 아, 진짜 그런 얘기 있어.) 뭐 그랬다 그러드란게. 그 그래갖고 그 얼척 없는 세상을 살았어.

(조사자 : 며느리도 홀딱 벗고 왔잖아요. 근데 시아버지가 아무 소리도 못 하고.) 못 하고 인자 즈 즈 어 따로 즈 자부헌테 들킬까 무서운게, 인자 말도 못허고 인자 참는 것이지, 참아, 참아.

부잣집 아들로 변한 백쥐

자료코드 : 06_05_FOT_20100218_LKY_LCH_0015
조사장소 : 전라남도 나주시 다시면 문동리 3구 증문마을 마을회관
조사일시 : 2010.2.18
조 사 자 : 이경엽, 한미옥, 송기태, 임세경
제 보 자 : 이청혼, 남, 70세
구연상황 : 시아버지와 며느리에 얽힌 우스개 이야기에 청중들이 한껏 웃으면서 재미있어 하자, 이에 힘입어 제보자가 또 다른 이야기를 풀어놓았다.
줄 거 리 : 옛날에 천석꾼 부자가 있었는데 무녀 독담 외아들 하나를 일찍 장가보냈다고 한다. 그런데 이 천석꾼의 집 곳간에 쥐가 한 마리 살고 있었는데, 천년이나 그 곳간에 살아서 백쥐로 변해있었고 그 백쥐는 천석꾼 집안의 일을 모두 알고 있었다. 천석꾼의 외아들은 매일 아침에 서당에 갔다가 저녁이면 돌아왔는데, 어느 날 그 집 아들로 변한 백쥐가 서당에 다녀온 흉내를 내면서 집안

으로 들어왔다. 아무것도 모르는 천석꾼의 본래 아들이 서당에서 와 보니 자신과 똑같이 생긴 사람이 자신 흉내를 내고 있으니 기가 막힐 노릇이었다. 천석꾼도 아들이 두 명이 생겨서 어찌할 바를 모르다가, 진짜 아들을 가리기 위해서 원님에게 재판을 청하게 되었다. 원님이 두 아들에게 집안의 재산에 대해 자세하게 말하라고 하자, 진짜 아들은 호강하면서 크느라고 재산에 대해서는 잘 몰랐는데 가짜 아들은 그 내용을 속속들이 알고는 원님에게 고하였다. 결국 원님이 가짜 아들을 보고 진짜 아들이라고 판결하자, 진짜 아들은 집에서 쫓겨나게 되었다. 쫓겨난 진짜 아들이 길을 가다가 어느 절에 당도했는데, 그 절의 도승은 이미 진짜 아들의 내력을 모두 알고 있었다. 하지만 모르는 척 진짜 아들에게 어쩌다가 이리 되었느냐고 연유를 묻고, 진짜 아들은 이러저러한 자신의 사정을 이야기했다. 도승이 자신 밑에서 삼 년을 공부 하되, 삼천 명의 여승들이 있는데, 삼 년 동안 그 여승들을 모두 사겨야 한다고 하였다. 그 말을 듣고 진짜 아들이 삼 년 동안 삼천 명의 여승들을 모두 사귀자, 도승이 손에 들 만큼 작아졌다 커졌다 하는 고양이 한 마리를 진짜 아들에게 주었다. 고양이를 들고 집에 온 진짜 아들이 가만히 집안으로 들어가니 쥐가 벌써 알아차리고는 도망가려고 하자, 진짜 아들이 얼른 방문을 잠그고는 고양이를 냅다 방으로 던져버렸다. 결국 고양이에게 가짜 아들인 쥐는 잡혀서 죽고, 진짜 아들도 몰라본 부모는 집 밖으로 쫓겨나고 말았다. 그리고 마당에 큰 가마솥을 놓고 그 위에 발을 깔고 발 위에 아내를 앉게 한 진짜 아들이, 가마솥에 불을 떼어 아내의 몸속에서 줄줄이 나온 쥐새끼를 모두 죽였다. 그 후에 어디 산에를 가니 갑자기 삼천 명의 군사가 진짜 아들 앞에 서서 경례를 하면서 자신을 향해 아버지라고 부르는 것이었다. 그래서 연유를 물어보니, 삼 년 동안 절에서 삼천 명의 여승을 사귀었을 때 각각 아들이 태어났는데, 그 삼천 명의 군사가 바로 자신이 여승들과 관계해서 낳은 아들이었다고 한다.

거 옛날에 그 천석꾼이라고 허믄, 인자 지주들이 인자 돈 많은 농토를 많이 있는 사람들이 인자 이 경작권을 쥐갖고 인자 거그서 거둬들이는 것이 인자 천석꾼. 지금으로 말허믄 천석을 받는 인자 그 부자가 있었어.

부자가 있었는데. 그 자기 아, 아들이 인자 그 무남, 무녀 독남이여. 아들이 외, 외아들이 있는데 인자 여그 옛날 겉으믄 돈이 많고 그러니까 인자 구학문을 시킬려고 해서 학, 저 서당이라고 해갖고 그리 인자 보냈던가비여. 근게 이놈은 아침에 인자 밥을 믹여갖고 그 그 선생한테 맽기므는 인자 거 인자 그 글을 배우고 저녁에 돌아오고 인자 그런 식으로 이렇게 쭉~ 매일 살았는디.

그 천, 천석을 받으니까 그 곳간에 가서 나락이 인자 계~속 한 몇 년 동안을 인자 그 재고가 남어 있어. 근게 거그서 인자 쥐가 인자 고놈을 먹고 헌 큰 쥐가 있었어. 근게 천년이 되니까. 쥐가 인제 백쥐로 변해 버렸어. 인자 이게 쥐로 말허믄 그 인자 백여시라 그래갖고 옛날에 그런 식으로 막 있잖아요. 쥐가 인자 백쥐가 되야 브러갖고 인자 그 집안 내력을 잘~ 다 알아브러.

그런게 요놈이 인자 그 학교 거시기 인자 서당에 갔다 올 시간 딱 되야므는, 여그 사람으로 변해, 쥐가. 사람으로 변해갖고 먼저 와서 인자 자기 집으로 와브러. 꼭~ 그 아들같이 생겼어. 이 그런게 아들 맨이로 생겼는데 나중에 인자 그 애는 모르고 인자 공부허고 와서 집에 들어오고 보니까. 그, 인자 그 자기 아들이 인자 거가 인제 자기가 있어야 할 디가 옛날에는 조혼시켜갖고 인자 그 거시기 했는디. 그 마누래 방에 가서 인자 본게 딱 앉었어. 그 행세를 허고. 그런게 인제 문제가 붙었제. 그 집은 인자 아들이 둘 생겨브렀잖아 똑같이, 똑같이. 그가 인제 백쥐도 인자 사람으로 변해갖고 똑같이 그 아들같이 변해브렀어. 인자 아들이 둘 생겨브렀는디. 서로 인자 아들이라고 허고 헌디. 인자 그 아를 가려야 쓰거 아니요. 인자 못 가리니까. 원님한테 인자 재소를 했던가비여, 지금으로 말허믄.

"우리 아들이 이렇게 둘이 생겨븟는디, 진짜 아들을 찾아 주시오."

허고 재소를 했어. 근게 원님이 인자 딱 보고는 대체 본게 아들 똑같어. 똑같은게 어떤 놈이 그 집 아들이란 소리를 못 해. 그러니까 원님이 인자 그 근심을 허고 있다가 아 인자 그 생각을 했든가비여. 그러므는 그 집 진짜 아들이라 그러므는 재산이 어디가 있고 뭣이 얼마 있고 헌 것을 어느 정도는 알 것이다. 그래갖고 인자 그 친, 인자 자식 인자 그 그걸 오라

해갖고 물어봤어. 모를 테제, 그놈은. 그 뭐 어려서부터 암 것도 모르고 그냥 호화롭게 자라갖고 모르제. 그래갖고 너는 인자 딱 재쳐놓고. 인자 또 한나를 딱 오라해갖고 재산 물어보니까, 이놈이 그냥 어디가 논이 몇 마지기 있고, 어디가 뭣이 있고, 나락이 얼마 있고, 딱 알아브러. (청중 : 백여시라 알아붓구만.) 어 근게 인자 원님이.

"요것이 진짜 아들이요."

허고 판결을 딱 내려줘붓어. 내려줘븐게 요거 인자 나가야쓰거 아니요. 진짜 아들은. 진짜 아들은. 근게 진짜 아들은 인자 나갈 때 오직 허것소. 이? 그래갖고 내 집에서 쫓겨나브렀으니.

그래갖고 인자 고놈이 인자 떠나가는데 그 사람을 잘 만났던가비여. 만나갖고 인자 그 선생을 한나 만났어. 어디 절로 갔는데 선생을 만나가지고. 그 인자 그 도사. 옛날에는 그 아는 사람들 전에는 도사를 갖다가. 도사가 보니까. 그 내용을 다 알아.

'아, 너는 요렇게 해서 느그 집에서 쫓겨났구나.'

그걸 알고 있어갖고, 인자 개한테 인제,

"어째서 이리 왔느냐?"

그러니까. 인자 그,

"이러이러 해서 내가 우리 집에서 쫓겨나브렀소. 거 기가 맥히오."

근게.

"그래, 그믄 너 여기서 나한테 공부를 좀 해라."

그라고 한 삼년을 인자 공부를 시켜갖고. 저~ 밑에 어디 가믄 인자 절이 있는디. 절이 인자 그 그 승려들이 삼천 명이 산다요, 삼천. 여, 여승들만. 삼천 명을 사는데. 거 가서 잘, 그 가서 거시기를 해가지고 그 삼천명 그, 여승들 다 사궈야 된다. 이 사귀며는 거그서 인자 고양이가 있는데세 발 달린 고양이가 있어. 세 발 달린 고양이가. 인자 그 쥔게, 고양이를 인자 어 세 발 달린 고양이가 있으니까. 그 고양이를 가지고, 가지고 그 고양이를 어뜨게 딱 허므는 완전히 손 안에 들게끔 딱 고양이가 축소가 되야브러. 그걸 갈켜주면서 인자 금서 그 그 삼천 그 여승들 다 알아야제, 한나라도 그 빠진믄 그 안 준다 이것이여. 삼천 명이 똑같이 통일 되야서 다 거시기가 되야 헌게. 그걸 인자 어찌게든 그 사겼어.

그래갖고 삼천 명을 사겨갖고 인자 오면서 인자 그 고양이를 주면서, 이 어찌게 딱 허니까 고양이가 인제 쬐간허게 손 안에 들게끔 딱 되야갖고. 그러고 갖고 와갖고 가갖고. 느그 집에 가서 바로 어디 들르지 말고 니 방에 있는 문을 꽉 열고 그 그 안에 사, 사람을 못 나가게 허고 딱 고놈을 딱 놔둬블믄 세 발 달린 고양이가 딱 되야갖고 인자 물어 죽여븐다. 그렇게 해갖고 인자 고놈을 인자 얻어갖고 인자 즈그 집에를 왔어.

와가지고 인자 그 담 너메서 인자 가~만히 보니까. 그놈인 인제 즈그 마누래는 배가 어린애가 베갖고.

[배가 불러 있는 시늉을 하며]

배가 요마나 붕붕 허고. 고놈은 마을에서 인자 마당에서 요렇게 놀고. ○○○○○ 놀고 인자 재밌게 살고 있드라여. 그래서 인자 인자 그 시킨 데로 해서 인자 그 그 그 아들놈 인자 아들이라 헌 놈이 방에 들어가믄 딱 문을 밖에서 잠그고 인자 들어가야 쓰것다 허고 인자 담을 넘었어. 넘어간게 대치 벌써 고놈도 알고 그 백쥐도 그 알제. 알아갖고는 막 도망갈라 허거든. 근게 문을 탁 잠그고는 고놈 딱 풀어논게. 고양이가. 세 발 달린 딱 나와 갖고 고놈 맥을 딱 물어븐게. 백쥐가 탁 죽어브렀어.

그런게 그것은 난리 났으거 아니요. 그 지 즈그 집에서는 인자 난리가 나브렀제. 그런게 즈그 마누래라는 사람은 그 그냥 이렇게 즉 말허자믄,

[배가 부른 시늉을 하며]

임신을 이렇게 해갖고 배가 이마나 해갖고. 그래서 인자 옛날에는 그 가매솥이라고 해갖고 인자 큰~ 솥을 이렇게 걸어놓고는 거그다 인자 이렇게 그 발 엮, 발, 발이라고, 대쪽에서 이렇게 엮어 놓고 그 여자를 욱에

앉거라 해 놓고는 밑에서 불을 떼주고 근게 어서 막 나온디, 전~부 쥐새끼가 그냥 고렇고 막. 그런게 인자 즈그 부모는 인자 어찌것소. 기가 막힌게. 즈그 부모가 인자 참~ 막 죽을라 허제. 근디 그 아들이 인자 당신은 나를 모르고 저런 쥐를 아들이라고 산거 본게 꼭 죽여야 하는데 내가 부모를 죽일 수는 없고 근게 당신들은 당신대로 나가라고. 그래갖고 인자 그 여자는 여자대로 인자 거시기 해라고 해갖고. 그래놓고 인자 처리 해 놓고.

어디를 가니까. 이 산에서 뭔 군인들이 한 삼천 명이 그냥 짝~ 허니, 시커머니 내려오는디. 앞에가 짝~ 스드라여, 한나. 한나가 호령허고 짝 스드니. 인자 경례를 딱 험스로 인자 인자 즈그 아버지여, 아버지, 그 그 거이 인자 아버지여. 어째 아버지가 되얐야 그므는. 그 절에서 인자 승려들을 사겨갖고 한나씩 한나씩 아들 다 낳어. (조사자 : 쫓겨난 며느리가?) 아니 아까 그 절에 가서 그 고양이 얻을 때게 그 그것을 그 절에 삼천 그 승려를 다 알아갖고 헌 것이 전부 아들을 낳어.

[제보자 웃는다.]

고놈들이 그래갖고 그래갖고 그 일개 군사를 삼천 명 군사를 만들어붓다고 고런 이야기여. 옛날에 그것이 야담인디.

색동저고리 입히는 까닭

자료코드 : 06_05_FOT_20100218_LKY_LCH_0016
조사장소 : 전라남도 나주시 다시면 문동리 3구 증문마을 마을회관
조사일시 : 2010.2.18
조 사 자 : 이경엽, 한미옥, 송기태, 임세경
제 보 자 : 이청흔, 남, 70세
구연상황 : 조사자가 "옛날에 중의 자식은 색동저고리를 입힌다."는 이야기 들어보신 적
        이 있냐고 물어보자, 바로 그와 관련한 이야기를 해주었다.

줄 거 리 : 옛날에는 여자가 아이를 못 낳으면 절에 가서 불공을 드렸다고 한다. 목욕재
　　　　 계하고 불공을 드릴 때면 중이 와서 합방을 했는데 그렇게 해서 아이가 생기
　　　　 면, 중이 나중에 자기 아이를 알아보기 위해 태어난 아기에게 반드시 색동저
　　　　 고리를 입히게 했다고 한다. 그때부터 '중의 자식은 색동저고리를 입힌다.'는
　　　　 말이 생기게 되었다고 한다.

　(조사자 : 옛날에는 색동저고리는 중의 자식들이다. 뭐, 이런 얘기.) 그
이야기도. 옛날에는 인자 그 어린애 못 낳믄 절에 가서 불공 들여서 난다
고 그러잖아요. 이? 그랬는데 그 인제 절에 불공드리러 가고 그러믄. 그러
믄 인자 그 절같은디 가보믄 인자 사람이 인자 딱 끊기고 그러잖아요. 인
자 외지고 근게. 인자 불공드리러 왔다고 허믄 글쎄 참말로 그랬는가 모
르지마는.

　승려들이 인자 저녁에 깨끗이 인자 그 그 목욕정신허고 인자 해갖고
합, 합방을 허는거여. 합방을 해. 합방을 딱 해서. 해 놓, 놓, 놔갖고 인자
거그서 인자 애기가 인자 태어나. 그러믄 인자 그 중이 인자 나중에 뭐냐
믄. 색동저고리를 인자 애기 낳믄 색동저고리를 해서 주, 입혀라. 이? 그
래야 중이 보고 아 요것이 내 자식인갑다. 그럴거 아니요.

　그래서 그 말이 나왔다고 그러드니. 그래갖고 근게 절에 가서 그 불공
드려서 애기 난다고 그러므는 그 인자 부정적인 이야긴디 인자 그렇게 난
사람도 있게지마는. 부정적으로 그렇게 생각헌 것이 있는가비죠.

기지로 명당 지킨 아들

자료코드 : 06_05_FOT_20100218_LKY_LCH_0017
조사장소 : 전라남도 나주시 다시면 문동리 3구 증문마을 마을회관
조사일시 : 2010.2.18
조 사 자 : 이경엽, 한미옥, 송기태, 임세경, 유수영
제 보 자 : 이청흔, 남, 70세

구연상황 : 조사자가 명당에 관한 이야기가 없냐고 하자, 제보자가 바로 이어서 명당을 지킨 아이 이야기를 들려주었다. 청중들은 제보자가 이야기를 이어가는 동안 음료수나 과자 등을 먹으면서 경청하였다.

줄 거 리 : 옛날에 좋은 명당 터를 가지고 있는 사람이 있었는데, 명당자리만 가지고 있을 뿐 거기에 묘를 쓸 돈이 없었다. 그런데 인근에 힘이 좀 센 사람이 있었는데, 그 사람이 명당자리에 묘를 쓴다고 하는 소리를 듣고는 당체 그것을 막을 도리가 없어 억울해 하고 있었다. 옆에서 그 소리를 들은 일곱 살 먹은 아들이 아버지에게, 자기가 그것을 해결할 테니 아무 걱정하지 말라고 하였다. 얼마 뒤에 그 힘 센 사람이 명당자리에 묘를 쓰자, 다섯 살 아이가 봉분 위에 올라가서 "좋기는 좋다마는 여가 군왕지지다."라는 말을 하였다. 그 말을 들은 사람들이 깜짝 놀라서 얼른 묘를 파서 도망쳤는데, 바로 임금이 태어날 자리에 묘를 쓰면 역적으로 몰리기 때문이라고 한다. 하마터면 명당자리를 빼앗길 뻔 했는데, 다섯 살 아들아이의 기지로 명당을 되찾았다고 한다.

근데 인제 명당 말 나왔은게 그런 말 헌디. 그 옛날에 그 땅을 인자 진짜 명당 터를 갖고 있는 사람이 있었어. 있었는데 그 자기가 인제 그 부모가 돈이 없고 그러니까 그 좀 힘 씨고 헌 사람들이 인자 거그다 묘를 쓸라게. 묘를 쓸라근디.

자기 아버지가 인자 그 생각 헐 때는 참 억울허제. 돈이 없은게 남, 딴 놈들이, 힘 쎈 놈들이 와갖고 묘를 쓸라근다. 그런게 그 즈그 아들이 인자 한 여섯 살인가, 일곱 살인가 묵은 애가 인자 그 지 아버지가 걱정을 헐거 아니요. 그 좋은 묘자리에다 인자 그 힘에 의해서 그 뺏기게 되니까. 근게 걱정허고 있으니까. 그 인자 일곱 살 묵은 즈그 아들이 허는 이야기가,

"걱정 마시오. 아버지 내가 해결해 드리게 걱정 마시오."

"그러믄 니가 임마 어린놈이 어찌게 해서 그 저 힘 쎄고 헌 사람들을 어찌게 해서 그렇게 해결을 한다냐, 헌다냐."

그런게.

"걱정 마시오. 내가 해결해 드리게 걱정 마시오."

그라고 인자 한 며칠이나 있은게. 대차 고놈들이 그냥 막 힘 센 놈들이 와갖고 그냥 거~창허게 와서 인자 묘를 써. 딱 묘를 거그다 써 놓고 있단 말이여. 그래놓고 있은게. 고 일곱 살 먹은 놈이 거 가갖고는 딱 올라 갔, 못등으로 올라가갖고 뭐이라고 헌고 허니.

"좋기는 좋다마는 여가 군왕지지다."

그래 브렀어. 군왕지지다. 그 말이 뭔 말이냐 허므는. 여그다 묘를 쓰면 임금님이 태어날 이 자리, 자리다. 그렇고 말을 해 브렀으니 임금님이 저 그서 볼 때게는 어찔거요. 자기가 임금인데 그 임금 날 자리에다 묘를 써 났다 그래블믄 인자 거식해븐게 이놈들은 인자 두 말도 못 허고 파 짊어지고 그냥 도망가 브렀다게. 그래갖고 그 애가 인자 그 거시기를 모면했다 그래.

'좋기는 좋다마는 여가 군왕지지다.'

그래븐게 그냥 앞으로 인자 여그다 묘를 쓴 사람은 군왕, 인자 임금이 태어날 자리다 그래브니. 나라에서 그걸 알믄 어찌것소. 대번 그 놈 잡어다가 역적으로 몰아블제. 근게 그냥 도로 묘 쓴 놈 싸 짊어지고 그냥 도망가붓다 그래. 그래서 군왕지지란 말이 내가 거그서 들었어. (조사자 : 그 꼬마애가 아주 머리가 좋은데요.) 근게 인자 그거이, 그거이 그것도 야담이겠지. 야담인데 어떤 사람이 인제 말을 지어서 해봤는가 몰라도. 옛날에는 거의 야담 허믄 말 좋은 사람들이 입담 있고 그런 사람들이 인자 그런 말을 지어갖고 막 말을 만들어서 해요 그냥.

할머니를 산 매장에서 지킨 손자

자료코드 : 06_05_FOT_20100218_LKY_LCH_0018
조사장소 : 전라남도 나주시 다시면 문동리 3구 증문마을 마을회관
조사일시 : 2010.2.18

조 사 자 : 이경엽, 한미옥, 송기태, 임세경
제 보 자 : 이청흔, 남, 70세
구연상황 : 조사자가 이야기를 끌어내기 위해서 우연하게 명당을 얻은 사람 이야기를 들
　　　　　려주자, 제보자가 생각난 듯이 이야기를 이어갔다. 조사자의 예상과는 달리
　　　　　제보자는 고려장 이야기를 들려주었다.
줄 거 리 : 옛날에는, 오래 산 사람을 굴속에 모셔두고 얼마 동안 먹을 음식을 같이 넣어
　　　　　주는 것을 '산 매장'이라고 하였다. 어느 동네에 아들이 아직 살아계신 자기
　　　　　의 부모를 산에다 산 매장을 시키기 위해 지게에 짊어지고 산에 갔다. 산에
　　　　　도착해 부모를 굴속에 모시고 지게를 땅에 묻으려 하자, 그 아들의 아들이
　　　　　'나중에 아버지도 산에 버려야하기 때문에 그 지게를 묻어서는 안 된다.'고
　　　　　하였다. 그 말을 들은 아들이 놀래서 자기 부모를 다시 모시고 돌아왔다. 그
　　　　　것이 바로 고려장이다.

　그런게 근게 옛날에도 그 산 매장이라고 해갖고 인자 그 사람들이 좀
오래 살고 그러므는 자손들이 인자 그 그 산 매장이라고 해갖고 인자 음
식같은거 많이 만들고, 이? 그래갖고 인자 그 묘 속에다 이렇게 넣어주고
산 분을 갖다 인자 묻는 거시기가 있었어. 그 묻을 때가 있었어.

　그런게 즈그 아들이 인자 보니까 즈그 할머니를 인자 즈그 아버지가
살아 계신, 인자 목숨이 살아 있는데 그 지게다 짊어지고 인자 그 산으로
인자 모시고 가, 묻을라고. 이? 묻을라고 간단 말이여. 그러, 그래갖고 인
자 그 그 거시기가 즈그, 즈그 아버지가 인자 그 지게를 인자 딱 묻어블
고. 저 인자 인자 지게를 버려블라고 인자 헌게. 거 즈그 아들이 헌 이야
기가,

　"어째서 버리고 갈라 허요. 아버지도 고렇게 해갖고 내가 그러고 모시
고 갈 거인디."

　(청중 : 아버지가 돌아가시믄 지고 갈란다고.) 아니. 돌아가시믄 그런 것
이 아니고 살았을 때 갖고 갔다니게 살았을 때. (청중 : 고려장 했구만 고
려장.) 에, 살았을 때 인자 헌게.

　"아버지도 고렇게 내가 해드릴 건디 뭘라 지게를 내뻘고 갈라 그요."

근게 즈 아버지가 그냥 거시기 해갖고 근게 아이고, 그런디. (조사자 : 그래가지고 어떻게, 어머니를 다시 모시고 왔데요?) 모시고 왔제 인자. (청중 : 모시고 왔어. 아들이 고렇고 말한디, 쬐간한 아들이 말한디.) 꼭 자기야, 자기는 그렇게 죽기야 싫은디. 즈그 아들이 그런디.

왕건과 오씨부인

자료코드 : 06_05_FOT_20100218_LKY_LCH_0019
조사장소 : 전라남도 나주시 다시면 문동리 3구 증문마을 마을회관
조사일시 : 2010.2.18
조 사 자 : 이경엽, 한미옥, 송기태, 임세경
제 보 자 : 이청흔, 남, 70세
구연상황 : 조사자가 여러 이야기를 들려주면서 그와 관련된 이야기를 아시냐고 물었지
만, 청중들이 다들 모르는 이야기라고 하면서 잠시 분위기가 조용해졌다. 다
시 조사자가 영산강과 왕건 관련 이야기가 없냐고 묻자, 우편물을 살펴보고
있던 제보자가 갑자기 조사자의 말을 끊으면서 이야기를 시작하였다.
줄 거 리 : 왕건이 영산강에 배를 타고 건너와서 나주의 금성산에 올랐다. 목이 마른 왕
건이 말을 타고 지나다가 마침 완사천에서 물을 긷고 있던 오씨 처녀를 보고
물을 청했다. 오씨 처녀가 왕건에게 물을 떠주면서 버들잎을 한 잎 띄워주자,
왕건이 그 연유를 물었다. 그러자 오씨 처녀가 "목이 말라 너무 급하게 물을
마시면 체할까 그리하였다."고 말하였다. 그것을 들은 왕건이 오씨 처녀를 둘
째부인으로 삼아 아들을 낳았다.

그것이 어떤 이야기냐 그므는. 그 왕건이 즈그 이 영산강에서 인자 배를 타고 와갖고 인자 말을 타고 인자 거기 금성산이라고 저 나주 젤 높은 산. 그리 인자 갈라는 판인데. 인자 목이 목이 인자 그 (청중 : 말라.) 말라 갖고 인자 물을 묵고 싶어서.

거 나주 시청 앞에 있는 완사천이라고 거가 인자 거 옛날에 거 샘이여, 샘. 샘이 인자 있었던가비여. 그래 인자 그 오씨부인이라고. 그 거 인자

그 처녀가 거그서 인자 그 빨래를 허고 있는데. 갑자기 그 장수가 인자 말을 타고 와서 인제 물을 좀 떠 주라고 그러니까. 그 그 사람이 생각 헐 때게 인자 이렇게 그 말을 달려 와, 달려 와갖고 목이 마를 때 갑자기 묵으믄 목에 치여서 인제 사람이 죽을 수도 있고 그런게. 거그다 버드나무 이파리를 띄워줬어. 띄워서 물을 바가지를 떠 줬어.

근게 장수가 생각 헌게. 이것이 그 부애가 나거든. 이? 내가 그래도 왕 건인데 그 그 처녀가 그 물 떠다 준 거그다 그 뭐시기 나무 이파리를 띄워서 주냐. 그러코 헌게 인자 말을 헐거 아니여.

"어째서 그렇게 했냐."

그런게. 거 인자 그 아가씨가 말을 허기를,

"장수님이 하~ 이 목 말라서 이렇게 가시는 길인데 거기 물을 그냥 드리므는 물 자시, 자시다가 목 말라서 잡수믄 까닭허다 칠 수도 있고 그래서 그 나무 이파리를 경계허면서 물을 자시라고 그래서 그렇게 물을 떠 드렸다."

그렇게 인자 왕건이 생각 헐 때 인자 진짜 여 기특허거든. 그런게는,

"여봐라."

그래갖고,

"여 처녀를 거식해라."

그래갖고. 그 후궁으로 삼었어. (청중 : 둘째 부인.) 둘째 부인으로 삼었어. 그래갖고 그래갖고. (청중 : 첫째 부인은 애기를 못 낳고. 둘째 부인 가서 아들, 딸 많이 낳어.) 그래갖고 그 오씨부인이 그래서 유명해. 오씨 부인, 오씨부인, 그래갖고 그 거시기.

오장군

자료코드 : 06_05_FOT_20100218_LKY_LCH_0020
조사장소 : 전라남도 나주시 다시면 문동리 3구 증문마을 마을회관
조사일시 : 2010.2.18
조 사 자 : 이경엽, 한미옥, 송기태, 임세경
제 보 자 : 이청흔, 남, 70세
구연상황 : 구렁이와 관련된 이야기가 다시 시작되어 청중들이 서로 자신들이 직접 보았
거나 들었다는 이야기를 주거니 받거니 하다가, 갑자기 생각난 듯이 제보자가
자신이 들었던 꼽추 '오장군'에 관한 이야기를 들려주었다.
줄 거 리 : 증문마을 옆에는 광주광역시 광산구에 속하는 곳이다. 그 마을에 옛날에 가뭄
이 들어 물이 귀했는데, 마을에서 힘 꽤나 쓰는 사람이 다른 사람들의 논에는
물이 들어가지 못하게 하고 자신의 논에만 수로의 물이 들어가도록 했다. 어
느 날 꼽추 아들을 둔 어머니가 속이 상해서 꼽추인 자신의 아들에게 ○○이
가 논에 물을 못 대게 한다고 말하자, 이 꼽추 아들이 호미 한 자루를 들고
힘 꽤나 쓰는 사람에게 갔다. 그러고는 "왜 남의 논에 물이 들어가지 못하게
막냐."고 하면서, 키가 크고 힘이 센 사람의 양 손을 뒤로 돌린 다음 호미를
구부려서 손을 움직이지 못하게 묶어버렸다. 비록 꼽추가 키는 작았지만 그만
큼 힘이 셌는데, 커서 '오장군'으로 불렸다.

여 여 광산군에서. 광산군. 여 여 광산군 여 어디야 광주로 들어가잖
아요. 저 서구청. 근디 거그서 인자 그 오씨들이 많이 살아. 아까 그 여
그 여. (조사자 : 나주오씨.) 어 나주오씨들. 거그 많이 산디. 거 나 농사
를 진디.

옛날에는 내가 아까도 말했지마는. 물이 귀허니까. 인자 그 이 수로로
물이 인자 내려오면은 인자 저수지에서 물을 타고 내려온단 말이여. 그러
믄 힘 있는 놈들이 농사 짓제, 못 지었어. 근게 거그서 인자 큰~ 힘 쎈
놈이 인자 농사를 짓는 사람이 한나 있었든가비여.

근디 자기 인자 그 거시기가 인자 그 어머니가 그 물을 댈라고 가므는
그냥 막 꿰로 오믄 막 죽인다 헌게 무서와서 물을 못 대. 그 사람이 무서
와서 물을 못 댄다고 막. 만약에 물 댔다가 그 그 해 놨다가 허므는 디지

게 막고 막 거식 헌게. 그놈이 그것을 아조 악질 노릇을 했든가비여.

그런게 그 이야기를 듣고. 이 사람인 인자 아들이 꼽추여. 꼽추믄 옛날 꼽추므는 인자 이 허리가 굽어븐게 키도 쫴간허고 어리잖아요. 그 애가 가만히 생각해 본게. 부애가 나거든. 그런게 인자 호미를 갖고 들을 나가 봤어. 그런게 이 자식이 그냥 이~렇게 장성한 놈이 그냥 거그 가서 그냥, 그냥 옷 위에 다 벗고 그냥 배 요렇게 내 놓고 딱 버티고 있는게. 감히 누가 물 댈라고를 못 해. 그런게 인자 고놈이 가갖고.

"어째서 우리 논도 물을 대야 헌디 거그만 물 다 대고 우리는 물 못 대게 허냐."

이 시비가 붙었을거 아니요. 근게 고놈이 인자 그 허는 이야기가 그 장수같은 놈이 허는 이야기가.

"이 새끼 아주 쫴간허고 병신같은 놈이 와서 뭐라 헌다."

근게.

"이, 너 잘 만났다."

그래갖고 인자 호미를 갖고 왔는디. 호미라고, 김 매는거 있잖아요.

[호미를 펴는 시늉을 하며]

그것을 그냥 그 본디서 쫙 펴브렀어. 그 꼽추가, 꼽추가. 쫙 펴갖고 그 놈을 잡아갖고 그냥 요 뒤로 딱 허리 자쳐갖고는,

[양손을 감는 시늉을 하며]

여그다 어깨다 해갖고는 호미로 이렇게 감어브렀어. 고 쇠로.

[제보자 웃음]

그래갖고 그 그놈이 꼽추가 오장군이라고 장군 났, 났다 허고. 그 쫴간 은 놈이 그냥 그럭허고 그리 혼내브렀단게. 그래갖고 그 뒤로부터는 물을 대로도 못 오고 그 놈이 인자 그렇허고 인자 그것이 옛날부터 그렇고 내 려온다고 근디. 진짜 말인가는 몰라.

(조사자 : 꼽추 이름이 오장군이에요?) 어 나중에 인자 장군이라는 말을

들었제. 응. 힘이. 장군을 해봤은게. 이? 힘이 센게. 아이 그 호미가 요렇게 거꾸러져 있는 거를 쫙 펴갖고 이렇게 딱 해갖고 이놈을 깎 틀어서 에 쫴매 브렀으니. 얼마나 힘이 쌨것소. 그런게 인자 오장군이라고 별명을 잡고 오장군이라고 그래갖고.

새끼 찾은 호랑이

자료코드 : 06_05_FOT_20100218_LKY_LCH_0021
조사장소 : 전라남도 나주시 다시면 문동리 3구 증문마을 마을회관
조사일시 : 2010.2.18
조 사 자 : 이경엽, 한미옥, 송기태, 임세경
제 보 자 : 이청흔, 남, 70세
구연상황 : 조사자가 은혜 갚은 호랑이와 같은 이야기가 없냐고 하자, 제보자가 당신의 외가가 산중이라고 하면서 어렸을 때 어머니에게 들었다는 이야기를 들려주었다.
줄 거 리 : 제보자의 외가가 문평 산골짜기인데, 워낙 산중이라 길이 험하고 좁았다. 옛날에는 해가 질 때 산중의 길을 가다보면 간혹 호랑이가 나오기도 하고, 마을로 호랑이가 내려와서 손톱으로 돌을 집어서 각 가정의 창호지 문에 던지기도 하였다. 그러던 어느 날 한 사람이 산에 갔다가 호랑이 새끼가 너무 이뻐서 마을로 데리고 왔는데, 그날 저녁에 호랑이가 그 집 마당에 돌을 뿌려서 난리가 났다. 놀란 그 사람이 얼른 호랑이 새끼를 놔주었다.

아니 아니 근데. 저기 인자 그 우리 그 외가가 인자 그 쩌기 문평이라고. 저 산중이여, 산중. 산중 산골짜기. 근게 우리 어머니랑 인자 어려서 우리 어머니 어렸을 때. 저그 그 경험을 해봤단디.

거그는 인자 저 산중, 지금은 인자 산중이라고 길을 많이 뚫어 갖고 도로를 막 확장해서 좋게 해 놓고 하는디. 그때는 그 길이 없었어. 포도시 사람 다닐 정도로 오솔길만 있었고. 근게 인자 그 그 사는 분들은 밤이 되므는 인자 호랑이가 나타나. 나타나갖고 막 소리 지르고 그런게. 인자

그러고 내가 그 이런 산중 같은데 산이 막 이렇게 있으니까 해가 빨리 져 불지. 산, 산에 걸려갖고 해가 빨리 지고 근게. 거 일찍 밥 묵고 인자 그 집에서, 방에서 인자 드러누워서 생활허는 것이 낫제. 돌아댕기다보믄 호랭이가 와서 막 소리 지르고 근게.

글고 인자 어머니가 그때 어려서 인자 그 처녀 때 보믄 막 그냥 그 발톱으로 돌을 집어갖고 그 집에다 막 뿌리고 근다여. 그믄 이 방 문에 가서 옛날 지금 같으믄 유리로 다 허지만 옛날에는 그 거시기 창지로 전부 발랐잖아요. 대로 엮어갖고 인자 이렇게 해갖고. 그런 문에다 탁, 탁 때려 블고 막. 그 그래갖고 인자 거식허게 되믄.

인자 자기 인자 금 안에서 그랬는데 인자 산에를 가니까. 뭔 새끼가 예쁜 새끼가 인자 한 몇 마리가 딱 있드라게, 있어. (조사자 : 동물?) 어. 근게 그 분이 인자 그 호랑이 새낀지 모르고. 잡아갖고 왔어. 잡아갖고 왔어. 왔는디 그 날 저녁에 이 그 마을에 난리가 나브렀다네. 막 그냥 그놈이 뛰어다니면서 막 악쓰고 막, (청중 : 새끼 찾으니라고.) 그래갖고 막 집에다 막 돌 뿌려블고 막 그래갖고 그냥 새끼를 얼른 놔, 놔줘브렀다네. 글안 했으믄 큰 일 날 뻔 했어. (청중 : 막 낳을 때는 호랑이 새낀지 몰랐지.) 모르고 인자 귀여운게 인자 가져왔든가비여. 딱 산에가 고리 있는게.

꿈 이야기

자료코드 : 06_05_MPN_20100218_LKY_POR_0001
조사장소 : 전라남도 나주시 다시면 문동리 3구 증문마을 마을회관
조사일시 : 2010.2.18
조 사 자 : 이경엽, 한미옥, 송기태, 임세경
제 보 자 : 박오례, 여, 86세
구연상황 : 조사자가 꿈이나 태몽에 관한 이야기를 들려달라고 하자, 박오례 할머니가 "그런 이야기도 다 말해?" 하시면서도 못 이기듯 꿈에 관한 이야기를 이어주었다. 박오례 할머니는 이장님인 이청흔 제보자와 부녀회장이 나가고 난 뒤에 오히려 이전보다 더 활발하게 이야기에 임하셨다.
줄 거 리 : 제보자의 친정아버지가 아파서 친정에 잠시 다녀왔는데, 당시에 팔월과 구월 사이여서 모시옷을 해가지고 친정을 갔다. 가서 꿈을 꾸었는데, 꿈에서 동생과 자신이 밭에다 집을 지어놓고 살고 있었다. 그런 꿈을 꾸고 얼마 안돼서 친정아버지가 돌아가셨다. 또 한 번은 꿈에 친정어머니가 산에 집을 짓고 혼자 들어앉아 계셨다. 제보자가 어째서 그렇게 집에 들어앉아 있냐고 물어보니, 친정어머니가 "내가 옥에 갇혔다."고 말했다. 그런 꿈을 꾸고 나서 꼭 삼년 뒤에 친정어머니가 돌아가셨다. 한 번은 꿈에 친정아버지가 흰 옷을 입고 집안에 혼자 계시길래, 동생에게 아버지가 집을 짓고 안에 계신다고 말하였다. 그 말을 들은 동생이 친정아버지에게 가서 왜 혼자서 거기 그렇게 계시냐고 묻자, "내가 말을 잘 못해서 부끄러워서 바깥에를 못나가겠다."고 말하였다. 그러고는 꿈에서 깨었는데, 그런 꿈을 꾸고 난 며칠 뒤에 동생이 죽었다. 태어나서 그렇게 영험한 꿈은 딱 세 번 꾸었다.

나는 그런 꿈, 그 태몽은 이야기 헐 것도 없고. 우리 친정아버지가 아프셨는디. 친정에서 갔다 와서 내가 거기 돌아가신다고 생각은 안 했제. 안 했는디. 꿈을 낀께라. 그때는 옷이 없어서 입고 갈 옷이 없지 남자들이. 근게 그때는 모시옷을 해갖고 얼른 했어, 내가. 구, 구월쯤 돼얐을 땐게 그때는 모시옷 입었든갑어. 그래갖고 인자 했는디. (청중 : 구월 달에

모시옷 입어라, 들어갈 땐디.) 구월 안에 요래 팔월에. 아부지 아프다근게 갔다 올라고 그런디. 꿈을 낀게는 우리 동생하고, 동생 아하고 둘이 밭에다 딱 집을 지어 놓고 살아라. 진짜로. 글드니 우리 아부지가 인자 딱 돌아가시드라고. 꿈도 그런 꿈은 맞췄소, 안. (청중 : 맞출 수도 있어.)

아 맞추고. 또 우리 엄니 돌아가실라 헌디. 아 산을 제꼈는디. 저~기 산에다가 집을 지서 놓고 혼자 살데라. 울 언니들도. 그라고 옥에 갇혔다 그랬다. 어째 어머니 여가 계셨소, 근게. 내가 옥에 갇혔다. 근디 한 삼년을 못 있고 돌아가셨어. 방에서 딱 갇혀갖고. 아 그런 것도 자~세허니 맞춥디다나. 그 두 번 한 번 끼 봤어라. 또 그라고 우리 동생 죽을라 글 때는 어쩐 꿈인줄 아요. 친정에를 간 께는 우리 아부지, 친정 아부지, 돌아가신 아부지가. 딱~ 요러고 집을 쬐깐하게 지서 놓고는 거가 계셨어. 글고 인자 가서 동생한테 보고 아부지 뭐라 했단가 근게.

"아부지 쩌~ 저 거시기 집 지서 놓고 혼자 사신다고 가볼라."

그래서.

"그러믄 가볼라네."

간게는 딱 옷 헉하니 입고 혼자 딱 허니 앉거서, 상투 딱 싸고. 상투가 없었제. 그 그 해듬에는. 담배를 이렇게 피시고.

"아부지 어찌 여가 혼자 계셨소."

근게는.

"내가 말을 잘 못 해갖고, 실수를 헌게, 여로와서 바깥에를 못 나가것다."

그래라. 어째 말을 잘 못 하신단게. 글쎄 말이다. 내가 말을 잘 못 해가지고. 인자 지금 말하믄 내 생각에는 인자 부끄러워서 동네를 못 나온다 그 말이여. 그래서 그믄 어쩌실라 근게. 여가 있어야지 어쩔 것이냐. 그러고 딱 꿈을 깬게는 꿈이어라. 우리 동생이 딱 며칠 있은게 죽어브렀어. 나 그러고 시번, 딱~ 어짜고 우리 친정 꿈을 뀌어 봤어. (조사자 : 꿈을 아주, 그때는 진짜 영험하게.) 여~전히 아조 여전히 시번. 우리 엄니가 옥에 갇혔다고. 엄니 어찌 여가 계셨소. 근게. 내가 옥에 갇혔다. 그래서 삼년을 방에서 딱 오줌 똥 받아 내고 그라고 돌아가셨어. 옥에 갇혔은게 그랬것지. 내 돌아가신 뒤에 생각헌게.

첫날밤 신방 엿보기

자료코드 : 06_05_MPN_20100218_LKY_POR_0002
조사장소 : 전라남도 나주시 다시면 문동리 3구 증문마을 마을회관
조사일시 : 2010.2.18
조 사 자 : 이경엽, 한미옥, 송기태, 임세경
제 보 자 : 박오례, 여, 86세
구연상황 : 조사자가 첫날밤에 문구멍을 뚫어 신방을 엿보는 이유가 궁금하다고 하자, 박오례 할머니가 웃으면서 바로 또 이야기 한자리를 하신다면서 구연하였다.
줄 거 리 : 과거에 증문 이웃마을에 시집 온 각시가 있었는데, 시집올 때 각시는 스물한 살이었고, 신랑은 열일곱 살 먹었다. 그런데 첫날밤에 슬그머니 신방을 엿보고 있는데, 갑자기 신방의 촛불이 꺼져버렸다. 이후에 신부가 스물두 살에 첫 딸을 낳고는 바로 화장실에 갔다 오다가 마당에서 고꾸라져 죽고 말았다.

　　내가 또 한 자리 해주께. 담데라 시집갔는디. 어 지금 저 저그 저 저 토끼등 집자리. 내가 난 그때 각시 때 여수 살고. 첫날 저녁에 대안에 가서 무섭도 안 허든가. 그때 솔찮이 세 안일 것인디. 세 안에 시집갔어. 근디 창구멍을 딱 뚫어 놓고 내가 혼자 엿을 보고 있어. 뭐 철이 알아서 봤든가 몰라서 그랬든가 그것은 모르것고. (청중 : 시집 왔은게 철이 있었제.)
　　근디 이 상을 이고 둘이 이렇게 놔 두고 그 사람들은 각시는 스물한 살 먹고 신랑은 열일곱 살 먹고 그랬거든. 근디 이러고 둘이 앉거서 이야기를 합디다 야. 신랑이 열일곱 살 먹은 신랑이. 이 즈그 집 와서 즈그 부모님 말 잘 듣고 그러라고 글등만 내가 들어본게. 아 둘이 이야기 허고 있

는디 아 촛불이 왜 꺼지냔 말이여. 거 (조사자 : 자연히 꺼졌어요?)

그런게 요 회롱 쓰는 거. 그 장롱 이불 장롱 있을 때요. 그때 쓸 때는 그 촛불을 그 욱에다 연거놨등만. 상은 요 밑에가 있고. 근디 아 둘이 말하고 있는디. 불이 탁 꺼져브러라. (청중 : 촛불을 상에다 안 써 놓고 고러고 써놨어라?) 그거 고 농 위에다 써 놨습디다. 이불 장롱 있등만. 이러고 써 놨는디. 어디 카만히 있는 촛불이 바람도 안 븐디 꺼져브러. (청중 : 밑에서 녹으니까, 한 쪽이 녹은게 이렇게 자빠져브러.) 아니 안 자빠지고 꺼졌단게. 탁 꺼져브러 그래서. 지 혼자 탁 꺼져라 그래서.

[성냥을 키는 시늉을 하며]

얼른 저그 성냥이 어디 있었든가 탁 등그드만. 그래서, 그냥 와브렀어.

근게 그 사람이 시집 가갖고. 애기 한나 스물두 살엔가 낳어. 딸 한나, 죽어붓어. (조사자 : 낳아갖고 딸이 죽었어요?) 아니 애기는 딸을 낳갖고 낳고 화장실을 갈란다고 막 가드라게. 그래서 애기 난 사람이 뭐하라 화장실을 가것소. 갔다 오다가 마당에서 꼬구라져 죽어브렀어. (청중 : 그래 브렀어, 애기 낳고 막 죽었어.) 낳고 마당에서. 화장실 갔다 오다가. 애기도 못 키우고 죽고. (청중 : 누가?) ○○덕 딸이. ○○ 스물 한 살인가, 스물두 살엔가 죽었어.

(청중 : 어디서 죽었는가, 어디서 죽어?) 저그. 즈그 어매 살고 저그 ○○○. 시가, 시가, 시가집에서 죽었제. (청중 : 거그를 갔었어, 그래서?) 난 안 갔어. (청중 : 거그를 뭣허러 가라.) (청중 : 뭔 불이 써졌는디.) 첫 날밤에. (청중 : 여그서.) 엿본디. (조사자 : 불이 확 꺼져브렀는데.) 탁 촛불이 탁 꺼져브러. 혼자. 안 좋을라고. 근게 살었으믄 그런 생각이 없는디 죽어 논게 그런 생각이 들드라고. 안 좋을란게 죽었는 것인가 꺼졌는 것인가. 그래서 글고.

구렁이 죽이고 낳은 아이

자료코드 : 06_05_MPN_20100218_LKY_SHG_0001
조사장소 : 전라남도 나주시 다시면 문동리 3구 증문마을 마을회관
조사일시 : 2010.2.18
조 사 자 : 이경엽, 한미옥, 송기태, 임세경
제 보 자 : 송혜경, 여, 53세
구연상황 : 박오례 제보자가 상사병으로 죽어 구렁이가 된 총각 이야기를 하자, 옆에 있
        던 송혜경 제보자가 자신이 시집와서 들었다고 하면서 구렁이와 관련된 또
        다른 이야기를 구연하였다.
줄 거 리 : 제보자가 시집와서 살 때 바로 옆집에 딸을 다섯 낳고 마지막으로 아들 하나
        를 낳은 집이 있었다. 그 집 아줌마가 아들을 임신했을 때 마침 마당에 큰 구
        렁이가 나왔는데 그것을 본 그 집 아저씨가 구렁이를 삽으로 찍어 죽여 버렸
        다. 이후 아주머니가 아들을 낳았는데 꼭 생긴 것이 구렁이처럼 생겼고 행동
        도 구렁이처럼 굴었다. 오래 살지 못하고 그 아들은 죽고 말았는데, 옛날부터
        집에 구렁이가 보이면 함부로 죽여서는 안 되고 달래서 밖으로 보내야한다.

　　나 시댁에 시집와서 였는디. 시, 시, 옆집에 그 집 딸이 딸이 다섯이었
어. 다섯이고. 아들을 낳는디. 아들을 낳는디 마당에서 엄마, 엄마가 임신
을 했는데. 그 그 구랭이가 떼라 큰 구랭이가 나왔다드만, 마당에. 근디
아부지가 아 엄마가 임신을 했는데 아빠는 저 그것은 구랭이를 안 죽여
야제.

　　[구렁이를 죽이는 시늉을 하며]

　　구랭이를 삽으로 찍어 죽여브렀어.

　　그래가지고 애기를 낳는디. 나, 나 시집갔을 때만 해도 내가 인자 한
삼년 됐는디. 시집갔을 때만 해도 스물한 살 먹었거든요, 그 머시마가. 근
디 한 다서, 여섯 살 먹은 애기 만하 키는 쩍간해갖고 여~지 없이 뱀이
여, 구랭이.

　　[구렁이 흉내를 내며]

　　막~ 요렇게 허고 돌아다니고.

[행동을 흉내내며]

진짜 저 요런거 쓰레기도 요렇고 주서갖고 요렇게 해갖고 입에다 넣고. 밥은 안 먹어, 잘, 그런 것을. 안 먹고 꼭~ 구랭이 시늉을 허면서 요렇고 막~ 하고.

[걸음걸이를 흉내내며]

걸음도 제대로 못 걸어 요렇게 허고 요렇게 다녀. 요렇고 다니면서 막~ 요렇고 혓바닥 내밈서. 그런 흉을 내요. 내고 돌아다녀.

[턱 아래쪽을 가리키며]

여까지 혓바닥은 여까지 내려와갖고 길어갖고 그라고 막~ 구랭이 시늉을 내면서.

쓰레기는, 쓰레기는 다 치고 다녀. 마당이 요리 돌아다닌디. 인자 마당으로 동네 고샅에 돌아다니잖아요. 돌아다니믄 그런 거만 주서 쓰레기만. 따른 것은 안 주서. 이런거 막~ 주서갖고 입에다 넣고 먹고 막 그래.

오줌, 똥도 못 개래. 못 개린게 엄마 아빠가 다 쎄아 주고 해 주고, (청중 : 밥은 안 묵고.) 밥을 맥인가는 모른디. 그것은 맥이거여. 집에서 맥이것제. 그런게 살, 살제. 글드니 언젠가 갔드니 죽었다 합디다.

키는 쨌간해. 쨌간해. 나이는 그래도 여그도 다 나고. 사람이, 사람은 똑같은 사람이여. 사람인디 고러고 숭을 내고 다니드라고.

[구렁이 흉내를 내며]

아 요러고 고개도 막 흔들고 영락없는 구랭이여 아조. 뱀 같애. 여지없어. 오메 어찌고 저러고 델고 사끄나.

(조사자 : 구렁이는 함부로 죽이면 안 되는 거에요?) 죽이믄 안 되것어라. 근게 마당에 집에 나온게. 집안에서 나온 놈인게. 에 달려서 보내야 된디. 그것이 집안 업이잖아요. 업이니까 달개야 된디. 그렇게 지혜가 없는 사람이여. (청중 : 옛날 어른들은 집에 구렁이가 나타나믄는 막 밀 쒀다가 막 그 맥이고 그랬다 해.) 근게 그랬다 한디 그렇게도 안 하고.

구렁이 잡아먹고 해 입은 사람

자료코드 : 06_05_MPN_20100218_LKY_LCH_0001
조사장소 : 전라남도 나주시 다시면 문동리 3구 증문마을 마을회관
조사일시 : 2010.2.18
조 사 자 : 이경엽, 한미옥, 송기태, 임세경
제 보 자 : 이청혼, 남, 70세

구연상황 : 앞서 송혜경 제보자의 구렁이와 관련한 이야기가 끝나자 할머니들이 너도 나
　　　　　도 자신들이 들었던 구렁이와 관련된 풍습과 사건들을 이야기하였다. 이에 이
　　　　　청혼 제보자도 자신이 들었던 구렁이 관련 이야기를 하나 들려주었다.

줄 거 리 : 이삼 년 전 전에 진맥이라는 마을에서 과수원을 크게 한 사람이 있었다. 그
　　　　　사람은 초가집을 짓고 살았는데, 어느 날 그 집에서 커다란 구렁이가 한 마리
　　　　　나왔다. 집에서 나온 구렁이는 절대로 잡지 말고 그냥 보내버려야 하는데, 과
　　　　　수원을 하는 사람이 그것을 모르고 잡아 먹어버렸다. 그런 일이 있은 후 삼일
　　　　　만에 과수원을 하는 사람이 트랙터를 끌고 가다가 철사가 목에 걸려서 죽고
　　　　　말았다. 구렁이는 꼭 암수 한 쌍이 같이 다니는데, 과수원 사람이 죽고 난 꼭
　　　　　삼일 뒤에 또 다른 구렁이 한 마리가 나타났다고 한다.

　　아 여그 여그 요 여그 요 몇 년 전에 일어난 사건인디. 과수원에서 거
여 요 대곡 저 너메, 그 진맥이라는 데서 과수원을 크게 헌 사람이 있는
데 그 집이 인자 인제 초가집이었던가비여. 옛날 집터.

　　그러니까 인자 그 구렁이가 한 마리 나왔어. 큰 놈이. 큰~ 놈이 나왔는
데. 요것이 막 냅 둬브러야 되는데. 그냥 고놈 잡아다가 끓여 먹어브렀어.
고놈을. 그래갖고 삼일 만에 그래갖고 삼일 만에 에 그 과수원에 이렇게
그 로타리 치잖아요. 장비가 들어가갖고 바닥을 로타리를 그라고 친다.
그 로타리 타고 인제 일을 허는디.

　　[목을 가리키며]

　　철사가 이 목에 탁 걸려브렀어. 꽉 그라고 간다. 그래갖고 그래갖고 죽
어, 죽어브렀어. (청중 : 남자가 트랙터 타고 요리 가다가 걸려서.) (청중 :
삼일 만에.) 어 삼일 만에 죽어브렀어. (청중 : 차는 가고 트랙터는 가고

요.) 아 고거 요 목이 딱 걸려븐게 딱 차고 나가븐게 죽어브럱어.

근디 그 사람 죽고 나서 그거는 꼭 두 마리가 있거든. 이? (조사자 : 아, 구렁이가.) 한 쌍이 항상 한 쌍, 한 쌍이 있어. 그래갖고 꼭 그 사람 죽고 나서 삼일 만에 또 한나가, 한 마리가 나타나드라여. (청중 : 그런 이야기 많이 있어.) 아 그거 실화란게. 여그 여 저 한, 한 이삼년 되얐으까. 한 사 오년 됐는가. (청중 : 얼마 안 돼.) 요 지방에서 그랬어요.

6·25 이야기

자료코드 : 06_05_MPN_20100218_LKY_LCH_0002
조사장소 : 전라남도 나주시 다시면 문동리 3구 증문마을 마을회관
조사일시 : 2010.2.18
조 사 자 : 이경엽, 한미옥, 송기태, 임세경
제 보 자 : 이청흔, 남, 70세
구연상황 : 제보자의 호랑이 이야기가 끝나자, 박오례 할머니가 옛날에는 호랑이 늑대도 참 많이 나왔다며 흥을 맞춰주었다. 이에 다시 제보자가 '육이오 때 실담' 이 야기 하나 하겠다고 하면서 이야기를 시작하였다.
줄 거 리 : 제보자가 초등학교 사학년 정도 되었을 열한 살이나 열두 살 정도 먹었을 때 이북 사람들이 마을을 습격하지 못하도록 야경을 돌았다고 한다. 당시에는 초저녁부터 밤 열두시까지 야경을 도는 것을 초경이라고 하고, 밤 열두시부 터 새벽까지 야경을 도는 것을 후경이라고 하였다. 그때 당시에 마을은 대나 무로 빙 둘러 엮어서 울타리를 만들어 놓고 그 중간에 포대를 만들어 그 속 에서 경찰들이 마을을 지키고, 야경꾼들은 밖에서 마을을 순찰했다. 제보자가 어느 날 야경을 도는데, 물이 가득 찬 논에서 갑자기 '으쌰으쌰' 하는 요란한 소리가 났다. 이북 사람들이 내려온 것으로 착각한 제보자가 너무 놀라 포대 에 연락을 취하고 논바닥에 엎드려 있었는데, 어느 순간부터 조용하더란다. 이상해서 일어나 주위를 살펴보니, 당시 물이 가득 찬 논 안에 있던 개구리 들이 한꺼번에 논 속으로 들어가면서 그렇게 시끄러운 소리를 냈더란다. 그 때는 포대 사람들도 너무나 놀랐었기 때문에 오보를 전한 제보자는 당시에 크게 야단을 맞았다고 한다.

육이오 때, 육이오 때, 내가 이야기를 내가 실담을 한 번 이야기. 육이오 때 내가, 우리가 초등학교 한 사학년 정도 되얐어 사학년. 응? 사학년이믄 열한 살이나 그때 먹었것제. 열한 살이나 열두 살. 옛날에는 학교를 좀 빨, 늦게 다녔은게.

근디 인자 우리 아버지가 인자 그 인자 병 중에가 계셔논게. 거 오랜 병 생활을 인제 하셨으니까. 옛날에는 거 저녁에 야경이라고 있어 야경. 이? 야경을 들어갔어요. 야경. 그 야경을 헌디 야경이 뭐이냐므는. 인자 그 이북 놈들이 내려와갖고 다시 인자 그 그 이 경찰들이 진주를 했잖아요. 진주를 했어. 했는데 다시 면 소재지를 가보므는 그 전~부 요렇게 저녁이믄 고놈들이 꼭 거시기 막 습격을 허니까. 이? 이북 놈들이 습격을 허니까. 대를 인자 이~렇게 긴 대를 그대~로 비어갖고.

[엮어진 울타리 모양을 보이며]

전부 엮어서 이렇게 울타리를 만들어. 만들아갖고 면 전체, 소재지 있는 데를 전부 이렇게 둘러 쌓어. 다~ 울타리를 대로 해서.

근디 나는 인자 그 그때 당시에는 우리 집이 인자 우리 아버지가 병 중에 계신게 인자 좀 가난허고. 근디 인자 야경은 자기가 단, 그 이렇게 순번제로 돌아오니까. 돌아오면은 꼭 가서 야경을 해, 해야 돼. 그 그래갖고 인자 돈이 있는 사람들은 그 야경허러 대녀갖고 돈 번 사람도 있기는 있어요. 이? 돈 몇 푼썩 받고 와서 인자 놈의 대로 야경을 서고. 근데 나는 우리는 돈도 없고 근게 인자 그 야경 허러 갔단 말이여.

가니까 인자 그 저그 저 지금으로 허믄 소재지에 가서 이렇게 강당이 있는데 일층 있고 이층 있고 인자 그렇게 그런 디가 있었는데. 초야, 초야라는 것은 그 아침부터 그 아 저 저녁부터 열두시까지. 열두시까지 슨 사람이 초야. 열두시 넘어서 인제 새벽까지 있는 사람이 후야, 그래. 그렇게 인자 그때는.

나는 인자 쬐깐허고 근게 인자 초야를 시켜주등만. 일찍 허고 자라고.

그랬는디 인자.

[바닥에 원을 그려 보이며]

이 다시 면 소재지가 이렇게 쭉~ 있다그믄. 전~부 대로 이렇게 엮은 울타리고 딱 쳐 놨어. 그랬는디 그 그 안에다가 이렇게 포대가 있어. 포대. 여기 딱 그 지킨 데가 있어. 몇 군데가 딱 있어. 요롷고 딱 있으믄 그 안에는 인자 포대를 어찌게 만들었냐그믄 지금 나무같이로 만든 것이 아니라 그 우선 나무를 그렇게 해갖고 막 떼같은 거 갖다가 막 이렇게 해 갖고

[포대를 만드는 시늉을 하며]

짝~ 이렇게 방호 만들맹키 만들어 놨어.

그러고 인자 나는 인자 어디 인자 그 스게 되얐냐므는.

[바닥에 원을 그려 보이며]

저 여기 인자 이 안에서 경찰들만 인자 요놈들은 안에서 있고 전부 이렇게 밖에서 우리는 또 슨단 말이여. 밖에서. 밖에서 딱 스고 있어. 그러믄 인자 그 포대 욱에서 인자 거 또 그 슨 놈이 확인 헌 놈이 또 있어. 여그서 인자 혹시 잠이나 잔가 뭣 한가 번호를 막 돌래. 그래 내가 인자 일번이다 글믄 요짝 사람 이번, 삼번, 사번, 오번, 육번, 뺑뺑 돌아간단 말이여. 돌라고 막 시케. 그래야 요롷게 잠을 안 자고 지키라고, 지키라고.

그 나는 인자 지금 여, 여긌는디 그 앞에 가서 이렇게 그 그 들이 있는데. 들, 여그서 인자 논이 있는데. 그때 한 오육월 달 되얐을 거이여. 인자 농사 질라고 물을 인자 논에다 넣어갖고 인자 방방허니 담아갖고 논 갈아 놓고 그 있는 판인디.

[바닥에 한 곳을 가리키며]

여그서 나를 서라 허드라고. 여그서 스고 있는디. 저~ 아까 온 그 영산포 쪽에서 온 자주 고개라고 거그서 많이 내려와. 저녁에 고놈들이. 막~ 소리도 막 '으싸으싸' 허고 막 소리가 나드라고. 막 불을 피고. 그래서 인

자 이 여기다 신경을 쓰고 있제. 틀림없이 저놈들이 인자 요리 쳐들어 올 것이다 허고 신경을 쓰고 있단 말이여. 근디 인자 한참을 글드니 악 쓰고 내려오고 그러드니. 조~용 해브러. 거 한 이십 분간 조용해. 아 내, 내가 인자 생각 허기로는 아 이 새끼들이 요리 쳐들어오고 기어온갑다. 그러고 생각허고 있는디. 아 요 캄~캄허기는 허고 근디 막 쿵덩쿵덩 뭔 소리가 나드라고. 근게 지금같으믄 인자 좀 그 사람이라 판단이 될 거인디. 그때는 인자 어리고 근게. 쿵덩쿵덩헌게 이놈이 사람이 쳐들어온 줄만 알았제. 쳐들어온 줄 알고 인자 쳐들어온 줄 알므는 여그서 포대로 연락을 해줘야 돼. 요 안에 있는 연락을 해줘야 되는데 지금 쳐들어온다 근게. 글고는 나는 인자 이 이 논두럭 밑에가 그냥 꾹 배 깔고 엎져블고 인자 그라고 막 이 욱에서 인자 어디 쳐들어오냐 저쩌냐 해도 내가 대답을 못 해. 나는 정신이 나가브러 논게. 그래서 인자 뭐 뭐 한참 있은게. 어찌게 경찰하고 가~만히 본게는 아 이놈의 것이 쳐들어 온 것이 아니라 논에 물 담아 논 게 개구리 새끼들이 풍덩풍덩 밤에 그랬든가비여.

[제보자 웃음]

그래서 인자 한~참 본게 그것이 아니여. 그래서 아니 아닌갑다고. 개구리가 그랬는갑다고 헌게. 인자 요놈들은 욱에서 난리가 나브렀는디 인자 나를 오라허제. 그래갖고 인자 불려갔제. 가니까 인자 그 새끼가 인제 그래 고놈들이. 어린놈의 새끼가 와갖고 사람을 놀리게 헌다고. 그래갖고 인자 옷을 할딱 벗으라해. 어 할딱 벗으라해갖고 인자 팬티도 안 입히고 할딱 벗으라해. 확인을 맡아 갖고 오라 그래.

그러고 여기서 요리 가믄 여그서 또 지랄하고 뚜들고 또 여그서 뚜들고. 뺑~ 뺑~ 돌아갖고 요리 인자. 그래갖고 그놈들 ○○를 어찌게 ○○ ○○○○○○○○ (청중 : 넘의 귀한 아들 갖다.) 그때는. (조사자 : 많이 맞으셨어요?) 그때는 그 쪼금만 허므는 그 이북놈들이 그 빨치산이 와갖고 사람 죽여블고 비어블고 그런 판이여.

베틀가

자료코드 : 06_05_FOS_20100211_LKY_KBR_0001
조사장소 : 전라남도 나주시 다시면 동당리 2구 당촌마을 백촌노인정
조사일시 : 2010.2.11
조 사 자 : 이경엽, 한미옥, 송기태, 임세경
제 보 자 : 김복례, 여, 77세
구연상황 : 조사자가 베 짤 때 부르는 소리는 없냐고 하니, 김복례 할머니가 "나는 너무
간단해." 하면서 주저하자 조사자가 괜찮다고 하니 그제서야 노래를 불러주
었다. 이 베틀가는 어렸을 때부터 베를 짤 때 자주 불렀던 노래라고 하며, 여
러 종류가 있지만 기억나지 않는다고 하였다.

베틀을 노세
베틀을 노세
베틀의 사랑가를 불러 보세
낮에 짜면은 일광단이요
밤에 자면은 월광단이라
일광단 월광단 다 짜 모아서
정든님 와이샤스를 지어줄까

청춘가

자료코드 : 06_05_FOS_20100211_LKY_KBR_0002
조사장소 : 전라남도 나주시 다시면 동당리 2구 당촌마을 백촌노인정
조사일시 : 2010.2.11
조 사 자 : 이경엽, 한미옥, 송기태, 임세경

제 보 자 : 김복례, 여, 77세

구연상황 : 김복례 제보자의 베틀가를 듣고 또 다른 베틀가도 불러달라고 하자, 기억나지 않는다고 하였다. 이에 조사자가 할머니가 잘 하시는 노래를 들려달라고 하자 청춘가를 불러주었는데, 노래 중간에 제보자가 가사를 잊어버리면 옆에 있던 월비댁 할머니가 거들어주기도 하였다. 이 노래도 역시 길쌈을 하면서 부르던 노래라고 한다.

앞산에 진달래는 피고 싶어서 피느냐
한송이만 피면은 다 따라핀다
뒷산에 지는 해는 지고 싶어서 지느냐
정든님 나를두고 어디를 가느냐
담상담상 소를 심어 해로 담상 소를 심어
연락서산 지는 해는 낼 아침에 보련마는
늘장 안에 드는 부모 평년이 가도 내못보네

함평읍 진애기 딸

자료코드 : 06_05_FOS_20100211_LKY_KHD_0001

조사장소 : 전라남도 나주시 다시면 동당리 2구 당촌마을 백촌노인정

조사일시 : 2010.2.11

조 사 자 : 이경엽, 한미옥, 송기태, 임세경

제 보 자 : 김후덕, 여, 85세

구연상황 : 백촌노인정 거실에서 남자 노인분들과 다시지역 들노래를 조사하는 동안, 옆에 딸린 방에서는 할머니들이 모여서 두런두런 이야기를 하고 계셨다. 들노래를 조사하는 동안 조사자 몇은 방으로 들어가서 할머니들 민요를 조사하였는데, 그중 김후덕 제보자가 가장 많은 노래를 들려주었다. 조사자가 동영상 촬영을 위해 조금 전에 부르신 '함평읍내 진애기 딸'이란 노래를 다시 불러달라고 하니, 주저하지 않고 바로 들려주셨다.

함평읍내 진애기 딸은

댕기만 떠도야 유노갑사

한냥 두냥 권련 사고

열냥짜리 신을 사고

무안 목포 모찌떡 사고

연잎에다 밥을 싸고

연꽃에다 반찬 싸고

세발 낚시 들쳐 메고

여가 뻔덕 저가 뻔덕

우리 님이 각시님은

부채자리 돌라잡고

당실당실 웃는양이

아하 둥둥 꼬실래라

강돌강돌 강도령

자료코드 : 06_05_FOS_20100211_LKY_KHD_0002
조사장소 : 전라남도 나주시 다시면 동당리 2구 당촌마을 백촌노인정
조사일시 : 2010.2.11
조 사 자 : 이경엽, 한미옥, 송기태, 임세경
제 보 자 : 김후덕, 여, 85세
구연상황 : 앞의 노래에 이어서 조사자가 동영상 촬영을 위해 조금 전에 했던 '강돌강돌
강도령은'이라는 노래를 다시 해달라고 하자 제보자가 흔쾌히 노래를 불러주
었다. 이 노래는 제보자가 시집오기 전에 친정 마을에서 새끼를 꼬면서 부르
던 노래라고 한다.

강돌강돌 강도령은

가령 책을 옆에 끼고

서른두관 기와집에

마흔두관 대복 방에

꾀꼬리야 나른 방에

내 새끼야 기른 방에

잠자리사 좋다만은

신부가 낮어서(나이가 어려서)

못자겠다

진주낭군

자료코드 : 06_05_FOS_20100211_LKY_KHD_0003
조사장소 : 전라남도 나주시 다시면 동당리 2구 당촌마을 백촌노인정
조사일시 : 2010.2.11
조 사 자 : 이경엽, 한미옥, 송기태, 임세경
제 보 자 : 김후덕, 여, 85세
구연상황 : 앞서의 노래에 이어서, 조사자가 조금 전에 불렀던 '진주낭군' 노래를 다시 들려달라고 하니 "또 허라고?" 하시면서 웃으셨다. 이때 옆에 있던 할머니 한 분이 물 한 잔을 주시자, 제보자가 그 물을 마신 뒤에 바로 노래를 부르기 시작했다.

울도 담도 없는 집에

시집 삼년을 살고나니

시어머니 허신 말씀

야야 아가 며눌아가

진주낭군 볼라거든

진주낭강에 빨래가라

진주낭강 올라가니

믈도좋고 돌도나 좋네

투덕투덕 나는 소리

옆눈으로 살펴보니
구름같은 갓을 쓰고
백마같은 말을 타고
못본듯이도 지나간다
흰빨래는 희게 빨고
검정 빨래는 검게 빨고
집이라고 돌아오니
시어마니 하신 말씀
야야 아가 미늘아가
진주낭군을 볼라거든
건네방으로 건너가라
건네방에 건너가서
문을 열고 바라보니
기생첩을 옆에 끼고
술을 부어 권주라네
문을 닫고 올라와서
명주석자를 목에 걸고
진주낭간 기별혀서
진주낭간에 기별허니
버신발로 뛰어나와
야야 아가 미늘아가

[잠시 노래를 멈춘다.]

여보 여보 마눌아야
본처라면 생전인데

기생첩은 석달인데

억울랍게도 되얐구나

굴려라 굴려라(1)

자료코드 : 06_05_FOS_20100211_LKY_KHD_0004
조사장소 : 전라남도 나주시 다시면 동당리 2구 당촌마을 백촌노인정
조사일시 : 2010.2.11
조 사 자 : 이경엽, 한미옥, 송기태, 임세경
제 보 자 : 김후덕, 여, 85세
구연상황 : 조사자가 김후덕 할머니에게도 발 세는 소리 좀 들려달라고 하자, 기억나지
않는다고 하면서 옛날의 비단 종류에 대해서 이야기를 해주었다. 이때 조사자
가 방금 하신 이야기를 노래로 들려달라고 하자, 제보자가 손과 발동작을 함
께 보여주면서 불러주었다.

굴려라 굴려라

쿵쿵 굴려라

외강목 보신도 상보신

지볼만 걸어도 성양반

초록저고리 단초에

화장만 걸어도 명양반

그 그놈을 입고서

대 대국을 갈거나

미 미국을 갈거나

한양에 출입을 갈거나

발 자랑

자료코드 : 06_05_FOS_20100211_LKY_KHD_0005
조사장소 : 전라남도 나주시 다시면 동당리 2구 당촌마을 백촌노인정
조사일시 : 2010.2.11
조 사 자 : 이경엽, 한미옥, 송기태, 임세경
제 보 자 : 김후덕, 여, 85세
구연상황 : 앞의 노래에 이어서 조사자가 발자랑은 어떻게 하느냐고 하자, 김후덕 할머니
가 일어서서 발동작을 함께 하면서 노래를 불러주었다.

검은 치매는

검어야 좋고

붉은 치매는

붉어야 좋고

외강목 보신도 상보신

지볼만 걸어도 성양반

초록저고리 단초에

화장만 걸어도 넉양반

굴려라 굴려라(2)

자료코드 : 06_05_FOS_20100211_LKY_KHD_0006
조사장소 : 전라남도 나주시 다시면 동당리 2구 당촌마을 백촌노인정
조사일시 : 2010.2.11
조 사 자 : 이경엽, 한미옥, 송기태, 임세경
제 보 자 : 김후덕, 여, 85세
구연상황 : 조사자가 김후덕 할머니에게도 발 세는 소리 좀 들려달라고 하자, 기억나지
않는다고 하면서 옛날의 비단 종류에 대해서 이야기를 해주었다. 이때 조사자
가 방금 하신 이야기를 노래로 들려달라고 하자, 제보자가 손과 발동작을 함
께 보여주면서 불러주었다.

굴려라 굴려라

쿵쿵 굴려라

외강목 보신도 상보신

지불만 걸어도 성양반

초록저고리 단초에

화장만 걸어도 명양반

그 그놈을 입고서

대 대국을 갈거나

미 미국을 갈거나

한양에 출입을 갈거나

시누이 때문에 억울하게 죽은 신랑을 생각하며 아내가 부른 노래

자료코드 : 06_05_FOS_20100211_LKY_YSS_0001
조사장소 : 전라남도 나주시 다시면 동당리 2구 당촌마을 백촌노인정
조사일시 : 2010.2.11
조 사 자 : 이경엽, 한미옥, 송기태, 임세경
제 보 자 : 양소순, 여, 88세
구연상황 : 김후덕 할머니의 노래 후에, 조사자가 양소순 제보자에게 동영상 촬영을 위해 조금 전에 불렀던 노래를 다시 불러달라고 하자, "구십 다 돼갖고 사진 찍는 다."고 하면서 웃으셨다. 그리고는 이내 노래를 다시 불러주었다. 노래가 끝 난 후 조사자가 이 노래는 뭐 할 때 부르는 노래냐고 물으니, 시누이 시집살 이에 친정으로 가버린 아내 때문에 화가 난 남편이 죽어버리자 그것을 생각 하면서 아내가 부른 노래라고 하였다. 그리고 이 노래는 어렸을 때 가마니 짜 면서 어른들한테서 들은 노래라고 하였다.

댓광주리 옆에 찌고

딱지 캐는 저 처녀야

느그 오빠 어데 두고

너 혼자만 딱지 캐냐

우리 오빠 볼라거든

저 건네 먼덕산에

서른두장 종우 속에

마흔두장 땟장 속에

쉬엄없이 녹였다소

[잠시 가사를 생각한다.]

꽃밭에 꼬초 숨고

아랫밭에 단초 숨고

꼬치단초 맵다 헌들

시누같이도 매울 손가

허허 허허

화관들아 넓은 들에

몰랄류로 갈렸는가

니모 반듯 장판 방아

글씨 쓰러 가겼는가

총명한 사람이 억울하게 죽자 부른 노래

자료코드 : 06_05_FOS_20100211_LKY_YSS_0002

조사장소 : 전라남도 나주시 다시면 동당리 2구 당촌마을 백촌노인정

조사일시 : 2010.2.11

조 사 자 : 이경엽, 한미옥, 송기태, 임세경

제 보 자 : 양소순, 여, 88세

구연상황 : 앞의 노래에 이어서, 제보자가 "한 자리 더 해볼까?" 하시면서 불러준 노래이다. 노래를 부르면서 제보자 스스로 흥을 돋기 위한 듯 양 손을 움직이면서 불렀다. 조사자가 무슨 노래냐고 묻자, 옛날에는 재주가 좋은 사람은 나라에서 불러서 죽였는데, 그렇게 억울하게 죽은 아들과 남편에 대해 한탄하면서 부른 노래라고 하였다. 이 노래 역시 처녀 때 친정마을에서 부녀자들이 모여서 새끼를 꼬거나 가마니를 짜면서 부르던 노래라고 하였다.

한살 먹은 말을배와

두살 먹어 걸음배와

홀 다섯살에 서재올라

열다섯살에 장게들어

열에 일곱 대아 가니

불렀다소 불렀다소

어디에서 불렀당가

서울에서 불렀다소

뭣허자고 불렀당가

글좋다고 불렀다네

글이라사 뭣이좋아

오라긍께 가나보세

아버지한테 하적간께

홍련갓도 열여달주

우리 어머니한테 하적간께

명지바지도 열여달주

우리 누나한테 하적간께

명지 저고리 열여달주

지 아내한테 하적간께

애세같은 민보신도 열여달주

질광단 도리좀치도 열여달주
비단보애 싸줌시로
못가느니 못가느니
날버리고 못가느니
백발같은 부모두고
청천같은 갓을두고
날버리고 못가느니
앞몰창에 의복신고
뒤몰창에 내가타고
한모퉁이에 돌아가니
이렇다는 군사들이
칼단속을 해여놓고
총단속을 해여놓고
나오기만 기다린다
암몰창에 의복신고 돌아가든
앞에있는 저앞놈아
뒤에있는 뇌양에야
우리집이 가시거든
총맞였다 죽었다말고
칼맞았다 죽었다말고
오다가 가다가 발병나서
죽었다고 일러주오
우리아버지 들으시면
이강만리 뛰어서서
한강만리 쳐다보며
대성통곡 하련마는

나는어찌 못보리오
우리어머니 얘기들으시면
잣던누에 밀쳐놓고
한강만리 뛰어서서
이강만리 쳐다봄서
대성통곡 허련만은
나는어쩌 못보리오
우리누나가 들으시면
먹던밥을 개를주고
먼산 바라지 잡고
먼산을 쳐다봄서
휘오 한숨 하련만은
나는 어쩌 못보리요
지 아내가 들어보면
묵던 밥을 개를 주고
비네 빼서 품에 품고
내가 숨근 돈병(동백)나무
가지가지 휘어잡고
대성통곡 허료만은
나는 어쩌 못보리요

댕기 타령

자료코드 : 06_05_FOS_20100211_LKY_YSS_0003
조사장소 : 전라남도 나주시 다시면 동당리 2구 당촌마을 백촌노인정
조사일시 : 2010.2.11

조 사 자 : 이경엽, 한미옥, 송기태, 임세경
제 보 자 : 양소순, 여, 88세
구연상황 : 조사자가 댕기타령 같은 노래는 없냐고 하자, 제보자가 "그런 소리도 있제."
　　　　　　하고는 노래의 처음부분이 기억나지 않는다면서 잠시 생각에 잠겼다가 갑자
　　　　　　기 생각난 듯 노래를 부르기 시작하였다. 조사자가 이 노래가 무슨 노래냐고
　　　　　　하니, 서울 가는 길목에 살던 처녀의 고운 손길에 반한 선비가 반지 하나를
　　　　　　주었는데 뭔지도 모르고 반지를 받아든 처녀에게 삼일 만에 날받이가 와서
　　　　　　아무것도 모르고 서울로 시집가서 산 이야기라고 하였다.

순천 안에 순김이는

은가락지 누가주든

서울사는 대성부가 주시드라

뭣허자고 주시더냐

손질곱다 주시더라

[잠시 가사를 생각한다.]

뭣허자고 주시더냐

손질곱다 주시더라

두고가던 사흘만에

얼렁덜렁 수갑사댕기

곤때도 안묻어 날받이 왔네

날받이 왔네

빗기 싫은 머리빗고

찌르기 싫은 근봉창에

입기 싫은 비단옷에

가기 싫은 서울질에

앉기 싫은 임금앞에

석삼년을 끌고나니

아사리꽃이 다피었네

발 세는 소리

자료코드 : 06_05_FOS_20100211_LKY_YSS_0004
조사장소 : 전라남도 나주시 다시면 동당리 2구 당촌마을 백촌노인정
조사일시 : 2010.2.11
조 사 자 : 이경엽, 한미옥, 송기태, 임세경
제 보 자 : 양소순, 여, 88세
구연상황 : 조사자가 김후덕 할머니와 양소순 할머니에게 마주 보고 앉아서 발 세는 소
리를 들려달라고 하자, 김후덕 할머니가 이것도 동네마다 다 다르다고 하였
다. 이때 옆에 있던 양소순 할머니가 혼자서 다리를 쭉 뻗고 발 세는 흉내를
내면서 소리를 들려주었다.

하나 만나 정각 땟각
고물로 가끔

강강술래

자료코드 : 06_05_FOS_20100211_LKY_WBD_0001
조사장소 : 전라남도 나주시 다시면 동당리 2구 당촌마을 백촌노인정
조사일시 : 2010.2.11
조 사 자 : 이경엽, 한미옥, 송기태, 임세경
제 보 자 : 월비댁, 여, 78세
구연상황 : 김복례 할머니가 노래를 하실 때 옆에서 같이 불러준 분이 월비댁 할머니였
는데, 조사자가 월비댁 할머니에게도 노래 한 자리를 부탁하니, 텔레비전에서
들었던 노래를 적어놓고 배운 노래라고 하면서 강강술래를 불러주었다.

강강술래
넝쿨넝쿨 박넝쿨은

석달 열흘이 못되야도

담장 너메 순을준디

우리님은 언제커서

키도크고 숙성해서

이네몸에 순을주까

강강술래

모찌기 소리 / 진 소리(1)

자료코드 : 06_05_FOS_20100211_LKY_LMB_0001

조사장소 : 전라남도 나주시 다시면 동당리 2구 당촌마을 백촌노인정

조사일시 : 2010.2.11

조 사 자 : 이경엽, 한미옥, 송기태, 임세경

제 보 자 : 이맹범, 남, 78세(앞소리)

　　　　　뒷소리 : 이지헌(남, 73세), 이재남(남, 71세), 이승범(남, 78세), 이처범(남, 73세)

구연상황 : 조사자들이 미리 연락을 드린 상태였기에, 마을 노인정에 도착했을 때는 제보
자들이 이미 노인정 방안에 모여 있었다. 조사자들이 간단히 제보자들의 성함
을 여쭤본 후에, 들노래부터 시작하자고 하자, 제보자들이 모찌기 소리부터
시작했다. 앞소리는 이맹범 제보자가 맡았고, 나머지 분들은 뒷소리를 받아주
었다.

오 호혜 라 사뒤요

오 호혜 라 사뒤요

첫 새벽에 일어나서

오 호혜 라 사뒤요

이 모를 무어 가지고

오 호혜 라 사뒤요

논밭위에 시집을 보내세

오 호혜 라 사뒤요

홍청 홍청에 무어를 내세

오 호혜 라 사뒤요

어떤 사람은 잘도나 무고

오 호혜 라 사뒤요

어떤 사람은 못도나 무네

오 호혜 라 사뒤요

잘도 무소 다 잘도 무소

오 호혜 라 사뒤요

잠깐이면 술밥이 나오네

오 호혜라 사뒤요

우리가 오늘 날에는

오 호혜 라 사뒤요

한 앞에 말가웃지씩

오 호혜 라 사뒤요

숨고도 남을 것같네

오 호혜 라 사뒤요

모찌기 소리 / 자진 소리(1)

자료코드 : 06_05_FOS_20100211_LKY_LMB_0002
조사장소 : 전라남도 나주시 다시면 동당리 2구 당촌마을 백촌노인정
조사일시 : 2010.2.11
조 사 자 : 이경엽, 한미옥, 송기태, 임세경
제 보 자 : 이맹범, 남, 78세(앞소리)
　　　　　뒷소리 : 이지헌(남, 73세), 이재남(남, 71세), 이승범(남, 78세), 이처범(남, 73세)
구연상황 : 이맹범 제보자의 앞소리로 진 모찌기 소리에 이어서, 끊어짐이 없이 곧바로

자진 모찌기 소리로 들어갔다. 앞소리를 맡은 이맹범 제보자는 '다시 들노래
보존회'에서 기록해놓은 들노래 사설을 보면서 불렀다.

오 호혜 라 사뒤요

오 호혜 라 사뒤요

잘도 무소 다 잘도 무네

오 호혜라 사뒤요

우리 농부들 다 잘도 무네

오 호혜 라 사뒤요

얼씨구나 배고프지만

오 호혜 라 사뒤요

잠깐이면 술밥이 나오네

오 호혜 라 사뒤요

그 순간만 극복을 허세

오 호혜 라 사뒤요

너도 무고 나도 무세

오 호혜 라 사뒤요

한참 후면 숨글 것같네

오 호혜라 사뒤요

다 되야가네 다되야가네

오 호혜라 사뒤요

이 모판이 다 되야 가네

오 호혜라 사뒤요

쉬엇다 하세

그러세

모심기 소리 / 진 소리(2)

자료코드 : 06_05_FOS_2010211_LKY_LMB_0003
조사장소 : 전라남도 나주시 다시면 동당리 2구 당촌마을 백촌노인정
조사일시 : 2010.2.11
조 사 자 : 이경엽, 한미옥, 송기태, 임세경
제 보 자 : 이맹범, 남, 78세(앞소리)
　　　　　뒷소리 : 이지헌(남, 73세), 이재남(남, 71세), 이승범(남, 78세), 이처범(남, 73세)
구연상황 : 모찌기 소리를 다 부른 다음에, 조사자가 마을의 '손모둠'이라는 풍습에 대해
　　　　　물어보았다. '손모둠'은 마을에서 노인들만 있어서 모심기가 힘든 집에 마을
　　　　　사람들이 가서 모를 심어주는 것을 말하며, 경우에 따라서는 논을 많이 갖고
　　　　　있는 집에서 품앗이로 감당이 안 될 때 손모둠을 부탁하면 사람들이 가서 손
　　　　　모둠을 해주었다고 한다. 손모둠에 대한 조사가 끝난 후 바로 이맹범 제보자
　　　　　의 앞소리에 맞춰서 모심기 소리가 이어졌다. 당촌마을에서 모심기는 하지를
　　　　　기준으로 전닷새 후닷새 사이에 모를 심는다고 한다.

혜혜혜 루 사뒤요

혜혜혜 루 사뒤요

상사소리는 어데를 갖다가

혜혜혜 루 사뒤요

절반 찾아서 돌아를 오네

혜혜혜 루 사뒤요

어울러 보세 어울러 보세

혜혜혜 루 사뒤요

상사 소리를 어울러 보세

혜혜혜 루 사뒤요

이 농사 지어서 무엇을 허리

혜혜혜 루 사뒤요

나라 봉양을 허고나 보세

혜혜혜 루 사뒤요

그러고 남은 돈 무엇을 허리

헤헤헤 루 사뒤요

부모 봉친을 허고나 보세

헤헤헤 루 사뒤요

그러고 남은 돈 무엇을 허리

헤헤헤 루 사뒤요

자녀 교육을 허고나 보세

헤헤헤 루 사뒤요

모심기 소리 / 자진 소리(2)

자료코드 : 06_05_FOS_20100211_LKY_LMB_0004
조사장소 : 전라남도 나주시 다시면 동당리 2구 당촌마을 백촌노인정
조사일시 : 2010.2.11
조 사 자 : 이경엽, 한미옥, 송기태, 임세경
제 보 자 : 이맹범, 남, 78세(앞소리)
　　　　　뒷소리 : 이지헌(남, 73세), 이재남(남, 71세), 이승범(남, 78세), 이처범(남, 73세)
구연상황 : 조사자가 긴 모심기 소리와 자진 모심기 소리를 어떻게 구별해서 불렀냐고
　　　　　묻자, 과거에는 꽹과리 치는 사람이 모심기 소리의 가락을 구별해서 쳐주면
　　　　　거기에 맞춰서 긴 소리와 자진 소리를 구별해서 불렀다고 하였다. 앞소리를
　　　　　맡은 이맹범 제보자는 들노래 하나가 끝나면 그에 대한 간단한 설명을 붙여주
　　　　　고, 다음에 할 소리가 무엇인지를 미리 말을 해주면서 들노래 부르기를 진행
　　　　　하였다. 당촌마을에서는 옛날부터 모심기를 할 때 하루에 총 네 번의 새참을
　　　　　먹었는데, 새벽에 나가서 모심기를 하다가 아침밥을 먹고, 다시 일을 하다가
　　　　　잠시 쉬면서 '술참'을 먹고, 다시 일을 하다가 점심참을 먹으며, 이후 다시 일
　　　　　을 하다가 쉬면서 술참을 먹고, 다시 일을 하고 마지막 술참을 먹었다고 한다.

헤헤헤 루 사뒤요

헤헤헤 루 사뒤요

어서 바삐 숨거를 보세

헤헤헤 루 사뒤요

다 되야 간다 다 되야 간다

헤헤헤 루 사뒤요

서말 배미가 다 되어 간다

헤헤헤 루 사뒤요

여기도 꼽고 저기도 꼽고

헤헤헤 루 사뒤요

너도야 숨고서 나도야 숨고

헤헤헤 루 사뒤요

작년에 숨던디 골라서 숨고

헤헤헤 루 사뒤요

어서 바삐 숨거를 내세

헤헤헤 루 사뒤요

논매기 / 초벌매기 : 진 소리

자료코드 : 06_05_FOS_20100211_LKY_LMB_0005
조사장소 : 전라남도 나주시 다시면 동당리 2구 당촌마을 백촌노인정
조사일시 : 2010.2.11
조 사 자 : 이경엽, 한미옥, 송기태, 임세경
제 보 자 : 이맹범, 남, 78세(앞소리)
　　　　　뒷소리 : 이지헌(남, 73세), 이재남(남, 71세), 이승범(남, 78세), 이처범(남, 73세)
구연상황 : 당촌마을에서 김매기를 할 때, 첫 번째 논매는 것을 '초벌'이라고 하며 이것
　　　　　은 모심기 후 20일 만에 하는 것이다. 이 지역은 자갈밭이 아니기에 김을 맬
　　　　　때는 호미로 매는 것처럼 손으로 땅을 뒤집어 놓으면서 뭉개놓으며, 그러면
　　　　　풀이 자라지 않게 된다. 초벌을 한 다음에 15일 만에 '한 벌'을 매고, 마지막
　　　　　김매기인 '만드리'는 한 벌 매고 10일 만에 하는 것이다. 한 벌은 초벌 때 뽑

아놓은 풀을 완전히 짓이겨 놓는 것이며, 만드리 때는 듬성듬성 풀을 뽑고, 혹시나 만드리 때 좀 부실하다 싶으면 '군부리'를 하기도 한다. 이러한 마을의 들일과 관련한 풍습에 대한 간단한 조사 후에, 바로 이맹범 제보자의 앞소리로 초벌 김매기 소리가 시작되었다. 초벌 김매기를 할 때는 지금의 사설과 가락을 계속 반복해서 한다고 한다.

오늘도 이어 허 허 허 허어 허허이
심심허고 요요허고 적막은 고된디요
어 그렇제
아 하하하 어허허허허 허어이히
허 허허허 허어어이허어서
오늘도 심심허고 요요허고 적막은 고된디
노랫장 소릿장소리나 헤여보세 어히
아리시구나 헤에에
어 어히 이 헤헤헤야 마뒤요
나주 영산 허허 허허어이 어허이
나주라 영산포 도내기 새암에 상추 씻는 저 처녀들아
어 그렇제
아 하하하 어허허허허 허어이히
허 허허허 허어어이허어서
상추를 씻칠라거든 겉일랑은 씻어 니가 먹고
속일랑은 씻어 나를 갖다 주소 어허이
어리시구나 헤에에
어 어히 이 헤헤헤야 마뒤요

논매기 / 한벌 김매기 소리 : 절사 소리

자료코드 : 06_05_FOS_20100211_LKY_LMB_0006
조사장소 : 전라남도 나주시 다시면 동당리 2구 당촌마을 백촌노인정
조사일시 : 2010.2.11
조 사 자 : 이경엽, 한미옥, 송기태, 임세경
제 보 자 : 이맹범, 남, 78세(앞소리)
　　　　　뒷소리 : 이지헌(남, 73세), 이재남(남, 71세), 이승범(남, 78세), 이처범(남, 73세)
구연상황 : 조사자의 김매기 소리에 대한 간단한 조사 후에, 이맹범 제보자가 뒷소리꾼들
　　　　　에게 "자, 이제 시작합니다." 소리를 하면서 한 벌 김매기 소리로 들어갔다.

　　　　　에헬사 절얼 시고 나

　　　　　에헬사 절얼 시고 나

　　　　　절사 소리는 어디를 갔다

　　　　　에헬사 절얼 시고 나

　　　　　절반 찾아서 돌아를 오네

　　　　　에헬사 절얼 시고 나

　　　　　꽃은 피어서 화산이 되고

　　　　　에헬사 절얼 시고 나

　　　　　잎은 피어서 청산이 되네

　　　　　에헬사 절얼 시고 나

　　　　　다 되야 간다네 다되야 가네

　　　　　에헬사 절얼 시고 나

　　　　　절사 소리가 다되야 가네

　　　　　에헬사 절얼 시고 나

김매기 / 군벌 김매기 소리 : 들래기 소리

자료코드 : 06_05_FOS_20100211_LKY_LMB_0007
조사장소 : 전라남도 나주시 다시면 동당리 2구 당촌마을 백촌노인정
조사일시 : 2010.2.11
조 사 자 : 이경엽, 한미옥, 송기태, 임세경
제 보 자 : 이맹범, 남, 78세(앞소리)
       뒷소리 : 이지헌(남, 73세), 이재남(남, 71세), 이승범(남, 78세), 이처범(남, 73세)
구연상황 : 이맹범 제보자의 앞소리로 초벌, 한 벌 김매기 소리에 이어서 세 번째 김매기 소리인 '들래기 소리'를 이어갔다. 들래기 소리까지 듣고 나서, 조사자가 김매기 소리의 종류에 대해 다시 묻자, 이맹범 제보자가 '초벌매기 → 한 벌매기 (절사소리) → 두벌매기(들래기 소리) → 만드리 소리'로 이어지는 김매기 소리를 다시 정리해 주었다. 그리고 당촌마을에서 들래기 소리는 만드리 소리 전에 부르는 '군벌 소리'라고 했다.

오호호호헤헤 야 들 들래기요
오호호호헤헤 야 들 들래기요
어울러 보세 어울러 보세
오호호호헤헤 야 들 들래기요
들래기 소리를 어울러 보세
오호호호헤헤 야 들 들래기요
풍년이 왔네 풍년이 왔네
오호호호헤헤 야 들 들래기요
금년 시절에도 풍년이 왔네
오호호호헤헤 야 들 들래기요
잘도나 간다네 다 잘도 허네
오호호호헤헤 야 들 들래기요
우리야 농부들 다 잘도 허네
오호호호헤헤 야 들 들래기요

만드리 / 자진 들래기 소리

자료코드 : 06_05_FOS_20100211_LKY_LMB_0008
조사장소 : 전라남도 나주시 다시면 동당리 2구 당촌마을 백촌노인정
조사일시 : 2010.2.11
조 사 자 : 이경엽, 한미옥, 송기태, 임세경
제 보 자 : 이맹범, 남, 78세(앞소리)
         뒷소리 : 이지헌(남, 73세), 이재남(남, 71세), 이승범(남, 78세), 이처범(남, 73세)
구연상황 : 앞의 소리가 끝난 후 조사자의 간단한 질문이 이어졌다. 이어 곧바로 자진 들
         래기 소리가 이어졌는데, 이맹범 제보자에 의하면, 이 자진 들래기 소리가 실
         질적인 만드리 소리라고 한다.

허어야 허어야 들 들래기야

허어야 허어야 들 들래기야

흥이 났네 흥이 났네

허어야 허어야 들 들래기야

우리 농부들 흥이 났네

허어야 허어야 들 들래기야

날 오라한다네 날 오라한다네

허어야 허어야 들 들래기야

산골 처자가 날 오라한다네

허어야 허어야 들 들래기야

무엇을 헐랴고 날 오라허는고

허어야 허어야 들 들래기야

청장미 찰 호박 차려놓고

허어야 허어야 들 들래기야

둘이야 먹자고 날 오라 한다네

허어야 허어야 들 들래기야

얼씨구나 좋구나 지화자 좋네

허어야 허어야 들 들래기야

다 되야갔다네 다 되야가네

허어야 허어야 들 들래기야

서발 배미가 다 되야가네

허어야 허어야 들 들래기야

돈 타령

자료코드 : 06_05_FOS_20100211_LKY_LMB_0009
조사장소 : 전라남도 나주시 다시면 동당리 2구 당촌마을 백촌노인정
조사일시 : 2010.2.11
조 사 자 : 이경엽, 한미옥, 송기태, 임세경
제 보 자 : 이맹범, 남, 78세(앞소리)
　　　　　뒷소리 : 이지헌(남, 73세), 이재남(남, 71세), 이승범(남, 78세), 이처범(남, 73세)
구연상황 : '돈타령'은 김매기는 아니지만, 세벌 김매기를 모두 끝내놓고 들에 돌아다니
　　　　　면서 가끔씩 풀을 뽑을 때 부르는 소리라고 한다. 이에 대해 조사자의 간단한
　　　　　조사 후에, 이맹범 제보자가 "내가 선창 헙새." 하면서 바로 앞소리를 시작하
　　　　　였다.

돈 실러 가세 돈 실러 가세

영광에 법성 어허어히어라 돈 실러가

헤에 헤에 히에라 돈 실러가

어허어헤라 돈절이라

골골이 삼천석 실어를 갖고

영광에 법성어 허어헤라 돈 실러가

헤 헤에이 히 돈 절이라

소식이 좋아 어허어히에라 돈 실러가

뜰 모리 소리

자료코드 : 06_05_FOS_20100211_LKY_LMB_0010
조사장소 : 전라남도 나주시 다시면 동당리 2구 당촌마을 백촌노인정
조사일시 : 2010.2.11
조 사 자 : 이경엽, 한미옥, 송기태, 임세경
제 보 자 : 이맹범, 남, 78세(앞소리)
　　　　 뒷소리 : 이지헌(남, 73세), 이재남(남, 71세), 이승범(남, 78세), 이처범(남, 73세)
구연상황 : 앞의 돈타령에 이어서 뜰모리 소리도 김매기가 모두 끝난 후에 논을 둘러보
면서 풀 뽑으면서 부르는 소리라고 하였다. 조사자가 뜰모리 소리도 불러달라
고 부탁하자, 이맹범 제보자가 헛기침을 한 번 한 다음, "자 시작합시다." 소
리에 노인정에 모인 제보자들이 모두 함께 합창하는 방식으로 뜰모리 소리를
불러주었다. 본래 뜰모리 소리는 과거에는 인원수가 많으면 1조 2조로 나눠
서 선후창식으로 불렀는데, 요즘은 수가 적기 때문에 앞뒤소리를 구분하지 않
고 부른다고 한다.

저 건너 갈미봉에
비 몰아 오 오 네
어리사
우장 삿갓을 허리에 매고
저리사
논에 엎져서 제제 제재 내로
무슨 소린 줄 내에 몰라
어리사 저리사 하하 저리사
마파람 불고서 비 몰아 오면
어리사
어떤 부인이 빨래 허어 갈 때
무슨 소리인 줄 내 몰라
어리사 저리사 아하 저리사
일락서산에 해 떨어지고

저리사

월출동경에 달 솟아 오오 네

저리사

월출동산에 달 구경가세

무슨 소리인 줄 내 몰라

어리사 저리사 아하 저리사

오동추야내 달은 밝고

어리사

임의 생각이 절로나네

저리사

임의 생각이 절로 허어허 나네

무슨 소린줄 내헤헤에 몰라

어리사 저리사 하아 저리사

뜰모 소리 / 원래 부르던 소리

자료코드 : 06_05_FOS_20100211_LKY_LMB_0011

조사장소 : 전라남도 나주시 다시면 동당리 2구 당촌마을 백촌노인정

조사일시 : 2010.2.11

조 사 자 : 이경엽, 한미옥, 송기태, 임세경

제 보 자 : 이맹범, 남, 78세(앞소리)

　　　　　뒷소리 : 이지헌(남, 73세), 이재남(남, 71세), 이승범(남, 78세), 이처범(남, 73세)

구연상황 : 조사자가 뜰모리 소리를 과거처럼 조를 구별해서 했던 방식대로 해보자고 하
니, 이에 맞춰서 제보자들이 다시 노래를 불러주었다. 조를 나눠서 선후창의
형식으로 불렀는데, 중간에 조별 소리구분이 잘 되지 않아서 제보자들 스스로
헷갈려하면서 불렀다.

저 건너 갈미봉에 비 몰아 오오네

어리사

우장을 삿갓에 허리에 매고

저리사

논에 업쳐서 제제 제재 내로

무슨 소린 줄 내에 몰라

어리사 저리사 하하 저리사

마파람 불고서 비몰아 오면

어리사

어떤 부인이 빨래를 할때

저리사

어떤 부인이 빨래 어허 갈때

무슨 소리인 줄 내 몰라

어리사 저리사 아하 저리사

일락서산에 해 떨어지고

어리사

월출동경에 달 솟아 오오 네

저리사

뒷동산에 달 구경가세

무슨 소리인 줄 내 몰라

어리사 저리사 아하 저리사

오동추야내

달은 밝고

어리사

임의 생각이 절로나네

저리사

임의 생각이 절로허어허

무슨 소린줄 내에혜 몰라

어리사 저리사 허어허

풍장 소리

자료코드 : 06_05_FOS_20100211_LKY_LMB_0012

조사장소 : 전라남도 나주시 다시면 동당리 2구 당촌마을 백촌노인정

조사일시 : 2010.2.11

조 사 자 : 이경엽, 한미옥, 송기태, 임세경

제 보 자 : 이맹범, 남, 78세(앞소리)

　　　　뒷소리 : 이지헌(남, 73세), 이재남(남, 71세), 이승범(남, 78세), 이처범(남, 73세)

구연상황 : '풍장 소리'는 만드리 때 논을 다 매고 나서 소를 타고 집에 들어가면서 부르
는 소리라고 한다. 풍장 소리는 칠월 칠석 이전의 처서 무렵에 하게 되는데,
나락에 생심이 나기 전에 해야 하며, 생심이 난 뒤에 논에 들어가면 잘못해서
모가 끊어질 수 있기 때문이라고 한다. 풍장을 할 때는 얼굴에 까만 칠을 하
고 머리에는 밀대모자를 쓰며 등에는 빨간 흙을 바르고 손에는 삽을 든 상머
슴을 소에 태우고 집으로 들어간다. 집에 들어가면 닭 잡고 막걸리와 음식 등
을 장만해놓아 일꾼들을 위로한다. 조사자의 당촌마을 풍장에 대한 간단한 조
사 후에 '풍장 소리'가 바로 이어졌는데, 역시 이맹범 제보자의 앞소리로 시
작되었다.

애롱 대롱 지화자 좋네

애롱 대롱 지화자 좋네

풍년새 운다네 풍년새 울어

애롱 대롱 지화자 좋네

금년 시절도 풍년 이로구나

애롱 대롱 지화자 좋네

잘도 헌다네 다 잘도 허네

애롱 대롱 지화자 좋네

우리 농부들 다 잘도 허네

애롱 대롱 지화자 좋네

풍년이로구나 풍년이로고나

애롱 대롱 지화자 좋네

금년 시절도 풍년이로구나

애롱 대롱 지화자 좋네

여보소 길을 비켜라

애롱 대롱 지화자 좋네

소를 탈거나 말을 탈거나

애롱 대롱 지화자 좋네

여보소 대문을 열어라

애롱 대롱 지화자 좋네

노적봉을 짊어를 지고서

애롱 대롱 지화자 좋네

요리 저리 길을 비켜라

애롱 대롱 지화자 좋네

수 만석을 걷어를 가지고

애롱 대롱 지화자 좋네

우리네 마당에 놓아를 보니

애롱 대롱 지화자 좋네

이런 풍경이 어디가 있소

애롱 대롱 지화자 좋네

얼시구나 좋구자 지화자자 좋네

애롱 대롱 지화자 좋네

좋다 허

풍장 소리 / 원래 부르던 소리

자료코드 : 06_05_FOS_20100211_LKY_LMB_0013
조사장소 : 전라남도 나주시 다시면 동당리 2구 당촌마을 백촌노인정
조사일시 : 2010.2.11
조 사 자 : 이경엽, 한미옥, 송기태, 임세경
제 보 자 : 이맹범, 남, 78세(앞소리)
        뒷소리 : 이지헌(남, 73세), 이재남(남, 71세), 이승범(남, 78세), 이처범(남, 73세)
구연상황 : '풍장 소리' 후에, 이맹범 제보자가 앞의 소리는 대회에 나가면서 바뀐 박자
        라고 하면서 본래 마을에서 부르던 박자로 '풍장 소리'를 다시 불러주었다.
        소리를 다 끝낸 후, 이맹범 제보자는 "이 소리가 우리도 훨씬 좋다."고 하면
        서 바뀐 박자에 대해 아쉬움을 드러냈다.

어룽 더룽 지화자 좋네

어룽 더룽 지화자 좋네

풍년새 운다네 풍년새 울어

어룽 더룽 지화자 좋네

금년 시절도 풍년 이로구나

어룽 더룽 지화자 좋네

잘도나 헌다네 다 잘도 허네

어룽 더룽 지화자 좋네

우리나 농군들 다 잘도 허네

어룽 더룽 지화자 좋네

풍년이로구나 풍년이로고나

어룽 더룽 지화자 좋네

금년 시절도 풍년이로구나

어룽 더룽 지화자 좋네

여보소 길을 비켜라

어룽 더룽 지화자 좋네

소를 탈거나 말을 탈거나

어룽 더룽 지화자 좋네

여보소 대문을 열어라

어룽 더룽 지화자 좋네

노적봉을 짊어나 지고서

어룽 더룽 지화자 좋네

요리 조리 길을 비켜라

어룽 더룽 지화자 좋네

수만석을 걷어를 가지고

어룽 더룽 지화자 좋네

우리네 마당에 놓아를 보니

어룽 더룽 지화자 좋네

이런 풍년이 어디가 있소

어룽 더룽 지화자 좋네

얼시구나 좋구나 지화 자자 좋네

어룽 더룽 지화자 좋네

물 품기 소리(1)

자료코드 : 06_05_FOS_20100211_LKY_LMB_0014

조사장소 : 전라남도 나주시 다시면 동당리 2구 당촌마을 백촌노인정

조사일시 : 2010.2.11

조 사 자 : 이경엽, 한미옥, 송기태, 임세경

제 보 자 : 이맹범, 남, 78세(앞소리)

　　　　　뒷소리 : 이지헌(남, 73세), 이재남(남, 71세), 이승범(남, 78세), 이처범(남, 73세)

구연상황 : 잠시 막걸리를 마시면서 들노래의 역사에 대해 이야기를 한 다음, 조사자가
　　　　　물 풀 때 소리가 있었냐고 묻자, 이맹범 제보자가 그에 대한 이야기를 들려주

었다. 그때 부르는 소리를 '두레질 소리'라고 하며, 양쪽에 둘이 두레를 잡고 하는 '외두레', 네 명이 하는 '쌍두레', 여섯 명이 하는 '삼두레'가 있다고 하였다. 조사자가 현재 방안에 다섯 분이 계시니까 삼두레라고 생각하고 두레질 소리를 해보자고 하자, 제보자들이 그에 맞춰서 소리를 불러주었다.

열이 다섯
에호
열이 여섯
에호
열이 일곱
에호
열이 야닯
에호
열이 아홉
에호
사오 이십은
에호
스물 하나제
에호
스물 둘로
에호
스물 서니
에호
스물 너니
에호
스물 다섯
에호

스물 여섯

에호

스물 일곱

에호

스물 야닯

에호

스물 아홉

에호

오육 삼십에

에호

서른 하나제

에호

서른 둘로

에호

서른 서이

에호

서른 너이

에호

서른 다섯

에호

서른 여섯

에호

서른 일곱

에호

서른 야달

에호

서른 아홉

에호

오팔은 사십

에호

마흔 하나제

에호

마흔 둘로

에호

마흔 서니

에호

마흔 다섯

에호

마흔 여섯

에호

마흔 일곱

에호

마흔 야닯

에호

마흔 아홉

에호

백에 반틈

에호

쉬운 하나제

에호

쉬운 둘로

에호

쉬운 서이

에호

물 품기 소리(2)

자료코드 : 06_05_FOS_20100211_LKY_LMB_0015
조사장소 : 전라남도 나주시 다시면 동당리 2구 당촌마을 백촌노인정
조사일시 : 2010.2.11
조 사 자 : 이경엽, 한미옥, 송기태, 임세경
제 보 자 : 이맹범, 남, 78세(앞소리)
　　　　　뒷소리 : 이지헌(남, 73세), 이재남(남, 71세), 이승범(남, 78세), 이처범(남, 73세)
구연상황 : 물 품기 소리를 (1)부터 시작하여 부르는 소리를 조사하던 중, 이재범 제보자
　　　　　가 다른 사설로 이루어진 물 품기 소리를 혼자소리로 불렀다. 이에 조사자가
　　　　　그 소리를 다시 해줄 것을 부탁하자, 이맹범 제보자가 사설이 다른 물 품기
　　　　　소리를 다시 불러주었다. 당촌마을에서는 모심기 전에 물 품기를 하는 것이
　　　　　아니라, 모를 심고 나서 수시로 물을 품어서 논에 대주었다고 한다.

열이 다섯

에호

열이 여섯

에호

열이 일곱

에호

열이 야닯

에호

열이 아홉

에호

사우가 왔구나

에호

씨암닭 잡고서

에호

곤달걀 찌고서

에호

모른김 굽고

에호

스물 여섯

에호

스물 일곱

에호

스물 야닯

에호

스물 아홉

에호

오륙은 삼십에

에호

서른 하나제

에호

등짐 소리

자료코드 : 06_05_FOS_20100211_LKY_LMB_0016
조사장소 : 전라남도 나주시 다시면 동당리 2구 당촌마을 백촌노인정
조사일시 : 2010.2.11
조 사 자 : 이경엽, 한미옥, 송기태, 임세경

제 보 자 : 이맹범, 남, 78세(앞소리)

　　　　　뒷소리 : 이지헌(남, 73세), 이재남(남, 71세), 이승범(남, 78세), 이처범(남, 73세)

구연상황 : 조사자가 보리타작 소리는 없냐고 물어보자, 이맹범 제보자가 옛날에는 다 있
　　　　　었다고 하면서 그와 관련된 이야기를 해주었다. 과거에 당촌마을에서는, 제일
　　　　　먼저 보리를 등에 지고 오면서 부르는 '등짐소리'와 보리를 마당에 부려놓고
　　　　　부르는 '베기는 소리', 그리고 보리를 도리깨로 치면서 부르는 '도리깨질 소
　　　　　리'와, 마지막으로 덕석에 떨어진 보리를 쓸어 담을 때 부르는 '부뚜질 소리'
　　　　　가 있었다고 한다. 당촌마을의 보리타작과 관련된 간단한 조사 후에, 조사자
　　　　　가 등짐소리부터 순서대로 쭉 불러보자고 하자, 이맹범 제보자가 "다 잊어버
　　　　　렸응께 몇 자리썩만 할라."라고 하면서 '등짐소리'를 시작하였다. 처음에는
　　　　　잘 기억이 나지 않는지, 제보자가 뒷소리를 혼자서 연습해보기도 하였다.

상사 뒤요 뒤 요

상사 뒤요 뒤 요

선일꾼을 허 허이

선일꾼을 앞세우고

주인네 마당으로 지고 가세

뒤요 뒤요 뒤 요

베기는 소리

자료코드 : 06_05_FOS_20100211_LKY_LMB_0017
조사장소 : 전라남도 나주시 다시면 동당리 2구 당촌마을 백촌노인정
조사일시 : 2010.2.11
조 사 자 : 이경엽, 한미옥, 송기태, 임세경
제 보 자 : 이맹범, 남, 78세(앞소리)

　　　　　뒷소리 : 이지헌(남, 73세), 이재남(남, 71세), 이승범(남, 78세), 이처범(남, 73세)

구연상황 : '등짐소리'가 끝난 뒤에 조사자가 '베기는 소리'를 들려달라고 하자, 이맹범
　　　　　제보자가 이어서 소리를 들려주었다. 처음에는 기억을 더듬느라고 바로 소리
　　　　　에 들어가지 못하고 잠시 연습을 한 다음에 소리를 불러주었다.

부려보세 부려보세

베겨 보세 베겨 보세

이 보리를 베겨 보세 이이

상사 뒤요 뒤 요

도리깨질 소리

자료코드 : 06_05_FOS_2010211_LKY_LMB_0018
조사장소 : 전라남도 나주시 다시면 동당리 2구 당촌마을 백촌노인정
조사일시 : 2010.2.11
조 사 자 : 이경엽, 한미옥, 송기태, 임세경
제 보 자 : 이맹범, 남, 78세(앞소리)
　　　　　뒷소리 : 이지현(남, 73세), 이재남(남, 71세), 이승범(남, 78세), 이처범(남, 73세)
구연상황 : 마당에 보리를 부려놓고 부르는 '베기는 소리'가 끝난 다음에, 본격적인 도리
　　　　　깨질 하면서 부르는 '도리깨질 소리'를 들려주었다. 앞소리는 이맹범 제보자
　　　　　가 맡고, 뒷소리는 역시 마을 분들이 맡아주었다.

어우

어우다

어우

어우다

보리

어우다

목에

어우다

안나

어우다

가게

어우다

잘도

어우다

치소

어우다

잘도

어우다

치네

어우다

여기도

어우다

있고

어우다

저기도

어우다

있네

어우다

보리

어우다

목에가

어우다

사방디

어우다

널어져

어우다

있네

어우다

잘도

어우다

치소

어우다

잘도

어우다

치네

어우다

부뚜질 소리

자료코드 : 06_05_FOS_20100211_LKY_LMB_0019
조사장소 : 전라남도 나주시 다시면 동당리 2구 당촌마을 백촌노인정
조사일시 : 2010.2.11
조 사 자 : 이경엽, 한미옥, 송기태, 임세경
제 보 자 : 이맹범, 남, 78세(앞소리)
　　　　　뒷소리 : 이지현(남, 73세), 이재남(남, 71세), 이승범(남, 78세), 이처범(남, 73세)
구연상황 : '도리깨질 소리'가 끝나고 난 뒤 도리깨질 하는 방식에 대한 이야기를 잠시
　　　　　나누었다. 이후 이맹범 제보자가 그 다음 소리인 '부뚜질 소리'를 하자고 청
　　　　　중에게 말하고 난 뒤, 앞소리로 들어갔다. 하지만 기억이 나지 않는지 완성되
　　　　　지 못한 소리로 불렸다.

오혜라 부뚜질

오혜라 부뚜질

오혜라 부뚜질

오혜라 부뚜질

나주 영산 긴 골목

오헤라 부뚜질

아흔 아홉 구부구부

오헤라 부뚜질

자래 바우에 장충정

오헤라 부뚜질

[제보자가 잠시 가사를 생각한다.]

오헤라 부뚜질

오헤라 부뚜질

이별 바우에 석관정

오헤라 부뚜질

자래 바우에 장충정

오헤라 부뚜질

맷돌질 소리

자료코드 : 06_05_FOS_20100211_LKY_LMB_0020
조사장소 : 전라남도 나주시 다시면 동당리 2구 당촌마을 백촌노인정
조사일시 : 2010.2.11
조 사 자 : 이경엽, 한미옥, 송기태, 임세경
제 보 자 : 이맹범, 남, 78세(앞소리)
　　　　　뒷소리 : 이지헌(남, 73세), 이재남(남, 71세), 이승범(남, 78세), 이처범(남, 73세)
구연상황 : 부뚜질 소리가 끝난 후, 조사자가 맷돌질 소리는 어떻게 하냐고 물어보니 이 맹범 제보자가 소리를 들려주었다. 하지만 "야든이 낼 모랜디." 하시면서 제 대로 기억이 나지 않는다고 하였다.

오헤 라 맷돌

오헤 라 맷돌

목도질 소리 / 큰 나무를 심을 때 하는 소리

자료코드 : 06_05_FOS_20100211_LKY_LMB_0021

조사장소 : 전라남도 나주시 다시면 동당리 2구 당촌마을 백촌노인정

조사일시 : 2010.2.11

조 사 자 : 이경엽, 한미옥, 송기태, 임세경

제 보 자 : 이맹범, 남, 78세(앞소리)

뒷소리 : 이지헌(남, 73세), 이재남(남, 71세), 이승범(남, 78세), 이처범(남, 73세)

구연상황 : 당촌마을에서는 과거에 나무를 하러 마을 앞에 있는 '당앞산(과거에 당(堂)이 있었다고 붙여진 이름)'에 가서 나무를 했다고 한다. 산에서 큰 나무를 베어 가지고 올 때 무거운 나무를 여러 사람이 같이 지고 와야 되므로 발을 맞추 기 위해서 '목도소리'를 불렀다고 한다. 조사자가 목도소리를 들려달라고 하 자, 이맹범 제보자를 비롯해서 마을 분들이 다들 기억이 나지 않는지 이런 저 런 사설을 내놓으면서 소리를 완성하기 위해서 애쓰셨다. 결국 이맹범 제보자 가 목도소리를 해보지는 않았지만 자신이 앞소리를 맡고 목도소리를 불러보 겠다고 하면서 소리를 시작하였다.

허져

혀져쳐 허제

혀져쳐 허제

혀져쳐 허제

혀져쳐 허제

혀져쳐 허제

혀져쳐 허제

[잠시 가사를 생각한다.]

혀져쳐 허제

혀져쳐 허제

혀져쳐 허제

혀져쳐 허제

발 조심허소

혀져쳐 허제

한발만 자끄더믄

혀져쳐 허제

큰일이 나네

혀져쳐 허제

혀져쳐 허제

혀져쳐 허제

달구질 소리

자료코드 : 06_05_FOS_20100211_LKY_LMB_0022
조사장소 : 전라남도 나주시 다시면 동당리 2구 당촌마을 백촌노인정
조사일시 : 2010.2.11
조 사 자 : 이경엽, 한미옥, 송기태, 임세경
제 보 자 : 이맹범, 남, 78세(앞소리)
　　　　　뒷소리 : 이지헌(남, 73세), 이재남(남, 71세), 이승범(남, 78세), 이처범(남, 73세)
구연상황 : 목도 소리가 끝난 후, 조사자가 땅을 다질 때도 소리를 부르냐고 하니 이맹범
　　　　　제보자가 "그렇다."고 하였다. 그때 부르는 소리를 '다구질 소리'라고 하면서
　　　　　이맹범 제보자가 앞소리를 맡아 불러주었다.

헐 럴럴 상사도야

높이 들었다 가만히 높고

헐 럴럴 상사도야

여기도 쿵쿵 저기도 쿵쿵

헐 럴럴 상사도야

잘도 다구세 잘도 다구세

헐 럴럴 상사도야

주춧독을 묻어보게

헐 럴럴 상사도야

잘도 다구네 다 잘도 다구네

헐 럴럴 상사도야

상여 소리 / 관을 옮길 때 부르는 소리

자료코드 : 06_05_FOS_20100211_LKY_LMB_0023

조사장소 : 전라남도 나주시 다시면 동당리 2구 당촌마을 백촌노인정

조사일시 : 2010.2.11

조 사 자 : 이경엽, 한미옥, 송기태, 임세경

제 보 자 : 이맹범, 남, 78세(앞소리)

뒷소리 : 이지헌(남, 73세), 이재남(남, 71세), 이승범(남, 78세), 이처범(남, 73세)

구연상황 : 조사자가 상여소리도 들려달라고 하자, 이맹범 제보자가 먼저 방에서 관을 들고 나오면서 부르는 소리부터 시작하자고 하면서 들려준 소리이다. 들노래와 마찬가지로 이맹범 제보자가 앞소리를 맡아주었다.

관세음 보 살

관세음 보 살

이 문턱을 넘어 서면

관세음 보 살

정결 종철 하직이로세

관세음 보 살

상여 소리 / 마당에서 나갈 때 하는 소리

자료코드 : 06_05_FOS_20100211_LKY_LMB_0024

조사장소 : 전라남도 나주시 다시면 동당리 2구 당촌마을 백촌노인정

조사일시 : 2010.2.11

조 사 자 : 이경엽, 한미옥, 송기태, 임세경

제 보 자 : 이맹범, 남, 78세(앞소리)

　　　　　뒷소리 : 이지헌(남, 73세), 이재남(남, 71세), 이승범(남, 78세), 이처범(남, 73세)

구연상황 : 앞의 소리에 이어서, 이맹범 제보자가 상여를 메고 마당에서 나갈 때 부르는
　　　　　소리라고 설명을 붙여주면서 소리를 시작하였다.

　　　가나 아 암 보호 호 살

　　　가나 아 암 보호 후

　　　허 허어허허이 우후 우후후

　　　가세 가세 어서 가세 이수 건너 백로 가세 우후 우후 살가나 아
　　　암 보후 후

　　　허어 허어 허어이 우후 후 후후

　　　자라 등에 저 달 싣고 네 고향을 언제 올거나 우후우후 살 가나
　　　아 암 보호 호 우

상여 소리 / 문 밖으로 나가서 길로 나갈 때 하는 소리

자료코드 : 06_05_FOS_20100211_LKY_LMB_0025

조사장소 : 전라남도 나주시 다시면 동당리 2구 당촌마을 백촌노인정

조사일시 : 2010.2.11

조 사 자 : 이경엽, 한미옥, 송기태, 임세경

제 보 자 : 이맹범, 남, 78세(앞소리)

　　　　　뒷소리 : 이지헌(남, 73세), 이재남(남, 71세), 이승범(남, 78세), 이처범(남, 73세)

구연상황 : 앞의 상여소리에 이어서, 상여가 문밖으로 나가 길로 나가면서 부르는 소리를
　　　　　들려주겠다고 하면서 들려준 상여소리이다.

　　　허 어 허어어허허에헤 야 허어어허 허어넘차 어 하 넘

　　　허 어 허어어허허에헤 야 허어어허 허어넘차 어 하 넘

가세 가세 어서를 가세 일락 서산에 해 넘어 가네

허 어 허어어허허에헤 야 허어어허 허어넘차 어 하 넘

북망 산천이 멀다 허더니 오 늘 보니 안산 이로세

허 어 허어어허허에헤 야 허어어허 허어넘차 어 하 넘

가져 가세 어서를 가세 이수 건너서 백로 가세

허 어 허어어허허에헤 야 허어어허 허어넘차 어 하 넘

상여 소리 / 외나무다리에서 하는 소리

자료코드 : 06_05_FOS_20100211_LKY_LMB_0026
조사장소 : 전라남도 나주시 다시면 동당리 2구 당촌마을 백촌노인정
조사일시 : 2010.2.11
조 사 자 : 이경엽, 한미옥, 송기태, 임세경
제 보 자 : 이맹범, 남, 78세(앞소리)
　　　　　뒷소리 : 이지현(남, 73세), 이재남(남, 71세), 이승범(남, 78세), 이처범(남, 73세)
구연상황 : 앞의 상여소리에 이어서 이맹범 제보자의 앞소리로 계속해서 상여소리를 이
　　　　　어갔다. 이 소리는 상여를 메고 가다가 강을 만나 외나무다리를 건널 때 부르
　　　　　는 소리라고 한다.

어 놀 어 놀 허 허허 오이어 하 놀

허어놀 허 롤 허 허허 이 허 하 놀

여보소 도사군들 내말을 들어보소 한 발만 잣긋허이면(발을 잘못
디디면) 야단나네

허어놀 허 롤 허 허허 이 허 하 놀

여보소 도사군들 내말을 들어보소 밀빵끈 끊어지면 야단 나네

허어놀 허 롤 허 허허 이 허 하 놀

올라 간다 올라를 가네 질이(길이) 태산으로 올라간들

허어놀 허 롤 허 허허 이 허 하 놀

지어다 보니 만학은 전복 내려 굽어보니 백산이로세

허어놀 허 롤 허 허허 이 허 하 놀

앞산도 첩첩 뒷산도 첩첩 골골마 다 너울러 졌는디

허어놀 허 롤 허 허허 이 허 하 놀

앞산도 첩첩 뒷산도 첩첩 골골마다 널러 졌는데

허어놀 허 롤 허 허허 이 허 하 놀

상여 소리 / 어둥 소리

자료코드 : 06_05_FOS_20100211_LKY_LMB_0027
조사장소 : 전라남도 나주시 다시면 동당리 2구 당촌마을 백촌노인정
조사일시 : 2010.2.11
조 사 자 : 이경엽, 한미옥, 송기태, 임세경
제 보 자 : 이맹범, 남, 78세(앞소리)
　　　　　뒷소리 : 이지헌(남, 73세), 이재남(남, 71세), 이승범(남, 78세), 이처범(남, 73세)
구연상황 : 앞의 소리가 끝난 후, 제보자들이 상여를 메고 외나무다리를 건널 때의 발 모
　　　　　양을 보여주면서 잠시 이야기가 이어졌다. 그리고는 바로 이어서 상여를 메고
　　　　　언덕을 올라갈 때의 소리를 들려주었다. 상여를 메고 언덕을 올라갈 때는 빨
　　　　　리 올라가기도 하고, 천천히 올라가기도 하므로 그때그때의 소리가 다르다고
　　　　　하였다. 지금 부르는 소리는 빨리 가면서 부르는 소리라고 한다.

어허놀 어 허놀

어허놀 어 허놀

가세 가세 어서를 가세

어허놀 어 허놀

하관세 늦어서 야단 났네

어허놀 어 허놀

일락서산에 해 넘어 가고

어허놀 어 허놀

월출 동경에 달 솟아오네

어허놀 어 허놀

못가거구나 내 못가 졌네

어허놀 어 허놀

다리 가 아파서 내못가 졌네

어허놀 어 허놀

상여 소리 / 내려서 쉬는 소리

자료코드 : 06_05_FOS_20100211_LKY_LMB_0028
조사장소 : 전라남도 나주시 다시면 동당리 2구 당촌마을 백촌노인정
조사일시 : 2010.2.11
조 사 자 : 이경엽, 한미옥, 송기태, 임세경
제 보 자 : 이맹범, 남, 78세(앞소리)
　　　　　뒷소리 : 이지헌(남, 73세), 이재남(남, 71세), 이승범(남, 78세), 이처범(남, 73세)
구연상황 : 상여를 메고 가다가 잠시 쉴 때나, 쉬었다가 다시 움직일 때 상여를 내리거나
　　　　　올릴 때 소리를 '관암소리'라고 한다고 한다. 이맹범 제보자가 상여를 들쳐
　　　　　맬 때는 앞서 이미 불렀기 때문에, 지금은 잠시 쉬기 위해 관을 내려놓으면서
　　　　　부르는 소리를 하겠다고 하면서 불러준 소리이다.

허허 허어허 에헤야 허허 허엉차 어하 롤

허허 허어허 에헤야 허허 허엉차 어하 롤

무정허구 나 무정도 허 네 염래 대왕님도 무정 허 네

허허 허어허 에헤야 허허 허엉차 어하 롤

하고 샌엔(많은) 사람을 두고서 어째 하필이면 날 다려갈게

허허 허어허 에헤야 허허 허엉차 어하 롤

가나 아하 하암 보오호 호 살

가나 아하 하암 보오호 호 살

어흐 어 허이 오후후후

산 좋고 물 좋고 경치 존디서 잠깐 쉬었다 가세 오호호오살

가나 아하 하암 보오호 호 살

되고('되고'는 '놓는다'는 뜻으로, 앞소리꾼과 뒷소리꾼이 함께 부
른다)

성주풀이

자료코드 : 06_05_FOS_20100211_LKY_LMB_0029
조사장소 : 전라남도 나주시 다시면 동당리 2구 당촌마을 백촌노인정
조사일시 : 2010.2.11
조 사 자 : 이경엽, 한미옥, 송기태, 임세경
제 보 자 : 이맹범, 남, 78세
구연상황 : 조사자가 정월에 마당밟이를 하면서 성주풀이 같은 것은 부르지 않았냐고 묻
자, 이맹범 제보자가 성주풀이는 잡색들이 부엌에 들어가서 조왕굿을 칠 때에
부르는 소리라고 설명해 주었다. 설명을 끝내자마자 제보자가 성주풀이를 시
작하였다.

성주로다 성주야

성주근본이 어디론고

경상도 안동땅

제비원에 설쇠를 얻어

이산 저산에 뿌렸더니

그 소리 점점 자라나

황 전복이 되었더냐

정 전복이 되었다냐

기와집 상량이 떡 벌어졌구나

헤자만수

그 집 지슨 삼년 만에

아들을 내면 효자를 낳고

딸을 내면은 열녀를 낳고

소를 키우믄 대각이 되고

말을 키우믄 용마가 되고

닭을 키우믄 봉황이 되고

헤라 만수

홍 타령

자료코드 : 06_05_FOS_20100211_LKY_LMB_0030
조사장소 : 전라남도 나주시 다시면 동당리 2구 당촌마을 백촌노인정
조사일시 : 2010.2.11
조 사 자 : 이경엽, 한미옥, 송기태, 임세경
제 보 자 : 이맹범, 남, 78세
구연상황 : 조사자가 육자배기나 홍타령 등은 없냐고 묻자, 이맹범 제보자가 옆에 사람에게 육자배기를 권하였다. 옆에 사람이 잠시 주춤한 사이에 자신이 먼저 홍타령을 하겠다고 하면서 노래를 시작하였다.

높은 산에 눈 달리고

얕은 산에 재 날린들

억수장마 비 퍼붓듯

칠성바다 물 밀리듯

시들시들 봄 배추는

밤이슬 오기만 기다리고

옥에 갇힌 춘향이는

이도령 오기만 기다린다

물꽃 밑이 송새기는

나만 보고 춤을 춘다

얼씨구나 좋다 기화자자 좋네

아니 노지를 못하리라

흥 타령

자료코드 : 06_05_FOS_20100211_LKY_LSB_0001
조사장소 : 전라남도 나주시 다시면 동당리 2구 당촌마을 백촌노인정
조사일시 : 2010.2.11
조 사 자 : 이경엽, 한미옥, 송기태, 임세경
제 보 자 : 이승범, 남, 78세
구연상황 : 이맹범 제보자가 흥타령을 끝내고 나서 이승범 제보자에게 "내가 형님 생각
하라고 흥타령 먼저 불렀응께 한자리 하시라."고 권하였다. 이에 이승범 제보
자가 조금은 부끄러운 듯 웃으면서 흥타령 한자리를 부르기 시작하였다.

아서라

세상사 쓸곳 없다

곤물경통은 너리 편시춘

장가소우야 말을 마라

대장부 평생 삼년

년이 넘어 가고

도요수 굽이굽이

물결은 바삐바삐 대천 동동해라

가 아시여 ○○○○

무산의 지는 해는

철암봉의 눈물이요

분서 추풍곡은 한무제 설움이라

시절 적 적 부여나서

성성 재허를 자랑마라

물 품기 소리

자료코드 : 06_05_FOS_20100211_LKY_LJN_0001
조사장소 : 전라남도 나주시 다시면 동당리 2구 당촌마을 백촌노인정
조사일시 : 2010.2.11
조 사 자 : 이경엽, 한미옥, 송기태, 임세경
제 보 자 : 이재남, 남, 71세
구연상황 : 물 품기 소리가 끝난 후 조사자의 숫자 세기에 대한 간단한 조사가 이어졌다.
물 품기 소리를 할 때 십 단위를 세는 사설은, 10은 '열이로세' 또는 '이오졌
네', 20은 '사오 이십', 30은 '오륙 삼십', 40은 '오팔은 사십', 50은 '백에 반
틈(반 백골)', 60은 '환갑 예순', 70은 '인간 칠십', 80은 '고루롱 팔십', 90은
'구십 당산', 100은 '일백골이세'라고 부른다고 하였다. 일반적으로 물품기 소
리를 할 때는 '열에 다섯~'부터 시작하며, 하나부터 부를 때는 '하나 둘이세
/ 둘이 서이 / 서이 너이세 / 너이 다섯~~ / 열이로세 / 일이 하나 / 일이
둘~~' 식으로 부른다고 한다. 그리고 다른 사설을 넣어서 물 품기 소리를
부르기도 하며, 조사자가 사설이 다른 것으로 노래 불러줄 것을 부탁을 하자
들려준 노래이다.

열에 다섯

에호

열에 여섯

에호

열에 일곱

에호

열에 야닯

에호

열에 아홉

에호

사우가 왔는디

에호

곤달걀 찌고서

에호

씨암탉 잡고서

에호

모른김 잡고서

에호

쑥대머리

자료코드 : 06_05_FOS_20100211_LKY_LJN_0002
조사장소 : 전라남도 나주시 다시면 동당리 2구 당촌마을 백촌노인정
조사일시 : 2010.2.11
조 사 자 : 이경엽, 한미옥, 송기태, 임세경
제 보 자 : 이재남, 남, 71세
구연상황 : 시조창이 끝난 후 청중들이 유행가나 한 자리 해야겠다고 하자 이맹범 제보
자가 제지하였다. 이에 이맹범 제보자가 장구를 치면서 이재남 제보자에게 옛
날 임방울이 했던 쑥대머리나 한 자리 하시라고 하자, 이재범 제보자가 쑥대
머리 한 대목을 불러주었다.

쑥대머리
구신형용
적막으 옥방의

찬 자리에

생각난 것이

임뿐이라

보고 지고 보고 지고

한양 낭군 보고 지고

어리정 숫처녀 후로

일장숙절을 못 봤으니

한산섬 / 시조창

자료코드 : 06_05_FOS_20100211_LKY_LCB_0001

조사장소 : 전라남도 나주시 다시면 동당리 2구 당촌마을 백촌노인정

조사일시 : 2010.2.11

조 사 자 : 이경엽, 한미옥, 송기태, 임세경

제 보 자 : 이처범, 남, 73세

구연상황 : 옆에 있는 청중들이 이처범 제보자가 시조창을 잘한다고 하자, 조사자가 제보
자에게 시조창 한 수를 부탁하였다. 이에 제보자가 시조창에는 여러 단계가
있는데, 가장 어린 일학년 정도 되는 소리를 한 자리 해보겠다고 하면서 시조
창을 들려주었다.

한산섬

달 밝은 밤에

수루에

이 혼자 아 앉아

큰칼 옆에 차고

깊은 시름 하는 적에

어디서 일성 호가는

남의 애를

4. 동강면

증편 한국구비문학대계 ● 전라남도 나주시

▌조사마을

전라남도 나주시 동강면 옥정리 5구 봉추마을

조사일시 : 2010.1.12, 2010.2.24

조 사 자 : 이경엽, 한미옥, 송기태, 임세경

전라남도 나주시 동강면 옥정리 5구 봉추마을회관

   봉추마을은 면소재지에서 서쪽으로 약 9km 지점에 위치한 영산강변을 낀 중산간 마을이다. 마을은 비룡산·뒷산·옆산 등 산으로 둘러싸여 있다. 강가와 바로 접한 마을로서 영산강 둑을 막기 전에는 가뭄이나 홍수 때 피해가 극심하였으며, 이때 여성들이 강가로 나가 고동이나 작은 물고기를 잡아와 식량대용으로 하였으며, 집안 가계를 돕기 위해 무명베를 많이 짰다고 한다. 마을 앞에 펼쳐진 농경지는 논 25ha, 밭 10ha 정도이다. 이 밖에 간척지에 가구 당 1필지 이상의 논을 경작하고 있다. 농경지 토양은 점질토이고, 주산물은 벼·보리·고추·배·콩 등이다.

봉황새가 알을 품고 있다가 새끼를 낳고 안고 있는 형국이라 하여 봉추라 불렀다고 한다. 1789년의『호구총수』에는 두동면의 21개 마을 중 봉추마을과 관련된 지명은 보이지 않으며, 1912년『지방행정구역명칭일람』에 두동면 32개 마을 중 봉추리(奉秋里)라는 지명이 처음 보인다. 1914년 일제강점기 때 행해진 행정구역 개편으로 봉추마을은 인근인 옥룡리·화정리·몽송리·복룡리와 병합하여 옥정리(玉亭里)가 되고, 두동면에서 동강면(洞江面)으로 소속이 바뀐다. 광복 이후 옥정리 3구 복룡마을과 한 마을을 이루고 있다가, 1988년 옥정리 5구로 분구되어 현재에 이르고 있으며, 마을 이름도 봉추(奉秋)에서 봉추(奉雛)로 바꾸어 사용하고 있다.

마을 사람들에 의하면, 조선 중엽에 절강편씨가 터를 잡고 살다가, 이후 밀양박씨 형제가 무안군 몽탄면 길용동에서 이곳 봉추로 들어와 이거한 후 현재와 같이 밀양박씨 집성촌을 이루게 되었다고 한다. 마을 내에 밀양박씨 문중 관련 유적으로 1946년에 건립된 봉의재(鳳儀齋)가 있다.

마을의 규모가 가장 컸을 때가 33호였고, 현재는 23호가 살고 있으니 작은 마을이라고 할 수 있지만, 인근의 큰 마을에 비해서 절대로 가난하지는 않다. 성씨로는 밀양박씨가 19, 절강편씨 2, 나주나씨 2, 전주이씨 1, 신안주씨 1l, 해주오씨 1, 달성서씨 1가구가 살고 있다.

마을 총회는 음력 2월 1일에 개최하며, 총회에서는 마을자금을 결산하고 임원을 선출하며, 마을 사업을 토의한다. 총회 이후에는 마을잔치를 연다. 부녀회는 1976년에 조직되었으며, 상포계는 25년 전에 조직되어 현재에 이르고 있다.

봉추마을에는 봉추 들노래가 있어 유명세를 타고 있는데, 1994년 제20회 남도 문화예술제에서 '봉추 들노래'로 장려상을 수상하기도 하였으며, 이를 계기로 1996년 4월 17일 전라남도로부터 '전통을 잇는 마을'로 지정되기도 하였다.

곽순애, 여, 1945년생

주 소 지 : 전라남도 나주시 동강면 옥정리 5구 봉추마을
제보일시 : 2010.2.24
조 사 자 : 이경엽, 한미옥, 송기태, 임세경

곽순애는 1945년 전남 영암군 시종면에
서 태어났다. 21세 때 이곳 나주 동강면 봉
추마을로 시집와서 지금까지 이곳을 떠나지
않고 살고 있다. 조사 과정에서 곽순애가 부
른 노래들은 거의 모두 친정마을인 시종에
서 보고 들었던 것으로, 어렸을 때 남생이를
만들어 놀던 기억을 가지고 있다.

제공 자료 목록
06_05_FOS_20100224_LKY_KSA_0001 보보 보따리
06_05_FOS_20100224_LKY_KSA_0002 다리 세기
06_05_FOS_20100224_LKY_KSA_0003 둥당에 소리

김초례, 여, 1937년생

주 소 지 : 전라남도 나주시 동강면 옥정리 5구 봉추마을
제보일시 : 2010.1.12, 2010.2.24
조 사 자 : 이경엽, 한미옥, 송기태, 임세경

김초례는 1937년에 나주군 봉황면 간전리 옥산마을에서 태어났다. 19
세 때 이곳 동강면 봉추마을로 시집와서, 5남매를 낳아 출가시켰다. 현재
는 남편과 함께 살고 있다.

김초례는 봉추마을 강강술래를 조사할 당시 앞소리를 담당하였으며, 연세에 비해 기억력이 매우 좋은 편이다. 김초례의 노래는 대부분 시집오기 전 친정 이모들이 하는 소리를 듣고 배운 것이며, 간간히 시댁 형님들이 부르는 소리를 듣고 배운 것도 있다고 한다.

제공 자료 목록

06_05_FOT_20100224_LKY_KCR_0001 거짓말 이야기

06_05_FOS_20100112_LKY_KCR_0001 진 강강술래

06_05_FOS_20100112_LKY_KCR_0002 남생아 놀아라

06_05_FOS_20100112_LKY_KCR_0003 문석쇠야 문열어주라

06_05_FOS_20100112_LKY_KCR_0004 기와밟자

06_05_FOS_20100112_LKY_KCR_0005 덕석몰자

06_05_FOS_20100112_LKY_KCR_0006 고사리 껑자

06_05_FOS_20100112_LKY_KCR_0007 청어엮기

06_05_FOS_20100112_LKY_KCR_0008 발 자랑(1)

06_05_FOS_20100112_LKY_KCR_0009 밭 맬 때 부르는 소리

06_05_FOS_20100224_LKY_KCR_0001 강강술래 / 긴 강강술래

06_05_FOS_20100224_LKY_KCR_0002 강강술래 / 자진 강강술래

06_05_FOS_20100224_LKY_KCR_0003 강강술래 / 청어 엮자

06_05_FOS_20100224_LKY_KCR_0004 강강술래 / 남생아 놀아라

06_05_FOS_20100224_LKY_KCR_0005 뛰어라 뛰어라

06_05_FOS_20100224_LKY_KCR_0006 발 자랑(2)

06_05_FOS_20100224_LKY_KCR_0007 보보 보따리(1)

06_05_FOS_20100224_LKY_KCR_0008 보보 보따리(2)

06_05_FOS_20100224_LKY_KCR_0009 강강술래 / 대문 열기

06_05_FOS_20100224_LKY_KCR_0010 강강술래 / 고사리 껑자

06_05_FOS_20100224_LKY_KCR_0011 강강술래 / 덕석 몰자

06_05_FOS_20100224_LKY_KCR_0012 닭노래

06_05_FOS_20100224_LKY_KCR_0013 메물노래

06_05_FOS_20100224_LKY_KCR_0014 다리 세기
06_05_FOS_20100224_LKY_KCR_0015 아기 재우는 소리

박금덕, 여, 1934년생

주 소 지 : 전라남도 나주시 동강면 옥정리 5구 봉추마을
제보일시 : 2010.2.24
조 사 자 : 이경엽, 한미옥, 송기태, 임세경

박금덕은 1934년에 이곳 봉추마을에서 그리 멀지 않은 동강면 곡천 2구에서 태어났다. 친정이 그리 가난하지 않았던 덕분에 동강면 소재지에 있는 초등학교에 진학하였으나, 인공시절 때문에 4학년 1학기까지만 마치고 더 이상 학교를 다닐 수 없었다고 한다. 이후 집안에서 농사일을 거들다가 21세 때 이곳 봉추마을로 시집왔다. 시집와서  지금까지 마을을 떠나지 않고 농사를 지으며 살고 있으며, 슬하에 6남매의 자녀를 두었다.

박금덕의 친정과 봉추마을이 가까운 탓인지, 처녀적 친정마을에서 배웠던 노래와 봉추마을의 노래가 크게 다르지 않다고 한다.

제공 자료 목록
06_05_FOS_20100224_LKY_PGD_0001 발 자랑
06_05_FOS_20100224_LKY_PGD_0002 강강술래 / 대문 열기
06_05_FOS_20100224_LKY_PGD_0003 재봉틀
06_05_FOS_20100224_LKY_PGD_0004 뛰어라 뛰어라
06_05_FOS_20100224_LKY_PGD_0005 다리 세기(1)
06_05_FOS_20100224_LKY_PGD_0006 베틀 노래(1)
06_05_FOS_20100224_LKY_PGD_0007 베틀 노래(2)

06_05_FOS_20100224_LKY_PGD_0008 다리 세기(2)
06_05_FOS_20100224_LKY_PGD_0009 아이 재우는 소리

박만배, 남, 1925년생

주 소 지 : 전라남도 나주시 동강면 옥정리 5구 봉추마을
제보일시 : 2010.1.12, 2010.2.24
조 사 자 : 이경엽, 한미옥, 송기태, 임세경

박만배는 1925년 음력 9월 11일에 이곳
나주군 동강면 옥정리 봉추마을에서 4남 2
녀 중 장남으로 태어났다. 박만배를 비롯하
여 4형제가 모두 봉추마을을 떠나지 않고
살고 있으며, 특히 박만배와 동생 박선배는
이곳 봉추마을 들노래의 앞소리꾼으로 활동
하고 있기도 하다.

봉추 들노래는 1994년 제20회 남도 문화
예술제에서 장려상을 탈 정도로 유명하며, 이를 계기로 봉추마을은 1996
년 전라남도로부터 '전통을 잇는 마을'로 지정되기도 하였다.

박만배는 어렸을 때부터 소리를 매우 좋아해서, 14세 때 진도에 있는
'애기조합(지금의 국악원과 같은 기능을 하였다고 함)'에 가서 소리를 배우
고 싶다고 아버지에게 말하였다가 상것이나 하는 소리를 배우려 한다하여
크게 혼이 났다고 한다. 이후 16세 때 '어린 품앗이'에 들어가면서부터 마
을 어른들로부터 본격적으로 들노래를 배우기 시작하였다. '어린 품앗이'
란 마을 인구가 작다보니 품앗이로 일할 인구가 적고, 그러다보니 16세 정
도의 어린 아이들도 품앗이를 할 수 있도록 만든 마을 조직을 말한다.

부친 박용담(朴龍潭)도 소리를 아주 잘했는데 특히 상여소리를 잘해서,
봉추뿐만 아니라 다른 마을까지 가서 상여소리를 매겼다고 한다. 또한 정

월에 매굿을 칠 때도 반드시 아버지가 '양반'역을 맡아서 하였으며, 이런 아버지의 재능을 박만배와 박선배가 물려받은 것이라고 여긴다. 또한 박만배의 큰딸 박종심(여, 1948년생)도 국악인으로 활동하고 있을 정도로 소리꾼 집안으로 유명하다.

박만배는 11년 전에 부인이 죽고 나서 지금껏 혼자 살고 있으며, 일주일에 서너 번은 인근 나주시 복지회관에 가서 굿도 보면서 소일하고 있다.

제공 자료 목록

06_05_FOT_20100224_LKY_PMB_0001 벼락바위와 형제바위
06_05_FOT_20100224_LKY_PMB_0002 상사바위
06_05_FOS_20100112_LKY_PMB_0001 물푸레 소리
06_05_FOS_20100112_LKY_PMB_0002 김매기 소리 / 초벌매기
06_05_FOS_20100112_LKY_PMB_0003 도리깨질 소리
06_05_FOS_20100112_LKY_PMB_0004 풀베는 소리 / 외나리 소리

박선배, 남, 1929년생

주 소 지 : 전라남도 나주시 동강면 옥정리 5구 봉추마을
제보일시 : 2010.1.12, 2010.2.24
조 사 자 : 이경엽, 한미옥, 송기태, 임세경

박선배는 1929년 음력 11월 18일에 나주 동강면 대전리 1구 상촌마을에서 태어났다. 박선배의 집안은 본래 이곳 동강면 옥정리 봉추에서 대대로 살아온 토박이였는데, 부친이 잠시 상촌마을로 이주하여 몇 년간 살던 때에 형 박만배와 동생 박선배를 낳았기 때문에, 박만배·박선배 형제는 이곳 봉추마을 토박이면서도 탯자리는 상촌마을이 되었다.

어렸을 때부터 워낙 소리를 좋아했으며, 형 박만배와 마찬가지로 16세에 '어린 품앗이'에 들면서부터 마을 어른들께 들노래를 배웠다. 20세에 군대를 갔는데, 그곳에서 몰래 무전기로 라디오 주파수를 맞춰서 판소리를 듣다가 걸려서 죽을 고생을 했을 정도로 소리를 좋아했다. 27세에 군 제대를 하고 나서는, 논 한마지기를 팔아서 본격적으로 소리를 배우기 위해 형님과 함께 서울에 올라갔다. 그런데 그곳에서 형님과 자신을 가르쳤던 소리선생이 명창이 되려면 30년은 배워야 한다고 해서 일 년 만에 다시 고향으로 내려온 것이 지금껏 한이 된다고 한다. 박선배도 형 박만배와 함께 현재 이곳 봉추마을 들노래의 앞소리꾼으로 활동하고 있다.

제공 자료 목록

06_05_FOT_20100224_LKY_PSB_0001 똑똑한 막내사위
06_05_FOT_20100224_LKY_PSB_0002 지혜로운 가난한 선비
06_05_FOS_20100112_LKY_PSB_0001 물푸레 소리
06_05_FOS_20100112_LKY_PSB_0002 모찌기 소리
06_05_FOS_20100112_LKY_PSB_0003 모심기 소리 / 긴 상사소리
06_05_FOS_20100112_LKY_PSB_0004 모심기 소리 / 잦은 상사소리
06_05_FOS_20100112_LKY_PSB_0005 모심기 소리 / 사뒤요 소리
06_05_FOS_20100112_LKY_PSB_0006 김매기 소리 / 초벌매기
06_05_FOS_20100112_LKY_PSB_0007 김매기 소리 / 한불(두벌)매기
06_05_FOS_20100112_LKY_PSB_0008 김매기 소리 / 만도리
06_05_FOS_20100112_LKY_PSB_0009 풍장굿

양순례, 여, 1931년생

주 소 지 : 전라남도 나주시 동강면 옥정리 5구 봉추
　　　　　마을
제보일시 : 2010.1.12, 2010.2.24
조 사 자 : 이경엽, 한미옥, 송기태, 임세경

　양순례는 1931년 무안군 일로면 연시동

에서 태어났다. 22세 때 이곳 봉추마을로 시집와서 2남 4녀의 자녀를 두었다. 자녀들은 모두 장성해서 도시로 나가 살고 있으며, 양순례가 부른 노래는 대부분 처녀 때 친정마을에서 불렀던 노래라고 한다.

제공 자료 목록

06_05_FOS_20100112_LKY_YSR_0001 진 강강술래
06_05_FOS_20100224_LKY_YSR_0001 앞동산 뒷동산에
06_05_FOS_20100224_LKY_YSR_0002 나물노래
06_05_FOS_20100224_LKY_YSR_0003 엄마를 기다리며 부르는 노래
06_05_FOS_20100224_LKY_YSR_0004 시집살이 노래

임포순, 여, 1942년생

주 소 지 : 전라남도 나주시 동강면 옥정리 5구 봉추마을
제보일시 : 2010.2.24
조 사 자 : 이경엽, 한미옥, 송기태, 임세경

임포순은 1942년에 동강면 월송리에서 태어났다. 19세 때 이곳 봉추마을로 시집와서 지금까지 농사를 지으면서 살고 있다. 임포순이 부른 노래들은 대개 시집오기 전 친정인 월송리에서 배운 노래들이라고 하며, 월송과 봉추가 가까운 거리에 있어서 노래가 크게 다르지 않다고 한다.

제공 자료 목록

06_05_FOS_20100224_LKY_LPS_0001 재봉틀
06_05_FOS_20100224_LKY_LPS_0002 다리 세기

조남님, 여, 1945년생

주 소 지 : 전라남도 나주시 동강면 옥정리 5구 봉추마을
제보일시 : 2010.2.24
조 사 자 : 이경엽, 한미옥, 송기태, 임세경

조남님은 1945년 전남 무안군에서 출생
했다. 21세에 이곳 봉추마을로 시집와서
'무안댁'이 된 조남님은 슬하에 2남의 자녀
를 두었다. 자녀들은 모두 장성한 뒤 도시로
나가 살고 있으며, 현재 남편과 함께 농사를
지으면서 살고 있다.

조남님이 부른 노래들은 모두 친정마을에
서 듣고 배운 노래라고 하며, 노래를 마칠
때는 반드시 "둥당에당 당기 둥당에당"을 붙여 끝을 맺는 습관을 갖고 있
기도 하다.

제공 자료 목록

06_05_FOS_20100224_LKY_CNN_0001 강강술래 / 청어 엮자
06_05_FOS_20100224_LKY_CNN_0002 강강술래 / 자진 강강술래
06_05_FOS_20100224_LKY_CNN_0003 강강술래
06_05_FOS_20100224_LKY_CNN_0004 강강술래 / 대문 열기
06_05_FOS_20100224_LKY_CNN_0005 재봉틀
06_05_FOS_20100224_LKY_CNN_0006 소 노래
06_05_FOS_20100224_LKY_CNN_0007 닭 노래
06_05_FOS_20100224_LKY_CNN_0008 시들시들 봄배추는
06_05_FOS_20100224_LKY_CNN_0009 잠자리 잡을 때 부르는 노래(1)
06_05_FOS_20100224_LKY_CNN_0010 잠자리 잡을 때 부르는 노래(2)
06_05_FOS_20100224_LKY_CNN_0011 둥당에 소리
06_05_FOS_20100224_LKY_CNN_0012 다리 세기

거짓말 이야기

자료코드 : 06_05_FOT_20100224_LKY_KCR_0001
조사장소 : 전라남도 나주시 동강면 옥정리 5구 봉추마을
조사일시 : 2010.2.24
조 사 자 : 이경엽, 한미옥, 송기태, 임세경
제 보 자 : 김초례, 여, 74세
구연상황 : 박선배 제보자의 이야기가 끝나자, 조사자가 할머니들에게도 아는 이야기가
있으면 해달라고 하였다. 하지만 할머니들은 "저런 유식한 이야기는 모른다."
고 부끄러워하면서도 듣고 있던 김초례 할머니가 "거짓말 이야기지만 거짓말
은 아니라."고 하면서 이야기를 들려주었다.
줄 거 리 : 옛날에 언니와 동생이 의붓어미를 얻었는데, 하루는 의붓어미가 자매에게 목
화를 따라고 하였다. 목화를 따던 자매는 날이 저물자 의붓어미에게 가기 싫
어서 산 속으로 도망을 갔는데, 한참을 들어가서 보니 불이 반짝이는 집이
하나 보이더란다. 그래서 그 집으로 가서 날이 저물어서 그러니 하룻밤 자고
가잔다고 하니, 그 집의 할머니가 방 안에 들어가서 편히 자라고 하였다. 방
안에서 한참 자고 있는데 갑자기 바깥에서 시끄러운 소리가 나면서 자기들끼
리 "맛있는 고기가 들어왔다."고 하면서 가마솥에 물을 팔팔 끓이더란다. 이
에 놀란 언니가 자는 동생을 깨웠지만, 동생이 일어나지 않자 혼자서 얼른
방에서 나와 울타리 밑에 숨었다고 한다. 잠시 후에 동생한테 뜨거운 물을
끼얹었는지 죽는다는 소리와 함께, 할머니가 "하나는 어디로 내뺐다."고 하면
서 뜨거운 물을 사방으로 끼얹더란다. 이렇게 해서 겨우 언니만 살아남았는
데, 그 할머니는 실은 호랑이였고, 그 두 자매에게는 할머니로 보였던 것이라
고 한다.

어떤, 인자, 큰애기가 동생하고 성하고 둘이 인자, 둘이 산다. 이붓 어
매를 얻었던가 봐요. 이붓 얻었는디. 골방에다가 둘이 인자, 자라고 고롭
게 했는디. 자고는 날이 샌게, 인자, 목화 따러 보냈는갑디다. 그 이붓 어
매가. 보낸게, 가서 목화를 딴디. 해가 딱 넘어가서 캄캄 하드래요. 근디

이붓 어매가 하도 시집살이를 시킨게 오도 가도 못했어. 그래갖고는 인자, 어디, 둘이 인자 어디로 도망가자. 그러고는 어디 산꼴짜기로 도망을 가니까는 째깐 오두막집이 딱 있드래요. 그래갖고 불이 뺀 허니 써졌어.

"준 양반 준 양반."

인자, 근게. 그 아가씨가 그런게.

저, 할매가 늙디 늙은 할매가 미영을 이렇게 자심시로.

"누구냐."

그런게.

"우리 이렇게, 가다가 밤이 저물어서 들어왔다."고.

그런게 들어오라고 허드래요. 그래서 들어간게는. 저, 따독따독 험시로.

"잘 왔다, 잘 왔다."

함시로, 여그 뒷방에 가서 자그라. 두 성제가 자고 있는디. 동생은 잠을 콜콜 잔디, 즈그 성이 잠을 안자고 있는디. 뭣이 그냥, 어그덕 더그덕 어그덕 더그덕 오드래요. 온게는, 거시기.

"참, 고기 존놈, 우리 집, 여그 방에 있다."

인자, 글드래, 할매가. 그런게, 그래하고 그래갖고는 인자, 솥에다 물을 막, 겁나 끓여라 허드래. 그것을 끓이고 있은게는, 인자 거시기가, 성, 성이 인자 알고, 막, 동생을 때림시로, 인나라 헌게.

"어매, 나 잘란디 왜 깨냐고."

막 인자, 글드래요. 인자, 깨다 깨다 못 깨고는 인자 그, 막, 솥에서 아, 좋다고, 막, 죽까지 험시로, 막, 물을 끓이고 있는디. 인자, 어찌고 어찌고 해갖고 백장(벽장, 다락)을 뚫고는 지가 도망을 갔어, 성이. 도망을 가갖고 인자, 울타리 밑에서 이러고 앉어서 지그 동생을 뜨끈 물로 찌끌던가 막 악을 쓰고 죽는다 하드래요. 근게, 인자 지 속으로는 간을 타재. 타고 앉 것는디. 아따, 둘인디. 하나는 어디로 내빼붓다고. 뜨거운 물을 갖다가 그 울타리에 밑에다 막 찌끌드래. 사방디다가. 찌끌어갖고 거시기 했다고.

그, 근게 뭣이냐 그믄, 그것이 호랭이데요. 그, 할매가 호랭이로, 호랭이가 할매니로 보였어. 그래갖고 들어가서 근게. 즈그 인자, 즈그 자식들이 사냥을 갔다가 온게.

"여기다가 좋은, 이쁜, 저, 고기 맛난 놈, 내가 잡아 놨다."

그런께. 그러고 막, 솥에 가서 물 끓이고, 문도 안 열어 보고 막, 끓이고 있는디. 그것이, 큰 것이 성이 도망갔어. 뚫고, 벽작을 뚫고. 도망간게, 동생은 막 깬게는, 깬다고 막, 지랄지랄 헌게. 큰방에서 방에서 할매가,

"왜 그러냐. 가만히 자고 있거라."

그래, 그러고 허고 헌디. 그것은 뚫고 어찌고 도망가 갖고, 거, 울타리 밑에가 있은게. 그렇고 물을 찌끄러 갖고 그러고 해서, 나가서 저 한자만 어찌게 도망가 갖고 살았다고 글드라고라. 그래, 옛날 어른들이 막, 그런 이야기 허믄, 우리들이 이야기를 좋아했어.

벼락바위와 형제바위

자료코드 : 06_05_FOT_20100224_LKY_PMB_0001
조사장소 : 전라남도 나주시 동강면 옥정리 5구 봉추마을
조사일시 : 2010.2.24
조 사 자 : 이경엽, 한미옥, 송기태, 임세경
제 보 자 : 박만매, 남, 86세
구연상황 : 봉추마을의 유래에 대해서 이야기하다가, 조사자가 마을의 지명이나 전설을 들려달라고 하자, 주변의 지명에 관한 이야기를 간단하게 들려주었다.
줄 거 리 : 봉추마을 주변에는 빈재라는 곳이 있는데, 그곳에 큰 바위 하나가 벼락을 맞아서 쪼개져 있는데 그것을 '벼락바구'라고 한다. 또 빈재 밑으로 가면 영산강인데 그곳에 바위가 나란히 두 개가 있어서 그것을 '형제바구'라고 부른다고 한다.

전설이라고 허므는. 저그 가서, 저그 가 보믄 '빈개'라고 있는데 빈개.

빈개라고 있는데. 거가서 바우가 커갖고, 요, 요 집채만썩 헌 놈 둘이 딱 쪼개져 있어요. 그래가지고, 어, 고것이, 그, 벼락을 쳐서 쪼개졌다 해서 '벼락바구'라고. 일명, 고렇게 거시기 허고.

그 밑에로 간다 치면은 영산강, 강에 가서 있는디. 바우가 둘이 나란히 이렇고 있어요. 고것보다 '형제바구'라 그러고, 거시기 했어요. 그래서 어, 그 전설을 뱂에는 없어요.

상사바위

자료코드 : 06_05_FOT_20100224_LKY_PMB_0002
조사장소 : 전라남도 나주시 동강면 옥정리 5구 봉추마을
조사일시 : 2010.2.24
조 사 자 : 이경엽, 한미옥, 송기태, 임세경
제 보 자 : 박만매, 남, 86세
구연상황 : 박선배 제보자의 이야기 후에, 조사자가 박만배 어르신을 만나기 위해 마을에 있는 댁을 방문했는데, 마침 큰 솥에 물을 끓이기 위해 불을 떼고 있었다. 불을 떼면서 봉추마을의 형성 내력에 대해서 이야기를 들려주었고, 마을의 지명과 관련된 이야기도 함께 들려주었다.
줄 거 리 : 방아다리라는 마을이 있는데 그곳에 상사바위가 있다고 한다. 그런데 그곳에서 처녀가 떨어져서 영산강에 빠져 죽었다고 하는데, 즉, 처녀가 뱀과 상사에 빠졌다가, 뱀이 처녀의 몸을 칭칭 감은 상태에서 그만 절벽 아래 영산강으로 빠져 죽었다고 한다.

그 밑으로 간다치믄, 거가, 뭣이냐. 구랫나루라는 마을이 있고, 터진목이라는 마을이 있고, 또, 방아다리란 마을이 있고 그래요. 그런디. 방아다리 처녀가, 뭣이냐. 거, 상사가 져가지고, 거, 상사바위에 가서 뭣이냐. 놀고 거식허다가 떨어져서 죽었다고 그래서 상사바위로, 상사가 나가지고 어쩌어쩌, 어쩌지도 못허고. 그냥, 그 바우에서 놀다가.

그 바우라 헌다치믄, 아주 절벽이어요. 아주, 떨어지믄 용날 수 없어요.

영산강으로 마구 떨어져요. 그것이 그 상사바위라는, 그 바위 전설이. 영
산포 괴산에 가서 그것이 붙어갖고 있어요. 그것이 상사바우. 그래서 어,
그런 전설을 인자 들었지요. 고렇게 해서 그 처녀가, 아, 다시 어찌게, 거
시기도 못하고 그러고 그 자리에서 상사져 가지고 떨어져서 죽었다.

　(조사자 : 그 처녀가 구렁이가 되고, 또 어떤 총각을?) 그런 말도 있어
요. 구렁이가 되고, 또, 저, 뭐, 거시기가 되갖고 칭칭 감어서 떨어졌다 그
런디. 고런 것은 어렵고. 고런 전설도 있어요. 혹자는 고렇게 또, 이야기
를 해요. 혹자가 말허기는, 그것이 그 처녀가 상사가 져가지고 거시기 헌
디. 구렁이가 또 상사가 져가지고 그, 뭣이냐, 처녀를 휘휘 둘러 감고 영
산강으로 떨어져서 둘 다 죽었다. 그래서 상사바위다 그, 그렇게 들었어
요. 그런게 그것이 일면 전설이라고 해서 그렇제. 그것이 솔찮히 믿기도
어렵고.

똑똑한 막내사위

자료코드 : 06_05_FOT_20100224_LKY_PSB_0001
조사장소 : 전라남도 나주시 동강면 옥정리 5구 봉추마을
조사일시 : 2010.2.24
조 사 자 : 이경엽, 한미옥, 송기태, 임세경
제 보 자 : 박선배, 남, 82세
구연상황 : 봉추마을 부녀자들의 노래가 끝난 후, 이야기판으로 넘어갔다. 할머니 소리가
　　　　　 끝나기를 기다렸던 박선배 제보자가 "인자 해?" 소리를 하면서 삼정육판 이
　　　　　 야기를 들려주었다.
줄 거 리 : 옛날에 영의정이 딸만 다섯을 낳았다. 그런데 딸들이 다 커서 결혼을 할 나이
　　　　　 가 되자 영의정 부인이 자기 마음대로 넷째 사위까지를 골라버렸다. 이에 화
　　　　　 가 난 영의정이 마지막 다섯 번째 사위는 내 마음대로 고르겠다고 하면서 막
　　　　　 내 사위를 들였다. 어느 날 영의정이 다섯 사위를 모두 집으로 불러들이고는,
　　　　　 '높을 고(高)'자로 글을 짓도록 하였다. 그러자 첫째 사위는 '산지시고는 섯다

고요'라고 지었는데, '산이 높고 높은 것은 독(돌)이 많이 있는 탓이라서 이렇게 높소.'라는 뜻이라고 하였다. 다음 둘째 사위는 '해중다우는 수심고라'라고 지었으며, '고기가 많은 것은 물이 깊은 것으로, 그리 해서 고기가 많다.'는 뜻이라고 했다. 셋째 사위는 '안지작명은 장경고라'로 지었고, 뜻은 '기러기가 소리를 길게 빼고 멋있어 하는 것은, 모가지가 길기 때문이다.'라고 하였다. 네 번째 사위는 '노루왕당은 과인고라'로 지었고, 그것은 '길가의 버들나무는 사람이 많이 왕래를 하기 때문에 결국에는 앙상하게 제 명을 못산다.'는 뜻이라고 하였다. 마지막으로 다섯 번째 사위에게는 무슨 글을 지었느냐고 하니, 제대로 짓지 못하자, 영의정 부인이 혀를 차면서 못난 사위를 얻었다고 영의정을 타박하였다. 이에 다섯 째 막내 사위가 큰 형님에게, "형님, 산이지고는 섯다고라 했지요? 그러면 천지지고도 섰다고요 입니까?"라고 물었다. 즉 '하늘이 높은 것도 독이 많해서 높냐'는 뜻으로, 하늘은 돌 때문에 높은 것이 아니기에 첫째 사위가 아무 말도 하지 못했다. 다음으로 막내 사위가 둘째 형님에게, "해중다우는 수심고라 했지요? 그러면 시중다우도 수심고요?"라고 물었다. 즉, '시장에 고기가 많은 것도 물이 많아서 고기가 많은 것이냐'는 뜻이니, 시장에 고기가 많은 것은 장사치들이 많이 놔둔 것 때문이지 물이 많아서 그런 것은 아니라는 것이다. 이에 역시 둘째 형님도 꼼짝을 하지 못했다. 또 막내 사위가 셋째 형님에게, "안지장명은 장경고라 했지요? 그러면 와지장명도 장경고요?" 하고 물었다. 즉, '개구리도 모가지가 길어서 크게 소리를 내는 것이냐'고 물은 것으로, 역시 셋째 형님도 막내사위에게 아무런 대꾸도 하지 못했다. 마지막으로 넷째 형님에게, "노루왕당은 과인고라 했지요? 그러면 장모왕등도 과인고요?" 했다. 즉, 장모 기세가 등등한 것도 사람에게 많이 치어서 그런 것이냐는 뜻으로, 그 말로 인해 장모의 위세를 한 번에 꺾어버린 것이었다. 이에 장인인 영의정이 무릎을 팍 차면서 "과연 내 사위다."라고 했단다.

  인자, 옛날에, 잠, 이조 때, 뭐시냐. 삼정육판. 삼정육판이라 허믄, 지금은 모른 사람들은, 여자들은 삼정육판이 뭣인고, 인자, 여그는. 삼정육판이 인자, 있는디. 뭣이냐, 이, 좌의정, 우의정, 영의정 이렇게 있는디. 영의정이 인자, 최고거든. 근디, 영의정이 자기 마누라가 있어가지고 애기들을 낳는디 밋을 낳냐 하면 편떡 아구시럽게 가시나들만 다섯을 퍼 낳어. 다섯을 퍼 낳는디. 애기, 그 애기들이 다 자라가지고 결혼 헐 나이가 되얐어, 다. 그런께 인자, 근게 인자 영감, 영의정 말도 안 듣고 마누래가 사우를 딱 한나 얻어 부렀다. 얻어 갖고 결혼식을 딱 시켰어. 결혼을 딱 시켰어. 그런께 인자, 어이 뭣이냐. 영감이 참말로 즈그 마누라 죽이도 못하고 살리도 못하고 은근히 보라꼬 요로고 딱 있었어. 근게, 또 나중에 또 인자 그, 둘째딸을 갖다가 둘째딸이 인자, 가문, 이게 돼야갖고 이렇게 해서 여울 때가 돼야 논께. 여울라고 인제, 거시기 해서 있는디. 내가 인자, 이참에는 사우를 내가, 전망을 해야제. 근디 자기 아내가 딱 전망을 해부렀어. 전망을 해갖고 딱, 이렇게 사우를 얻었어. 나중에 인자, 또 인자, 시쨋 딸이 또 이러게 인자, 시집갈 나이가 딱 되았는디. 아, 그땍에도 자기 영감 말은 안 들어 보고 영의정 말은 안 들어 보고 무조건 자기 맘이여. 자기 말만, 어찌게 내 주장을 허던지. 사람, 서방 잡아 묵을라고 인자, 이러고 생겼등만. 그러니께 그거도 딱 여워. 넷째 딸도 딱 그렇게 여웠어.

넷째 딸까지 딱 여워놓고 본께. 영감이 곰곰이 생각해 본게 괘씸허기가 짝이 없거든. 짝이 없으니까. 나중에 인자, 다섯째 딸을 인자, 딱 거시기 헌디. 저녁에 가서 인자, 참. 뭐시냐, 귀에다 대고, 뭐시냐.

"막내딸은 내가 사우를 정해 갖고 여울란께, 자네가 쪼끔 좀 한 번 거시기를 허소. 나도 영의정 한 사람이 사람 볼 줄 모르겠는가?"

자네가 그런께.

"영감, 필요 없소."

그런께.

"인자는 죽으믄 죽어도 니 말은 안 들을란께. 내 말대로 헐란다."고.

인자 하도 막, 볶아 쌌게. 인자, 뭐시냐. 그래도 여자는 인자, 자기 주장만 내 주장만 헌다 이거여. 그러니께 그러나 저러나 인자, 영감이 듣도 않고는 인자. 자기가 사우를 딱, 이렇게 얻었어. 사우를 얻어갖고 인자. 사우가, 딸이 다섯인께 인자, 사우가 다섯이제. 다섯을 인자, 이렇게 딱 해갖고, 영의정 그 사람이 사우를, 사우를 전부다 관상들을 해 보고 또 이러고 실력을 다 보고 못 해도, 자기가 얻은 막내 사우가 가장 질 인물이고 유력허거든. 유력허게 딱, 헌게는. 요새 같으믄 정월 초하루 날에 그냥 초닷, 초 인자, 초정인데. 자기 사우들을 이러고 싹 모타 갖고.

'아무 날 아무 시에 여하튼간 우리 집으로 느그들 싹 모타라.'

그러니께, 자기, 뭣이냐, 사우들이 자기 마누래들 달고 싹 와 갖고 있는디. 그래갖고 권커니 자커니, 술 한 잔썩 먹고 뭣허고 있는디. 자기 자형이, 자기 자형이 있다가, 해서.

"니들도 다 배울 만치 배우고, 또 느그 관직에 또, 있고. 그러니까 내가 운자를 한나 넣을테니까 글로 해서 글을 한번 지어봐라."

그러니까 자기 사우들이 인자, 그렇다고 딱 허고 있는디. 그러고 허고 있는디. 뭣이냐, 장인이, '높을 고'자를 이러고 딱 써 놨어. '높을 고, 기름 고' 딱, 이러고. 그러게 딱 해 논게는. 그래갖고 글로 해서 지어라, 그런게. 그래, 인자 다 짓고, 다 지었는디. 막내 사우가, 자기가 그 영감이 이렇게 해서 얻은 사우는, 이놈을 못 짓고 이러고 가만히 보라고 있은게. 자기 마누라가 저런 것도 사우라고 얼, 생겼다고 막 그냥 지랄 법석이여. 법석인게. 그러고 있는디.

"이따가 두고 보믄 알제."

그런게.

큰 사우 보다가,

"너는 저, 뭣이냐. 그, 글진 놈을 해명을 한 번 해봐라. 글을 한 번 해봐라."

근게.

"산지시고는 섯다고요."

이렇게 딱 짓거든.

"산지시고는 섯다고요."

산이 높고 높은 것은 독이 많이 있는 탓으로서, 이렇게 높소. 그러고 근게.

그것도 가히 맞을 말이거든. 그런게,

"아하, 그렇다."

하고. 또 둘째 사위보다,

"너 한 번 해봐라."

근게.

"해중다우는 수심고라."

고기가 많은 것은 물이 지픈게, 이렇게 해서 고기가 많다. 그리고 딱, 인제, 시쨋 사우가 딱 이렇게 해서는, 뭣이냐.

"안지작명은 장경고라."

기러기가 소리를 질게 빼고 참 멋있어 허는 것은 모가지가 질게, 이렇게, 허고 있다. 그러니게 인자, 그러게 해서 모가지가 질고 이렇고 헌다 근게. 그것도 가히, 참 옳은 말이거든. 근디 뭣이냐, 또 넷째 사우보다가,

"넷째 사우! 너 거시기 해서 해라."

그런게. 뭣이냐,

"노루왕당은 과인고라."

길가의 버들나무는 사람이 이렇게 많이 왕래를 허고 대닐줄래, 결국에 앙담 해갖고 이렇게, 그, 지대로 거시기 허지 못 헌다. 그런게. 난중에 인자, 막둥이 사우보다가, 막둥이 사우보다가 딱 이렇게 해서.

"너는 뭣이, 어찌고 했냐?"

그런게는 암 말을 않고 있어. 그런게, 장모가 저런 것을 영감탱이가 사우라고 얻었다고 괴변 맞거든. 그런게는 형님, 그, 자기 큰 형님은 인자 뭣이냐, 그 처갓집으로는 형님 되제. 형님, 큰동서 보다가,

"형님."

그런게.

"뭣 헐란가?"

"형님, 저 뭣이냐 산이지고는 섯다고라 했지요."

"어이."

그런게는.

"어이, 그랬네."

근게, 뭣이냐.

"천지지고도 섯다고요."

하늘이 높은 것도, 높고 높은 것도 독이 많해서 높소. 반대로 요걸 때려 부린게, 뭐 헐말이 있어. 어찌 하늘이 뭐, 독땀시 높아. 절대 안 높으제. 그런게, 말을 못 해불거든. 말을 못 허고 헌게. 글씨, 하늘이 높은, 높은 것은 뭣이냐, 독이, 독허고는 아무 관계가 연관이 없다. 인자, 이렇게.

"둘째 형님!"

그런께, 둘째 형님이 인자, 벌벌 떨지. 이, 반대로 딱 나와븐께. 반대로 나와븐게는.

"해중다우는 수심고라 했지라?"

그런게.

"어이, 그랬네."

"시중다우도 수심고요."

시장에 고기가 많은 것도 물, 많아서 고기가 많소? 시장허고 고기허고는 아무 연관이, 물허고는 아무 연관이 없제. 지금 저 장가게 고기 많이 퍼 놔 둔 것이 물이 있어서, 물이 한 방울도 없제. 그런게 인자, 그래 뭣이냐. 시째 사우보다가,

"형님, 시째 형님!"

그런게. 인자 대답을 못 허제. 저놈이 어쩌고, 나를 핍박을 줄라고 이러고 딱 헌게.

"형님은 안지장명은 장경고라 했지라?"

그런께.

"어이, 그러고 해 봤네."

"와지장명도 장경고요."

개굴탱이가 모가지가 질어서 소리를 크게 내요? 그러니께, 나중에 인자,

"그믄, 넷째 형님!"

그런게. 넷째 형님을 또 부른단 말이여. 근게 그놈은 떠니라고 말을 못 해. 어뜨게 이놈을 갖다가 해서, 거시기를 해불라고 요러고 헌게는.

"노루왕당은 과인고라 했제라?"

길가에 거식헌 것은 뭣이냐, 이렇게 그, 뭣이냐, 많이 지내 대여갖고. 근디, 요런디도 사람 많이 지내대니면 풀이, 이러게 결국 밟아불고 거식 허고 글믄 빳빳허제. 그런게,

"노루왕당은 과인고라 그랬지라?"

그런게.

"어이 그러고 해 봤네."

그런게.

"장모왕등도 과인고요."

장모가 왕당왕당 이렇게 헌 것도, 사람이 많이 치어서 그렇게 허요? 즈 그 장모를 잡년을 만들아 분 것이여. 그렇게 해가지고 거시기 헌게는, 자 기 장인이 물꽉을 딱 치면서,

"과연 내 사우다."

그랬어.

지혜로운 가난한 선비

자료코드 : 06_05_FOT_20100224_LKY_PSB_0002
조사장소 : 전라남도 나주시 동강면 옥정리 5구 봉추마을
조사일시 : 2010.2.24

조 사 자 : 이경엽, 한미옥, 송기태, 임세경
제 보 자 : 박선배, 남, 82세
구연상황 : 김초례 할머니가 호랑이한테 잡아먹힌 자매 이야기를 끝낸 후 어렸을 때 이
런 이야기를 많이 들었다고 하였다. 그때 옆에 있던 박선배 제보자가 자기가
또 이야기를 하겠다면서 이야기를 시작하였다.
줄 거 리 : 옛날에 부유하지만 머리는 별로 좋지 않은 두 사람과, 머리는 좋지만 가난한
한 사람이 만나 과거를 보러갔다. 그런데 가난한 사람이 돈이 없었기에, 부자
두 사람이 "우리들이 시키는 데로 하면 과거보러 가는데 데리고 가겠다."고
하였다. 이에 가난한 사람이 시키는 데로 다 하겠다면서 그 두 사람을 따라
다녔다. 어느 마을에 들어서자 밭에서 처녀와 할머니가 미영을 따고 있었는
데, 부자 두 사람이 가난한 사람에게 "저기 밭에서 미영을 따고 있는 처녀와
입을 맞출 수 있냐?"고 하자, 가난한 사람이 "할 수 있다."고 하면서 밭에 가
서 갑자기 뒹굴기 시작했다. 그러자 처녀와 할머니가 다가와서 무슨 일이냐
고 묻자, 가난한 선비가 눈에 뭐가 들어가서 그렇다고 대답을 했다. 이에 할
머니가 처녀에게 선비의 눈에 들어간 것을 빼주라고 하였고, 처녀가 그 말을
따라 가난한 선비의 얼굴을 잡고 눈에 바람을 넣는 사이에 선비가 처녀의 입
술에 입을 맞추었다. 다시 가난한 선비와 두 부자 선비가 다시 길을 가다가,
어느 동네에 들어서니 우물가에서 빨래를 빠는 여자들이 모여 있는 것을 보
고는, 가난한 선비에게 저기 모여 있는 여자들 중에 한 사람의 자궁을 볼 수
있냐고 하였고, 가난한 선비는 역시 할 수 있다고 하였다. 가난한 선비가 우
물가에 가서 자신은 판사인데 자궁이 둘인 사람을 찾아 잡아가고 있으니 자
궁을 모두 보여 달라고 하였다. 하지만 모두들 자궁을 보여줄 리가 만무하였
는데, 이때 한쪽에 있던 여자가 쭈뼛거리면서 서 있자, 이것을 본 가난한 선
비가 그 여자에게 "니가 자궁이 두 개인 모양이니 잡아가야겠다."고 하자, 놀
란 여자가 자신의 자궁을 보여주면서 하나이니 잡아가지 말라고 하였다. 결
국 가난한 사람은 과거에 급제해서 암행어사가 되었고, 부자인 두 선비는 떨
어지고 말았는데, 사람은 언제든지 머리가 있어서 술책을 쓰면 생사도 면할
수가 있는 것이라고 한다.

애기가 이만치나밖에 안 된다. 사람은 갖다, 그마만치 지혜가 있어야
쓰고, 그마만치 연구심이 있어야 쓰고. 결국에 내가 해서, 인간 세상을 살
면서 출세도 허고 또, 연구가 깊은지로 해서 글로해서 자기 일생을 갖다
가 해서, 좌우하는 것이 자기 머리, 머리여, 머린다.

옛날에, 옛날에는 참, 글공부, 글공부 좀 허고 그러게 되믄 인자, 이렇게 돼서, 과거보러 간다고 가잖에? 옛날에 잠, 과거 보러 간다. 있는 사람허고 없는 사람허고는 이거 차이거든. 언제든지. 지금도, 옛날에나 지금에나 똑같이, 그, 뭐시냐, 부허고 천하고 귀천이 인자 이렇게 뚜렷이 있는디. 간 사람이 공부는 잘 했는디. 공부는 인자, 그, 가정이 곤란한 사람이 공부는 넉넉 해갖고 있는디. 남은 사람들이 인자, 참, 부자로 잘사는 사람들이 인자 둘이 이렇게 해서 서니 합동을 해갖고 인자, 이렇게 해서 서울로 과거를 보러 가는디. 과거 보러 가는디. 인자,

"너는 내 말을 안 들으면은 저녁에 재워주도 않고, 저녁밥도 주도 안, 먹을 때, 끼니 때, 밥도 안 주고 그럴테니. 내 말만 듣고, 나, 우리 시킨대로 헐라믄 나를 따라오고 안 헐라므는, 내 말, 우리 둘이 말 안 들을라믄 뭣이냐, 절대 따라 오지 마라. 오지 마라."

그런게. 과거 볼 욕심으로,

"느그들 허는 대로 내가 다 따라 헐 텐게, 따라서 헐 텐게 하여튼 간에, 해라."

뭐이냐, 따라간다 그런게는.

"그러믄 따라를 오니라."

인자, 걸어서 에, 지금 같으믄 옛날에는 인자, 참말로 뭣이냐. 돈푼이나 있는 사람들이 말 타고 서울로 가는디. 없은게 걸어 가제. 요로고 걸어서 요로고 간다. 어디만치 가다가 본께는 뭣이냐, 여자허고 그, 큰애기허고 망구허고 미영을 따고 있어. 미영을 따고 있은게. 거, 뭣이냐, 곤란한 사람 보다가,

"야! 저 큰애기, 가서 큰애기허고, 가서 뭣이냐, 입을 한번 맞춰야지, 입을 안 맞치면은 너는 안 데리고 갈란다. 안 데리고 간다. 영원히 안 데꼬 갈란다."

그런게는.

"그러냐."고.

"그러믄 입 맞추는 거, 뭐 문제없다. 저, 입 맞추는 것은."

그런게.

저놈이 인자, 어찌게 헌고 보자, 이러고, 딱, 이러게 해서 보고 있은게는. 미영 밭에 가서 무조건 궁글어. 이러고 궁그니까. 뭣이냐, 그, 망구 허고 큰애기 허고,

"어째서 그렇게 해서 궁구요? 어째서 그래요?"

근게.

"아이, 갑자기 눈에가 티가 들어가 갖고 눈을 못 뜨고 이러고 죽을 지경이요. 어찌고 티 좀 내주시오."

그런게는.

거, 여자 노인이 있다가, 망구가 있다가 해서, 요리 보더니 얼른 티가 안 보이니께,

"니가, 젊은 니가 뭣이냐, 봐라. 티 좀 내드려라. 선비, 티 좀 내드려라."

그러고 요리 얼굴을 들여다본께, 귀 잡고 입을 딱 맞춰불거든.

그런게 옆에 놈이, 옆엔 놈들이 본게, 여지없이 귀 잡고 입 맞추거든. 그래,

"아, 참 니가 그런 머리를 가졌구나."

그렇게 해갖고 있는디. 또, 어디만치 가다가는 머시라 한고니. 여자들이 냇가에서 빨래를 수없이 많이 허고 있거든.

"저 여자, 뭐, 저 여자, 아무 여자라도, 저 여자, 뭣이냐, 거, 거시기로해서 자궁을 안 보면은 너 안디꼬 갈란다."

그렇고 해서 자궁을 보라고 그런게.

"그런 거 문제없다. 자궁 보는 거 문제없다."

그런게.

"그래야."

근디.

근게, 이놈이 딱, 가가지고 빨래 허는디 가서는, 내가 지금 같으면 뭐, 경찰국, 아니 뭣이냐, 참, 검사 판사 인자 이런 거시기 행세를 험시로 해서는,

"당신들, 저, 뭣이냐. 여그서 지금, 우리는 서울 어디서 이렇게 해서 와서, 저, 자궁 둘 있는 사람을 잡으로 왔는디. 뭣이냐, 뭐, 자궁 좀 보자."고 헌께.

여자들이 자궁 보일 사람이 어디가 있냔 말이여. 안 보여 준께. 근게, 안 보여 줄라고 인자 한 여자가 빼시빼시 근께.

"틀림없이 둘이구만, 둘이구만. 둘 있는 사람 잡아가야 근게, 여, 끄집, 끄고 가야 쓰것다."

허고, 그런게는.

"뭣 놈의 내가 자궁이 두 개라냐."

딱 보여 줌시로.

"어디가 자궁이 둘이요."

그런게는,

"한나구만. 진작 보여줬으면은 내가, 우리가 가불제."

그러고 인자 거, 가불거든. 그게, 참, 이놈이 그러게 해서 그런 술책을 써가지고, 결국에 자기가 무사히 가서, 그 사람은 어사를, 뭣이냐, 어사도 허고, 관직을 헐 수 있는디. 택헐 수가 있었는디. 그 두 놈들은 순전, 허위 방탕으로 자기 가정의 그, 참, 부요로움 거시기로 해서 편히 인자, 이렇게 해서 뭣허고 살라고 헌디. 사람은 언제든지 그, 묘헌 술책을 빨리 쓰고 어쩌고 허믄. 험으로서, 죽을 수도 죽는 것도 면헐 수가 있어. 생사도 면헐 수 가 있어.

보보 보따리

자료코드 : 06_05_FOS_20100224_LKY_KSA_0001
조사장소 : 전라남도 나주시 동강면 옥정리 5구 봉추마을
조사일시 : 2010.2.24
조 사 자 : 이경엽, 한미옥, 송기태, 임세경
제 보 자 : 곽순애, 여, 66세
구연상황 : 발 자랑 이후에 다시 곽순애 제보자가 김초례 할머니와 함께 '보보 보따리'
소리를 행동과 함께 들려주었다. 노래와 함께 행동이 곁들어졌기에 고령의 제
보자가 몹시 숨차 하였다.

보 보 보따리
시집살이
보 보 보따리
가는 보는 보따리
시집살이 못 하고
가는 보따리
보 보 보따리
오는 보따리

다리 세기

자료코드 : 06_05_FOS_20100224_LKY_KSA_0002
조사장소 : 전라남도 나주시 동강면 옥정리 5구 봉추마을
조사일시 : 2010.2.24
조 사 자 : 이경엽, 한미옥, 송기태, 임세경

제 보 자 : 곽순애, 여, 66세
구연상황 : 다리 세기에 대한 노래가 청중들 여기저기에서 한꺼번에 터져 나오자, 조사자
가 정리를 하면서 다리 세기를 부를 때는 친정을 먼저 말하고 불러달라고 하
였다. 이에 곽순애 제보자가 자신의 친정인 영암군 시종면 월암리 중계부락에
서 했던 소리라면서 다리 세기를 불러주었다.

일골 저골 밭고리
행기마니 조마니 칼
짝바리 성룡
정살로 모가지 그릇
지다리 콩

둥당에 소리

자료코드 : 06_05_FOS_20100224_LKY_KSA_0003
조사장소 : 전라남도 나주시 동강면 옥정리 5구 봉추마을
조사일시 : 2010.2.24
조 사 자 : 이경엽, 한미옥, 송기태, 임세경
제 보 자 : 곽순애, 여, 66세
구연상황 : 나물노래가 끝나자마자 옆에 있던 곽순애 제보자가 둥당에 소리를 불렀다.

둥당에 소리를 누가 하네
건방진 큰 애기 내가 아네

진 강강술래

자료코드 : 06_05_FOS_20100112_LKY_KCR_0001
조사장소 : 전라남도 나주시 동강면 옥정리 5구 봉추마을
조사일시 : 2010.1.12

조 사 자 : 이경엽, 한미옥, 송기태, 임세경
제 보 자 : 김초례, 여, 74세
구연상황 : 김초례 할머니가 갑작스럽게 하니 가사를 잊어버렸다고 하자, 청중들이 "인
자 진 놈 했응게 다른 놈 '뛰자뛰자' 하자."고 하였다. 그러자 김초례 할머니
가 "아니, 그래도 진 놈을 해야 가제." 하면서 진(긴)강강술래를 시작하였다.
김초례 할머니가 선소리를 했고, 나머지 마을 할머니들이 뒷소리를 받아주었
다. 노래가 끝나자 주위에서 후렴을 하던 제보자들이 "총도 좋고 노래가 사람
하나 울린다."며 감탄하였다.

강강수월래
재주보소 재주보소
강강수월래
울 어머니 재주보소
강강수월래
배도 낳고 나도 낳고
강강수월래
가고 없네 가고 없네
강강수월래
저승질에(길에) 가고 없네
강강수월래
저기 가는 저 생애야
강강수월래
소년이냐 백발이냐
강강수월래
소년이면 뭐설(무엇)하고 백발이면 뭐설 할래
강강수월래
저승질에 가시거든
강강수월래

울어머니 만나시면
강강수월래
한 살먹은 연애동생
강강수월래
밥을 줘도 마단다다
강강수월래
물을 주어도 마단다네
강강수월래
장솔나무 목에 질러
강강수월래
안개속에 보내가소
강강수월래
하늘에다 베틀놓고
강강수월래
구름잡어 잉에걸어
강강수월래
비자나무 보두집에
강강수월래
탱자나무 푸개다가
강강수월래
얼그덕덜그덕 짜니란게
강강수월래
전보왔네 전보왔네
강강수월래
전쟁터에서 전보왔네
강강수월래

앞문이로 받아들에
강강수월래
뒤문앞에 뜯어보니
강강수월래
임아임아 우리임아
강강수월래
나라 보양을 가셨으니
강강수월래
조선만세 부르소서
강강수월래

남생아 놀아라

자료코드 : 06_05_FOS_20100112_LKY_KCR_0002
조사장소 : 전라남도 나주시 동강면 옥정리 5구 봉추마을
조사일시 : 2010.1.12
조 사 자 : 이경엽, 한미옥, 송기태, 임세경
제 보 자 : 김초례, 여, 74세
구연상황 : 조사자가 강강술래 중 '남생아 놀아라'는 어떻게 하는 것이냐고 물으니, 김초
례 할머니가 웃으면서 소리를 바로 들려주었다. 역시 김초례 할머니가 선소리
를 매기고, 마을 할머니들이 뒷소리를 받아주었다. '남생아 놀아라'를 할 때
는 매기는 사람은 가운데로 나와서 춤을 추면서 하고, 다른 사람들은 가운데
선소리꾼을 놓고 빙 둘러서서 돌면서 양손으로 가슴과 배를 번갈아 치면서
노래를 받는 것이라고 하였다.

남생아 놀아라
얼레 절레가 잘논다
어제 왔던 남생이

남생아 놀아라

오늘도 안 죽고 또 왔네

남생아 놀아라

얼레 절레가 잘논다

얼레 절레가 잘논다

문석쇠야 문열어주라

자료코드 : 06_05_FOS_20100112_LKY_KCR_0003
조사장소 : 전라남도 나주시 동강면 옥정리 5구 봉추마을
조사일시 : 2010.1.12
조 사 자 : 이경엽, 한미옥, 송기태, 임세경
제 보 자 : 김초례, 여, 74세
구연상황 : 조사자가 강강술래를 할 때 '문지기 문열어주소'도 하고 놀았냐고 하니, 김초
례 할머니가 '문석쇠야 문열어주라' 소리를 했다고 하면서, 그 소리는 처음에
는 느리게 했다가 점점 빠르게 하는 것이라고 하였다. 이에 조사자가 그 소리
를 느린 소리부터 빠른 소리까지 한 번 들려달라고 하자, 김초례 할머니가 선
소리를 들려주었다. 하지만 가사를 다 잊어버려서 몇 마디의 가사를 반복적으
로 들려주었다.

문석쇠야 문열어주라

열쇠 없어 못 열겄네

길이나 동생 보거나 갈란다

열쇠 없어 못 열겄네

길이나 동생 보자

기와볿자

자료코드 : 06_05_FOS_20100112_LKY_KCR_0004
조사장소 : 전라남도 나주시 동강면 옥정리 5구 봉추마을
조사일시 : 2010.1.12
조 사 자 : 이경엽, 한미옥, 송기태, 임세경
제 보 자 : 김초례, 여, 74세
구연상황 : '문석쇠야 문열어주라' 소리가 끝나자 조사자가 '기와볿기'는 어떻게 하냐고
물어보았다. 이에 김초례 할머니가 "볿자 볿자 기와볿자" 소리를 하면서 매기
는 소리와 받는 사람이 따로 정해져 있지 않고 같이 한다고 하였다.

[제보자들이 서로 앞에 있는 상대의 어깨를 잡고 하는 시늉을 내며]

볿자 볿자 기와 볿자
볿자 볿자 기와 볿자

[노래를 받아주지 않자, 다시 받아서 하라고 함]

볿자 볿자 기와 볿자
볿자 볿자 기와 볿자
어서 바삐 건너가자
볿자 볿자 기와 볿자
빨리빨리 가서 뛰자
볿자 볿자 기와 볿자

덕석몰자

자료코드 : 06_05_FOS_20100112_LKY_KCR_0005
조사장소 : 전라남도 나주시 동강면 옥정리 5구 봉추마을
조사일시 : 2010.1.12

조 사 자 : 이경엽, 한미옥, 송기태, 임세경
제 보 자 : 김초례, 여, 74세
구연상황 : 조사자가 '기와밟자' 다음으로 '덕석몰자' 소리로 가자고 하니, 청중들이 "덕
석몰자에서 덕석풀자로 이어진다."고 하였다. 이에 조사자가 그러면 "덕석몰
자에서 덕석풀자까지 한 번 가보자."고 하였고, 이에 김초례 할머니가 선소리
를 시작하였다.

몰자몰자 덮석 몰자
몰자몰자 덮석 몰자
풀자풀자 덮석 풀자
풀자풀자 덮석 풀자

고사리 껑자

자료코드 : 06_05_FOS_20100112_LKY_KCR_0006
조사장소 : 전라남도 나주시 동강면 옥정리 5구 봉추마을
조사일시 : 2010.1.12
조 사 자 : 이경엽, 한미옥, 송기태, 임세경
제 보 자 : 김초례, 여, 74세
구연상황 : 조사자가 강강술래의 '고사리 껑자' 소리를 들려달라고 하자, 역시 김초례 할
머니가 선소리를 들려주었다. 하지만 갑작스러운 강강술래 조사였기 때문에
사설이 기억나지 않아서 짧게 조사되었다.

고사리 대사리 껑자
아사리가 껑자

청어엮기

자료코드 : 06_05_FOS_20100112_LKY_KCR_0007

조사장소 : 전라남도 나주시 동강면 옥정리 5구 봉추마을
조사일시 : 2010.1.12
조 사 자 : 이경엽, 한미옥, 송기태, 임세경
제 보 자 : 김초례, 여, 74세
구연상황 : 조사자가 강강술래 중 '청어엮기'는 어떻게 하냐고 물으니, 할머니들이 뛰면
　　　　　 서 하면 재미있다고 하였다. 이에 조사자가 다음 조사 때는 직접 뛰면서 한번
　　　　　 해보자고 하고, 김초례 할머니에게 선소리를 부탁하니, 사람들이 받아주어야
　　　　　 연결이 되는데 지금 사람들이 받아주지 않으니 가사도 생각나지 않고 힘이
　　　　　 든다고 하였다.

　[조사자의 재차요구에 제보자는 잘 모른다면서도 앉아서는 할 수 없으
며 누가 뒤에서 도와주어야 한다고 설명을 덧붙임]

　　　　청청 청어엮자

　[뒤에 있는 사람을 손을 잡아 모양을 만들며]

　　　　풀자 풀자 청어풀자

　[자리에서 일어서며 뛰는 모습을 잠시 보여주며 멈춘다.]

발자랑(1)

자료코드 : 06_05_FOS_20100112_LKY_KCR_0008
조사장소 : 전라남도 나주시 동강면 옥정리 5구 봉추마을
조사일시 : 2010.1.12
조 사 자 : 이경엽, 한미옥, 송기태, 임세경
제 보 자 : 김초례, 여, 74세
구연상황 : 조사자가 '발자랑 소리'를 물어보자, 김초례 할머니가 발자랑을 할 때 취하는
　　　　　 행동을 보여주면서 소리를 짧게 들려주었다. 빙 둘러서서 사람들이 서로 손을
　　　　　 잡고 양 발을 번갈아가면서 앞으로 내밀면서 노래를 한다고 한다.

발자랑 발자랑

새보신신고 발자랑

보신신줄 모르면은 나나주제

밭 맬 때 부르는 소리

자료코드 : 06_05_FOS_20100112_LKY_KCR_0009

조사장소 : 전라남도 나주시 동강면 옥정리 5구 봉추마을

조사일시 : 2010.1.12

조 사 자 : 이경엽, 한미옥, 송기태, 임세경

제 보 자 : 김초례, 여, 74세

구연상황 : 조사자가 제보자에게 밭 맬 때 부르는 소리가 있으면 하나만 들려달라고 하
자, 시집살이 내용이 담긴 노래 하나를 들려주었다. 노래를 마친 후 청중들이
칭찬 하자, 제보자가 노래에 대한 해석을 더해 주었다. 제보자의 돌아가신 형
님들이 생전에 이 소리를 잘했는데, 밭 맬 때 흥글소리를 하면서 불렀던 노래
라고 하면서 제보자도 당시에 배웠다고 하였다.

시집오든 사흘만에

밭메로를 가란다네

고무하나 깔창호무 하나 수건하나 납작수건

풀과같이 나는빛에 묏과같이 지슨밭을

밭메기도 어디한디 노래조차 허란다네

도리도리 삿갓집에 딸하나를 곱게키워

게린다고 게린것이 섬놈을 게랬구나

시집가든 사흘만에 모숨그로(모심으로) 가란다네

열두폭 미영치메 두리두리 걷어올려

가십시다 가십시다 모숨그로를 가십시다

서마제기 논배미가 반달만큼 남었기레

집이라고 오니란께 시금시금 새아버지
가리짱을 들체(들쳐)메고 아가아가 며늘아가
어느새끼 그세오냐
대문문턱 들어서니 시금시금 시어머니
아가아가 며늘아가 어느새끼 그세오냐
정게(부엌)문턱 들어가니 조끄막헌 시누아씨
성님성님 우리성님 낮도긴데 그새오요
건네방에 건네가서 비상한봉 사났기에
한모금을 홀짝허니 잠배는 모다지고
두모금을 홀짝허니 굵은배는 늘어지고
서당에 갔다가 오신 선비님이 앞문을 열고보니
시집살이 강허담소 낮잠이 웬말이요
이리또작 저리또작 여영가고 아조갔소
아부님도 들오세요 어머니도 들오세요
여영가고 아조갔소
지그집서 죽었으믄 비단한필 공단한필
우리집에 죽었길래 지게쌈이 웬일이요
한잔등을 넘어가니 곡소리가 진동하고
두잔등을 넘어가니 울음소리가 진동허요
시잔등을 넘어가니 아조가고 여영갔소

강강술래 / 긴 강강술래

자료코드 : 06_05_FOS_20100224_LKY_KCR_0001
조사장소 : 전라남도 나주시 동강면 옥정리 5구 봉추마을
조사일시 : 2010.2.24

조 사 자 : 이경엽, 한미옥, 송기태, 임세경
제 보 자 : 김초례, 여, 74세
구연상황 : 봉추마을에서는 지금으로부터 30여 년 전까지만 해도 정월 대보름과 추석날
　　　　　저녁이면 마당에 불을 써놓고 강강술래를 억세게 놀았다고 한다. 이에 조사자
　　　　　가 마당에서 강강술래를 한 번 해보자고 하자, 9명의 할머니들이 한복을 차려
　　　　　입고 마을회관 마당에서 강강술래를 시연해 주었다. 앞소리는 김초례 할머니
　　　　　가 맡아주었고, 나머지 동네 부녀자들이 뒷소리를 받아주었다. 본격적으로 강
　　　　　강술래를 하기 전에 한복을 먼저 갖춰 입은 할머니들이 각자 연습을 하다가,
　　　　　그중 몇 분의 할머니가 조사자에게 본격적으로 강강술래를 하기 전에 연습을
　　　　　하겠다고 하면서 노래와 춤을 보여주었다.

강강수월래

강강수월래

이술래가 누술랜가

강강수월래

마당임자 술래로세

강강수월래

달떠오네 달떠오네

강강수월래

이모방에 달떠오네

강강수월래

우리님은 어데를가고

강강수월래

저달뜬줄 모리는가

강강수월래

산아산아 별홍산아

강강수월래

놀기좋다 유달산아

강강수월래

강강술래 / 자진 강강술래

자료코드 : 06_05_FOS_20100224_LKY_KCR_0002
조사장소 : 전라남도 나주시 동강면 옥정리 5구 봉추마을
조사일시 : 2010.2.24
조 사 자 : 이경엽, 한미옥, 송기태, 임세경
제 보 자 : 김초례, 여, 74세
구연상황 : 앞의 진 강강술래에 이어서 자연스럽게 자진 강강술래로 들어갔다. 한복을 입
은 할머니들이 마당에서 손을 잡고 강강술래를 돌면서 소리를 하였으며, 소리
의 끝부분에 가서는 너무 숨이 차서 못하겠다며 끝을 맺으셨다.

강강수월래

강강수월래

꽃아 꽃아 국화꽃아

강강수월래

백로 서리 져쳐 놓고

강강수월래

삼월이라 십오일날

강강수월래

삼월이라 십오일날

강강수월래

모두모두 살구꽃

강강수월래

백사청청 버들꽃

강강수월래

영암도리가 복숭꽃

강강수월래

구화야 구화야 상구화야

강강수월래

니꽃진다 서러말야

강강수월래

맹년이라 춘삼월에

강강수월래

잎도피고 꽃도피고

강강수월래

둥당게당 둥당게당

강강수월래

당게둥당게 둥당게당

강강수월래

둥당게 큰애기 내가 아내

강강수월래

둥당게 큰애기 내가 아내

강강수월래

지픈 마당이 알어나지고

강강수월래

얕은 마당이 짚어나진다

강강수월래

하늘에는 별도 총총

강강수월래

솔밭에는 돌도 총총

강강수월래

구정물 통에 호박씨 떴다

강강수월래

다 맞었네 다 맞었네

강강수월래

강강 설소리 다 맞았네

강강수월래

외 외강목 접접개

강강수월래

사그야 단초가 멋이 들고

강강수월래

우리 같은 처녀들은

강강수월래

홍갑사 댕기가 멋이 든다

강강수월래

유 유월이 둘인 걸로

강강수월래

마누라 팔아서 부채사고

강강수월래

구시월 단풍이 들고나니

강강수월래

마누라 생각이 절로난다

강강수월래

갱도 양단 갱도 양단

강강수월래

목팔아 선반아 갱도 양단

강강수월래

물 물애기 큰애기들

강강수월래

사성감이로 다나간다

강강수월래

강강술래 / 청어 엮자

자료코드 : 06_05_FOS_20100224_LKY_KCR_0003
조사장소 : 전라남도 나주시 동강면 옥정리 5구 봉추마을
조사일시 : 2010.2.24
조 사 자 : 이경엽, 한미옥, 송기태, 임세경
제 보 자 : 김초례, 여, 74세
구연상황 : 조사자가 '남생아 놀자' 소리도 함께 이어서 해보자고 하니, 할머니들이 마당
으로 나와서 "청에 영자부터 하자."고 하면서 노래와 함께 강강술래를 시연해
주었다. 본격적인 강강술래로 들어가기 전에 할머니들끼리 기억을 더듬으면
서 연습을 하시는 등 강강술래의 옛 모습을 되살리고자 애쓰셨다.

청청 청에 영짜
청청 청에 영짜
청청 청에 영짜
청청 청에 영짜
청청 청에 영짜
청청 청에 영짜
청청 청에 영짜
청청 청에 영짜
우리나라 군사영짜
청청 청에 영짜
우리나라 군사영짜
청청 청에 영짜
우리나라 군사영짜
청청 청에 영짜
우리나라 군사영짜
청청 청에 영짜
우리나라 군사영짜

청청 청에 영짜

우리나라 군사영짜

청청 청에 영짜

청청 청에 풀자

청청 청에 풀자

청청 청에 풀자

청청 청에 풀자

우리나라 군사풀자

청청 청에 풀자

우리나라 군사풀자

청청 청에 풀자

우리나라 군사풀자

청청 청에 풀자

우리나라 군사풀자

청청 청에 풀자

우리나라 군사풀자

청청 청에 풀자

우리나라 군사풀자

청청 청에 풀자

우리나라 군사풀자

청청 청에 풀자

강강술래 / 남생아 놀아라

자료코드 : 06_05_FOS_20100224_LKY_KCR_0004

조사장소 : 전라남도 나주시 동강면 옥정리 5구 봉추마을

조사일시 : 2010.2.24

조 사 자 : 이경엽, 한미옥, 송기태, 임세경

제 보 자 : 김초례, 여, 74세

구연상황 : '청어 엮자'를 한 후에 할머니들이 숨이 너무 차다고 하여 잠시 휴식을 취하
였다. 이어서 조사자가 '남생아 놀아라'를 해보자고 하니, 할머니들이 숨이
차다 하시면서도 '남생아 놀아라'를 시연해 주었다.

남생아 놀아라

얼레 절레가 잘논다

남생아 놀아라

얼레 절레가 잘논다

어제 왔던 남생이

올해도 안죽고 또왔네

남생아 놀아라

얼레 절레가 잘논다

남생아 놀아라

얼레 절레가 잘논다

남생아 놀아라

얼레 절레가 잘논다

남생아 놀아라

뛰어라 뛰어라

자료코드 : 06_05_FOS_20100224_LKY_KCR_0005

조사장소 : 전라남도 나주시 동강면 옥정리 5구 봉추마을

조사일시 : 2010.2.24

조 사 자 : 이경엽, 한미옥, 송기태, 임세경

제 보 자 : 김초례, 여, 74세

구연상황 : '문 열기' 소리가 끝나자, 조사자가 '뛰어라 뛰어라'는 어떻게 하냐고 하니,
할머니들이 놀이와 함께 '뛰어라' 소리를 들려주었다. 중간에 생각이 나지 않

자 웃으면서 "다 잊어버렸다." 하시면서도 소리와 함께 놀이를 해주었다.

뛰어라 뛰어라 뛰뛰너물
받아라 받어라 받띠너물
뚝뚝 썰어서 호박너물
짝짝 찢어서 가지너물
○○○○ 고치너물

[돌아서서 반대편으로 뛸 준비하여 모두 손을 잡고 뛰어가면서]

뚝뚝 썰어라 호박 너물
짝짝 찢어 가지 너물

[제보자들이 잠시 놀이에 대해 상의한다.]

어르신 나간다 질(길) 치어라
우리 넘사 잘도 뛴다

[다시 반대편으로 모두 손을 잡고 뛰면서]

옹구장시 딸년은
얼구덕 덜구덕 잘생겨
지름장시 딸년은
미끈미끈 잘생겨

발 자랑(2)

자료코드 : 06_05_FOS_20100224_LKY_KCR_0006
조사장소 : 전라남도 나주시 동강면 옥정리 5구 봉추마을

조사일시 : 2010.2.24
조 사 자 : 이경엽, 한미옥, 송기태, 임세경
제 보 자 : 김초례, 여, 74세
구연상황 : 김초례 제보자에게 조사자가 '발자랑'을 부탁하자, 제보자가 모여 있던 할머
　　　　　니들에게 한 명이 나와서 발을 맞춰달라고 하였다. 이에 마을 할머니 한 분이
　　　　　나와서 제보자와 행동을 맞춰주었다.

발자랑 발자랑
새보신 신고 발자랑

보보 보따리(1)

자료코드 : 06_05_FOS_20100224_LKY_KCR_0007
조사장소 : 전라남도 나주시 동강면 옥정리 5구 봉추마을
조사일시 : 2010.2.24
조 사 자 : 이경엽, 한미옥, 송기태, 임세경
제 보 자 : 김초례, 여, 74세
구연상황 : 김초례 할머니가 '발 자랑'에 이어서 바로 '보보 보따리' 소리를 행동과 함께
　　　　　들려주었다. 제보자에 의하면, 과거 이 지역의 '발 자랑'과 '보보 보따리' 노
　　　　　래는 베를 짜면서 하는 소리였다고 한다.

보보 보따리
개나리 보따리
일본으로 갈끄나
대판으로 갈끄나
보보 보따리
개나리 보따리

보보 보따리(2)

자료코드 : 06_05_FOS_20100224_LKY_KCR_0008
조사장소 : 전라남도 나주시 동강면 옥정리 5구 봉추마을
조사일시 : 2010.2.24
조 사 자 : 이경엽, 한미옥, 송기태, 임세경
제 보 자 : 김초례, 여, 74세
구연상황 : 곽순애 제보자와 함께 '보보 보따리'가 끝난 후에, 다시 생각난 듯이 김초례
　　　　　할머니가 새로운 사설의 '보보 보따리' 소리를 들려주었다.

　　보보 보따리
　　개나리 보따리
　　일본으로 가끄나
　　대판이로 가끄나
　　보보 보따리
　　개나리 보따리
　　시집살이 못하고
　　가는 보따리

강강술래 / 대문 열기

자료코드 : 06_05_FOS_20100224_LKY_KCR_0009
조사장소 : 전라남도 나주시 동강면 옥정리 5구 봉추마을
조사일시 : 2010.2.24
조 사 자 : 이경엽, 한미옥, 송기태, 임세경
제 보 자 : 김초례, 여, 74세
구연상황 : 김초례 제보자가 조남님 할머니의 '문열어 주소' 소리가 놀이법이나 소리가
　　　　　다르다면서 다시 해주었다. 이에 다른 할머니들이 서로 자신들의 친정마을에
　　　　　서 했던 소리를 부르면서 다르다고들 했다. 조사자가 친정이 다르기 때문에
　　　　　그런 것이지, 다들 틀린 것이 아니라고 조정을 하면서 김초례 할머니에게 다

시 '문열어 주소' 소리를 해달라고 하자, 소리와 놀이를 다시 보여주었다.

문 석쇠야 문 열어 주소
문 열어 주믄 뭣 헐란가
길이나 동생 보고나 갈라네
열쇠 없이 못 열어 주겄네

강강술래 / 고사리 껑자

자료코드 : 06_05_FOS_20100224_LKY_KCR_0010
조사장소 : 전라남도 나주시 동강면 옥정리 5구 봉추마을
조사일시 : 2010.2.24
조 사 자 : 이경엽, 한미옥, 송기태, 임세경
제 보 자 : 김초례, 여, 74세
구연상황 : 조사자가 다시 '고사리 껑자' 소리를 들려달라고 하자, 할머니들이 소리를 흥
얼거리면서 각자 자신의 친정마을에서 했던 방법을 들려주었다. 이때 다시 김
초례 할머니가 '고사리 껑자' 소리를 혼자서 시연 없이 불러주었고, 이것을
본 조사자가 다시 놀이법에 대해 구체적으로 묻자, 할머니들이 놀이법을 행동
으로 자세히 알려주었다.

고사리 대사리 껑자
아사리가 버부여
고사리 껑거 바구니에 담고
아사리가 버부여

강강술래 / 덕석 몰자

자료코드 : 06_05_FOS_20100224_LKY_KCR_0011
조사장소 : 전라남도 나주시 동강면 옥정리 5구 봉추마을

조사일시 : 2010.2.24

조 사 자 : 이경엽, 한미옥, 송기태, 임세경

제 보 자 : 김초례, 여, 74세

구연상황 : '고사리 껑자' 소리 후에 조사자가 "덕석 몰고 푸는 것은 어떻게 하냐."고 묻자, 몇 분의 할머니들이 낮은 소리로 노래를 부르면서 연습하였고, 김초례 할머니가 옆에서 놀이법을 들려주었다. 이에 조사자가 김초례 할머니에게 그 소리를 다시 들려달라고 하자, "맨날 그 소리밖에 안해." 하면서 '덕석 몰자' 소리를 들려주었다.

몰자 몰자 덕석 몰자

몰자 몰자 덕석 몰자

풀자 풀자 덕석 풀자

닭 노래

자료코드 : 06_05_FOS_20100224_LKY_KCR_0012

조사장소 : 전라남도 나주시 동강면 옥정리 5구 봉추마을

조사일시 : 2010.2.24

조 사 자 : 이경엽, 한미옥, 송기태, 임세경

제 보 자 : 김초례, 여, 74세

구연상황 : 무안댁 양순례 제보자의 소리가 끝나자마자, 김초례 할머니가 "내가 닭 노래 한 번 해볼까나." 하면서 바로 소리를 이어주었다.

닭아 닭아 씨암닭아

명태서니 들어앉어

이달에는 새끼까고

새달에는 알을

[가사가 틀렸다며 다시 시작한다.]

이달에는 알을낳고

새달에는 새끼까서

줄줄이 주는모시

낱낱이 주서맥여

남사밭에 들어간게

적이라네 적이라네

원수같은 적이라네

즈그집이 서넘오믄

내새끼가 대접이요

즈그자석 병이오면

내새끼가 사약일래

내땅땅 울린소리

일천에 간장을 다녹는다

메물 노래

자료코드 : 06_05_FOS_20100224_LKY_KCR_0013
조사장소 : 전라남도 나주시 동강면 옥정리 5구 봉추마을
조사일시 : 2010.2.24
조 사 자 : 이경엽, 한미옥, 송기태, 임세경
제 보 자 : 김초례, 여, 74세
구연상황 : '닭 노래'에 이어서 김초례 할머니가 "또 메물 노래도 있어." 하면서 웃자, 조
        사자가 그 노래도 들려달라고 하니 바로 불러주신 노래이다. 닭 노래나 메물
        노래는 정월에 물을 가득 넣은 대야에 바가지를 엎어놓고 그 바가지를 두드
        리는 '물방구'를 치면서 놀 때 많이 부른다고 하였다.

갈제 갈제 갈제 너메

메물 한말을 뿌렸더니

메물 가는 닷새만에

잎삭은 나서 포릿포릿

대는 커서 빨긋빨긋

꽃은 피어서 희깃희깃

열매는 열어서 까뭇까뭇

둘둘 몰아서 묶어다가

도리깨로 뚜드러서

맷독에다 딱딱갈아

가마솥에 뽁뽁끓여

반닥지에 퍼가지고

장두칼로 숭숭썰어

지름장에 까불까불

성님성님

메물묵잠 잡사보소

다리 세기

자료코드 : 06_05_FOS_20100224_LKY_KCR_0014
조사장소 : 전라남도 나주시 동강면 옥정리 5구 봉추마을
조사일시 : 2010.2.24
조 사 자 : 이경엽, 한미옥, 송기태, 임세경
제 보 자 : 김초례, 여, 74세
구연상황 : 양순례 할머니의 노래가 끝난 후 청중들이 "질부도 좀 해봐." 하면서 김초례
　　　　　할머니에게 노래 부르기를 권하였다. 이에 김초례 할머니가 조금 전에 했던
　　　　　다리 세기 노래를 다시 들려주었다. 김초례 할머니의 다리 세기 노래는 봉황
　　　　　면 옥전리 간전마을 친정마을에서 어렸을 때 하면서 불렀던 노래라고 한다.
　　　　　자신의 다리를 때리면서 다리 세기 노래를 불렀다.

이다리 저다리 막다리

순사 만사 대만사

조리 짐채 앙주깔

시야 방구야 땡

[놀이에 대한 설명을 한다.]

이다리 저다리 막거리

순사 만사 대만사

조리 짐채 앙주깔

까막 까우 앉은게

수시야 방구야 땡

아기 재우는 소리

자료코드 : 06_05_FOS_20100224_LKY_KCR_0015
조사장소 : 전라남도 나주시 동강면 옥정리 5구 봉추마을
조사일시 : 2010.2.24
조 사 자 : 이경엽, 한미옥, 송기태, 임세경
제 보 자 : 김초례, 여, 74세
구연상황 : 조사자가 아이가 어렸을 때 어떤 소리를 하면서 재웠냐고 묻자, 김초례 할머
니가 웃으면서 아기 재우는 소리를 들려주었다.

들깡 달깡

서울 가서

밤 한나

주서 다가

선반 위에

영거 논께

들랑 달랑

새양 쥐가

다까 먹고

나 한나 묵을 것이 없다

뛰어라 뛰어라

자료코드 : 06_05_FOS_20100224_LKY_NYS_0001
조사장소 : 전라남도 나주시 동강면 옥정리 5구 봉추마을
조사일시 : 2010.2.24
조 사 자 : 이경엽, 한미옥, 송기태, 임세경
제 보 자 : 나양순, 여, 80세
구연상황 : 조남님 제보자의 '청어엮자' 소리에 이어서, 나양순 제보자가 일제강점기 때
는 어른들이 아이들이 노는 소리나 놀이를 보고 시국을 알았다고 하면서, 어
렸을 때 불렀던 '어라 저라 질 치워라 어사 감도 출두헌다' 노래를 들려주었
다. 이 노래는 강강술래가 끝나고 난 뒤 아이들과 새각시들이 모여 두 패로
나눈 후, 먼저 한 패가 '어라 저라 질 치워라' 소리를 하면서 손을 잡고 맞은
편에 있는 다른 패를 향해 뛰어간다. 그러면 다시 나머지 한 패가 '뛰어라 뛰
어라 뛰뛰 너물' 소리를 하면서 역시 다른 편을 향해 손을 잡고 뛰어가면서
하는 놀이다. '어라 저리 질 치워라'는 나양순 제보자가, '뛰어라 뛰어라 뛰뛰
너물' 소리는 김초례 제보자가 해주었다.

어라 저라 질 치워라

어사 감도 출두헌다

어라 저라 질 치워라

어사 감도 출두헌다

어라 저라 질 치워라

어사 감도 출두헌다

어라 저라 질 치워라

어사 감도 출두헌다

뛰어라 뛰어라 뛰뛰 너물
받어라 받어라 밭뒤 너물
뚝뚝 썰어 호박 너물
짝짝 찢어서 까지 너물
우물 주물 꼬치 너물

[제보자가 놀이에 대한 설명을 한다.]

어르신 나간다 질 치어라

어매노래

자료코드 : 06_05_FOS_20100224_LKY_NYS_0002
조사장소 : 전라남도 나주시 동강면 옥정리 5구 봉추마을
조사일시 : 2010.2.24
조 사 자 : 이경엽, 한미옥, 송기태, 임세경
제 보 자 : 나양순, 여, 80세
구연상황 : 조사자가 이제 이야기나 좀 하자고 하자, 나양순 할머니가 "잊어부렀는가 어디 한번 불러보자."고 하면서 이야기가 아니고 노래를 들려준다고 하면서 부른 노래이다. 노래가 끝난 후 '어매 노래'라고 하면서 어매를 원하는 노래라고 해설을 달아주었다.

어매 어매 우리 어매
뭔 노물이 원이던가
죽신 노물이 원이더라
죽신 밭에 들어가서
겉죽 신은 져쳐놓고

속죽 신만 끊어다가
아랫물에 시쳐갖고
웃물에 헹궈갖고
벌떡벌떡 뛰는 물에
사리살큰 비쳐다가
삼년 묵은 지름장에
오년 묵은 고춧가리
오물쪼물 무쳐갖고
어매방에 갖고 간께
가고없네 가고없네
저승질을 가고 없네
저승질이 질 같으면
오고 가고 왜못오리
저승문이 문같으면
열고 닫고 왜못오리
떠벅 떠벅 떠벅네야
뭣을 보고 울고가냐
우리 엄마 묏둥으로
젖 먹으러 울고간다
울 어머니 묏둥에는
접시꽃도 너울너울
함박꽃도 너울너울
그놈 한참 끊어다가
우리 형제 가질라고했더니
눈물 흘러 못갖겠네

글 노래

자료코드 : 06_05_FOS_20100224_LKY_NYS_0003
조사장소 : 전라남도 나주시 동강면 옥정리 5구 봉추마을
조사일시 : 2010.2.24
조 사 자 : 이경엽, 한미옥, 송기태, 임세경
제 보 자 : 나양순, 여, 80세
구연상황 : 제보자가 앞서의 '어매노래'를 끝내고 간단한 해설 후, 곧바로 '앞동산에~' 소리를 이어주었다.

앞동산에 봄춘자요
뒷동산에 푸를청자라
가지가지 꽃아자요
굽이굽이가 내천자라
동자야 술부어라
마실홍자 얼간추라

발 자랑

자료코드 : 06_05_FOS_20100224_LKY_PGD_0001
조사장소 : 전라남도 나주시 동강면 옥정리 5구 봉추마을
조사일시 : 2010.2.24
조 사 자 : 이경엽, 한미옥, 송기태, 임세경
제 보 자 : 박금덕, 여, 77세
구연상황 : 조사자가 발 자랑 하는 모습을 보여주면서 이렇게 하는 것이냐고 하자, 박금덕 제보자가 발 자랑은 그렇게 하는 것이 아니라면서, 다시 노래와 함께 발 자랑을 시연해 주었다. 발 자랑은 양발을 앞으로 내밀면서 하는 소리이며, 보보 보따리 소리는 발을 옆으로 처내면서 하는 소리라고 한다.

발자랑 발자랑
고무신 신고 발자랑

강강술래 / 대문 열기

자료코드 : 06_05_FOS_20100224_LKY_PGD_0002
조사장소 : 전라남도 나주시 동강면 옥정리 5구 봉추마을
조사일시 : 2010.2.24
조 사 자 : 이경엽, 한미옥, 송기태, 임세경
제 보 자 : 박금덕, 여, 77세
구연상황 : 조사자가 강강술래에 관한 질문을 하다가, '문 열어 주소'는 어떻게 하냐고
하니, 박금덕 제보자가 그에 관한 노래를 짧게 들려주었다.

문석쇠야 문 열어주소
길이나(보고 싶어 기리던) 동생
보고나 가세

재봉틀

자료코드 : 06_05_FOS_20100224_LKY_PGD_0003
조사장소 : 전라남도 나주시 동강면 옥정리 5구 봉추마을
조사일시 : 2010.2.24
조 사 자 : 이경엽, 한미옥, 송기태, 임세경
제 보 자 : 박금덕, 여, 77세
구연상황 : 마당에서 강강술래를 논 할머니들이 쉬자며 마을회관 안의 방으로 들어갔다.
방에서 조사자들이 제보자들에 대한 간단한 정보를 여쭤본 후, 조사자가 다른
소리나 해보자고 하니, 박금덕 할머니가 재봉틀에 대한 노래를 들려주었다.

재봉틀 재봉틀
오르랑 내리랑 재봉틀
재봉틀 욱에 진보신
보신 보고 임을보니
임줄 생각 전히없네

임와 동동 시아재야

너나 신고 공부해라

공부는 허제마는

뛰어라 뛰어라

자료코드 : 06_05_FOS_20100224_LKY_PGD_0004

조사장소 : 전라남도 나주시 동강면 옥정리 5구 봉추마을

조사일시 : 2010.2.24

조 사 자 : 이경엽, 한미옥, 송기태, 임세경

제 보 자 : 박금덕, 여, 77세

구연상황 : 조사자가 '재봉틀' 노래가 '뛰어라 뛰어라' 소리와 놀이를 할 때 함께 부르는
것이냐고 묻자, 박금덕 할머니가 "그렇다."고 하면서 '뛰어라' 소리를 들려주
었다.

뛰어라 뛰어라 뛰뛰너물

밭어라 밭어라 밭뒤너물

뚝뚝 썰어라 호박너물

짝짝 찢어라 까지너물

우물 쭈물 꼬치너물

꾸정물 통에 호박씨떳다

당기둥당에 둥당에당

다리 세기(1)

자료코드 : 06_05_FOS_20100224_LKY_PGD_0005

조사장소 : 전라남도 나주시 동강면 옥정리 5구 봉추마을

조사일시 : 2010.2.24

조 사 자 : 이경엽, 한미옥, 송기태, 임세경
제 보 자 : 박금덕, 여, 77세
구연상황 : 곽순애 제보자의 다리세기에 이어서 조사자가 박금덕 할머니에게 다리 세기
를 들려달라고 하자, "나는 잊어버렸다."고 하면서도 기억나는 데로 간단히
들려주었다. 박금덕 할머니의 친정은 동강면 곡천리이다.

이다리 저다리 밭거리
징게 맹게 조마니 끈

베틀 노래(1)

자료코드 : 06_05_FOS_20100224_LKY_PGD_0006
조사장소 : 전라남도 나주시 동강면 옥정리 5구 봉추마을
조사일시 : 2010.2.24
조 사 자 : 이경엽, 한미옥, 송기태, 임세경
제 보 자 : 박금덕, 여, 77세
구연상황 : 양순례 할머니의 노래가 끝나고 나서 조사자가 남은 노래 다 해보자고 하니,
박금덕 할머니가 "쪼끔만 해도 되지요?" 하면서 베틀노래를 이어주었다.

하늘에다 베틀놓고
구름잡어 잉에걸어
비자나무 보도집에
탱자나무 북에다가
얼그렁 덜그렁 짜니란께
이삼사월 진진해에
점심굶고 베짜라네
동지섣달 선한풍에
맨발벗고 물질허라네

베틀 노래(2)

자료코드 : 06_05_FOS_20100224_LKY_PGD_0007
조사장소 : 전라남도 나주시 동강면 옥정리 5구 봉추마을
조사일시 : 2010.2.24
조 사 자 : 이경엽, 한미옥, 송기태, 임세경
제 보 자 : 박금덕, 여, 77세
구연상황 : 박금덕 할머니가 자신이 부른 베틀노래가 틀렸다면서, 스스로 다시 베틀노래
　　　　　를 불러주었다.

　　　　하늘에다 베틀놓고
　　　　구름잡어 잉에걸어
　　　　얼거덩 덜거덩

　　[가사가 틀렸다며 다시 부른다.]

　　　　구름잡어 잉에걸어
　　　　비자나무 보도집에
　　　　탱자나무 북에다가
　　　　얼그덩 덜그덩 짜니란께
　　　　이삼사월 진진해에
　　　　점심굶고 베짜라네

다리 세기(2)

자료코드 : 06_05_FOS_20100224_LKY_PGD_0008
조사장소 : 전라남도 나주시 동강면 옥정리 5구 봉추마을
조사일시 : 2010.2.24
조 사 자 : 이경엽, 한미옥, 송기태, 임세경
제 보 자 : 박금덕, 여, 77세

구연상황 : 조남님 제보자의 다리 세기에 대해서 다시 이야기를 듣는 동안, 박금덕 할머니가 자신들은 어렸을 때 다리를 세면서 '개똥 밭에~' 하는 노래를 불렀다고 하면서 다리 세기 노래를 불러주었다.

개똥밭에 불이나서
무지개 탱

아이 재우는 소리

자료코드 : 06_05_FOS_20100224_LKY_PGD_0009
조사장소 : 전라남도 나주시 동강면 옥정리 5구 봉추마을
조사일시 : 2010.2.24
조 사 자 : 이경엽, 한미옥, 송기태, 임세경
제 보 자 : 박금덕, 여, 77세
구연상황 : 김초례 할머니가 아이 재우는 소리를 하자, 옆에 있던 박금덕 할머니가 혼자서 그 소리를 다시 하였다. 이에 김초례 할머니의 소리가 끝나자마자 조사자가 박금덕 할머니에게 좀 전의 소리를 다시 해달라고 하니, 동작과 함께 소리를 들려주었다.

들깡 달깡
서울 가서
밤 한나
주서 다가
선반 위에
영거 논께
머리 감은
생쥐가
들랑 달랑
다까 먹고

나 한조각도

안준 다네

물푸레 소리

자료코드 : 06_05_FOS_20100112_LKY_PMB_0001
조사장소 : 전라남도 나주시 동강면 옥정리 5구 봉추마을
조사일시 : 2010.1.12
조 사 자 : 이경엽, 한미옥, 송기태, 임세경
제 보 자 : 박만배, 남, 86세
구연상황 : 조사자가 물 품기 소리를 하면서 중간에 멈추지 말고 100까지 가보자고 하니, 박만배 제보자가 물을 품을 때는 중간에 숫자 대신 다른 사설을 넣어서 하기도 한다고 하였다. 또한, 숫자가 10이 못되었어도 힘에 부치면 그냥 아홉으로 세어서 다음 단계의 숫자로 넘어가기도 하며, 이렇게 물을 품으면서 숫자 세는 것을 '물고리를 신다'고 하였다. '물고리를 시다보면' 정확히 하기 힘들기도 하고 단조롭기 때문에 중간 중간에 숫자대신 사설을 넣어서 하는 것이라고 하며, 숫자 대신 사설을 넣을 때는, 10은 '이오'(2*5=10의 의미로, 10번 물푸레질을 했다는 뜻), 20은 '사오', 30은 '오륙', 40은 '오팔', 50은 '쉬운 도'(쉰) 또는 '반백', 60은 '인간 육십', 70은 '골에 칠십', 80은 '정명 팔십', 90은 '구십 당년', 100은 '일백이왔구나' 등의 표현을 쓴다고 한다.

허리로세

어허이

열에 하나

어허이

열에 둘에

어허이

열에 서이

어허이

열에 너이
어허이
열에 다섯
어허이
열에 여섯
어허이
열에 일곱
어허이
열에 야닯
허리허오
어레이
이오졌구나(숫자로 2×5=10란 말로 물을 풀 때 열 번 물을 품었
다는 뜻)
어허이

열에 하나
어허이
열에 둘에
어허이
열에 서이
어허이
열에 너이
어허이
열에 다섯
어허이
열에 여섯

어허이

열에 일곱

어허이

열에 야달(여덟)

어허이

허리 허오

어레이

사오 졌구나

어허이

스물 하나

어허이

스물 둘에

어허이

스물 서이

어허이

스물 너이

어허이

스물 다섯

어허이

스물 여섯

어허이

스물 일곱

어허이

스물 야달

어허이

스물 아홉

어레이

우룩졌구나

어허이

서른 하나

어허이

서른 둘에

어허이

서른 서이

어허이

서른 너이

어허이

서른 다섯

어허이

서른 여섯

어허이

서른 일곱

어허이

서른 야달(여덟)

어허이

서른 아홉

어레이

오팔(5×8=40 마흔을 이르는 말. 물꼬리를 세는 동안 짐시 쉬기
위해 만들어 부름) 졌구나

어허이

마흔 하나

어허이

마흔 둘에

어허이

마흔 서이

어허이

마흔 너이

어허이

마흔 다섯

어허이

마흔 여섯

어허이

마흔 일곱

어허이

마흔 야달(여덟)

마흔 아홉

어레이

쉬훈(쉰)도 반백(백의 반인 오십을 뜻한다)

어허이

쉬훈 하나

어허이

노리나마(계란을 쪄두면 노랗다는 의미)

어허이

계란을 찌고

어허이

검으나마(김이 검다는 의미)

어허이

해우를(김을) 굽고서
어허이
사우집을 찾아가서
어허이
사우를 오래다가(오라고해서)
어허이
암탉찌고 달걀찌고
어허이
훔뿍훔뿍 먹여나 보세
어허이
쉬훈(쉰) 아홉
어레이
이삼은 육오고
예순 하나
어허이
예순 둘에
어허이
예순 서이
어허이
예순 너이
어허이
예순 디섯
어허이
예순 여섯
어허이
예순 일곱

어허이

예순 여덟

어허이

예순 아홉

어레이

인간은 칠십에

어허이

김매기 소리 / 초벌매기

자료코드 : 06_05_FOS_20100112_LKY_PMB_0002
조사장소 : 전라남도 나주시 동강면 옥정리 5구 봉추마을
조사일시 : 2010.1.12
조 사 자 : 이경엽, 한미옥, 송기태, 임세경
제 보 자 : 박만배, 남, 86세
구연상황 : 김매기 소리를 모두 마친 후, 박만배 제보자가 현재 봉추마을에서 연행하는 들노래 장단은 과거에 자신들이 했던 원형장단이 아니라고 하였다. 남도문화재에 나갈 당시 군에서 새로운 장단에 맞춰 하도록 요구한 것에 맞춰진 것이라고 하며, 문화재에 나갈 당시에 자신들이 장단 개념을 알았더라면 절대로 원형을 바꾸지 않았을 것이라고도 하였다. 조사자가 그러면 원래의 장단으로 한 번 들려달라고 하자, 박만배 제보자와 마을 주민들이 본래 마을에서 전승되던 장단으로 다시 들려주었다. 본문의 "일락~서산~" 소리는 초벌 또는 한불(두벌) 맬 때 원형장단에 맞춰 하였던 소리이고, 뒤의 "아하아~~하~ 고대광실이여~" 소리는 초벌 맬 때 원형장단에 맞춰 하였던 긴소리라고 한다.

일락서산 해떨어어지고

에헤헤헤헤이야 헤에 에헤히일로오호(과거 초벌 또는 한벌 맬 때의 원형장단임)

월출동녘 달솟아오네

에헤헤헤헤이야 헤에 에헤히일로오호

아하아하 에헤에에 헤 헤헤야 윗마디요(과거 초벌 맬 때의 원형장
단임)

고대광실이여 어허허이어

드높은 집이 사방한자 흐드러지고

어 그렇제[후렴하는 사람들은 두 손을 번쩍 들어 올리며]

아 허어 으 어 허야

칠팔월 우리 나락은 지고개 지워 흐드러졌네 예

도리깨질 소리

자료코드 : 06_05_FOS_20100112_LKY_PMB_0003
조사장소 : 전라남도 나주시 동강면 옥정리 5구 봉추마을
조사일시 : 2010.1.12
조 사 자 : 이경엽, 한미옥, 송기태, 임세경
제 보 자 : 박만배, 남, 86세
구연상황 : 조사자가 벼 타작할 때 하는 소리가 있냐고 하니, 박만배 제보자가 벼 타작소
리는 없고 보리타작 소리는 있다고 하였다. 조사자가 그러면 보리타작 소리를
좀 들려달라고 하자, 박만배 제보자가 보리타작 소리를 시작하였다. 보리타작
을 할 때는 여러 사람이 모여서 도리깨질로 타작을 하는데, 이때는 '상도리
깨'와 '종도리깨'로 나누어서 일을 한다고 한다. 상도리깨는 한 명이 되고, 나
머지 사람들이 모두 종도리깨가 되는데, 상도리깨가 가운데에 서서 도리깨질
로 '배겨논 보리(보리 배긴다 : 타작을 위해 보릿단을 열을 맞춰서 눕혀 놓는
것을 의미)'를 뒤집으면서 "여깄다." 하면, 종도리깨꾼들이 상도리깨꾼이 뒤
집어놓은 보리에 도리깨질을 한다. 상도리깨꾼은 노리새 옆면으로 해서 보릿
단을 뒤집는데 힘과 기술이 필요하며, 다른 사람들에 비해 힘이 배로 들기 때
문에 품삯도 많이 받았다고 한다. 따라서 도리깨질 소리는 상도리깨꾼이 앞소
리를 매기면, 종도리깨꾼들이 뒷소리를 받는 형식으로 진행된다.

여깄다(상도리깨)

허이(종도리깨)

여깄다

허이

여그

허이

여그

허이

여그도

허이

여그도

허이

좋제

허이

두그레

허이

우레

허이

우그려

허이

우그려(한 번 더, 보리가 많이 달려있어 한 번 더 도리깨질 하라는 의미)

허이

우그려(두 번 더, 우그려 소리를 반복하면, 그 부분을 집중적으로 도리깨질 하라는 의미로 해석할 수 있다)

이리와

허이

이리와

허이

우그려

허이

여겼어

허이

여기도

허이

우그려

허이

우그려

허이

우그려

허이

풀베는 소리 / 외나리 소리

자료코드 : 06_05_FOS_20100112_LKY_PMB_0004

조사장소 : 전라남도 나주시 동강면 옥정리 5구 봉추마을

조사일시 : 2010.1.12

조 사 자 : 이경엽, 한미옥, 송기태, 임세경

제 보 자 : 박만배, 남, 86세

구연상황 : 조사자가 풀 벨 때 하던 소리를 기억하느냐고 하자, 박만배 제보자가 그에 대한 특별한 소리는 없다고 하면서도 남도문화제 참가 당시에 초동들의 '외나리 소리'를 했었다고 하였다. 조사자가 그 소리를 좀 해달라고 하자, 박만배 제보자가 지게 목발 장단이 있어야 한다고 하였고, 그때 박선배 제보자가 일

어서서 나갔다가 잠시 후에 북을 들고 들어왔다. 박선배 제보자가 북으로 지게 목발 장단을 맞춰주자 박만배 제보자가 소리를 시작하였다.

[박선배가 지게목발(외나리 소리는 지게목발로 장단을 두드리면서 불렀다고 함)을 대신 할 것으로 북을 찾아온다.]

어이가리 넘 어이가리 넘 허어이 가리 너 너와로구나
하나님이 사람을 내릴제 별로후한이 없구언만은
우리놈의 신세는 어이하여 팔자간디 날고세며
지게갈퀴 짊어지고 신산계곡이 웬일이냐
요보아라 친구들아 너희들은 저골을메고
나는 이골을메어 푸른잡목 떨어진낙엽을 긁고백고 움뚱거려
힘껏때루 허여더가 위부모 보쳐자를
극심공대 허여보세 하늘거린듯 너화로구나

물푸레 소리

자료코드 : 06_05_FOS_20100112_LKY_PSB_0001
조사장소 : 전라남도 나주시 동강면 옥정리 5구 봉추마을
조사일시 : 2010.1.12
조 사 자 : 이경엽, 한미옥, 송기태, 임세경
제 보 자 : 박선배, 남, 82세
구연상황 : 마을회관 안에 마련된 방에서 조사가 진행되었는데, 방문을 마주보고 오른편에 마을 들노래 선소리꾼들인 박만배와 박선배 형제가 앉았고, 그 옆으로 10여 명의 마을 사람들이 둘러앉아 뒷소리를 받아주었다. 조사자가 과거에는 모를 찔 때부터 소리를 했냐고 묻자, 박만배 제보자가 "그렇다."고 하면서도 봉추마을의 논은 본래 건평(마른 논)이었기 때문에 맨 먼저 물 품기 소리부터 하게 된다고 하였다. 이에 조사자가 "그러면 물 품기 소리부터 해보자."고 하니, 박선배 제보자가 "다른 마을에서는 물을 품는 일이 거의 없기 때문에 봉추마을에만 물 품기 소리가 있으며, 둘이서 물을 품는 외두레, 4명이 쌍을 이

뤄서 물을 품는 쌍두레, 6명이 쌍을 이루는 시쌍두레가 있고, 물을 품을 때는 맨 앞에서 품는 사람이 힘이 가장 많이 든다."고 하였다. 또, 외두레로 물을 품을 때는 소리가 없으며, 쌍두레부터 소리를 하면서 물을 품으며, 이러한 물 품기 소리는 모심기 전인 음력 5, 6월에 샘물을 퍼서 논에 물을 대줘야 할 때 부르는 소리라고 하였다. 물 품기 소리의 앞소리는 주로 박선배 제보자가 맡아서 하였고, 나머지 분들은 모두 뒷소리를 받아주었다.

허리 로세

어허이

허리하나가

어허이

허리둘로

어허이

둘로서이

어허이

서니너니

어허이

너이다섯

어허이

다섯여섯

어허이

여섯일곱

어허이

일곱여덜(여덟)

어허이

여들 아홉

어드레이

이오(2×5＝10의 의미로 열 번 물푸레를 했다는 뜻이다. 열을 빼면서 잠시 쉰다. 다른 말을 지어 넣기도 한다)졌구나

어허이

열에 하나

어허이

열에 둘로

어허이

열에 서니

어허이

열에 너니

어허이

열에 다섯

어허이

열에 여섯

어허이

열에 일곱

어허이

열에 여덜(여덟)

어허이

열에 아홉

어드레이

사오(4×5, 숫자로 4×5＝20의 의미로 스무 번 물푸레질을 했다는 뜻이다)졌구나

어허이

모찌기 소리

자료코드 : 06_05_FOS_20100112_LKY_PSB_0002
조사장소 : 전라남도 나주시 동강면 옥정리 5구 봉추마을
조사일시 : 2010.1.12
조 사 자 : 이경엽, 한미옥, 송기태, 임세경
제 보 자 : 박선배, 남, 82세
구연상황 : 물 품기 소리가 끝나고 박선배 제보자가 "아, (새)참 먹어야지." 하면서 막걸
리를 한 잔 들이켰다. 이에 청중들도 웃으면서 잠시 휴식을 취하였고, 이후
모찌는 소리로 들어갔다. 박선배 제보자가 "이판에는 선임하는 소리 하는 사
람만 빼고 전부 다 후렴을 하라."는 소리와 함께 모찌기 소리의 선소리를 시
작하였다. 본래 봉추마을에서는 여자들은 논농사에는 거의 참여하지 않았는
데, 50여 년 전부터 일손이 부족해지면서 여자들도 들에 나와 일을 하게 되
면서 같이 들노래에 참여하게 되었다고 한다.

에헤라 먼들

어울러 보세 어울러 보세

에헤라 먼들

먼들 소리를 어울러 보세

에헤라 먼들

장구배미로 숨구러 가세

에헤라 먼들

이모를 무어 가지고

에헤라 먼들

장구배미로 숨그로(심으러) 가세

에헤라 먼들

전중대(지팡이 등을 만드는 딱딱한 나무) 같은 두팔께로

에헤라 먼들

홍청홍청 매어를 주소

에헤라 먼들

이모를 무어 가지고~

에혜라 먼들

이배미 저배미 다숨거(심어)보세

에혜라 먼들

우리가 이모를 숨으어다

에혜라 먼들

풍년마디를 해어 보세

에혜라 먼들

에혜라 먼들

에혜라 먼들

모심기 소리 / 긴 상사소리

자료코드 : 06_05_FOS_20100112_LKY_PSB_0003

조사장소 : 전라남도 나주시 동강면 옥정리 5구 봉추마을

조사일시 : 2010.1.12

조 사 자 : 이경엽, 한미옥, 송기태, 임세경

제 보 자 : 박선배, 남, 82세

구연상황 : 제보자들이 모찌기 소리를 끝낸 후 다시 막걸리 한 잔을 들이키면서 잠시 휴식을 취하였다. 봉추마을 모심기는 하지 전닷새 후닷새 무렵에 이루어지며, 모찌기나 모심기를 할 때는 아홉 번의 새참을 먹어가면서 했다고 한다. 그러면서도 과거에는 새참으로 막걸리와 보리밥만 나왔는데, 어쩌다가 소주가 나오면 '소화제 나왔다.'면서 좋아했다고 한다. 잠시 쉰 다음에 박선배 제보자의 선소리로 모심기 소리가 시작되었다. 소리가 시작되자 박만배 제보자의 큰딸 박종심이 장구로 박자를 맞춰주었다.

인자 모쪘응께 모 한번 숭궈봐!

[장구 준비하고]

여여 여허 여루 상사뒤요

여여 여허 여루 상사뒤요

여보시오 농부님네 이네말을 들어보소 어 으허 농부님 말 들어요

전라도라 허는디는 심산이 깊은 곳이라

우리농부들도 상사소리를 허여가면서 각기 계정 거리고 숨거보세

여여 여허 여루 상사뒤요

여보시오 농부님네 이내말을 들어보소 어으 농부님 말 들어요

남문전 달밝은밤 순임금의 노름이요

학창의 푸른솔은 산신님의 놀음이요

오뉴월이 당도허면 우리농부 시절이로다

패랭이 꼭지에다 장화를 꽂고서 마구잽이 춤이나 추어보세

여여 여허 여루 상사뒤요

한농부가 썩나서더니 모포기를 양손에 갈라지고

엉거주 춤을추고 부르는구나

신농씨 만든 쟁기

좋으은소 앞을세워

상하평 깊이갈고 후직의 본을받어

백곡을 뿌려 놓으니 융성의 지은 천력 하지절이 돌아왔네

여여 여허 여루 상사뒤요

이마우에 흐르는 땀을 방울방울 열맺히고

소매 끝에 묻은 흙은 덩어리 덩어리 황금이로구나

여여 여허 여루 상사뒤요

모심기 소리 / 잦은 상사소리

자료코드 : 06_05_FOS_20100112_LKY_PSB_0004
조사장소 : 전라남도 나주시 동강면 옥정리 5구 봉추마을
조사일시 : 2010.1.12
조 사 자 : 이경엽, 한미옥, 송기태, 임세경
제 보 자 : 박선배, 남, 82세
구연상황 : 박선배 제보자의 선소리로 모심기 소리 중 '긴 상사소리'에 이어서 곧바로
         '잦은 상사소리'가 이어졌다.

에헤 에헤루 상사뒤여

에헤 에헤루 상사뒤여

상사소리는 어디를 갔다가

에헤 에헤루 상사뒤여

금년 여름에두 다가왔네

에에헤루 상사뒤여

앞산은 점점 멀어만 가고

에헤 에헤루 상사뒤여

뒷산은 점점 가차와지네

에헤 에헤루 상사뒤여

이농사를 지어를 가지고

에헤 에헤루 상사뒤여

나라 봉령을 허여들 허고

에에헤루 상사뒤여

부모처자도 허여를 보세

에헤 에헤루 상사뒤여

얼씨구나 좋구나 지화자좋네

에헤 에헤루 상사뒤여

올해도 풍년이로고

에에 에헤루 상사뒤여

명년에도 풍년이 와요

에헤 에헤루 상사뒤여

연연 풍년이 풍년이로다

에헤 에헤루 상사뒤여

금년에도 풍년 명년에도 풍년

에헤 에헤루 상사뒤여

태평년을 맞졌들보니

에헤 에헤루 상사뒤여

우리농부들 시절이로세

에헤 에헤루 상사뒤여

일락서산에 해는 떨어지고

에헤 에헤루 상사뒤여

월출풍년에 달 솟아오네

에헤 에헤루 상사뒤여

모심기 소리 / 사뒤요 소리

자료코드 : 06_05_FOS_20100112_LKY_PSB_0005

조사장소 : 전라남도 나주시 동강면 옥정리 5구 봉추마을

조사일시 : 2010.1.12

조 사 자 : 이경엽, 한미옥, 송기태, 임세경

제 보 자 : 박선배, 남, 82세

구연상황 : 박선배 제보자의 '잦은 상사소리'에 이어서 바로 '사뒤요 소리'가 이어졌다.
사뒤요 소리를 마친 제보자가 "인자 모 다 숨궜응게 새것(새참) 묵어!"라고
하자, 청중들이 웃으면서 이에 화답하였다.

사뒤요

사뒤요

얼른얼른 숭거도

사뒤요

땅고르게 숨소

사뒤요

얼른얼른 숭거도

사뒤요

빈뜸없이 숭그세

사뒤요

뒤꼭지가 터졌나

사뒤요

일방무지로 나갔나

사뒤요

옹기장수 딸인가

사뒤요

얼그덕 덜그덕 생겼네

사뒤요

항해장수(비단장사) 딸인가

사뒤요

울긋불긋 생겼네

사뒤요

사뒤요

김매기 소리 / 초벌매기

자료코드 : 06_05_FOS_20100112_LKY_PSB_0006
조사장소 : 전라남도 나주시 동강면 옥정리 5구 봉추마을
조사일시 : 2010.1.12
조 사 자 : 이경엽, 한미옥, 송기태, 임세경
제 보 자 : 박선배, 남, 82세
구연상황 : 봉추마을에서는 모를 심은 지 20일이 지나면 김을 매는데, 이것을 '초불(초벌)'이라고 한다. 다시 15일 뒤에 두 번째 김매기인 '한불'을 매고, 그로부터 다시 10일이 지난 뒤에 마지막 김매기인 '만도리'를 한다. 과거에는 김을 맬 때 초불부터 만도리까지의 소리를 구별하지 않고 불렀는데, 남도문화재 등 각종 대회에 나가면서부터 초불, 한불, 만도리 때의 소리를 구별해서 하기 시작했다고 한다. 김매기가 총 45일이기 때문에 모를 심은 뒤부터 대략 45일에서 50일이면 낟알이 생기는 '생심머리'를 하기 때문에 모를 심은 지 50일이 지나면 농사는 거의 끝난 것으로 본다. 봉추마을에서 예부터 전해오는 말 중에 '입추 말복이 되면 장에 버러지 된다'는 말이 있는데, 장에 벌레가 하얗게 생기듯이 입추 말복 즈음이면 낟알이 하얗게 생긴다는 의미라고 한다. 그리고 '처서가 되면 악빼(나락이 커져서 배가 볼록하다는 의미)가 된다'는 말이 있는데, 이는 나락이 80~90% 정도 익은 것을 의미하는 말이라고 한다. 마지막으로 '백로가 되면 나락이 발수가 된다'고 하며, 백로 전에 발수가 안 되면 원만한 수확을 받을 수가 없다고 한다. 봉추마을의 논농사에 대한 이런 저런 이야기를 들은 다음, 조사자가 김매기 소리를 들어보자고 하니, 다시 박선배 제보자가 "새참을 먹고 해야 한다."면서 막걸리 한 잔을 마셨다. 그리고서는 "자, 이제 시작합니다."는 말과 함께 초벌배기의 선소리를 시작하였다.

아아 에헤에헤 에헤야 윗마디요
아아 에헤에헤 에헤야 윗마디요
고대왕실이여 오호오호
드높은 집이 사방한데 흐드러지고

어 그렇제[후렴하는 사람들은 두 손을 번쩍 들어 올리며]

아 어 으 어 야

칠팔월 우리나락은 지고개지고 흐드러졌네 예

아리시구나 아하 시구여 어허 어허어야 윗마됴

날 오라났네 그려 허어어허어 날 오란다네 날 오란다네 산골처녀
가 날 오라한다네

어 그렇제[후럼하는 사람들은 두 손을 번쩍 들어 올리며]

나 어 어 허 야

양찰보리밥에 새와젓(새우젓) 몰아놓고 혼자묵기 심심타고 둘이묵
자 날 오란다네

아아 에헤에헤헤 에헤야 윗마리요

나주영산산이여 어허으 허 도내기샘에 상추씻는 저처녀야

어 그렇제[후럼하는 사람들은 두 손을 번쩍 들어 올리며]

아 허 으 허 야

상추를 씻거들랑 속잎자욱 활활씻고 겉잎일랑 니가묵고 속잎일랑
나를주소

아리 시구나 아 시구여 어허야 마디요

배꽃실네 그려 어허 으허

배꽃실네 배꽃실네 처녀 수건이 배꽃실네

어 그렇제[후럼하는 사람들은 두 손을 번쩍 들어 올리며]

배꽃같은 저수건안에 새별같은 저눈보소

뉘간장을 녹일려고 저리곱게나 생겼는고

아아 에헤헤 에헤 헤헤야 윗마리요

김매기 소리 / 한불(두벌)매기

자료코드 : 06_05_FOS_20100112_LKY_PSB_0007
조사장소 : 전라남도 나주시 동강면 옥정리 5구 봉추마을
조사일시 : 2010.1.12
조 사 자 : 이경엽, 한미옥, 송기태, 임세경
제 보 자 : 박선배, 남, 82세
구연상황 : 앞의 '초불(초벌)' 김매기 소리에 이어서 '한불(두벌)' 김매기 소리가 이어졌
다. 역시 박선배 제보자의 선소리에 맞춰서 청중들이 뒷소리를 받아주었다.

에헤 에헤야에헤 에헤 일로오호

세월아 세월아 가지를 말어라

에헤 에헤야에헤 에헤 일로오호

우리네 농부들 다늙어간다

에헤 에헤야에헤 에헤 일로오호

풍년일세 풍년일세

김매기 소리 / 만도리

자료코드 : 06_05_FOS_20100112_LKY_PSB_0008
조사장소 : 전라남도 나주시 동강면 옥정리 5구 봉추마을
조사일시 : 2010.1.12
조 사 자 : 이경엽, 한미옥, 송기태, 임세경
제 보 자 : 박선배, 남, 82세
구연상황 : '한불(두벌)' 김매기 소리에 이어서 마지막 김매기 소리인 '만도리' 소리를 들
려주었다. 앞 상황과 마찬가지로 박선배 제보자의 선소리에 마을 주민들이 뒷
소리를 받아주었다.

오호호호야 재야 일로호야(원래는 '오호호호~호야~ 재야~ 일로~
호야' 였다. 그런데 남도 문화재 나갈 당시 장단을 마주는 쇠가 장
단이 안 맞다고 하여 변경되었다.)

오호호호야 재야 일로호야

밀쳤다 닫혔다 밀쳤다 닫치소

오호호호야 재야 일로호야

일낙서산에 해는 지것네

오호호호야 재야 일로호야

월출동영에 달솟아 오면은

오호호호야 재야 일로호야

우리 갈일이 천리가 되네

오호호호야 재야 일로호야

재야

재야

풍장굿

자료코드 : 06_05_FOS_20100112_LKY_PSB_0009
조사장소 : 전라남도 나주시 동강면 옥정리 5구 봉추마을
조사일시 : 2010.1.12
조 사 자 : 이경엽, 한미옥, 송기태, 임세경
제 보 자 : 박선배, 남, 82세
구연상황 : 김매기 소리의 원래 장단에 대한 조사가 끝난 다음, 들노래 중 마지막 소리인
'풍장굿' 소리를 들려주었다. 선소리는 박선배 제보자가 맡아주었다. 봉추마
을에서는 과거에 만도리(만드리)가 끝나면 바로 풍장굿을 하였으며, 이때는
농악대가 같이 참여했다고 한다. 당시에 풍장굿을 할 때는 얼굴에 숯검정을
칠한 '수머슴'이 소를 타고 주인집에 들어가면, 그 집에서는 닭죽 등을 내놓
고 수머슴에게는 얼굴을 닦으라는 뜻으로 수건 한 장을 주었다고 한다.

에롱 대롱 해가 돌아간다

에롱 대롱 해가 돌아간다

간다 나는 가요
에롱 대롱 해가 돌아간다
쥐인네 집으로 우리는 가요
에롱 대롱 해가 돌아간다

얼씨구나 좋구나 지화자 좋네
에롱 대롱 해가 돌아간다

올같은 풍년이 년년
에롱 대롱 해가 돌아간다

박천지 집으로 들어들 가서
에롱 대롱 해가 돌아간다

보리쌀막걸리 한잔 두잔
에롱 대롱 해가 돌아간다

밤새도록 마셔가며
에롱 대롱 해가 돌아간다

거드렁 거리고 춤도나 치세
에롱 대롱 해가 돌아간다

올해도 풍년이 왔고
에롱 대롱 해가 돌아간다

명년에도 풍년이 되어서
에롱 대롱 해가 돌아간다

연년(連年)이 풍년이 풍년이 되어

에롱 대롱 해가 돌아간다

우리네 농민들 살어를 보세
에롱 대롱 해가 돌아간다

세월아 세월아 가지를 말아라
에롱 대롱 해가 돌아간다

우리들 농군들 늙어만 가네
에롱 대롱 해가 돌아간다

이렇게 좋을 수가 또어디를 있나
에롱 대롱 해가 돌아간다

풍년 덕분에 이런일이
에롱 대롱 해가 돌아간다

에롱 대롱 해가 돌아간다
에롱 대롱 해가 돌아간다(주인집까지 다 오고 집에 와서도 마당을
두 바퀴 정도 더 돈다고 함)

진 강강술래

자료코드 : 06_05_FOS_20100112_LKY_YSR_0001
조사장소 : 전라남도 나주시 동강면 옥정리 5구 봉추마을
조사일시 : 2010.1.12
조 사 자 : 이경엽, 한미옥, 송기태, 임세경
제 보 자 : 양순례, 여, 80세
구연상황 : 조사자가 여자들의 소리를 좀 듣고 싶다고 하자, 남자들 뒤에 앉아있던 여자
들이 앞으로 나왔다. 이후 조사자가 봉추마을에서 했던 강강술래에 대해 이것

저것 물어본 다음에, 양순례 할머니의 선소리로 긴 강강술래가 시작되었다.
뒷소리는 마을부녀자들이 받아주었다.

강강술래
강강수월래
달떠오네 달떠오네
강강수월래
이모방에 달떠오네
강강수월래
우리님은 어디를 가고
강강수월래
저달뜬줄 모른단가
강강수월래

앞동산 뒷동산에

자료코드 : 06_05_FOS_20100224_LKY_YSR_0001
조사장소 : 전라남도 나주시 동강면 옥정리 5구 봉추마을
조사일시 : 2010.2.24
조 사 자 : 이경엽, 한미옥, 송기태, 임세경
제 보 자 : 양순례, 여, 80세
구연상황 : 강강술래 노래가 아닌 다른 소리를 들려달라고 하니, 청중들이 "그런 소리는
무안댁이 잘한다."고 하면서 무안댁 할머니에게 노래 부르기를 권하였다. 이
에 무안댁 할머니 양순례 제보자가 소리를 들려주었다.

앞동산에 금전자요
뒷동산에 보름자라
가지가지 꽃화자요

굽이굽이가 내천자라

내 성은 청산인데

남의정은 녹수로다

녹수야 흐른 단들

청산조차 변할소냐

나무라도 고목이 되면

앉던새가 아니앉고

물이라도 건수가 들면

놀든고기도 아니논다

요내 한몸 늙어지면

요새나 심사가 아니논다

나물노래

자료코드 : 06_05_FOS_20100224_LKY_YSR_0002
조사장소 : 전라남도 나주시 동강면 옥정리 5구 봉추마을
조사일시 : 2010.2.24
조 사 자 : 이경엽, 한미옥, 송기태, 임세경
제 보 자 : 양순례, 여, 80세
구연상황 : 양순례 할머니에게도 다리 세기 노래를 부탁하니, 모른다고 하면서 나물노래나 불러준다고 해서 들려주신 노래다. 처녀 적에 물방구를 치면서 부르던 노래라고 한다.

한마당 씰어서 찹쌀한대

두마당 씰어서 모쌀한대

은동우에 술동에는

쓴가당가 맛을 보니

울아버지 술잔에는

호랑꽃이 너울너울

울어머니 술잔에는

도랑꽃이 너울너울

울올아배 술잔에는

각시꽃이 너울너울

우리성재 술잔에는

성재꽃이 너울너울

둥당에덩 둥당에덩

덩기둥당에 둥당에덩

엄마를 기다리며 부르는 노래

자료코드 : 06_05_FOS_20100224_LKY_YSR_0003
조사장소 : 전라남도 나주시 동강면 옥정리 5구 봉추마을
조사일시 : 2010.2.24
조 사 자 : 이경엽, 한미옥, 송기태, 임세경
제 보 자 : 양순례, 여, 80세
구연상황 : 앞서의 '나물노래'가 끝나고 조사자가 다른 노래도 들려달라고 하자, 바로 들
려주신 노래이다. 노래를 시작하기 전에 옆에 있던 청중들이 "무안댁은 징하
게 노래도 잘한다."고 하면서 칭찬해 주었다.

저 건네라 묵은 밭에

소가 없어 묵었던가

쟁기가 없어 묵었던가

한뽀짝에 찾어 갈고

한뽀짝에 모저 갈고

기영기영 돈부 숭거

돈부 따는 저처녀야

느그 어머니 어디가고

느그 성재(형제) 돈부따냐

울 어머니 울 어머니

수천리 배를 타고

술상 귀갱 가셨다요

오늘이나 편지 올까

내일이나 편지 올까

편지 오기 기다리요

시집살이 노래

자료코드 : 06_05_FOS_20100224_LKY_YSR_0004
조사장소 : 전라남도 나주시 동강면 옥정리 5구 봉추마을
조사일시 : 2010.2.24
조 사 자 : 이경엽, 한미옥, 송기태, 임세경
제 보 자 : 양순례, 여, 80세
구연상황 : 베틀노래에 이어서 양순례 할머니가 그와 관련한 노래가 생각난 듯이 잠시
뜸을 들이다가 시집살이 노래를 들려주었다. 노래가 끝나고 나서 "안하니까
다 잊어부렀다."고 아쉬워하였다.

어매 어매 각시 어매

베잘짜면 뭣헌당가

배안에 복숭 다따먹고

나한쪽도 안준다네

앞산밭에 마늘갈아

뒷산밭에 꼬치같아

꼬치마늘 맵다헌들

시누같이 매울손가

호박범벅이 멀끄런들

동서같이 멀끄럴까

해당화가 이무런들

님으같이 이무럴까

둥당에덩 둥당에덩

당기둥당에 둥당에덩

재봉틀

자료코드 : 06_05_FOS_20100224_LKY_LPS_0001

조사장소 : 전라남도 나주시 동강면 옥정리 5구 봉추마을

조사일시 : 2010.2.24

조 사 자 : 이경엽, 한미옥, 송기태, 임세경

제 보 자 : 임포순, 여, 69세

구연상황 : '뛰어라 뛰어라' 소리 끝에, 임포순 제보자가 혼자서 '재봉틀'이라는 노래를
중얼거리듯이 혼자서 부르셨다. 이에 조사자가 다시 그 소리를 정식으로 해
줄 것을 부탁하자, 할머니가 흔쾌히 다시 들려준 노래이다.

재봉틀 재봉틀

오르랑 내리랑 재봉틀

재봉틀 우게 진보신

보신 보고 임을 보니

임줄 생각 전혀 없네

임아 동동 시아제야

너나 신고 공부해라

그런다고 노아마소

노래 끝이 그렇다네

다리 세기

자료코드 : 06_05_FOS_20100224_LKY_LPS_0002

조사장소 : 전라남도 나주시 동강면 옥정리 5구 봉추마을

조사일시 : 2010.2.24

조 사 자 : 이경엽, 한미옥, 송기태, 임세경

제 보 자 : 임포순, 여, 69세

구연상황 : 어렸을 때 다리를 세면서 부르는 노래는 없냐고 하니, 조남님 제보자와 마주
보고 앉아있던 임포순 할머니가 자신의 다리를 쭉 펴고 손바닥으로 때리면서
다리 세는 노래를 간단히 들려주었다.

이거리 저거리 닥거리

천세 만사 백만사

강강술래 / 청어 엮자

자료코드 : 06_05_FOS_20100224_LKY_CNN_0001

조사장소 : 전라남도 나주시 동강면 옥정리 5구 봉추마을

조사일시 : 2010.2.24

조 사 자 : 이경엽, 한미옥, 송기태, 임세경

제 보 자 : 조남님, 여, 66세

구연상황 : 조사자들이 미리 마을에 연락을 하고 방문한 까닭에 봉추마을 할머니와 할아
버지들이 마을 회관에 모여 계셨다. 조사자가 자리를 잡고 앉아서 강강술래에
관한 일반적인 사항들을 물어보던 중 조남님 제보자가 추석 때 강강술래 하
면서 '우리나라 군사 영자' 노래를 하면 할머니들이 몹시 화를 냈었다고 하면

서, '청어 엮자' 소리를 잠깐 들려주었다.

청청 청어 영자
우리나라 군사 영자

강강술래 / 자진 강강술래

자료코드 : 06_05_FOS_20100224_LKY_CNN_0002
조사장소 : 전라남도 나주시 동강면 옥정리 5구 봉추마을
조사일시 : 2010.2.24
조 사 자 : 이경엽, 한미옥, 송기태, 임세경
제 보 자 : 조남님, 여, 66세
구연상황 : 진 강강술래에서 자진 강강술래까지 한 다음에, 숨이 차서 못하겠다고 하시면
서 잠시 휴식을 취하였다. 이후 다시 자진 강강술래를 이어갔는데, 이때는 조
금 전과 같이 마당에서 직접 강강술래를 하면서 부르지 않고, 마을회관 옆 모
정에 앉아서 소리로만 노래를 들려주었다.

외 외강목 첩첩개
사그야 단초가 멋이들고
강강수월래
우리 같은 처녀들은
홍갑사 댕기가 멋이들고
강강수월래
유 유월이 둘인 걸로
마누라 폴아서 부채사고
강강수월래
구시월 단풍이 들고나니
마누라 생각이 절로난다

강강수월래

갱도 양단 갱도 양단

목폴아 선반에 갱도 양단

강강수월래

물 무리 큰애기들

사상감이로 다 나간다

강강수월래

강강술래

자료코드 : 06_05_FOS_20100224_LKY_CNN_0003
조사장소 : 전라남도 나주시 동강면 옥정리 5구 봉추마을
조사일시 : 2010.2.24
조 사 자 : 이경엽, 한미옥, 송기태, 임세경
제 보 자 : 조남님, 여, 66세
구연상황 : '남생아 놀아라'가 끝난 후, 할머니들이 모정에 앉아 쉬면서 다음 노래를 생
각하시면서 입으로 흥얼거렸다. 이에 조사자가 다시 해주기를 부탁하니, 모정
에 앉아 쉬려던 할머니들이 다시 강강술래 중 한 대목의 소리를 해주었다. 놀
이와 소리를 하면서도 역시 과거의 기억을 더듬으면서 틀리면 서로 고쳐가면
서 시연해 주었다.

어디 어디 군산가

경상도 군사제

뭔 옷을 입었는가

비단의 옷을 입었네

뭔 갓을 썼는가

한량의 갓을 썼네

뭔 신을 신었는가

나막게 깟신을(나무로 깎아서 만든 신) 신었네

강강술래 / 대문 열기

자료코드 : 06_05_FOS_20100224_LKY_CNN_0004
조사장소 : 전라남도 나주시 동강면 옥정리 5구 봉추마을
조사일시 : 2010.2.24
조 사 자 : 이경엽, 한미옥, 송기태, 임세경
제 보 자 : 조남님, 여, 66세
구연상황 : 박금덕 할머니가 '문열어 주소' 소리를 너무 짧게 하자, 다른 할머니들이 다
　　　　　시 해보자고 하여 '문열어 주소' 소리를 행동과 함께 들려주었다.

　　끼자 끼자 굴뚝 끼자

　[제보자가 놀이 방법을 설명한다.]

　　　문 잠 열어 주소
　　　열쇠 갖고 온나
　　　열쇠 갖고 왔다
　　　삐그닥

재봉틀

자료코드 : 06_05_FOS_20100224_LKY_CNN_0005
조사장소 : 전라남도 나주시 동강면 옥정리 5구 봉추마을
조사일시 : 2010.2.24
조 사 자 : 이경엽, 한미옥, 송기태, 임세경
제 보 자 : 조남님, 여, 66세
구연상황 : 박금덕 할머니의 '재봉틀' 노래에, 옆에 있던 조남님 제보자가 '재봉틀' 노래

를 이어서 들려주었다.

재봉틀 자방틀
오리락 내리락 자방틀
자방틀에서 진보신
보신 보고 임을 보니
임줄 생각이 전히 없네
임와 동동 시아재야
너나 신고 공부해라
임아 임아 어린 임아
그런다고 노와 마소
노래 끝이 그렇다네

소 노래

자료코드 : 06_05_FOS_20100224_LKY_CNN_0006
조사장소 : 전라남도 나주시 동강면 옥정리 5구 봉추마을
조사일시 : 2010.2.24
조 사 자 : 이경엽, 한미옥, 송기태, 임세경
제 보 자 : 조남님, 여, 66세
구연상황 : 김초례 할머니가 자신의 노래를 한 다음에 저~기 질부더러 '소 노래' 한번
불러보라고 하라고 하니, 맞은편에 있던 조남님 제보자가 받아서 '소 노래'를
불렀다. 노래가 끝난 후 옆에서 듣고 있던 할머니들이 잘했다며 박수를 쳐주
었다. '소 노래'는 소가 자신의 신세를 한탄하면서 부르는 노래라고 한다.

벽떨어진 움막 우에
서리 석달을 살고나니
정 이월이 돌아와서

버섭에 정기를 걷어차고
공답 서답을 갈로가네
코걸이 줄만 까딱허면
두눈에서 불이 뻔떡
멍에 자리 닳는디는
느그 밥통이 다울린다
온세는 너무 둥구펄이
오면 물고 가면 물고
집으로 돌아오니
소죽이라고 쒀 놨어야
먹을 저러리 전히 없네
우둑허니 서서 보니
즈그 부릴 욕심으로
모른 콩도 허쳐 주고
불은 콩도 허쳐 주네
우둑허니 서서 보니
동네 방네 사람들이
날 죽이라고 공론허네
소죽인들 버릴손가
논이로 가도 거름되고
밭으로 가도 거름되고
가죽인들 버릴손가
소의 방구로 다나가고
뼉다군들 버릴손가
한량의 부채꼭지로 다나간다
둥당에다 둥당에다

당기둥당에 둥당에다

닭 노래

자료코드 : 06_05_FOS_20100224_LKY_CNN_0007
조사장소 : 전라남도 나주시 동강면 옥정리 5구 봉추마을
조사일시 : 2010.2.24
조 사 자 : 이경엽, 한미옥, 송기태, 임세경
제 보 자 : 조남님, 여, 66세
구연상황 : '소노래'를 부른 조남님 제보자에게 사람들이 잘한다고 하자, "내가 또 닭 노
래 하나 할까?" 하면서 바로 소리를 이어갔다.

이레도야 저레도야

유리공단 접저고리

섭내비단 짓을달아

업어들고 동전달아

이달에는 알을낳고

새달에는 새끼까서

정이월이 돌아와서

열두새끼 줄줄이 주는모시

낱낱이 주서맥여

열두새끼 거느리고

남사밭에 나가보니

적을짓네 적을짓네

원수라고 적을짓네

즈그집이 손님오면

내자식이 대접이고

저그자식 병이나면
내자식이 서약인데
도매나 땅땅 울리는 소리
일천간장이 다녹는다
둥당에당 둥당에당
당기둥당에 둥당에당

시들시들 봄배추는

자료코드 : 06_05_FOS_20100224_LKY_CNN_0008
조사장소 : 전라남도 나주시 동강면 옥정리 5구 봉추마을
조사일시 : 2010.2.24
조 사 자 : 이경엽, 한미옥, 송기태, 임세경
제 보 자 : 조남님, 여, 66세
구연상황 : 조사자가 제보자에게 다른 노래를 들려달라고 하자, 없다고 하면서 잠시 뜸을
들였다가 바로 '시들시들 봄배추는~~~' 하면서 노래를 불러주었다.

시들시들 봄배추는
밤이슬 오기만 기다리고
옥에 갇힌 춘향이는
이도령 오기만 기다린다
높은가지 앉은 새는
바람이 불까 수심이요
물꼬 밑에 송사리는
가뭄이 들까 수심이고
삼대독자 외아들은
병이나 들까 수심이요

둥당에당 둥당에당

덩기둥당에 둥당에당

잠자리 잡을 때 부르는 노래(1)

자료코드 : 06_05_FOS_20100224_LKY_CNN_0009
조사장소 : 전라남도 나주시 동강면 옥정리 5구 봉추마을
조사일시 : 2010.2.24
조 사 자 : 이경엽, 한미옥, 송기태, 임세경
제 보 자 : 조남님, 여, 66세
구연상황 : 어렸을 때 잠자리 잡으면서 부르는 노래는 없냐고 하니, 제보자가 웃으면서
'잠자리 빠빠~' 하면서 부르는 노래를 들려주었다. 어렸을 적 잠자리를 잡을
때 이 소리를 하면서 잡았다고 한다.

잠자리 빠빠

고드리 빠빠

멀리 가지 말고

앉은 자리 앉아라

멀리 가믄 죽는다

잠자리 잡을 때 부르는 노래(2)

자료코드 : 06_05_FOS_20100224_LKY_CNN_0010
조사장소 : 전라남도 나주시 동강면 옥정리 5구 봉추마을
조사일시 : 2010.2.24
조 사 자 : 이경엽, 한미옥, 송기태, 임세경
제 보 자 : 조남님, 여, 66세
구연상황 : 조남님 제보자가 잠자리를 잡을 때 부르는 소리를 사설을 조금 바꾸어 다시
불렀다.

잠자리 빠빠

고드리 빠빠

멀리 가믄 죽는다

앉은 자리에 앉아라

둥당에 소리

자료코드 : 06_05_FOS_20100224_LKY_CNN_0011

조사장소 : 전라남도 나주시 동강면 옥정리 5구 봉추마을

조사일시 : 2010.2.24

조 사 자 : 이경엽, 한미옥, 송기태, 임세경

제 보 자 : 조남님, 여, 66세

구연상황 : 곽순애 제보자가 둥당에 소리를 간단히 끝내자 역시 옆에 있던 조남님 제보
　　　　　자가 받아서 둥당에 소리 한 소절을 불러주었다.

건방져서 니가 냈냐

질 건네 지어서 내가 냈나

다리 세기

자료코드 : 06_05_FOS_20100224_LKY_CNN_0012

조사장소 : 전라남도 나주시 동강면 옥정리 5구 봉추마을

조사일시 : 2010.2.24

조 사 자 : 이경엽, 한미옥, 송기태, 임세경

제 보 자 : 조남님, 여, 66세

구연상황 : 조사자가 김초례 할머니와 다리 세기 이야기를 하고 있는 동안에, 맞은편에
　　　　　앉아 있던 조남님 제보자가 자신이 어렸을 때 했던 다리 세기 노래를 들려주
　　　　　었다.

이다리 저다리

느그 삼춘

어디 갔냐

몇 마리 썼냐

닷 마리 썼다

오끔 쪼끔

무지개 탱

5. 반남면

증편 한국구비문학대계 ● 전라남도 나주시

전라남도 나주시 반남면 대안리 2구 구영마을

조사일시 : 2010.1.18
조 사 자 : 이경엽, 한미옥, 송기태, 임세경

전라남도 나주시 반남면 대안리 2구 구영마을 입구의 모습

　구영마을은 '선왕봉' 아래에 자리하고 있다. 1987년에 발행된 『마을 유래지』에 의하면, 구영마을은 3백 년 전 나주나씨 나경집(羅京集)이 무안에서 생활하던 중 영산강을 거슬러 올라와 풍수지리에 의거 터를 잡은 곳이라고 전해진다. 그러나 거주하고 있는 나주나씨들은 나경집이라는 분을 족보상에서 본 적이 없고 들은 적도 없다고 한다. '집(集)'자 항렬은 족보상 23세에 해당되고, 이후로 자손들이 6대가 더 났다고 한다. 현재 구영

에 많이 살고 있는 나주나씨 자손들은 반계 나덕현의 다섯째 아들인 순소(純素, 1617~1688)의 자손들이다. 나순소는 인근 중대마을에 정착한 인물로, 그의 자손이 언제부터 구영으로 퍼져나가 살게 되었는지는 명확하지 않다.

마을 내 앞에 있는 마을은 거북이가 숨어있는 형국이라 하여 '구은(龜隱)'이라 불렀고, 뒷마을은 '영안(永安)'이라 부르다가 일제강점기 때의 행정개편으로 인하여 두 개 마을의 첫 자를 따서 '구영(龜永)'이라 명명하였다. 구영은 '후산굼벙터'라 표현되기도 한다. 예전에는 중대와 한 마을처럼 살았다고 표현하는 주민들이 있는데, 아마도 나주나씨 나순소의 자손들이 중대와 구영에 집성하여 살고 있기 때문이 아닌가 한다.

마을조직으로는 1926년에 조직된 상포계가 있다. 과거에 구영마을에는 4~5백년 된 감나무가 있어서 그곳에서 당산제를 지냈으나, 지금은 나무가 고사하여 지내지 않고 있다. 과거 당산제를 지낼 때는 농악도 성하게 쳤고, 줄다리기도 했었다고 하며, 날이 가물어 비가 오지 않으면 뒷산인 선왕산에서 기우제를 지내기도 했었다고 한다.

나종삼, 남, 1920년생

주 소 지 : 전라남도 반남면 대안리 2구 구영마을
제보일시 : 2010.1.18
조 사 자 : 이경엽, 한미옥, 송기태, 임세경

나종삼은 1920년 음력 12월 16일 전라남도 나주시 반남면 신촌리 북두마을에서 태어났다. 반남나씨 반계공 할아버지의 12대손이다. 반남보통학교를 졸업한 후 집안이 어려워 중학교는 진학하지 못하고 서당을 석 달 정도 다니면서 소학을 떼었다. 서당을 다닐 때 7언시를 매우 잘 지었는데, 당시 서당방 주인과 훈장이 그것을 보고는 "글을 지을 때 뜻 있는 글을 짓는다."고 칭찬을 해주었다고 한다. 이처럼 나종삼은 어렸을 때부터 뭔가를 보고도 그냥 지나치는 법이 없이 항상 그 뜻을 다시 한 번 새겨 생각해보려고 했고, 지금도 매일 하루를 돌아보면서 의미를 깨치고 반성하려고 한다. 나종삼은 아무래도 자신이 이야기에 취미를 두게 된 것이 자신의 그러한 특성에서 온 것이 아닌가 하였다. 그래서인지 나종삼은 고령임에도 불구하고 엄청난 양의 이야기를 뚜렷이 기억해서 구연해 주었다.

나종삼은 25살에 영암군 군서면 구림마을에 사는 20살의 조남혜와 결혼을 하였다. 자녀는 2남 5녀를 두었으며, 자녀 중 한 사람만 전문대를 나오고 나머지는 모두 고등학교까지만 졸업시켰다. 현재 부인과 큰딸과 함께 반남면 대안리 산8번지에 살고 있다. 나머지 자녀는 모두 결혼하여

서울 및 광주 등지에서 살고 있다.

나종삼은 자신이 현재 살고 있는 집에 대해 많은 애착을 갖고 있는데, 이 집터가 바로 제비집터여서 이곳에서 많은 자녀를 얻었기 때문이라고 한다. 결혼 후 7년 동안 자녀를 낳지 못한 나종삼이 이곳으로 이사 온 후 바로 아이가 생겼고, 이후 모두 7명의 아이를 낳은 것이 모두 이 집터 덕분인 것이라고 생각하는 것이다. 결혼 후 잠깐 담배 장사를 하여 자산을 모아 논 두마지기를 샀고, 후에 비료장사도 했었지만 그것은 모두 돈을 모으기 위한 잠시 동안의 일이었고, 평생에 걸쳐 그가 힘쓴 것은 농사였다.

부친이 선산에 관심이 있어 풍수와 함께 구산(求山)을 다니면 위의 두 형은 동참하지 않았는데, 본인은 반드시 함께 따라 다녔다. 그래서인지 어려서부터 풍수나 명당 등에 관심이 많아 주변의 산을 많이 구경하러 다녔는데, 그런 까닭에 나주, 영암, 장흥 등 근처의 4~5군데 산은 거의 다 가보았다. 이를 가리켜 본인은 천성적으로 산을 좋아하도록 타고났기 때문이라고 했다.

나종삼이 한 이야기들 중 많은 것은 주로 어린 시절 북두마을에 살았던 김정관이라는 사람으로부터 들은 것이라 한다. 김정관은 평촌에 사는 나참봉이라는 집에서 종살이를 하는 사람이었는데, 나참봉 집은 수백석이 넘는 부잣집이어서 오가는 과객이 많이 들려 쉬었다 갔다고 한다. 그때 사랑방에서 주인과 주고받는 이야기를 듣고 기억한 김정관이, 저녁이면 나종삼의 부친이 살고 있는 집에 놀러 와서 이런 저런 이야기를 해주었고, 이야기를 더 해달라고 조르는 열 살의 나종삼에게 끊임없이 이야기를 들려주었다고 한다. 또한, 그는 구산을 하러 다니는 지관으로부터도 많은 이야기를 들었다고 하며, 경로당이나 관광을 가서 들은 이야기와 책에서 읽은 이야기도 잊지 않고 기억을 하고 있는 것도 그가 지금과 같이 많은 이야기를 알게 된 원천이 아닐까 하였다.

제공 자료 목록

06_05_FOT_20100118_LKY_NJS_0001 공자님 조상은 단골

06_05_FOT_20100118_LKY_NJS_0002 하서배미 유래

06_05_FOT_20100118_LKY_NJS_0003 황희 정승과 농부와 소

06_05_FOT_20100118_LKY_NJS_0004 오성대감의 유언

06_05_FOT_20100118_LKY_NJS_0005 '구례 곡성에 오성대감' 동요

06_05_FOT_20100118_LKY_NJS_0006 팔면 삼 원 남는다

06_05_FOT_20100118_LKY_NJS_0007 이비야 유래

06_05_FOT_20100118_LKY_NJS_0008 명성왕후 간택 예언

06_05_FOT_20100118_LKY_NJS_0009 나덕명의 세자대군 구출

06_05_FOT_20100118_LKY_NJS_0010 민비와 박태보

06_05_FOT_20100118_LKY_NJS_0011 문화유씨 시조산 사치궤벽 명당

06_05_FOT_20100118_LKY_NJS_0012 동강면 지명 유래

06_05_FOT_20100118_LKY_NJS_0013 길 잘못 내서 일곱 명 죽은 북두골

06_05_FOT_20100118_LKY_NJS_0014 북두골 지명 유래(1)

06_05_FOT_20100118_LKY_NJS_0015 북두골 지명 유래(2)

06_05_FOT_20100118_LKY_NJS_0016 노루가 잡아준 명당

06_05_FOT_20100118_LKY_NJS_0017 나무꾼과 선녀

06_05_FOT_20100118_LKY_NJS_0018 자빠져서 얻은 명당

06_05_FOT_20100118_LKY_NJS_0019 하해농주 명당

06_05_FOT_20100118_LKY_NJS_0020 명풍수 전승지와 한양조씨 명당

06_05_FOT_20100118_LKY_NJS_0021 천년향화지지

06_05_FOT_20100118_LKY_NJS_0022 절서에 맞춰 명당 쓰기

06_05_FOT_20100118_LKY_NJS_0023 오리 명당

06_05_FOT_20100118_LKY_NJS_0024 순천박씨 선산에 몰래 쓴 명당자리

06_05_FOT_20100118_LKY_NJS_0025 해남 흑선산 명당자리

06_05_FOT_20100118_LKY_NJS_0026 황학등공 명당자리

06_05_FOT_20100118_LKY_NJS_0027 천자지지 명당자리

06_05_FOT_20100118_LKY_NJS_0028 나씨 수리 명당과 임씨 닭 명당

06_05_FOT_20100118_LKY_NJS_0029 반남박씨 벌 명당

06_05_FOT_20100118_LKY_NJS_0030 이승이와 박상

06_05_FOT_20100118_LKY_NJS_0031 자형의 명당자리 뺏은 윤고산

06_05_FOT_20100118_LKY_NJS_0032 박씨 명당자리의 유래

06_05_FOT_20100118_LKY_NJS_0033 왕비가 난 금동마을과 무안박씨

공자님 조상은 단골

자료코드 : 06_05_FOT_20100118_LKY_NJS_0001
조사장소 : 전라남도 나주시 반남면 대안리 2구 구영마을 산 8번지
조사일시 : 2010.1.18
조 사 자 : 이경엽, 한미옥, 송기태, 임세경
제 보 자 : 나종삼, 남, 91세
구연상황 : 조사자가 '공자님 도'라는 이야기가 무엇이냐고 물어보자 제보자가 그에 관한
　　　　　이야기를 들려주었다. 제보자의 방 안에서 이루어진 조사에 제보자의 따님이
　　　　　함께 동석하였다.
줄 거 리 : 조선시대에는 유교사상을 종교로 삼아서 '공자님 도'라고 했다. 하지만 본래
　　　　　공자님은 당골의 자손으로 아주 상놈으로 취급을 했다고 한다. 따라서 우리
　　　　　나라에 있는 당골이 최후의 양반이라고 할 수 있다.

(조사자 : 공자님 조부 이야기가 있습니까?)

[고개를 가로 저으며]

그거 희미해. 그런게 공자님. 간단히 말허믄 요새 공자님 도 믿는 유교,
그 이조 허면은 유교사상을 종교로 삼을 때는 인자 공자님도 이렇게 했는
디. 당골 아조 상놈으로 취급했다고 당골. 말허자믄 공자님이 당골 자손
이여. 응? 그러믄 우리 조선에 있는 당골이 제일 최후 양반이제. 공자님
있은게. 당골 자손이여. 그것이 뭐가 또 중요허냐. 여 국내에서 전설이라
까 거 기록이 없어. 요새 거 뭐? 무슨 거 도울이란가 뭣이란가 거 뭐. (청
중 : 도울.) 도울인가? 김용옥 씨. 그 사람 강의 하면서 그런 말 허드란게.
공자님이 무당 그 자손이라고. 근디 자기가 직접 그 공자님 태어난 산동
서, 거그 가서 다 조사 해봤다 해. 그런게 그렇게 나온다 그것이여. 그래
서 인자 공자님이 무당 자손인 줄 알제. 글 않으믄 내 알것다고. (조사

자 : 뭐 전해오는 이야기에는 없구요?) 그 없어 그런 거.

하서배미 유래

자료코드 : 06_05_FOT_20100118_LKY_NJS_0002
조사장소 : 전라남도 나주시 반남면 대안리 2구 구영마을 산 8번지
조사일시 : 2010.1.18
조 사 자 : 이경엽, 한미옥, 송기태, 임세경
제 보 자 : 나종삼, 남, 91세
구연상황 : 조사자가 하서대감과 이일재 선생에 관한 이야기를 들려달라고 하자, 그 이야기는 별로 재미없다고 하면서도 이내 이야기를 구연하였다.
줄 거 리 : 하서대감(김인후)은 조선의 대문장가 18인에 드는 사람으로 그가 낙향해서 집에 머물 때의 일화다. 하서대감이 낙향한 후 논을 사들여 정리하다가 두 개의 논을 하나로 합치는 '합배미'를 하고 있었다. 이때 충청도에 사는 이 아무개라는 한학자가 하서대감이 낙향했다는 소식을 듣고 뵙고자 하는 마음으로 찾아왔다. 시간이 흘러 한학자와 하서대감이 서로 헤어졌는데, 두 사람이 합배미에서 이별했다고 하여 그 후부터 그 논을 하서배미라고 한다.

(조사자 : 하서대감하고 이일재 선생에 관한 이야기 있습니까?)
어 있어. 있는데 별 재미도 없고.
[헛기침을 한다.]
하서대감이 인자 가정으로 들어와갖고 거기에서 지내신디. 근게 아다시피 십팔인에 드는 그 문장 있드라고. 그 어른이 그 선생님이 들어와갖고 계신디. 어디 자기 논이 여러 배미로 사들인 배미라 그래. 그걸 합배미라 그래. 배미가 둘이라고 합배미. 둘을 하나로 맨든다 그 말이여 합배미. 합해. 잘잘한 논 땅을 큰 배미라. 합배미라 그런 일을 허시는디. 충청도 사는 그 이 뭐시기라고. 그도 말허자믄 한학자여. 크게 할 일은 안 했어도 그 집안에서는 한학자여. 그런게 그 선생님이 집에가 계신다 헌게 한 번 찾아뵐라고 왔어. 와서 본게 인자 그 논일을 허고 계시거든. 합배미 작업

을. 그래 가서 인사드리고 인자 그렇게 했는디. 그러고 가는디, 하서 선생님이 그 이선생 전송 허는디, 거그 전송헌 디 거기 서로 갈리는 디서 갈렸는디, 거가 가서 말허자믄 그 뭐라 그러까. 논배미가 하나 있는디 이것이 하서배미. '하서 논이다.', '하서 배미다.' 그런 이름이. 논배미 한나가 하서배미라고 이름이 적어져갖고 있어. 지금도 그 논 이름을 하서배미라 헌다 해. 그 얘기여 간단해.

그런 인물들이 인자 서로 만나고 서로 이별 헐 때 그 논배미서 했다 해서 그 분들이 그렇게 헌 것인게 이름이 있제. 우리 같은 사람이 누구 손님 와서 간다고 어디가 그렇게 가고 그러든가. 그것이여. 간단해.

황희 정승과 농부와 소

자료코드 : 06_05_FOT_20100118_LKY_NJS_0003
조사장소 : 전라남도 나주시 반남면 대안리 2구 구영마을 산 8번지
조사일시 : 2010.1.18
조 사 자 : 이경엽, 한미옥, 송기태, 임세경
제 보 자 : 나종삼, 남, 91세
구연상황 : 조사자가 황희정승과 관련한 이야기를 해달라고 하자, 예전에 해준 것 같다고 하면서 다시 이야기를 들려주었다. 제보자가 며칠 동안 감기에 걸린 탓으로 몸이 별로 좋지 않은 상태였지만, 표정과 몸짓 등을 하면서 적극적으로 구술하였다.
줄 거 리 : 태조 이성계가 나라를 건국하자, 고려의 옛 충신들이 '충신은 불사이군'이라고 하며 70명의 이인들이 두문동으로 들어가 나오지 않았다고 한다. 그러면서도 황희에게는 "너까지 들어가서 절개를 지킬 필요는 없다. 백성을 위해서 나가서 정치를 해라."고 하며 정치를 하게 하였다. 황희는 이성계 밑에서 정치를 하면서 영의정의 자리까지 올랐다. 그러던 어느 봄날 황희가 소풍을 나와서 농부가 소 두 마리를 끌고 일하는 것을 보았다. 그것을 보고 "검은 소와 누런 소 중 어떤 소가 일을 더 잘하느냐?"고 묻자, 농부가 황희의 귀에 "검은 소가 일을 더 잘합니다."라고 속삭이며 말을 했다. 이 말을 들은 황희

가 "소가 사람 말을 알아듣는 것도 아닌데 어째서 귀에 대고 말을 하느냐?"고 하자, 농부가 "소는 가라고 하면 가고, 서라고 하면 멈춘다. 그러니 말을 모두 알아먹는 것이다. 사람도 둘이 일을 하는 데 누가 일을 잘못했다고 하면 기분이 나쁘다. 소도 마찬가지라서 그리했다."고 말하였다. 그 말을 듣고 황희도 느낀 바가 있어서 정치를 할 때도 항상 다른 사람들과 의논을 해서 큰 성과를 얻었다고 한다.

(조사자 : 황희 정승하고 거미 먹고 사는 공작 이야기가 있습니까?) 오성대감 얘기? 어 있어. 오성대감 얘기. (조사자 : 황희 정승 이야기 아니구요?) 황희 정승 얘긴디. 황희 정승 얘기는 따로 있고 오성대감 얘기가 또 있고 그러제. 황희 정승허고 오성대감허고는 시대가 틀려.

(조사자 : 황희 정승 얘기부터 먼저 해 주시고.) 그거 안 했으까? 그거 뭐 들에 가서 논일하는 그 소 두 마리 갖고 논 가는 얘기. 그 이야기가 썩 좋은 이야긴디 그것이. 황희 정승이 이태조가 등극을 해가지고 인자 그 고려시대 조정에서 그 '왕의 선비들은 신하들이 충신은 불사이군이라. 충신은 두 임금을 안 사귄다.' 그래서 칠십 이인이 어디 그 지방은 몰라도 두문동이라는 디로 가서 살았어. 다 알것잉마. 근디 거가 들어가서 살면서 그 두문동 칠십 이인이 말하기를, 황희 정승 보고.

"너까장 절걸 지켜야. 너나 나가서 국민을 백성 위해서, 나가서 정치를 잘 해라."

그렇게 내보낸 사람이여. 그래서 와서 황희 정승은 이성계 밑에 와서 정치를 했제. 그러면서 최후의 영의정까지 올랐는데 그 분이 하루는 봄날 따땃한게 여기 소풍이나 가야쓰겠다고 인자 들 있는 디를 나왔어. 아, 보니까 누가 소를 두 마리 갖고 쟁기질 허거든. 저 ○○은 소 두 마리 갖고 쟁기질 했어. 아시꺼여. 여그는 한 마리 갖고 헌디. 농부가 쉬어갖고 있는 게는 농부헌테 가서,

"아, 저 소 두 마리 중에 어떤 소가 일을 더 잘 허냐?"

근게, 아, 저 껌은 소랄지 노란 소랄지 아무 소가 헌다고 갔으믄 쓴디, 글 않고는.

[제보자의 귀를 잡아 당기며]

황희 정승 귀를 이렇게 잡아 다니더니 귀에다 대고 가만히 속삭거린 말로.

"저쪽에, 왼쪽에 검은 소가 일을 더 잘 허요."

그런게는. 소 이야기를 듣고 생각해 본게 이상허거든. 저 큰소리 기냥 아무 소나 잘 헌다고 허믄 쓴디. 왜 내 귀에다 잡아 다녀 놓고 웅? 속닥말로 속삭인 말로 허냐 그 말이여. 소 안 들은다고 경작헌다고 그런 것이. 그런다 헌게, 나무라 헌게,

"여보시오. 사람도 둘이 있든 서이 있든 뭔 일을 잘 했는디, 한나가 잘못해갖고 '너 잘못했다.' 그러게 나무라믄 그 사람 듣는 사람 기분 안 좋다고."

그런게. 그러믄

"저 소가 말을 알아 먹냐?"

"알아먹고 말고라."

"거 어디 보자. 어떻게 알아먹나 보자고. 시켜보라"

근게는. 소를 몰면서.

[채찍을 휘두르는 시늉을 하며]

'이랴' 허믄 가. 말을 알아먹은게 가제 웅? 거그 말로 소를 멈추란 말이, '어디, 어디' 허든가. 그런다든가. '어디, 어디' 헌게 안 가고 서.

"보라고. 알아먹지 않냐고."

황희정승이 가만히 생각해 본게.

'아, 짐승이 그것이 즈그가 날마다 허는 일인게 알아먹었지마는 사람이 허는 말 다 알아먹을 것이라고?'

인제 그것을 자기가 저녁에 가서 생각해봤어. 자기가 부린 사람이, 만

조백관들이 다 이인지하거든. 자기 한나 사람 밑에거든. (조사자 : 일인지 하죠?) 응. 일인지하제. 가만히 본게,

'대체 그러겄구나.'

아무리 잘 못했어도 둘이 허는 일에 한나가 잘 못했는디 거기다가 앉 혀놓고 한 사람 잘못했다고 나무라믄 안 좋다 이것이여. 안 좋을 것이다. 틀림없다. 그러고는 그러게 의논을 해갖고 정치를 했어. 그라고 큰 성과 를 얻었다여. 둘이 여기 있는디.

"너는 잘 못했다."

어찌 그러냐고 나무라믄 안 좋아. 지가 잘 못했지만 안 좋은 것이여. 그런게 나무라 해도 그것을 고쳐야 쓴디, 잘못 고쳐야 쓴디, 나무라 해도. 뒤에 따로 불러놓고.

'누구 너 헌 일은 니가 잘 못했드라.'

뒤에서 이렇게 해라. 오직 좋을 것이여. 듣는사람 좋고. 사람 있는 디서 같이 나무라블믄 자기 기분이 어찌낭 말여. 거참 사회생활 헌 사람 치고 참고적으로 잘 이용헐라고 보믄 좋은 점이여 그것이. (조사자 : 황희 정승 이 밭가는 농부한테 지혜를 얻었구만요.) 아믄, 큰 지혜를 얻었제. 정치적 으로 큰 덕을 봤다 해.

오성대감의 유언

자료코드 : 06_05_FOT_20100118_LKY_NJS_0004
조사장소 : 전라남도 나주시 반남면 대안리 2구 구영마을 산 8번지
조사일시 : 2010.1.18
조 사 자 : 이경엽, 한미옥, 송기태, 임세경
제 보 자 : 나종삼, 남, 91세
구연상황 : 조사자가 '거미 먹고 산 공작'이라는 이야기는 또 무엇이냐고 물어보니, "응 또 그런 이야기가 있어." 하면서 이야기를 구연하였다. 조사자가 그것이 황희

정승 이야기가 아니냐고 했더니, 그것이 오성대감이야기라고 하였다. 딸이 옆에서 예전에 황희 정승이라고 했던 것 같다고 했지만, 그랬다면 그것이 잘못된 것이라고 하면서 오성대감이라고 다시 강조하였다.

줄 거 리 : 공작이라는 짐승은 본래 우리나라에는 없는 짐승이지만, 지금은 외국에서 들여와 키우기도 한다. 오성대감은 벼슬이 정승까지 올랐지만 봉급의 반을 곤궁한 선비들에게 주었기 때문에 항상 가난했다. 심지어 오성대감의 부인인 정경부인이 모임에 나갈 때 입을 옷이 없어서 남의 옷을 빌려서 입고 가기도 했다고 한다. 시간이 흘러 오성대감의 죽음을 앞두고 자식들이 "아버님이 돌아가시면 우리는 어떻게 사느냐."며 흐느끼자, 오성대감이 "하루에 거미 하나 먹고 사는 공작이도 산단다."라는 유언을 남기고 돌아가셨는데, 산 사람은 어떻게든 살게 된다는 의미였다. 어느 날 중국에서 조선에 공작 한 마리를 보내면서 절대로 죽이지 말고 잘 키워서 나중에 다시 중국에서 가져오라고 했다. 그런데 조선의 중신들은 처음 보는 새를 무엇을 먹여 키워야 하는지 몰라서 어쩔 줄을 몰라 했다. 그러다가 조정 중신들이 오성대감 댁에 가서 물어보자 해서 그 자녀들에게 물어보니, 아버지의 유언이 생각난 자녀들이 "공작은 하루에 거미 하나를 먹고 산다."고 일러주었다. 그 말대로 조정에서 공작에게 매일 거미 하나를 주어 키웠다가 나중에 중국에 다시 돌려주었는데, 중국에서는 너희들이 어떻게 공작을 죽이지 않고 키웠느냐면서 깜짝 놀랐다고 한다. 오성대감의 지혜로 나라의 큰 위기를 모면하게 된 것이다.

지금 본 거미가 뭘 먹고 산가 모른디. 공작이라는 짐승이 있는디. 저기○○ 이내에는 없는 짐상이라고. 옛적에는. 지금은 인자 외국에 갖다가 키우기도 헌디. 그것이여. 공작이 우리나라에 없는 짐승이여. 본이. 지금은 있은디. 외국에서 수입해왔제.

근디 뭐냐. 오성대감이 정승 지위에 올라서고 말허자믄은 어쩌보믄 봉급도 많을 것인디 징하게 곤란해. 왜 곤란허냐. 봉급을 받으믄 먼저 나의 일보다 퇴직헌 사람들, 그 사람들 남산인가 어디가 살아. 징하게 곤란해. 뭐, 자기 손으로 농사지을 것이여? 뭐 못한게. 곤란해. 그런게 말허자믄 나라에서 자기 봉급을 타믄 그거 반틈 이상 싹 나눠줘브러. 선비들헌테. 그래서 살기가 곤란해. 그런게 곤란헌디. 인자 그래도 살지. 옛날에 본게 그 정경부인들 뭐 그런 부인들이 뭔 일 있어서 모임이 있다고. 그 오성대감 부인이 옷 입고 나갈 옷이 없어. 그런 데 가블믄 그래도 깨끗이 입고 가야쓴디. 옷이 없어. 그래 넘의 옷을 빌려 입고 갔다여.

근디 나중에 인자 오성대감이 나이 연만해갖고 돌아가시게 되얐어. 죽을 날이 된게. 며느리들이 뭐라 그냐믄.

"아버님 돌아가시면 우리는 어뜨게 살 것이요."

이 오성대감 아들이란 놈이 계속해서 벼슬에 올라서 이거 헌다 그러믄 모른디. 아직 그것도 아니고. 벌어들여서 먹을 벌어들일 사람이 없어. 그런게.

"하래에 거무 하나 먹고 사는 공작이도 산단다. 공작이 하래에 거무 하나 먹고 사는 공작이도 산단다. 그러니 산 입에 거미줄 안 쳐야. 다 사는 거 다 생기니라."

이랬어요 유언을. 그런게 그랬는갑다 했제. 그런디 오성대감이 돌아가신 뒤에 중국서 뭔 문제가 생겼냐믄. 공작 한 마리를 보내 놓고.

"이 새를 잘 키워라. 만약에 이 새를 죽인다믄 큰 벌을 내린다."

이런 게 내려왔어. 아니, 근다 해서 받고 본게 생전 말로는 공작이라는 말은 들었지마는 이거 어뜨게 생긴지도 모른디, 키우라 했으니 뭣을 이것이 먹고 사느냐 이것이여. 그것을 몰라. 뭘 먹고 사는 것을. 이렇게 키우라 허는지 그것도 없고. 자고로 키우라고 해놨으니. 이거 죽이믄 큰 벌을 받는다 허니 큰 문제 아닐 거여? 큰 문제가 되겄다 이 말이여. 그런게 조정 만 백관들이 오성대감 댁에 가서 한 번 물어보믄 그 오성대감 그 어르신이 유언이라고 했을, 그런 비슷한지 몰라.

"그럼 거가 가서 한 번 물어보자."

해갖고는 물어보러 갔어.

가서 물어본게 거가 오성대감이 운명 헐 때 그런 말 갈쳐 줬거든.

'하루에 거무 하나 먹는 공작도 산디 설마 사람이 굶어 죽을라냐.'

근게 그 말 딱 생각해서 아, 그 공작은 거무 하나 먹고 하루에 거무 한나 먹고 산다 허드라고 말이여. 그래서 그 거무 그 공작을 안 죽이고 잘 살려서 난중에 중국서 갖다주라 근게, 갖다 줬어. 근게.

"어떻게 이걸 키웠냐?"

근게,

"거무 하루에 거무 한나쓱 준게 살드라"

고. 그렇게 갖고 왔다고. 그래서 그 말허자믄, 문제를 당힐 것을 모면했제. (조사자 : 그것이 오성대감 이야기에요?) 응. (조사자 : 황희 정승 이야기 아니라?) 아니여. 오성대감이 그랬어.

'구례 곡성에 오성대감' 동요

자료코드 : 06_05_FOT_20100118_LKY_NJS_0005
조사장소 : 전라남도 나주시 반남면 대안리 2구 구영마을 산 8번지
조사일시 : 2010.1.18
조 사 자 : 이경엽, 한미옥, 송기태, 임세경
제 보 자 : 나종삼, 남, 91세
구연상황 : 앞서의 이야기가 끝난 후, 조사자가 황희 정승에 관한 다른 이야기가 없냐고 물으니 없다고 하면서 황희 정승이나 오성대감과 같은 분들이 청백리라고 하였다. 그러면서 다시 '구례 곡성에 오성대감'이라는 동요가 있냐고 하니, 그에 관한 이야기를 해주었다.
줄 거 리 : 오성대감은 얼굴에 노란 털이 있었는데, 생길산의 정기를 타고 났기 때문이라고 한다. 그런데 구례 곡성에서는 해마다 연초가 되면 동요가 나와 그 해에 일어날 일을 예견했는데, 어느 해 연초에는 '구례 곡성은 오성대감이라'는 동요가 나왔다. 하지만 아무도 그 동요가 의미하는 바가 무엇인지 알 수 없었다고 한다. 그런데 그해 여름에 구례, 곡성지역에 노란색을 띠는 벼멸구가 창궐했다고 한다. 연초에 '구례 곡성은 오성대감이라'는 동요는 바로 한 여름에 구례 곡성에 벼멸구가 성할 것을 예견한 것이다.

(조사자 : '구례 곡성에 오성대감이라네' 하는 그런 동요가 있습니까?)

있제. 그게 오성대감이, 그 논에 메루란 것이 말이여. 자네들 안 봤는가. 메루 고것이 좀 커노믄 노래. 색깔이 노래. 오성대감이 얼굴에 털이 좀 있더라 해. 노란 털이 있어. 응. 털이 있어. 근게 그 생길산 원숭이. 그 정기를 타고 났기 때문에 그런 노런 털이 있다. (조사자 : 어디 산이요?) 다시면 생길산이라 산이 있어. (조사자 : 아, 신기산.) 그 산에 정기를 타고 났거든. 오성 외갓집이 나주 회진임씨라고 내가 그런 얘기도 했을 거인디. 임씨여 그런게.

그런디 구례, 곡성. 그런게 지금은 그런 말이 없는디. 전에는 연초가 닥치믄, 정월달 닥치믄, 동요가 나. 올해 동요가 뭣이 어쩐단다. 그런 말이 나거든. (조사자 : 아, 연초에 동요가 나와요?) 응. 나와. 그러믄 어느 해 한 번은 '구례 곡성은 오성대감이라' 그런 동요가 났어. 그 떠돌아대. 말 허자믄. 근디 그것을 몰라. 뭐 어뜨게 해석해야 맞친디. 근디 그 해 여름에 농사 짓는디 메루가 무지허게 성해브렀어. 응. 그런게 오성대감이 얼굴이 노래갖고 털이 노라거든. 메루가 노래. 근게 거다 비교해갖고 난 동요여. 메루 생긴단 소리를 직접 않고 '구례 곡성에 오성대감이라' 그렇게. (조사자 : 구례, 곡성에 여름철에 며루가 퍼져가지고 농사를 망쳤던 모양이네요.) 응. 망쳤어. (조사자 : 며루가 많이 퍼질 것이다 허는 것을.) 응. 그러제. 직접 말해붓으믄 안디, 알 것인디. 그 비교해서 그렇게 해논게. 나중에 당해놓고 본게. 인자 며루가 많이 난다고 헌, 생긴다는 소리구나. 그렇게 알았제.

팔면 삼 원 남는다

자료코드 : 06_05_FOT_20100118_LKY_NJS_0006
조사장소 : 전라남도 나주시 반남면 대안리 2구 구영마을 산 8번지
조사일시 : 2010.1.18

조 사 자 : 이경엽, 한미옥, 송기태, 임세경
제 보 자 : 나종삼, 남, 91세
구연상황 : 오성대감과 관련한 동요 이야기를 한 후, 그와 비슷한 동요인 '팔면 삼 원 남
      는다'는 동요를 아냐고 하면서 이야기를 이어나갔다. 제보자는 "옛날 사람들
      은 어찌 그리 잘 알았는지 신기하다."고 연신 감탄하시면서 구연하였다. 그러
      면서 제보자가 젊어서 담배장사를 할 때도 '팔면 삼 원 남는다'는 이야기가
      떠돌았는데, 당시에 자신이 장사를 하면서 정말로 '사면 남는다'는 진리를 깨
      달았다고 한다.
줄 거 리 : 우리나라가 해방이 된 지 얼마 안 되었을 때 어떤 사람이 매일 사람들에게
      손가락 세 개를 펴고서는 "삼 원 남는다."는 소리를 하고 다녔다. 그런데 당
      시에는 정부도 돈이 없어서 매번 다른 나라의 원조를 받아 살던 시절이었고
      물가는 매일같이 폭등했다. 오늘 천 원으로 물건을 사두면 며칠 뒤에 몇 배
      로 뛰는 시절이었으니, 돈으로 천 원을 가지고 있는 것보다 물건을 '사면 남
      는다'는 의미로 그 사람이 "삼 원 남는다."는 소리를 하고 다닌 것이었다.

해방 되야가지고 삼 원 남는다. '팔믄 삼 원 남는다.' 그런 동요 얘기 했
든가 몰라. 안 했어? 그것이 참말로 신기해. 어쩜 그래 아는 사람이 있으
까 몰라. 그때 우리 해방 된 지가 한 육십오 년? 육십오 년 안이나 되겄구
만. 인자, 해방된 지 그렇게 되겄어. 해방 되얐는디 그 즈음에 돈이 그냥
떠돈디. 그냥 몇 백 냥쓱 돈을 주라 해. 몇 백 냥쓱 돌아 댕김서.

[손가락 세 개를 펴 보이며]

돈 삼 원 치겨 댕김서 댕겨. 이렇게 허면서,

"삼 원 남는다. 돈 다 쓰고 삼 원 남는다. 돈 다 쓰고, 삼원 남는다."

그러고 돌아다녀. 그런디 본 사람들이 저 소리는 뭔 소리고 허제잉. 돈
다 쓰고 삼 원 남았다. 또 오 원 남았단 소리 안 허고, 해필 또 삼 원 남
았다 해.

[손가락 세 개를 펴 보이며]

이렇게 들고, 돈 삼 원짜리 셋 들고.

근디 지내놓고 본게 다 맞어도 그렇게 맞어블 수가 없어. 해방 되야갖

고 인자, 정부에서 뭐 돈은 없고 막 받아쓰거든. 쓴게 물가가 올라가. 삼원. 오늘 사서 놔두믄 내일 가믄 배가 올라. 삼 원, 삼 원, 삼 원. 삼 원이라는 말이, '산다' 그 말이여. 묘해. 둘러 붙여서. '사먼 남는다.' 물건 돈 다 써블고 사면 남는다. 돈 다 쓰고 삼 원 남았다. 돈 두지 말고 써서 막 사라 그 말이여. 사면 남는다. (조사자 : 사 두면 남는다?) 어. 그 뭐 거참 이상해. 대체 물건을 팔고, 팔아블고 돈을 갖고 있는 사람은, 가령 천 원 아치 돈을 갖고 있다 물건 팔아갖고 삼사월만 지내믄 천 원짜리가 오백 원 가치도 없어브러. 막 물가가 올라간게. 근게 사믄 남어, 사믄.

삼어서, 사서, 물건 사서 두믄, 남는다, 그 말이여. 그것 참 신통허게 맞췄제. 그래 돈 쟁여 놓고 물건 안산 사람 다~ 망해 브렀어. 응. 그때 나도 담배장사 해갖고, 돈 남어갖고 살림 차렸당게.

[제보자와 조사자 일동 웃는다.]

참 나, 그. (조사자 : 아, 그때 그러믄 장사하셨던 겁니까?) 어. 그때 했어.

이비야 유래

자료코드 : 06_05_FOT_20100118_LKY_NJS_0007
조사장소 : 전라남도 나주시 반남면 대안리 2구 구영마을 산 8번지
조사일시 : 2010.1.18
조 사 자 : 이경엽, 한미옥, 송기태, 임세경
제 보 자 : 나종삼, 남, 91세
구연상황 : 조사자가 아이들을 달랠 때 하는 '애비야' 소리가 있는데, 그 말의 유래에 대해서 물으니, 제보자가 '이비야'라고 수정하였다. 그리고 한참을 생각하더니 그에 얽힌 이야기를 구연하였다. 조사자가 이야기가 끝난 후 그것과 관련된 다른 질문들을 했지만, 자신이 없는 듯 생각에 잠겼다고 고개를 젓곤 하였다.
줄 거 리 : 과거 임진왜란 때 우리나라가 '이비야'라는 곳에서 왜적에게 크게 당했는데, 그때부터 우리나라 사람들은 우는 아이들을 달랠 때 "이비야~"라는 소리를

하면 아이들도 무서워서 울음을 그쳤다고 한다. 또한 임진왜란 때 일본인들은 진도의 '울돌목'에서 우리나라에게 크게 당했는데, 그때부터 일본인들은 자기 아이들을 달랠 때 "울둘 울둘" 소리를 내면 아이들이 놀래서 울음을 그쳤다고 한다.

[잠시 생각하다가]

그것이 임진왜란 때 생긴 말인디. 가만 있자. '이비야'란 말이, 우리 가정에서는 애기들이 운다고. 근디 애기들 달랠라믄 무서운 것이라고 '이비야~ 이비야~' 이렇게 해서 달랬거든. 근디 왜적 임진왜란 때 이비야란 디 가서, 지명이 '이비야'란 디가 있는디. 이비야란 디 가서 뭣을 많이 크게 실패헌 적이 있어. 그것이 있어. 그래서 그 무서운 디여. 크게 당했어. 그 무서운 디거든. 그래서 아그들 달길라믄 무선 소리 무서웁다고 '이비야 이비야' 그러고.

일본 놈들은 저 울둘목에서 무지허게 당해붓거든. 일본 놈들이 아그들 달갤라믄 '우둘, 우둘(울둑)' 울둘. 수영 울둘목. '울둘 울둘' 그랬쌓대. 일본 사람들. 그렇게 당해브렀어 일본 사람들이. 그래서 일본사람들 아그들 달갤라믄 '울둘 울둘' 그러고. 우리 한국사람 애기들 달갤라믄 무선 소리라고 '이비야 이비야' 이비야에서 뭔 큰 것을 당했었는가빈디 그것은 모르것구만. 그런 전설이, 뭔 전설이제. (조사자 : 그 이비야가 뭐, 일본 사람 이름이라는 말은 없구요?) 아니고. 지명이라고. 이비야가 뭣이 지명인가, 뭣인가 몰라 그런게.

명성왕후 간택 예언

자료코드 : 06_05_FOT_20100118_LKY_NJS_0008
조사장소 : 전라남도 나주시 반남면 대안리 2구 구영마을 산 8번지
조사일시 : 2010.1.18

조 사 자 : 이경엽, 한미옥, 송기태, 임세경

제 보 자 : 나종삼, 남, 91세

구연상황 : 조사자가 '조의 계비와 충청도 이주서'란 이야기가 있냐고 물어보니, 잘 모르
겠다고 하면서 왕들의 '조'와 '종'에 관한 설명을 해주었다. 그러고는 옛날에
자기가 한 이야기를 많이 잊어버렸다고 하면서 생각에 잠겼다. 다시 조사자가
명성황후에 관한 이야기를 해달라고 하자, 기억하고 있는 이야기였는지 바로
이야기를 해주었다.

줄 거 리 : 대원군의 부인이 민씨인데 명성황후 집안과는 가까운 친척 집안이 된다. 그런
데 명성황후가 어렸을 때 변소에 앉아서 소변을 보는데, 부엉이가 어린 명성
황후의 앞으로 와서 "부엉 부엉" 하고 울더란다. 그래서 어린 명성황후가 부
모에게 말하기를 부엉이가 자신에게 와서 "부엉 부엉" 하고 울고 갔다고 하
니, 그 소리를 들은 부모가 자기 자식이 후에 왕비가 될 줄 미리 알았다고 한
다. 즉, 왕비의 아버지가 부원군인데, '부엉'은 바로 '부원군'이라는 뜻이었고
그것을 총명한 어린 명성황후가 미리 알아들었던 것이다.

명성왕후에 대해서 거 뭐시냐. 예언보다도 그것이 명성왕후가 막 황후
가 거시기거든. 부모도 없거든. 부모도 없어. 그래갖고 고종허고 그 말허
자믄 대원군허고 가까운 친척은 되야도. 대원군이 말허자믄, 대원군 부인
허고 가까운 친척이여. 대원군 부인도 민씨거든. 인제 그 명성왕후가 어
렸을 때, 말허자믄 변소간에 가서 그때는 막 이렇게 변소간 뭐 거시기가
있다냐. 바닥에 그 퇴비쟁여 논 디, 그런 데 가서 변소간인디. 아, 애기라
가서, 바닥에 가서 대소변을 보든가만이여. 앉아서 본게 부엉새가 와갖고,
앞에 와 갖고,

"부엉 부엉"

울어. 그런게 애기가 거참 총명허제. 와서는 인자 부모들헌테 말을 했
어.

"아, 내가 여그서 인자 변소간 거그"

말허자믄 칙간이라 글제, 칙간.

"소변을 보고 있는디 부엉이가 와갖고 내 앞에서 '부엉 부엉' 울드라

고."

그런게는.

"아, 니가 장래에 왕의 왕비가 되겠구나!"

왕비의 아버지가 부원군 아닌가. '부원군이 된다' 이 말이여이. '부엉 부엉' 근게. 그렇게 해몽을 해설을 했어. 그래 나중에 결국 '그런 짐승도 큰 인물인 것은 안다.' 그런 이야기네.

나덕명의 세자대군 구출

자료코드 : 06_05_FOT_20100118_LKY_NJS_0009
조사장소 : 전라남도 나주시 반남면 대안리 2구 구영마을 산 8번지
조사일시 : 2010.1.18
조 사 자 : 이경엽, 한미옥, 송기태, 임세경
제 보 자 : 나종삼, 남, 91세
구연상황 : 명성황후에 관한 이야기가 끝나자마자 제보자의 선조가 임진왜란 때 세자대군을 구해서 공을 세운 이야기를 이어서 하였다. 제보자의 조상에 관한 이야기라서 더욱 자신 있게 이야기를 들려주었다.
줄 거 리 : 나덕명은 제보자 나종삼의 선조이다. 임진왜란 때 부산 동래부사 송상영이 전사하여 왜군을 막지 못했다. 왜군 가등청정이 한양까지 쳐들어와서 세자대군 4명을 모두 함경북도로 끌고 가고 있었다고 한다. 그때 나종삼의 선조 나덕명이 조총으로 싸우는 왜놈들에게서 단지 활과 화살만으로 네 명의 세자대군을 모두 구해냈다고 한다. 그래서 그 공으로 추훈이라는 훈자도 얻었다고 한다.

나덕명이라는 사람은 우리 선조. 그렇게 일본군이, 육군이 그냥 부산 앞으로 와갖고 동래로 막 침략해서 들어온디. 동래 부사가 그때 송상영이가 동래 부사였어. 근디 적군이 몰려온게 막을 거 아니라고 막아야 헐 거. 당해 브렀제. 송상영이가 말허자믄 명색이 장군이라고 해갖고 첫 번에 죽은, 말허자믄 죽었어. 그렇게 해서 막 가등청정이가 승승장구 해갖고 막 올라가.

서울로 올라가고 서울에서 가등청정이는 인자 ○○으로 올라가. 근디
서울서 세자대군을 사형제를 잡어갖고 가. 즈그 거시기로. 함북으로. 함경
북도 쪽으로 가. (조사자 : 가등청정이요?) 응. 잡어갖고 세자들 사형제를
잡아갖고. 그런게 그것을 덕명이라는 우리 선조가 선조께서 탈환했어. 세
자들 사형제를. 그것은 공이 크거든. 그 훈자 추훈이란 훈자도 얻고. 그
런 거 있어. 그 어려운 일이거든. 그때 아무 무기라고는 화살밖에 없거든.
근디 총을 막 팽팽 조총 쏘는 그 일본 사람들헌테 세자대군을 뺏었으니,
탈환을 시켰으니 큰 공 아니라고.

[헛기침을 한다.]

그러니 그 얘기여.

민비와 박태보

자료코드 : 06_05_FOT_20100118_LKY_NJS_0010
조사장소 : 전라남도 나주시 반남면 대안리 2구 구영마을 산 8번지
조사일시 : 2010.1.18
제 보 자 : 나종삼, 남, 91세
구연상황 : 장희빈과 반남박씨와 관련된 이야기가 없냐고 하니, 반남박씨가 아니고 민비
라고 하였다. 그러면서 장희빈과 명성황후의 연대가 헷갈린다고 하면서 이야
기를 구연하였다. 제보자가 목이 마른 듯 마른입을 축이면서 이야기를 시작하
였으며, 이야기가 끝나자 10년 전에 다른 조사자에게 이야기 할 때보다 기억
이 많이 나지 않는다며 안타까워하였다.
줄 거 리 : 숙종 조 때 장희빈이 당시 왕비였던 민비를 축출시켜버리고 자신이 왕비가
되었다. 그런데 그 이후로 장안에 '미나리는 사철이요, 장다리는 한철이라.'
는 동요가 떠돌았다. 결국 후에 장희빈은 죽고 민비는 다시 왕비가 되었는데
노래가 맞은 것이다. 민비가 처음 폐위될 당시에 조정에서는 민비를 죽이려
고 했지만 그것을 끝까지 반대한 사람이 반남박씨 박태보라는 사람이었다.
박태보는 마지막까지 자신의 소신을 굽히지 않았다가 죽고 말았는데, 당시
박태보가 매를 맞을 때 그 집안의 자손들은 "우리는 집안이 여기서 망하지

않고, 오히려 양반이 더 생긴다."고 말했다고 하는데, 민비가 다시 왕비가 되고 나서 박태보의 공을 잊지 않고 추훈했기에 양반 중의 양반이 된 것이다.

장녹수. 장녹순가 장희빈인가 뭐. 그때 연산군 말고 그 숙종 때 장희빈인가. 근디 숙종 비가 민씨 맞으까? 민씨겠구만. 저그 연산군 때 민씨 없었어. 민씨가 말허자믄 궐에 있었는디 왕비. 근디 장희빈이 들어와갖고는 그것 조사를 해갖고 민비가 축출 당해 브렀어. 그래갖고는 장희빈이가 인자 지가 말허자믄 거 뭐시냐, 곤전치국까지 올라갔을 것이구마. 곤전, 곤전까지 되얐어. 간신노릇 해갖고. 그런디 민씨는 친정에 와갖고, 근게 인자 곧 말허자믄 퇴출 당해갖고 있고.

근디 그 장희빈 그것이 요물이라. 그렇게 그래 논게. 그 장안 사람들이 민비를 인자 부호(비호)허는 그런 마음에서 뭐라고 말허냐믄, 그것도 동이 비생이 났제. '미나리는 사철이요, 장다리는 한철이라.' 장다리 한철, 봄에 한철. 장다리, 장희빈을 비교해서 장다리는 한철. 미나리는 사철이다. 미나리는 일 년 사철 다 살아갖고 있는 것이여. 그런 동요가 났어. 서울에서. 결국 장희빈이 쫓겨나고 저 민비가 다시 환궁했는데.

그때 민비를 나라에서 죽여 없애불자는 그런 공론이 생겼어. 도성에서. 그 장희빈 조사제. 그러더니 박태보라는 사람이 거그서 절대 반대를 했제. 나머지 사람들은 그냥 허허 해브리고. 이놈을 항복을 받을라고 막 치고 패고 해도 안 되야. 항복 안 해. 절대 민비 시해시켜서는 안 된다고 말이여. 죽이믄 안 된다고. 그래가지고 결국 죽었어 박태보가 그래서.

그래 나중에 민비가 다시 환궁 해논게 박태보 공이 안 큰가. 그래서 그 반남박씨 그 추훈이 생겼어 솔직히 말해서. 그때 박태보가 매를 맞고 할 때 그 박태보 그 집안 자손들이,

"참, 우리집서 또 양반들도 우리야 양반들 또 더 생긴다. 양반이 또 더 생긴다."

그런 소리 했어. 그러니까 박태보가 뭐시냐 승리해논게. 양반이 더 되야 브렀지. (조사자 : 반남박씨 집안에서는 박태보가 충신으로 기록되어 있겠네요?) 그러제. 그 집안뿐만 아니라 역사에도 다 있지.

문화유씨 시조산 사치궤벽 명당

자료코드 : 06_05_FOT_20100118_LKY_NJS_0011
조사장소 : 전라남도 나주시 반남면 대안리 2구 구영마을 산 8번지
조사일시 : 2010.1.18
조 사 자 : 이경엽, 한미옥, 송기태, 임세경
제 보 자 : 나종삼, 남, 91세
구연상황 : 조사자가 풍수 이야기를 해달라고 하면서, '사치궤벽'이라는 명당이 어디에 있냐고 하니, 바로 그에 관한 이야기를 들려주었다.
줄 거 리 : 명당 중에 '사치궤벽'이라는 명당이 있는데, 황해도 구월산 어딘가에 있다고 한다. 그곳은 문화유씨들 시조산인데, '사치궤벽'이란 죽은 꿩을 나무에 걸어 놓은 형상의 명당이라고 한다. 본래 꿩이 죽으면 썩어야 정상인데, 사체궤벽 명당은 죽은 꿩을 나무에 걸어놨기 때문에 앞뒤로 건해풍의 찬바람이 불어서 절대로 썩지 않기에 좋은 자리라는 것이다. 건해풍은 남쪽과 북쪽의 중간 방향인 가운데 방향으로 부는 바람이지만 북쪽에 가까운 차가운 바람을 의미한다고 한다. 이 문화유씨 시조산에 있다는 사치궤벽 명당은 조선의 팔대 명당 중에서도 가장 으뜸인 명당자리라고 한다.

(조사자 : 명당 중에서 사치궤벽 명당이라는게 있어요?) 그러제. 사치궤벽. 그것이 그 명당이 어디가 있냐 허믄은 황해도 구월산가 있는디. 구월에가 있는디 그곳이 문화유씨들 시조산이여. 근디 그 명당인디 그 명당 이름이 사치궤벽이여. 죽은 꿩을 나무에다 걸어놨어 궤벽. 벽에다 걸어놨어. 그런 명당인디. 꿩이 죽었으믄 그것이 썩는 것이 당연한 일 아닌가. 안 썩어. 왜 안 썩냐. 앞이 쑥~ 툭 터져브렀는디 건해풍이 막 이래 때레. 건해풍이 찬바람이 건해풍이 서북간 바람이. 저그 만주 저 중국 쪽에서

막 불어오는디, 거가 산이 없은게 바람이 그냥 솔솔 막 때레. 늘 때레 칭일. 근게 안 썩어. 얼어브러갖고. 근게 그 명당이여. 썩어블믄 암것도 아니제 명당이 아니제. 죽은 꿩이 무슨 명당이 되것냔 말이여. 꿩이라믄 모른디. 그거 죽었어도 죽은 꿩을 걸어 놨는디 찬바람이 막 때린게 안 썩어. 그게 살아있는 거랑 다름없어.

그거이 사치궤벽 명당인디, 문화유씨들 시조산이여. 그 자손이 유씨들이 뭐 조선 땅에서도 정승이 뭐 몇 십 명이 되고. 근게 그 이조시대만 아니라 고려시대부터서 그런 명당이 있어 명당이. 근게 그것도 조선 팔명당에 들어 명당이여. (조사자 : 조선 팔명당 중에 하납니까?) 응. 그러제. 팔명당 중에서도 가장 큰 좋은 명당이여. (조사자 : 아까 그 바람이요. 바람 이름이 건해풍이요?) 건해풍. 저 방향으로 봐서, 이 남쪽허고 북쪽허고 가운데거든. 근게 건해. 그런게 그 가운데 여기가 북건해. '건' 허믄 말허자믄 중간 방운디, 남쪽허고 북쪽허고 중간 방운디. 거가 요짝이 욱으로 북쪽으로 해자가 하나 더 붙었어. 그 건해풍인게 북쪽 가까운 바람이 찬바람이 불어온다 이것이여. 건해풍. 건해 쪽에서 바람이 온다 이것이여. 그런게 거가 툭 터져갖고 황해바다로 저~그 만주 중국 북경까장 툭 터진 풍이여. (조사자 : 서북간이구만요.) 그러제. 서북간. 서북간의 정자가 건자거든.

동강면 지명 유래

자료코드 : 06_05_FOT_20100118_LKY_NJS_0012
조사장소 : 전라남도 나주시 반남면 대안리 2구 구영마을 산 8번지
조사일시 : 2010.1.18
조 사 자 : 이경엽, 한미옥, 송기태, 임세경
제 보 자 : 나종삼, 남, 91세

구연상황 : 제보자가 사치궤벽이라는 명당 이야기를 한 후, 목이 마른지 차를 마시면서 잠시 생각에 잠겼다. 그런 후 동강면에 있는 명당이야기를 이어나갔다. 이야 기 속에 여러 가지 모양의 바위들이 나올 때마다 제보자가 팔로 바위 형상들을 흉내 내면서 시종 신기하다면서 웃으며 이야기를 구연하였다.

줄 거 리 : 동강면에 가면 이상세계가 있는데, 그곳에는 물소 서자를 써서 '서우산'이라 는 산이 있고 그 옆에 새끼 난 '암소산'이 있으며, 그 들 가운데에 '송아지산' 이 있고 '송아지 바위'가 있다. 서우산이 영산강의 동쪽에 있고, 강 건너 서 쪽에는 '호랑이산'이 있는데, 호랑이가 건너편의 소와 송아지를 먹기 위해서 강을 건너오려고 하지만, 서우산 즉 물소산 밑에 '사자바우'가 있어서 호랑이 가 무서워서 건너오지 못한다고 한다. 그리고 암소산의 한켠에 밭이 있는데 그 밭에 있는 바위가 '소말뚝바우'여서 암소를 그 말뚝에 묶어두는 것이며, 서우산 뒤에 가면 '소탕새암'이 있는데 위에서 떨어지는 소 오줌을 받아놓는 것으로, 지금도 가보면 소 오줌과 같이 색깔이 탁하다고 한다.

동강면 가믄 거가 이상세계가 있어 지리적으로. 거가 동강면 뭔 리냐. 거가 곡성인가 어딘가 근디. 거가서 서우산이 있어 물소 서(犀)자. 물소라 고 저 봉우리가 많이 있는가. 그 물소 서, 서우산이 있어. 그러고 고 안에 가 옆에 가서 또 암소산이 있어. 새낀 난 암소산. 그 들 가운데 가서 송아 지산이 있어. 송아지바우가 있어 이러게. 송아지라 그래 그거 보고. 근디 강가제 영산강 강가에. 그 산이 서우산이 강으로부터 동쪽에가 있고, 강 건너 서쪽에 가서는 맹호○이, 산이 호랑이산이 있어. 응. 호랑이산. 근게 호랑이가 이리 건너올라 근디, 뭐 볼라 올라 그냐. 송아지 새끼도 있고 소 가 있거든. 지 밥이여. 그놈을 먹을라고 건너 올라고 있는디. 못 건너와. 왜 못 건너오냐. 물소산 그 소도 강가에가 있는디, 그 밑에 가서 사자바우 가 있어. 그 묘~해 이치가. 사자가 있어. 사자바위 그 무섭다. 무서와서 호랑이가 못 와. 사자바우 그거 없으믄 호랑이 건너와갖고 대번에 소 싹 잡아먹어블제. 그것이 상생에 상극은 상극이여. 묘해 그것이 참.

그 지리가 참말로 나는 그런 거 보고 탄복을 헝마. 어쩌서 이렇게 생겼 을 거이냐. 사자바우 그것도 사자같이 생겼어. 또 바우도 인자 크든 않제.

물소산 그 머리 밑에가 있어. 강가에 그것도. 그래서 그 소가 살아갖고 있어 지금. 근디 거가 또 뭣이 있는고 허니 참 그것도 이상해. 밭 가운데가 소 저 암소산이 산 이짝에 밭이 있는디 그 밭에 가서

[손을 위로 뻗으며]

이렇게 쭉 슨 바위가 있어. 크도 않은 거이 이렇게 서 있는 것이 그 뭣이냐. 소 말뚝바우여. 소 맬라믄 말뚝 박아서 꽉 매거든.

[손을 위로 뻗으며]

그 말뚝바우 이렇게 섰단게. 소를 풀 뜯어 먹으라고 들에다 맨가. 끈 이렇게 달아갖고. 거가서 말뚝이라고 지드라니 깎아갖고는 째매갖고는 거 그다 뚜드려 박어. 그거를 말뚝이라 해.

[손을 위로 뻗으며]

그 바우가 있어 이렇게. 서갖고 있어. 그거 참 신기헌 일이여. 근게 그 암소가 있은게 암소만 매놨제. 어디 못 가게. 뺑 송아지는 그 앞에서 논게. 그거 참 우리같이 취미가 거기 좀 있은게 그것이 그렇게 이상하게 뵈이제. 모른 사람은 저것이 그런 것인가 허제 실제.

그래갖고 서우산 뒤에 가서는 또 소탕새암이 있어 소탕새암. 소탕새암이라고 소가 욱에서 인자 소변을 보고 물이 흘러가믄 뒤에가 물을 받는 구덩이 거시기가 있거든 조그마니. 그것 보고 소탕이라 그래. 그런 새암이 있는디 그 새암이 절대 깨끗 맑들 안 해. ○○해갖고 소 오줌같이 그렇게 색깔이 그렇게 생겼어. (조사자 : 물이 쪼금 맑지 않고.) 응. 탁해. 소 오줌물 같이.

[웃으며]

그것 참말로 나 소탕 그 보든 안했네마는. 소는 다 봤제. 소나 암소산이나 이 말뚝바우나 저 건너 범바우나. 소탕샘은 안 봤는디 거그 사람들이 그래. 그렇게 이야기해. 소가 ○ 그것이. 물이 깨깟 않고. 생수여. 근디 칙칙허다고. 소탕자가 그런게, 뭐이라 해서 뭔 탕자가 모르고. 신기해. (조

사자 : 첨에 그 물소산을 서우산 그랬어요?) 서우산. 물소 서(犀)자가 있지. (조사자 : 거기가 동강면 어디 건천리라 그랬어요?) 동강면 저쪽에 거가 거까장 곡천인가 그것은 확실히 모르겄네. 곡천에가 있는디 거가 곡천인 가 다른 구역인가는 몰라.

길 잘못 내서 일곱 명 죽은 북두골

자료코드 : 06_05_FOT_20100118_LKY_NJS_0013
조사장소 : 전라남도 나주시 반남면 대안리 2구 구영마을 산 8번지
조사일시 : 2010.1.18
조 사 자 : 이경엽, 한미옥, 송기태, 임세경
제 보 자 : 나종삼, 남, 91세
구연상황 : 제보자의 명당 이야기에 조사자가 언제 날이 좋으면 밖에 나가서 그런 명당
들을 좀 구경시켜달라고 하자, 그러자고 하면서 북두골과 관련된 이야기를 해
주었다.
줄 거 리 : 나주의 북두골이라는 동네는 대여섯 명밖에 살지 않는 작은 동네였다. 그런데
그 동네로 가는 길이 본래는 뒤쪽으로 올라가는 길이 있었는데, 그 길을 앞
으로 돌려놓은 뒤부터 그 작은 동네에서 일곱 명이나 죽어버렸다고 한다.

(청중 : 그 당숙모집 뒤로 산으로 오솔길 있었잖아요. 나 초등학교 때
그리 다녔는디. 그 길도 없어져블고 인자.) 근게 그것도 참 묘하단 말이시.
나는 그런 디 좀 취미가 있어서 그런가 어쩐가 몰라도 이상해. 그 북두골
이란 디가 동네가 그때 한 대여섯밲에 안 살았거든. 그 여그서 가는 길이
큰 길이었어. 동네 뒤로 올라갔거든. 뒤로 댕겼는디. 그 사는 사람이 우리
당숙인디 잘 살고 그랬어. 그 질을 뒤로 돼 있는게 재미가 없은게, 앞으로
질을 돌려브렀어. 동네 앞으로 돌려브렀어. 질을 돌린 뒤로 아, 젊은 사람
이 그 쬐깐은 동네에서 일곱이 죽었어. 일곱이 죽었어. 질 돌려 죽었다 그
래. 그러게 묘해. 동네가 쬐깐헌 디서 한 열일곱 된 데서 일곱이, 한 일곱

인가 죽어브렀어. 나도 그때 안 죽느라고 다행이여. 거그 살았는디.

북두골 지명 유래(1)

자료코드 : 06_05_FOT_20100118_LKY_NJS_0014
조사장소 : 전라남도 나주시 반남면 대안리 2구 구영마을 산 8번지
조사일시 : 2010.1.18
조 사 자 : 이경엽, 한미옥, 송기태, 임세경
제 보 자 : 나종삼, 남, 91세
구연상황 : 앞서의 이야기에 이어서 조사자가 '북두골' 이야기를 '달바위'까지를 포함해
서 다시 해달라고 하자, 제보자가 "그래, 하지 뭐." 하면서 흔쾌히 그와 관련
된 사연을 이야기해 주었다. 이야기의 내용이 우스운지 옆에서 듣고 있던 딸
이 시종 웃으면서 들었다.
줄 거 리 : 나주 동강면이라는 곳은 그 지리적 형태가 마치 우주를 그린 것과 같다고 한
다. 말하자면, 그곳에는 북두칠성이라는 산이 있고, 그 산 골짜기에 직녀바우
와 견우바우, 달바우가 있다고 한다. 이것이 바로 직녀성과 견우성이며, 근처
에 은하밭둑이란 지명이 있어서 은하수가 된 것이다. 그리고 직녀바우는 본
래 작은 바위인데 그 바위는 항상 물이 촉촉하게 스며 나왔다고 한다. 옛날
부터 홀애비가 이 견우바우에 제를 모시고 인근 금동마을에서 머슴을 살면
일 년 만에 홀어미를 데리고 나온다는 속설이 있는데, 실제로 금동마을에서
그런 일이 자꾸 생기자 금동마을의 한 남자가 견우바위를 깨뜨려버렸다고 한
다. 그 뒤로 견우바위는 없어져 버리고, 직녀바위에도 물이 더 이상 나오지
않게 되었다고 한다.

근게 달바우를 내가 빼먹어 브렀단게. 참 인자 생각이 나. (조사자 : 그
북두골이 여러 바위들도 있고, 우리 처음 들어본 사람한테 얘기를.) 다시?
(조사자 : 달바우까지 포함시켜갖고 한 번 해주십시오.) 뭐까장 포함? 달바
우. 뭐 하제, 그 뭐 어려운 일인가.

그런게 이것이 그 동네가 그 산으로 뭣으로 형태 생긴 것이 실상 우주
를 기린(그린) 폭이제. 우주. 그런게 그 동네 가서 말허자믄, 직녀성이 있

고 견우성이 있고, 그 중간에 가서 은하수가 은하밭둑이란 이름이 있어 은하밭둑. 에 또 북두칠성 산이 있어. 북두칠성. 그러제. 또 인제 달바우가 있제. 근디 그 앞 동네 골짜기 가서 샘이 또 생수, 물이 나는 샘이 일곱이 있었어. 저~ 아래로 내려가믄 없어 샘이. 그런게 그렇게 모다 어우러져 있는디. 근게 천상 우주를 딱 기려 논 거나 다름 없제. 그런 디여.

근게 거가서 특별히 인자 뭔 그 일이 있었다는 것이 뭣이냐믄. 문제가 있었다는 것이 뭣이냐믄. 직녀바우가 있고 견우바우가 있어갖고, 양쪽에서 인제 서로 인자 보았다 말았다. 요 안에 요리 가서 산골짜기 있고, 은하수밭둑이 있고 근디.

[제보자의 왼손을 가리키며]

여 가서 견우바우가 있어. 근디 직녀바우에서 항시 촉촉허니 물이 나. 안 몰라져. 그랬는디 누가 어째서 그랬든가 몰라.

[제보자의 왼손을 가리키며]

'이 견우바우에 가서 제를 지내고 금동 가서 남의 집 살믄 거그서 홀엄씨를 델꼬 나온다.'

그런 말이 있어. 그런게 과연 여그 견우바우에 와서 제를 지내 홀애비가. 지내믄 저 건네 가서 금동마을이라고 있는데, 금동 가서 고입을 했어. 넘의 집을 살았어. 이래 홀애미를 하나 델고 나왔어. 홀엄씨를. 그런 말이 자꾸 나온게 이 근방서 홀애비 된 사람은 거가 넘의 집 살아. 거그다 제사 지내고 넘의 집 살아. 일 년만 살믄 뭐 델고 나와 좌우간.

가만히 금동 사람이 생각해 본게 아, 요 건네서 누가 꼭 와서 넘의 집 살믄 꼭 홀엄씨 하나 달고 나가거든. 그 이상허거든. 어째 그렁고 허고는 그 사람들이 여가 와서 탐정을 했어. 어째 그런가 허고. 그런게 누가 갈쳐줬어 그것을.

"이 견우바우가 있는디, 북두골가 견우바우가 있는디, 거 가서 제 지내고 금동가 넘의 집 살믄 홀엄씨를 델고 나온다"

그랴.

"그 바우가 어디가 있냐."

이런 데가 있다고 헌게는 금동 사람들이 밤에 와서 때때 부셔버렸어. 없애브렀어. 그런 뒤로 안되야.

[제보자 웃으며]

실적이 안 좋아. 그런 뒤로는 직녀바우에서 나오는 물이 촉촉이 흐르는 물이 보타 없어져브렀어.

(조사자 : 말라져 브렀어요?) 말라져 브렀어. 근디 지금은 직녀바우는 있거든. 견우바우는 인자 빼블고 없고. 근디 직녀가 크도 안 해, 쪼그막 해. 근디 그것도 그 어떤 이상헌 사람이 한쪽 귀퉁이를 때려붔든가 떨어졌어. 떨어져 브렀어. 근디 있기는 있어 지금도.

근디 또 두 군디가 밑에 가운디 가서 골짝 가운데가 달바우가 있었단 게. 거 한 이십년 전에 없어져브렀네. 이십년 전에. 논을 다 합해븐 틈에 없어져 브렀어. 이십년 전까장 있었어. 내가 그 동네 찾느라고, 그 바우에서 앉거서 놀기도 하고 그랬네 막. 근디 이 바우가 둥글허게 생겼었어. 납작허니. 그것이 달바우여. 근디 그것을 잊어블고 먼저 얘기에 빼묵어브렀어.

(조사자 : 견우바위를 다시 세우면 안 될까요?) 그것을 이약을 맨들아 되겠는가? 그 견우바우를 찾아내라고 이수자가 어뜩허니. 없는디 어찌게 찾아내. 몇 번 가봤네. 대개 요 근처일 것이다 짐작만 허제. (조사자 : 그 직녀바위는 여자바위잖아요.) 그러제. (조사자 : 그럼 생김새가 꼭 여자처럼 생겼고, 여자 거기처럼.) 어, 생겼어. (조사자 : 직녀바위, 견우바위도 마찬가지였어요?) 나 안 봤은게 몰라.

[청중과 조사자 웃는다.]

그렇게 생겼을 테제. 그런 모양으로 생겼을 거여.

(조사자 : 견우바위를 금동 사람들이 와서 없애븐 것이 상당히 오래 전

에 없앴던 모양이네요.) 응, 더 오래 전에 되얐어. 나는 모른게. 못 봤어. 얘기만, 말만 들었제. (조사자 : 금동 사람들은 왜 그랬답니까? 자기 동네 홀엄씨들 자꾸 없어지니까?) 그런게 안 좋은게 뭐 없애브렀제. 재미없은 게. 멀쩡허니 누가 자식들 데리고 이렇게 산다. 한참 사는 홀엄씨를 빼내가 버리니까 좋을 것인가? 근게 어찌게 탐정을 해갖고 누가 갈쳐줘브렀어. 그래갖고는 그냥 없애브렀어. 지금 남았으면은 명물이 됐을 것인디. 그거이 남어 있어갖고 헌다믄 지금 관광지 될 것이네. 그것보다도 그 직녀바우에서 물 흐른 거. 그것만 봐도 관광지 된단게. 참 이런 이치가 있냐 이것이여. 글 않은가. 그 좋은 게 없어져브렀어. 거 골짝에 좁다래. 좁아 좁아. 근디 동네 이름도 북두여. 북두칠성이라고 북두 아닌가.

북두골 지명 유래(2)

자료코드 : 06_05_FOT_20100118_LKY_NJS_0015
조사장소 : 전라남도 나주시 반남면 대안리 2구 구영마을 산 8번지
조사일시 : 2010.1.18
조 사 자 : 이경엽, 한미옥, 송기태, 임세경
제 보 자 : 나종삼, 남, 91세
구연상황 : 앞의 이야기에 이어서, 북두골 북두칠성에 관한 이야기를 계속 구연해 주었다. 북두골과 관련된 내용인지라 조사자가 따로 청하지 않아도 제보자가 스스로 이야기를 이어나갔다. 조사자가 제보자에게 북두골에서 태어났기 때문에 그런 이야기도 잘 알고 풍수에 관해서 관심을 갖게 된 것이 아니냐고 물으니, 제보자가 그런 것은 아니라고 하면서 풍수에 관심을 가졌기 때문에 북두골에도 관심을 가진 것이라고 강조하였다.
줄 거 리 : 북두칠성이라는 산이 있는데, 그것에 의하면 북소리가 일곱 번 난다는 의미라고 한다. 그런데 나종삼의 말로는 지금까지 세 번밖에 북소리가 나지 않았다고 한다. 즉, 나씨 집안 제각을 처음 세울 때 잔치를 했는데 그때 북소리가 한 번 났고, 평촌의 나참봉이 돌아가시자 영묘각에 모셨는데 또한 그때 북소리가 크게 한 번 났으며, 마지막으로 나종삼의 당숙모 회갑 때 크게 잔치를

하면서 북소리가 났으니, 지금까지 모두 세 번밖에 북소리가 나지 않은 것이라고 한다.

북두란 게 '그 동네서 북소리가, 큰 북소리가 일곱 번 난다.' 또 그런 말도 있네. 그랬는디 내가 알기로는 일곱 번은 안 났어도 그 작은 여일곱 밖에 안 되는 마을이여. 내가 알기로 거기서 큰 북소리가 시 번 났네 지금. 시 번 났어. 어째서 시 번 났냐. 그 효자각이라고 우리 나가들 제각이 있어. 제각.

제각 짓고 그 말허자믄 뭔가 준공식인가 뭔가 잔치를 했거든. 큰 잔치를 했제. 그때 북소리 났어. 고 밑에 가서 영묘각이란 디가 거시기가 있어. 또 제각이 있었어. 영묘각이라고. 그 영묘각이 누구냐믄 그 얘기헌디 평촌서 나참봉. 돌아가신 그 양반 영묘를 갖다가 모셔논 디가 그 비각이 있었제. 그때 또 큰 북소리가 났제.

(조사자 : 지금도 그 영묘각이 있습니까?) 없어. 쁘서져브렀어. (청중 : 나 초등학교 다닐 때 있었는디.) 쁘서져브렀어, 없어. 그러고 영묘 그 화상 그것도 도독 맞아브렀어. (조사자 : 나참봉 선조였습니까?) 나참봉이란 게 직접 나참봉. 그러고 또 뭣이냐. 내 당숙모. 그 양반이 회갑 때 또 큰 북소리가 났제. 회갑잔치 할 때. 근게 그 아들들이 다 잘 되았거든.

노루가 잡아준 명당

자료코드 : 06_05_FOT_20100118_LKY_NJS_0016
조사장소 : 전라남도 나주시 반남면 대안리 2구 구영마을 산 8번지
조사일시 : 2010.1.18
조 사 자 : 이경엽, 한미옥, 송기태, 임세경
제 보 자 : 나종삼, 남, 91세
구연상황 : 조사자가 노루가 잡아준 명당 이야기가 있냐고 하니, 있다고 하면서 곧바로 이야기를 시작하였다. 이야기 속에 노루가 땅을 밟는 대목을 이야기 할 때는

제보자가 자신의 발로 방바닥을 꾹꾹 밟아가면서 이야기를 구연하였다.

줄 거 리 : 반남면 구영마을에서 뒤쪽으로 한 2km쯤 가면 산이 있는데 그곳에 노루가
잡아준 명당이 있다고 한다. 옛날에 한 사람이 그곳에 나무를 하러 가서 한
참 나무를 하고 있는데, 사냥꾼에게 쫓긴 노루가 그 나무꾼 앞에 와서 자꾸
만 몸을 부비더라는 것이다. 그래서 나무꾼이 아마도 노루가 사냥꾼에게 쫓
기고 있으니 살려달라는 의미겠구나 하고는 나무와 풀로 노루를 숨겨주었다.
그러고 있으니 사냥꾼이 와서 노루가 어디로 가느냐고 물으니, 저쪽으로 갔
다고 일러주어서 노루를 살려냈다고 한다. 그런데 살아난 노루가 바로 가지
않고 자꾸만 발로 땅을 다독다독 하고 있기에, 그것을 본 나무꾼이 생각하기
에 거기다 묏을 쓰라는 의미냐고 노루에게 물으니, 노루가 고개를 끄덕였단
다. 그래서 그 자리에 묘를 썼는데 그곳이 노루명당이라고 부르는 곳이며, 아
주 큰 명당은 아니지만 자손들이 보될 자리는 된다고 한다.

(조사자 : 명당 중에 노루가 명당을 잡어 줬다는 명당도 있어요?) 있제.
노루 명당이라는 것이.

[뒤쪽을 가리키며]

요 욱에 가서 노루 명당이라고 있네. 근디 그것이 노루○○라 노루명당
이 아니라, 노루가 갈쳐 줬다 해서 노루명당이라 그래.

[뒤쪽을 가리키며]

요 욱에가 얼마 안 가믄 있단게. (조사자 : 거기도 반남인가요?)

[뒤쪽을 가리키며]

요 욱에 얼마 안 가믄 있어. 여그다 뭐 말허자믄 2km나 가믄 되까. 별
것도 아니여 명당이. 큰 것도 아닌디, 조그마헌디.

아니 어떤 사람이 거그 가서 풀 나무를 해. 베고 있는디.

[앞쪽을 가리키며]

저~쪽에서 포수한테 노루가 쫓겨와. 쫓겨서 온게, 와서 사람한테 인자
이렇게 막 비비고 헌게.

'아, 요것이 포수한테 쫓겼구나.'

허고는 뿔근 몇 가지 자기가 나무 뜯은 풀, 그 노루 앉으라 해갖고 풀

딱 덮어브렀어. 쩌기 저 건네서 포수가 건너오거든. 오드니,

"노루 어디 안 갔냐?"

헌게는,

"아니, 저~리 넘어가드라."

해브렀어. 저~리 넘어가드라고. 그래갖고 간 뒤에 포수 간 뒤에 노루
가 일어나드니.

[발로 방바닥을 두드리며]

발로 이렇게 따독 따독 허거든. 근디 뭔 말인지 알 것인가.

"여그다 묏 쓰라는 말이냐?"

헌게, 또 고개 끄덕끄덕 해. 그래서 거그다 묏 써서 그거 보고 노루 명
당이라고. 지금 이름이 그렇게 되야갖고 있어. 노루 명당이다. 노루가 잡
어 줬다. 그 별것은 아니여 명당이. 그럴듯해. 빈자리는 아니여, 빌 자리
는 아니여. 근게 명당. 큰 명당은 아니라도. 그 보 자손 지지쯤 되제. 자손
을 보호해. 보해서 대대이 내려갈 그 땅은 된다 그 말이여. 명당이다 그
말이여. (조사자 : 보자손지지는 된다고요?) 보자손지지. 갈지(之)자, 땅 지
(地)자.

나무꾼과 선녀

자료코드 : 06_05_FOT_20100118_LKY_NJS_0017
조사장소 : 전라남도 나주시 반남면 대안리 2구 구영마을 산 8번지
조사일시 : 2010.1.18
조 사 자 : 이경엽, 한미옥, 송기태, 임세경
제 보 자 : 나종삼, 남, 91세
구연상황 : 노루가 잡아준 명당이야기가 마치 나무꾼과 선녀 이야기와 같다고 하니, 옆에
　　　　　 있던 딸이 제보자에게 그 이야기 좀 해보라고 권하였다. 조사자가 선녀와 나
　　　　　 무꾼 이야기는 어디서 들었냐고 하니, 일제시기 조선어 책에서 읽은 것 같다

고 하면서 조사자의 권유에 이야기를 구연하였다.

줄 거 리 : 옛날에 나무꾼이 산에서 나무를 하는데, 수염이 하얀 산신령이 나무꾼 앞에
나타났다. 그 산신령은 나무꾼에게 "조금 있으면 골짜기의 시내로 천상에서
선녀 세 명이 내려와 목욕을 할 테니, 그중에 한 명의 옷을 숨기고 아이 셋을
낳을 때까지는 절대로 그 옷을 내주지마라."고 하였다. 과연 산신령의 말대로
세 명의 선녀가 골짜기 시냇물로 내려와 목욕을 하였는데, 나무꾼이 그중 한
명의 옷을 얼른 숨겨버렸다. 결국 두 명의 선녀는 하늘로 올라가고, 남은 한
명의 선녀가 나무꾼에게 옷을 달라고 애원했지만 주지 않자 결국 선녀는 나
무꾼을 따라가서 살 수밖에 없었다. 그러는 사이 선녀가 아들 하나를 낳자,
선녀가 나무꾼에게 자신의 선녀 옷을 돌려달라고 하였지만, 나무꾼은 선녀
옷을 주면 하늘로 올라가버릴 것이 아니냐고 하면서 선녀 옷을 돌려주지 않
았다. 다시 세월이 흘러서 선녀가 두 번째 아들을 낳고 나서 선녀 옷을 달라
고 사정을 하자, 나무꾼이 역시 옷을 주면 하늘로 올라갈 것이니 주지 않겠
다고 하였다. 그러자 선녀가 아들을 둘이나 낳았는데 하늘로 올라가겠느냐는
말을 하자, 안심이 된 나무꾼이 그만 선녀 옷을 내주고 말았다. 옷을 받은 선
녀는 양 팔에 아이를 하나씩 안고 하늘로 올라가버렸는데, 아이가 세 명이면
양팔에 끼고도 한 아이가 남으니 절대로 하늘로 올라가지 못했을 것이다.

나무꾼이 산골 나무를 헌디. 허헌 수염이 허해갖고 어떤 노인이 나와.
노인이 와. 와서는 근게 말허자믄 그것이 산신령이제. 여그 골짝에 가서
인자 말허자믄, 시내라 하까? 골짝 물이 줄줄 흘러 내려가고 있는디. 나무
꾼 보고,

"조금 있으믄, 산, 천상에서, 선녀 싯이 내려와갖고, 여그서 목욕을 헐
것이다. 목욕을 허믄 옷을 벗어놀 것 아니냐. 그러믄 한 사람 하나 그 선
녀 옷을 딱 감차브러라. 그러고 내주지 마라."

그라믄 결국 니가 그 선녀를 말허자믄 마누라 삼게 되야. 그러믄 그 선
녀는 인자 선녀 옷을 못 입은게 천상에 못 올라가고, 둘은 올라갈 거 아
니여. 결국 그 선녀가 느그 마누라 될 거이다. 그러믄 그 선녀는 살면서도
항시 지 옷 내노라고, 천상 올라간다고 헐 것이니 절대 내주지 말고 애기
싯을 나믄 옷을 내줘라. 그러게 시켰어. 대체 그런 말 그런 말 듣고 신선

은 없어져블고.

　근디 대체 선녀 싯이 내려와갖고, 거가 그 밑이 골짝이 물 내려간디 거 그서 목욕을 해. 가만 가만 가갖고 인제 옷을 한 선녀 옷을 딱 감아갖고 와갖고 딱 감차버렸어. 선녀들이 옷을 들썩, 말허자믄 목욕을 다허고 인자 올라갈라고 천상에 올라가야 쓴디, 둘은 옷이 있는디 하나는 없어. 깨 벗고 올라갈 것이여? 못 가제. 못 올라가제. 둘이 올라가블고.

　근디 선녀가 휘 둘러본게 그 옆에 가서 나무꾼이 있거든. 그래 물었어. 내가 여그서 옷을 벗어놔 잃어버렸으니 그 옷 어떻게 가져갔냐고 근게, 가져갔다고. 주라 헌게 못 준다고. 별스럽게 사정해도 안 준다고 거절해 븠어. 인자 나하고 같이 가서 살자 이것이여. 나무꾼이 근게. 어쩔 수 없어 못 올라간게. 천상에 못 올라간게 따라갈 수뱎에 없제. 그럼서 선녀가 뭐라 그러냐 허믄,

　"그러믄 내가 애기를 한나만 낳아주믄, 낳아 줄꺼인게 옷을 도라. 그러 믄 갖고 올라갈란다."

　그것은 인자 우리가 살아봄서 정헐 일이라고.

　그라고 대체 가서 산디. 근디 신선이 뭣인고 허믄, 애기 싯을 나믄 옷을 내주라 그랬어. 근디 한나 낳았제. 또 둘 낳았제. 늘 옷만 내주라해. 내 아이를 둘을 낳았는디 내가 어디 천상 올라갈 꺼이냐 여그서 살제. 대체 그럴 것 같거든. 그것이 그 신선은 싯을 낳아야 옷을 내주라 했는디. 그래서 옷 내줬어. 아들 둘 낳았는디. 그러드니 신선이 옷 그놈 딱 입고 아들 양쪽에 딱 찌고 그러고 올라가 브렀어. 싯을 낳았으믄 한나는 냉겨놀거 아닌가 응? 형젠게 양쪽에 쩠는디 한나 남어. 싯이믄 한나 남을 것인디. 둘 낳아 놓고는 옷을 내준게 옷 입고는 양쪽에 딱 찌고 천상에 올라가브 렀어. 그래갖고는 선녀 마누라도 잃어버렸제, 아들도 잃어브렀제, 다 잃어 브렀어. 그런 얘기여. 그 선녀 얘기란 것은 많이 돌아다님서 교과서에도 뭔 얘기도 많이 나와.

자빠져서 얻은 명당

자료코드 : 06_05_FOT_20100118_LKY_NJS_0018
조사장소 : 전라남도 나주시 반남면 대안리 2구 구영마을 산 8번지
조사일시 : 2010.1.18
조 사 자 : 이경엽, 한미옥, 송기태, 임세경
제 보 자 : 나종삼, 남, 91세

구연상황 : 조사자가 명당 중에 자빠져서 잡은 명당이라는 것이 있냐고 하니, 그런 것이
        있다고 하면서 이야기를 이어나갔다.
줄 거 리 : 옛날에 어떤 사람이 명당자리를 구하고 있었는데, 아무리 명당을 쓰려고 해도
        구하지 못하고 있었다. 그런데 풍수라고는 하나도 모르는 어떤 사람이 그 소
        문을 듣고는 가서 밥이나 얻어먹을 심산으로 그 집에 가서 하룻밤 거하게 먹
        고 자고나니, 주인이 "당신은 무슨 재주가 있냐?"고 묻더라는 것이다. 그래서
        풍수는 아무것도 모르는 그 사람이 "별다른 재주는 없지만 내가 산은 조금
        볼 줄 안다."고 거짓말을 하였다. 그 소리를 들은 주인이 그럼 같이 산에 가
        서 명당자리를 구해보자고 하니, 할 수 없이 그 거짓풍수가 따라나섰는데, 묏
        자리 보는 재주도 없는데 어찌 명당을 찾을 것이냐면서 산 속에서 냅다 도망
        을 쳐버렸다. 그것을 본 주인이 거짓풍수가 명당자리를 찾는 모양으로 알고
        는 거짓풍수를 쫓아 뛰었는데, 그 거짓풍수가 도망치다가 물이 찔벅찔벅하게
        나오는 자리에서 그만 미끄러져 넘어지고 말았다. 그래서 주인이 거짓풍수에
        게 그 넘어진 자리가 명당자리냐고 물으니, 그렇다고 해서 그곳에 묘를 썼다
        고 한다. 그런데 그 자리가 진짜 명당이었다고 한다. 이야기에서처럼 자빠져
        서 명당이 아니라, 옛날부터 여자의 음부와 같이 조금씩 물이 나는 곳이 명
        당이다.

  (조사자 : 명당 중에서요. 짜빠져서 얻은 명당이라는 명당도 있습니까?)
그런 얘기는 짜짤허고.

  [제보자 웃는다.]

  이 있어. 그 있는디 어떤 사램이 명당을 구해. 명당 쓸라고 그런디 인
제 이 풍수 저 풍수 이렇게 해봐도 아는 사람이 없고. 근디 어떤 나그네
가 지나가다가 들은게는,

  '아무개 사는 아무개란 사람이 명당을 인자 쓸라고 ○○를 구헌단디 아

직까지 명당도 못 쓰고 헌다 허드라.'

그런 소문이 있어. 근게는,

'에이! 작 것. 내가 거 가서 그 집에 가서 한잠 자고 내가 어찌게 해봐야 쓰것다.'

허고 갔어.

가갖고는 거그서 잔디, 그 주인이 인자 그 손님이 말허자믄, 그 수재라허까 무슨 특기가 뭣이 있는가 이것을 인자 물어봐. 근디 인자 저녁에 저녁밥 먹고 잔디. 잘라고 인자 저녁밥 먹은 뒷인디. 주인이 인자,

"아이, 뭣이냐. 음 손님은 무슨 특기 무슨 재주가 없냐고."

근게,

"아니, 별 재주 없는디 내가 산은 쪼까 본지 안다고."

명당 구헌단게 그렇게 때려붰제 암 것도 모른 놈이.

"그냐고."

그날 밤 자고는 아침밥 딱 먹은 뒤에는 주인이,

"아, 그러믄 산을 좀 볼지 안단게 산 구경이나 한 번 가보자고 말이여."

"아, 그러자고."

그놈 참 뱃심 좋은 놈이여. 암 것도 모른 놈이 이.

[제보자 웃는다.]

근디, 가만히 생각해본게 지가 뭣을 알아야제. 가다가 인자 도망을 쳐서 헐 수밖에 없어. 그 산이 댕기다가 인자 같이 댕긴디. 도망쳐브러 인자. 응. 도망친게 주인은 뭔 속인줄,

'아따, 저 사람이 어디 명당 하나 있는게 보고 도망간갑다.'

허고는, 따라가. 따라간디 아, 산 타고 내려가다가 ○○바위서 물 난 디가 인자 산에서 물 난 디가 있어. 거 인자 풀이 거식허고, 거기 디디믄 까딹허믄 자빠져 미끄러서. 거길 가다가 자빠져브렀어.

도망친 그 손님인가 그 사람이. 그런게는 뒤에 주인이 따라와서 막 와

갖고,

"아이, 여가 명당이냐고?"

"그런다."

고 그랬어. 그런다고. 여기다 묏을 쓰믄 인자 대명당이라고. 그랬는디 대체 그 암 것도 몰라도 이렇게 쓰라고 지기를 해줬제. 해줬는디. 그 사람이 인자 가는디, 좀 노자도 후이 주고. 그 받아갖고 갔는디 아닌가 거가 참말로 명당이 되았어. 참말로 명당이여. 그래갖고 그 사람이 인제 자손들 잘 되았다는 그런 이야기가 있네. 그것이여.

(조사자 : 명당 이름은 없습니까?) 있제 있기는 다. 거그는 뭔 명당이란 소리를 못 허제. 그 암 것도 모른 것이 뭔 명당이라 헐 것인가. 자빠져놓고 인자 주인은 여가 명당인가 그런게, 자빠져갖고 그런다고 해브렀제. 그러니까 그런디 ○○○ 그런 디가.

대게 뭔 명당이 생기냐믄, 저 바다에서 크는 수중에서 크는 물고기. 그런 명당이 많이 되는 것이지. 그러기 때문에 거기가 찔벅찔벅이 물이 난다 그것이여. 그건 그런 것이고. 또 뭣이냐면, 여자의 음부 그런 명당이 그런 것이여 물이 나. 그렇게 돼야갖고 있어.

하해농주 명당

자료코드 : 06_05_FOT_20100118_LKY_NJS_0019
조사장소 : 전라남도 나주시 반남면 대안리 2구 구영마을 산 8번지
조사일시 : 2010.1.18
조 사 자 : 이경엽, 한미옥, 송기태, 임세경
제 보 자 : 나종삼, 남, 91세
구연상황 : 앞서의 이야기에 이어서 조사자가 물과 관련한 자리가 명당이냐고 물어보자, 제보자가 '하해농주'라는 명당자리가 있다고 하면서 이야기를 구연하였다.
줄 거 리 : '하해농주'라는 명당자리가 있다고 한다. 하해농주란, 바다 하(河)에 게 해(蟹)

자, 희롱 농(弄)자, 구슬 주(珠)자를 쓰는데, 바로 '바다의 게가 구슬을 가지고 희롱한다'는 의미이다. 본래 게는 바다의 물기가 촉촉한 곳에 살기 때문에, 하해농주 명당은 바닷가 근처의 물기가 어느 정도 있는 곳에 있다고 한다. 영암 시종에 가면 강씨들이 하해농주 명당에 묘를 썼는데, 그 명당은 큰 명당은 아니고 다만 자손을 많이 두는 자리라고 한다.

(조사자 : 그 명당을 하해농주란 말은 뭔 말입니까?) 그것도 명당 이름이여. 하해농주란 그건 명당 이름이란게. 하해란 것은 그 뭐시냐. 바다 하(河)자가 있거든. 응. 게 해(蟹)자가 또 있어. 그런게 게 해(蟹)자가 있어. 근게 하해(河蟹), 바다의 게라 그 말이여. 하는 물 하(河)자. 하해. 해자가 게 해(蟹)자여. 여 니 개, 여덟 발 달린 게. 거 찾아봐. 거 게 해(蟹)자 있단게. (조사자 : 새우가 아니고요?) 응. 새우 아니여. 새우는 이렇게 꼬부라져갖고 있는 거. 새우 따로 있고. 게라고 이렇게 이 양쪽에 다섯 발, 발 다섯 발 달린 거. 열 발 달린 게 안 있다고. 응. 그것이 게여 그런게.

(조사자 : 하해고, 그 다음에 농주는요?) 이 게가 구슬을 희롱해. 희롱 농(弄)자, 구슬 주(珠)자. 이 게가 구슬을 희롱헌단게. 사람이 구슬을 희롱헌다는 건 없어. 짜짠한 게가 다 구슬을 희롱해. 그런 명당이 있어. 그게 그 말이여.

(조사자 : 물기가 좀 촉촉한 그런 명당이 있었나요?) 그런 디가 있어. 근게 물에서 산 짐승이기 때문에 그 물기가 많이 있는 디가 그런 디가 그런 명당이 있제. 근디 여그 근방에서도 그 게 해(蟹)자 그 명당 쓴 디가 있어. 명당 있어. 써갖고 현재 그 자손들 사는 디가 있어. 어디냐믄, 시종면 가믄 강씨들 산디. 그 강씨들이 그 게 명당 써갖고. 큰 사람은 안 나. 큰 인물은 안 나. 자손은 많애. 수가 많애. 그 밑에 자손들이. (조사자 : 영암 시종 가서요?) 응. 근게 거그 그 시종이 거 남해바다라고 말허자믄 거그가 바닷가거든. 지금은 인자 하구가 막아브러서 근디. 근디 그런 게가 바다에 산게 바닷가에가 그런 명당이 있어. 게 명당이 뭐 저 산중에가 있는

것이 아니여. 그렇게 돼야.

　(조사자 : 하해농주형 그 명당은 자손이 그렇게 많이 나오는 그런 명당이나 보네요.) 아, 게가 새끼를 얼마나 많이 깐가. 그런게 그 자손이 많애. (조사자 : 저런 물가 가까운데?) 응. 근게 바닷가 가까운데.

명풍수 전승지와 한양조씨 명당

자료코드 : 06_05_FOT_20100118_LKY_NJS_0020
조사장소 : 전라남도 나주시 반남면 대안리 2구 구영마을 산 8번지
조사일시 : 2010.1.18
조 사 자 : 이경엽, 한미옥, 송기태, 임세경
제 보 자 : 나종삼, 남, 91세
구연상황 : 제보자가 '하해농주' 이야기를 마치고는 조사자가 다음 이야기를 물어볼 때까지 잠시 생각에 잠기었다. 침묵을 깨고 조사자가 '전승지'라는 사람이 있었느냐고 물으니 "있었지." 하면서 이야기를 시작하였다.
줄 거 리 : 나주 동강면에 승지라는 마을이 있는데, 옛날에 그 마을에서 '전승지'라고 전씨 성을 가진 사람이 승지 벼슬을 해서 붙여진 이름이라고 한다. 전승지는 지리에 도통을 했는데, 과거에 합격을 해서 국지사가 되었다고 한다. 어느 해 국상이 나서 국지사가 묘자리를 잡아주었는데, 임금이 전승지에게 "군왕지지가 여기 말고 또 있느냐?"고 물었다. 그때 전승지가 없다고 해야 하는데, 너무 솔직해서 "여기 말고도 썼습니다." 하고 대답하고 말았다. 그 말을 들은 임금이 다른 사람이 군왕지지에 묘를 써서 임금이 되면 자신이 위험해지기 때문에 국지사인 전승지를 죽이고 말았다고 한다. 때문에 말은 항상 조심해야 한단다. 또한 아무리 풍수를 잘 알아도 복이 있어야 명당자리를 쓰는 법이라, 그 전에 전승지가 한양 조씨 명당자리를 잡아주었다고 한다. 그런데 아무리 자신이 풍수여도 망인과 운대가 안 맞으면 명당을 알고도 쓸 수가 없는데, 전승지의 부모가 그런 격이어서 할 수 없이 전승지가 한양조씨 집안에 명당자리를 잡아주고는 그 밑에 자기 부모를 좀 모시자고 하고, 시제를 모실 때 자기 부모 묘에도 퇴물이라도 조금씩 차려달라고 부탁하였다. 후에 전승지가 후손도 없이 죽었는데, 지금도 한양조씨 집안에서는 시제를 모실 때 전승지의 부모 묘에도 제를 올려준다고 한다.

(조사자 : 옛날 전승지라는 유명한 사람이 있었습니까?) 응. 있제. 전승
지가 어디 사람이냐믄, 여그 동강면 가믄 승지란 디가 있어. 승지란 마을
이 있어 동강면 가서 승지. 승지란 마을이 있어. 촌명이 승지여. 근디 전
승지 그 사람이 거그서 그 동네서 낳거든 출생지가. 그 전승지가 나왔다
해서 그 동네를 승지라고 이름을 지었다 그래.

　그런게 승지란 말이 그것이 확실히는 몰라도 벼슬 이름인갑대. 벼슬 이
름, 조그만 벼슬 이름이여. 승지. 그런디 뭣이냐 그 지자 들어가는 뭔 벼
슬 이름이 여러 가지가 있어. 젤 하관 말직이고 근디. 인자 거기서 난 사
람인디 지리에 말허자믄 도통을 했제. 그래가지고는 전에 이조 때나 언제
나 지리 풍수 시험도 있었어. 과목이 있어. 근게 요 나라에서 옛날에 시험
뵈일 때 문과, 무과, 뭔 의학과, 지리과, 요놈이 전부 과가 있어. 그래갖고
다 시험 봐서 합격해다 거그 자격을 얻어야 쓰거든. 승지 그 사람도 지리
학에 말허자믄 합격했어. 그래갖고 인자 그 전승지라고 승지 인자 그 과
벼슬 이름을 붙여주고.

　근디 어느 대왕 땐고 나 그거는 모르겠구마는. 국상이 났는디 가서 인
자 국상 났은게 묏자리를 잡을란게 인자 국지사가 가서 잡어야제. 아, 그
래갖고 묏자리를 딱 잡어 주고는 초상 다 치고 인자 상감허고 인자 하직
인사를 허고 헌디. 상감이 묻기를 뭐라고 묻냐.

　"그러믄 오늘날 초상 친 디가 군왕지진디 또 군왕지지가 또 있냐?"

　그 물었어. 근게 아, 이놈의 거 없다 해블믄 쓴디, 이놈의 말 한자리 잘
못 해갖고 죽었네. 뭐라 근고 허니,

　"예. 지금도 꼭 찼습니다."

　[조사자 웃는다.]

　이래 브렀거든. 아니, 가만히 듣고 생각해 본게 그놈이 이거 갖다 군왕
지지 써노믄 이놈이 역적이 나겄다 이것이여. 그러믄 자기가 까딱허믄 자
기 조정을 뺏기거든. 그런게는 역사를 시케갖고 저놈을 가라글믄 어디 가

갖고 가서 그놈 죽여 없애브라 그랬어. 그 내려오다가 죽어브렀어. 그 죽어브렀어. 그 소리 한 자리 안 했으믄 꼭 찼단 소리 안 했으믄 '없습니다.' 그랬으믄 쓰거인디, 말 한 자리 잘못 해갖고 죽어브렀어. 그런 일이 있어. 그때가 그런게 몰라. 그게 나 왕으로서는 어느 왕 땐지 그거는 모르겠구만.

그래서 전승지가 죽고. 전승지가 근게 풍수가 지가 아무리 그 안다 해서 명당 쓰는 것이 아니여. 안 되야. 복이 있어야 돼. 그 사람이 강진 가서 조씨들이, 한양조씨. 주조 그 쓰는 조가여. (조사자 : 아, 조광조 그 조씬가요?) 응. 그 성은 그 같제 조광조. 강진 가서 그 조씨가 많이 살아. 그 조씨들 명당을 잡어준디 딱 잡어주고는 아이, 즈그 부모 뭐 쓸디 한나를 모를 것인가. 있어. 알아도 못 써 놈의 땅인게 응. 또 있어도 이것이 운이 안 맞으믄 안 되야. 아무리 좋은 명당이라도 그 맹인허고 운이 딱 맞어야지 안 맞으믄 안 좋은 쓰잘데기 없는 것이여.

근디 조씨들 못을 딱 잡어주고는 그 어머니, 아버지 요 밑에다가 묻어도라고 그래갖고 묻어도라고. 그래서 묻어줌서 당신들 시제 모시믄 그 퇴물이라도 좀 붓어서 놔도라고 그랬어. 그런디 전승지가 손이 없어. 손이 끊어져브렀어 근게. 그렇게 해서 전승지 부모 못은 그 조씨들이 그 다 지키고 버티고 허고, 다 한 번 그 조씨들 시앙 지내믄 거그도 차려놓고 시앙을 지내. 근다네.

아, 그놈 풍수가 어찌 몰라서 못 쓸 거인가. 복이 안 되믄 안 되야. 복이 안 되믄 안 돼. 아무리 명산이라도 다 자기 맘대로 거그다 쓴다그믄, 그 사람 명당 나온 그 집안만 다 잘 돼블게? 그것이 아닌 것이여. (조사자 : 정작 자기 집 명당은 못 쓰네요.) 어. 못 써. 복이 있어야지 안 되야. (조사자 : 그러믄 전승지 그 양반 부모 못이 강진 조씨들.) 응. 거가 있다고 그래. 부모 못이. (조사자 : 모친 묘만 따로 있는 것이 아니라 부모 못이 같이 있어요?) 같이 있는가 몰라. 근게 즈그 부모 묘가 거가 모셨단게 같이 있는가. 어디 그 아버지 묘 ○○○만 거가 있는가, 거그까장은 잘 모르고.

천년향화지지

자료코드 : 06_05_FOT_20100118_LKY_NJS_0021
조사장소 : 전라남도 나주시 반남면 대안리 2구 구영마을 산 8번지
조사일시 : 2010.1.18
조 사 자 : 이경엽, 한미옥, 송기태, 임세경
제 보 자 : 나종삼, 남, 91세
구연상황 : 앞의 이야기에 이어서 조사자가 강진의 조씨들 명당자리가 '천년향화지지'냐고 물어보자, 그에 대한 대답으로 이야기를 구연하였다.
줄 거 리 : 어떤 명당이든지 대명당을 보면 모두 '천년향화지지'라고 한다. 그것은 특정한 자리의 명당 이름이 아니라, 일반적으로 대명당을 그렇게 부른다는 것이다. 천년향화지지의 대명당에 묘를 쓰면 자손이 대를 내려갈수록 복을 받는다는 자리를 말한다고 한다.

  (조사자 : 그 못에 대한 명당 이름도 있습니까? 천년향화지지.) 그런디 천년향화지지란 것은 대명당 보고, 어느 명당이던지 대명당 보고는 다 그렇게 천년향화지지라 허는 것이여. (조사자 : 아, 그냥 특정한 명당 이름이 아니라.) 응. 그래, 응. 명당 크믄. 자손이 많이, 인자 대가 내려가도 계속 발복 받는다. 근게 천년향화지지다 이렇게 붙이고. 쪼간한 이런 것은 천년향화지지도 아니고.

절서에 맞춰 명당 쓰기

자료코드 : 06_05_FOT_20100118_LKY_NJS_0022
조사장소 : 전라남도 나주시 반남면 대안리 2구 구영마을 산 8번지

조사일시 : 2010.1.18

조 사 자 : 이경엽, 한미옥, 송기태, 임세경

제 보 자 : 나종삼, 남, 91세

구연상황 : 계속되는 명당 이야기에 조사자가 '아무리 좋은 명당도 절서에 맞춰서 써야 한다는 말이 무슨 뜻이냐.'고 하자, 제보자가 그에 대해서 알려주는 방식으로 이야기를 해주었다.

줄 거 리 : 예전부터 명당은 반드시 절서에 맞게 써야한다고 한다. 즉, 계절에 맞춰서 명당을 써야한다는 말로, 과거에 어떤 명풍수가 여름에 산을 타고 가다가 명당자리를 보고 묘를 썼는데, 그 명당은 반드시 가을에 묘를 써야하는 자리였다고 한다. 그래서 결국 명당바람을 못 봤다고 한다.

(조사자 : 명당 중에 뭐 절서에 맞어야 된다고 절서? 절서가 뭐죠?) 절서, 계절. 일 년 열두 달이 그 계절이 다 있는가. 근게 명당이라고 해서 덮어놓고 그냥 잡어 쓰는 것이 아니여. 요 명당이라고 허믄 요것은 여름철에 써야 쓴다. 그 이치, 그 물 나옴과 이치에 맞춰서 그렇게 못을 써야 쓴다 이것이여. 그런게 어려와 다 알라믄. 무지허게 어려운 것이여.

어떤 사람이 풍순디. 참 명사여. 여름인디 산 옆으로 타고 지나간 디 못을 써 놨어. 자리가 좋아. 명당이여. 때가 아니여. 때가 틀렸어. 여름에 쓸 자리가 아니여. 가을에 써야 써. 응? 가을. 가을 절서에. 그래서,

'그 좋은 걸 베렸다.'

그러고 가드라네. 근디 그것 보믄 응?

[책을 꺼내 보여주며]

요 책은 그런 게 다 나왔어. 그전에 나 들은 말, 말만 들었는디, 요 책을 사서 본게 대체 그런 것이 다 나와갖고 있어. 대체 그런 것이. 근디 지금 ○○ 돌아다닌 사람들이 요런 거 아는 사람이 없어. 그런 거 아는 사람이 없어. 암자라도 그저 기나 아니나 지 눈에 거짓말인지 참말인지 그저 명당자리다 써라 허믄 써블제. '절서 따라 쓴다' 그런 말은, 여그 책에서 들었제 봤제. 그 풍수 얘기 듣고 알았제. 지금 풍수들 그런 것이 뭐 거

까지 안당가. 택도 아닌 소리.

(조사자 : 명당을 써도, 계절에 맞춰야 된다.) 응. 안 맞추믄 베려브러. (조사자 : 거기에는 어떤 이야기가 더 누구 사연이, 내력이 있는 것은 없고 그냥 말이 그렇다는 거나요? 계절에 맞게 써야 된다.) 아, 그런게 산소법에 산보 법에가 있제. 요 책에가 있단게. 그 전에 풍수, 내가 같이 댕긴 풍수들 전부 그런 소리도 모르고. 책을 본게 그 말 없고. 그래 근디 요 책을 사서 본게 대체나 그 말이 들었어.

오리 명당

자료코드 : 06_05_FOT_20100118_LKY_NJS_0023
조사장소 : 전라남도 나주시 반남면 대안리 2구 구영마을 산 8번지
조사일시 : 2010.1.18
조 사 자 : 이경엽, 한미옥, 송기태, 임세경
제 보 자 : 나종삼, 남, 91세
구연상황 : 조사자가 광산 평동면에 오리 세 마리가 나온 명당자리가 있냐고 하니, 제보자가 있다고 하면서 이야기를 들려주었다. 이야기 중간에 실제로 제보자가 그곳에 가서 보았지만 명당일 수가 없다고 자신의 견해를 들려주기도 하였다.
줄 거 리 : 예전에 광산군 평동면에 홀어머니가 아들 하나를 데리고 살았는데, 너무 가난해서 아들이 남의 집 고용살이를 해서 어머니를 먹여 살렸다. 그 아들은 워낙 일을 잘해 인근 고용살이하는 사람 중에서는 항상 으뜸이어서 사람들이 많이 따랐다고 한다. 어느 날 아들의 어머니가 죽었는데, 워낙 가난해서 묘자리를 구할 수가 없어서 할 수 없이 고용살이하는 사람들끼리 모여서 남의 집 밭 밑의 방죽 가에다 묻었다고 한다. 그런데 그 뒤로 아들이 돈도 잘 벌고 해서 결혼도 하고 아들도 셋이나 두게 되었단다. 그래서 아들이 어머니를 좋은 곳으로 옮기기 위해 묘를 팠는데, 묘를 파자 그 속에서 오리 한 마리가 나와 날아가 버렸다고 한다. 그런 일이 있은 후에, 그 아들의 세 아들이 차례로 모두 죽어나가고 결국 그 아들도 망했다고 한다.

(조사자 : 저기, 광산에 평동면에 오리가 셋 나온 명당 이야기가 있습니

까?) 응. 있제. 그것이 뭐 옛적 일도 아니고. 얼마 오래된 얘기도 아니여. 그것이 불과 한 백년. 그 정도 된 얘긴디. 거까장은 가서 봤네. 근디 대체 거가 명당이 될 수가 없어 내가 봐도. 아주 시원찮애. 근디 증거가 다 나왔거든. 그런게 확실히 명당이라고 인자 그렇게 것다 쓰고. 못을 파븐 뒤에 결국 그 자손이 망해브렀어.

근디 어떤 사람인고 허믄은, 거가 그런 데 가서 그 근방 가서 인자 남의 집 살아. 고공살이를 해. 이 편모를 모시고. 고공살이를 해. 응. 근디 인자 내가 이 마을 가 살믄 이 마을 작은 마누라 얻어갖고 어머니 거그다 모시고 살게 허고. 거그서 살면서 인자 이 어머니를 인자 돌보고. 인자 있는디 사람이 좀 야무져. 뭐 넘의 집 살이를 해도 야무져. 근게 동네가 머심들이 한 너댓인가 모두 있든가보대. 마을이 부촌이라. 거그서도 말허자믄, 반장 노릇을 해. 반장. 알기 쉽게. 그, 대여섯네 머슴들 중에서 젤 똑똑해. 근디 즈그 어머니가 돌아가셨어. 근디 지가 뭐 땅이 있는가 뭣이 있는가. 그런게 인자 그 머심들이 같이 모두 머심들 동네 사람들이랄지 그 주인이랄지 협조해서 못을 쓰게 됐는디. 자기 땅 없은게 그냥 저~기 밭, 넘의 집 밭 밑이 방죽에 거그다가 갖다 묻어브렀어.

묻어브렀는디 그 뒤로 뭣이 돼야. 차근차근이 넘의 집 살아갖고 누구 새끌이라도 주워 오믄은 이놈이 크고. 누가 짤린 적도 없고. 늘 커. 그 돈이나 불릴라믄 거 번쩍번쩍 헌 것이제. 많이 먹거든 곁집살이 허믄. 돈 버는 것이. 많이 먹기 더 쉬워. 근게 인자 이놈이 장가도 갔어. 장가 가갖고 인자 근게 인자 자기가 살림을 헌디 늘 불어나 재산이. 늘 불어나. 아들도 인자 둘째도 낳았어. 참 꿀방망이 같은 잘 낳아, 아들도 잘 낳았어. 그래 갖고 뭣이 넉넉히 된게 집도 좋게 짓고 인자 부자가 되았는디.

넉넉히 되고 난게 자기 어머니 못이 넘의 집 땅에 밭 구석지 어름 따라서 모셨은게 그것이 되것는가 보기에. 이장을 해. 옮길라 해. 근디 거가 명당인줄 알았으믄 안 옮길테제. 뭐 그 명당이라고 허고 막 풍수를 데려다 뵈야도 명당이 아니라 근디. 내가 나보고 봐라 해도 이것이 뭐이다냐 암것도 아니라고 허제. 대체 날 잡아갖고 자리 잡아 놓고 뭣을 판게 오리가 나오드니 날아서 그 너메 산으로 넘어가브러. 오리가. 산 오리가 나와. 나와서 날아가브러. 파본게 투~ 허니 좋거든 거가.

근디 인자 파서 옮겼는디. 그 뒤로 옮긴 뒤에 뭐가 한 대여섯 달 된게 아들이 큰 놈이 죽네. 한 달 더 있은게 둘째 놈, 싯째 놈이 죽네. 재산이 늘 나가. 늘 재산이 나갈 그런 문제가 생겨. 딱 망해브렀어. 그런 디를 그랬다해서 거그 한 번 가봤어. 거그 산 사람이 그래. 여그서 여그 이 자리서 그랬다고. 거 헛소리가 있을 것인가. 헛소리 아니여. 그런 일이 거그만 있는 것이 아니라 다른 디도 있어. 그래서 그런 좋은 명당을 베려브렀어.

(조사자 : 그러믄 인자 보시기에 봐서 '명당이 아니드라.'라고 말씀하셨 잖아요. 그 명당은 어떤 이치로 명당이었습니까?) 파기 전에 명당이 아니 드라니. (조사자 : 볼 때에는 명당인지를 못 알아봤잖아요.) 그때 그 쓴 사람이 풍수가가 잡은 거이 아니고, 즈그들 이견에 머슴꾼들 그 사람들이 아이, 아무리 거, 거기 썼다. 그 밭이 임자 있으믄은 인자 이 밭 조까 땅 좀 빌려도라고 헌게. 아, 그래 해갖고 썼제.

(조사자 : 근데, 어뜨게 거가 명당이 될 수 있었어요?) 근게 보 명당자리 딘, 그 사람이 우연득지를 했제. 아믄. 그러제. 우연득지제. 아, 명당이란 거 풍수가 갈쳐줘서 쓴 거란가. 우연득지 헌 일이 많이 있어. 그런 거지. 복이 닿으면 그런 거지.

(조사자 : 어디에 딱 이름을 갖고 있는, 뭐 어쩌고저쩌고 하는 그런 조건을 안 갖고 있는 명당도 우연득지가 있어요?) 아, 있제. 그런게 명당도 인제 여러 가지제. 큰 사람도, 사람도 큰 인물도 있고, 작은 인물도 있고. 그와 똑같어. 명당도. 큰 명당 있고 적은 명당 있고 그래. (조사자 : 오리 가 나온 그 명당은 따로 이렇게 이름을 갖고 있는 명당은 아니네요.) 없 어. 전에 나온 명당이, 인제 뭔 명당이 있다드라 그런 말 없고. 헌디 그

인자 결국 오리 명당이라고 허제. '못을 판게 인자 오리가 나왔다.' 그래 갖고.

순천박씨 선산에 몰래 쓴 명당자리

자료코드 : 06_05_FOT_20100118_LKY_NJS_0024
조사장소 : 전라남도 나주시 반남면 대안리 2구 구영마을 산 8번지
조사일시 : 2010.1.18
조 사 자 : 이경엽, 한미옥, 송기태, 임세경
제 보 자 : 나종삼, 남, 91세
구연상황 : 명당이란 우연히 얻는 것도 많이 있다고 하면서, 곧바로 영암에 있는 순천박씨들의 선산과 관련된 이야기를 구연하였다.
줄 거 리 : 영암 신북면에는 순천박씨들 선산이 많이 있다. 그런데 어느 날 한 명풍수가 와서 순천박씨들 선산 뒤에 있는 좋은 묘자리를 알려주었고, 그곳에 누군가 자기 아버지를 암장해버렸다. 그 뒤로 그 암장을 한 사람은 아주 잘되었는데, 그 사람이 자기 아버지 제사를 모시고 퇴주를 한 잔 걸치고는 기분이 좋은 나머지, 동네 한 친구에게 이러저러해서 몰래 묘를 썼더니 아주 잘되었다고 말을 해버렸다. 하지만 그 친구가 바로 순천박씨들 집안에 암장한 사실을 고해버린 통에 그 묘는 파묘가 돼버리고 결국 암장한 사람은 망했다고 한다.

그런 이야기는 더러 있다네. 또 한데 저 신북 가믄,

[앞쪽을 가리키며]

인자 저~리 금정 넘어간디, 거그 가믄 세지면 순천박씨들, 순천박씨들 선산이 많이 있어 거가. 순천박씨. 선산이 많이 있는디. 여그 바람 봐서 어디 사람이 여그 바람 와서 거 있으믄은 그 사람이 명풍이었어. 그 사람이 거그 순천박씨들 선산 뒤에 가서 묏자리 가르쳐 줬어. 넘의 집 산 사람을.

그 넘의 땅인게 봉분도 못 짓고, 암장이여. 그것 보고 암장. 밀장. 딱 했는디 아니까 거그다 묘 쓴 뒤로 잘 되야. 아까 얘기같이 뭐, 아들도 낳

고, 장개 가갖고 아들도 낳고 재산이 불어나. 근디 이 사람이 즈그 아부지 묘를 썼는디 즈그 아부지 제사를 지내믄, 마침 인자 제사 퇴물, 인자 동네 사람들 오라 해서 모다 술도 멕이고 그러고 했어. 그 중에 한나 친한 사람이 있었던가 보제. 그 얘기를 했어.

"인자 여그다 이렇게 해서 이 엿다 묏을 썼는디, 그 뒤로 이렇게 잘 된다."

그냥 그런 얘기는 참고 비밀 지켜야 쓴디. 그 친허다고.

그런 말은 절대 어디 ○○○○ 잘 생각해 두소. 절대 할 말이 아니제. 비밀인데 혼자 끝끝내 지켜야제. 아무리 친절허고 한다 해도, 내 속 얘기 헌다 그믄 안 되는 것이여. 언젠가 그 사람허고 감정이 생기믄 그것이 탄로나븐 것이여. 아무도 몰라. 언제 아무리 지금 친해도, 언제 감정 생겨갖고 이렇게 등을 질지 모르는 것이여.

근디 어디 친구헌테 그런 얘기 했어.

"○○○ 박씨들 선산 조금 뒤에다가 묘를 조까 썼는디, 근디 그 뒤로부텀 내가 이렇게 산다."

그랬든가. 나중에 해가 지나고 허다가 그 사람허고 감정이 생겼네. 그래 이 박씨헌테 말 해브렀어. 박가가 이를 테믄, 박씨들이 판게 ○하니 좋드라네. 그러고 좌등이, 좌등이 생겼다는 것은, 좌등이라는 것은 구슬마니로 천대 위에 가서 열어. 무슨 곳집 열대끼. 그런다네. 명당을 파믄 좋은 디는 그런 게 있다 해. 좌등이라 해, 좌등. 좌등이란 거, 나 그것도 이름도 확실히 모르겠지마는. 그것 보고 좌등이라고 헌다 해, 좌등.

근게 욱에 가서는 천개, 이 덮은 그것에 가서, 뭐 옆에 가서나 그 구슬 연다(넣는다.) 해. 누런 구슬 연다 해. 그게 상당히 좋은 명당이래. (조사자 : 어디, 땅 밑에다 넣는다는 거예요?) 아, 근게 못을 파, 썼으믄. 썼으믄 가운데가 공간이 있을 거 아닌가. 공간이 있는 것이여. 그믄 거 가서 인제 곳집 열대끼 연단게. (조사자 : 약간 그 빈 공간이 있는 그 자리에요?) 응.

그렇게 했드라 해. 근디 파브렀어. 패여붰어. 그라고 딱 망해붰어. (조사
자 : 거기가 어디 신북이라고요?) 아니, 응? 그 땅은 신북 땅이었구나. (조
사자 : 세지면이요?) 아니, 여그 여 거시기. (조사자 : 세지가 아니고 신북
이요?) 신북. 신북면. (조사자 : 아, 영암 신북이네요. 신북에 순천박씩 선
산 자리.) 응. 거기였어.

해남 흑선산 명당자리

자료코드 : 06_05_FOT_20100118_LKY_NJS_0025
조사장소 : 전라남도 나주시 반남면 대안리 2구 구영마을 산 8번지
조사일시 : 2010.1.18
조 사 자 : 이경엽, 한미옥, 송기태, 임세경
제 보 자 : 나종삼, 남, 91세
구연상황 : 조사자가 흑선산과 황학등공이라는 이야기가 있냐고 하니, 그 둘은 다른 것이
며, 제보자가 직접 흑선산에 올라가봤다고 하면서 이야기를 구연하였다.
줄 거 리 : 해남에 흑선산이라는 산이 있는데 그곳에 '게 명당' 자리가 있다고 한다. 명
당 결로 치면 조선의 산 중에서 제일 큰 명당이지만, 그 자리에는 아무도 묘
를 쓰지 못한다고 한다. 과거에도 누가 그곳에 묘를 썼다가 파묘를 해버렸다
고 한다.

(조사자 : 해남에 흑선산이라는 산이 있어요?) 응. 있어. 흑선산이란 산
인디. 거가 산산이라서 게 명당이 있는디. 게 명당. 게 명당이 있는디 그
것이 참, 음 명당결로 친다 그러믄 아주 조선 전 산 일대에서 젤 큰 명당
이라. 그런 말이 있어. 그게 말 그런디. 그 묏은 어디 못 쓴다 허대. 것다
못을 못 쓴다 해. (조사자 : 거기는 뭔 이야기가 있습니까?) 그런 얘기여.
그렇게 별 다른 얘기가 없고. 누가 못을 썼다가 팠단 말이제. 파도 않고.
그런 전설만 있은게.

(조사자 : 그러면 그게 어떤 형국이랍니까, 그 명당은.) 몰라, 나도. 그

잊어브렀어. 들었는가 안 들었는가도 모르겠구만, 그거이. 그것이 뭐. (조사자 : 황학등공?) 황학등공이란 못은 따로 있고. (조사자 : 아, 흑선산에 관한?) 그거 아니고. 거그 그 산은 나도 그 산에까지 올라가봤네. (조사자 : 흑선산에 있는 대명당 자리에 대해서는 뭔 얘기가 따로 있지는 않고요?) 응. 없어.

황학등공 명당자리

자료코드 : 06_05_FOT_20100118_LKY_NJS_0026
조사장소 : 전라남도 나주시 반남면 대안리 2구 구영마을 산 8번지
조사일시 : 2010.1.18
조 사 자 : 이경엽, 한미옥, 송기태, 임세경
제 보 자 : 나종삼, 남, 91세
구연상황 : 흑선산 이야기에 이어서 바로 '황학등공' 명당자리에 관한 이야기를 들려주었다.
줄 거 리 : 해남에 '황학등공'이라는 명당자리가 있는데, '누런 학이 공중으로 하늘로 올라가는 형상'이라고 한다. 그런데 몇 년 전에 가뭄이 들어 무제(기우제)를 모실 때, 명산에 묘를 쓰면 가뭄이 든다고 해서 그 황학등공 자리에 쓴 묘를 사람들이 올라가서 파묘했다고 한다. 실제로 보니 노랗게 참 좋은 자리였다고 하며, 파묘했지만 다시 그 자리에 묘를 쓰면 되기 때문에 큰 문제는 되지 않는다고 한다. 또한 명당의 기운은 수 십 년이 흐른 뒤에야 나타난다고 한다.

(조사자 : 황학등공 명당은 어떤 이야기가 있습니까?) 거그 나 거그까장 또 올라가봤단게. 근데 여그 저 높은데 보믄 산도 보이네. 어 거가 어딘고 허니. 거그가 해남 땅. 응. 해남 땅이제. 근디 황학등공이란 명당이 있는디 그 묏자리를 누가 잡아 줬는가 허믄은 여그 시종 사는 박풍이라고 있었어. 박가 풍수라 그 말이여. 이름이 박명기였어 박명기. 나보다 한 십사일 수상이여.

그 사람이 거그 가갖고 그 묏자리를 어째 참 잘 봤든가 잡어줬어. 근디

그 산이 거그서 높은 산이라. 옛날 거 명산에 가물믄 무제 지낸다고 불 피고 제사 지내거든. 그런 산이여. 근디 거그다 못을 써 났는디. 아, 어디 가뭄이 땡땡 든게는 그 마을 사람들이 그 명산에 봉우리다 못 썼은게 거 파브렀든가브제. 근게 누~란히 좋드라네. 좋아. 파븐게 그렇게 패여븐게 인제 그래 거그를 한 번 갔어. 가 보자고. 근디 대체 ○○ 좋게 생겼대. 그 높은 디라도. 그 그 명당이 황학등공이여. 누런 학이 공중으로 하늘로 올라가는 형상이여. 근디 지금 푹~ 솟군디 욱에 가서 보아야 되지. 잘 생겼어.

아, 그런 자린디 지금도 거그를 못을 쓴다 그믄 괜찮해. 파브렀어도 오래 안 되았어. 못을 쓴지가 오래 안 되았어. (조사자 : 아, 그믄 오래된 묘가 아니믄 파도 괜찮합니까?) 아니 근디 그런게 파내고 못을 다시 쓴디. 그것이 인자 수십 년 지나야제. 그러다 다시 회운이 돌아와. (조사자 : 얼마나 지나야지, 운이 돌아옵니까?) 그, 정확한 년도는 모른디, 근게 ○○○ 파야 인자 알겄제. 안 쓴다는 것이여. 안 써.

근디 거그 지지가 거가 명당 자린게. 그 못을 다시 써노믄 말이 '백년이믄 다시 회운이 온다. 운이 온다.' 그런 말이 있는디 그것은 인자 사람들이 허는 소리고. 그 지리적으로 인자 땅 기운을 그렇게 생각을 헌디. ○ ○○○

(조사자 : 그럼 황학등공 명당은 뭔 산이에요, 산 이름이?) 거기는 흑선산허고 상관없는, 그 산 이름이 있든가 없는가 나는 잘 모르겄네. 모르겄어.

[제보자 조사자 웃는다.]

(조사자 : 백년 후에 묘 쓴단면?) 지금은 묘를 써도 괜찮애. 무제봉에. 거그 써도 괜찮애. 지금은 과학.

(조사자 : 거기 기우제 지내는 데를 무제봉이라고 헙니까?) 응. 그러제. 무제봉. (조사자 : 무제? 아, 무자가 뭔 물까요?) 몰라. 안개 무잔가, 안개

랑 뭐 지핀게. (조사자 : 무제 지낸다 그럽니까?) 응. 무제 지낸다 그래.
(조사자 : 아, 그 기우제 지내는 봉우리를.) 응. 그것이 기우제가 평상 무제
라고도 허제. (조사자 : 그 황학등공 그 자리가 산 이름은 모르겠구요? 뭔
산봉우리.) 그 산 이름도 언제 들은 것 같은디 몰르겠네. (조사자 : 해남
어디쯤에 있어요?) 해남허고 영암허고 그 경계 근방이여. 응. 경계.

　　[오른쪽을 가리키며]

　　쪄~그 남쪽, 서쪽으로 히서. 거그.

천자지지 명당자리

자료코드 : 06_05_FOT_20100118_LKY_NJS_0027
조사장소 : 전라남도 나주시 반남면 대안리 2구 구영마을 산 8번지
조사일시 : 2010.1.18
조 사 자 : 이경엽, 한미옥, 송기태, 임세경
제 보 자 : 나종삼, 남, 91세
구연상황 : 흑선산, 황학등공 이야기에 이어서 조사자가 월출산에도 명당이 있냐고 하니
　　　　　까, 제보자가 '천'자가 들어가는 산에는 대개 '천자지지'가 있다고 하면서 이
　　　　　야기를 이어나갔다.
줄 거 리 : 월출산 천왕봉에 '천자지지'의 명당자리가 있다고 한다. 또한 장흥 보림사 뒷
　　　　　산에 우뚝 솟은 곳에도 천자지지가 있다고 하는데, 대체로 산 이름이 천자가
　　　　　들어가거나 우뚝 솟은 산에 그런 명당자리가 많이 있다고 한다. 하지만 천자
　　　　　지지의 자리에 묘를 썼다는 사람을 보지는 못했다고 한다.

　　(조사자 : 월출산에도 명당이 좀 많습니까?) 월출산에 가서 인자 전설로
허믄, 인자 그 천자지지. 응, 천자지지, 천자 명당 있다 그런디. 음. 그거
인자 있는가 없는가, 인제 그 산 이름도 천왕봉 있고 그런게 천자지가 있
다고 헌디. 그거도 몰라. 썼는가 쓰도 안 했는가. 근데 대개 그 천왕봉 천
자 들어간 산 이름은 천자지가 있다 그러거든. 근게 지리산도 천왕봉 있

어. 근게 거그도 천자지, 천자지란 자리가 있다. (조사자 : 얽혀 있는 이야기는 없구요?) 응. 그런다고만 허제. 뭐 이야기 없고. 못을 써서 어떻게 되얐다고 그믄 인자 얘기가 인자 나온디. 썼단 뭣이 없고. (조사자 : 천자 들어간 산에는 천자지지가 있다라는.) 응. 다 있어. 다 이름이 있어. 다 있어.

(조사자 : 뭐, 형국을 갖고 설명하는 그런 이야기는 없구요. 뭔 형국이 어쩌고 저쩌고 하니까.) 음, 그런 것도 있기는 있을 텐디. 저그 저 자홍(장홍) 보림사 가믄 보림사 뒷산이 그 산이 또 높아갖고, 아조 바우로,

[팔을 들어 올리며]

이렇게 툭 솟가 있네. 거그도 천자지지가 있다 그래. 거그도. (조사자 : 거그는 어떻게 생겼습니까?) 아, 근게 높은 산이란게. 이렇게 뽕아리 가서 순전 석산이여. 그 순 월출산 뽕아리 같이 생겨갖고 툭 솟아갖고. 여기 유달산 같이 생겨갖고. 거그도 천자지지가 있고 그래. 근디 말만 그러제 누가 알겠는가. 근디 거그다가 누가 묏 썼어. 천자지지 자리가 천자지지가 썼다고 헌디. 거그도 가봤어. 가본게 대체 산이 생긴 것이 거가 정기가 있을 법 헌디.

[손바닥을 펴서 위로 향하게 하며]

아니, 이렇게 푹 이렇게 솟가서 아니,

[펴 올린 손바닥 주위를 가리키며]

여기 양쪽서 바우가 이렇게 이렇게 되야갖고 푹 솟갖는디.

[펴진 손바닥 아래쪽 부분에 다른 손으로 주먹을 만들어 붙이며]

여가서 요 밑에 가서 이렇게 쪼까 이렇게 내밀었어. 요 내민 놈이 있어. 저~ 높은 데 가서.

[주먹 쥔 손의 엄지손가락 부분을 가리키며]

근게 여그다 못을 썼등마. 근디 파도 못 해. 순 바우라. 그 이 보 우에 연거 놓고 갖다 흙 저 지게로 갖다 덮어 났는디. 자기들이 인제 천자지지에 썼다 허데.

"손자 나믄 내 자손도 한나 ○○ 한나 써 줘라."

내가 농담 했는디.

[제보자, 조사자 웃는다.]

낳고 바람 날란가, 지금 암 것도 없어. 지금도 아무 흔적이 없어. 그 사람들 보믄.

여그 와서, 여 ○○○ 집터 잡아서 이사 왔단 사람 그 얘기 허제. 응? ○○○○○○ 라고. 좋은 터라고. (조사자 : 어디요?) 회진 터보담도, 더 좋다고. 내가 바람 알아서 집 지었다는 그 사람이? 그 얘기 들어서 알제. 잊어붔는가. 그 사람이 거 천자지지도 그 사람의 아버지를 갖다 썼어. (조사자 : 할아버지를요) 아버지. (조사자 : 아버지를 묘를 쓰면 어느 대에 나타납니까?) 명당 그 바램이? 복이? 그 명당에 따라 틀려. 당대 명당바람 받을 사람이 쓰는 경우도 있고, 손자대나 이렇게 되는 경우도 있고 그래. 명당에 따라서 틀리제. (조사자 : 정해져 있질 않네요.) 응.

나씨 수리 명당과 임씨 닭 명당

자료코드 : 06_05_FOT_20100118_LKY_NJS_0028
조사장소 : 전라남도 나주시 반남면 대안리 2구 구영마을 산 8번지
조사일시 : 2010.1.18
조 사 자 : 이경엽, 한미옥, 송기태, 임세경
제 보 자 : 나종삼, 남, 91세
구연상황 : 조사자가 금정면에 나씨 명당과 임씨 명당이 같이 있냐고 하니, 제보자가 그렇다고 하면서 이야기를 시작하였다. 중간에 두 집안의 명당 때문에 임씨가 나씨에게 맨날 당한다고 하면서는 살짝 흥분하였는지 웃으면서 말하는 제보자의 목소리가 크게 올라갔다.
줄 거 리 : 나주 금정면에 가면 나주 나씨가 많이 살고 있고, 세지면에는 나주 임씨가 많이 살고 있다. 나씨는 닭이나 날짐승을 잡아먹는 새인 '수리' 명당을 쓰고, 임씨는 '닭' 명당을 썼기 때문에, 수리가 닭을 잡아먹듯이 당연히 임씨들이

나씨들에게 항상 볶였다고 한다. 하지만 말이 그렇다는 것이지, 수리 명당이 나 닭 명당이나 모두 좋기 때문에 자손들한테는 좋은 영향을 미쳤다고 한다.

(조사자 : 금정면에 나씨 명당하고 임씨 명당하고가 이렇게 같이 있습니까?) 응. 근디 그것이 인자 명당, 무룡가에 비교해서 그 무룡가. 명당 이름 무룡. 말허자믄 무슨 명당이다 그거 이? 가령 닭 명당이랄지 게 명당이랄지. 이런 무룡에 따라서 인자 그것이 좀 상극적인 그런 것이 있는디.

금정면 가서 우리 나가가 살아. 또 임씨도 살아. 요 세지 나주임씨. 산다. 우리 나가는 뭔 명당을 쓰냐믄 수리 명당. 수리, 말허자믄 새조리. 닭잡고 닭이나 그런 날짐승 잡어 먹는 새조리. 그 명당을 쓰고. 임씨는 닭명당을 썼어 닭. 당연히 새조리 밥 아닌가. 썼는디. 언제든지 나가한테 볶임 당해. 임씨가.

[제보자, 조사자 웃는다.]

꼭 그래서 그럴리오마는. 묏을 거그다 썼는디. 아이, 나가한테 못 해봐, 나가를 못 해봐. 볶여요. 근디, 그런단 말이 있제. 그 금정 사람들이 그런 이야기를 허대. (조사자 : 닭 명당도 그 자체로는 좋은 명당일 건데.) 그러제. 근디 그 말허자믄 상극이. 말허자믄 닭을 잡어 먹는 그런 상극 명당이 있은게. 그런 말이, 그 자손한테 다 없어진다 그 말이여. 그렇게 그런다해 확실히.

(조사자 : 나주임씨들은 금정면 사는 사람 아니고라도, 반남 사는 사람이라도, 나주나씨한테 항상 그렇게 당하고 산가요?) 글 않제. 그 자손들끼리만 그라제 뭐. (조사자 : 그러겠죠?) 글제. 그 사람 그 자손들끼리만 그러제. (조사자 : 근데 나주임씨들은 그 명당 이야기가 쪼끔 거슬리겠네요.) 그래도 거그도 명당인게 그 자손들은 괜찮을 것이어. 상관없제. 다 쓴다 해도 그 까짓게 별 것 인가. 근디 그 그런다해 묘허게. 그렇게 본게 그런가 모른디. 그런다 해. 못 해본다 해 나가들을. 뭔 싸움이 나도 나가들을

못 해본다 해.

(조사자 : 그 명당 생김새가 수리처럼 생겼고, 닭처럼 생겼고 그러나요?)
물론 산 형상이 그렇게 생기제. 그렇게 생겨. 근게 뭔 명당 허믄 꼭 그 물
체로 생겨 산이. 그런 것이여. 덮어놓고 그냥 뭔 명당이네, 뭔 명당 이름
안 지어. 산이 그렇게 생겨야 그렇게 이름을 짓제.

반남박씨 벌 명당

자료코드 : 06_05_FOT_20100118_LKY_NJS_0029
조사장소 : 전라남도 나주시 반남면 흥덕리 반남박씨 시조묘 앞
조사일시 : 2010.1.18
조 사 자 : 이경엽, 한미옥, 송기태, 임세경
제 보 자 : 나종삼, 남, 91세
구연상황 : 반남면사무소 부근에서 제보자와 함께 점심식사를 하고 돌아오는 길에 근처
　　　　　명당들을 둘러보면서 조사를 진행하였다. 제보자가 북두골에 있는 명당 앞에
　　　　　서 서서 반남박씨 벌 명당에 관련된 이야기를 들려주었으며, 이야기를 마친
　　　　　제보자가 착잡한 얼굴로, "명당 이야기는 전해져야지 덮어두면 없어져버린
　　　　　다."고 하였다.
줄 거 리 : 반남박씨 시조묘인 '벌 명당'은 '양유도서'라는 이름으로도 쓴다고 한다. 양유
　　　　　도서란 버들가지가 물에 잠겼는데 썩지도 않고 몇 천만 년을 간다는 뜻으로,
　　　　　물에 잠긴 버들가지가 있는 곳에 벌이 가서 물을 찍는다고 해서 '벌 명당'이
　　　　　라고 한다. 옛날에 어떤 풍수가 벌 명당에 자리를 잡아주면서 자신이 집에
　　　　　들어간 다음에 땅을 파라고 했는데, 시간을 잘 못 알고는 그만 땅을 파버렸
　　　　　다고 한다. 그 순간 벌이 나와서 집에 들어가려던 풍수를 쏴서 죽였다고 한
　　　　　다. 박남박씨가 그런 자리를 차지한 것은 '목복이 가득'하기 때문이란다. 즉,
　　　　　박이 나무 목(木)에 점 복(卜)자라 '복이 가득할 것이기'에 가히 그 자리를 차
　　　　　지할 것이라고 한다.
　　　　　그 벌 명당에 반남박씨 시조인 고려 말 호장 박응진을 묻었다. 그런데 중국
　　　　　이 반남박씨 큰 시조가 있는 시조산에 벌 명당이 있다는 소리를 듣고는 사람
　　　　　을 보내서 조선의 벌 명당을 그려오라고 했다. 그런데 그 사람이 벌 명당이

있는 벌고개 양쪽에 있는 바위를 그릴 때 바위 사이를 끊었쪽야 하는데 그 사이에 산을 희미하게 그려 넣어서 바위가 서로 이어져있는 것처럼 그려가지고 가자, 중국에서 보고는 "이상하다, 이 바위 사이가 끊어져야 하는데…" 하면서 이 벌 명당은 가짜라고 했다고 한다. 본래 벌 통 사이에 바람이 들고나야 벌들이 죽지 않기에, 벌 명당의 양쪽 바위가 서로 끊어져야 맞는 것이다. 그리고 벌 명당 앞에 여러 연못과 샘이 있는데 모두 양유도서 즉 버들가지가 물에 잠겨있는 것을 의미하는 것이라고 한다. 또한 벌 명당 앞에 인수가 있는데 인수는 묘를 쓰고 큰 벼슬을 한 자손이 나오면 임명장에 도장 박듯이 거기에 도장을 박는다는 의미의 인주이고 그 옆에 있는 바위는 도장이라는 의미라고 한다. 모든 대 명당에는 반드시 그런 것이 있다고 한다.

여가 명당 이름이 벌 명당이라고 헌디, 벌 명당이라고 헌디. 또 달리 양유도서라고 두 가지 이름으로 허거든. 근게 양유도서라는 것은 '버들가지가 물에 잼겼다.' 그러니까는 그 버들가지 썩지도 않고 몇 천만년을 간다는 그런 뜻이 되고. 또, 왜 벌 명당이라고 허냐 그러믄은, 벌이 버들가지 물에 잼긴 버들가지 거가 가서 물을 찍어요. 응? 그러기 때문에 벌 명당이라고 두 가지로 말 해.

근디, 풍수가 여기 요 묫자리를 잡아 주면서,

"묏 쓸 때 내가 여그서 우리 집이 들어가서, 들어가는 시간 된 뒤에 묫을 파라."

그랬거든. 파기 시작해라. 그래놓고 간다. 풍수가 자기 집에 들어가기 전에 파브렀어. 판게 거그서 우~ 벌이 큰 벌이 나와갖고 가는 풍수를 갖다가 쏘아 죽여버렸어. 쏴 죽여브렀어. 근게 그 살이거든. 살인디. 그 풍수가 방에 들어갔더라믄 살거인디. 들어가기 전에 파가지고, 벌이 날아가서 풍수를 죽여. 쏴서 죽여브렀단 그런 얘기가 있어.

그런게 그게 지금 전설에도 풍수 명당 갤쳐주고 다 그러기도 허고 허거든. 인제 명당을 누가, 인자, 어느 성씨가 쓰냐. 목복(木卜)이 가득이라.

[손가락으로 허공에 박자를 써 보이며]

나무 목(木), 나무 변, 점 복(卜)자 있거든. 그거이 박(朴)이거든. 반남 박
성 박자. 목복이 가득이라. 목, 박가가 쓴거이다. 그런 말이 써갖고 있어
전설에. 이, 그 명당 전설에. 목복이. (조사자 : 가득이다.) 목복이 가히 얻
을 것이다. 가하다. 얻을 것이다. 가득이라 그런 말이여. 그래서 박씨가
썼거든. 그런게 박가가 그때 시조 박응진 이분이 반남 그때 현인디, 우리
가 호장 했어, 호장. 호장 벼슬 했어. 그랬드니 요 고려 호장 박응지묘라
이렇게 써 있어. 그래. 잘~ 생겼어. 잘 생겼어.

근디 중국서 저 '반남박씨 시조산, 뭐시가 벌 명당이 대명당이다.' 이런
소문까장, 인자 딱 난게, 중국서 여그를 저 좀 그 산줄을 기려 오니라. 산
줄을 기려 갔는디.

[오른쪽을 가리키며]

저~그 가서, 벌고개라는 고개가 있어요. 요 욱에 가믄. 그 고개가 있는
디 그 고개가 양쪽이 다 바우돌인디, 바운디, 탁 짤라졌어. 짤라졌는디 여
그서 기려 갈 때, 그걸 짤라진 형태로 기려야제, 안 짤라진 것을 기려가브
렀어. 기렸어요. 그래갖고 중국에 보낸게.

[고개를 갸웃거리며]

그 사람들이 뭐라고,

"여가 짤라져야 쓴디, 안 짤라졌으니 이거 명당 아니다."

그랬어. 그렇게 말 했어. 명당 아니다. 근디, 실지 짤라졌거든. 그런게
명당이제. 왜 그러냐. 여그, 벌통이 여그서 벌통이 있다 그믄, 생기, 상황
바위서 생기 바람이 들어와서 벌통이 안 죽는다 이것이여. 근게 여그 그
짤라진 그 고개가 상황바우 생풍이 들어온 들어온 고개거든 바람이. 바람
이 들어와서, 여그서 바람이 들어와서 여그 안 썩어. 그런단 이치란 이 말
이여. 그러니까.

(조사자 : 요 연못은 뭡니까?)

[왼쪽을 가리키며]

요것이 근게 여그도 물이고.

[오른쪽을 가리키며]

저 구석도 또 샘이 있어.

[제보자가 서 있는 곳을 가리키며]

요 여가 전부 지금 돋아서 그렇지 전부 물이여. 샘이 있었어. 요 묘가 뽀짝 샘이 있었는디 거그서 참 못 앞에 절허기가 좀 좁아요. 복잡해. 그렇게 샘이 여가 있는디.

[제보자, 헛기침을 한다.]

이런디 다 미어서 이렇게 해놨제. 그 전에 보믄 여가 앞, 밑이도 여가 논인디. 논에가 순전 전부 수란이여 수란. 물난리. 근게 물속에 가서 버들잎싹이 이 버들가지가 잼겨 있는 거기거든. 그런게 그 물이 있어요. 양쪽에가.

(조사자 : 그러고 저기는요. 저기 인수는요.) 아, 근게 인수는 인자 묘 쓰고 자손들이 큰 벼슬이 나믄, 거시기 뭣이냐, 졸업장에다 도장 찍고. 임명장에다 도장 찍대끼 그것이여. 전라감사 허라믄 전라감사 나갖고 도장 다 찍어줘. 나라에서. 그 인수여. 그 도장이여. 알았제? 물은 인수고, 바우는 도장이고. 대 명당은 다 저런 것이 있어요. 대 명당은. (조사자 : 아, 명당 터 명당 옆에가.) 응. 저런 것이 있어. 다 있는 것이여. (조사자 : 그럼, 바위가 있고, 또, 샘이 있고.) 샘이 있고. 아, 그러지. 저거 인수고. 도장, 도장이고. 바위는 도장. 대 명당은 다 저런 것이 있어.

그런게 여그서 얘기헌디 아까 그 물난리 있다고. ○○○○○○ 거그는 도면을 기려서 중국 기려오라 근게, 앞을 보믄 툭 터져갖고 희미해. 산 입구 했는디 희미헌게 그 앞에가 산이 한나, 없는 산을 갖다 기려놨어. 그래서 보낸게, 중국 사람들이 보고는,

"이거, 대 명당 아니다."

요 앞에가, 이 산이 이것이 뭐시냐, 여기 있으믄 안 된다 이것이여. 그

렇게 판단 허드라. 왜 그냐. 산이 생황편이 들어와갖고 못을 파픈 바람이 때려야 쓴디, 요놈이 개려갖고 있으니 바람이 못 들어온게. 이것이 꽁하는 것은 썩은다. (조사자 : 아, 생풍이 들어와야 되는데.) 응. 썩는다. 아, 맞다고. 그렇게 알고 판단했다 이것이여. 중국 사람들이. 명당을. 근게 명당설로도 요런 얘기가 전전 저리 내려 가야제. 덮어두고 잊어블믄 없어져 블제.

(조사자 : 또, 이 근방에도, 뭐, 유명한 명당 터가 더 있습니까?) 없어. (조사자 : 여기가 가장?) 응. 여그 뿐이제. 별로 뭣을 자랑헐 뭣은 그렇게 까지는 없어. (조사자 : 보통 상식적으로 명당 얘기가 나오면요. 뭐 좌청룡 우백호 이런 식으로 설명허는데 여그는 그런 뜻은 없고.) 어째 없어 다 있제. 다 있제.

[오른쪽을 가리키며]

여그 요 백호.

[왼쪽을 가리키며]

요 뒤 청룡. 다 있어. 어째 없으까. 백호도 잘 생긴 백호요. 근게 시방 저 ○○○○○ 백호는 어찌게 생겨야 쓰냐믄, 상식적으로 생각했으믄 호랑이가 불뚝 뛰어서

[바닥에 쪼그려 앉으며]

요렇게 쪼그려 앉거 있는 형상이 되아야 잘 되는 그 말이여. 저거이 그렇게 안 생겼다고 저. 호랑이가 불뚝 뛰어서 쪼그려 앉어있어. 청룡은 뱀이 꾸물꾸물 틀어 내려가는 형상이 되야 쓴다.

[왼쪽을 가리키며]

그런다고 요 야차와. 야차운디 뱀 같거든.

[앞쪽을 가리키며]

저~ 아래 학교까지 뻗어 있어. 이렇게 등이. 저기 산이 양쪽이 ○○○ ○○○ 높아갖고.

[오른쪽을 가리키며]

저거이 높되 상당히 거리가 먼게 안 울려.

[왼쪽을 가리키며]

요것도 야차운게 이놈도 안 울리고. 눌러블믄 안 되야. 조만쓱 평당 단점이 눌려 살아. 그거는 명당이 아닌 것이여. 명당이 길지라도 쬐간허믄 자손이 큰 맥을 못 살아.

(조사자 : 그냥 무턱대고 양 옆에 산이 있다고 좋은 것이 아니네요.) 좋은 것이 아니여. (조사자 : 어떤 생김새냐가 중요하네요.) 아믄. 그렇제. 근게 여그도 청룡지라 근디, 요것이 획 감아가 싸고 있다고. 이 애기 보듬듯이 보듬고 있어. 그 밑에 또 요 생가고, 저~ 학교 앞에가 학교까장 뻗어나갔어. 그래갖고 '청룡 끝이 저복허믄 슬하 자슥은 고환이라.' 청룡 끝이 이렇게 엎져브리믄 그 자손이 고갈이다. 외롭고 가난허다 그 말이여. 저것이 저렇게 밑에가 가늘게 내려갔어도 중학교 지은데 가서 이렇게 톡 볼가졌어. 참 그게 묘해. (조사자 : 아, 지금 볼가져 있습니까?) 아이 거그다 중학교를 지었어 학교를 시방. (조사자 : 아, 그 청룡의 연장선상이네요.) 어 그러제. 그게 참 묘허단 말이시. 그런게 요놈이 내려가갖고 그렇게 걸어갖고는, 거그 가서 또 뻗어나간디 그놈이 야차게 뻗어나가갖고 끝에는 톡 볼가졌어. (조사자 : 학교 자리가 딱 지금 볼가진데.) 응. 볼가진 데 거그다 지금 중학교 지었어. 그거 참 묘하단 말이시. 아, 산인데 산에 자기네들 또 똑같아. 거가 야차블믄 여그 명당 아니여. 자손이 가난하고 고난허고 가난허다 이것이여. 근디 톡 볼가졌어. 험 잡을 디가 없는 디여. (조사자 : 이 자리가요?) 응.

그런디 여그서 ○○○ 여그까지 걸었다고. 백호 띠가 여그서 간디 딱 ○○ 싼다고. 저 너메 산, 너메 뽀짝 너메 가서 나보다 더 큰 바우가 한나 있어. 거그는 바위가 있을 데가 아니여. 찾아 보믄. 그것이 이름이 뭣이냐믄 할미바우라 그래. 할미바우. 그런디 그 형체가 꼭 할미, 늙은 할미 얼굴 낮부닥같이 생겼어. 그런 바우가 있는디. 그것이 뭣이냐. 고것이 명당에 참 중요한 유적이여. 벌이 여그서 물을 찍은게 응? 할미가 그것이 말허자믄 벌허고 상극이여. 적이여. 그러믄 할망구 고것이 벌 이렇게 쿡 찍을라 헐 때 벌이 무서서 도망해. 도망헐 때 소리가 뭔 소리가 나냐믄 벌 날아가서 '웅~' 내거든. 그때 큰 대가가 나. 그때. 그런 것이 이치거든.

근디 왜정시대에 반남면 와서 일본 사람이 두 사람이 살았어. 자나시란 사람허고 고다시란 사람허고. 자나시란 사람이 영산포를 갔다가 밤에 여그를, 그때는 걸어 왔제. 여그를 온게 시간적으로 열시나 열한시나 되얐든가 몰라. 요 앞이 훤해. ○○○같이 훤해. 훤헌게, '참 묘허다. 어찌 여그가 그러게 훤헌고. 뭣을 했는고.' 여그 가서 여 박씨들 선산을 수호헌 사람이 있어. 그 사람헌테 물었어.

"어젯밤에 내가 영산포서 온디 밤에 몇 시간쯤 온디, 박씨들 묘 있는디가 훤허드라. 근게. 몇 시 엊저녁에 박씨들 묘에서 일했냐. 여그서 산에서 일했냐."

근게. 그런 적 없다고 해. 그런 적 없거든. 그래갖고 그냥 모르겄다고. 그 산지기가 듣고 그 소리 듣고, 서울 박씨들 한테로 연락을 했어. 이러이 러헌 현장을 일본 사람이 보고 말을 헌디, 그 어떤 일이요 헌게. 응. 그래. 이 못자리에서 대과가 날라 허믄, 이 앞에 그런다 해. 그런 현상이 나타난다 해. 대과가 날라믄. (조사자 : 대과란게, 과거에 합격하나요?) 큰 벼슬. 과거에 합격헌다고 해서 대관가. 뭐 하가니 이조시대믄 정승이나 판서가 나서 대과제. (조사자 : 이 자손 중에.) 응. 대과가 날라믄 그런 현상이 나온다 이것이여. (조사자 : 큰 벼슬을, 예.) 응. 그런 답변이 내려왔어. 그랬다 해. 근게 봤다 해도 우리 한국 사람이 봤다글믄, 또 거짓 진술서 쓰라 헐꺼 이 말이여. 일본 사람이 보고 헌 소리여. 이거이 옛적에 우리 조상들이 지켜나온 것이, 전혀 미신이고 허상, 허상 아니여. 뭐시가 있는 것이여. 있은게 ○○ 나왔제. 그게 묘해.

이렇게 못자리가 좋아서 잘 잡았다 헌게. 덮어 놓고 좋다 헐 것이 아니라 아주 잘 생겼어. 어디가 터진 디가 없어. 저기 한나도 터진 디가 없어. 근디 앞산이 이렇게 높아블고, 좌우 산 앞산인게 높아블믄 그 산한테 눌려서 안 좋은 것이여. 평상 놈 앞에 가서 큰 소리 못 허고 고개 숙이고 댕기는 자손이 되야브러. 높은 디가 없어. 다 내가 누르고 있어 못이. 응? 그런게 넘 앞에 가서 큰 소리 치제. 똑같어. 사람 사는 것 똑같아. 못난 놈은 ○○○ 잘난 사람 앞에 가서 고개 숙이고 있제. 고개 숙이고 있드라고. 다 똑같애. 사람이 세고. 재밌어 알고 보믄. 모르믄 아, 별로.

이승과 박상

자료코드 : 06_05_FOT_20100118_LKY_NJS_0030
조사장소 : 전라남도 나주시 반남면 흥덕리 반남박씨 시조묘 앞
조사일시 : 2010.1.18
조 사 자 : 이경엽, 한미옥, 송기태, 임세경
제 보 자 : 나종삼, 남, 91세
구연상황 : 조사자가 벌 명당 주변의 사진을 찍고 있는 사이에, 제보자가 갑자기 "삼백년 전인가." 하는 말과 함께 이야기를 시작하였다.
줄 거 리 : 윤고산의 자형 '이승이'와 장성의 '박상'은 명사이다. 두 사람이 길을 가다가 박상이 어떤 묘를 보고 "벌 봐라." 그러자, 이승이가 "벌은 벌인데 어찌 헛주댕이가 기냐."라고 말했다고 한다. 이것은 '벌은 입이 짧아야 하는데 너무 길어서 별로 좋지 않다'는 의미로, 본래 그 묏자리가 있는 길이 짧아야 하는데 사람들이 길을 돌아놔서 길어져버린 것이라고 한다.

근게 전에 한 삼백년 전인가 그때 이생이. 해남 윤고산 자형이여. 이승이허고 명사거든. 박상이란 사람이 있어. 장성 사람. 박상. 거그도 명사여. 두 분이 저그서 오다가 여그 묘를 보고 박상이 뭐라 그러냐믄,

"벌 봐라."

그러거든. 그런게는 이승이 뭐라 그냐믄,

"벌은 벌인디 어째 헛 주뎅이가 기냐."

헛 주뎅이가. 요기서 요렇게 달아논게 길제. 짤라봐야 쓴디. 그러고 갔다네. 그렇게 알았어 그 사람들이. 응? 톡 짤라 짧아야 쓴디, 이것이 길거든. 돌아봐. 질을 내 노니까. 이것이 선작이 아니고 인작인게. 뭔 헛 주뎅이가 이렇게 기냐 그래. 요리 넘어가면서 두 사람이.

(조사자 : 그 사람들 딱 보믄 아는 사람들이었네요.) 아, 그럼. 명사가 그 조선시대 ○○에 아주 명사로 유명헌 사람들이여. (조사자 : 윤고산 자형이?) 이승이여. 이승이. 이름이 이승이여. 중이 아니라. 이승. 승이. 이승이. 그래. 언제 한 번 방송에 나온디 이승이라고 나오등만.

자형의 명당자리 뺏은 윤고산

자료코드 : 06_05_FOT_20100118_LKY_NJS_0031
조사장소 : 전라남도 나주시 반남면 홍덕리 반남박씨 시조묘 앞
조사일시 : 2010.1.18
조 사 자 : 이경엽, 한미옥, 송기태, 임세경
제 보 자 : 나종삼, 남, 91세
구연상황 : 앞서의 이승이와 관련된 이야기에 이어서 이승이와 윤고산과 관련된 또 다른
　　　　　 명당 이야기를 들려주었다.
줄 거 리 : 옛날에 윤고산이 자기 자형이 잡아놓은 묏자리를 빼앗았다고 한다. 윤고산의
　　　　　 자형은 꼭 말을 타고 다녔는데, 자기의 묏자리를 잡아놓고 늘 말을 타고 그
　　　　　 시주해놓은 자리를 왕래 했다고 한다. 그것을 유심히 본 윤고산이 하루는 꾀
　　　　　 를 내어 자형이 타는 말을 빌려달라고 했다. 그러고는 말이 가는 곳으로 가
　　　　　 만히 두었더니 자기 매형이 잡아놓은 시주자리로 가더라는 것이다. 그래서
　　　　　 모른 척하고 윤고산이 자형에게 자기가 잡아놓은 묏자리가 있는데 한 번 봐
　　　　　 달라고 해서 자형을 데리고 그 자리에 갔다. 가서 보니 자기가 잡아놓은 묏
　　　　　 자리여서 깜짝 놀랬지만, "그것은 니 몫이다."라고 하면서 어쩔 수 없이 묏자
　　　　　 리를 빼앗기고 말았다고 한다.

(조사자 : 윤고산이 자형 명당자리 몰래 자기 것으로 뺏고 그랬다면서요.) 그랬제.

[고개를 끄덕인다.]

그기 이승이가 말허자믄 자기 처남헌테 둘려브렀제.

[조사자 웃는다.]

그게 어뜨게 뺏었는고 허른은 말 나왔은게 말 헌디. 자기 ○○○허고 다 볼 거 아니라고. 내가 죽으믄 여기 묻히것다 허고. 윤고산이 그것을 짐작을 해. 틀림없이 그럴 것이다. 그러믄 이승이 그분이 자기 집에서 근처 댕길 때는 꼭 말을 타고 댕게. 고산이 가만히 생각해 본게,

'자기 시주 잡아놓고 말 타고 늘 댕겼을 것이다. 그래서 내가 그 놈 말을 빌려 타고 나오믄 늘 댕긴 디는 말이 가잔 말 안 해도 고리 갈 거이다.'

요롷게 딱 점을 쳤어.

그래 자형한테 가서,

"아, 자형 나 어디 좀 갔다 올란게 말 좀 빌려 주시오."

근게.

"그러소."

그래줘브러. 글고 나와서 말에가 딱 탄게, 가잔 소리 안 해도 가. 가든 대로 그냥. 이승이가 자기 시주 잡아 논 자리 고리 가. 당췌 늘 댕긴게 말이 고리 갈지 알아브러. 거가 딱 본게. 고산도 말이 무식이 산세에 무식이 아니제. 그래갖고,

'아, 여그구나.'

응, 반질반질 해. 사람이 늘 왔다갔다 해서 뵯고 했으니. 그래갖고는 즈 그 자형 보고, 그 내가 어디 자리 한나 봐 놨는디 가서 좀 평가를 해주라고. 거그를 평가 해 주라고 불렀거든.

"어디냐고."

근게. 간디 본게, 자기가 쓴 명당자리 거기 딱 갈치거든. 아, 가만히 생각해 본게,

'그때 말 빌려주라 허드니 요놈이 요롷게 해서 수작을 이? 이렇게, 꾀를 냈구나. 이 도적놈.'

갈쳐 줬어. 니 복이라고, 허고. 그게 그런 것이여. 그런게 그것이 다~ 다 알아도 복이란 게 안 되는 것이여. 안 되야.

박씨 명당자리의 유래

자료코드 : 06_05_FOT_20100118_LKY_NJS_0032
조사장소 : 전라남도 나주시 반남면 흥덕리 반남박씨 시조묘 앞
조사일시 : 2010.1.18
조 사 자 : 이경엽, 한미옥, 송기태, 임세경
제 보 자 : 나종삼, 남, 91세

구연상황 : 앞서의 이야기 끝에 "알면서도 자기 몫이 되는 것은 아니라"면서 명당 빼앗긴 이야기를 계속해서 구연해 주었다.

줄 거 리 : 옛날에 한 풍수가 자기가 나중에 쓰려고 좋은 묘 자리를 잡아놨다고 한다. 그런데 그 풍수 마누라하고 마을의 호장하고 서로 좋아지냈는데, 어느 날 호장이 풍수 마누라에게 남편이 어디 갔냐고 하니, 성내에 갔다고 하였다. 호장이 가만히 살펴보니 풍수가 성내를 가면서 꼭 한 자리에 앉아서 구경을 하는 것이었다. 그곳은 황수나무가 길에 가득 찼는데 그곳의 어느 한 자리는 사람들이 애기가 죽으면 던져놓는 곳이었다. 호장이 모른 척하고, 어느 날 풍수에게 "아버지 묘를 이장해야 하는데, 내가 봐둔 묘자리가 있으니 한 번 가서 평을 해주게."라고 하고는 풍수가 잡아놓은 자리로 데리고 갔다. 가서 보니 풍수가 잡아놓은 자리인지라, 그것을 본 풍수가 속으로 '이 놈이 그것을 어떻게 알았는고...' 하면서도 호장에게는 "이장할 때 반드시 내가 집으로 들어가는 시간에 땅을 파도록 해라."고 일러주었다. 이장하는 날, 호장이 풍수가 집에 들어가는 시간을 잘못 알고 땅을 파버렸는데, 땅을 파자 그 속에서 황벌이 한 마리 나와서 집으로 들어가는 풍수를 쏴서 죽이고 말았다. 비결에 "황벌이 출하면 살인을 할 것이다."라고 했는데 맞아버렸다.

[벌 명당자리를 가리키며]

응. 근게 요것도 묏자리 잡을 때, 풍수가 자기 시주 잡아 놨거든. 그런디 묘허게 뺏겨브렀어. (조사자 : 어떻게 해서 뺏겼어요?) 그 호장 아들이 말허자믄. 아들인가, 아들이 그랬제. 저그 산디. 그 호장. 그 사람이 그 여 그 묏자리 잡은 풍수가 풍수 잘 알어. 가만히 풍수 마누래허고 호장허고 좋아지내. 응? 좋아지낸디. 그 호장이 아이, 거시기 저 박가 풍수 마누래 보고,

"그 선생님 어디 산에를 잘 가시냐."

고 근게, 그때 호장이 있는 읍지가 말허자믄 요놈이 성내거든. 그 요리 가드라고 갈쳐줬어. 아, 와서 본게 길이 반들반들 났어. 여가 순전 그때는 묏이 뭔 나무가 있었냐믄은 황수나무. 황수나무 안가 몰라.

[왼쪽에 있는 나무를 가리키며]

저렇게 생긴 나무, 잎사귀 가서 가시가 달렸거든 끝터리 그. 황수나무 그래. 황수나무라 그래. 그거이 가뜩 찼어. 꽉 찼는디. 풍수가 댕김서 거 가서 또 앉거서 구경헌디,

'거기만 조르라니 비었다'

그랬어. 그런디 그 황수나무 요런디 ○○○ 가뜩 찼는디. 거가 뭣을 삼 았냐 이? 이 근방 산 사람들이 애기 죽으믄 갖다 내븐 자리여. 응 가득 찼 어. 근게는 여그 호장 아들이 그 풍수 보고,

"내가 우리 아부지 이장해야 쓴디, 어디가 봐 둔데가 있은게 한 번 가서 평을 해주라"

고.

[조사자 웃는다.]

어디냐고. 가자 근게는.

[벌 명당을 가리키며]

바로 여그거든. 가서 본게 자기가 봐논 데거든.

'요 자식이 어찌게 여그를 알았는고.'

이? 그기 지가 알고 말 헌디, 인자 말 허도 못허고 갈쳐줬어. 니 복이라고.

그래서 그 풍수가 말허기를,

"이 못을 쓸 때 날짜 딱 잡어줌서 파라"

고. 인자, 인부를 시케 놓고는,

"내가 우리집이 들어간 시간이 되믄 파라."

그랬어. 근디 또 그 갑자기 기달렸지. 근디 기다린 짐작을 못 했든가. 들어가기 전에 파브렀어.

[바닥에 원을 그려 보이며]

흙 한나 톡 파낸게 거그서 황벌이 큰 놈이 나오드니 날아가. 가서 풍수 쏴 죽여븠어. 그래 살이 있다는 걸 알고 풍수가

"내가 우리집에 들어가기 전에 파지 마라."

그랬거든. 들어갈 시간을 기다려서 내가 들어간, 집이 들어간 것 같으믄 파라 그랬거든. 그 안에 파븐게 벌이 나와갖고 풍수 죽였는디. 그 결서에 있어.

"황벌이 출하믄 살인헐 것이다."

황벌이 나오믄 사람을 죽일 거이다. 결서에 나와 있어 그런게. 그런 뒤에 결서에 썼는가, 그 전에 결서가 그렇게 났든가 몰라도 결서에 써갖고 있어요.

[가장 아래쪽 묘를 가리키며]

근디 요 밑이 시조사고 저 욱에서 그 이 시조산 손자거든. 저 웃 못이. (조사자 : 아, 어째 위치가 바뀌었어요?) 그런게 그것이 묘허제. 그것도 이 치가 있어. 솔직히 도장이거든. 도장. 손아래 사람이 욱에 앞 대에 웃 대에 할아버지 욱에다 묘를 쓸 수 없는 것이거든. 여기는 쓴다 그랬어. 왜 그러게 썼냐. 벌이 저기 통을 즈그 집을 짓을 때

[주먹을 쥐어, 검지손가락 부분을 가리키며]

여그다 짓은, 처음에 짓으믄 이놈을 집을 키울 때, 요 욱에다 지서 욱
에다. 글 않은가? 욱에다 지서. 그러믄 먼저 짓은 놈이 속에가 있으믄, 이
놈이 욱에 참. 하납씨나 아부지, 웃대 사람 아닌가. 그 욱에다 지슨게 이
저 하납씨 저 욱에 있는 편인디. 거 벌통허고 똑같다 그랬어. 요 하나 하
나 손자가 욱에가 있어. 이리 써도 벌이 본 첨에 짓은 집이 욱에 이렇게
쓰는 것과 똑같다. 그리 되었다. 그렇게 됐다고. 이치가 안 맞는가.

(조사자 : 벌통을 그러면은 먼저 생긴 벌통 나중에 생긴 벌통 뒤에다 놓
는 법입니까?) 아, 벌통이 이렇게 첨에 있으믄, 요 욱에다 늘 이렇게 덮어.
이렇게 벌통을 짓어. 이렇게 키워. 근게 그 이치허고 똑같애. 그래서 여그
는 손아래 사람을 욱에 써도 이치에 맞다해서 저렇게 썼다네. 덮어놓고
쓴 것이 아니라. 그렇지 않으믄 쓸 수가 없제. 아 하네 묘 욱에다 손자를
쓸 것인가 말이여. 다 이치가 있다고, 이치가.

왕비가 난 금동마을과 무안박씨

자료코드 : 06_05_FOT_20100118_LKY_NJS_0033
조사장소 : 전라남도 나주시 반남면 대안리 2구 구영마을 산 8번지
조사일시 : 2010.1.18
조 사 자 : 이경엽, 한미옥, 송기태, 임세경
제 보 자 : 나종삼, 남, 91세
구연상황 : 조사자가 금동마을에서 나왔다는 왕비 이야기를 해달라고 하자, 제보자가 구
         영마을에서 마주보이는 금동마을을 바라보면서 이야기를 들려주었다.
줄 거 리 : 구영마을에서 마주보이는 마을이 금동마을인데, 그곳에서 고려의 마지막 왕비
         가 났다고 한다. 본래 고려의 마지막 왕은 성기가 매우 컸는데, 그것 때문에
         시집 온 왕비들이 매번 견디지 못하고 죽고 말았다. 할 수 없이 새로운 왕비
         를 찾아서 조정에서 사람들이 성기가 큰 여자들 찾느라 전국을 헤매고 다녔
         다. 그러다가 금동마을에 도착했는데 우물가에 덩치가 큰 여자가 똥을 싸고

있었는데, 그 여자의 똥이 아주 커서 아마도 성기도 클 것이라고 여기고는 고려의 왕비로 삼았다고 한다. 그런데 그 왕비의 아버지 황씨가 딸의 권력을 믿고 행패를 심하게 부렸다. 하지만 다들 어쩌지 못하고 있다가, 한번은 무안 박씨가 나주 목사로 와서 황씨의 횡포를 조정에 건의했지만 어떻게 하지 못하자, 할 수 없이 무안박씨 나주 목사가 황씨를 죽여버리고 말았다. 하지만 다행이도 고려가 망하고 조선이 건국되어 나주목사는 무사할 수 있었다고 한다. 그리고 조선 말기 일제의 대동아전쟁 때 나주 목사로 무안박씨가 오게 되었는데, 그때도 이상하게 무안박씨가 목사로 온 뒤 얼마 뒤에 해방이 되었다고 한다.

(조사자 : 저~기 뒤에 보이는 마을이 금동입니까?)

[앞쪽에 보이는 마을을 가리키며]

요 마을 요. 저 큰 창고같이 들어와 있는가. 저그 인자 그 금동마을 뒤 켠이제. 눈인가? 뭐 집이 흑허게 뵈인가. ○○○○ 뵈인가 거. (조사자 : 창고 뒤쪽으로 보이는 데가 금동 뒤편이에요?) 응. 뒤편 거가. 거그 욱으로 마을 욱으로는 뵈잉마. 근디 밑으로는 안 보이고.

(조사자 : 저쪽 마을에서 고려 말 마지막 왕비가 나왔습니까?) 응. 그 얘기를 하라고? 고려 말 왕비. 왕이 그 뭔 왕인지는 모르겠구만. 그것 보고 유리왕이라나 뭐라나. 왕 이름 잊어브렀네. 근디 그 왕이 인자 등극 했는 디. 말허자믄 그 남자 성기가 커. 근디 왕비를 들여스자마자 얼마 못 살어. 몇 달 안 가서 죽어브러. 근게 말허자믄 그 성기가 하도 왕이 큰게 그 거에 볶여서 죽어. 다른 병이 있는 것이 아니라. 근게 몇 번 했는디 다 죽 거든.

근게 인자 말허자믄 여자의 성기 말이여 그거 큰 놈을 구해야 쓰겄다 이것이여. (조사자 : 큰 여자를 구해야죠.) 응. 큰 여자를. 근디 그것이 어 디 있다고 나설 것인가. 어디 뭐 검사를 헐 것인가. 그나저나 다 보냈어. 팔도 사방을 사람을 놨어.

"구해 봐라."

그 한 사람이 여그 인자 돌아대니다가, 여그 금동 와서 잠을 잤어. 금동부락에 와서. 다음날 아침에 일찍 일어나갖고 마을 앞을 나온게 마을 앞에 가서 동네 공동 새암이 있지. 거가 있는디, 저~리 내리다 본게 어떤 처년디 뗄싹 크네. 등치가 크고 말이여. 그 처녀가 가만히 본게 거그서 뭔 대변을 보고 일어난 것 같어. 옷 추겨 입고. 아, 그런 것이 오늘 온 뒤에 여자가 체격도 크고 그런게. 요것이 혹간 이. 혹간 허고 고리 가봤어. 똥덩이가 요마나 크더라네.

[제보자 웃는다.]

그런게.

'거그도 큰게 거그도 클 것이다.'

이, 이렇게 짐작을 했어. 요새 같으믄 데려다 검사허고 허믄 헐거인디. 거그 처녀를 데리고 갔어. 가서 저기 어찌게 예를 지내고 어찌했든가 몰라도. 뭐 왕하고 인자 조지 품게를 헌디 괜찮해. 암말도 안 해. 그런게 고리가 인자 말허자믄 왕비가 되얐는가.

근게 여기 있는 부모가 인자 부마. 부마가 아니다. 부원군이 되제. 부원군이 된 후로는 이 황가가 이 지방에서 횡패가 심해. 막 안하무인이여. 아, 그럴만 허제. 권한이 아, 딸이 가서 왕비가 되얐은게 뇌인단가. 그럴수록 지가 행세를 잘 허고 해야 쓴디. 거가 반대로 그냥 막 행패를 부리고, 뭐 ○○에서 막 뚜드리라믄 뚜드리라고 허고. 이리 헌게. 여그 사람들이 살 수가 없어 그런 횡포 땜에.

근게 거가 옛날에는 나주 땅이여. 그 지방 사람들이 목사한테 가서 그런 얘기를 했제. 목사는 권한 있것는가. 목사 한나가. 뭣을 어뜨게 헐 수가 없제. 근디 무안박씨가 나주 목사로 왔어. 근디 고려국이 그때 기우뚱 갸우뚱 해. 곧 넘어가냐, 망하냐, 흥하냐, 그 판이여. 근디 무안박씨가 나주 목사로 왔는디. 아니 늘 상소 쓴다 그 말허자믄 호소를 해. 목사가 그거 어찌게 해도라고. 헐 수가 없제. 하다 못 헌게는 목사가 가만히 생각해. 요놈의 자식을 죽여블 수백에 없어. 그래야 허제. 도저히 할 수가 없지. 죽여 브렀어. 잘 죽여브렀어. 도망쳐브렀어. 목사가. 그런디 그때 어찌게 되얐냐. 고려국이 넘어가브렀어. 이성계가 등극해브렀어. 근게 그 왕비 갖다가, 왕비 부원군 죽인 죄가 없어져블거 아닌가. 그래서 그때 그 왕비가 없어지고 했는데.

이 그때 무안박씨 목사가 와갖고 그렇게 부원군을 죽여브렀는디, 일제가 인제 들어와갖고 일본이 대동아 전쟁이 났는가. 근디 그때 또 무안박씨가 나주 군수로 왔어. 묘허게. 그런게, 여그, 다, 나주사람들 뭐라 그러냐믄,

'무안박씨가 나주 군수로 왔은게 고려 말에 무안박씨가 목사로 와갖고 고려 말이 고려국이 넘어가브렀다. 근디 이 참에 또 무안 박씨가 나주 군수로 왔으니, 일본도 인자 물러갈 것이다.'

일본이 망할 거이다. 다 그렇게 말을 했네. 그때 들으믄 일본군이 뭐 어디를 점령허고 무슨 뭐 씩씩헌 판이여. 근디 그런 말을 했어. 아니까. 그 사람 군수로 있는 동안에 해방 안 되야뿠는가. 고것이 이상한 이치가 있다 이것이여. 묘허게 무안박씨가 두 번 와갖고 그런, 나라가 넘어간 그런 거시기 역사가 있어. 그랬어.

(조사자 : 나주 시장으로 무안박씨가 누가 하나 나오면은 또 정권 넘어가게 생겼네요.) 어, 그것은 모르제. 근게 ○○○○○○○○ 무안박씨가 안 올란가 모르제. 그 사실이 있었어. 나는 그때 인제 좀 한 이십 살 묵었을 땐게 알제. 다 그런 얘기를 했었어. 근디 그렇게 되야브렀어. (조사자 : 저 금동 왕비 아버지가 성씨가 황씨였어요?) 황씨. 장수황씨제. 장수황씨. 거기가 참 고운 터제. 알기 쉽게 어디가 터 없을 고을이 없을꺼인마는 지금인게 역사적으로 나타난 터가 그 고운 터야 아조. 응. 거가. 금동이라는 디가. (조사자 : 지금 저기가 행정지역으로 하면은 어디에요, 나주시?) 아니여. 옛날에는 나주신디 해방 일본허고 합병 뒤로 행정구역이 배

껴갖고 신북 땅, 영암 땅 되았어. (조사자 : 아, 영암 신북 땅입니까?) 응.
신북땅이여 지금.

도기형과 회룡고조 명당

자료코드 : 06_05_FOT_20100118_LKY_NJS_0034
조사장소 : 전라남도 나주시 반남면 대안리 2구 구영마을 산 8번지
조사일시 : 2010.1.18
조 사 자 : 이경엽, 한미옥, 송기태, 임세경
제 보 자 : 나종삼, 남, 91세
구연상황 : 금동마을 왕비 이야기를 끝내고 조사자가 방으로 다시 들어가자고 하니, 제보
　　　　　자가 앞에 막혀있는 산을 보면서 이야기를 시작하였다.
줄 거 리 : 막진 산을 '도기형'이라고 부르는데, 그곳에 '회룡고조'라는 명당이 있다. 회
　　　　　룡고조 명당은 산의 고개가 획 돌아간 곳에 있는 자리를 말함인데, 즉 용이
　　　　　돌아서서 할아버지를 돌아다보는 곳이다. 때문에 할아버지에 해당하는 산이
　　　　　맞은편에 있기 마련이며, 나라의 큰 자손이 날 자리는 아니지만 지방에서의
　　　　　인물은 될 자리라고 한다.

　막 졌어. (조사자 : 막 졌어요?) 아 아니 막어졌는가, 끊어져붓는가, 요리
합쳐 내려가븐게.
　[집 앞의 산을 가리키며]
　저거 보고 말허자믄 도기형이여. 산이, 뫼가 도로 돌아선다. 이리 돌아
선다. 그거 도기형이라 그래. 근디 기종, 일어날 기자. 도로 일어, 일어나
서 돌아간다. 그런 뜻이여. (조사자 : 도기.) 기종. 근디 저가 묏이 있어. 그
거이 명당이여, 작어도. 저기 자손들이 다 보통 인물들 많이 있고 씩씩해.
(조사자 : 저렇게 쭉~ 산이 이어지다가 끊어지는 그런 자리를 보고서.) 그
그렇게 끊어졌어도 산이 생긴게 있제. 요놈도 끊어졌어도 고렇게 저렇게
안 생겼어 요놈은. 요놈도 끊어졌어도. 근디 저놈은 산, 돌아 목에가, 고

개가 요렇게 돌아설라고 요렇게 헌거같이 생겼어. 끝까지 올라가보믄. 근게 도기형이라고 해갖고 근게 저것이 회룡고조제. 용이 돌아서갖고 하나가 오른, 할아버지를 돌아다 봐. 회룡, 회룡고조. 용이 돌아갖고 돌아볼고자, 용 용자. 할아버지 조자, 용 용자. 고조. 할애비를 돌아본다. 근게 요리 이 돌아서 근게 그 저~그서 할애비 산이 있을거 아닌가. 그놈이 배여. 그것 보고 명당 이름을 회룡고자라. 근게 도기룡이여. 오다가 갈 디 없은게 도로 돌아선다. 그런 명당이여. 그기 틀림 명당이여. 큰 자리는 아닌디. 근게 저 자손들이 막 보통 지방 인물은 많이 있어.

(조사자 : 저기는 누가 써 논 묩니까?) 우리 일가 사람이여. 우리야. 우리 일가가 썼어. 나는 저그 묘 자손은 아닌디. 우리 일가에서. (조사자 : 그럼, 나씨 묩니까?) 응. 우리 나가 못이제. 그기 그것이 좋게 했어. (조사자 : 그냥 지나다니면서 몰랐을 건데, 어르신 이야기를 들으니까 곳곳이 다 이런 이치가 있는.) 있어. 근게 요것도 이렇게 끝에서 고것은 돌아든 거로 안 생겼거든. 근디 저것은 올라가보믄 영락없이 돌아선 것 같이 생겼어.

과부 아들 공부시키기

자료코드 : 06_05_FOT_20100118_LKY_NJS_0035
조사일시 : 2010.1.18
조사장소 : 전라남도 나주시 반남면 대안리 2구 구영마을 산 8번지
조 사 자 : 이경엽, 한미옥, 송기태, 임세경
제 보 자 : 나종삼, 남, 91세
구연상황 : 제보자가 어렸을 때부터 훈장님으로부터 "뜻이 있는 글을 짓는다."는 칭찬을 들었다는 이야기를 하다가, 그와 관련한 이야기가 생각이 났는지 갑자기 이야기를 시작하였다.
줄 거 리 : 옛날에는 마을 근처에 글을 배울 사람이 없으면 큰 선생을 찾아서 다른 지역

으로 '출첩'을 보냈다고 한다. 나주에 사는 어떤 과부가 아들 하나를 데리고 사는데, 아들에게 큰 선생을 찾아주고자 영암까지 출첩을 시켰다. 그런데 어느 날 밤 과부가 베를 짜고 있는데, 공부하러 간 아들이 어머니를 찾아왔더란다. 화가 난 과부가 짜던 베를 끊어버리고는, 네가 공부를 중간에 그만두는 것이나 내가 베를 짜다가 중간에 끊어버리는 것이 무엇이 다르냐면서 야단을 쳤다. 그 말에 아들이 밥 한끼도 먹지 않고 그 길로 영암으로 공부하러 갔다고 한다. 옛날부터 자식을 출세시킬 부모는 다르다고 한다.

인제 옛날 그 어떤 사람이, 과부가 아들을 출, 출, 밖에 나가서 글을. 여그서는 집이, 집이 근처에서는 큰 선생이 없은게. 더 큰 선생을 찾아서 어 나가. 배우러 나가. 요새 말이 칸, 비교해서 말허자믄 유학이라고 하까. 여그 사람이 영암으로 가서 인자 글을 배운다 그믄. 다닐 수가 없제. 근게 거가 가서 인자 집 정해 놓고 밥 해 먹고 데닐 데가 있는디. 그것 보고 출첩이라고 했는가 몰라, 그 이름을. 그 나가서 공부허는 것 보고. 그 집을 지서 인자 나가서 공부허는 것 보고 출첩 나갔다 그런, 그런 것 같어. 내가 확실히 모르것는디.

어떤 집 과부가 자기 아들을 그렇게 갈칠라고 밖, 타, 타원으로 보냈어. 이 글, 도덕이 높은 선생을 찾아. 밤에 이러게 베를 짠다. 아들이 왔어. 온단 말도 않고. 이 뭐 온단 말도 없는디 이 왔어. 베를 짜고 있는디. 이 옆에가 서서 인사를 한게는 보고는 가서 베 짜는 것 실. 딱 갈라브러. 본디서 암 말 않고. 그러니까 아들이 보고는.

"어머니 어째 그러시오."

근게.

"니가 공부 허다 공부를 안 허고 오는 것이나, 내가 베를 짜다 이거를 짤라븐 것이나, 똑같다. 암 일이 없다, 암 바람이 없다, 보람이 없다. 너 공부 안 허고 온 너나, 내가 베 짜다 베 실 잘라븐 것이나, 소양이 인자 베를 못 짠다. 너도 공부 안 허고 왔으니 더 공부 못 헌다."

그거이 똑같은 것이여 근게. 그 짤른 것이. 그때 아들이 감복을 했지.

아 뭐이든지 일을 중도에 패혀믄 안 되는 것이구나. 내가 지금 공부를 패 헌거는 아니지마는, 파한거는 아니지마는 하도 가정이, 부모 보고 싶어서 왔는디. 왔다 갈라고 왔는디. 고런 정신으로 공부허다가는 큰 공부를 못 헌다 그것이여. 공부헌 사람은 부모이고 뭣이고 가정 다 잃어버리고, 잊 어버리고, 전부 공부에 몰두해야 쓴다. 그런 뜻이여. 그냥 돌아갔어. 밥 한 끼도 안 먹고 그냥 돌아갔어. 가브렀어. 그 보낼 때 부모 마음이 어찌 냐. 기가 맥히제. 온 것은 응? 밉지마는 갈 때 또 물 한 모금도 안, 못 마 시고 보낼 때 참 간장 쓰는 일이제. 그런 것이여. 그 옛날 자식 잘 길러서 크게 출세 헌 사람 부모들은 틀려. 확실히 틀린 것이여.

가재 명당

자료코드 : 06_05_FOT_20100118_LKY_NJS_0036
조사장소 : 전라남도 나주시 반남면 대안리 2구 구영마을 산 8번지
조사일시 : 2010.1.18
조 사 자 : 이경엽, 한미옥, 송기태, 임세경
제 보 자 : 나종삼, 남, 91세
구연상황 : 앞서의 여러 명당들에 관한 이야기에 이어서, 조사자가 어디가면 가재 형국의
        명당이 있냐고 물어보자, "가재?" 하면서 그와 관한 이야기를 구연하였다. 이
        야기를 시작하기 전에 과자를 약간 드신 터라 입이 마르는지 연신 침을 삼키
        셨다.
줄 거 리 : 반남면에는 가재형국의 동네가 있는데, 이름이 '가재 동네' 즉 '간지메'라고
        한다. 가재 동네 앞산이 '한새물'인데 그곳에 백로의 머리에 해당하는 명당이
        있고, 그 산 밑에 가면 '우렁봉'이 있다. 우렁이도 물속에 살고 가재도 물속
        에 산다.

　(조사자 : 또 어디 가면 가재 형국의 명당도 있습니까?) 가재? (조사자 :
예. 용산리에 가면 있습니까?) 여 반남면이여. 거 반남면 거시기. 아까 그
벌 명당. 거 박씨들. 그 너메가 가재, 가재 동네가 있어. 가 검한 간지메라

고. 간지메. 근게 간지메 왈, 가재를 욱에 가, 그 그렇게 해서 간지메라고 그렇게 이름, 동네 이름을, 그렇게 가, 가재 형, 형국이여 거가. 그렇다 그래. (조사자 : 물에 사는 가재요?) 응. 그렇게 생겼어 생긴게. 쪼그마 해도 근게 큰 틀은 아니고. ○○하게 그렇게 생겼다 해.

거가서 물에서 사는, 물에서 사는 짐승이, 짐승 이름이 몇 동네 앞에 산에가 몇 가지 있어. 가재는 그 산 등에 가서 동네가 있고. 그 앞산에 가서 뭐이냐. 한새물이, 한새물이라는 것은 백로. 백로 머리, 머리 산이 있어. 거가 그 그 명당도 있제. 고 밑에 가서 우렁봉이 있어. 근게 그 같이 모도 웅 웅 수중에 사는 웅 짐승들 아닌가. 우렁봉, 우렁도 물 속에 살고. 가재도 물 속에 살고. 하새 요것은 우렁이나 가재를 잡아 먹는디, 또 적, 저기가 있고. 고렇게 생겼단 말이시.

거가 뭐 큰 뭔 집터고 음, 음택 못자리고. 큰 명당은 없어도 고렇게 생겨갖고 있어. 근게 옛 사람들이 그런 지명을 어떻게 지었든가 몰라. 그러게 산 보고 이? 그 지리 명산을 그렇게 지었든가 그것을 그렇게 그 지어 갖고 있어. (조사자 : 거기도 반남면이구요.) 응. 반남면. 아까 벌 명당 뒷, 뒷산이제, 산 너메서.

검환마을 유래

자료코드 : 06_05_FOT_20100118_LKY_NJS_0037
조사장소 : 전라남도 나주시 반남면 대안리 2구 구영마을 산 8번지
조사일시 : 2010.1.18
조 사 자 : 이경엽, 한미옥, 송기태, 임세경
제 보 자 : 나종삼, 남, 91세
구연상황 : 조사자가 검환이라는 마을이 있냐고 물어보자, 제보자가 그에 대해서는 별다른 이야기는 없다면서 이이야기를 해주었다.
줄 거 리 : 근처에 검환마을이라고 있는데, 그 마을은 칼 검자 고리 환자 해서 고리가 달

린 칼처럼 생겼다고 해서 이름이 유래되었다고 한다.

(조사자 : 어디 가면 검환마을이라고 있습니까?) 있어. 검환마을 있제. (조사자 : 거기도 풍수적으로 말이 있습니까?) 별 말은 없는디. 그 집, 그 동네 마을 터가, 산이. 그 칼 검자, 검환이거든. 고리가 인자 고리, 고리 환자. 고리 환자. (조사자 : 둥그렇게 생겼다고요) 고리 환, 고리 환자, 칼 검자, 검한인디. 말허자믄 칼에 가서 고리가 차, 차, 인제 달린 그런 형체 다 그 말이여. 근게 검환이라고 허는디. 그 별다른 얘기는 없고. 산이 그 렇게 산 등치가 그렇게 생기네. (조사자 : 그 뭔 이야기는 없구요.) 별 이 야기는 없고. 있는디 인자 내가 모른가 모른디. 내가 알기로는 몰라.

목탁 명당

자료코드 : 06_05_FOT_20100118_LKY_NJS_0038
조사장소 : 전라남도 나주시 반남면 대안리 2구 구영마을 산 8번지
조사일시 : 2010.1.18
조 사 자 : 이경엽, 한미옥, 송기태, 임세경
제 보 자 : 나종삼, 남, 91세
구연상황 : 조사자가 '목탁명당'이라는 자리가 있냐고 물어보자, 처음에는 잘 모르겠다고 했다가 "아, 목닥"이라고 하면서 이야기를 들려주었다.
줄 거 리 : 명당 중에 '목탁명당'이라고 하는 명당자리가 있다고 한다. 반남면 홍덕리 부 흥촌이라는 곳에 있는 명당자리인데, 그 자손들이 영암 시종면 송래김씨들이 라고 한다. 그런데 그 자손들이 목탁 명당자리에 비석을 세운다고 하였다. 그 런데 목탁자리가 사람의 둘째와 셋째 손가락 사이에 움푹 들어간 자리처럼, 즉 목탁의 동그랗게 파진 곳처럼 생겨서 비석을 세우기가 힘들어서 그만 그 자리를 메우고 말았다고 한다. 그 이후로 그 자손들이 모두 망해서 큰 손해 를 보았다고 한다.

(조사자 : 그리고 어디 가면 또 목탁 명당이 있습니까?) 모르것네. (조사 자 : 반남면 홍덕리 부흥촌이라는 데가 있어요?) 있지. 부흥촌 있지. 아 목

닥. (조사자 : 목탁.) 목닥, 목탁이라고 헌게 인자 목닥이여, 목닥. 두 목닥. 치는 목닥. 응. 그런 명당이 있어. (조사자 : 거기도 무슨 이야기가 있습니까?) 별 얘기는 없는디. 거그다 못 쓴 사람이 반남면 사람이 그 거 목닥 명당에다 거 거그 근처에 사는 사람이거든. 그 사람이 거그 못에가, 그 산에 못에다가 인자 석물을, 비석을 세운다 해서 갔어. 거그 갔어 거그를. 그런디 근게. 요 못이 목탁 명당이라고 헌단다 헌디.

그 소리를 누가 말헌디. 그 못 자손들이 어디서 사냐믄 시종면 ○○에 살아 자손들이. 근게 내가 비석 세운다고 오라고 헌 사람은 최가고. 거그를 간게 그 옆에 가서 목탁 명당이라고 헌디. 근다고 헌디.

[제보자의 손등에서 두 번째 손가락과 세 번째 손가락 사이를 가리키며]

대체 목탁이 한 가운데 요렇게 안 이? 이게 딱 구녁 나갖고 있는가 지느러니. 꼭 고렇게 생겼어. 고렇게 두근 두근 헌디 가서 초래 골 안이 났어. 못 쓴 데가 있어. 근디 그 자손들이 본게. 묘 앞에 이렇게 고랑져갖고 있은게 이것이 안 좋거든. 흙을 덮었어. 요리 미웠어(메웠어). 미우고(메우고), 큰 손해 봤어. 자손들도 말짱 헌 사람도 죽고. 돈 몇 냥 농사 많이 헌 사람들이 다 망허고. 고 다시 파내브렀다 해. 파내붓다 해. 거 거가 가서 들었어 그 얘기를. 이 산세가 이치가 없는 것이 아니여. ○○○ (조사자 : 그러면 파인 데가 골짜기처럼 깊숙이 들어간 덴가요?) 응. 옴싹 허니 이렇게 패였단게. 깊이는 안 패였어도. 응 근게 꼭 목탁에 구녁 파지데끼 파졌어. 그 정도로. (조사자 : 목탁은 파여야 되는데 그걸 메워버렸으니.) 근게 그놈이 터져갖고 있어야 때리믄 소리가 울려, 울려 난다. 요 메워블믄 소리가 날 것인가. 뚜들믄 팍 팍 소리만 나제. 응? 그 지 소리 안 나제. 큰 손해 봤다 해. 그래갖고는 다시 복구해 브렀단게.

(조사자 : 그것이 홍덕리에 있습니까?) 응. 거가 홍덕리에가 있어. (조사자 : 그 명당 쓴 사람은 성씨가 뭐라구요?) 저기 시종면 송래김씨라 그러

드란게. 김씨. 응. 그날 비석 세운단 사람은 최간디. 인자 그 사람이 비석 세운다고 선산에 비석 세운다고 놀러 오라해서 갔어.

풍취나대 명당

자료코드 : 06_05_FOT_20100118_LKY_NJS_0039
조사장소 : 전라남도 나주시 반남면 대안리 2구 구영마을 산 8번지
조사일시 : 2010.1.18
조 사 자 : 이경엽, 한미옥, 송기태, 임세경
제 보 자 : 나종삼, 남, 91세
구연상황 : 조사자가 '풍취나대'라는 명당이 있냐고 하자, 제보자가 "그렇제" 하면서 그에 관한 이야기를 이어나가셨다.
줄 거 리 : 명당 중에 '풍취나대'라는 명당이 있는데, 비단 나자에 띠 대자를 써서, 도포를 매는 비단 띠가 바람이 불면 날린다는 의미의 명당자리라고 한다. 풍취나대의 명당자리는 나주 나씨의 시조묘가 있는 자리였는데, 지금의 나주 시청 앞산에 있었다고 한다. 하지만 몇 년 전에 그곳이 개발되면서 지금은 이장하고 없는데, 나주 나씨의 '나'와 풍취나대의 '나'가 딱 맞아떨어진 것이라고 한다.

(조사자 : 명당 중에 풍취나대 명당이라는 것도 있습니까?) 그렇제. 풍취나대란 명당 있제. (조사자 : 그거는 어떻게 생긴 명당입니까?) 풍취. 바람이, 바람이, 바람 맞는. 나대. 비단 나자, 띠 대자.

[허리에 띠를 메를 시늉을 하며]

도복을 입고 띠를 이렇게 딱 쨈맨가. 바람이 불믄 이 띠 펄렁펄렁 해. 풍취, 바람이 분다. 불 취자, 나대, 비단의 띠, 띠가 날린다. 그런 명당이여.

그 명당이 어디가 있냐믄 나주가 있는디. 우리 나가가 시조산을 거다 모셨는디. 나주 시 개발헌 통에 못을 패였어. 이장해 브렀어. 근게 인자 없어져블제 거그는. 다 파서 펼쳐븐게. 그 성이 나가고. 명당 이름도 비단

나자 들어간게 풍취나대. 그래서 성씨, 성, 성과 명당과 이름이 맞는다. 이렇게 명당, 그런게 여그다 썼는디. 거가 인자 명당이어서 나가도 괜찮했든가 모른디. 지금 와서 인자 몇 년 전에 파다 다 이장 해브렀지.

(조사자 : 그럼 나주 시내 어디쯤에 있어요?) 그 못 판디가? 지금 나주역 안 있는가. 역에서 거그서 욱 북쪽으로 쪼까 얼마 안 멀어. (조사자 : 그러면 나주 시청 근방인가요?) 시청 근, 현재 어 어 얼마 얼마 안 멀어. 시청 앞에 앞 산. 고 너메제 바로 앞 산. 그 근디 지금 다 파서 뭐 인자 그 거시기. (조사자 : 개발하면서 팠던 모양이죠?) 응. 근게 개발헌다고 파내라고 한게 파냈지. (조사자 : 나주나씨 시조 모셨던 명당이구만요.) 응. 그러제. 바로 시조는 아닌디. 시조 밑이 몇 대 내려와서 시조나 다름없어.

밀양박씨 명당 자리

자료코드 : 06_05_FOT_20100118_LKY_NJS_0040
조사장소 : 전라남도 나주시 반남면 대안리 2구 구영마을 산 8번지
조사일시 : 2010.1.18
조 사 자 : 이경엽, 한미옥, 송기태, 임세경
제 보 자 : 나종삼, 남, 91세
구연상황 : 조사자가 예전에 제보자가 했던 이야기 목록을 보면서 몇 개의 이야기들을 아시냐고 물어봤지만, 제보자는 "감감 돌기만 할 뿐 기억이 나지 않는다"면서 한참동안 방바닥을 보면서 기억을 더듬으려 애쓰셨다. 제보자가 기억을 더듬고 있을 때, 조사자가 화순 능주에도 밀양박씨 명당자리가 있냐고 물어보니, "그것도 많이 잊어버렸다"면서 "하는 데까지 한 번 해보까" 하면서 이야기를 들려주었다.
줄 거 리 : 화순의 능주에도 밀양박씨 명당자리가 있다고 한다. 옛날에 밀양박씨 총각이 능주의 부잣집에서 고용살이를 하고 있었는데, 주인이 매일 풍수를 앉혀놓고 명당자리를 구하고 있었다. 그런데 풍수가 과연 명풍수였는데, 그 풍수가 주인에게 큰 인물이나 큰 부자 될 자리는 아니지만 자손이 많이 나올 자리를 명당으로 소개시켜주니, 주인이 그 자리가 성에 차지 않아서 거절하고 말았

다. 그때 풍수에게 밀양박씨 총각이 매우 잘 대해주었는데, 그것이 고마운 풍수가 그 총각에게 자손이 많이 나올 자리라고 하면서 그 명당자리를 주었다. 이후 총각은 장가도 가고 자손을 많이 퍼트려서 지금까지도 능주 일대에서는 밀양박씨가 꽤 큰 힘을 지니게 되었다고 한다. 그 부자는 결국 명당자리를 얻지 못하고 말았는데, 모든 복은 지 분수에 맞게 얻어야 하는 것이다.

(조사자 : 화순 능주에 밀양박씨 명당자리도 있습니까?) 화순 능주. 그러제 있제. (조사자 : 그 뭔 이야기가 있어요?) 그것도 많이 잊어브렀어. (조사자 : 잘 기억이 안 나신가요?) 기억이 나긴 난디. 음 그 얘기 해보까? 능주 가서 박씨가 말허자믄 부잣집 가서 고입을 해. 머슴살이를 해. 근디 그 주인이 말허자믄 구산을 해. 명당을 구해. 근게 풍수를 앉혀 놓고. 명당을 구헌디 인자 산을 돌아다니면서 헌디. 이거이 명당을 구허는 주인이 욕심이 많 해. 그 자리를 쓸라 그래. 명당 큰 놈을. 근디 풍수는 확실히 명사여. 알어 지지를. 근디 그 집이 가서 머심이 있는디. 살이 헌 사람이 있는디. 그 풍수에 대해서 응? 그 머심이 극진히 참 심부름 잘 허고 착실히 해. 근디 풍수가 그 머심살이 헌 사람에 대해서 고맙게 생각허제. 그러고 있는디. 어디 못자리를 딱 봐 놓고는 그 주인 보고 여그 이런 자린게 쓰시오. 근게.

어떤 자리냐믄 큰 부나 큰 귀는 안 나도 자손은 많다. 그런게는 그 마다 해. 아 큰 자리, 큰 명, 큰, 대 인물이, 큰 인물이 날디, 큰 부자 날디 있는 디를, 이런 디를 인자 잡어도란게. 그것이 얼른 또 잽힐 것인가. 어렵제. 근디 그것이 자손 많이 낳고 인자 또 자손 보호 인자 해 나갈 그런 자리는 갈쳐 줘도 마다 그러거든. 근게는 그 풍수가 머심 허는 것이 고맙고 그런게 그 풍을 머심 보고 쓰라 그랬어.

"니가 써라. 그래갖고 자손도 많고 괜찮을 거이다."

그래서 그 능주 앞에 뭐 나 그 산도 봤구마. 거그다 못을 쓴 뒤로는 대체 머슴살이를 면허고 나중에 인자 어찌게 장가도 가갖고 인자 손을 낳기도 허고. 지금 그 손이. 아 능주허고 저 나주 다도면허고 경계 지점이거든. 다도면가 산디, 밀양박씬디. 다도면서 요새 민주주의 투표 허믄 그 박가를 못 이긴다네. 모두 다 박가가 장성해브러 수가 많은게. 남은 성씨 단합해도 소용없어. 원치 많은게. 그 그게 명당 바람이여. 응 자손이 많다 풍수가 갈쳐준디 그렇게 그리 돼야브렀어. 그런디 그 묏도 인자 올라가갖고 찾아봤는디. 하도 자손이 많은게 그 묘에 자손이 많은게. 어떤 성씨가 제각을 좋게 지서노믄 나중에 망헌게 그 집이 제각을 판다 헌게. 자손들이 니 성, 성의대로 돈 내라. 그럼 그 제가 사갖고 우리 제각 허자. 그 제각이 바, 바로 자기 선산 앞에가 또 있어. 요상시럽게. 아 이 사람들이 다 낸 것이 제각 하나를 사가게 즈그들이 돈을 모태브렀어. 수, 수가 많아갖고. 큰 부자가 큰 돈을 내서 산 것이 아니라. 그, 그런 얘기여. 그런게 지금도 근다 해. 아조 다도면서 응 거그서 박, 박씨들 누가 출마허믄 면장이 되얐든, 면장이 출마허믄 무조건 당선이여. 대신에 안 허믄, 안 허믄 당선이 없지만. 그렇게 수가 퍼진 성씨가 있었어, 있어.

근게 딸, 그 그 풍수를 모시고 부자 그 사람은 그것도 저것도 못 써브렀제. 다른 놈이라도 쓰거인 써야 쓴디. 큰 놈만 바래다가 못 써블고 말았어. 결국에. 근게 복이 안 되니라. 큰 자리 못 쓸 사람이 그 바래 되것는가. 작은 자리라도 써야제. (조사자 : 자기에게 맞는 걸 써야죠.) 암 그렇게 운도 맞는 걸 써야제. 그 사람이 큰 자리 쓸 복이 있다 글믄 풍수 눈에 뵈여갖고 그렇게 다 못을 쓰게 된디. 아 안 뵈이고 아 있어도 못 쓴디. 가저 풍수쟁이가 여그가 대 명당이다 해도 거가서 대 명당이 없는 것이 아니여. 자세히 보믄 ○○○○도 있고 ○○이 꽉 찼어. 아 봐도 땅을 ○○○ ○○○○ 땅을 그 사람이 파야 사제. 그 못 해. 알고도 못 해.

전라감사 민영환과 민씨 총각

자료코드 : 06_05_FOT_20100118_LKY_NJS_0041

조사장소 : 전라남도 나주시 반남면 대안리 2구 구영마을 산 8번지

조사일시 : 2010.1.18

조 사 자 : 이경엽, 한미옥, 송기태, 임세경

제 보 자 : 나종삼, 남, 91세

구연상황 : 민영환 관련 이야기를 해달라고 하자 그에 대해 이야기를 해주었다. 제보자는 풍수를 잘 아는 사람에게서 인촌 김성수와 민영환에 관한 이야기를 들었다고 한다.

줄 거 리 : 구한말 충신 민영환이 전라감사로 내려온 이야기다. 당시에 화순 능주에 민씨가 많이 살고 있었는데, 거기에 조실부모한 어린 민씨 총각이 혼자서 이집 저집 얻어먹으면서 자랐다. 그래서 주변의 민씨 집안사람들이 거두어 주어서 겨우 장가는 가게 되었다. 그런데 어느 날 민씨 총각의 부인이, 왜 당신은 작은 아버지도 없고 그렇게 친척이 없냐고 물었다. 그러자 민씨 총각이 엉겁결에 서울의 그 유명한 민영환이 내 작은 아버지라고 말해버렸다. 그때부터 이 부인이 매일 마당에 정한수를 떠놓고 민영환이 전라도 감사나 암행어사가 돼서 내려오라고 빌었다. 그런데 마침 민영환이 전라감사가 돼서 전주에 내려왔다는 소식이 들려왔고, 그 소문을 들은 부인이 민씨 총각에게 어서 가서 시작은 아버지를 보고 오라고 등을 떠밀었다. 할 수 없이 민씨 총각이 전주에 왔지만 민영환의 얼굴도 모르는데 어찌할 바를 모르다가, '에라 모르겠다' 하는 심정으로 문지기 총각에게 민영환을 보게 해달라고 부탁했다. 그렇게 해서 민영환을 만난 민씨 총각이 자기 부인에게 민영환이 자신의 작은 아버지라고 거짓말을 했고, 부인이 매일 기도를 했는데 이상하게도 그것이 딱 맞았다고 말을 했다. 그런데 민영환이 어렸을 때 사주를 보았는데 '호남일녀가 주야도천이라. 호남의 한 여자가 밤낮으로 하늘에 빈다.'라는 점괘가 나왔었는데 그것과 너무도 일치하는 것이라, 능주에서 민씨 총각을 도와주었던 사람들의 세금을 모두 감해주었고, 나중에 전라감사를 그만두고 서울로 올라간 민영환이 그 민씨 총각을 서울로 불러들여서 후손이 없는 다른 민씨 집안 양자로 들었다고 한다. 결국 일은 노력만 해서는 되는 것이 아니고 우연도 있어야 일이 되는 것이라고 한다.

저기 거시기 저 능주 가서 민씨가 산다. 민씨가, 민씨 얘기. 맞어, 민영환이가 전라남도 내려온 그 얘기. 있어 거 있어. 다른 얘기도 있는디 기억

안 나구만. (조사자 : 민영환이가 전라감사 내려온 얘기 좀 해보십시오.) 그거 안 했든가. 했을 것인디 생각 안 나네. 그게 오 들은 지가 오래된 얘기고. 근게 그것이 줄거리가 많이 빼먹게 된다. 그래도 헤치믄 다 나오제. 근디 거 능주 가서 민씨가 민씨가 여러 수가 좀 많이 살어. 응.

그 중에서 인자 민씨 한나 어린 총각이 어린 애가 조실부모허고 인자 이 즈그 일가를 즈기 댕김서 얻어먹고 자고 인자 타성 집이라도 가서 얻어먹고 자고 이렇게 크, 크는디. 에 어떤 어떠게 인자 그 집안에서 모두 어뜨게 조마니 수습 해갖고 그 민씨를 여웠어. 결혼 시켰어.

그러고 인자 어뜨게 산디. 살림 차리고 산디. 그 부인이 그래.

"아니 당신은 뭔 작은 아버지도 없고 ○○도 안 뵈고 누구 집도 없냐고."

그 물은게. 없어 없는디. 이 사람이 없다고 헌단마제. 헌단 헌단마제. 조선시대 이조 말에 민영환이 안 있는가. 충신. 민영환이를 들었든가 민, 서울에 사는 민영환 씨가 내 작은 아버지라 그랬어. 덮어 놓고 그랬어. 그전에 뭔 들었든가 어쨌든가. 그 민씨는 맞제 같은 민씨제. 그런게는. 그냐 그믄 인자 그 여자가 뭔 소리를 허는고 허므는 일가는 많에도 자기는 고단허거든. 자기 남편 거시기 인자 집안은. 그래 그냥 이 여자가 밤낮으로 저녁이믄 물, 우물에 가서 물 깨끗이 길어다가 마당에다 상 놓고 거다 물, 정화수 떠 놓고 가 빌어. 서울에 민영환 씨가, 민영환 씨 우리 시작은 아버지가 전라감사나 암행어사나 좋게 점지해서 내려오시오 허고 빌어. 아침에도 빌고 저녁에도 빌고 그래. 물 새로 떠 갖고. 그래 빌어. 근게 그 여자는 말허자믄 남편 말만, 거짓말 헌 소리만 무조건 참말로 믿고 인자 그렇게 하제. 그런디 어쩌냐 허므는 민영환 씨가 전라감사를 내려왔네. 그 소원대로 되얐어, 되야가 지금. 전라감사로 내려왔어. 그 소문이 딱 퍼질거 아닌가. 전라도 전라감사가 민영환 씨가 내려 왔단다. 그 귀에 들어 갔어. 응? 근게 여자가 즈그 남편 보고 아 작은 아버지가 전라감사 내려

왔단게 가서 함 찾아가보라고 허거든. 아이 그 생각해 본게 지가 그 민영환 씨 말만 들었지 민영환 씨 얼굴 어뜨게 생긴지도 모르고 헌디. 거그 어디 갈 수가 있난 말이여. 없제. 안 가고 인자 아니라 그믄 거짓말 헌 것이 되고.

'에이 작것. 성이 민가라 근게 좌우간 응 가보자.'

전라북, 저, 전라, 아니 전주를 갔어. 가갖고는 거 감사가 거 거그까지 갔든가 어쨌든가 가갖고는 그 문지기헌테 말을 했어.

"내가 ○○○ 민영환 씨의 조카다."

이렇게 또 그렇게 거짓말 딱 해갖고 근게 좀 뵙게 해도란게는. 대체 뵙게 보고 온게 인사를 인사를 딱 해주고는 가서는 인사를 딱 헌게.

"니가 누가냐."

그러거든.

"내가 아무 데 사는 민 아무갠디. 근디 이렇게 찾아 왔습니다."

"그러믄 니가 어찌게 알고 여그를 뭣 허러 찾아왔냐."

근게.

"내가 장가를 가갖고 응 인자 살림을 헌다. 우리 안 사람이 아 당신은 뭔 실제 작은 아버지도 없고 암 것도 없냐고. 그렇게 해서 내가 덮어놓고 그냥 서울에 사는 민영환 씨가 우리 작은 아버지라고 그랬더니 아이 그 우리 안 사람이 밤낮으로, 주야, 아 아침 조석으로 물 떠 놓고 빌어, 빌었다고. 민영환 씨가 전라감사나 암행어사를 재수 해주십시오. 하늘에 빌었다고. 빌었는디 이렇게 이 전라감사를 민영환 씨가 왔다 근게 가, 찾아보라 해서 내가 이렇게 이렇게 왔소."

[제보자 웃는다.]

응 그런게. 거 전라감사 민영환 씨가 한참 생각해 보드라네. 뭔 생각했냐. 어려서 모두 점을 치거든. 이 사주 보고 이런거 저그 잘 되것는가 어쩌것는다. 사주를 본게. 사주 글에 뭔 말이 나왔는고 허냐믄. 호남일녀가 주야도천이라. 호남의 한 여자가 밤낮으로 하늘에 빈다. 주야도천이라. 낮이나 밤이나. 하늘에 빈다. 아 이런 글귀가 나왔어. 사주에. 이상시럽게. 근게 그 그것을 물었어. 저 사주 보는 사람 보고. 이 말이 뭔 뜻이냐 근게. 나도 모르것는디 그렇게 나온다고. 응? 그 얘기를 했어.

그런게는 민영환 씨가 딱 무릎팍을 치드라네. 어렸을 때 사주 본게 그런 것이 나왔어. 호남일녀가 주야도천이라. 이것이 다 허사가 아니구나. 다 이치가 그런 것이구나. 근게 사주 볼 때는 자기도 모르고 사주 본 사람도 모른단게. 우연히 그렇게 글귀가 나와브렀제. 그 거시기가 거 아 아 뭐 박문수 어사가 어디 가서 이 점을 허꺼이므는 뭐 항, 뭐 항, 뭐 가만 있자. 응? 뭔 절에 가서 뭐 뭐 어찐다고 그런 말이 나왔거든. 그거하고 똑같어.

아 그 사람을 그, 그러라고, 그 며칠 인자 재우고는 가라 했어. 내가 나중에 인자 찾으마. 가라 해갖고는. 능주골 거그 산 사람들 그 머시매를 거됬다는 사람들, 그 고을, 그 동네, 세금을 싹 감해 줘브렀어. 세금을 싹 감해 줘브렀어요. 도지사가 그 문제 있는 것이여 뭐. 암 것도 뭐이 문제 없는 것이제. 감해 주고는 그 뒤에 몇 년인가 있다가. 민영환 씨가 응 서울로 다시 거기 전라감사를 그만두고 올라갈 때 델꼬 올라갔어. 델꼬 올라가갖고는 즈그 민영환 씨 그 집안에 무, 무, 아들 없는 집 있었든가비네. 무 헌디가 있어. 거그다 양자로 딱 세워 놨어. 그렇게 되얐어.

사람이 될라믄 그렇게 되는 것이여. 민영환 씨 이조 말에 큰 충신 아닌가. 우리 뭐 조국 만, 저 만, 뭔 만, 만국 대표 그 거가 가서 뭐 자, 할복자살 했제 민영환 씨가. 글 안 했는가? 몰라? 그랬어. 민영환 씨가 할복자살 헌 사람이 그 사람이 민영환이여. 그런 것이 이상하단 말이다. 그런 것을 재미, 취미가 있는 사람이여. 그런 것이 참 이치가 묘하다. 어째 이 시집 온 박씨가, 이 민영환 씨 내 뭐시라 헌게는 응, 주야도천 허냔 말이여. 그 전라감사나 어사, 그 암행어사가 되야 도라고.

[제보자 웃는다.]

그 그렇게 민영환이가 사주 본 것이 딱 안 맞어브렀어. 그 묘해 그것이 이치가. 그런 것이 재밌어요. 뭣이 이치에서 딱딱 맞는 것이 내 취미에 재미가. (조사자 : 예. 이치에 딱딱 맞어 떨어지는 이야기네요.) 그 우연히 그렇게 된 것이 아닌가. 그런 이치가. 우연히 되야제 노력만 해서는 안 되는 것이여.

도강김씨 집안의 장수와 용마

자료코드 : 06_05_FOT_20100118_LKY_NJS_0042
조사장소 : 전라남도 나주시 반남면 대안리 2구 구영마을 산 8번지
조사일시 : 2010.1.18
조 사 자 : 이경엽, 한미옥, 송기태, 임세경
제 보 자 : 나종삼, 남, 91세
구연상황 : 조사자가 아기장수 이야기나 힘센 장수 이야기가 있냐고 하니, 그런 이야기가 있다고 하면서 이야기를 이어주었다. 중간에 제보자가 힘이 들었는지 잠시 장롱에 기댄 채로 이야기를 하기도 하였다.
줄 거 리 : 옛날에 나주 세지면에 김도강이라는 사람이 아기를 낳았다. 그런데 아이가 일곱 살이 될 때까지 벌컥벌컥 크더니, 세지면에 있는 산 층암절벽의 '벼락바우'를 뛰어다니는 것이었다. 그래서 그 부모가 놀래서 문중회의를 했는데, 그런 아이가 태어나면 역적이 된다고 해서 삼족을 멸하게 되니 그냥 죽여야 한다고 했다. 결국 그 아이가 열두 살이 되었을 때 죽여버렸는데, 아이가 죽고 난 닷새 뒤에 그 벼락바우 앞에서 망아지 한 마리가 나타나서 악을 쓰고 돌아다니다가 골 앞으로 거꾸로 빠져 죽고 말았다. 그 망아지가 바로 장군이 타고 다닐 용마였던 것이다.

(조사자 : 옛날에 아기장수가 났다거나, 힘 쎈 장수 이야기) 에 있어요 있어. (조사자 : 그 이야기 한 번 해주세요.) 응. 그 전에, 그 전에 뭐 했을 것, 저 했을 것인디. 특별히 뭐 요청을 헌게 아는 대로 허제. 거가 지금

세지면, 먼 그건 모르것고 세지면인가 그런디. 여그서 보믄 그 산도 뵈이고 바우도 뵈여. 여그서 보믄 밝은 인자 청명헌 날. 거가서 그 밑에 동네 가서 도강김씨라고 김씨가 살아. 김씨 집이서 남 뭐시메 아이 한나 낳는디. 이놈이 큰디. 참 일찍 올 줄 알았드니 조까에 뭐 뭐 장마에 뭐 외부서 이 뭔 헌다드니 벌컥벌컥 커 애기가. 일곱 살 쯤 먹었는디. 애기가 허는 것이 애기가 아니여. 그 왜 벼락 바우라고 조르라니 밑이 길게 미었다고 해서는 백 메타? 여그서 멀리서 볼 때 그런디. 가까지 보믄 몰라, 이백 메타 될란가 몰라. 그 정도가 여그서 뵈여 청명헌 날. 이렇게 층암 절벽이 있었는디 그 진, 진 절벽이, 바우가 있어. 그것 보고 벼락 바우라 해. 일곱 살 애기가 고런 데를 가갖고는 훌떡 뛰어서 올라가. 뛰어 내려오고. 막 막 자유로 맘대로 댕겨브러. 그런게 이것이 큰 이, 큰 이 인물이 났다 헌디.

그때 세상은 그런 사람이 나믄 나라에서 알믄 가만 안 돼. 없애브러. 왜 그래 역적 헐까 응 반역헐까 무서운게. 집안에서 고민이여. 저것을 어떻게 해야 되냐. 저거 살려 뒀다가 만약에 저것이 역적 도모를 해갖고 헌다 그므는 홍, 홍국을 허믄 쓴디 패해블믄 그것이 응 느그 집안 문중이 망허거든. 삼족이 뭐 삼족을 멸헌다고 헌가 삼족이. 삼족이 뭔, 뭣을 삼족이라 헌가. 삼족. 삼족이믄. 세 가지 족인디. 그 뭣 보고 뭣 뭣이 삼족인가 그 말이여. 아이 그것도 몰라. (조사자 : 저한테 물어보셨습니까?) 아이 다 해 봐 뭣 보고, 뭣 보고 삼족이라 헌가. 삼족을 멸해브러. 죽, 다 죽여브러. 그 족속을. 삼족을 뭣 보고 삼족이라 허냐믄. 첫째 나, 외갓집, 처갓집. 이게 삼족인 것이여. 다 관련 있는 집안 아닌가. 근게 양, 양, 역적이 나믄 즈그 관련 그 집안이 다 죽, 다 망해브러. 그 삼족을 멸했단 것이여.

근게 요거는 상식적인 말인디. 알아 둬야 써. 누가 삼족이 멸한다 그믄 뭔, 뭔, 뭔, 뭣이냐 물어보믄 그 물을만헌 사람헌테 물으믄 쓴디 교수님같은 양반들이 물어보믄 그거 쪼깐 이. 근게 내가 알아야제. 모르믄 물어봐야 쓴디. 아무리 챙피해도 물어봐야 쓴 것이여. 근디 그런다 그거여 잘 기

억해 도라 그 말이여. 문중에서 그 문제 났어. 이거를 어쩌냐. 키워두냐,
키우냐, 없애브냐. 없애기로 결론이 났어. 없애기로. 근게 없앨 때는 아이
가 열두어 살 먹을 판이여. 근데 없애브렀제. 죽여븐 날로부터서 한 닷새
나 지낸게. 뜬금없는 망아지가 ○○ 큰 망아지가 와서 뛰어 댕겨 앞을 긁
어 막. 그 벼락 바우 밑에서 뛰어 댕겨. 그것이 용마여.

　장군이, 장군이 탈 용마가 나타났어. 탈 사람이 없어져브렀거든. 그런게
악을 쓰고 돌아다니다가 골 앞에 거꾸로 빠져 죽어브렀어. 응 그런 얘기
가 있어요. 그 성이 도강김씨였어. 지금도 거가 산가 모른디. 그 삼족이
뭔지 알것제. 삼족이. 그거이 삼족이여. (조사자 : 그 용마가 빠져 죽은 데
가 어디나요?) 그 거 거 고런디, 개, 개골창에 빠져 죽었것제. 어디 멀리
갔을 것인가. 그 인자 나 그렇게 얘기를 들었은게 말인디. 근게 그것이 그
런 응, 말허자믄 그 큰 장수가 났, 났다는 것은 사실이여. 얘기가 조까 틀
릴지언정 틀리어 틀린 말을 썼을지언정 났다는 것은 사실이여. 허튼, 전
혀 근거 없는 소리는 안 하거든. 근게 몬저 그 자흥군 유가 거그도 인재
를 죽여블라다가 살려 놨어. 근디 유가 그 사람이 거 옥과 군수만 헐 것
인가. 아니 훨씬 높은 벼슬을 헐 것인디. 집안이 못 가, 못 허게 했어. 눌
러브렀어. 너 큰데 올라갔다가 저놈이 뭔 일을 저질를지 모른게. 역적놈
헐지도 모른게. 옥과만 해 먹고 말라고 못 가게 해브렀어 집안에서. 그래
서 그 옥과에, 옥과 벼슬에 그 선 뭐, 멈추고 말아븐 것이여.

중을 박대해서 손해 본 무안박씨

자료코드 : 06_05_FOT_20100118_LKY_NJS_0043
조사장소 : 전라남도 나주시 반남면 대안리 2구 구영마을 산 8번지
조사일시 : 2010.1.18
조 사 자 : 이경엽, 한미옥, 송기태, 임세경

제 보 자 : 나종삼, 남, 91세

구연상황 : 조사자가 유명한 도사나 중에 관한 이야기는 없냐고 하자, 옛날에 '무안에 있는 도사' 이야기를 한 적이 있다고 하였다. 조사자가 듣지 못했다고 다시 해 달라고 하자, 제보자가 그에 관한 이야기를 다시 들려주었다.

줄 거 리 : 무안의 승달산에 절이 하나 있는데, 그 절에 스님 한 분이 전국으로 시주를 받고 돌아다녔는데, 하루는 무안의 부자인 무안박씨 집으로 시주를 갔다고 한다. 그런데 그 무안박씨는 심성이 고약한 지라, 시주 받으러온 중을 시주는 커녕 집안의 종들을 시켜 묶어놓고 죽어라 두둘겨서 쫓아내고 말았다. 그 중이 너무 분해서 다른 스님에게 얘기를 하니, 그 스님이 무안박씨를 혼내줄 방도를 일러주었다. 스님의 말대로 한 스님이 다시 무안박씨 집안으로 가서 목탁을 두들기며 시주를 요구하니 역시 무안박씨가 그 스님을 잡아 패려고 하는 것이었다. 그래서 얼른 그 스님이 무안박씨에게, "선산이 어느 장소에 있는데, 그곳에 커다란 바위가 하나 있지 않느냐"고 물었고, 무안박씨가 그렇다고 하자, 다시 "너희 집안이 큰 부자이기는 하지만 큰 벼슬한 자손은 나오지 않았는데, 선산 앞의 큰 바위를 반으로 쪼개면 큰 벼슬할 자손이 나올 것"이라고 일러주었다. 무안박씨가 스님의 말에 일리가 있다고 생각해서 스님을 데리고 선산에 가서 그 바위를 반으로 쪼개버렸다. 하지만 무안박씨 선산은 풍수상으로 '사두혈'이라 그 앞의 바우는 두꺼비에 해당하는 것이어서, 뱀이 그 두꺼비를 먹이로 해서 살아가는 형국이므로, 그 바위를 반으로 쪼개면 재물도 반으로 줄어들게 되는 것이었다. 결국 그 뒤부터 무안박씨 집안은 천석을 얻을 것을 오백석만 얻게 되었다고 한다.

(조사자 : 유명한 도사나 스님 이 어떤 것을 했다거나.) 스님? (조사자 : 예.) 중? (조사자 : 예.) 그 얘기는 언제 한 번 했제. 무안 거시기 박씨들. 중 얘기. (조사자 : 다시 한 번 해주세요.) 또 허라 그 말이제. (조사자 : 예.) 안 들은 사람은 처음으로 그 듣고 잡제. 옛날 어디 말허자믄 전해 오는 전설도 아니고 실화여. 그 근거가 지금도 있은게.

[앞쪽을 가리키며]

무안박씨라고 그 사람들이 여그 와서 상마. 여러 집 살아. 여그 와서 산지가 한 삼백년 가까이 되꺼인디. 그 무안박씬디. (청중 : 목포대학교 안에도 무안박씨 뭐 있어요.) 거기 거 산 있, 거 무안박씩 선산이여 거. (청

중 : 좋게 보이등만 학교 안에가 있은게.)

근디, 근디 무안박씩에서 부자가 한나 있었는디. 그 승달산으로 댕겼제. 무안 절이 승달산에만 있는가, 다른 데도 또 있을 거인가 몰라. 근디 내가 알기로 승달산에만 절이 있는거 알제. 근디. 승달산 절 중이 되얐든가 뭣이 되얐든가. 그 중들이 거 각 지방에 부락에 돌아댕기면서 시주허라고 거 댕기거든. 그 사람들 모두 쌀도 받고 돈, 돈도 받고 이렇게 댕긴다. 그 중이 인자 그 무안박씨 부잣집이 거기 가서 목탁 침서 이 시주허라고 인자 염불을 해. 근게 그 주인이 문 열고 나와서 보드니, 보드니. 아 중이 그러고 인제 염불 허고 인자 시주허라고 염불을 허고 있거든. 그 염불이 그 평상 그 그 집에 대해서 근게 좋게 잘 되라는 그 인자 그 그 소원, 소원을 인자 허는 것이제. 말허자믄. 아이 이 이 이 부자 주인이 어찌게 아 시방 그 망헐라고 어째 사람이 정신이 어찌 환장 했든가 어쨌든가. 부자로 산게 종들이 많이 있을거 아닌가. 종을 불르드니 저놈 잡어다가 묶어 놓고 어 형벌을 허라는 것이여. 종은 주인이 뭐 시키니 자기가 묶어 놓고 막 이 매질을 해. 그래놓고 인자 나중에 인자 가라 해 그 사람을. 아 죄가 없는 중이 직사게 맞아붓거든. 분헐거 아닌가. 그래서 그 절로 들어와 브렀어. 들어와서는. 근게 맞었은게 어 맘이 어찌게 온전헐 것인가. 아프고 어찌고 헌게. 옆에서 중, 뭐 같은 중, 스님들 같이 나중에 또 주지가 또 알고.

"어찌 그냐."

근게.

"이래저래 헌게 무안 어디 가서 부자한테 이렇게 매를 맞고 이래저래 왔습니다."

"그래야. 이놈이 고것이 지금 명당 바람으로 큰 돈을 많이 벌어 큰 부자로 났어. 그런게 그놈 재산 좀 도려브러야 쓰겄다."

그래갖고는 스님이 딱 갈쳐줬어. 다른 중을 딱 보냄서 요렇게 해서, 요렇게 해서 그 사람 선산이 있은게 그 선산에 가서 이렇게 해브러라. 그믄 그 사람이 딱 곧이 듣고 그렇게 할 것이다. 다른 중이 갔제. 가서는 또 목탁을 치고 어찌고 헌게. 그 주인이 나오드니

"저놈의 중이 또 왔다고."

그러드니 또 왔다고 험서 인자 뭐이라 헌게. 저 그 거시기 그 종들이 나와서 인자 딱 잡어다 묶어서 또 인자 그 매질을 헐라 근게는.

"가만 있어라. 내가 이 댁의 소원을 풀어줄라고 왔다."

뭣이냐. 이 댁에가 재산만 있제 벼슬이 없어. 그런게 재산 있어갖고 헌디. 벼슬이 없은게 그것이 소원이었는 갑데. 이 벼슬 한 자리 어디 박어서 인자 지 했으믄 헌 그것이 소원이여. 그럴 것 아닌가 배는 부른게. 배고플 때는 돈을 원했는디. 인자 배가 부른게는 인자 성큼 더 나가서는 욕심이 벼슬. 벼슬을 낚게 해줄라 그런, 그런 것을 갖고 왔다고. 뭣이 어찌냐 헌게.

"아무데가 선산이 있지 않냐."

근게는.

"그 선산 앞에가 바우가 있지 않냐고."

"그런다고."

"그 바우가 너무 커갖고 그 명당인디, 그 바우가 너무 커갖고 안에 뭣을 눌러. 바우한테 치여. 그것 때문에 벼슬이 안 나요. 근게 그 바우를 좀 반틈 조려블믄 바우한테 안 치이믄, 안 눌리믄 벼슬, 큰 벼슬 나요."

대체 말이 맞거든. 듣기에. 글 않은가. 응. 뭐이든지 앞에 산이나 못 앞에 있는, 높아갖고 그걸 갖다 눌리믄 절대 안 된 것이여. 그기 명당 아니여. 뭔 명당이 되얐든 간에. 속으로 딱 곧이 듣고는.

"그믄 그렇게 허자고 말이여."

그럼서 허는 방식을 그 거시기를 인자 지도를 해도라 허제. 근게 거그서 중이 묶어. 근게 그랬다믄 그렇게 헐 계획을 딱 잡고는. 에 모든 준비

가 딱 된게. 거그 거 바우 산소에 있는 바우로 가. 가갖고는 떨어 내래. 반틈쯤 딱 떨어 내린게. 고것이 바우한테 못이 안 눌리고. 인자 쓰것다 그것이여. 근게 그 중이 딱 이만을, 이만허믄 인자 못이 바우에 안 눌린게. 그 인자 큰 벼슬이 난다고. 그 부도 오고 인자 부흥이 겸해 난다 그것이여.

거가 뭔 명당이냐 허믄. 사두혈인디. 배암의 혈인디. 바우 그것이 머구리여. 머구리가 뭣인지 알어? 머구리. 응? 머구리가 뭣 보고 머구리라 그래. 아이 이거 참 깝깝헌 일이 없네. 그렁게 알아야 써. 두꺼비 보고 머구리라 그런 것이여. 근게 두꺼비. 응? 두꺼비 보고 머구리라 그래. 그런, 두꺼비 그것이 배암의 밥 아니냔 말이여. 뱀이 두꺼비 잡아먹고 살거든. 근디 두꺼비 이놈이 큰게, 큰만치 부자가, 큰 부자가 되았어. 두꺼비 요놈을 조려븐게 그만치 재산이 오그라져. 그 반틈을 딱 조려브렀어. 아조 안 없애고. 아주 없앴믄 그 그 자손은, 부자는 빌어먹제. 아조 안 없애고 반틈은 냉겨논게. 천석군 받는 놈이 오백석밖에 못 받게 재산이 다 나가브렀어. 응? 그래서 그 사람이 중을 하나 아주 베리고는 벼슬 얻기는 커녕 재산을 인자 반틈 이상 뺏겨브렀지. 응 그랬다는 얘기가 있어. 근게 머구리가, 두꺼비 보고 머구리라 헌다 그 말이여.

장성 백양산의 쌀 나오는 바위

자료코드 : 06_05_FOT_20100118_LKY_NJS_0044
조사장소 : 전라남도 나주시 반남면 대안리 2구 구영마을 산 8번지
조사일시 : 2010.1.18
조 사 자 : 이경엽, 한미옥, 송기태, 임세경
제 보 자 : 나종삼, 남, 91세
구연상황 : 앞 이야기에 이어서 제보자가 다시 백양사의 중에 관한 이야기를 해주었다.
줄 거 리 : 장성 백양산 뒷산에 올라가면 바위에서 물이 나오는 곳이 있다. 그런데 옛날

에 백양사를 지을 때 그 바위에서 쌀이 나와서 그 쌀로 인부들의 밥이 나왔다고 한다. 그런데 아무래도 절을 지을 때 돈이 부족하다보니, 쌀을 더 나오게 하려고 바위 구멍을 더 크게 만들었는데, 그때부터 쌀은 나오지 않게 물만 나오게 되었다고 한다.

백양사라고 알제. 응? 백양사. 그 유명허잖아요, 관광지로. 거 가 봤셨어? 응? 거 백양산 뒷산으로 쭉 올라가믄 거그서 바우 틈에 물 나온데 있제. 응? 거 봤어 안 봤어. (조사자 : 거기는 모르겠는데요.) 거 산 뒷산 뽕아리 가서 ○○○ 가서 가믄 거그 산 뽕아리에서 물이 나. 나는 거그 두어번 가갖고 가 물도 마셔보고 그랬어.

근디 그 거 집 절을 지슬란디. 돈이, 자금이 부족해. 근게 뒤에다가 ○○○○○○ 거그 산에 가서 그 부뚜막에서 물이 난디. 거그서 쌀이 나와. 쌀이 나온게 도술을 부렸든가 어쨌든가 쌀이 나와. 그 쌀을, 그놈 얼어갖고 가서 그 절을 지었다 그래. 백양사 지었는디. 근디 그거이 더 더 많이 나오믄 쓰것거든. 그 사이에 얼른 해갖고 헌디. 근게 뭐이든지 욕심, 너무 욕심 부르믄 못 쓴 것이여. 가서 뭔 촉급했든가,

[구멍을 뚫는 시늉을 하며]

가서 숭덩숭덩 더 키웠어. 키우믄 많이 나올 줄 알고, 구녁이. 없어져붓다. 그래서 안 나오고 물만 나와. 그 그 그랬다는 전설이 있어 거가. 물만, 지금도 물만 나와. 나 그 물도 잠 마셔보고 그랬어.

(조사자 : 예. 거기 쌀 나오는 그 쌀로 백양사를 지었답니까?) 영판 나름 백양사 진디 큰 도움이 되얐제. 꼭 그, 그놈만 갖고 했을리요마는. 그 지방의 ○○○○ 말허자믄 희사도 받고 그랬제. 근디 얘기가 그렇게 되야갖고 있어. 거그서 쌀 나온거 파서 그 쌀, 그 쌀 가지고 먹고 그 일, 일헌 사람들 목수들 다 먹고 그렇게 해서 썼다. 그런 이야기가 있어요. 고, 고렇게 신기헌 얘기가 또 있제. 얘기는 헌게 거짓말이랄까, 신기헌 그 일이 그런 것이 재밌어 그 다루제. 실제 일어났든지 거짓말이 되얐든지. 또

거짓말일지라도 그럴 듯허니 얘기 헌게 맨들아 논거. 말을 재밌게 해 논 것을.

창녕조씨 오형제

자료코드 : 06_05_FOT_20100118_LKY_NJS_0045
조사장소 : 전라남도 나주시 반남면 대안리 2구 구영마을 산 8번지
조사일시 : 2010.1.18
조 사 자 : 이경엽, 한미옥, 송기태, 임세경
제 보 자 : 나종삼, 남, 91세
구연상황 : 제보자가 "이야기는 거짓말이라도 신기한 것이 재미있다."고 하면서 금천면
　　　　　의 오룡촌 이야기를 바로 이어나갔다.
줄 거 리 : 옛날에 나주 금천면 오룡촌이 창녕조씨가 많이 사는데, 그곳에 창녕조씨 오형
　　　　　제가 살고 있었다. 그런데 모두 학식이 뛰어나서 위로 네 명의 형들은 모두
　　　　　장원급제로 큰 벼슬을 하게 되었는데, 막내아들만이 과거를 보지 않고 있는
　　　　　것이었다. 그래서 어머니가 "과거를 보지 않느냐?" 하고 물으니 막내아들이,
　　　　　네 분의 형님이 모두 장원급제를 했는데 저까지 뭐하러 과거시험을 볼 것이
　　　　　며, 만약 내가 과거시험에서 장원급제를 하면 큰 화가 미칠 것이라고 말했다.
　　　　　결국 어머니의 소원으로 막내아들이 과거시험에 장원급제를 했는데, 임금이
　　　　　오형제가 모두 장원급제한 내력을 알고는, 앞으로 이 오형제가 역적이 될 지
　　　　　도 모른다는 생각에 오형제를 모두 죽이라고 명하였다. 그때 네 명의 형들은
　　　　　모두 죽임을 당하고, 오룡촌의 집터도 모두 파헤쳐져버렸는데, 막내아들은 그
　　　　　것을 미리 예견하고 절로 숨어버렸다. 당시에 오룡촌의 창녕조씨들이 그 화
　　　　　를 피해서 달아났는데, 많은 사람들이 진도로 숨어서 현재 진도에는 창녕조
　　　　　씨들이 많이 살게 되었다. 그때 화를 피해 절로 숨어든 막내아들은 도술을
　　　　　익혀서 중국으로 건너가 천자 앞에 서게 되었는데, 중국에 있으면서 천자에
　　　　　게 많은 도움을 주었다. 시간이 흘러서 막내아들이 조선으로 돌아가려고 하
　　　　　니, 천자가 은혜를 갚아야겠다면서 필요한 것이 무엇이냐고 묻자, 막내아들이
　　　　　자신이 등에 진 바랑에 쌀이나 가득 채워달라고 하였다. 천자가 그 소원하나
　　　　　못들어주겠느냐며 바랑에 쌀을 가득 채우라고 지시를 했는데, 막내아들의 바
　　　　　랑에 사람들이 아무리 쌀을 부어도 모두 어디론가 새나가 버리고 차지를 않

는 것이었다. 막내아들의 도술로 그 쌀은 조선의 어느 절터에 쌓였는데, 후에 막내아들은 조선에 돌아와서 그 쌀로 절을 세웠다고 한다.

금천면 가서, 오광리란 디가 있어 오광리. (조사자 : 금천이요?) 응. (조사자 : 나주 금천 가서요.) 응. 오광리. 오광리 아니라 오룡리. 오룡촌. 마을 이름이 오룡촌이여. 그 오룡촌이란 마을이 있는디. 나 그 마을도 가보도 안 했지만. 지금도 있어, 오룡촌이 지금도 있어 현재. 거가서 옛날, 옛날 옛적에 창녕조씨. 이 된 조자. 응. 창녕조씨. 거그서 살았어요. 근디 거그서 창녕조씨가 오형제가, 한 사람, 한 집서 오형제가 났는디. 이 분들이 아조 어 참 재주도 천재요 글도 다 문장이여. 근디 오형제, 사형제까장은 다 과거를 했어. 벼슬을 했어. 벼슬도 참 초가 높은 벼슬을 했제. 장원급제를 했제. 막둥이가 벼슬을, 벼슬을, 과거를 보러 안 가. 그, 절로 댕김서 절 공부도 허고 그랬거든. 근게는 즈그 어머니가

"어째 느그 형들은 다 이렇게 과거를 해갖고 이렇게 했는디. 너만 안 허. 그 과거 시험을 안 보냐."

그랬싸. 근게.

"우리, 우리 형님들 니분이나 했은게. 어머니도 더 이 소원이 없을 줄 안디. 나까장 뭐 과거 보고 말고 해라."

"아니, 근디 니 형들은 다 했는디 너만 안 헌게 내가 이? 참 소원이다, 너도 과거를 해서 좀 오형제가 다 이렇게 에 이름을 앞으로 날려야 쓴디."

소원이라고 참 했싼게는. 내가 과거를 응?

"내가 과거를 봐갖고, 합격을 허믄, 별로 우리 집안이 안 좋을 것인디요."

근게.

"과거인디 뭣이 안 좋을 것이 뭐가 있냐. 더 영광이제."

그래 어머니한테 효성심으로서 인자 소원대로 해줄라고 인자 과거를 봤어. 그래갖고 또 장원을 했어. 했는디. 뭔 수가 생겼는고 허니는. 나라에서 딱 임, 그 시험 봐갖고 그 시험 본 거시기 헌, 인자 왕 앞으로 가믄 인자 어서 누가 누가 이렇게 장원급제 허고 뭐 했다고 나타날 것 아니여 시험지에. 근게는 그 여그 급제헌 조씨 자손이 합격했는디. 그 내력을 딱 살펴본게. 사형제가 다 장원급제를 했거든. 응? 그런디 같이 사형제가 다 장원급제 했다고 해서 그 뭔 딴 그 그 그 요것들이 위험헌 존재다 헌, 헌 것도 아닌디. 고것이 ○○이

'요거는 위험헌 존재다. 요리 두믄 안 된다. 까닭허믄 요놈들이 역모해 갖고, 헐 위험도 있다.'

이렇게 생각이 되야어. 그래갖고는 그, 그 사형제 거시기를 싹 잡어딜이라 했어. 잡어딜이라 했어. 그래갖고는 닛은 죽여 어 저 사형제 근디 닛은 한나만 인제 막둥이만 거 안 잽혀왔어. 결국 고런 일을 당헐 줄 알고. 미리서 알고. 죽여블고 거그 거그 거 사형제 있는 집터. 그런게 인자 그렇게 역리로 몰렸다 헌게 거그서 산 조가들이 전부 도망쳐. 도망을 해야 살 거든. 그 사람들이 각 지방을 갔는디. 주로 나타나게 산디가 진도. 그 쪽 조가들이 많이 살아요. 거그서, 거그서 간 사람들이여 조가들이. 거그 피 난 간 사람들이. 근디 와서 잡, 잡어서 인자 다 어찌게 처참해블라 헌디. 다 도망가고 없는게. 집터만 파브렀어요. 말허자믄 포함을 파브렀어. 그 집터가 좋은게 그렇게 사람이 났다 해갖고. 근디 이 막, 닛째 이 막둥이는 그 일로 고런 틀림없이 큰 화를 당할 것인게는 절로 가브렀지. 근게 어디가 있는줄 모르제. 그 절이 어디 절이라등만. 나 그 절 이름은 모르것구만. 평상 절 아무덴가 있는 절인가 몰라도.

한 번 그 사람이 중국을 들어갔어. 중국을 들어가갖고 중국 가, 중국 가 천자를 뵙고,

"참 나 조선 산, 조선인, 조선인인가 몰라도 산 사람인디. 이렇게 불교

에 좀 배움이 있고 해서 어 천자 배알해서 뵙고 왔다고."

헌게.

"아, 그러냐고."

○○○○○○○○ 그 앞에서 인자 참 특별히 그 그 아는 식견을 뵈야 쓰거든. 그래야 대접을 받거든. 근디 그런, 그런 것도 뵈고 거그서 그 도움을 많이 줬어. 중국 천자 앞에서. 나중에 인자 갈람서.

"저, 본국으로 귀국허것습니다."

허고 인자 인사를 헌게.

"그래 여그 와서 니가 많이 고상도 하고 우리나라에 큰 도움을 많이 줬는디. 거 기냥 가서 쓰거이냐. 내가 보답을 해야제. 그 니 소원이 뭣이냐."

라고 했어. 거 대답을 뭐라 헌고 허므는. 차대기를 그 등 뒤에 대개 차대기를 짊어지고 댕긴가 그 바랑에다. 그 꼭 시주헐 때 쌀 좀, 쌀 담는 그런 차대기를 댐서.

"요거 차대기로 쌀 한나만 채와 주시오."

아 그러거든. 아니 그 천자가 보고,

"아니 거 차대기 그것이 몇 말이나 된다고 그것을 채와도라 허냐고."

근게. 아 몇 말이나 되든 이 차대기만 차게끔 해도라고. 그 쌀을 거그다 부슬라믄 곳간 앞으로 가야쓸거 아닌가. 응 대체 요것을 사람 시켜갖고는 이 스님, 음 본국으로 인자 간단디 우리가 대접헐 거이 요 차대기에 쌀 한나만 채와주믄 된다. 그것만 도라 헌다 근게. 여기 채와도라 헌게. 아 그 그 가서 인자 중이 차대기 갖고 가서 이 잡고 있어. 그 남은 사람 저 남은 사람이 잡고 있는디. 저 쌀 부스라고. 아이 이놈의 쌀을 부스믄 차갖고 이 차대기 찬단마제. 어, 어디로 빠져 나가브러 쌀이. 쌀이 빠져나가브러. 차대기 한나만 채와도라 했는디. 아이 하루네 부서도 안 차. 이놈의 쌀이. 그 어쩔 수 없이 차, 차대기에 채와주마 했은게 채와 줘야제. 얼마만큼 인자 된게는 차 올라. 꽉 찬게 그만 그랬어.

어 요기 들어간 쌀이 어디로 갔냐 그 말이여. 요새는 마술같은 놈의 일이제. 고것이 조화 속으로 조선으로 나와. 쌀이. 조화 속으로 해서 조선으로 나와. 들어가믄 그놈이 빠져갖고 조선으로 나와. 쌀이 조선 땅에가 떨어져. 그래 절터를 딱 잡어 놓고는 거그다 절을 지슬란다. 자금이 없은게 그 수작을 했어. 그래갖고 인제 그래갖고는 본국으로 나와서 본게. 쌀이 거 쟁여져갖고 있어. 그래서 그 절을 지었단디 그 절 이름을 모르것구만. 응 절 이름을. 그래서 그 응 금천면 거그 동네도 오룡, 지금도 오룡촌이라 그래. 지금도. 나 가보든 안 했네마는. 오룡촌이라 해. 근디 지금도 그 파 보믄, 집터 파믄. 그 그것이 인자 다 미어줘, 미워졌을 테제. 파, 끝까지 파브렀다 해. 그런 얘기가 있어. 그런게 그것이 거짓말도 갖고 참말도 갖고. 그런 얘긴디.

(조사자 : 아까 막내아들이 스님이 된거네요) 응. 욱으로, 욱으로 삼형제는 다 죽었제. 그 자기만 살었제. 그 사람이, 그 사람이 막둥이가 말이여. 자기 과거를 안 봤으믄 그런 일 안 당했제. 근디 과거를 봐 논게 그냥 안 볼라 했는디 어머니가 하도 소원헌게 그냥 가서 봤어. 그래갖고 그렇게 되야브렀어. 근게 뭐이든지 잘 되고 망허는 것이 뭣이 다 이치가 딱 딱 이렇게 궁합이 맞, 맞, 되야 되는 것이여. 망허게도 되고 잘 되게도 되고. 되야가요 자연적으로.

동지의 유래

자료코드 : 06_05_FOT_20100118_LKY_NJS_0046
조사장소 : 전라남도 나주시 반남면 대안리 2구 구영마을 산 8번지
조사일시 : 2010.1.18
조 사 자 : 이경엽, 한미옥, 송기태, 임세경
제 보 자 : 나종삼, 남, 91세

구연상황 : 조사자가 동지나 단오와 같은 명절에 관한 유래담이 없는지 물어보자, 그런
것이 있기는 있을 것인데 잘 알지는 못한다고 하면서, 동지 풍습에 관해 아는
바를 이야기해 주었다.

줄거리 : 동지는 액운을 쫓기 위해서, 즉 귀신을 쫓기 위해서 붉은 동지죽을 쒀서 벽에
다 뿌리는 것이다. 붉은 것이 귀신이 못붙게 하는 힘을 가지고 있다고 한다.

(청중 : 동지는 뭐 액운을 쫓치기 위해서.) 응. 인자 그건 인자 그 동지
에는 그 신. 귀신을 쫓친다는 그런 얘기가 있제 근디. 근게 신이란 것이
붉은 것을 응 싫어한게, 무서와 헌게. 그 동지죽인 안 붉은가 근게 인자
그 우리 어렸을 때 보믄 동지 쒀갖고 거 무슨 거시기 물로 이렇게 묻혀갖
고 벽에다 뿌리거든. 그 뭐 붉은 것이 밑에 인자 신이 못 붙는다 인자 그
런, 그런 얘기를.

삼대에 삼각이 난 나씨

자료코드 : 06_05_FOT_20100118_LKY_NJS_0047
조사장소 : 전라남도 나주시 반남면 대안리 2구 구영마을 산 8번지
조사일시 : 2010.1.18
조 사 자 : 이경엽, 한미옥, 송기태, 임세경
제 보 자 : 나종삼, 남, 91세
구연상황 : 조사자가 나주에서 유명한 효자나 열녀가 있냐고 하자, "있다"고 하면서 열녀
는 잘 모르겠고 효자 이야기를 들려주겠다면서 제보자의 집안 효자에 대해
이야기를 해주었다.

줄거리 : 조선의 양반집안 중에서도 '삼대에 삼각이 난 집'으로는 나주 나씨 집안이 유
일하다고 한다. 나씨 집안의 삼각이란, 삼충신, 오효자, 사열부가 난 것을 말
하는데, 그것이 삼대에 걸쳐서 그렇게 났다는 것이다. 그때가 임진왜란 때였
다고 한다.

(조사자 : 나주에서 유명한 효자나 열녀에 대해 전해지는 이야기도 있을
까요?) 어 있제. 효자. 열녀는 내가, 열녀는 모르것구만 물론 있기는 있는

디. 열녀 있지. 있기는 있는디. 아 우리, 우리 나가에서도 응? 조자손 삼대 할아버지 아들 손자, 조자손 삼대에서 삼각이 났어. 그러믄 이 조선, 조선 천지에서 양반 치고, 양반, 유생 치고 이렇게 헌디. 조선 천지에서 삼대 삼각 난 집으로 우리 나가 밖에 없어요. 아무리 대 성씨라도. 그 어디 가 든지 그런 소리 허믄 우리도 좀 목에다 꼿꼿이 힘주고 말을 허제. 아무리 우리 조선 땅에 대 성씨들도 그렇게 삼각이 그렇게 삼대에서 난 집이 없 어요. 그것도 하나만 났냐 그것이 아니여. 응? 삼충신 오효자 사열부가 났 어. 그 삼대에서. 그렇게 날 수가 있것어. 그 삼대에서. 다른 성씨 보믄 여 럿 대를 비쳐서 가령 저~그 십일대조에서 누가 열녀가 났다든가. 그러믄 그 밑이 몇 대 내려가갖고 났다든가 이렇게는 있는디. 우리 나가는 삼대 에서 그렇게 났어요. 삼각이 삼대에서 그렇게 많이 났어요.

그때가 언제냐 임진왜란 때여. 근디 모든 것도 그 때가 마침 때가 되야 서 또 그렇게 난갑등만. 임진왜란 때. 응? 모두 전쟁에 나가제. 그 일본으 로 잽혀가제. 어쩌제. 그 통에 말허자믄 절개를 지켰기 때문에 그 때 많이 났어. 임진왜란 때사 났어.

봉효자와 호랑이

자료코드 : 06_05_FOT_20100118_LKY_NJS_0048
조사장소 : 전라남도 나주시 반남면 대안리 2구 구영마을 산 8번지
조사일시 : 2010.1.18
조 사 자 : 이경엽, 한미옥, 송기태, 임세경
제 보 자 : 나종삼, 남, 91세
구연상황 : 제보자가 자기 집안의 효자 이야기를 한 뒤에, 내친김에 나주에서 제일 유명 한 효자이야기 하나 해주겠다면서 '봉 효자' 이야기를 들려주었다.
줄 거 리 : 나주에서 제일 유명한 효자는 봉효자다. 나주 영산포 밑에 게산이라고 있는데 그곳에 봉씨 총각이 살고 있었다. 그런데 어찌나 가난한지 겨우 겨우 가마꾼

과 같은 허드렛일을 해서 부모님을 봉양했다. 그러다가 봉씨 총각의 어머니가 돌아가셨는데, 봉씨총각이 삼년간 어머니의 묘 앞에서 시묘살이를 시작했다. 그렇게 시묘살이를 한 지 이년이 되던 해에 난데없이 호랑이 한 마리가 매일같이 봉씨총각 앞에 나타나 음식을 받아먹으면서 서로 의지하게 되었다고 한다. 그러던 어느 날 봉씨총각이 호랑이가 사람들이 파놓은 함정에 빠져 허우적거리는 선몽을 하고는, 놀래서 꿈에 본 장소에 가보니 실제로 함정에 빠진 호랑이를 사람들이 잡으려고 모여있는 것이었다. 놀란 봉씨총각이 이 호랑이는 내 호랑이니 죽이지 말라고 하자, 사람들이 진짜로 니 호랑이라면 함정 속에 들어가서 호랑이를 데리고 나와 보라고 했다. 그 말에 봉씨총각이 함정 속에 들어가서 호랑이를 데리고 나왔는데, 이것은 호랑이를 통해 봉효자의 효성을 세상에 알리기 위한 것이라고 한다.

여그서 나주시서 젤 유명헌 효자 얘기여. 그 언제 내가 얘기 했으거여. 봉효자라고. 나주 산 봉씨가 살아요. 저그 영산, 영산포 밑에 계산이라고 있는디. 계산 밑에 가서 봉씨가 살아. 그 그 봉씨가 봉효자라고 유명헌 효자가 났는디. 효자 났던 집이서는 부자가 없어요. 잘 산 사람이 별로 없어. 그런게 가난헌 집이서 태어나가지고 부모가, 부모 인자 그 이 봉양헌데. 뭣이 없으니까. 그 그 사람이 노력 해가지고. 인자 잘 부모 봉양허믄 그것 보고 효자라 헌디. 그 봉효자, 봉효자란 사람이 어띤고 허냐므는. 그렇게 효도헌디 가난해. 근게 뭐 장에 가서 뭐 반찬도 사다 대접을 헐 수가 없고. 저기 그렇게 곤란 허게 헌디, 산다. 그 효성이 지극허다는 것을 인자 근방 사람이 다 알아요. 그때 세상에 남녀가 혼인을 허믄 가마 띠 매고 가고 하인 데고 따라가거든. 그걸 가믄 그 으 처녀가 결혼식 헌다고 헐 때, 거그 가믄 모두 반찬이라고 음식을 많이 장만헐거 아니여. 그믄 그리 하인들이 가믄 하인들 먹으라고 많이 내놔. 근디 그 하인들이 봉효자 보고 효자라 같이 따라가자 해. 그 따라가믄 저그 먹, 저그 먹으라고. 하인들 먹으라 헐 때는 상을, 상을 다 먹지 않고 많이 싸서 그 거 효자를 줘. 줌서 즈그들 맘대로 우루루 술이고 음식이고 더 가져오라고 막 그래. 그 그 그 그렇게 해야 쓴게 또 당연히. 또 가져와. 그러고 또 즈그들 실컷 먹고. 봉효자 이렇게 싸줘. 갖고 가라고. 그렇게 먹고 같이 와. 그래갖고 글로써 부모한테 봉양헌다 그 말이여. 그것을 나쁘게 말허믄. 상놈이여. 상놈 행세제. 아 상놈들, 하인놈들 따라댕김서 그걸 얻어 먹고 댕기니, 얻어 갖고 댕기니. 그 어 상놈 아니라고. 천상이고. 근디 그것이여. 그 음식 가지고 지가 먹은 것이 아니라 부모를 봉양허기 위해서 헌 것이기 때문에 그것이 큰 응 효자라 그것이여.

그것 갖고 했는디. 허다가 그 즈그 부, 어머니가 돌아가셨어. 그 산에다 뭇을 모셔놓고 시모살이, 시묘살이라 있거든. 시묘살이. 시묘살이란 것이 뭣인지 아요. 응? 한자로 말허믄 모실 시자, 무덤 묘자, 시묘. 무덤을 모시다 그 말이여. 지킨다 그 말이여. 부모 묘, 뭇을 말이여. 그 돌아가신 그 갔다 딱 뭇을 써노믄 그 옆에다가 자그만치 오막살이 집을 지어요. 토담을 지서. 거그서 살면 삼년간 살면서 아침, 조석 상식을 올려 뭇 앞에다. 그거 그 돌아가신 부모님허고 같이 한 품이제. 뭇 앞에서 그러게 헌게. 근디 그런지가 한 이년 되았는디. 한 번은 호랑이가 왔어. 와갖고는 즈그 집서 키운 개 마니로 따라 댕김서 막 문대고 말이여 이렇게 호랑이가 헐 때는 무서울거 아니라고. 근디 호랑이 지기 자, 지기가 어떻게 행동허냐믄. 내 집에서 키운 개 마니로 말이여. 막 몸을 문대고 이렇게 이렇게 해. 근게 이 무서울 것도 없제. 이놈의 호랑이가 어찌 왔는고 허고는 인자 자기가 밥 먹으믄 호랭이도 밥 먹는가 허고는 뭐 쪼까 주므는 먹기도 허고 안 먹기도 허고 인자 호랑이는 육식을 헌 편이라. 그러고 지낸디. 그 저녁마다 와. 호랑이가 저녁마다 와. 와서 자고 가. 근게 인자 무섭도 않제. 응 다른 거시기가 저 뭣이 거가 도둑놈이 올 것이여 뭐 귀신이 나타날 것이여. 호랑이가 와서 있은게. 호랑이 아니라도 도둑놈이 거 가져갈 것 없는게 오도 않헌디. 그 아무 무서운게 없어. 든든해요. 호랭이가 어찌다 안 오믄. 응 그때는 좀 어째 안 온고 걱정이 되고. 호랑이가 어서 뭐 변이라도 당했는가 하고 인자 그 좀 무서움증이 그때는 참말로 무서움증이 들제. 뭔 일 있는가 허고 걱정도 되고.

　하루 저녁, 저녁에 호랑이 안 왔는디. 새벽에 꿈을 뀐게. 암디 이러 저러헌디 가서 호랑이를 잡을라고 함정을 팠어, 옛날에는. 함정. 그 짐승들 지내 대닌 이 길목가에 거그다가. 함정을 딱 파 노믄. 호랑이도 빠기도 허고 다른 짐승, 맷돼야지나 산짐승이 지내다가 빠져브러. 빠지믄 못 나와. 요렇게 절벽인디 나올 거이라고 못 나오제. 그래갖고는 그렇게 사냥을 했어. 그런디 그런 함정 속에 호랑이가 빠져브렀어. 그게 꿈에 뵈여. 아무데 어디에 골짜기에 가서 함정에 빠져 죽게 생겼으니 살리라고 말이여. 봉효자 헌테 선, 선몽이 됐어. 대체 그 그날 저녁에 안 온 것이 걱정인디 말이여. 대체 그 그런 꿈을 뀌고 거기에 갔어. 간게 대체 호랑이가 빠졌는디 그놈 잡을라고 그 동네서 그 호랑이를 파 논 그 사람들이 막 모았어. 그 호랭이를 잡을라고. 그랬드니 봉효자가 나타났어. 그래갖고 요 호랑이는 내 호랑인게. ○○○ 잡으믄 안 된다고. 그러고 그 사람들이 곧이 들을거여. 뭔 놈의 호랭이가 니 호랑이여야. 보라고. 증거를 뵈여줘갖고. 그러믄 니가 이 호랑이 거 들, 들어가갖고 호랑이를 끄고 내오, 나오너라. 호랭이가 허는 거 허니까 보자. 니 호랑이 같으믄 니가 응 개 마니로 잘잘 끄고 나올거 아니냐 근게. 들어갔어. 들어가갖고 간게 개가 이 주인 따르대끼 막 옆에 가서 문대고 그냥 이 호랑이가 봉효자 헌테. 막 그러거든. 데리고 끄고 나왔어. 근게 거그서 그 그 사람들이 인정을 했어. 아 이것은 봉효자 이 사람이 참 하날에 내린 효자다. 그것이 봉효자의 효자, 그 가치. 가치를 내 뵈일라고 호랑이가 그런 행동을 헌 것이여. 글 안 허것어. 응. 그 말에가 자못 듣고 생각해 보믄 뜻이 있을거 싶지 않냐고 이 말이여. 호랑이가 봉효자의 효성. 지극 효성을 세상 사람에 알리기 위해서 그렇게 빠진 것이여 거가. 그래갖고 봉효자 봉효자 허믄 이름이 있어요. 이름이 있어.

남석마을 효자의 시묘살이

자료코드 : 06_05_FOT_20100118_LKY_NJS_0049
조사장소 : 전라남도 나주시 반남면 대안리 2구 구영마을 산 8번지
조사일시 : 2010.1.18
조 사 자 : 이경엽, 한미옥, 송기태, 임세경
제 보 자 : 나종삼, 남, 91세
구연상황 : 앞서 '봉 효자'의 시묘살이 이야기를 마치면서, 제보자가 자신이 직접 그렇
게 시묘살이 하는 사람을 안다고 하면서 그에 관한 이야기를 간단하게 들려
주었다.
줄 거 리 : 묘 옆에다 집을 짓고 사는 것을 시묘살이라고 하는데 삼년간 한다. 시묘살이
를 하는 동안에는 세수와 목욕을 하지 않는데, 실제로 남평의 남석이라는 동
네에서 한학을 하는 사람이 자기의 양어머니가 돌아가시자 그렇게 삼년을 시
묘살이를 했다고 한다.

그것 보고, 못 옆에가 산 것 보고 시묘살이라 그래 시묘. 못을 짓자. 문
을 묘자. 무덤을 모시고 살았다. 삼년간. 그렇게 사는 동안에 삼년간 세수
를 안 해요. 세수 목욕을 안 해. 그러믄 하도 인자 얼굴이 찝찝허믄 수건
에 물 묻혀갖고 이렇게 문질러 딱제. 이렇게 세수를 안 해요. 나 그런 사
람 봤어요. 내 눈으로. 가짜로 했는가 모른디. 저그 저 저 남평 족도리 가
믄. 남석. 동네 이름이 남석이여. 족 남자, 돌 석자. 그래서 의미대로 허믄
족돌. 족돌, 돌이 석 아니라고. 족, 족은 쪽 남자가 있어. 남석. 쪽, 그 쪽
물 들이는 물감 그 풀이란 말이여 그것이.

남석이란데가 있는디. 거그 한번 뭐 초청해서 간게는. 거그 학자 그 한
학잔디. 그분이 양자간데 양어머니가 돌아가셨는디. 우리 간게 그렇게 했
는가 몰라도. 아침에 세수 않고 수건으로 수건에 물 묻혀갖고 요러게 딱
드만. 그런걸 봤어.

호랑이가 잡아준 문화유씨 시조산

자료코드 : 06_05_FOT_20100118_LKY_NJS_0050
조사장소 : 전라남도 나주시 반남면 대안리 2구 구영마을 산 8번지
조사일시 : 2010.1.18
조 사 자 : 이경엽, 한미옥, 송기태, 임세경
제 보 자 : 나종삼, 남, 91세
구연상황 : 조사자가 또 다른 효자이야기를 들려달라고 하자, 제보자가 "많이 있지만 잊어버렸다."고 하면서 힘에 부치신지 장롱에 다시 몸을 기대었다. 그리고는 "(이야기를) 누가 끄집어주면 하는데 내가 끄집을라고 하면 안된다."고 하면서 문화유씨 시조산에 관한 이야기가 생각났는지 그에 관한 이야기를 들려주었다.
줄 거 리 : 문화유씨 시조산에는 '사치궤벽'이라는 명당자리가 있다. 그 사치궤벽 명당자리는 호랑이가 가르쳐준 자리라고 한다. 옛날에 유씨가 산에 나무를 하러 갔다가 호랑이 한 마리를 만났는데, 호랑이가 입을 벌리고 괴로워하길래 자세히 살펴보니 목구멍에 여자의 비녀가 꽂혀져 있었다. 호랑이가 여자를 잡아먹었는데, 하필 비녀가 목구멍에 걸려 괴로웠던 것이다. 그래서 유씨가 목구멍에 꽂힌 비녀를 뽑아주었는데, 그 호랑이가 자꾸만 유씨를 끌고 어디를 가더란다. 어느 한 장소에 도착을 하자, 다시 호랑이가 자꾸만 땅바닥을 발로 긁는 시늉을 하는 것을 보고, 유씨자 그곳이 못자리냐 하고 물으니 호랑이가 고개를 끄덕이더라는 것이다. 그렇게 잡힌 자리가 바로 사치궤벽의 명당자리라고 한다. 결국 명당자리는 아무리 구하려고 돌아다녀도 제 복이 아니면 얻을 수 없고, '복은 우연득지라' 해서 우연으로 얻어지게 되는 것이다.

거 아까 문화유씨 시조산 내가 이야기 했지. 문화유씨 시조산 저 사치궤벽. 그 못을 어찌게 썼냐. 유씨가 에 산에 가서 나무를 이 불 떼는 나무를 헐라고 산에 올라갔어. 갔어 그런디. 뭔 호랑이가

[입을 크게 벌리며]

이렇게 입을 떡 벌리고 여 지나가.

[고개를 좌우로 흔들며]

그래갖고 뭐라니로 고개를 끄덕끄덕 입을 떡 벌리고 있어. 벌림시로 이렇게 해 싸. 으 저 알어 먹을 수가 있어야제. 그 자기 생각으로는 ○○ 그

랬던 것이 목구녁에 뭣이 걸렸는가 뭐 잡어먹고. 짐승 잡어먹고 잘 못 허믄 뼈라도 걸렸는가 허고는. 입을 떡 벌리고 그래싼게.

손을 넣어 봤어. 손을 넌게는. 옛날에 여자들이 거 가 그 뭣이냐. 아 근게 비녀 찌른거. 그것 보고 낭자. 낭자허고 비녀 안 찌른다고 요거. 여자를 잡어먹고는 그 비녀가 이 목구녁에 걸려브렀어. 어뜨게 해서 ○○○ 걸려브렀어. 근게 이것 땀에 입도 못 오므리고 뭐 먹도 못 허고 근게. 입 떡 벌리고 와서 응 유, 나무 허는 유씨헌테 와서 이렇게 문데면서 입 떡 벌리고 있은게. 손을 연게 그 비녀가 걸렸거든. 그래서 그 그놈 비녀 빼준게는 인자 제대로 인자 입을 놀릴거 아니냔 말이여. 근데. 물고 끄집어. 유씨를 끄집어. 따라간게 지금 사취궤벽 그 명당. 그걸 갈쳐. 이 이렇게 손으로 발로 긁음서. 근게 인자 짐작으로 알고 있제.

"여다 뭣 쓰란 말이냐."

헌게. 인자 고개를 끄떡끄떡 헌게. 거그다 못을 쓰고 그렇게 잘 되얐단 말이시. 호랑이가 갈쳐줘갖고. 그것이 호랑이여. (조사자 : 그게 문화유씨 집안에서 내려오는 내용이에요) 응? (조사자 : 문화유씨 집안.) 응? (조사자 : 그 이야기는 어디서 들으신거에요? 문화유씨 집안에서.) 그거 어디서 들었단거 그거까지는 나 모르것어 생각이 안 나제. 어른들헌테 들은게 얘기제. 그렇게 해서 문화유씨 집에선 호랑이가 갈쳐줘서 썼다. 인제 그런 말이 있고. 음. 그런게 그 그런 명당 쓴 사람들이 대 명당 써갖고 다들 잘 된 사람들이 보믄 풍수 데리고 구산허고 그렇게 돌아댕김서 명당 쓴 사람은 없어요. 나도 풍수도 데리고 저 여러 사람 데리고 여러간데 이 영암, 장, 강진, 자흥, 어 나주골, 무안 땅까장 다 돌아다녔어도 고렇게 구산허고 그렇게 돌아댕긴 사람은 명당 쓴데 없어요. 절대 없어요. 복으로 우연 득지. 큰, 큰 힘 안들이고 다 써갖고 이렇게 큰 자리 써갖고 큰 명당 만들, 어 뭐 대성지가 되얐제. 그래. 인자 인자 지내고 본게 그래. 명당 쓸라고 스승도 모시고 뭐 막 데꼬 댕긴 사람들 다 망해브렀어. (조사자 : 일부러 찾을라 해서 명당이 찾아지는 것이 아니라.) 아니여. 운이 복이 닿어야 돼. (조사자 : 복이 있어야 되거나 자기가 또 뭘 잘 해서.) 근게. 여그도 간단히 말허믄 우리 일가에서 ○○○○○ 그 사람도 잘 찾았어. 명당 쓸라고 자기 뭐 하나씨고 뭣이고 뼈다구 짊어지고 사방천지로 댕겼는디. 명당 못 쓰고 결국 뼛다구는 다 잊어블고. 그 딱 옹그라져브렀어. 근게 내가 알기로는 그 명당 쓸라고 노력하고 돌아댕긴 사람은 쓴 일 없고. 우연히 별힘 안들이고. 이렇게 명당을 써요. 아까 박가의 박 명당도 거그 어 힘 썼드라고. 힘 안 들이고 그렇게 명당을 쓰제.

동래정씨 명당 얻은 내력

자료코드 : 06_05_FOT_20100118_LKY_NJS_0051
조사장소 : 전라남도 나주시 반남면 대안리 2구 구영마을 산 8번지
조사일시 : 2010.1.18
조 사 자 : 이경엽, 한미옥, 송기태, 임세경
제 보 자 : 나종삼, 남, 91세
구연상황 : 앞의 이야기에 이어서 곧바로 동래 정씨가 우연히 명당을 얻은 이야기를 들려주었다.
줄 거 리 : 동래정씨는 대한민국에서 팔대에 드는 대 양반집인이다. 그런데 이 동래정씨 집안이 처음부터 그랬던 것이 아니고, 그 시조가 처음에는 동래부사 밑에서 심부름을 하는 사람이었다고 한다. 어느 날 동래부사가 묘자리를 좀 보는데, 좋은 명당자리를 보고는 그 명당이 좋은지 안 좋은지를 알아보기 위해서 그 심부름꾼에게 생달걀 하나를 가지고 오라고 했다. 생달걀을 땅에 넣어놓고 다음날 꺼내보아 생달걀 그대로면 명당이고, 상하면 명당이 아닌 것이라고 한다. 그런데 그것을 미리 눈치 챈 심부름꾼이 곯은 달걀을 동래부사에게 갖다 주었는데, 그것을 모르는 동래부사가 다음 날 명당자리에서 상한 달걀이 나오자, 명당자리가 아닌 모양이라고 단념을 하였다. 그 후 동래부사가 한양으로 올라가자마자 그 심부름꾼이 그곳에 묘를 썼는데, 이상하게 매장을 하고 다음에 가보면 뼈다귀가 묘 밖으로 나와 있는 것이었다. 그래서 다시 묻

고 보면 또 뼈가 나와 있고 하는 것이 세 번이나 반복되었다. 할 수 없이 한양으로 올라가 동래부사를 만나 자신이 명당자리를 도둑질한 것을 실토하고 묘자리에서 뼈가 나오지 않게 하는 방법을 물었는데, 그 부사가 하는 말이, 그 자리는 본래 사대부가 들어가야 할 자리인데 너 같이 상것이 들어가니 뼈가 자꾸 나오는 것이라고 했다. 그리고 그것을 방지하려면 '통정대부 아무개지 묘'라는 명전을 쓰면 된다고 가르쳐주었다. 과연 그렇게 하니 묘에서 더이상 뼈가 튀어나오지 않게 되었다고 한다. 그리고 그 묘 앞에는 바닷가가있고 그 바다 속에 큰 바위가 우뚝 솟아 있었는데, 그 바위가 없어져야만 그묘자리가 큰 명당이 되는 자리였다. 그런데 어느 날 우연히도 뇌성벽력이 치는 날에 바닷가의 바위에 벼락이 떨어져서 바위가 부서져 없어지고 말았다. 그래서 그 묘자리가 천하의 명당자리가 되어서 지금과 같은 대 양반가 동래정씨 집안이 생기게 된 것이라고 한다.

어디 어 동래정씨, 부산 동래거든. 어 동래정씨가 아 대한민국에서 팔자 드는 대 양반이여. 동래정씨가. 그 거시기로 보믄 만성보로 보믄. 정승도 많이, 한 칠팔명이 났어. 반남박씨는 정승이 아홉이나, 아홉이나 났당마. 그 밑이 자, 더 야, 야차운 벼슬이 장원 급제가 이백 칠십 사람이 났어. 이렇게 많이 났어. 그 그런게 반남박씨가 조선 국본이라 허제. 그러게 많이 났어. 그거이 동래정씨도 어뜨게 해서 그 그렇게 크게 잘 되얐냐. 동래에 가서 동래부사가 있제. 근디 거그서 그 동래부사 밑이서 말허자믄 안현이여. 심부름꾼. 요새로 허믄 시청 직원이나 다름없어. 과장이 뭐 그런 것이여. 뭐 옛날 지금으로 비교허믄. 그 말허자믄 상놈이거든. 안현이 저 상놈 취급 받었제 인제. 그 동래 부사가 그 지리를 잘 아는 것이. 그 뒤에 어디 산에 가서 명당이 있던 모양이여. 그 딱 봐 놓고는. 그 정가를 불러갖고는.

"너, 계란 있으믄 한나 가, 가져오니라." 이놈이 갖다 준게는.

"나랑 같이 가자."

해갖고는. 같이 가서 그 계란을 맨 앞자리 거그 딱 파고 딱 묻었어. 명당 자리므는 다소 온기가 있거든. 근게 계란 그놈을 생 계란을 갖다 묻어

노믄. 온기가 있으믄 그놈이 안 곯아지고 거그 부화가 되야. 응? 명당 자리 아니므는 땅이 찬게 곯아브러요. 그 시험을 허니라고 인자 그 부사가 명, 계란 한나 가져오라 해갖고 생 계란을 가져오라 해갖고는 고렇게 같이 해서 계란을 딱 묻어 났는디. 이 정가가 그렇게 눈치가 빠르고 어찌게 허든가 계란 가져오란게 곯은 놈을 갖고 왔어. 생, 생 것을 갖고 온 것이 아니라 곯은, 곯은 계란을 갖고 왔어. 그래갖고 사또 그 사또를 준다고 갖고 뵈인게. 사또가 그 곯은 달걀인지 이놈이 생 달걀인지 이것을 알 것이라고. 그놈이 갖고온게 생 달걀인지 알제. ○○○○ 생겼은게. 그래갖고 갖다 묻어났어. 요만치 되믄 요놈이 곯았던지 응, 곯았던지 생으로 그대로 있던지 헐거이다. 딱 점을 짐작허고는 사또가 가서 그 그 계란을 같이 가서 파 봤어. 곯아브렀어. 아 곯은 달걀 묻었는디 계란이 곯았제. 사, 살아 날 것인가. 사또가 아

"내가 잘 못 봤는가."

다시 이 순산을 다 돌아봐도 옳게 봤는디 왜 그렇게 계란이 곯았냐 이것이여. 그러니 내가 어찌게 잘 못 본데가 있다. 고놈 인자 포기 해블고 왔는데. 요 아전 그놈이 이 이 도적놈이 사또를 둘러묵어 브렀어. 계란을 곯았는, 곯은 달걀을 갖다 묻어 났은게 인자 그렇게 되얐는디. 여가 순전 명당인갑다 허고는. 지가 거그다 못을 딱 썼어. 썼는디 언제 썼냐. 이거 사또가 떠난 뒤에가 썼어. 써, 떠나기 전에 써 났으믄 나중에 사또 와서 거 보고 못이 있으믄 이것이 누가 쓴 못이냐 허고 또 뭐 조사 나오믄 들켜블까 무선게. 요놈이 사또가 뜬 뒤에 가서 거그다 못을 썼어. 그거 참 듣는 사람 어찌까 모른디. 내가 듣기에 참 재미가 있어. 그 그런 명당 쓸만헌 ○○○ 있는 사람이고. 아 못을 딱 썼는디. 묘 딱 써 놓고는 어떤가 봐. 그 좋게 되얐는가. 못을 딱 파놔브렀어. 파 내놔 브렀어. 응? 뼈다구 딱 가지고 옆에다 고놈을 딱 내놔 브렀어.

'요것이 뭔 일인고.'

누가 그럴, 그럴 수가 있냔 말이여. 넘의 못을 파서 그런 짓거리를 허 냔 말이여. 뭐 오곡밥도 안 나오고 술도 안 나오는 일인디.

'아, 이거, 묘허다.'

또 그대로 묻었어. 또 못을 그, 그대로 다시 썼어요. 그래놓고는. 아 또 가서 본게 딱 가서 본게 또 파 내놨어. 아 시번을, 시번 다 파 내놔브렀 어. 아 누가 그런 짓거리를 허냔 말이여. 누가 그 오곡밥도 안 나온디 누 가 그런 짓거리를 허냔 말이여.

'아하 이것이 내 복이 안 닿는 명당은 명당인디 내 복은 안 닿는 명당 이 아니냐. 그러믄 글 않으믄 이것을 뭣을 어찌게 요런 자리를 뭘 방, 쓴, 묘 쓴 방식이 있지 않냐.'

이렇게 생각허고는. 그 사또가 서울로 갔는디 그 찾아갔어. 찾아가서 무릎팍 꿇고 인자 지 죄를 빌었제.

"그래서 사또님 이러저러 해서 이렇게 달걀 묻는 디를 이렇게 해가지 고 곯은 달걀이 나왔소. 근디 사또 다시 저 내가 거그다 못을 썼는디. 그 이튿날 가서 보믄 파서 내 놔 브렀으니. 시번을 그랬으니 그것이 어떤 일 이요."

그런게는.

"에리, 이 도적놈. 아 니놈이 나 둘러 묵었구나. 그야 그렇제. 거그가 생 닭을 곯을 디가 아닌디. 응. 그러믄 니 자린갑다."

험서는 못 쓴 방식을 갈쳐 줬어. 거가 사대부가 들어갈 자리여. 벼슬아 치. 요새, 옛날에 거 거 사대부란 것은 가정대부, 송정대부, 뭐 또 뭣이냐 통정대부 요렇게. 사대부란거 그 직분이 있어요, 직분이란 거 거시기가 있어. 그런 벼슬아치가 들어갈 자린디. 너같은 상놈의 뼈다구가 들어가니 거 땅 지지 받어들일 것이냐. 그런게는,

"그러믄 어뜨게 해야 거그다 묘를 써야 쓰것소."

근게는.

"거, 쉬워야. 거그다 묘 쓸 때 명전을 써라."

명전이, 묘 쓰믄 명전을 덮거든. 가 소나무, 나무 명전이라고 해갖고 들고 가거든 이 깃대. 그걸 쓰는디 사대부. 가정대부나 통정대부랄지 요렇게 명정 써서 욱에다 덮, 묘 쓰고 덮어야 안 패이제. 글 않으믄 너는 천 번 써봤자 천 번 다 패인다. 대체 와서, 그 말 듣고 와서 못을 딱 씀서 통정대부 아무개지 묘라. 딱 그래갖고 딱 덮었어. 묘 딱 쓰고 그 이튿날 가 본게 안 팠어. 안 팠어. 그런디 사또가 뭔 소리 한 번 허는고 허냐믄. 바로 그 앞에가 인자 동래, 거그 부산, 동래라 거 앞에가 다 바다 아니것어. 바닷 가운데 이렇게 푹 솟은 솟, 솟가갖고 그런 바우가 한나 있어요. 쪼뺏허니 푹 솟근 바우가. 사또가 뭐라 그러냐믄.

"거그다 못을 써도 그 바우가 없어져야 복 받음을 제대로 헌디."

[고개를 가로져며]

그랬싸거든. 무시무시 해 싸. 거 바우가 없어야 쓴디, 살긴디. 망헌디. 써 노믄 망헌디. 그 바우가 안 없어지믄. 무슨 힘으로 막, 그 없애냐 그 말이여. 근디 그 해 여름에, 여름에 그 뇌성벽락허고 소나기가 자주 온다고. 응. 여름에 소나기가 구름이 있어서 소나기가 막 퍼붓는디. 막 뇌성벽력을 해. 벼락을 때려브렀어 거그다. 바우에다. 바우가 없어져브렀어. 그렇게 이치가 있는 것이에요. 천행이 다 있어요. 고것을 인력으로 못 해. 벼락을 때려서 없애브렀단게. 그래갖고 그 못이 지대로 바램이 났어요. 그래갖고 동래정씨가 그렇게 우리 한국에 팔대 성이거든. 양반에서는 그런. 국본이 되았어요. 그러니까 거그 거 지명이 동래기 때문에 관향을 동래정씨라 그래.

동명이인 잘 못 데려간 저승사자

자료코드 : 06_05_FOT_20100118_LKY_NJS_0052
조사장소 : 전라남도 나주시 반남면 대안리 2구 구영마을 산 8번지
조사일시 : 2010.1.18
조 사 자 : 이경엽, 한미옥, 송기태, 임세경
제 보 자 : 나종삼, 남, 91세
구연상황 : 제보자가 앞의 이야기를 끝내고 목이 마른지 물 한 모금 마신 뒤에, 잠시 이
         야기를 고르려는 듯 생각에 잠겼다. 잠시 후 조사자가 저승사자에 관한 이야
         기를 들려달라고 하자, 이내 생각나는 이야기가 있는지 말씀을 이어나갔다.
줄 거 리 : 한 동네에 이름이 같은 사람이 있으면 좋지 않다. 저승사자도 한 동네에 같은
         이름을 가진 사람이 있으면 오판을 해서 다른 사람을 데려가 고생시키기도
         한다.

　사자가 잘 모르고. 한 동네 가서 이름이 둘 있으믄 요놈이 긴지 저놈이
긴지 확실히 모르고 잘 못 잡아가. 그런 수가 있어요. 근게 동네 한, 같은
이름이 있으믄 그거 별로 좋지 않은 것이여. 안 좋아요. 이 지금도 이렇게
밝은 세상에도 뭐 재판허믄 잘 못 해갖고 오판해갖고,

　성성한, 고상시킨거 더러 있거든. 근게 그와 같어. 그 저승, 저승 사람
도, 그 사람도 훤히 안 것 같어도 어따 잘 못 허고 엄헌 사람 잡어갈, 잡
어갈라고 헌 수가 있어. 그거이 증거로 나타나갖고 있어. 나도 알아요. 그
런거 나 현상. 보다시피 들은 얘기가 있어요.

　보다시피.

발로 쥐를 그린 화가

자료코드 : 06_05_FOT_20100118_LKY_NJS_0053
조사장소 : 전라남도 나주시 반남면 대안리 2구 구영마을 산 8번지
조사일시 : 2010.1.18
조 사 자 : 이경엽, 한미옥, 송기태, 임세경

제 보 자 : 나종삼, 남, 91세

구연상황 : 조사자가 쥐와 관련된 이야기가 있냐고 하니, "쥐?"라고 하시면서 그에 관한 이야기가 있지만 재미가 없다고 하면서 사양하였다. 그래도 조사자가 재차 이야기를 해달라고 하니, 제보자가 그제서야 쥐에 관한 이야기를 해주었다.

줄 거 리 : 어떤 사람이 죄를 지어서 잡혀갔다고 한다. 그런데 마당에 묶여있던 죄인이 발로 땅바닥에 쥐를 그렸는데, 영락없이 살아있는 쥐같이 그렸더라고 한다. 취조를 하기 위해 죄인한테 온 관원이 그것을 보고 사또에게 말을 했는데, 사또가 쥐 그림을 보고 크게 탄복을 하고는 이렇게 재주가 좋은 사람을 죽일 수는 없다고 해서 풀어주었다고 한다. 그래서 그 사람이 나중에 큰 화가가 되었다고 한다.

어떤 사람이 죄 지어갖고, 죄를 범해갖고 잽혀갔어. 감옥에 잽혀가갖고 마당에다가 무슨 거, 나무에다 그렇게 딱 이렇게 묶어 났제. 포, 포, 포박 해놨제. 지금은 어디를 가나 집이나 마당이나 어디나 전부 콘크리 바닥이라 땅이, 땅이 없는디. 그때는 땅 욱에가 인자 땅이 있고 모다 그러제. 잽혀가갖고는 뭔 사람인고 허므는 발로 그림을 그려. 발로. 이 묶어졌은게 인제 손으로 발로 그림을 그려. 쥐를 그래(그려). 쥐를 이렇게 발로 딱 마당 바닥에 그려 놨는디. 영락없이 쥐가 기어가는 형상으로 해 놨어. 그 나중에 거 그 관원이 잡어다가 뭐 취조를 헐라고 했든가. 와서, 와 본게. 아 바로 쥐를 그려 놨는디. 아조 이 영락없이 쥐거든. 그래 깜짝 놀랬어. 응. 아니 뭔 재주로 이렇게 발로 이 쥐를 기려 놨는디 아조 틀림없이 쥐를 형상을 딱 해논게. 그래갖고는 그 나중에 사령들이 앞에, 사또 앞에가 그 사람 데려다 그 사람 앉혀 놓고는. 이 사람이 이러 이러헌 그림을 그렸다고. 근게 그 그림을 안 없애고 그 그림을 딱 안 없애고는 사또한테 말 했어. 그 이런 화, 그 화, 그림에 큰 재주가 있는 사람인디. 한 번 사또 내려와서 보시오. 기려논 쥐를 보라고 말이여. 아 본게 땅에다 그린, 발로 그린 쥐가 영락없이 쥐여. 그때 사또가 그거 보고 탄복을 허고는. 아 이런 사람은 처형, 처벌을 허믄 안 된다. 요런 방면으로 으 그 그 사람 재주, 기술

이걸 발전 시켜야 쓴다. 그래갖고는 그 죄를 안 주고. 고롷게 발전 시켰어요. 그래갖고 큰 화가가 되얐단디. 이름은 몰라요. 그런 이야기가 있어요.

새가 내려앉은 소나무 그림

자료코드 : 06_05_FOT_20100118_LKY_NJS_0054
조사장소 : 전라남도 나주시 반남면 대안리 2구 구영마을 산 8번지
조사일시 : 2010.1.18
조 사 자 : 이경엽, 한미옥, 송기태, 임세경
제 보 자 : 나종삼, 남, 91세
구연상황 : 쥐를 잘 그려 살아난 화가 이야기에 자연스럽게 그와 비슷한 이야기가 생각 났는지, 제보자가 곧바로 또 다른 이야기를 들려주었다.
줄 거 리 : 어떤 화가가 소나무를 크게 해서 그림을 그렸는데, 영락없이 소나무 같이 생겨서 자꾸만 까치가 그 소나무에 앉으려고 하였다. 그만큼 소나무를 잘 그려 놓는데, 세월이 흘러서 풍파에 소나무가 좀 변질이 되어서, 그 화가가 소나무에 다시 색칠을 했는데 그때부터 까치들이 앉지 않았다고 한다.

　그 또 어떤 화가는. 그런 얘기 다 이, 다 알것인디 그것은 거시기. 이 책에도 더러 나온 얘기라. 어떤 화가가 소나무를 기렸어요. 소나무 크게 해갖고는 딱 이렇게. 영락없이 소나무 그 그대로 딱 형상을 기려 논게는. 까막 까치가 내림시로 앉을라 해. 말허자믄 자연, 자연 솔인지 알고. 그렇게 기려 놨어. 그림이 잘 그려 노니까. 그린 그림인가. 까막 까치가 앉글라 해. 앉글라 헌디 앉글 수가 있는가. 소나문디 앉글라 헌디 앉글 수가 없어. 그 정도로 기려 놨는디. 그 뒤에 그 색, 그 그림이 좀 풍마에, 풍파에 있어갖고 어째갖고 변질 되얐제. 그래도 까막 까치가 댕긴디. 그놈을 다시 인자 이 재활을, 다시 인자 그림을 다시 기렸제. 딱 그놈을 본게. 까막 까치가 안 와. 안 와. 진짜 솔 안 같어. 처음에 그린 놈은 좀 그 그 색이 모두 거 변하고도 했어도. 그놈 헌테는 댕인디 까막 까치가 댕인디. 나

중에 다시 그놈을 그 색을 칠해서 색 다시 살려논게는 안 와 브러. 그런 그런 화가도 있었단 말이여. 거짓말도 같고 참말도 같고 그놈의 얘기가.

저승사자의 실수

자료코드 : 06_05_FOT_20100118_LKY_NJS_0055
조사장소 : 전라남도 나주시 반남면 대안리 2구 구영마을 산 8번지
조사일시 : 2010.1.18
조 사 자 : 이경엽, 한미옥, 송기태, 임세경
제 보 자 : 나종삼, 남, 91세
구연상황 : 제보자가 "거짓말 같은 참말"이라면서 자신이 실제로 본 사람의 이야기를 들려주었다.
줄 거 리 : 옛날에도 저승사자가 사람을 잘못 데리고 가서, 다른 사람의 명으로 죽을 사람이 더 사는 경우가 많이 있었다. 대안리 증동이라는 마을에 부모와 삼형제가 살고 있었는데, 어느 날 저승사자가 삼형제의 아버지를 잡으려고 왔다가 실수로 삼형제 중 가운데 아들을 잡으려고 하였다. 하지만 가운데 아들이 가지 않겠다고 싸우는 바람에 다른 아들들이 모두 잠에서 깨어났다. 그래서 부모가 자는 방에 가서 아들들이 여차여차한 사정을 얘기하자, 갑자기 그 아버지가 방문을 열고 밖을 내다보다가 그만 부엌 바닥으로 자빠져 죽어버렸다고 한다. 그런데 그 아버지가 살아있을 때는 면에서 호적처리 일을 보았었는데, 육이오 사변으로 저승에도 죽은 사람들이 많이 들어오자 호적처리 일을 할 사람이 필요해서 그 아버지를 잡아간 것이라고 한다.

그런디 저승사자가 와갖고 아무개를 잡을라고 왔는디 잘 못 잡아. 못 잡, 못 건네갖고 놈의 운명에 죽을 사람이 더 사는 사람이 있어요. 그것은 나도, 내가 본 사람이여. 해방 후로 나타난 현상인디. 그것이 어서 나왔냐 허므는. 요리 보믄 대안리라고 증동이란 마을이 있어요. 거가 우리 일가, 일가 사람인디. 즈그 부모는 안방에서 내외 자시고. 아들 삼형제, 삼형제는 작은 방에 딱 서이 잔다. 밤중 쯤 된게는 가운데 아들이

"아니 나 안 간다고 니그들 뭐냐고."

막 싸움을 해. 드러누워서 막 싸움을 해. 근게 옆에 사람들이 깼제. 형제간에 형, 동생이 깼제. 아 막 그래싼게. 어 뭔 병으로. 아 안방에서 즈그 아버지가, 부모, 부모가 자식인게. 가서 말을 했어. 즈그 아버지가 나와서는 거 방에 인자 정, 정제 문, 정제 쪽 거 가서 인제 문을 딱 열고 본게. 방문 열고 ○○○ 있은게. 전부 즈그 아버지가 자빠져 브렀어. 자빠져 브러. 근게 방으로 모셔 갔제. 그래 죽었어. 그 왜 그랬으까. 그 이유가 있어요. 사자가 거그 아버지를 잡으러 왔는디. 그 사자들이 멍청했는가 잘 못 건드렸어. 아들을 갖다가 휘어잡었어. 가자고. 근게 이놈은 갈 때가 안 된게는 인자 나 못 간다고 막 했어. 응. 안 갈 놈을 때려 잡은게. 때려 휘어친게. 아 그 못 간다 그제. 그 잘 못 보고 사자도 그 잘 못 볼 수가 있는 모양이여. 뭐이든 사람도 실수허듯이 귀신도 실수가 있는 모양이지. 그 실화여. 이것은. 그런디 진짜 잡어갈 사람이 와서 문 열고 들여다보거든. 즈그 아버지가. 거그다 때려브렀지. 근게 자빠져브렀지. 그래갖고 그 방으로 모셔갖고 그대로 죽었어.

그런디 그 돌아가신 양반이 면에서 일 했어. 어 면에서 뭔 사무를 봤냐. 호적 사무를 봤어요. 호적 사무, 호적 사무라 해서 사망 신고나 출생 신고를 허는 사무 아니라고. 육이오 사변으로 뭣으로 인자 뭣으로 난리 나갖고 사람이 그리 많이 죽었냐 이 말이여. 저승에서 그 죽은 사람들 사무, 호적 처분을 해야 쓰것는디. 헐 사람이 없어. 이 호적 쓰기를 못 헌게 그 사람을 잡어 갔다. 호적 처리 허라고 저승에서. 호적 처리 헐라고. 문서 처리 헐라고 호적 서무 그 사람을 잡어 갔다. 요렇게 평, 평을 했어요. 사는 사람들이. 그 말이 그럴 듯한 말 아니요. 그랬다 이 말이여. (조사자 : 사람이 너무 많이 죽어서. 근디 호적 사무를 잡어 갈란 요놈이 아들을 가서 내 때리니. 그놈이 갈라 헐 것이냐 말이여.

[조사자, 청중 웃는다.]

엄헌 놈을 때린디. 그게 있을 수가 있는 것이여. 근게 동네도 같은 이름이 있으믄 여그서 나종삼이를 잡어, 잡어 올라고 했는디. 나종삼이 허고 같은 성명이 또 하나 살아. 내가, 나를 잡어갈 것인디 엄헌 사람을 그치는 수가 있어요. 그런 일이 있어요. 아 없는 것이 아니여. 그 그런게 절대 한 동네나 같은 면에 이름이 같으믄 에먼 죽음을 헐 수가 있어요.

정신일도 하사불성

자료코드 : 06_05_FOT_20100118_LKY_NJS_0056
조사장소 : 전라남도 나주시 반남면 대안리 2구 구영마을 산 8번지
조사일시 : 2010.1.18
조 사 자 : 이경엽, 한미옥, 송기태, 임세경
제 보 자 : 나종삼, 남, 91세

구연상황 : 제보자가 한참동안 들려줄 이야기를 고민하다가, 생각이 나지 않는지 자꾸만 고개를 가로 저었다. 그러다가 학생들에게 들려줄 교훈되는 이야기를 해주신다면서 '급제벼슬한 정씨' 이야기를 들려주었다. 그러면서 지금도 학생들에게는 공부 외에는 절대로 다른 일을 시켜서는 안 된다고 강조하셨다.

줄 거 리 : 옛날부터 첩첩산중에서는 명당도 없고 인물도 나지 않는다. 그런데 장흥 유치면 운은리라는 마을이 첩첩산중인데 거기서 급제 벼슬을 한 인물이 났다고 한다. 그 마을에 정씨가 사는데 아들 하나를 가르치려고 집으로 선생을 모셔다가 공부를 시켰다고 한다. 그런데 마당에 담배 잎사귀를 잔뜩 널어놓고 부모가 밖으로 나간 사이에 비가 오자, 그 아들이 담배 잎사귀가 비에 젖지 않도록 방안으로 모두 넣어두었다. 얼마 후에 부모가 와서 그 사실을 알고는 아들이 공부할 시간에 그런 일을 했다고 화를 내면서, 담배 잎을 모두 찢어서 버려버렸다. 그때 아들이 크게 반성을 하고 공부에 더욱 매진해서 급제 벼슬을 하게 된 것이라고 한다. 무슨 일을 하든 '정신일도 하사불성'이다.

저기 요 자홍(장흥)이라는 자홍 가서 유치면이란디 거가서 운은, 운은리란 마을이 있어요. 사시 첩첩 산중이여. 거그 그런 산중에서 이조시대 급제 벼슬이 났어요, 급제 벼슬. 그 산중에서는 대개 산이 많이 있기 때문에 거그 명당도 없고 인물도 안 난디여. 큰 산 디서 큰 인물 난다 헌디.

그런 산중, 큰 산 디서 큰 인물 난 것이 아니라. 큰 산 디서 맥이 내려와 갖고 작게 산이 생겨갖고 거그서 인자 큰 인물이 나오고 큰 동네가 큰, 좋은 마을이 생기는 법이여. 근디 그 운은리라는 그런 첩첩 산중이서 급제가 났어. 정급제라고 정씬디. 정급제를 공, 공부시키는 부모가 사는 세도 괜찮해 잘 살어. 그런게 자식 갈칠라고 선, 한문 선생, 선생님을 모셔다가 자기 방에다가 앉혀놓고 그 근방에 또 아이들 모여서 모아다가 같이 갈치고 헌디. 그때 여름인디 담배를 산중 사람들이 많이 심어요. 산중 담배. 그래갖고는 여름, 여름 인자 ○○○ 소내기가 많이 올 시기여, 땐디. 그때 담배를 잎삭 뜯어다가 마당에 딱 널어놨어. 인제 몰릴라고 널어갖고. 그래갖고는 여그 들에 가브렀는디. 그게 집이 가서 인자 있는디. 서당 선생허고 저 아들허고 뱎에 없제. 소내기가 오거든. 근게 소내기가 다 비 맞어블믄 베리거든 담배. 근게 그 아들이 나와갖고 소내기, 그 담배 그놈을 다 걷어서 안으로 딜여 놨어. ○○○ 부모들이 들에서 들어왔어. 와서 본게 담배 다 비 맞어붓을 것이다 허고 왔는디 본게. 담배 싹 딜여놓고 비를 안 맞쳤어.

"누가 이렇게 담배를 딜여 놨다."

헌게. 그 아들이,

"내가 이렇게 딜여 놨소."

이랬어.

"네 이놈아. 너보고 공부허라 했제 담배 비 온디 딜여 노라 했어."

담배 마당에 다, 다 떵겨브러.

떵겨브러. 근게 아들은 참 그거 그 돈이 재산인디. 그거 비 맞치기 어, 어렵고. 부모님 안 계시고. 근게 그 저는 참 큰 맘 먹고 해 놨제. 근디 와서 본게 그새 부모가 다 떵겨서 내브러. 너는 공부허는 사람이제 담배 이런거 넣고 거시기 헌 사람 아니다. 그런 뒤로는 그 아들이 깨닫기를,

'응 공부만 잘 허믄 공부에만 전력해야제. 딴 일 딴 정신 팔리믄 안 되

는 것이구나.'

  그러고 그 뒤로는 별시런 일이 있고 뭣이 이 한 어떤 그 그 예를 들어서 큰 혼란헌 일이 있어도 상관 안 해. 공부만 했어. 그래가지고 그 사람이 급제를, 벼슬을 했어요. 그런 이야기가 있어요. 근게 지금은, 지금이 됐제. 똑같을 것이여. 공부허는 자식들헌테 절대 뭐 딴걸 시키는 안 되야요. 놀아도, 놀아도 기냥 놀아 해야제. 너 노는 시간이니까 뭣 해라 허믄 안 되야요. 응 노는 그 공부허는 사람이 노는 것은 그 공부허는 시간이 쉬는 휴식이여. 앞으로 공부를 더 잘 연구허기 위해서 휴식이여. 헛 시간이 아니여. 근디 그 휴식 시간이라 해서 부모들이 헐 일을 갖다 줘블믄 거 안 되는 것이여. 그렇게 응 정신일도야 하사불성이라. 그 말이 명심보감에 든 말일 거구만. 정신일도. 정신 한 가지만 쏟아라. 그러믄 뭔 일이든지 못 이룰 것이냐, 다 이룬다. 그런 말이 되야요.

한림학사가 된 양씨와 '정신일도'

자료코드 : 06_05_FOT_20100118_LKY_NJS_0057
조사장소 : 전라남도 나주시 반남면 대안리 2구 구영마을 산 8번지
조사일시 : 2010.1.18
조 사 자 : 이경엽, 한미옥, 송기태, 임세경
제 보 자 : 나종삼, 남, 91세
구연상황 : 앞의 이야기에 조사자들이 새겨 듣겠다가 하자, 제보자가 "그렇지." 하면서 또 다른 이야기를 바로 이어주었다.
줄 거 리 : 옛날에 나주 북쪽에 있는 산동면이라는 곳에 사는 양씨 집안에서 한림학사가 났다고 한다. 양씨 집안에서는 아들 하나를 공부시키기 위해 멀리 유학을 보냈는데, 어느 날 그 아들이 식구들이 너무 보고 싶어서 집에 가기 위해 해거름에 길을 나섰다가 해가 져서 어딘가에 기대어 누워있었다. 그런데 갑자기 저기 어딘가에서 "아무개야." 하니, 또 다른 곳에서 "왜?"라고 하는 것이었다. 그리고는 "오늘 아무개네 산고 들었는데 가서 삼신밥이나 얻어먹고 오

세."라고 하니, "나는 오늘 귀한 손님이 오셔서 못 가겠네."라고 말하는 것
이었다. 또, "무슨 귀한 손님이 왔는가?" 하니, "한림학사가 오셨네."라고 대
답을 하더라는 것이다. 그 말을 들은 양씨가 곧 자신이 한림학사가 될 줄을
알고는 집에 가던 걸음을 돌려 공부에 매진해서 결국 한림학사가 되었다고
한다.

글고 어 이것이 근게 옛, 지금도 그런가 몰라. 그런 것은 모르지만 옛
날 그 신, 신을 많이 숭상한 세상이라까, 신을 믿는 세상이라 모른다. 여
나주골에서 저그 북, 북쪽으로 산동면이란 디가 있는디. 거가서 양씨가
살아요. 양씨 집에서 양한림이 났어. 옛날 벼슬로 한림. 한림학사라고 높
은 벼슬이여. 요새로 허믄 대법원장의 아들 그런 거시긴디. 거가 한, 양한
림이 나서, 나서 그 어디냐 공부를 인자 타면으로 가서 멀리 가서, 나가서
공부를 헌디. 아이 그 집안 식구가 어째 안 보고 싶으냐 말이여. 부모가,
형제간이고. 간절허제. 하~도 간절헌게. 해거름에 나섰어, 집엘 갈라고.
가서 부모님이랑 뵙고 와야쓰것다 허고. 해가 넘어가서 인자 밤중인디.
오다가는 뭐 좀 힘도 겨우고 인자 했는가 어쨌는가. 그 주저 앉거서 어그
름, 캄캄헌디 주저 앉거서 이 이렇게 기대고 누웠어. 누웠는디. 저 어디서
뭐시가.

"아무개야."

허고.

"왜야."

소리가 나. 근게 이것이 비몽인지 사몽인지. 꿈인지 아닌지도 몰라 지
금 그런 상황, 그 저 처지에 있었어. 아 자기가 이렇게 드러누워 지키고
있는디. 여 뒤에 가서

"예."

허고 대답을 허거든.

"그 아무개 집이서 올, 오늘 산고 든다. 삼신상을 차려놓고 삼신상 밥

을, 밥을 우리가 얻어 먹으로 가세."

막 그라거든. 그란게는 뒤에서 뭐 소리난 것이 그것이가 물건이사 뭐라 근고허니.

"나는 귀헌 손님이 오셔서 못 가것네."

아 그런다 그 말이여.

"그 뭔 귀헌 손님이 왔는가."

근게는.

"한림학사가 오셨네."

그랬어. 그래. 그것이 양, 양한림이 들은게. 아니 내가 거가 와 있는게 자기 보고 헌 소리여. 응.

'아, 내가 공부를 허믄, 한림학사가 되것구나.'

그러고는 도로 왔어요. 서당으로 돌아왔어, 집이로 안 가고 돌아왔어. 그래갖고 공부를 참 골똘히 했제. 그래갖고 한림학사가 되얐어요. 그런게 공부해서 그렇게 성공헌 사람은 응 뭐이든지 일도를 해야써. 정신일도를 해야제. 정신 가지고, 한 정신 가지고 두 가지, 세 가지 허믄 그거 이것도 아니고 저것도 아니고 암것도 아니고. 암것도 아니고. 안 되는 것이여.

호랑이와 곶감

자료코드 : 06_05_FOT_20100118_LKY_NJS_0058
조사장소 : 전라남도 나주시 반남면 대안리 2구 구영마을 산 8번지
조사일시 : 2010.1.18
조 사 자 : 이경엽, 한미옥, 송기태, 임세경
제 보 자 : 나종삼, 남, 91세
구연상황 : 조사자가 '호랑이와 곶감'에 대해 이야기해 달라고 하자, 제보자가 "그 이야기야 모두 아는 이야기인데 새로 듣고 싶어하느냐."면서 이야기를 시작하였다.
줄 거 리 : 옛날에 어느 마을에 애기가 하도 울어대는데 아무리 달래도 울음을 멈추지

않더라는 것이다. 그때 마침 호랑이가 마을로 내려가 있었는데, 아이를 달래던 사람이 "너 그렇게 울면 호랑이가 와서 잡아간다."고 했지만 그래도 울음을 그치지 않았다고 한다. 그런데 그렇게 우는 아이에게 "곶감 줄게 그만 울어라." 하니 아이가 금새 울음을 그치더란다. 문 밖에서 그 소리를 들은 호랑이가 생각하기에 '오메, 나보다 더 무서운 것이 곶감이가 있구나.' 하고는, 호랑이가 그때부터 곶감이라고 하면 제일 무서워하며 도망을 간다고 한다.

호랑이 곶감 얘기는 그거 보통 다 알아서 허는 얘긴디. 모르까. (조사자 : 예. 들으신거에요? 예전부터 전해오는.) 아 옛적부터 전해오는 얘기제. 나도 들었은게 알제. 호랭이, 곶감, 언제 보도 않고.

[제보자와 조사자 웃는다.]

그것인디. 근게 응 그 얘기 허게 들어봐. 그 애기들이 울믄 그냥 거 달겨도 잘 안 듣거든. 안 되고 그런디 인자 어디 산 사람이 저녁에 하도 다 하도 애기가 깨갖고는 당체 뭐 달게도 안 되거든. 막 젖을 멕여도 안 듣고. 뭐 또 또 뭣을 주마 해도 안 듣고. 아 그런디. 거시기 호랑이가 온다 해서,

"너 울믄 호랑이가 와서 잡아가야."

아 그래도 안 그쳐. 근디 그때 호랑이가 마당가에서 와 있어. 호랑이가 와도 안 그쳐. 호랑이, 호랑이가 와야 해도 안 그쳐. 근디 나중에 애기가 어째 그치냐 허므는

"곶감 주게 그만 울어라."

헌게. 애기가 그치거든. 호랑이가 들어본게는.

'오메 나보다 더 무서운 것이 곶감이가 있구나.'

응. 아 그러고는 호랑이가 곶감이라고 허믄 젤 무서워갖고 도망가브렀어. 응, 그런 이야기가 있어. 그거 간단헌디. 응 근게 애기가 아무리 달게도 안 듣는다. 호랑이가 와도 안 듣는디. 곶감 주마 헌게 그쳐브렀거든. 곶감이 그만치 달고 맛있는 음식인디. 이 호랑이가 젤 무서워한 것이 뭣

이냐, 곶감이여. 나보다 더 무서운, 더 더 무서운 것이 아니라고. 근디 그런 간단한 그런 얘기지요.

구영마을 정자나무와 배맨 자리

자료코드 : 06_05_FOT_20100118_LKY_NJS_0059
조사장소 : 전라남도 나주시 반남면 대안리 2구 구영마을 산 8번지
조사일시 : 2010.1.18
조 사 자 : 이경엽, 한미옥, 송기태, 임세경
제 보 자 : 나종삼, 남, 91세
구연상황 : 조사자가 혹시 주위에 '용소'와 같은 지명이나 그에 얽힌 이야기가 없냐고 하자, 그것이 있었다고 하면서 구영마을 주변의 지역과 관련된 이야기를 들려주었다.
줄 거 리 : 구영마을 뒤에 아주 깊고 큰 쌍둥이 못이 있는데, 옛날에는 거기에 이무기가 살았다고 한다. 하지만 이무기가 용이 되어 올라갔다는 소리는 듣지 못했다고 한다. 그리고 옛날에 그 앞에까지 목포에서 배가 들어오는 뻘밭이었다. 나중에 공사를 해서 논이 되었지만 염기 때문에 농사가 잘 되지 않았다. 그런데 그곳보다 이십 리나 더 높은 곳에 있는 모산 유씨 논에 수백 년 묵은 정자나무가 있다고 한다. 그리고 옛날에는 거기까지 배가 다녀서 그 정자나무에다 배를 묶었다고 한다.

옛날 전해오는 이야긴디 용 못된 것이 이무기고 그것이 있었어. 그것이 있었어. 쌍둥이라는 그런 호수 큰 쌍둥이가 둘이 있었는디 무지 깊었어. 인자 옛날 요 앞으로가 좀 목포서 여까장 배가 댕겼단 것이에요. 요 앞으로. 근게 요 깊이 파믄 그 그 갯벌. 염기 있는 그런 뻘이 나와요. 그 여그서 근게 공사 험시로 깊이 파갖고 논에다 넣는디. 염기, 뻘 들어간디는 나락이 안 되야블고. 그런 사실도 나 들어갖고 있어요. 근게 여그도 거 이십 리 높은 데까장 거 모산유씨가 산디 거가서 염빨 지는데 있는디. 거가 수백 년 묵은 정자나무가 있제. 옛날 배가 거까장 올라가갖고. 염빨 든거 정

자나무에다 배를 맺다. 그런 설이 있어요. 있는디 그거는 거짓이 아니에요. 사실이에요. 왜그냐믄 임진왜란 때 일본 사람들이 와서 전쟁험서 도맹을 쳤는디. 여그서 저그 저 저그서 쪼금만 올라가믄 둔전등이란 디가 있어. 둔정등. 그 밑이 가서 막 그 물이 내려오거든 거그서. 일본 사람들이 거그서 나루 타고 건넜다는 그런 사실 그 지도가 나왔어요. 일본서. 임진왜란 때. 근게 여러 가지로 봐서 증거가 있어요. 근게 확실히 그게 배가 대, 올라 대녔다고 헌디. 요기 가서 쌍둥이라는 원이 있어요. 큰 호수에요. 거가서 이무기가 살았다. 이무기가 살았는디 용은 올라갔다는 말은 없어요. … 물 품어서 고기도 잡고 하는 것도 봤어요.

서경덕의 출생과 황진이와 박연

자료코드 : 06_05_FOT_20100118_LKY_NJS_0060
조사장소 : 전라남도 나주시 반남면 대안리 2구 구영마을 산 8번지
조사일시 : 2010.1.18
조 사 자 : 이경엽, 한미옥, 송기태, 임세경, 유수영
제 보 자 : 나종삼, 남, 91세
구연상황 : 제보자가 한참을 들려줄 이야기 거리를 생각하다가, 황진이 시대의 서화담에 관한 이야기가 길지만 그분의 출생 이야기를 해주겠다고 하면서 이야기를 시작하였다.
줄 거 리 : 성리학의 대가 서화담 서경덕은 동양의 18인에 드는 대 학자이다. 그런데 서화담의 어머니는 어느 집의 종이었는데, 그 여종이 밭을 매러 갔다가 오는 길에 비를 만나 어느 동굴 속으로 들어가게 되었다. 그런데 마침 그 동굴 안에 다른 남자가 있어서 할 수 없이 같이 있다가 그만 합방을 하게 되고 말았는데, 그런 일이 있은 후 그 여종이 임신을 해서 아이를 낳았고 그 아이가 바로 서경덕이다. 어린 서화담은 매우 영특했는데 여섯 살이 되어 서당에 가니 아이들이 애비 없는 자식이라고 놀리는 것이었다. 그래서 집에 온 서화담이 자기 어머니에게 아버지가 누구냐고 하니 여차저차해서 네가 생겨났고, 그래서 아버지를 모른다고 말해 주었다. 그 길로 서화담이 동굴로 들어가서 공부

에 매진하고 있는데, 어느 날 비를 피해 동굴로 한 남자가 들어와서는 비를 보고 웃고 있는 것이었다. 그래서 서화담이 왜 그러냐고 물으니, 자신이 옛날에 어떤 여자와 비를 피해 들어왔다가 합방한 이야기를 들려주었고, 어머니에게서 이미 그런 사실을 들었던 서화담이 얼른 일어나 그 남자에게 "아버지를 뵈옵니다" 하고는 절을 하였다. 그 후로 아버지를 따라간 서화담은 큰 학자가 되었다. 그리고 황진이라는 기생이 있어서, 서화담을 유혹하려고 같이 합방을 하였는데 아무 일도 일어나지 않았다고 한다. 또 벽계수라는 중과 황진이가 합방을 했는데, 벽계수는 황진이에게 슬슬 수작을 걸어오는 것을 보고, 황진이가 서화담이 진정한 학자라고 하였다고 한다.

옛날에 거시기. 옛날에 거 서화담. 서화담이 같이 모다 그런 그 황진이 얘기 그런 것도 있는디. (조사자 : 황진이 이야기 한 번 해주세요. 황진이 이야기 재밌을 것 같은데.) 황진이가. 말허자믄 그 황진이 시대에. 서화담이라는 성리학의. 그 말허자믄 동양 십팔 삽, 십팔인에 드는 그런 학자가 있었어. 서화담이라고. 성, 이름은 경, 서경덕이여. 음 근디 그 사람은 출생 헌 그런 얘기까지 헐라믄 좀 긴디. 이 그 얘기를 출생의 원인부터 얘기를 해보까. 응 근디. 그거이 태, 태생, 태어나기를 어뜨게 태어났냐허면. 어느 동네 가서 부자가 하나 산디. 그 집이서 종살이 허는 처녀가 있었어. 그런게 처녀가 있었는디. 여름인디 처녀가 그 종살이 허는 처녀가 밭을 매러 갔어. 밭을 매는 도중에 비가 오기 시작헌게 여름인게 소낙비가 올라헌디. 이 올라헌게 집에 오는 도중에 소낙비가 많이 인자 쏟아진게. 그 질가에 가서 토굴이 있었어, 토굴. 굴이 있어. 사람 하나, 사람 두엇이 거거 들어가서 비 바우. 그런 바우만한 토굴이 있는디. 고리 들어갔어. 들어가서 본게. 어떤 남자가 요라고 들어와 있어 또. 이 비는 막 퍼 붓어. 근게 그 남자도 가다가 소낙비 만나가 그 굴로 들어가브렀제. 근게 남녀가 만났제. 근디 비는 막 퍼 붓은게. 물이 아 폴폴 내려와갖고 높은 디서 물이 떨어지믄 거그서 인자 버큼이 일어나거든. 그런 버큼 그런 생각은 있고 헌디. 그 남녀가 거그서 합궁이 되았어. 그러고는 소나기 그친게 갈려브렀제. 그런게 남자는 처녀가 누군지. 처녀가 남자는 누군지 모르제. 그렇그름 되야브렀제. 그래갖고는 처녀가 인자 다시 왔는디. 그래 종살이 헌 처녀여. 아이 다금다금 배가 부르기 시작했네. 그 애기를 낳았어. 낳은 게 어뜨게 힐 것이여 키, 키우제. 아 머시매를 낳았어, 아들을. 그래갖고 키운디. 애기가 영리해, 영특해. 한날 갈치믄 열을 알아브러. 아 그, 그러니까 대여섯살 묵었는디. 서당에 대닌디. 거 같은 서당 아들 친구들이 놀려. 애비도 없는 호래자식이라고. 애비가 있긴 있는디. 모르제 근게 애비 없는 호래자식이라고. 그 종의 자식이라고 이렇게 놀려.

'근게 내가 종의 자식이 되얐든지 뭐이 되얐든지. 애비를 찾아봐야 아부지를 찾아봐야 쓰것다.'

그 어매한테 물은게 몰라. 알 것이라고. 몰르제.

"나 이래 돼서 이래 돼서 이렇게 되야갖고 너를 낳았는디. 너 아버지가 없을 것이다 있긴 있는디 모른다."

그러냐고. 뭐 요 사람이 이 중생이 뭔 수가 난고 허냐믄.

'에이 그러믄 그 토굴 가서 내가 거그 가서 인자 좌우간 앉거갖고 기다려 봐야쓰것다. 어찌게든 만날 수가 있을 것이 아니냐.'

허거는. 책 갖고 가서 거그 가서 거그 앉어서 공부를 해. 응. 공부를 헌디 마침 그때 그런게. 음 에 그런디 그때도 여름이었어. 또 소내기가 와. 소내기가 막 퍼붓는디. 어떤 남자 한나가 들어오거든 거그를. 들어오드니. 아 들어온갑다 했제. 근디 인자 욱에서 소내기가 퍼 붓는게 욱에서 물이 막 퍼 내려갖고 물꿈 밑에서 버끔이 나고 막 허거든. 그 남자가 그거를 보고 쌩긋이 웃어. 그것을 그 서, 그 서경덕이가 봤어. 어 이상허거든. 어째 이 물 내려간디 뭐 왜 웃는, 웃을 일이 있는가 말이여. 근게 물었어.

"여보시오. 어찌 물 내려간 저것 보고 웃소."

헌게. 그 애기를 해. 무심코 또 종의 자식인 줄도 모르고. 그 사람도. 그 그 자기가 난 자식인줄 알 것 인가 자기도 모르제. 그 애기를 해.

"과거에 몇 년 전에 고런 일이 있었는디, 그때 소나기가 퍼 붓는디. 물 버큼이 있어서 웅 버큼이 나드라. 으 그때 거그 굴에 속에 든 처녀허고 이렇게 에 관계가 되았다. 인제 그거이 생각이 나서 웃음이 나온다."

헌게. 딱 맞거든 즈그 아버지가. 즈그 엄마헌테 그렇게 들어논게. 거가 서는

"아버지 뵙십시오."

하고 절을 헌게.

"니가 뭐이라고 아버지라 허냐."

근게. 그 얘기를 했어.

"이래 저래 해서 내가 태어났소."

"그래야."

아버지를 찾았어. 그래갖고는 그때 그 즈그 아버지가 데꼬 가브렀어요. 데려가브렀어. 그래갖고 즈그 아버지한테 공부를 헌 것이 참 서경덕이라고 한 유명한 서화담, 유명헌 이조시대 유명헌 사람이여. 십팔인에 든 문장으로 십팔인에 든 사람이란게.

그렇게 났는디. 그때 황진이 시절. 황진이 시절이여. 황진이가 아조 여류 이 뭣으로 아주 유명한 사람 아니라고 여류 시인으로도 되고. 황진이가 남자를 알기를 서화담허고 그 주. 그 그 사람 이름을 좋은 이름을 꼭 아, 알아갖고 꼭 잊어븐단게. 근디 또 일명 또 박연 폭포라고도 해, 박연 폭포라고. 근디 이름이 또 또 있어요. 그런디 여기 이교수가 뭐 그런 얘기 험서 박연 폭포라 헌게. 박연 폭폭가 아니고 뭐 딴 이름 있다고 그런디. 누구한테 또 그런 얘기 허기로는 박연 폭포라고도 헌다 해. 그날 그렇게 들었어. 박연 폭포로. 그 시 사람이 이렇게 인자 이 교유도 허고 인자 이 시도 읊으고 이렇게 논디. 그 황진이가 두 사람이 다 도학자거든. 근게 어떤 사람의 도학이 더 깊냐. 높냐. 황진이가 시험허기 위해서 처음에 중, 스님 그 사람허고 하랫 밤을 한 방에서 동침을 했어. 같이 자게 되얐어.

다 그러게끔 꾸몄어. 그래갖고 같이 딱 잔다. 아니 근게 그 서화담허고 첨에. 서화담허고. 잔다. 이 사람, 이 사람허고 자기 잠도 그대로 끝나거든. 잠도 인자 날 샜제. 박연 폭포 이 중허고 같이 잔다. 이건 틀려. 벌써 발이 와. 응. 발이 어따 대고 황진이한테 와. 딱 밀침시로. 당신같은 사람이 요런 행동 험시로 당신이 뭐 도학자요, 뭣이냐고 그 말이여. 앉그라 그랬제. 그러고는 서화담 도가 훨씬 높다. 그 도의 거시기가 높다는 거는 판단을 했어요. 어 그 말허자믄 그 거시기 뭐 황진이가. 응 그런 얘기가 있어요. 근디 에 근게 종의 자식이 잘 된 사람이 이조 이 오백 년에 여러 사람 있어요. 여러 사람 있어. 근게 사람이라는 것은 그 어서 꼭 천인, 말허자믄 그 유명헌 사람이 그 아 그 꼭 낳는 디가 없어. 암티라도 난, 난, 생겨난 디로 나는 것이여. 누가 좋은데 좋은 뱃속에서 그런 명인이 날지 누가 알어. 근게 그런 낳는 것은 상관이 없는 것이여. 그래서 서화담이 박연 폭포 보담 도학이 더 높다고 황진이가 판단을 했제.

서산대사의 문자 풀이

자료코드 : 06_05_FOT_20100118_LKY_NJS_0061
조사장소 : 전라남도 나주시 반남면 대안리 2구 구영마을 산 8번지
조사일시 : 2010.1.18
조 사 자 : 이경엽, 한미옥, 송기태, 임세경
제 보 자 : 나종삼, 남, 91세
구연상황 : 제보자가 앞의 이야기를 마치면서 "참, 이상한 재주 소리가 많다."면서, 조사자들에게 그런 이야기는 못들어 봤을 것이라고 하면서 서산대사 이야기를 시작하였다. 이야기 중에 직접 노트에 한자를 써가면서 조사자들에게 글자의 내용과 관련한 이야기의 내용을 이해시켜 주려 애쓰셨다.
줄 거 리 : 서산대사가 묘향산에 있는 절에서 도통을 했는데, 어느 날 황해도 유성군이라는 곳을 갔다가 잠시 장터를 지나게 되었다. 장터를 지나가는데 어디선가 떠들썩하게 사람들이 모여 있어서 무슨 일인가 하고 들여다보니, 시장 바

닥에 한 남자가 죽어있는데 그 남자의 배에 '방구월팔삼(方口月八三)'이라고 써져있었다. 그런데 거기에 모인 사람들이 모두 그것이 무슨 뜻인지 몰라 궁금해 하고 있는데, 서산대사가 '方口月八三'이라는 글자들에 각각 한 획씩을 더 그으니 '市中用小斗'라는 글자가 되었고, 그것을 통해 죽은 남자의 배에 써진 글자의 뜻을 해석했다고 한다. 그 말의 뜻은 '저자 가운데서 적은 말을 썼다'는 의미인데, 죽은 남자가 생전에 사람들로부터 곡식을 사들일 때는 큰 말을 사용해서 사고, 팔 때는 적은 말을 사용해서 큰 이익을 취했다가 천벌을 받아 죽은 것이라고 한다.

뭐시냐 저 서산대사. 서산대사 얘기 못 들었을 것인디. 내가 그 얘기를 좀 한 놈 할 것인게. 그 얘기를 다 헐라믄 상당히 시간이 많이 걸린다. 서산대사가 어디 사람이냐믄 저 이북 사람이여. 지금으로 말허믄 이북 사람이여. (조사자 : 이북 사람이에요.) 어. 이북 사람이여. 근디 서산대사가 음거 황해도 구월산, 황해도 뭔 산? 묘향산. 그 황해도 묘향산 있제. 거 지리에도 다 나온 산이여 거. 그, 유명헌 산이여. 거가 절이 있었어. 근디 서산대사가 평양남도에 났어 출신이. 서산대사가 딱 절에 들어가갖고 절 공부를 참 다 도통을 쌓게 해갖고. 인자 세상을 나와. 아 근디 거그 가서 황해도 어디 가서 유성군이라는 군이 있는디 거가서 장터가 있는디. 장터에는 인자 여러 가지 인자 물건이 팔리고 나와서 천지가 뭐가 나왔을 거지마는. 인제. 장터에서 고리 올라온디. 싸전, 미곡 썬 전, 싸전, 곡식 파는 장소가. 거그를 온게. 사람들이 이렇게 쭉 모타갖고는 막 구시렁 구시렁 허고 어찌고 저찌고 고개 흔들고 막 어째 했싸. 근게 서산대사가 가서 넘어다 본게는. 사람이 죽어 자빠져갖고 있어. 그런디 본게. 배에 가서 글자가 딱 써졌는디. 방구월팔삼(方口月八三)이라 써졌어. 방구월팔삼, 모 방자, 입 구자. 달 월자, 여덟 팔자, 석 삼자. 딱 써졌어. 아이 죽어 자빠진 사람, 죽어 배에가 그렇게 써졌단 말이여. 근게 거그서 본 사람들이 요것이 뭔 말이냐 이것이냐 보고 구실구실 해. 이것이 뭔 말인가 인자 해석을 해볼라고 헌디. 해석을 못 해. 뭔 말인지 몰라. 거그 가서 뭐 인자 서산대사가 고개를 찍 들이밀고 그 들여다본게 그게 써졌는디. 이 뜻을 알아야 써. 당신 ○○ 기양 판단을 했어. 옆에 사람 돌아 본게 어떤 옛날 거 어른들 이 노인들 긴 담뱃대. 담뱃대 딱 뺏어갖고. 거그다가 가운데 방구월팔삼이란 디가 거그 한 가운데 딱 놓고는. 가브렀어. 놓고는 가브렀어. 근데 고놈 놓고 인제 풀이를 해 인제 거그 사람들이. 응.

그런디. 그것이 모 방자에다가 그 글자를 써 놓고 한 번 해보믄 더 알기 쉬워. 아. 그렇게 요런 얘기나 요런 글귀를 보고. 뜻이 있고 의미가 재미 있으믄 요거를 좋아해요. 요런 걸 좋아해. 그렇게 내가 내 그 성질과 기분에 맞는 것이 있기 때문에 입력이 잘 되야요. 안 잊어브러, 그것은.

[문쪽을 가리키며]

근게 누구 왜 안 들어와 같이 들어야 쓴디. 가만 있자 거시기. (조사자 : 이야기 하세요.) 아니 종우가 있으믄 내가 글씨를 써 놓고.

[조사자에게 종이를 건네받은 제보자가 '방구월팔삼'이란 한자를 쓴다.]

가만 있자. 근게 방구월팔삼이여.

[입구 자 대신에 가운데 중자를 쓴 옆에 다시 입 구자를 써 보이며]

가운데 중 아니고 요 이렇게 입 구자여. 나중에 여그를 여 풀이를 허믄 가운데 중자가 된디. 방구월팔삼이라, 써졌거든. 근게 서산대사가 담뱃대를 갖다 뺏어다 여다 한 가운데다 딱 놔둬브렀어. 요놈을 글자마다 한 줄을 끄서 봐바. 그러믄 글자가 인제 이 뜻이 나와브러. 그러믄.

[종이에 써 놓은 글자에 직접 세로 한 획씩을 그어 넣으며]

이 방자에다 요놈을 한 글을 끄집는단 말이여. 그러믄 요 저자 시자가 되야. 저자 시(市)자여. 알것제. 응? 구자에도 한 놈을 한 번 끄집어믄 이거 가운데 중(中)자가 되야. 글 않은가. 월자에다 이러게 가운데 하나를 끄집으믄 쓸 용(用)자가 되야. 글 안해? 응? (조사자 : 쓸 용자요.) 쓸 용자. 월, 팔. 팔자에다 요놈을 하나 내려 끄스믄 적을 소(小)자가 되야. 삼자에다 요놈을 조금 빗겨서 끄스믄 말 두(斗)자가 되야. 방구월팔삼이라. 이 뜻이 인자 뭣 뜻인고 허므는 시중용소두(市中用小斗)거든. 시중용소두. 글 않것어. 저자 시자. 시중용소두. 저자 가운데서 적은 말을 썼다. 적은, 적은 말을 쓰기 때문에 이놈이 천벌을 맞었다 그 말이여. 왜 적은 말을 썼냐. 그놈이 싸 장산디. 부락에서 쌀 살라고 돈 갖고 오믄. 요놈은 지가 사들일 때는 큰 말로 써. 큰 말로 사들여갖고. 지가 낼 때는 적은 말로 내. 근게 그놈 이익이 얼마나 나냔 말이여. 그 이놈이 천벌을 받았어. 응. 그래서 요런 짓거리를 허기 때문에 이놈 천벌 받아서 죽었다. 그런 소리, 해명을 딱 해 논 것이여. 글 않것다고. 근게 방구월팔삼이라 헌 것이 한 개쓱 끄집어 븐게 시중용소두가 되야. 시, 저자 가운데서 적은 말을 썼다. 써브서 사람을 둘러 묶었기 때문에 천벌 받았다. (조사자 : 시중.) 용소두. (조사자 : 용소두가 되니까.) 글 안 해? 요런 것이 재미가 있어.

서산대사의 육이오 예언

자료코드 : 06_05_FOT_20100118_LKY_NJS_0062
조사장소 : 전라남도 나주시 반남면 대안리 2구 구영마을 산 8번지
조사일시 : 2010.1.18
조 사 자 : 이경엽, 한미옥, 송기태, 임세경
제 보 자 : 나종삼, 남, 91세
구연상황 : 앞선 서산대사 이야기에 이어서 또 다른 서산대사와 관련된 이야기를 들려주었다.
줄 거 리 : 옛날에 서산대사가 조선의 앞날을 미리 예언했는데, 해방과 육이오를 미리 알았다고 한다. 그래서 훗날 난리가 나면 절의 보물들이 모두 파괴되거나 소실될 것을 미리 알고는, 어느 절이든 가면 그 절의 보물을 전부 해남 대흥사로 모아 놓으라고 했다고 한다. 실제로 해남 대흥사는 두레박이란 뜻으로, 절 주변이 첩첩의 산으로 둘러싸여 있어서 꼭 바가지 모양이라 고려 때부터 무슨 난리가 나도 항상 적으로부터 안전했다고 한다. 그래서 서산대사가 그것을 미리 알고 해남 대흥사에 보물을 피신시키라고 했고, 그렇게 해서 보물을 지킬 수 있었다고 한다.

아 그라고는 이 분, 내가 이 분 서산대사가. 참 우리 한 이 조선 삼천리 강산 이 조선시대나 우리 어렸을 때 해방 후 시절 되얐든지 큰 공인이여. 뭣이냐먼. 육이오 난리가 날지 알고. 각 처에 있는 절에 있는 보물. 이것을 아무 데 아무 시에 내려가믄 전부 수집해다가 해남 대흥사로 모타, 모타서 보관해라. 그랬어. 글 않으믄 전부 파괴 되야갖고 없어진다. 육이오 날지 알고. 그런게 그 나중에 해방 된 뒤에 각 처에 있는 그 보물, 그 그런 것을 전부 대흥사에 다 모, 모집 했제. 다 모타 놨어. 왜 대흥사로 모타 놔라 했냐. 절 사방에 꽉 찼는디. 거가 산이 두륜산 아니라고. 두륜산 이란 뜻은 두루게, 두레박지 같은 바구리, 바구리 같은 산이여. 그 산이 그렇게 생겼어. 들어간디 한 반데 뱅이 없어. 나간 디가 없어. 뺑 둘려, 뺑 둘려갖고 첩첩하게 이레 산이 생겨 논게. 근게 두륜산이여. 거그는 옛적부텀 난리가 나도 고리 군사들이 들어가들 안 해요. 고리 들어가믄 문 막어 블믄 꼼짝없이 다 죽어. 근게 난리를 안 치러. 근게 거그다가 전부 보물을 각 처에 있는 보물을 갖다 모타 봐 두믄. 파괴가 안 되고 응 실물이 안 된다. 거그다 모테란 것이여. 깜짝 없이 그대로 보존해 나왔제. 육이오 그런 난리가 났어도. 다른 지역은 다 불 맞고. 별 난리 다 났어. 대흥사는 암 시랑도 안 했어요. 근게 그 보물이 다 보존 되야갖고 있어요.

서산대사의 병풍

자료코드 : 06_05_FOT_20100118_LKY_NJS_0063
조사장소 : 전라남도 나주시 반남면 대안리 2구 구영마을 산 8번지
조사일시 : 2010.1.18
조 사 자 : 이경엽, 한미옥, 송기태, 임세경
제 보 자 : 나종삼, 남, 91세
구연상황 : 역시 앞선 서산대사 이야기에 이어서 제보자가 곧바로 또 다른 서산대사 이야기를 들려주었다.

줄 거 리 : 일제강점기 때 일본사람들이 조선의 물건을 일본으로 많이 가지고 갔는데, 어떤 사람이 서산대사의 다섯 폭 병풍을 일본으로 가지고 갔다고 한다. 그런데 서산대사의 병풍을 가지고 간 일본 사람이 그때부터 집안에 변고가 드는 등 좋지 않게 되자, 옆 사람에게 싼 값에 사가라고 했다고 한다. 그래서 다른 사람이 그 병풍을 샀는데 역시 그 사람도 무병이 드는 등 좋지 않은 일이 자꾸만 생겨서, 이상하게 생각한 사람들이 결국 그것을 조선으로 다시 돌려보내게 되었다고 한다.

거가서 서산대사 병풍도 내가 봤어. 병풍도. 그 병풍이 신기헌 병풍이여. 고거이 일본까지 갔다가 도로 왔어. 어찌게 왔냐. 그 참 신기헌 일이제. 거 사실 나 들은 것이 아니라. 일본 사람이, 일본 사람, 한, 조선, 한국을 합방 시켜갖고는 저그들이 서산대사가 기린 병풍이 많도 안 해. 다섯 폭인가, 십 폭인가 뺵에 안 되야. 나 봤어. 그거이 보물로 알고 좋은 걸로 알고는 일본 사람이 가져갔어, 일본으로. 갖다 놨는디. 그거 갖다 논 뒤로 맨 집안에 변고가 붙어갖고 있어. 집안이 아조 그냥 망조가 되야. 근게 옆에 사람 보고 사가란게 그 사람이 좋다고. 보물, 조선에서 가져온 보물이란게. 고거를 가져갔어. 그 집이 간게 그 집이서도 또 이 맨 집안이 무병 들 않고 맨 사고 인자 그거이 거시기 이 뭐 뭐 그런 사고가 나갖고 재산이 늘어나든 않고 망해. 헐 수 없이 그런디. 요 본국으로 보내줘야 쓰것다. 도로 왔어요. 와갖고 그것이 결국. 피난 허기 위해서 팽야 그 절로 가있는디. 내가 그거 봤어. 가븐 한 번 찾아 봐요. 서산대사가 만든 병풍. 몇 폭 되도 안 해. 싯 폭인가 다섯 폭인가밖에 안 되야. 우리가 보기는 꺼매갖고 뭐 뭐 먹칠헌 것 같제 그 뭔 저 보잘 것도 없어. 우리같은 사람은. 근디 그런 이치가 있다 그랬어. 조화가 되야갖고 있어.

서산대사와 사명대사

자료코드 : 06_05_FOT_20100118_LKY_NJS_0064

조사장소 : 전라남도 나주시 반남면 대안리 2구 구영마을 산 8번지

조사일시 : 2010.1.18

조 사 자 : 이경엽, 한미옥, 송기태, 임세경

제 보 자 : 나종삼, 남, 91세

구연상황 : 서산대사 이야기를 계속해서 들려주었다. 이야기 중간에 서산대사와 사명대
사의 도술 대결 부분에서는 제보자가 자신의 손가락으로 방바닥에 표시를 해
가면서 구연하였다.

줄 거 리 : 서산대사가 사방을 돌아다니다가 늙어서 다시 묘향산으로 들어갔다고 한다.
그때 통도사에서 사명대사가 수도를 하다가 도통했는데, 서산대사가 묘향산
으로 들어갔다는 소식을 듣고는 한 번 찾아가 도술을 겨뤄보고자 하였다. 묘
향산에 있는 서산대사는 상좌 한 명을 데리고 있었는데, 어느 날 서산대사가
상좌에게 "오늘 우리 절에 손님이 오실 것이니, 가서 맞이해서 모시고 오너
라." 하였다. 상좌가 "많은 사람 중에 어떤 분인지 일러주어야 모시고 올 것
이니 알려주십시오." 하자, 서산대사 "그 분이 오시면 물이 거꾸로 흐르면
서 같이 따라 올라올 것이다."라고 일러주었다. 상좌가 가서 보니, 많은 사람
중에 실제로 어떤 한 분을 따라서 물이 거꾸로 올라오고 있는 것이 보였다.
그래서 얼른 사명대사에게 가서 "우리 스님께서 모시고 오랍니다." 하면서
인사를 하니, 사명대사가 자기가 온다고 기별도 하지 않았는데 어찌 알았는
지 서산대사의 그 도력에 놀랐다고 한다. 그리고는 사명대사가 절 마당에 들
어설 때 서산대사가 방에서 나오다가 한 발은 땅에 닿고 다른 한 발은 위로
올려져 있었는데, 순간 사명대사가 날아가는 새를 낚아채고는 서산대사에게
"내가 이 새를 놓겠소? 쥐겠소?" 하고 물었다. 놓겠다고 하면 쥘 것이고, 쥐
겠다고 하면 놓을 것이기에 참으로 난처한 질문인 것이었다. 그러자 서산대
사가 "내 발 내려간 놈이 도로 올라가겠소, 아니면 다 같이 내려가겠소?" 하
고 되물었다고 한다. 그 대답에 사명대사가 서산대사에게 다시 할 말이 없어
진 것이다. 그리고 서산대사가 사명대사에게 밥을 대접하는데, 상 위에 밥 두
그릇이 있고, 그릇 속에는 모두 바늘이 가득 담겨져 있었다. 사명대사가 밥그
릇에 담긴 바늘을 먹으면 죽을 것이 분명하기에 먹지 않고 있는데, 서산대사
는 그 바늘을 맛있게 먹는 것을 보고는, 그때서야 사명대사가 "선생님을 뵈
옵니다." 하면서 서산대사에게 무릎을 꿇었다고 한다.

서산대사가 사방데 돌아다니다가 절로 돌아댕김서 허다가 어디냐 나이가 늙어진게. 묘향산으로 도로 들어갔거든. 절로. 고리 들어가서 있는디. 근디 그 서산대사도 임진왜란 때도 큰 공을 세운 분이여. 승, 승군들이 승, 중들이 군사를 일으켰거든, 또. 요 큰 공을 이뤘는디. 그 그 얘기를 다 할라믄 인자 그런게 인제 생략허고. 묘향산에 들어갔는디. 그때 시절에 사명대사란 중이 또 있어요. 명, 명승이 있었어. (조사자 : 사명대사요.) 사명대사 응 알것죠. 그 분이 어디 사람이냐믄 경상도 사람이여. 그 경상도에 통도사란 절이 있거든. 그 중은, 사명당은 주로 통도사에서 많이 공부허고 인자 그러고 있는디. 사명당이 한 번은. 좌우지간 사명대사가 도통했다드라. 그 재주가 얼마나 응 그 도학이 얼마나 높은가 한 번 겨뤄보자 허고는. 황해도 그 묘향산 거그 서산을 찾아가. 하루는 서산, 서산대사가 그 심부름 부리는 상좌가 있을 거란 말이여. 지 저그 부르더니.

"오늘 우리 절에 귀헌 손님이 오실 것이여. 그러니 손님 맞으러 나가거라."

헌게.

"그래요 가지요. 근디 어떤 사람인지를 갈쳐줘야 맞이헐거 아니요"

근게. 뭐 그냥 가서 거 암디서 오는 거 골짝에 가서 섰으믄 사람이 늘 오, 절에 들어온 사람이 왔다 갔다 헐거 아니여. 그 왔다 갔다 허면서 올라오는 사람 중에서 올라오믄 그 올라오는 사람 그를 따라서 내려가는 물이 거실러 따라 올라온다. 그런 사람이 올 것이여. 그러믄 그 사람헌테 인사를 허믄 그 사람이 우리 집에 오는 손님이다. 그렇게 말허고 만디 누구란 말도 안, 이름도 안 갈쳐준게. 대체 그 상좌 중이 가서는 어디만큼 내려가갖고 있은게. 하도 손님들이 왔다 갔다 허고 절에도 왔다 갔다 헌디. 없어 ○○○ 지낸게 어떤 사람이 올라온디 대저 물이 따라 올라와 그 사람 따라서. 응 올라와.

'저것이 기구나.'

허고는. 인사를 떡 헌게 험서 이.

"에 스님이 마점, 에 오신다고 해서 우, 우리 스님이 마중나가라고 해서 왔습니다."

에미 자기가 묘향산에 서산대사 만나러 온단 소리도 않고 혼자 온디 어뜨게 알고 왔냐 그 말이여. 그 자기 올질 아냐 그 말이여.

"아니 내가 온단 말도 않고 왔는디 어찌게 아냐."

근게. 아니 어째 스, 스님이 어째 말씀해서 이렇게 응 올라온디 물도 따라서 같이 올라오는 손님이 온게. 그 손님이 우리 절에 오신다 해서 헐 것이 맞이허라 해서 했다고 근게는. 그래야 이 고맙담서 생각해 봤는데. 아 과연 이 도통을 허기는 했구나. 참 도승이로구나. 그렇게 했는디. 그 따라 왔제. 와서는 마당에 딱 들어선디. 그 시간에 맞춰갖고 서산대사가 또 마중 방에서 마중을 나와. 나온디. 서산대사는 발 나오면서 여가 토지믄 여가 마당이란 말이여. 마당에다 한 발 딛고 한 발 요 욱에가 있고 허는 찰나에. 서산대사 이 마당에 들어 섰는 이 사명대사가 들어 섰는디. 그때 사명당이 획~ 이렇게 헌게. 새가 한 마리가 손에 잽혀. 새가 날아가는 것을 잡았는가 도술로 새를 맨들았는가 모르제. 딱 쥐고는, 쥐면서.

"내가 이 새를."

체면이제.

"내가 이 새를 놓것소, 쥐고 있것소."

쥐고 있것소 그러거든. 거 뭐라고 대답 해야 써. 응 놓것다믄 쥐고 있을 것이고 쥐고 있것다 그믄 나블 것이란 말이여. 안 맞출 수가 없제. 응 그럴거 아니여. 맞칠 수가 없제. 그거는 글로 말 놓것다 쥐고 있것다 그렇게 대답허는 안 된거여. 그와 같은 뜻에 되는 그런 그 거시기를 태도를 해야 되야. 응 그래야 맞제. 그래야 맞히들 못 허제. 사명당이 그러고 새 잡어갖고 그런게. 놓것소 쥐고 있것소 근게. 그때 마침 서산대사는 한 발을 밑에다 딛고 한 발을 욱에 토지에다 딛고 있어. 거그다 뭐라 그냐믄.

"내 발 내려간 놈이 도로 올라가것소 다 같이 내려가것소."

뭐 그래. 올라가것다 그믄 내려가블고 내, 내려가것다 그믄 올라가블 것이란 말이여. 고롬 딱 안 되것는가.

그때 서산대사가 듣고는. 아 확실히 도승은 도승이다 마는. 그러나 한 번 겨뤄보자. 방으로 들어갔어. 나 점심 때가 된게. 서산대사가 상좌를 불러. 이 부리는 이. 중을 불러.

"가서 점심 상 차려 오니라."

어째 인제 점심 상 차리러 갔는디, 왔는디. 뭣을 차려 왔냐 허므는. 반찬을 뭣을 넜든가 몰라도. 담근 것이 뭐냐믄 바늘 한 한 한 한 그릇을 담어왔어. 바늘. 바느질 헌 바늘. (조사자 : 바늘이요) 응. 두 그릇 담아왔어. 이것이 점심이냐 근디. 아 사명대사가 바늘 묵, 묵, 묵으믄 죽제 살 것이여. 이거 어쩐 일인고 허고는. 정색해. 무서워서 못 먹어. 아 서산, 서산대사는 먹어. 아 사명대사는 못 먹어. (조사자 : 바늘을 먹어요) 응. 바늘을 사명, 서산대사는 먹는디. 사명당은 못 먹어 무서와서. 죽을께비.

'아하 내가 이것을 못 묵고 무서와서 이러니. 내 내 도학은 서산대사에 대믄 이것 참 애기다.'

그때 탄복을 했어요. 그러고는 선생님 뫼십시다 허고는 절을 했어. 그 도술인디 그것을 그 도술을 몰라. 사명당이. 그놈 바늘을 묵으믄 죽을지만 알고. 그때사 선생님 뫼십시다 허고 절을 했어요. 응. 그런 얘기가 있어요. 그 외 얘기도 여러 가지가 있는디. 서산대사도 임진왜란 때 사람이여. 근디 평양, 일본군이 평양을 점령헐 때. 서산대사가 승군을 이뤄갖고 중 군사 승군. 이뤄갖고 그때 큰 공을 세웠었어. 평양, 일본군 들어와갖고 점령헐 것인디 그때 큰 공을 세웠어요. 그런 얘기가 있어.

도깨비 재주

자료코드 : 06_05_FOT_20100118_LKY_NJS_0065
조사장소 : 전라남도 나주시 반남면 대안리 2구 구영마을 산 8번지
조사일시 : 2010.1.18
조 사 자 : 이경엽, 한미옥, 송기태, 임세경
제 보 자 : 나종삼, 남, 91세
구연상황 : 서산대사에 관한 여러 이야기가 있다면서 잠시 뜸을 들이시다가, 갑자기 도깨
비 이야기로 화제를 돌리셨다. 도깨비가 예전에는 참 많이 있었는데 과학으로
밀려났다면서 도깨비가 지닌 능력을 이야기해주셨다.
줄 거 리 : 도깨비는 재주가 많이 있다고 한다. 어떤 주인이 들에 갔다 오는데 그 집 옆
에가 감나무가 있었다고 한다. 그런데 도깨비가 그 집 장담은 항아리를 실로
묶어서 그 감나무 가지에 묶어놓았더라고 한다. 또, 도깨비가 솥단지 속에 솥
뚜껑을 집어넣기도 하는 등 무서운 재주를 가졌다고 한다.

　도채비가 어떤 재주가 있냐. 어떤 집이 가서 근디 주인이 들에 갔다 온
게는 그 어디 만이로 감, 집 옆에가 감나무 큰 놈이 있는디. 장항 장 댐은
항을 실로 이렇게 사방을 묶어갖고 가지에다 달아 놨어요. 그거이 될 말
이여. 응. 어찌 실을 묶어서 장을 갖다가 달아 나무에 감나무에다 달아 매
놓냐 그 말이여. 그런 재주가 있는 거여 도채비가. 지금은 없어요 도채비
없어. 현대 문명 과거에 묻혀서 그런 재주는 행세 못 헌다. 없어져 브렀
어. (청중 : 솥뚜껑을 솥 속에다도 넣었다 글등마.) 그렇제. (청중 : 솥뚜껑
을 솥 속에다 넣었어.) 아 소두방이. (청중 : 옛날 거 소두방이 똑같잖아요.
쇠라.) (조사자 : 솥뚜껑.) (청중 : 솥뚜껑, 솥뚜껑을 솥 안에다 넣어, 너른다
니까.) 아 솥뚜껑이 솥 안에 들어갈 수 있는 것이란 말이여. (청중 : 없제.)
그 솥뚜껑을 솥 안에 넣어브러. 그 그런 재주가 있어. 그렇게 무서운 재주
여. 지금 아무리 문명 과학이라도 솥뚜껑 갖다 솥 안에 넣들 못 해.

명당과 도깨비 덕에 부자 된 울산김씨

자료코드 : 06_05_FOT_20100118_LKY_NJS_0066

조사장소 : 전라남도 나주시 반남면 대안리 2구 구영마을 산 8번지

조사일시 : 2010.1.18

조 사 자 : 이경엽, 한미옥, 송기태, 임세경

제 보 자 : 나종삼, 남, 91세

구연상황 : 제보자가 도깨비가 지닌 능력에 대해 이야기 하다가, 옆에 있던 제보자의 따님이 도깨비가 돈도 갖다 준다고 하였다. 그 말에 제보자가 그 얘기는 인촌 김성수에 관한 이야기라면서 그 얘기는 좀 긴데 해도 되겠느냐면서 이야기를 시작하였다.

줄 거 리 : 전라북도에 사는 김성수는 우리나라의 큰 충신이다. 김성수의 할아버지가 울산김씨로, 젊어서 홀어머니를 모시고 살았는데 몹시 가난해서 남의 집 머슴을 살았다고 한다. 그런데 장성에 유씨가 한 명 살고 있었는데 부잣집이어서 울산김씨 할아버지가 그 집으로 머슴을 살러 갔다고 한다. 그러다가 어머니가 돌아가셨는데, 주인집 유씨대감에게 부탁을 해서 그 집 밭에 묘를 쓰게 되었다. 어느 날 주인 유씨대감이 방안에 가만히 누워있다가 시렁 위에 놓인 돌아가신 아버지가 써놓은 책을 발견하게 되었다. 대감의 아버지가 생전에 풍수를 볼 줄 알았는데, 그 책의 맨 뒤에는, 자신이 머슴에게 묘를 쓰라고 일러준 밭이 그려져 있고 거기에 '아무 날 아무 시에 태어난 사람이 그 명당하고 운이 맞기 때문에 거기에 관을 묻으면, 국중 큰 부자가 된다'고 써져있는 것이었다. 놀란 주인이 머슴에게 묘자리를 좋은 자리로 다시 봐줄테니 어머니를 이장하라고 하였다. 하지만 머슴이 "내가 무슨 복이 있다고 명당자리를 구할 것이오, 한번 썼으니 그냥 놔둡니다." 하면서 자꾸만 거절을 하는 것이었다. 할 수 없이 거기에 묘를 쓰게 놔뒀는데, 그 주인집에는 시집 안간 딸이 하나 있었다. 그런데 딸이 혼기가 넘어서도록 혼인을 할 생각을 하지 않아서 대감이 노심초사하고 있는데, 어느 날 딸이 아버지에게 울산김씨 머슴총각에게 시집가겠다고 하는 것이 아닌가. 그래서 너무 놀란 아버지가 딸을 말렸지만 딸의 고집이 너무 세서 그냥 머슴총각에게 시집을 보내버렸다. 주인집 딸과 결혼한 머슴이 전북 부안으로 이사를 해서 황무지를 개간해서 땅을 일구고 길쌈을 해서 살아가는데, 어느 날 키가 팔 척이나 되는 큰 사람 대여섯 명이 집으로 와서 배가 고프니 메밀로 죽을 쒀달라고 부탁을 했다. 그래서 그 사람들에게 메밀로 죽을 잔뜩 쒀주었더니 실컷 먹고 나서는, 자기들이 다시 올 때까지 잠시 짐을 맡아달라고 하고는 그 짐을 뒷간 재 속에다 숨

겨두고 갔는데, 실은 재 속에 숨겨둔 짐은 다름 아닌 돈이었다. 그런데 며칠이 지나도 짐을 찾으러 오지 않았는데, 울산김씨 총각과 부인이 워낙 착한 사람들이라 그 짐을 보지도 않고 그대로 놔두었다고 한다. 그러던 어느 날 그 집 솥뚜껑이 솥 안에 들어가는 이상한 일이 일어났는데, 이것은 도깨비들이 장난을 친 것이다. 즉 솥뚜껑을 꺼내려면 솥을 부셔야하고 그러면 다시 솥을 사야하기에 돈이 필요하게 될 것이고, 결국 그 재 속의 돈을 꺼내 쓸 것이다고 생각한 도깨비들이 장난을 친 것이었다. 결국 울산김씨 부부가 그 짐을 꺼내 보니 돈이어서, 그 돈으로 솥을 새로 사고 필요한 것들을 사서 잘 살게 되었는데, 유씨부인이 아들 형제를 낳았는데 큰 아들이 진안군수를 지냈고, 둘째 아들의 큰 아들이 바로 인촌 김성수라고 한다. 김성수 형제가 모두 큰부자가 되었는데, 지금도 그 선산을 지키는 사람들까지도 김성수 집안 덕분에 부자로 산다고 한다.

(조사자 : 또 도깨비가 그렇게 기이한 행동하는 것 또 다른.) (청중 : 도깨비가 돈도 갖다 줬대요.) 근게 그 얘기는 전라북도 사는 김성수. 김성수 얘기 아니여, 김성수 알제. (조사자 : 예. 김성수는 아는데 이야기는 모릅니다.) 김성수는 알고 나갔다는 그런 얘기는 모르제. (조사자 : 예.) 김성수가 참 거 우리나라에 큰~ 참 충신이여 고런 공로자여. 큰~ 공로자여. 근디 요 얘기를 헐라믄 조금 시간이 걸린디. 거 된가. (조사자 : 예. 괜찮습니다.) 김성수 아부지, 할아버지가, 할아버지 되것제. 응. 할아버지 되것구만. 할아버지가 김성수 성이 김간디 울산김씨여. 관향이 울산김씨여. 장성 가서 울산김씨, 광산김씨 두 성씨가 살거든. 그 대 성들이여. 참 양반이제. 국중 양반이제. 그 두 성씨가 살았는디. 그 울산김씨여서 어따 저 거가서 유씨가 한나 살았어. 그 장성 가서. 근게 그 유씨는 인자 그 유씨 많이 사는 데도 아니고 헌디. 그 사람이 잘 산 유씨여. 잘 산게 해마당 머심을 들이고 농사를 지어요. 짓는디. 그 울산김씨 한나가 그 집에 노비로 살게 되얐어. 응 근디 즈그 노모가 편모가 계셔. 근게 노모를 모시고 댕김서. 가령 이 동네서 놈의 집 살믄 그 동네서 방이 있으믄 잡어, 작은 방 살이 한나 장만, 얻어갖고 즈그 엄마를 거그서 거처허게 허고. 저놈은 넘의 집

부잣집서 놈의 집서 삼서 인자 어머니를 인자 그 그 모시고 살제. 근디 유씨 집이 들어가서 놈의 집을 산다. 아 즈그 어매가 돌아가셨어. 근디 비록 놈의 집을 살아도 야물아. 그 동네가 부자들이 많은디. 머심이 한 십여 명이 되야. 근디 그 중에서 말허자믄 요새로 간단히 말허믄 반장 노릇을 해. 어른 노릇을 해. 이 우리가 이렇게 농사 진디 품앗이 헌 사람들이 요렇게 허고 요렇게 허자. 허믄 다 따려. 이 다른 것을 그렇게 다 규모 있게 잘 허고 말이여. 그런디. 즈그 어머니가 돌아가셔브렀어. 근게 이 지가 뭐 파 묻을 나뭇갑이 있는가. 뭔 땅이 있는가, 못 쓸디가 없제. 근디 주인이 부자고 그런게. 저~ 주인 밭에 어디가 인자 빈 디가 있든가. 가서 즈그 어머니 돌아가신게 주인 보고.

"우리 어머니를 어따 모셔야 쓰까 모르겄는디, 주인 양반 어디 땅 어디 있으믄 갈, 주시오."

나 거 ○○○○ 어디 주시오. 근게. 저 아무개 골짜기가 아무개 밭대기 거 빈 땅 있어. 거그다 써라 그랬어. 근게 거그다 썼제. 그래놓고는 그랬는디. 그 뒤에 주인이 말이여. 사랑방 아랫목에 누워서 이러게 천장을 쳐다본게. 천장 시름에 시렁에 가서 책이 요롷게 있는디. 그거이 뭔 책인고 허므는. 즈그 아버지 때 아버지가 보는 상가서여. 명당 잡는 책. 상가서. 그래서 그게 있은게 그 이 이 내려서 봤어 심심헌게. 이러게 본다. 젤 뒷장에 가서 뭣이 있는고 허므는 뭘 적어서 넣어 논 것이 있어. 말허자믄 쪽지 이렇게 말이여. 그놈을 내 놓고 본게. 뭐라고 즈그 아버지가 해논 것이여. 즈그 아버지 명, 명사였던 모양이여 산리로. 뭐라고 써 있는고 허므는. 아무 고랑 아무 밭대기 이 이렇게 생긴 밭대기. 그 귀때기 가서 이런 명당이 있다. 허니 지금 쓰자니 그 명당에 맞는 운이 없어. 으 그런 인자 말허자믄 맞는 운이 없어. 그러니 아무 살, 몇 살 묵은 사람이 생일에 태어나믄 그 명당허고 운이 맞은게. 그 사람이 관 짜갖고 거다 못을 써라. 그러믄 우리나라에 최고 가는 부자 최고 국중 인물이 날 것이다. 그런 유언이 써졌어. 그래놓고 생각해 본게. 니미 머심 놈이 머심 놈 어머니 묘를 거그다 써브렀단 말이여. 머심 어머니가 죽어서 거 것다 써브렀어. (조사자 : 아까, 울산김씨.) 응 응. 어매 어매 나중에 머심 불러갖고는.

"어이, 자네가 어디 묏 쓴디 거그가 별로 ○○○○○ 다른 디가 잡어서 이장을 허소. 응 그러믄 인자 이장을 또 달리 묏자리를 인자 땅을 줌세."

근게는. 이 사람이 뭐라 근고 허므는.

"내 복에 에 무슨 명당이고 좋은 자리고 구헐 것이요. 나 한 번 거그다 모셨은게 그냥 둬블라요."

마다 그내. 응. 그 마다 근게 그랬어. 그 놔둬브나 그랬는디 또 또 그래.

"자네 어머니 이장 허소. 내가 다 다 이장비랑 인자 땅이라 다 히서 이렇게 좋은 디 다 봐 됐은게 이장 허소."

근게.

"아니라우. 제 복에 무슨 뭘 놈의 명당 쓰고 바랠 것이오. 다 그런 데서 그런 데로 거 한 번 모셨은게 나 더 안 옮길라오."

아 뻣뻣이 뻣어. 아 마다 마다 해. 아 이거 한 번 써 논 것을 넘의 못을 자기가 판단거 이거 이거는 아니고. 그런디 뭔 수가 있는고 허므는. 그 주인집이 가서 당혼 헌 처녀가 있어. 시집갈 연령이 되는 처녀가 있다 그 말이여. 주인 집에 가서. 아이고 주인이 딸을 여울라 헌디 어디가 혼처 나와갖고 인자 말이 왔다갔다 헌디. 거 딸 보고 이런 디로 지금 말 나왔은게. 그 너 고리 성, 혼, 혼인, 여워야 쓰것다 헌다믄. 마다허네. 시집 안 간다고. 아이 징헐 일이제. 근게 잘 살고 성도 유씬게, 문화유씨라고 다 양반이고 헌게. 묏을 허든지 괜, 괜찮은 데서 나. 헌디 마다 해. 아 본인 마단게 억지로 얼른 못 보내제. 한 살 묵어 두 살 묵어 나이가 무지하게 많이 묵어서 인자 처녀가 말허자믄 값이 인자 떨어져. 이 글 않것다고. 요새는 나이 많이, 많이 묵은 처녀 보고 값이 있다 글드마는. 그때는 그것이 아니여. 그런디 아 하루는 그 즈그 딸 처녀가 어매 아배 있는디 앞에 와갖고는. 뭐라 근고 허므는. 참 그거이 묘헌 일이여. 즈그 집에 사는 머심 헌테 여워도라 이것이여. 머심이 총각이거든. 아 이런 환장헐 일이 있어. 세상에 자기가 머심헌테 딸을 줬다 허므는 어디 얼굴 들고. 거 머심 성자 가 나쁜 것이 아니라. 머심 놈 헌테 딸 줬다고 딸 줬다고 그믄 어따 낯을 추켜 들고 대닐 수가 없는 처지거든. 이상헌 소리 허냐고 그냥 막 혼을 내브렀제. 너 이놈이 시집도 안 간 년이 뭐 그런 놈의 소리가 어뎄냐고 말이여. 근게. 아 알아서 허시오 허고 나와브러. 그리고 어디서 또 혼처 나오믄 마다 해. 거 ○○○○ 머심헌테만 여워 도라고. 아 머심 놈이 뭔 집구석이 있어 논 전답이 있어. 놈의 집 사는 놈이. 그래 싼게. 별 수 없 다. 니가 복이 그 뿐인가 어쩐가 모른다. 니가 근다 근게. 본인이 그런다 근게. 너 그래라. 그러고는 넘 부끄러운게. 딸 여운다고 헐 것이여. 밤에 자기 마당에다가 말허자믄 옛날 예를 들어서 동례네, 동례 상이라 허거든. 그거 차려 놓고는. 거그서 즈그 식구들끼리 신랑부터 절 시키고 허고는. 느그 가서 암 데 가서 살아브러라 그랬어. 응 그래. 나갈 때 빈 손으로 나 가믄 우선 먹을 것이 있어야제. 보따리 뭣에다 싸서 다만 한 달 두 달 먹 고 살 것. 히서 나가라 그랬어. 근게 요 사람들이 어디로 갔냐 허므는. 지 금 전라북도 부안. 부안 줄포 고리 갔어. 거그 가갖고는 거가서 봐 본게. 막 황무지. 문 땅이 많이 있어. 논도 치고 밭도 칠만헌 땅이 많이 있어. 거그다 가서 말허자믄 그 신랑이 거그 뭐 땅이 임자는 있을테지마는. 묵은 땅이 라. 임자 찾아서 막 가서 나 어디 갔다 천막 잠 치고 살란게. 승낙 해주 라. 아 근게 살라고. 그래갖고는 천막 쳐서 쩍은 집 지서갖고 망치로는. 남자는 가서 넘의 집서 살아 넘의 고입을 해. 허고. 여자는 뭣을 허냐. 거 가 앉거, 집이 있음서. 그 동네 들어가갖고. 질쌈감. 질쌈금이라고 베 짜 는거 이 베 일. 가령 미영 갖다 자서 미영, 미영 실도 빼서 그러게. 고런 고런 일을 해. 그래서 그렇게 해서 인자 벌어. 먹고 살어. 사는디. 한 번은 키가 팔척 장성 같은 놈들이 뭐 그냥 뭐 참 별스럽게 생긴 놈들이 한 댓

놈 댓 놈들이 오드니.

"아이 이거 이 우리 길 가다가 시장기가 들어서 여가 왔소. 그러니 뭣이 뭐 좀 메물 있으믄 메물 죽잔 쒀 주시오."

그러거든. (조사자 : 메물이요.) 응. 그런게. 거 가난헌 집이라. 쌀 밥도 아니고 거 메밀 팔아다가 메밀 죽을 많이 쑤어 묵었던 모양이여. 그런게는 여, 여자가.

"아 그러라고. 우리집 메밀 있다고."

그래갖고는 대여섯 명 된게 그 사람들이 포식 헐만치 메밀 죽을 많이 쑤었어. 쑤어서 준게 이놈들이 잘 퍼 먹어, 잘 먹어. 그런갑다 했제 근디. 아 먹고는 갈람서.

"나 이거 짐을 지고 간 짐 있는디. 무거와서 지금 못 간게. 여그다 맽겨놓고 갈란게. 암 데 와서 찾아갈란게. 그렇게 하시오."

아 거 맽기라고. 그런게 칙간으로 들어가드니 거 칙간 재에다 속에다 넣고는 재로 묻어브렀어. 묻어놓고 가브렀어. 암 데에 찾으러 올란다 허고는. 아 그랬는갑다 했제. 아 그리고 ○○○○○○ 찾으러 온단 날짜가 넘어도 오도 않고 뭐 소식도 없고 아무 소리가 없어. 그래 뭔 일인고 그러까. 떠들어 봐. 어디가 있는가 떠들어도 안 봤어. 아 근디 또 뭔 소린고 허므는. 아 밤에 그렇게 ○○○○○○ 방에서 뭔 일 허믄. 뭔 소리가 똥당똥당 소리가 나믄. 내다 보믄. 솥두방이 밥, 밥 할 속에 들어가 갖고 있네. 솥두방이 밥, 밥통 속 들어간다는 그게 말이 되는 말이여. (조사자 : 지금 기술로도 못 하죠.) 그거이 도채비 조화여. 그러믄 고놈 뿌서서 끄집어 내믄 돈 줘야 또 다른 소두방을 살거이 아니라고. 그러믄 돈이 있냔 말이여 돈이 없어. 도채비가 갖다 맽기고 간 짐이 뭐냐. 참으로 엽전, 돈 짐이여 돈 짐. 그거 고놈을 맽겨 놨어. 요놈을 요렇게 해서 돈 쓸 때가 행여 이렇게 맨들믄. 뭣인가 허고 거 떠들어 볼 거이다. 그러믄 그 돈을 내서 쓸것게 헐라고. 솥두방을 소두방을 솥 속에다 집어 넣는 그런 조화를 부렸어. 도채비들이. 대체 가서 인자 고것들이 맽겨 논 돈 찾아간다는 날이 넘었는디 안 온게. 뭣인가 허고 떠들어 본게. 전부 그 섬 속에 가서 다섯 개 섬인디. 섬 속에 엽전 들어갖고 돈 들어갖고 있어. 인제 거 빼. 빼갖고 소두방을 사고. 또 가서 이 풀어서 뭣도 사고. 누구 빚 도라믄 빚도 잠 주고. 요렇게 요렇게 요렇게 가만 가만 해. 잘 되야. 다른 사람은 빚 놓고 짤린디. 여기에 빌린 놈은 절대 그게 안 되고 짤린 사람이 없어. 부자가 안 된가. 서방님은 머슴살이 벌어 온디 인자 그 돈 생긴 뒤로는 넘의 집서 안 살고. 그렇게 허고 부자가 되았어. 근디 그 부인에서 부인 속에서 그 유씨여 성이, 부인이. 아들 낳았는디. 어쩌냐믄 에 아들 형, 형제를 낳았어. 그랬는디. 한나가 큰 아들이 과거를 봐갖고 진안 그 진안 진안 진안군 저 전라북도 진안고 있제. 진안 군수를 했어. 응. 김진안이라고 유명해. 거 군수를 했는디 거서 거서 거가 비록 군수를 했으되. 근게 군수쯤 해 논게. 좀 착취해갖고 돈을 많이 인자 싸, 저 벌었제. 아들이 없어. 거가 또. 근디 동생이 있거든. 동생 아들 형제가 있어. 형제 그 사람이 누구냐믄. 큰 아들이 성수, 김성수. 둘째가 김연수. 두 아 들이 났어. 근디 큰 아들 이 사람은 큰 아부지한테서 손이 없은게 양자가 됐어. 큰 집으로. 그래갖고 김진안이 그 본 재산, 재산. 성수가 이장 돼갖고는 딱 차져, 재산 찾었제. 아 그래갖고는 그냥. 그놈 돈이 그냥 막 벅벅 불어나제. 그 동네가 새로 동네, 동네가 새로 생겼어. 그 부자가 큰 부자가 나갖고 그 동네가 새로 생기고 동네가 무자게 커져. 그 동네 이름을 뭐라 그냐믄 인촌이라 지었어 인촌. 근디 성수 호가 동네 이름 인촌이라 지었어. 김, 김인촌. 김성수 호 김인촌이여. 어디 시험 문제 나오믄 인촌이라 적으믄 한나 틀림없어, 백점인게 그라므는. 연수란 사람은 왜정 때. 근게 그 부자 못 되야서 서운해라 해. 왜정 때 광, 서울 가서. 영등포 가서. 뭐 닭 목, 닭목 자른 공장. 응 그 공장을 지서갖고 아조 서울 그 그, 공장이 어뜨게 잘 되는지. 응 아조 큰 부자 되야갖고 그 일이 소문이 있다믄. 거그 경성 방직이여. 예를 들어서 공장 이름이. 경성 방직 고것은 마루짝 밑에서 돈이 썩는다. 이런 소문이 났어. 응. 그래갖고 안, 조선 조선 갑부 안 되야븟는가. 근게 명당이, 그 명당이 응 조선 갑부가 날것이요 조선 이 큰 인물이 날 것이오 근게. 아 김성수가 큰 인물이제. 아이 해방 후로 거 부통, 부대통령까장 안 했는가. 왜정 때 그 우리나라를 어 그 말허자믄. 다시 광복허기 위해서 그 사회주의자 고 독립운동가들. 소련으로 가고 중국으로 가고 외국으로 많이 나가갖고 운동을 많이 했다고. 김성수가 그 뒷을 다 댔어요. 돈을. 그래서 그런 그런 큰 공이 있기 때문에 이승만이가 부대통령 시켰제. 아 국중의 인물 아닌가. 응. 부자도 그런 큰 부자가 없어. 그 그때는 김성수 형제가 젤 큰 부자였어. 지금은 인자 그 사람들 보다 더 큰 부자가 있제마는. 근디 지금 삼양식품이라고 안 있는가. 삼양식품. 이것이 김성수 자손들이 운영허는 회사여. 그거이 삼양식품이여. 근게 억지로 못되야. 다 될란게. 우연히 이렇게 도와줘. 명당도 누가 그 사람이 거 명당 고르게끔 생겼는가. 어 안 골라 있어도 그 명당 이익 바람 아니여. 그게 복이여. 복. 해서 아 부안 줄포란 디가 새로 생기고 그 명칭이 되고. 그런디 그때 곡을 그 토지가 많은게. 곡을 그 받는디. 누가 곡을 갖고 왔는디. 수천석을 가져왔제. 아 안에가 모래를 섞어갖고 왔어. (조사자 : 쌀에 가요.) 안 안 나락에다 벼 나락에다가. 그래갖고는 그거이 발견이 되얐네. 근게 한, 나락이 한 여남은 섬 된다. 그거이 발견이 되얐어. 근게 그것을 받을 것이냐고. 안 받제. 그런디 뭣을 어뜨게, 어뜨게 쇼부를 허냐. 너 이놈 곡식 나락에다 모래 섞어 왔으니. 그 곡식 무효고 너 논 내놔라. 대번에 그럴 것이란 말이여. 그것이 아니여. 오직 허믄 나락에다 모래 섞어갖고 왔을 것이냐. 근게 나락 이거 니가 갖고 가서 먹고. 곡식 내비 둬라 그래브렀어. 그것이 덕이거든. 사람의 덕인이 허는 행동이여. 아무도 못 해. 아 나락갖고 가고 돈으로 가져오니라. 그라고 명년에는 논을 뗀다. 다른 사람 준다. 대번 나같은 사람은 그럴 것이여. 나락 고놈 도로 줌서 이놈니가 갖다 먹고. 농사도 더 열심히 해서 명년에는 깨끗한 곡식 갖고 오니라. 그것이 덕, 덕인인 것이여 덕. 응. 근게 우리는 젊은 사람들, 큰 사람들은 그런 것을 듣고 배와야 써. 그래갖고 생각을 해봐야 써. 뜻을. 뭣 땜에 웬만허믄 내가 좀 해, 해롭고 상대방을 도와주고, 돕고. 이런 정신으로 살, 살아야 돼. 덕을 가지고. 근게 그 사람들이 그렇게 했기 때문에 오늘날까장 이름이 있고. 지금 김성수나 그 김성수 그 사람도 선산, 선산 지킨 사람들도 있어. 거그만 들어가믄 삼대 안에 부자 되야브러요. 왜 부자되냐. 그 자손들이 잘 되야는게 그 성묘를 와. 오믄 기냥 안 가. 그런 큰 부자들이 와서 몇 만원씩 몇 백만원씩 주고 가. 몇 만원 몇 백만원씩 주고 간단게. 그러고 다 부자 되았어. 그 그 산지기 헌 사람들이. 신 지킨 사람들이.

강강술래

자료코드 : 06_05_FOS_20100118_LKY_NJS_0001
조사장소 : 전라남도 나주시 반남면 대안리 2구 구영마을 산 8번지
조사일시 : 2010.1.18
조 사 자 : 이경엽, 한미옥, 송기태, 임세경
제 보 자 : 나종삼, 남, 91세
구연상황 : 조사자가 어려서 동네누님들과 함께 손잡고 강강술래를 했냐고 물어보자,
"그랬다."고 하면서 당시에 강강술래 하면서 불렀던 노래를 짧게 기억나는 부
분만 불러주었다.

찔룩 나무 찔려서
배추 먹고 베서
강강술래
나숭개 먹고 나서

▌엮은이 소개

이경엽 전남대학교 국어국문학과를 졸업하고 동 대학원에서 문학박사 학위를 받았다.
현재 목포대학교 국어국문학과 교수로 재직 중이다. 주요 저서와 논문으로는
『Korean Popular Beliefs』(JIMOONDANG, 2015), 『장흥고싸움줄당기기』(민속
원, 2013), 「무형문화유산의 가치 재인식과 계승 방향」(『남도민속연구』 29집)
등이 있다.

한미옥 목포대학교를 졸업하고 전남대학교 대학원에서 문학박사 학위를 받았다. 현재
전남대학교 호남학연구원 학술연구교수로 재직 중이다. 주요 논문으로는 「설화
의 정치성과 전승전략」(남도민속연구』 27집) 등이 있다.

송기태 목포대학교 국어국문학과 대학원에서 문학박사 학위를 받았다. 현재 목포대학
교 도서문화연구원 HK교수로 재직 중이다. 주요 저서와 논문으로는 『농악 현
장의 해석』(민속원, 2014), 「서남해 무레꾼 전통의 변화와 지속」(『실천민속학연
구』 25집) 등이 있다.

임세경 전남대학교 대학원 국어국문학과 박사과정을 수료하였다. 현재 국립민속박물관
학예연구사로 재직 중이다. 주요 논문으로는 「마을신앙의 복원과 변화양상」(『남
도민속연구』 17집) 등이 있다.

증편 한국구비문학대계 6-15
전라남도 나주시

초판 인쇄 2015년 12월 1일
초판 발행 2015년 12월 8일

엮 은 이 이경엽 한미옥 송기태 임세경
엮 은 곳 한국학중앙연구원 어문생활사연구소
출판기획 김인회

펴 낸 이 이대현
펴 낸 곳 도서출판 역락
편   집 권분옥
디 자 인 이홍주

주   소 서울시 서초구 동광로46길 6-6(반포4동 577-25) 문창빌딩 2층
등   록 1999년 4월 19일 제303-2002-000014호
전   화 02-3409-2058, 2060
팩   스 02-3409-2059
이 메 일 youkrack@hanmail.net

값 40,000원

ISBN 979-11-5686-264-2 94810
       978-89-5556-084-8(세트)